중년의 남자

궁녀의 남자 상

초판 인쇄 2016년 1월 20일
초판 발행 2016년 1월 26일

지은이 늘혜윰
펴낸이 백주선
편   집 편집부
펴낸곳 베아트리체

등록번호 제2015-000107호
등록일자 2015년 5월 19일

주소 경기도 고양시 일산서구 가좌1로 10, 505동
전화 031-914-8944
투고 romance1314@hanmail.net

값 13,000원
ISBN 979-11-86907-28-3   [04810]
ISBN 979-11-86907-27-6 (set)

※ 이 책은 베아트리체와 저작자의 계약에 의해 출판된 것이므로,
   무단 전재 및 유포, 공유를 금합니다.

목 차

0. 序   7
1. 간택되지 않은 소녀   18
2. 머나먼 왕자를 위하여   78
3. 빈궁전, 그리고 생과방   136
4. 묘녀, 묘랑   223
5. 이 강토에 달빛이 물들면   295
6. 때 이른 절정   385
7. 출궁   489

0. 序

    항상 생각했다. 카메라 플래시 때문에 눈을 뜨지 못할 정도로, 사람들이 바라보는 시선을 받고 싶다고. 그러면서도 꿀리지 않고 당당하게 그 앞을 걸어갈 수 있는 위치가 되었으면, 하고. 그런 기준에서 내게 끌리는 건 영국 왕실의 공주거나, 아들만 줄줄이 있는 유명 인사의 막내딸 정도였다. 원하는 건 모두 가질 수 있고, 곱디고운 아이로, 구김살 없는 아이로 자라고 싶었다.
    그래, 내가 되고 싶은 건 명실상부한 공주였다. 복잡한 정치 같은 것에 휘둘리지 않을 만큼의 지위를 가진 공주 말이다. 화려한 옷을 입고, 주위 모든 사람에게 떠받들어지는……. 그래서 딱 적당할 만큼의 사랑을 받을 수 있는, 절대 버려지지 않을 정도의 위치를 가진, 공주. 아니, 사실은 그보다 더한 이유가 있었다. 멋진 부모님께 물려받은 공고한 위치. 존재만으로 아름답다 칭송받고, 세상 어디서든 인정받는 멋진 아버지가 사랑하고 인정해 주는. 그런 왕의 딸. 공주가 되고 싶었다.

─찰싹!

"뭐야, 이년아? 돼먹지 못한 계집애 같으니. 지금 어딜 간다고? 다시 말해 봐."

"아, 아버지……. 어제도 말씀 드렸잖아요……."

"웃기는 소리 하지 마! 네가 언제 말했어? 나도 못 가 본 동해를 간다고? 돈은 땅에서 솟아난 걸로 가냐?"

또, 또 시작이다. 뺨을 얻어맞고 저만치 나가떨어진 나는 터질 듯 부어오른 뺨을 감싸고 입술을 질끈 깨물었다.

"천하에 몹쓸 년 같으니. 그런 데 놀러가서 쓸 돈 있으면 이 애비한테 좀 줘 봐! 밥도 못 먹고 이렇게 라면만 먹는 게 불쌍하지도 않냐? 못된 년."

"……."

아버지는 그렇게 한동안 계속 내게 욕설을 퍼부어댔다. 한 손에는 타다 남은 꽁초, 다른 한 손에는 반쯤 마신 소주병을 들고. 상에 놓인 양은 냄비에는 불어터진 라면 면발이 조금 깔려있었다. 언제쯤 나는 이런 삶에서 벗어날 수 있을까. 과연 벗어날 수 있기는 한 걸까?

"망할 년! 딸이라고 하나 있는 게 저 모양이니. 왜 사는지 몰라. 쯧쯧……."

한껏 꼬부라진 혀로 악담을 퍼부어대던 아버지는, 불이 꺼질락 말락 하는 꽁초를 발견하곤 신경질적으로 집어던졌다. 흘러내린 눈물 때문에 끈적끈적해진 머리카락이 앞을 가려서, 나는 꽁초가 내 발목 부근에 던져진 것도 몰랐다. 얼얼해진 뺨과, 욱신거리는 머릿가죽이 너무도 아팠다. 그래서 치직거리는 소리가 난 지 십 초는 지나서야 알아차렸다. 난 떨리는 손으로 그것을 집어 벽의 모퉁이에 숨겼다.

전기세를 내지 못해서 오늘이 마지막으로 tv를 볼 수 있는 날이었지만 그런 날짜 개념이든, 경제관념이든 신경 쓸 아버지가 아니었다. 하지만 시곗바늘이 열한 시를 가리키고 있는 지금, 아버지가 잠들기 전에 tv가 꺼진다면 난 또 그걸 핑계로 날이 샐 때까지는 무자비하게 맞아야 했다. 제발, 제발 얼른 잠들어 줘요. 제발…….

- 드르렁. 푸.

얼마나 그렇게 되뇌었을까. 뜬금없지만, 나는 아버지에게 맞지 않기 위해 브라운관에서 공주처럼 빛나던 모든 사람에게 빌었다. 화면 속의 사람들이 한낱 달동네 가정의 전기와 무슨 상관이 있겠냐만, 난 지푸라기라도 잡고 싶었다. 아무튼 그게 중요한 건 아니었다. 지금, 아직 tv가 지지직거리며 미약하게나마 빛을 뿜고 있음에도 코를 골며 나가떨어진 아버지가 중요했다. 나는 쓰라린 발목을 살짝 쓸어보곤, 몰려오는 고통에 이를 악물었다. 아니야, 이것쯤은 아무것도 아니야. 여기서 아프다고 주저했다간 어떻게 될지 몰라. 나갈 거야. 나가야 해!

"속보입니다. S 대학병원 소아과에서 800그램의 미숙아를 살려낸 연구결과가 발표되었습니다. 해당 연구진들은 신생아의 잇몸에 초유를 발라 면역 성분이 흡수되도록 해서 패혈증을 막았다고 밝혔습니다. 한편……."

tv에서는 희미한 소리가 흘러나오고 있었다. 곧 한 부부가 눈시울이 붉어진 채 소중하게 아기를 안고 인터뷰하는 모습이 방영되었고, 나는 억지로 화면에서 눈을 뗐다. 아기를 안은 그 아버지의 얼굴은 더없이 행복해 보였다. 나는 코를 골며 뒤척이는 아버지의 쪽을 잠깐 바라봤다가, 이를 악물고 쓸데없는 감상을 지워냈다.

아버지는 tv가 켜져 있는 동안에는 잠들어 계실 것이었다. 아버지는 항상 보지도 않으면서 tv는 켜놓게 시켰고, 화면이 꺼지는 순간에는 욕설과 함께 구타가 내게 날아들었다. 전기세는 하늘 무서운 줄 모르고 치솟았지만 그걸 내야 하는 건 나였고, 내 삶에서 제일 중요한 건 돈을 버는 거였다. 돈, 그 끔찍한 이름. 비 오는 날 우산조차 사 쓰지 못하고 찢어진 싸구려 우비를 입어 가며 살아야 했던 나의 과거. 나는 문 밖에서 우르릉거리는 천둥을 배경음악 삼아 전의를 다졌다.

우선 옷장과 벽 사이에 숨겨 놓았던 낡은 가방 하나를 살며시 꺼냈다. 먼지가 잔뜩 묻어 있었지만, 아무래도 괜찮았다. 카키색 천이 켜켜이 때가 묻어 회색빛을 띠었다. 거기에 난 공장에 출근할 때 매고 다녔던 검은색 천 가방에 있는 물건을 손에 잡히는 대로 꺼냈다.

뭘 가져가지? 집 열쇠? 아냐, 이건 됐어. 어차피 안 돌아올 거니까! 난 첫 번째로 손에 잡힌 녹슨 집 열쇠를 던져버렸다. 장판마저도 깔려있지 않은 싸구려 방바닥에 부딪혀 소리가 날까 봐 잠깐 숨을 죽였지만, 다행히도 열쇠는 아버지가 덮은 담요 위에 놓였다. 안도의 한숨을 내쉬기가 무섭게, 난 다시 맹렬하게 가방을 뒤졌다. 뭐든 쓸 만한 것, 돈이 될 만한 것은 들고 나가야 한다.

마지막 출근 날이라, 가방 속에 든 건 얼마 없었다. 다행히도 열여덟의 나이에 성실한 태도를 높게 봐 준 공장장님은 내게 봉투 하나를 쥐어 주셨더랬다. 지금은 그만둬 버렸지만, 고등학교 1학년 때 담임선생님의 친척 분이셨던 공장장님은 노란 봉투 안에 따로 돈을 챙겨 주셨다. 원래 받아가는 월급이 아버지의 술값으로 들어가는 것을 아신 탓이겠지. 그리고 한 번도 이 달동네를 벗어나보지 못한 날 불쌍히 여겨, 처음으로 바다를 보게 해 주시려 공장장님은 동해로 짧은 여행을 계획하셨다. 하지만 몰래 갈 수는 없으니 아버지께 허락을 받으려 한 것이 이렇게 사달이 나 버렸다. 여기서 도망치면 난 아버지는 물론 공장장님, 선생님께도 죄를 짓는 것이겠지. 그렇지만 여기서 더 견딜 수는 없었다. 난 피하고 싶었다. 이렇게 끔찍한 현실로부터.

　감상에 젖은 나는, 그 통장을 카키색 천 가방 깊숙한 곳에 밀어 넣었다. 좋아, 돈은 이제 됐어. 이 정도를 가지고 일단 도망간 다음, 새 아르바이트라도 구하면 돼. 스스로를 다독이며 지갑에서 신분증을 꺼내 챙겼다. 교통카드 따위는 필요 없다. 차라리 산이든 바다든, 아예 깡촌으로 숨어버릴 테다. 친아버지에게 이렇게 맞을 바에야 차라리 새우잡이 배를 타는 게 나으니까. 생각보다 짐을 챙기는 일에 시간이 걸리자 마음이 조급해졌다. 그, 그냥 다 들고 가버릴까? 뭐 하러 이런 걸 분류하고 있어? 그냥 다 챙기면 되는 걸! 멍청하게 시간이나 죽이고 있던 나는 차라리 검정 가방을 카키색 가방 안에 쑤셔 넣기로 했다. 아버지가 가방이 없어진 걸 알면 내가 도망쳤다는 걸 아실 지도 모르지만, 뭐, 괜찮다. 난 이제 정말로 집을 나갈 거니까!

　후들거리는 발의 뒤꿈치를 들고, 소리가 나지 않게 조심조심 걸어 현관문 앞에 놓인 회색 운동화를 신고 끈을 질끈 졸라맸다. 앞으로는 긴 여정이 될 것이다. 마음 단단히 먹어야 해!

　밖에는 하늘에서 구멍이 뚫린 듯이 비가 쏟아져 내리고 있었지만, 나는 이제 아량 따위 베풀지 않기로 했다. 늘 쓰고 다니던 우비 따위는 쳐다보지도 않은 채, 어둠 속을 더듬어 아버지의 우산을 꺼냈다. 꾹꾹 접어 금방이라도 찢어질 것 같은, 동해로 가는 고속버스 표는 바지 주머니 속에 고이 숨겨놓았다. 이제, 동해로 떠나기만 하면 된다. 나는 장대같이 쏟아지는 빗속을, 개선장군처럼 내달렸다.

* * *

장마철임을 다시 한 번 확인시키기라도 하려는 듯, 비는 끊임없이 쏟아 내렸고 해가 떠야 할 시간임에도 여전히 어두컴컴한 하늘은 개지 않았다. 터미널 광장에 내걸린 큰 아날로그시계를 불안하게 힐끔거려 봤지만, 출발하기로 한 아침 아홉 시가 됐음에도 공장장님과 직원 분들은 오시지 않았다. 어쩌지. 조금 더 기다려 볼까? 하지만 조금만 더 지체했다가는 아버지가 깰 것이다. 동해가 목적지인 걸 아는데, 여기까지 쫓아오지 않으란 법 없잖아? 불안한 마음을 안고 고민하고 있는데, 아홉시 동해 행 버스가 곧 출발한다는 소리가 들려왔다. 에라. 어쩔 거야. 어차피 이 표, 동해 가라고 준 거잖아? 늦으면 따라오시겠지. 가서 기다려 봐야겠다. 나는 하는 수 없이 먼저 동해로 가기로 마음먹고 고속버스에 올랐다. 바다, 바다를 보러 가는 거야!

휴게소의 간이 파라솔 매점에 걸린 시계의 바늘은 오후 세 시를 가리키고 있었다. 서울과 다르게 쨍쨍한 햇살이 내리쬐는 바람에 눈이 부셔, 잘못 봤나 하고 다시 쳐다봤지만 시간은 여전히 세 시를 가리키고 있었다. 터미널에서 기다리다 못해 동해 구경이라도 한 번 하러 온 것인데, 몇 번이나 간이매점과 터미널을 왔다 갔다 해도 공장 가족들의 모습은 코빼기도 보이지 않았다.

불안함이 엄습해왔지만, 안 그래도 초라한 행색의 여자아이가 주위를 떠도는 걸 본 사람들이 날 흘낏거리는 게 느껴졌다. 다시 이를 악물고 바지 주머니 속으로 손을 집어넣었다. 봉투에 두툼하게 들어있는 현금이 느껴졌다. 오기가 치솟았다. 혼자서 왔으니, 혼자서 돌아다니는 것쯤 어떤가? 당당하게 보이자!

난 충동적으로 옆의 게시대에 놓인 동해 관광 지도를 하나 뽑아들었다. 펼쳐드니 맨 첫째 장에 나오는 관광지, 문무대왕릉이 보였다. 깨알같이 적힌 설명 정보를 대충 읽어보니, 신라시대 왕의 수중릉이라고 했다.

희망을 놓지 않기 위해 재수 준비를 하며 틈틈이 읽었던 국사 교과서에서 한 번쯤 읽어본 것도 같았다. 나는 일단 거기로 가 보기로 했다. 사실 왕의 무덤 따위에 관심 없긴 했지만, 일단은 관광지라니까 한번 가 보는 것도 좋을성싶었다. 그리고, 내 행선지가 어디인지 아버지가 아는 이상 이제 동해에 있는 것은 위험했다.

"아저씨, 경주 가는 표 하나 주세요."

* * *

"저, 여기 문무대왕릉 가려면 어떻게 해야 해요?"
"뭐?"

길을 제대로 찾지 못해, 아까운 돈마저 써가며 택시를 타고 문무대왕릉이 보이는 곳에 도착했다. 축축해진 운동화 속으로 달라붙은 모래 알갱이에 불쾌함을 느끼며 저 수평선 너머에 자리 잡은 것 같은 문무대왕릉을 멍하니 바라보고 있는데, 이게 진짜 끝인가? 가까이 가 볼 수는 없는 건가? 이게 무슨 왕릉이람. 얼핏 보면 무덤인지도 모르겠구만. 투덜거리며 돌아 나오며 다음엔 어딜 갈까, 아쉬움을 안고 심각하게 고민하는데, 와자지껄한 소리들과 함께 흰색 벙거지 모자를 쓴 중년 남성 무리가 앞을 지나갔다. 그 중에 내 귀에 포착된 소리는,

"이번 답사도 참 오랜만이야. 안 그런가, 김 교수?"

"그렇죠. 이 교수님도 학부 때 가 보신 것을 빼면 처음이시죠, 아마?"

"그럼. 내가 그 분야 전공자가 아니니 올 기회가 있었어야지. 문무대왕릉 직접 본 지가 벌써 그리 오래 됐구만. 역사로 밥 벌어먹고 사는 사람 치곤, 너무 책상 앞에만 앉아 있었나 싶네. 하하하."

"저도 참 오랜만입니다. 학생 때는 얼마나 문무대왕릉을 직접 보고 싶

었던지! 이렇게 직접 가 보는 것도 감개무량하네요."

난 조심스레 그들의 무리를 뒤따라갔다. 김 교수와 이 교수란 사람들이 내 존재를 알아챘는지는 모르겠으나, 일단 꼬리에 따라붙는 건 성공했다. 그러고선, 그들이 모래사장을 지나 선착장으로 가는 길에 잠깐 걸음이 느려진 이 교수라는 사람으로 추정되는 이의 소맷자락을 잡아당겼다.

"저기…… 혹시, 문무왕릉 어떻게 가는지 아세요?"

충동적으로 물은 것이었다. 이 남자가 교수라니, 어느 정도는 신뢰가 갔기 때문이다. 나도 만약 나이대로 진학했더라면 이런 교수님 밑에서 배울 수 있었을지도 모른다는 착각이 용기를 내게 해 주었다. 그러나 내가 예상했던 답은 들려오지 않았다. 이 교수라는 사람은 나와 마주한 순간, 얼굴을 약간 일그러뜨렸다.

"저……."

하지만 그건 아주 찰나 동안이었다. 그 얼굴에 놀라서 내가 무엇을 잘못했는지를 떠올려 보려는데, 순식간에 표정을 지워 버린 그는 묘한 눈빛으로 나를 한참 동안 훑어보더니 말했다.

"그건, 아무나 못 가는데."

"관광지 아니에요? 여기 보니까 그렇게 쓰여 있던데."

"관광하는 데는 알아서 가는 거고. 가까이 가 보는 건 미리 신청하고 가야 하는 거야. 일반인 공개도 안 되는 거고. 학교 숙제 때문에 그러는 거면 그냥 저기 가서 사진 몇 장 찍어 가."

의아해서 되물었으나, 그는 날 쫓아 보내려 하는 것 같았다. 사실 문무왕릉에 대해 그렇게 큰 애정이 있지는 않았으나, 나는 괜히 오기가 발동해서 내뱉었다.

"아뇨, 저 숙제 때문에 여기 온 거 아니에요. 전 꼭 문무대왕릉 보고 싶은데. 그거 보러 왔어요. 들여보내 주시면 안 돼요?"

나는 아버지에게서 물려받은 딱 하나의 장점인, 큰 눈을 최대한 치켜 뜨려 애쓰며 그 작자를 쏘아보았다. 나를 탐색하는 듯한 그의 눈빛이 검은 선글라스를 넘어 와 닿았지만 개의치 않았다. 아니, 사실은 그 사람이 나를 어떻게 판단하고 있는지는 상관없었다.

"이거 드릴게요. 이 정도면 관광 비용 정도는 되지 않겠어요?"

미쳤나 보다! 속으로 그렇게 외치면서도 내 손은 이미 주머니 속에 들어 있던 오만 원짜리 지폐 두 장을 건네고 있었다. 이게 무슨 아침 드라마 같은 행동이람. 시어머니처럼 돈을 하얀 봉투에라도 넣어 줘야 할 것 같은데! 사실은 매우 부끄러웠다. 속된 말로, 쪽팔렸다. 교수씩이나 되는 사람이 돈에 넘어갈 리가 없잖아.

하지만 그런 내 얼굴과 돈을 번갈아보던 남자는, 묘한 미소를 짓더니 집게손가락과 엄지손가락으로 그 돈을 집어 들었다.

"……좋아."

"저, 정말요?"

"대신 탑승할 땐 유람선 화물칸에 타 있는 게 좋을 거야. 너는 신청하지 않고 온 사람이니까."

"괜찮아요."

돈이 조금 아까웠긴 했지만, 시작은 좋았다. 난 신이 나서 대답했다. 그리고 곧 그 남자의 꽁무니를 쫄래쫄래 따라갔고, 이 교수가 일행과 이야기를 하면서 시선을 돌려놓는 사이 무사히 화물칸에 탑승할 수 있었다.

왜 사람들이 여름만 되면 바다, 바다 노래를 부르는지 이제 알 것 같았다. 유명한 새우 과자의 cf처럼, 청명한 녹색 물속에 형체를 알아볼 수 없을 만큼 빠르게 지나가는 고기들, 정말 과자를 들고 있으면 갈매기가 날아올 것만 같은 풍경. 그 모습을 바라보고 있노라니 정말 아름답다는 말 외엔 표현할 수 없을 정도였다. 화물칸에 있어야 했지만, 나는 그 풍경의 유혹에 못 이겨서 살짝 빠져나왔다. 그리고 튀어나온 녹슨 철제 구조물 사이에 몸을 숨기곤 배 꽁무니에서 하염없이 바닷물을 내려다봤다. 끝없이 존재할 것만 같은 투명한 그 물속을.

손을 뻗으면 하얗게 부서져 가는 그 물보라를 만져볼 수 있을 것도 같았다. 속도가 그리 빠르지도 않으니까, 잠깐이라도 만져보고 싶었다. 부드럽고 투명한 저 바다는 차가울까, 아님 내리쬐는 이 햇살처럼 따스할까. 느껴 보고 싶었다.

그 욕망을 이기지 못하고 구조물 사이로 허리를 내밀었다. 닿지 못할 것이라는 걸 알았지만 왠지 닿을 것만 같아 해 봤던 거였다. 하지만 역시 닿지 않았고, 나는 아쉬움을 되새기며 몸을 배 갑판 안으로 집어넣으려 했다. 그러나 뒤에서 누군가의 손길이 내 등을 떠다밀었다. 그리고 그렇게 원했던 것처럼, 내 손끝이 그 물보라에 닿는 순간 나는 유람선에서 발을 헛디뎌 떨어지고 말았다.

다이빙을 할 때에만 들릴 법한 물보라 소리가 내 귓가에도 들렸고, 놀라 부릅뜬 눈엔 짠 소금물이 밀려들어왔다. 쓰려러 눈을 감았다가, 필사적으로 다시 떠 바라본 물 바깥에 아스라이 보이는 인영이 설핏 미소를 짓고 있는 게 보였다. 이 교수라 불린 사람이었다.

반짝이는 햇살에 비쳐 보인 그의 미소는 아득하리만치 멀어졌지만 얼핏 보였던 그 미소는 잊히지 않았다. 숨이 막혀 오는 물속에서 점점 기억이 허물어져 갔지만 나는 그걸 붙잡고 놓지 않으려 애를 썼다.

내가 무엇 하려고 돈을 악착같이 벌었는데. 내가 왜 아버지한테 맞고 살았는데? 나도 꼭 대학에 가고 싶었다고. 그런데 왜 나한테만 허락되지 않는 건데?

답이 들릴 리 없는 억울한 물음만 뇌리에 되새기고 되새겼다. 쓰라리지만 감지 않으려 애쓰던 눈이 점차 감겨왔다. 이제는 거의 정신을 잃을 무렵이었다.

이렇게…… 죽는 걸까.

찝찔한 바닷물의 소금기가 점점 맑아지는 것도 같았다. 그 순간 심연의 어둠 속으로 가라앉아 새카매지던 시야가 별안간 밝아지고, 물 먹은 솜처럼 축 늘어진 나를 누군가 잡고 끌어내는 걸 느꼈다. 나는 들고 있던 가방 끈을 필사적으로 움켜쥐었다. 그리고 따가운 모래 대신 딱딱한 돌바닥으로 끌어내려진 순간, 정신을 완전히 잃었다. 내 이름이 외마디 불리는 것을 들으며.

"ㅡ서담아!"

1. 간택되지 않은 소녀

"……아."

간질거리듯 귓가에 어떤 바람 같은 것이 나부꼈다. 따뜻한 기운 역시 스멀거리며 나를 감싸고 있었다. 눈을 뜨기 싫었다. 축 늘어진 몸은 어차피 눈을 뜬다고 해도 운신하기 힘들 것 같았다. 코로 들이마셔지는 공기가 존재하는 것을 보니 아직 죽지는 않았나 보다. 이를 갈았다. 못된 자식. 교수란 작자가 아직 대학도 못 간, 불쌍한 재수생 등을 떠다밀어? 아무리 내가 돈 주면서 졸부 행세를 하기는 했지만. 그래도 날 건져 주기는 한 모양이었다.

"서담아!"

그런데…… 그자가 어떻게 내 이름을 알고 있는 거지? 내가 이름을 알려 준 적이 있었던가? 아니, 혹시 내 가방 뒤져서 지갑이고 뭐고 이미

다 본 것 아니야? 아버지한테도 연락이 간 건가?

거기까지 생각이 미치자, 나는 극심한 공포에 휩싸여 눈을 번쩍 떴다. 만약 연락을 한 거라면 얼른 도망쳐야 했으니까.

힘이 들어가지 않는 몸을 억지로 일으켜 세우려, 뻣뻣한 팔을 바닥에 짚자, 곧 닿으리라 예상했던 딱딱한 바닥이 아닌 부드럽고 따스한 천의 촉감이 느껴졌다. 그것만으로도 충분히 당황스러운데, 어지러웠던 시야가 점차 바로잡히고 나서 눈에 들어온 광경은 더욱 더 충격적이었다.

"서담아! 정신이 드느냐?"

줄곧 내 이름을 불러대며, 눈물을 글썽대고 있는 한 여인. 그리고 그 곁에서 물에 적신 하얀 수건을 들고, 경악한 눈동자로 응시하고 있는 소녀가 눈에 들어왔다.

내게는 저렇게 걱정 가득한 목소리로 바라봐 줄 친구나 가족 따위는 없었다. 나는 생전 처음 보는 사람들이 깨어난 나를 보고 짓는 그 표정이 몹시 이질적으로 느껴졌다. 그러다 퍼뜩 깨달았다. 바닥과 내 몸뚱이가 그다지 멀리 떨어져 있지 않았던 것이다. 바닥에 짚고 있는 손바닥 역시 스무 살의 내 몸이라고 보기에는 어폐가 있었다. 아니, 누워 있던 이 공간 역시 그 자체가 무척이나 생경한 모습을 하고 있었다. 나는 힘이 빠져서 다시 이부자리에 쓰러져 누웠다. 마치 벼락을 맞은 것 같은 충격이었다. 나는 곧 다시 일어나려 했지만, 몸에 힘이 들어가지 않아서 실패했다.

"……어, 어떻게."

몇 번의 시도에도 불구하고 성공하지 못한 채, 혼란스러운 목소리로 겨우 짜내어 말을 내뱉자, 여인은 활짝 웃음을 지으며 안심했다는 표정을 내보였다. 그리고 부드러운 손길로 다시 이불을 덮어 주었다. 눈물을 머금은 애처로운 그 얼굴은 여전한 상태였다. 나는 이불 속에서 두 팔을 꺼내, 변한 내 몸을 정신없이 살펴보았다. 그리고 젖 먹던 힘까지 짜내어 가슴께까지 덮여 있던 이불을 걷어 내고서 상반신을 완전히 일으켜 주위를 둘러보았다.

남색 치마에 흰 저고리를 입은 여인, 그리고 그 곁에는 붉은 치마에 노란 저고리를 입은 소녀가 앉아 있었다.

"뭐…… 뭐야?"

내가 얼마나 정신을 잃고 누워 있었는지는 몰라도, 상황을 보건대 지금이 명절 같지는 않다. 내가 경주로 떠난 것 역시 여름이었으니까. 정신을 잃고 얼마 안 되어 깨어났다고 해도……. 최소한 가까운 명절이라고 해 봤자 단오 정도였다. 아니, 그런데 누가 요즘 단오라고 한복을 차려입어?

시선이 닿는 곳마다 보이는 풍경들은, 언젠가 텔레비전으로 보았음직한, 민속촌이나 박물관에 꾸며놓은 조선시대 집 안의 모습들이었다. 사극에서 잠깐씩 비쳐 보일 때마다 내가 갈망해 마지않았던 양반집 여인네들의 안방의 모습 말이다.

따스한 햇빛이 비쳐 들어오는 창가에, 얌전하게 놓인 난초 화분. 그리고 매끄럽게 두툼하게 만져지는 이불. 반짝이는 장식이 붙은 농. 반쯤 완성되어, 바늘이 꽂혀 있는 수틀. 의심할 여지도 없이 여기는 경주 바닷가에 위치한 곳이 아니라는 걸 알 수 있었다. 나는 마른 입술을 축이며 떨리는 목소리로 다시 물었다.

"저기요, 혹시 여기가 어디…….."

"서담아. 대체 왜 그랬느냐!"

여인이 갑자기 소리를 지르며 눈물을 펑펑 쏟기 시작했다. 나는 움찔 놀라, 하려던 말을 삼킬 수밖에 없었다.

"어찌, 어찌 그런 짓을……! 싫다고 말도 한 마디 하지 않았던 터라 아무도 몰랐단 말이다. 피할 수 있는 것은 아니었다 하더라도 최소한 영감께, 아니 내게는 말을 했어야지!"
 이젠 눈가에 맺힌 눈물이 폭포수처럼 쏟아져 내리기 시작했다. 내 이마에 덮어줄 수건을 짜고 있었던 것 같은 소녀는, 나를 흘낏 쳐다보다가 그것을 옆에 앉은 여인에게 건네주었다. 여인은 그것을 받아 눈가를 닦으면서 토로하듯, 계속 내게 쏘아붙였다.
 "윤 씨 집안에 그런 기회는 대단한 영광이라, 내 누누이 말하지 않았느냐. 네가 어떤 이유로 그 일을 꺼려하게 되었는지는 모르겠으나 어찌 우물에 몸을 던져!"
 "……예?"
 나는 얼이 빠져 멍청하게 한 마디를 내뱉을 수밖에 없었다. 우물? 나는 분명 바다에 빠졌었다. 코와 입으로 무자비하게 쳐들어오던 그 짠 내를 기억한다. 아릴 정도로 짠 그 내음을. 그런데 우물이라고? 그것도 내가 스스로 우물에 몸을 던졌다고?
 "우…… 우물이요? 우물에 제가 몸을 던졌다구요?"
 흐느끼기만 하는 여인에게 떨리는 목소리로 다시 묻자, 붉은 치마를 입은 소녀가 나를 응시하는 것이 느껴졌다. 내가 그쪽으로 시선을 돌리자, 소녀는 다시 눈길을 피했다. 손에 쥔 수건을 내려놓은 여인이 평정심을 유지하려 애쓰며 다시 말을 내뱉었다.
 "그래. 윤서담 네가 그랬지 않느냐!"
 "윤서담이요?"
 나는 또 한 번의 혼란스러움을 느끼며 다시 물었다. 윤서담이라니?
 "서담아. 네가 윤 씨 성을 갖게 되는 것은 이미 영감과 상의를 마친 것이다. 네가 마마의 눈에 든 이상 아버지의 성씨를 가져야 했잖니. 말은 해 주지 않았지만 요즈음의 상황을 보아 알고 있으리라 생각했거늘……."

나는 혼란스러운 기분에 아파 오는 머리를 손으로 짚으며 찬찬히 되짚어봤다. 내 이름이 서담이란 것은 이들이 알고 있는데, 어째서 박이라는 성씨는 윤으로 바꾼 걸까? 그리고 왜 아버지의 성씨를 갖는 것이 누구와 상의를 해야 결정되는 거지? 그리고 아버지의 성씨가 왜 윤 씨란 말이야? 영감은 누구고, 마마는 또 뭐야?

"저기요. 제가 지금 이해가 안 되어서 그런데 저는 윤서담이 아니거든요? 아, 머리야……. 그러니까 저는 분명히……."

"그런 소리 하지 말라니까!"

분명 지금 나는 요상한 표정을 짓고 있을 텐데, 그런 내 표정은 아랑곳하지 않고 여인은 내 손을 잡더니, 여전히 눈물 젖은 그 목소리로 타이르듯 말했다.

"네가 그리 우물로 뛰어들어 정신을 잃은 사이, 중궁전에서 상궁들이 다녀갔다. 본래 예정되어 있던 처자를 보지 못하게 되었으나 네 동생을 내보였단다. 서연이가 네 대신 간택될 게야."

"예? 중궁전이요?"

이게 무슨 소리야? 나는 그 한 단어가 주는 이질감이 갑자기 정체 모를 두려움으로 바뀌어 엄습해 오는 것을 느꼈다.

"윤 씨 집안이 왕실과 혼인을 하는 기회를, 어찌 놓칠 수야 있었겠니. 네가 아프게 되어 동생을 보인 것이라 상궁들에게 말해 두었으니 중전마마께서도 충분히 감안하실 거란다. 너는 얼른 조리하여 일어나기만 하여라."

* * *

그랬다. 내가 물에 빠져 정신을 잃고 깨어난 곳은 당황스럽게도. 조선시대 같았다.

나는 목까지 끌어올려 덮은 두터운 이불 아래서 멍하니 천장만 바라봤다. 깨질 듯이 아픈 머리엔 차가운 하얀 수건이 놓여 있었지만, 내 정신이 그처럼 차가워지기는 어려울 것 같았다. 이 씨 부인, 그러니까…… 내 '어머니'는 나와 이 아이만 남겨두고 이미 자리를 뜬 상태였다.

"……괜찮아요?"

붉은 치마를 입은 소녀가 조심스럽게 물어왔다. 나는 고개를 돌려 그 애를 잠시간 바라봤다. 하얗게 질린 얼굴이 꽤나 의심스럽게 보였다. 나 대신 간택이 되었다는 동생. 그런데 언니란 사람이 투신자살을 기도했는데도 운 기색 따윈 찾아볼 수가 없었다. 내가 누워 있었다는 시간이 근 하루도 되지 않는데도. 안 슬펐던 건가?

그나저나 대체 뭐가 어떻게 된 거지? 나는 찌르르하게 울리는 통증에, 이마를 짚었다. 소녀가 나를 불안하게 살펴보는 것이 느껴졌다. 의심스러움은 가득했지만 나는 순순히 대답을 해 주기로 했다. 일단 이게 무슨 상황인지는 알아야 하겠으니까.

"응."

"미안해요."

눈을 질끈 감으며 서연은 말을 내뱉었다. 그래. 뭔가 좀 이상하다 했지.

"뭐가 미안한데? 네가 나 대신 간택이 되어서?"

뭐야. 이게 미안하다는 것이 아니었나? 그냥 한번 찔러 본 나는 머쓱한 기분이 들었다. 사실 난 저애가 나 대신 간택이 되었다 해서 별로 억울한 마음은 들지 않았다.

아까까지 들은 말로 유추해 봤을 때 이곳은 틀림없이 조선시대였다. 내 '어머니'라는 이 씨 부인이 나가자마자, 문을 열고 뛰쳐나갔던 나는 밖으로 한 발짝도 내딛어 보지 못하고 다시 방으로 들어왔었다. 설마 했던 내 예측은 현실이었다. 처음에는 유적지가 많은 경주라서 민속마을쯤 되는 게 아닌가 했으나, 내 동생이라고 주장하는 소녀는 도통 내 말을 이해하지 못했다. 여기는 한양이라고 했다. 경주가 아니라. 서울도 아닌, 한양!

도저히 믿을 수가 없어서 허름한 옷을 입고 싸리비질을 하던 아주머니를 붙잡아 다시 물으려 했지만, 그 사람마저도 나를 이상한 눈길로 바라보며 서연과 똑같은 소리를 했다. 그런 나를 보는 이들이 혀를 차는 소리를 들으며, 이 상황이 몰래카메라가 아니라는 것을 깨달았다. 이제는 피부로 느껴지는 낯선 공기마저 이곳이 내가 알던 곳이 아님을 다시 말해 주고 있었다.

이해할 수가 없었다. 21세기의 대한민국에서 살던 내가 어떻게 조선시대에 와 있는 것인지. 얼떨떨한 기분이었으나, 피부로 느껴지는 따뜻한 이불은 나는 차츰 내 신세를 다시 되돌아보게 해 주었다. 친부에게 맞고, 좁은 단칸방에서 살다 도망친 나였다. 그런 내게, 극진한 보살핌을 받을 수 있게 해 주고 있는 조선시대는 내가 바라마지 않던 세상이었다.

왕의 딸인 공주가 있고, 또 한 번 태어나 가진 신분은 거의 추락하지 않는, 허물어지지 않는 고귀한 신분이 존재하던 세상이었다. 고3 시절, 재수 시절에 수능 선택 과목이 아니라 하더라도 너무너무 좋아서 하염없이 역사책을 들여다보곤 했던 나는, 지금 이 시간이 조선이란 걸 깨닫게 되자 조그만 희망이 피어오르는 것을 느꼈다.

그런데 깨어난 이곳은 안타깝게도 궁궐이 아니었다. 그러니까 난 공주의 신분을 갖기엔 이미 틀린 거였다. 그런데 깨어나자마자 누구의 상대로 간택이 돼서 궁으로 끌려간다고? 상대가 누군지도 모르는 마당에 그랬다가는 어떻게 될 줄 알고. 나는 위험을 감수하고 싶지 않았다.

만약 남자가 연산군 같은 폭군이거나, 조금 있으면 반정 당해 끌어내려질 광해군이면 어떻게 해? 한국사 공부를 제일 좋아했던 나로서는 소설이나 드라마 속에 나오는 대책 없는 여주인공처럼, 왕의 여자가 되겠다는 생각을 했다가는 생고생만 할 것이 불 보듯 훤했기에 간택되지 못한 것이 전혀 아쉽지 않았다. 더 이상 누군가에 의해 내 신세가 좌지우지 되는 것은 싫었다.

"윤서연…… 맞지? 네 이름."

끼워 맞춘 대로 그 애의 이름을 불러 봤더니 의아한 눈으로 날 쳐다보는 것이 느껴졌다. 언니란 사람이 왜 이렇게 물어보나 싶겠지. 하지만 어쩔 수 없었다. 이렇게 내게 죄책감을 느끼고 있는 사람한테 기대어야 최대한 빼낼 수 있는 것은 빼낼 수 있는 거잖아.

"나, 사실 기억이 잘 안 나. 내 이름이 서담이라는 것밖에는. 우물에 빠진 뒤부터는 머리가 아픈데 아무래도 어디에 부딪혀서 그런가 봐. 그래도 내가 언니니까, 도와줄래?"

소싯적에 드라마나 소설 좀 본 사람이라면 씨알도 안 먹힐 거짓말이다. 기억상실증이라니! 그래도 여기는 조선시대니까 괜찮겠지?

"그…… 그래요."

서연은 떨떠름한 표정으로 고개를 끄덕였지만, 난 흡족한 표정으로 그녀의 손을 꼭 잡고 흔들었다. 이걸로 거래 성사! 난 자유와 정보를 얻는 거고, 쟤는 어쨌든 왕실 남자랑 결혼하게 되었으니 서로 수지맞는 장사였다.

* * *

"흐음."

입 안에 퍼지는 달콤함을 느끼며 나는 눈을 감았다. 창을 열어 놓고, 따스하면서도 쌀쌀한 바깥 공기를 맞으며 부드러운 이불에 파묻혀 있으니 정말 천국이 따로 없었다. 물을 잔뜩 먹은 탓에 며칠이 지나도 아직 속이 불편한 것만 빼면 말이다. 그리고 짧아진 팔다리와 줄어들었음직한 내 나이를 되새길 때마다 참 이상한 기분이 들었다. 하지만 그나마도 서연이 가져다 준 유과를 먹다 보니 나아지는 듯했다. 나는 새 인생을 살아갈 기회를 얻은 거였다. 내가 하도 불쌍해 보여서 하늘이 준 기회일지도 몰랐다.

나는 곁에 놓인 세숫물 대야에 비친 내 얼굴을 뜯어보았다. 윤서담의 얼굴은, 어렸을 때의 내 얼굴과 똑같았다. 사는 시대는 다른데 같은 얼굴이라. 정말 묘한 일이었다. 하지만 생각한다고 답을 얻을 수 있는 것은 아니었으니, 나는 이제 이 상황에 대해 관심을 끄기로 했다. 좋은 게 좋은 거겠지.

"언니. 유과 말고 탕약도 드셔야죠."

서연은 내게 부담스러울 정도로 깍듯한 존대를 했다. 쓴 약을 마신 후에 입가심하라고 준 약과를 먼저 다 먹어치운 나는, 짐짓 타이르듯 하는 서연의 목소리에 반짝 눈을 떴다. 한 살밖에 차이나지 않는 자매인데, 저 존댓말은 언제 들어도 어색하단 말이야.

박서담에서 윤서담으로 깨어난 이후, 서연은 내가 누워 있는 방에 자주 찾아와 탕약을 전해 주었다. 나 역시 그리 사교적인 성격은 아니었지만 자꾸만 어색한 침묵이 흐르니 별 수가 없었다. 자꾸 아무 말이나 걸어 볼 수밖에. 그렇게 해서 알아낸 사실은 조금 뜻밖이었다. 서연은 처음부터 윤서연이었고, 서담은 그냥 서담이었다. 다시 말해 우리 사이가 친자매는 아니었다는 것이다.

이 자리, 이 시간에서 눈을 떴을 때 처음 보았던 남색 치마를 입은 여인은 서연의 어머니가 맞았다. 윤 씨 가문의 안방마님이 그녀였다. 어쩐지 커다란 가체며 비싸 보이는 옷감으로 봐서 그럴 거라고 짐작은 했었다.

그런데, 나는 그럼 뭐지? 그녀는 분명 내게 자신이 '어머니'라고 했었다. 하지만 서연과 친자매는 아니고, 윤 씨 성을 받은 걸로 보아 어머니가 다르다는 것일 텐데. 설마 첩의 딸일까? 그렇다하기엔 물에 빠졌던 날 붙잡고 애절하게 눈물을 찍어내던 그녀의 모습이 이해가 쉽사리 되지 않았다. 첩의 딸에게 그렇게 눈물을 흘릴 필요까지야 있는 건가. 그런 의문이 얼굴에 떠올랐던 건지, 서연은 내 눈치를 살피며 말해 주었다.

—서담 언니는…… 어머니의 소생으로 알려져 있어요.

—알려져 있다고?

모호한 질문에 다시 되묻자, 서연은 찬찬히 설명해 주었다. 서연은 아버지의 일곱 번째 딸이고, 나는 여섯 번째 딸이다. 그리고 그 이후에 이어진 이야기는 다소 충격적이었다. 안방마님이 서연을 잉태하고 있는 동안, 안방마님의 몸종에게서 태어난 아이가 바로 나라는 것이다. 그것도, 친정에서 데려와 십 수 년을 함께 보냈던 친우와도 같은 몸종.

그러나 배신과 투기를 느낄 새도 없이 나를 낳고선 죽어버렸고, 남편과 친우 사이에서 갈등하던 마님은 애처가로 알려져 있던 남편의 신망이 추락하는 것을 막고 싶었기에, 문중에는 서연과 함께 쌍생아를 낳았다고 알렸던 것이다. 다행히 그녀 소생의 여식들이 많은 탓에 문중에서는 계집아이들에게 별 신경을 쓰지 않았고, 집안사람들과 아주 가까운 친척들만이 비밀을 알고 있었다.

물론 이것도 그녀의 딸인 서연에게 들었으니 정확한 것인지는 알 길이 없지만. 잠깐 보았더라도 그녀의 성격이 나빠 보이진 않았기에 참 대단한 여자라고 생각할 뿐이었다. 친구가 남편의 아이를 낳았는데도 내 아이로 삼아 주다니. 현대였다면 당장 이혼감인데.
"언니?"
그렇게 혼자서 서연의 어머니를 성인군자 같은 여자라고 생각하고 있을 무렵, 의아한 서연이 탕약 그릇을 내게 내밀었다. 나는 이불을 걷고 나와 하는 수 없이 그릇을 받아 단숨에 들이킬 수밖에 없었다.
"크으……."
"저…… 그런데 언니."
"응?"
이런 사실을 다 털어 놓고 한동안 내 눈치를 보던 서연이 먼저 내게 말을 붙였다. 나는 그릇을 내려놓고, 찌푸려진 미간을 펴려고 노력하며 그녀를 쳐다보았다. 뭐야. 설마 노비 출생이 자기한테 반말 한다고 따지려 드는 건가?
"제가 간택되었는데 아무렇지도 않으세요?"
내가 예상했던 질문이 아니라 약간 허점을 찔린 기분이었다. 왜 반말을 하느냐 묻는다면 네 언니라서- 라고, 궁색해 보이더라도 둘러대려 했는데. 나는 아무 생각 없이 저 질문에 '생판 모르는 남자와 혼인하기 싫어서-사실은 어떤 사람 부인이 되었다가 인생 망칠 일 있느냐-'라고 대답하려다, 잠깐 망설였다.
윤서담은 노비 출신의 어미에게서 태어난 여인이다. 내가 알고 있는 상식으로는…… 조선 초의 신분제도에 따라, 한 쪽의 부모가 노비면 자식은 다 노비가 된다는 것이었다. 안방마님의 은혜로 양반가의 규수로 자랐다고는 하지만 나보다 한 살 어리다는 서연이 알고 있고, 내가 누워 있는 동안 이 방에 다른 노비들이 한 번도 들르지 않는 걸로 보아 내가 미천한 출신이라는 건 이 집안에 공공연한 비밀인 듯했다. 그렇다면 윤서담 역시 출생의 비밀을 알고 있었을 텐데. 신분상승할 절호의 기회를 걸어차려 한 이유가 뭘까? 아니, 그걸 내가 알 리가 없지. 하지만 그 이유가 뭐든지 간에, 일단은 둘러대야 하잖아?

땀을 흘리며 열심히 대답을 궁리하고 있는데, 서연이 한 점의 흔들림 없는 눈동자로 나를 응시하고 있는 것을 느꼈다. 열한 살이라고 들었는데……. 나는 심호흡을 하고 대답했다.

"네가 더 어울릴 것 같았어."

사실 누구의 배필로 간택되었는지조차 모르는 거지만. 아까 들은 바로는 중궁전의 상궁들이 와서 보고 갔다고 했는데, 어차피 간택은 그렇게 끝나는 게 아니라 세 번에 걸쳐서 하는 거 아니야? 미리 점찍는 것이기는 하겠지만 떨어질 수도 있잖아. 사극 보니까 삼간택에서 떨어지면 평생 독수공방해야 한다던데. 내가 정말로 윤서담이었다고 해도 그 위험은 감수하고 싶지 않았다. 뭐, 윤서담도 정말 그래서 투신자살을 하려 했는지는 몰라도.

"……정말요?"

감격에 젖은 것 같은 서연의 눈동자가 촉촉하게 물들어 가는 게 느껴졌다. 양심의 가책이 느껴졌지만, 나는 그냥 아무 말이나 주워섬기기로 했다.

"듣다 보니 생각나는 것도 같아. 약을 먹으니 정신이 드는 건지……. 아무리 내가 마님의 딸로 자라긴 했다지만 사실은 아니잖아. 그런 내가 간택이 되어 버린다면 그거야말로 배은망덕한 것 아니겠어? 그리고 이미 끝난 건데, 어쩌겠니. 아마 그런 생각을 해서 내가 우물에 뛰어든 것 같아."

"……언니."

서연은 글썽글썽한 눈망울에서 주르륵 눈물이 떨어지기 시작하자 황급히 옷고름으로 찍어냈다. 그 이전에는 데면데면한 사이였다고 하던데.

내가 투신자살을 실패하고 난 뒤로부터 처음 존대를 해 봤다고 한다. 그리고 간택 기회를 양보했다고 하니. 엄청 감동 먹었나 보다.

"괜찮아."

나는 서연에게 가까이 가서 어깨를 꼭 안아 주었다. 그러다 다시 한 번 짧아진 팔 길이를 느끼며 속으로 부르짖었다.

그런데 윤서담. 대체 왜 열두 살밖에 안 되는 거야?

* * *

잠시 진정이 된 것 같은 서연이 이제는 내게 경계심을 다 풀어버린 것인지, 얌전히 곁에 앉아서 수다를 떨기 시작했다. 일곱째 딸이라니 막내인 탓도 있고, 다른 언니들은 다 시집갔다고 했으니 적적한 모양이었다. 때문에 상냥해 보이는 내게 다가앉아 있는 것이겠지.

가끔 고개만 끄덕여 주며 이야기를 경청하고 있다는 티만 내고 있었는데, 그녀가 볼을 붉히며 꺼내는 '혼인'이라든가 '대군 마마'라는 단어가 귓가에 들리는 순간 퍼뜩 정신이 들었다. 맞다. 애를 보러 중전이 상궁을 보냈다고 했지. 그럼 중전 소생 왕자에게 시집가는 건가? 난 서연에게 좀 더 자세한 정보를 캐내려 마음먹었다. 뭐, 내가 시집갈 건 아니지만 궁금하잖아?

"그런데, 서연아."

"네?"

"너와 혼인하게 될 분이 누구셨더라?"

서연에게 말을 듣기 전에는 내 신세가 어떻게 되는지 몰라 밖에 나가 볼 수가 없었다. 그래서 몸 상태를 핑계대고 이 방에 드러누워 있던 것이고. 그런데 이제 내가 꿔다놓은 보릿자루 같은 신세의 윤 씨 집안 여섯째 규수라는 소리 듣고 나니, 지금이 조선시대 어느 왕의 시대쯤인지 밖의 사람들에게 묻고 다녔다간, 신분도 미천한 게 덜 떨어졌단 눈길을 받게 될까 봐 더 나가기 어려워졌다. 어느 정도 이 시대에 대해 파악은 하고 있어야 될 것 아닌가. 보살 같은 안방마님께 폐 끼치는 것도 좀 그렇고. 어리지만 똑똑해 보이는 게 서연이니 서연에게 알 수 있는 것은 다 알아봐야 했다. 비록 고등학교 교육과정에 있는 정도의 지식밖엔 알지 못하지만, 그래도 사학과를 가고 싶은 마음도 있었으니 업적을 알고 있는 왕의 시대일지도 몰랐다.

"진평대군이세요."

"……아, 맞다."

나는 식은땀을 흘리며 아는 척 서연의 말에 맞장구를 쳐 줬다. 그런데 진평대군이라니. 내가 알고 있는 이름은 아니었다. 역사에 이름이 남을 만큼 유명한 왕자는 아닌가? 나는 또 간택이라고 해서 세자빈쯤 되는 줄 알았지.

"그…… 그랬지. 가물가물한데, 기억날 것도 같아."

서연은 발개진 볼을 한 채, 수줍은 듯 미소를 지어 보였다.

"그 자리는 언니가 나갔어야 했던 자리라…… 어머님께서 마마님들께 양해를 구하셨어요. 그런데 마침 제가 어머님을 뵈러 가다 마마님들께서 저를 보신 것이구요. 상궁 마마님들께서 언니가 아니시어 실망하셨지만, 일단 저희 집안과 혼약을 맺기로 한 것이시니 중전마마께 말씀을 올려 보신다고 하셨어요."

그럼 내가 누워 있는 사이에 상궁들에겐 서연이 선을 보였단 말이구나. 무엇 하나 틀어진 것 없이 딱 맞는 아귀의 이야기에, 납득하고 넘어 가려 했지만 조금 걸리는 것이 있었다. 서연은 내가 중궁전의 간택을 받게 된 것을 알고 있었다. 그런데 왜 그 시각에 어머님을 뵈러 갔던 걸까?

찾아온 기회를 놓지 않으려고? 하지만 내 곁에서 종알종알 수다를 떠는 아이는 그런 야망 따윈 엿볼 수 없는, 딱 열한 살 그 또래 여자아이의 모습일 뿐이었다.

나는 서연에게 몹시 궁금함이 깃든 표정이 읽히길 바라며 물어보았다.

"그럼, 간택은 언제야?"

"네?"

그런데 정작 돌아온 것은 서연의 황당한 표정이었다. 내가 질문을 잘 못 했나? 상궁들이 보고 돌아갔다고 해서 본격적인 간택은 언제냐고 물어본 건데.

"초간택이 언제냐고."

"초간택……이요?"

"그래. 초간택! 초간택 다음에 재간택, 그리고 삼간택을 거쳐서 뽑는 거잖아?"

진평대군이란 사람이 대체 누구기에, 왕실의 결혼을 법도도 무시하고 진행하는 거지? 난 이제 어이가 없다는 표정의 서연에 내가 더 황당해지고 있었다. 사극에서 본 것이긴 하지만 왜곡도 아니고. 분명 왕실의 혼인은 이런 절차가 아니었나?

"아아!"

이상한 표정을 짓고 있던 서연이 갑자기 뭔가가 생각났다는 듯 눈을 동그랗게 떴다.

"언니가 말하는 건 상왕전하께서 정하신 제도지요? 국혼에는 단자(單子)를 수집하여 직접 간택하도록 하는 것이요!"

"……어?"

"그런데 간택이 세 단계라는 것은 잘 모르겠어요. 본래 간택이 선례가 많은 것이 아니라, 제가 모르는 것일 수도 있지만…… 어머님께 듣기로는 상궁 마마님들께서 직접 가서 보고 결정하는 것이 관습이라 하시었어요."

더 혼란스러워지기 시작했다. 간택이 세 단계에 걸쳐서 일어나는 게 아니라고? 그럼 내가 알고 있는 건 뭐지? 여기가 조선이 아니란 건가? 아니면 내가 교과서랑 사극을 통해 배운 역사 외에 뭔가 다른 게 있는 걸까?

"휴. 모르겠다."

"예?"

"아, 아무것도 아니야."

나도 모르게 입 밖으로 내뱉어 버린 한숨에 서연이 깜짝 놀라는 것 같았지만 그것에 신경 쓸 여력이 없었다. 서연은 이제 왕자, 아니 대군이랑 혼인한다고 하고. 나는 그럼 어떻게 되는 거지?

* * *

"서담이가 그리 말하였더란 말이냐?"

"예, 어머님."

늦은 저녁, 땅거미가 내려앉을 무렵. 이제 막 사람들이 하루의 마지막 휴식을 취하고 있을 시간이었다. 서연은 혼정신성(昏定晨省)이란 고사답게, 저녁이 되자 어머니와 이야기를 나누러 들렀다. 그러다 서담이 했던 의아한 질문이 문득 떠올라 물어보았는데, 이 씨 부인의 반응은 뜻밖이었다.

"간택이 끝난 걸 알면서도, 또 간택이 언제 있느냐 물었단 말이지……."

이 씨 부인은 오늘만큼은 저녁마다 빠지지 않고 찾아오는 막내딸의 진심어린 효심에, 저녁마다 나누던 정담(情談)을 즐거워하던 어머니의 얼굴을 내보일 수 없었다. 무언가에 골몰하던 이 씨 부인은 잠시 뒤, 자애로운 미소를 지으며 서연에게 말을 건넸다.
"그래, 알았다. 오늘 하루 너도 곤하였을 터이니 이만 물러가 쉬도록 하여라."

* * *

아무래도 이 집에서 윤서담의 위치는 생각보다 더 비참한 것이었나 보다. 아니, 어쩌면 지금 내 상태를 들킬 일이 없으니 좋은 건가? 나는 찬밥 신세가 되어 방구석 한 쪽에 밀려나 있었다.
"어머, 아가씨. 이것 참 고와 보여요. 역시 대군부인이 되실 몸이시라 그런지, 귀하고 좋은 것들로만 가득이네요."
"맞아요. 요 윤기 흐르는 것 좀 봐! 세상에. 쇤네는 이렇게 고운 비단이 있는 줄 처음 알았지 뭡니까. 이 노리개도 엄청 값나가 보이는 것이네요!"
"애는 참, 왕실에 시집가는 건데 어련하겠니. 그나저나 아가씨, 쇤네들도 혼인을 볼 수 있을까요? 왜, 원래 혼인을 할 때는 여인네의 집에서 하는 것이잖아요."
이 집안의 여자 노비들은 죄다 내 방에 몰려와 있는 것이라 해도 과언이 아닐 것 같았다. 서연은 내게, 어머님께서 혼인 때 쓰라며 주신 것들이라며 패물함을 보여주러 왔다. 그녀는 하루에 몇 번씩은 탕약을 든 채, 또는 아무런 이유가 없어도 내 방을 자주 찾았다. 이번엔 귀한 보물들을 보여준다며, 말갛게 웃으며 종종걸음 치는 것이 귀엽다 싶어 활짝 문을 열어 젖혔는데, 방문이 다 열리기도 전에 보인 것은 구름같이 몰려든 사람들이었다. 마치 구경 따라온 것이 아니라는 것 마냥 손에는 각자 청소

도구 하나씩을 들고 있었지만.

"너희들, 청소하러 왔다며?"

머리가 울려 죽겠다. 패물 구경하고 가려면 금방 하고 나갈 것이지, 대야에 싸리비에 수건에……. 이딴 것들은 왜 바닥에 내팽개쳐놓고 난리냔 말이야. 난 이렇게 복작복작한 방 안에서 요양을 할 수가 없다고! 한껏 짜증이 나서 계집종들에게 쏘아붙이는데, 온갖 비녀와 떨잠, 노리개들을 선망의 눈길로 쳐다보던 몇몇 아이들이 어이가 없다는 표정으로 날 바라봤다. 뭐야, 저 눈빛은?

"허, 참."

나보다—물론 윤서담을 이르는 것이다— 서너 살쯤 더 먹었을까. 껑충하게 키는 크고 비쩍 마른 아이가 내 말을 듣더니 비웃음을 내뱉었다. 그 순간 사람들이 조용해지더니, 나와 그 아이를 번갈아 바라보기 시작했다. 서연은 종들의 칭찬에 마냥 행복해 있었는지 이제야 고개를 들고 무슨 영문인지를 파악하려 했다.

"막내 아가씨와 담소 중이었습니다요. 뭐 불편하신 거라도 있어서 그러세요?"

"뭐?"

"막내 아가씨께서 대군부인마님이 되신다는데, 이 천것들이 신기하기도 하고 부러워서 좀 쳐다보고 있는 중이었다, 이 말입니다."

지금 이게 뭐하자는 거야? 나는 뭔가가 속에서 울컥 치밀어 오르는 것을 느꼈다. 여긴 내 방이다. 서연이 부르지도 않았는데 온통 몰려들어 와서 왁자지껄 떠들어 대는 것도 머리 울려 죽겠는 마당에 적반하장인 저 말투라니.

"너 방금 뭐라고 했니?"

그리고 나는 비록 이 집안의 정실 소생은 아니라 하나, 엄연히 윤 씨

성을 가지게 됨으로써 어느 정도는 인정을 받았다고 한다. 그렇다고 해서 내가 조선에 온 지 얼마나 되었다고, 천한 것이 어찌 감히 주인에게 대드는 것이냔 생각이 든 건 아니다. 하지만 최소한 예의라는 게 있어야 하는 것 아니야? 그리고…… 솔직히 말해서 정실 소생의 서연의 앞에서 이런 취급을 당하게 되니 막상 화가 났다.

언제나 귀했고 앞으로도 귀한 신분일 아이 앞에서, 반쪽짜리 양반 여식의 수모를 보이는 것이.

"막내 아가씨께서……."

"당장 그 입 다물지 못해?"

거칠게 쏘아붙이자 안 그래도 적막이 흐르던 좌중이 더 고요해졌다. 윤서담은 이런 적이 한 번도 없었는지, 어리둥절한 노비들의 표정들이 눈에 띄었다. 서연은 손에 잡고 있던 옥비녀를 내려놓고 급하게 몸을 일으키려 했다.

"저기, 언니……."

"아냐, 서연아. 내가 알아서 할게."

이어지는 우리 자매의 말에 노비들은 벼락이라도 맞은 듯, 경악이 얼굴에 스쳐갔다. 우리 사이가 소원한 줄로 알고 있으니, 이런 대화를 나눌 정도의 사이로 바뀐 것은 꿈에도 몰랐겠지. 게다가 내가 서연의 이름을 부르자 노비들은 하나둘씩 내 시선을 피하기 시작했다. 나는 그런 것에는 아랑곳하지 않고 내게 퉁명스레 쏘아붙인 아이에게 다가서 똑바로 눈을 바라보며 말을 건넸다.

"이름이 뭐지?"

"……."

"너 아주 버릇이 나쁘구나. 주인이 명령하는데 입을 다물어?"

말을 하고 있으면서도, 나는 왠지 내가 하는 것이 굉장히 우스꽝스럽게 느껴졌다. 주인은 무슨. 그냥 나는 얘가 날 무시했으니 짜증이 난 거지, 양반의 말을 무시했다고 해서 노여운 것은 아니다. 하지만 나를 대하는 태도를 봐서, 인간성 운운했다간 씨알도 안 먹힐 테니까 이런 수를 쓰는 거다.

"내가 누구라고 생각하는 거야? 네 눈에는 내가 너와 같은 노비로 보이느냐?"

놀라서 눈이 튀어나올 것 같은 서연이 보였지만, 아무래도 상관없었다. 나는 생각보다 그리 착한 사람이 아니거든. 이유 없이 상대방한테 악의를 드러내는 데도 내가 친절하게 대해야 할 이유는 없잖아? 게다가 내게는 윤 씨 집안 여섯째 규수라는 신분이 있는데.

"죄…… 죄송합니다."

"……."

"……아가씨."

느릿하게 내뱉는 말투에, 입술을 질끈 깨무는 걸로 봐서는 이 아이도 꽤나 자존심이 상한 것 같았다. 짜증은 풀리지 않았지만 나는 왠지 모르게 한숨이 났다. 저 태도를 보아하니 한 번도 나를 아가씨로 대한 적이 없는 듯했다. 어째서 또 이런 취급을 당하는 내가 조선에 있었는지 기가 막힌다. 가장 가까이 있는 사람이 제일 믿을 만한 존재여야 하는 것 아닌가?

몸종 출신 어머니를 둔 윤서담은 부모는 물론이고 노비들에게조차 보이지 않는 냉대를 받고 자란 게 틀림없었다. 친부란 존재를 악귀와도 같은 모습으로 바라보며 살아야 했던 나는 그런 윤서담이 동정이 가기 시작했다. 육체적 고통에 못지않게 정신적 냉대도 견뎌내기 힘든 것이다. 하물며 그것이 열두 살 된 어린아이에게는 오죽할까. 예전의 나였다면 신분 차별을 당하는 가엾은 어린 노비의 심정을 헤아려줄 법도 하지만,

지금은 내 자신의 위치를 찾는 것이 더 중요했기에, 곱지 않은 심성을 가졌단 눈초리를 받을지라도 내 마음대로 밀고 나가기로 했다.

"무엇이 죄송한데?"

그래서 치사하지만 말꼬리를 잡고 늘어졌다. 여기까지는 예상하지 못했던 것인지 흠칫하는 것이 눈에 들어왔다. 서연의 주변에 구름처럼 몰려들어 앉았던 다른 노비들도 슬금슬금, 바닥에 내려놨던 청소 도구들을 집어 들었다.

"아…… 아가씨께 말대답한 것이오."

"잘 아는구나."

한껏 비아냥거리며 나는 팔짱을 끼곤, 그 애의 뒤로 돌아가 다른 노비들에게 눈을 부라렸다. 당장 나가지 못해! 란 말을 눈빛에 담아서. 그 뜻을 이해했는지, 다른 노비들은 부리나케 하나둘씩 빠져나갔다. 서연은 이런 내 모습에 당황한 건지 엉거주춤 다시 자리에 앉았다.

"네 죄를 네가 알렷다."

어디서 많이 들어 본 대사인 거 같은데. 그래도 이 상황에 쓰기엔 딱 적당한 걸? 나는 그 아이의 등 뒤에 서서 낮은 목소리로 중얼거렸다. 이제야 겁이 났는지 몸을 떠는 것이 보였다. 그렇겠지. 조선이란 신분제 사회에서 노비 하나 어떻게 하는 것쯤이야 문제도 아니니까.

"흑…… 흐읍…… 예…… 예, 아가씨. 쇤네가 무조건 잘못하였습니다."

결국 그 아이는 눈물을 펑펑 흘려대기 시작했다. 그래도 소리 내어 울면 내가 더 화를 낼 것이라 생각했는지 흐느낌은 참아낸 채 용서를 비는 모습을 보아하니, 이만하면 된 것 같다.

"잘못을 안다니 다행이네. 다음부터 또 다시 네 주인을 기만하는 행동을 한다면 어떻게 될 줄은 알고 있겠지?"

사실 나도 모른다. 보아하니 노비들이 날 업신여기던 마당에 내가 '저 계집을 매우 쳐라!'고 펄펄 날뛰어도 누가 대꾸나 해 주겠는가. 아마 '쟤 왜 저래?' 하는 얼굴로 쳐다보겠지. 뭐, 그래도 효과는 있을 거다.

"예⋯⋯!"

억지로 울음을 참은 채 아이는 내게 연신 고개를 주억거리더니, 방에서 나가려고 뒷걸음질 치기 시작했다. 그런데 서연이 자리에서 일어나더니, 그 아이를 불러 세웠다.

"얘. 옥녀야."

이름이 옥녀였구나. 내가 캐물었을 땐 끝까지 이름을 알려 주지 않더니! 서연은 종들 이름까지 다 외우고 있었나 보다. 무슨 말을 하려는가 싶어 흥미롭게 쳐다보는데, 별안간 서연이 가까이 다가온 옥녀의 뺨을 내리쳤다.

"아⋯⋯ 아가씨!"

놀랐는지 옥녀의 입이 크게 벌어졌다. 뺨을 맞아서 그런 것인지, 아니면 유순하고 말갛게 웃음만 짓던 어린 아가씨가 내 편을 들었던 것에 놀랐는지는 몰라도, 나 역시 경악할 수밖에 없었다. 나와 달리 평판이 좋은 막내 아가씨였던 것 같은데 갑자기 왜 이런담?

"옥녀야. 서담 언니께서 성정이 고우셔서 훈계로만 끝났다만, 나는 그리 할 수 없구나. 자매간의 의리로 보건대 아랫것의 불민함을 달초하는 것을 이리 가볍게 넘겨서는 아니 돼. 허나 언니께서 일을 크게 키우고 싶지 않아 하시는 듯하니 이쯤에서 끝내두마."

뺨을 때려 놓고선 웃는 낯으로 조곤조곤 이르는 것이 참 낯설었다. 열한 살이라면서, 말은 참 잘한다.

"많이 아프니?"

"아, 아니요. 소인이 저지른 죄를 아가씨께서 덮어주신다 하니 정말 감사할 따름입니다. 흑흑⋯⋯."

상냥하게 서연이 한 마디를 건네자마자 옥녀는 서연의 치맛자락을 붙잡고 엎어져 눈물을 쏟아냈다. 그러자 서연은 옥녀의 어깨를 다독여 주며 앞으로는 그러지 말라고 위로해 주었다.

대체 이게 무슨 상황인지 모르겠다. 노비들의 기강을 잡아 내 체면 좀 세우려고 한 것인데 서연이 갑자기 내 편을 들어 주다니. 그런데 어째 끝이 좀 개운하지 않다. 나는 아랫것의 잘못을 절대 눈감아 주지 않는 매섭고 방자한 계집아이가 되고, 서연은 잘못한 것은 혼내고 마음은 다독여 주는 따뜻한 어린 아가씨가 되었잖아.

서연은 자신의 손수건마저 꺼내어 옥녀에게 들려주고, 방 밖으로 내보냈다. 그리고 어처구니가 없어 그 모양을 가만히 바라보고 있던 내게 다가와 예의 그 미소를 보이며 손을 잡아 패물함 쪽으로 이끌었다.

"언니, 저랑 같이 패물 구경해요. 이제 아무도 없으니 우리끼리 하나씩 끼어 보고요!"

어째 뭔가 잘못돼 가는 것 같은 기분이 들었다. 나는 속으로 찜찜함을 느끼며 서연이 이끄는 대로 다가앉았다.

* * *

나는 이 시간이 어느 왕의 시대인지 알고 싶었다. 아니, 꼭 알아내야만 했다.

대충 사람들이 입고 다니는 한복으로 보아 짐작한 것으로는 조선시대라는 건 짐작하겠지만, 그 외에는 어떤 것도 단서가 없다. 서연과 혼인할 왕실의 남자가 '진평대군'이라는 것밖에는. 하지만 그나마도 별 도움이 안 되는 것이, 나는 진평대군이란 이름은 모르고 있다는 거였다. 내가 실록을 꿰고 있는 것도 아니고. 태정태세문단세— 하는 것쯤이야 외고 있지만, 그게 현재 왕의 이름을 칭하지 않는다는 것은 알고 있기 때문에 막상 묻기도 난감했다.

　상왕의 시호가 뭐냐고 물으면 알 수 있겠지만 그걸 대체 누구한테 물어야 한단 말이야? 혹시 서연의 아버지에게 찾아가서 묻는다면 그 대답을 들을 수 있을지 모르지만, 나를 어떻게 생각하는지도 모르는 아버지를 무턱대고 찾아가 긁어 부스럼을 만들고 싶진 않았다. 그래서 나는 눈치나 보고, 이런 짓이나 하고 있을 수밖에 없었다.

　"어때요?"

　"우와! 정말 예뻐! 안 그래도 귀티가 나는 아이가 혼례복을 입으니 더 귀부인 같아 보인다."

　수줍게 볼을 붉히며 좋아하는 서연 앞에서 이를 악물고 파들거리는 입꼬리를 올려 가며 한껏 칭찬을 해 준 지도 꽤 지났는데. 대체 언제까지 내가 이러고 있어야 해?

　솔직히 서연이 혼례복을 입은 모습은 새신부라기보다, 언젠가 동대문에서 전단지를 뿌려 대던 한복 카페에 놀러와 제일 비싼 옷을 집어 입은 어린아이 같았다. 당연한 건지도 모르겠다. 아직 얘는 열한 살이니까.

　언제 끝날까 싶은 아부를 계속 해대던 나는, 새색시가 된다는 기쁨에 가득 찬 서연이 수모들에게 둘러싸여 수선할 곳을 의논하는 사이 살짝 뒤로 빠졌다. 혹여나 배가 고플까 노비들이 준비해 둔 요깃거리 중 약과 몇 개를 입에 털어 넣고, 분주한 틈을 타 밖으로 나갔다. 저 사람들이 내가 사라진 걸 알게 되기까지는 한참 걸릴 것이다. 저 큰 옷을 줄이려면 여간 어려운 게 아닐 테니. 저 혼례복은 더구나 중전마마께서 내려 주신 것이라 한다. 세자빈도 아니고 대군부인에게 내려주다니, 진평대군이란 사람이 꽤나 모후의 총애를 받고 있는 건가 보다.

　신을 꿰어 신고 안채를 벗어났다. 나는 아직 혼례가 결정되지 않은 아이어서 그런지, 아니면 안방마님 소생의 진짜 여식이 아니어서 그런지 윤 씨 부부는 나를 딱히 찾은 적이 없었다. 내가 우물에 빠졌다 깨어난 뒤로부터 한 달이나 지났는데 말이다. 안방마님은 서연과 어울릴 때 가끔 마주쳤는데, 미소만 지으며 별 거 아닌 말이나 몇 마디 건넬 뿐이었다. 반면 그녀의 남편―아버지라 해야 옳겠지만 왠지 그리 부르기는 꺼려졌다―은 왕실과 사돈이 되니 부원군의 이름을 받았는지, 이제 대감이라 불리는 것 같았다. 그래, 대감은 그래도 딸자식인데 한 번도 얼굴을 내비친 적이 없었다. 어휴. 윤서담은 정말 윤 씨 집안에서 찬밥 신세로 지냈던 거야.

입 안에 가득 털어 넣은 약과를 우물거리며 집을 거니는데, 역시 왕실과 사돈을 맺을 만한 가문답게 무척 넓었다. 시간이 날 때마다 집 안을 돌아다니며 답사를 다니곤 했는데 아직도 찬찬히 살펴보지는 못했다. 사랑채에는 손님들이 항상 오간다니 서연도 잘 드나들지를 않았고, 그쪽을 나도 자연스레 피하려다 보니 다닐 수 있는 곳이 한정되곤 했다. 하지만 오늘은 색다른 곳을 살펴보고 싶었다. 안채는 이제 지겹고, 서연은 곧 혼례를 치를 테니 빈 방에서 홀로 박혀있기보다는 살 길을 궁리해야 하지 않겠는가.

* * *

간혹 지나가는 노비들이 내 얼굴을 보곤 흠칫 놀라 허리를 굽혀 인사를 하고 굳어 서 있는 것을 빼곤 순조로운 탐방이었다. 그런데 문득 든 생각이, 옥녀 사건이 소문이 난 것 같았다. 아무래도 저 사람들이 사색이 되어 있는 걸로 봐서 옥녀의 뺨을 때린 사람이 나라고 소문이 났을 수도 있겠다. 그 사건 이후로 어느 노비도 나를 무시하지 않고 깍듯이 대해 주기는 했지만, 가까워지려는 사람은 한 명도 없었기 때문이다. 지금이야 나아졌지만 처음에는 안색이 파랗게 질려서는 부들부들 떨기까지 했으니까. 내가 무슨 성질 더러운 악녀가 된 것 같잖아. 나는 투덜대며 그네들을 지나치며 걸음을 옮겼다.

왕실과 사돈이 되는 만큼, 집안은 온통 흥겨워 있었다. 아직 혼례까지는 조금 시일이 남았음에도 불구하고 부엌에서는 항상 기름 냄새가 풍겨져 나왔고 사랑채를 드나들려는 사람들로 북적북적했다. 집 밖에 나가보지는 않았지만 대문 밖에도 사람들이 몰려들어 있을 지도 모른다. 이곳저곳을 구경하다 보니 이제 막 해가 지기 시작했다.

"흠. 이만하면 그만 돌아갈까?"

혼자 중얼거리곤 안채로 돌아가려, 발걸음을 옮겼을 때였다. 되도록이면 대감이나 안방마님께 들키지 않으려고 그림자가 늘어진 담에 가까이 갔을 때, 벽 너머에서 다투는 소리가 들려왔다.

"형님, 그냥 가자니까요."

"아니 된다. 오늘이 아니면 기회가 없다니까."

"그냥 기다리시면 되잖습니까. 왜 꼭 먼저 보시려는 거예요? 그것도 이 시간에."

"시끄럽다. 너는 따라오겠다고 했으면 잠자코 있을 것이지 왜 이리 말이 많아?"

도둑인가?

나는 어이가 없어 그 자리에 붙박이듯 멈춰 서 버렸다. 세상에, 부원군댁이라고 도둑이 들지 않는 건 아니었구나. 게다가 아직 밤이 되지도 않았는데. 간이 배 밖으로 튀어나왔어. 그것도 한둘이 아니야!

"그럼, 넘는다!"

으랏차차— 하는 기합 소리가 들려오자마자, 갑자기 담 너머로 무언가가 튀어 올랐다가 떨어졌다. 비명이 나오려는 것을 가까스로 참아내고 경악한 눈으로 쳐다보고 있는데, 또 한 번 무엇이 넘어왔다.

"으악!"

양반가 규수답지 않은 비명을 내지르며 몇 걸음 뒷걸음치다 보니, 흙바닥에 나뒹굴고 있는 사람이 눈에 들어왔다.

도둑질하러 월담한 거구나!

공포에 질린 나는 얼른 도망가서 누구에게 알려야 하나를 생각했다. 대감? 행랑채 노비들? 어느 쪽으로 가야 이 사람들보다 빨리 도착할 수 있을까?

"아으으으."

그런데 자세히 보니, 신음을 내뱉으며 어깨나 엉덩이 따위를 감싸 쥐고 있는 사람 두 명은 남자아이였다. 나나 서연과 별 나이 차이가 나지 않을 정도의. 그것도, 보통의 도둑들이라면 할 법한 복면을 하고 짙은 색의 옷을 차려입는 게 정석일 텐데 이들의 복장은 그런 것과는 전혀 달랐다. 저 구석에 찌그러져 있는 갓이나, 서연이 입고 있는 혼례복만큼 비싸 보이는 비단으로 만든 두루마기가 보였으니 말이다.

저렇게 입고 도둑질 하려고 온 건가? 인상을 찌푸리고 서 있는데, 먼저 정신을 차리고 갓을 주워다 쓴 아이가 나를 발견하고 소리쳤다.

"앗, 형님! 저…… 저기!"

"아이구, 어깨야. 왜?"

어깨를 연신 문지르며 고개를 든 다른 아이가 나와 시선이 마주쳤다. 그 소년의 눈동자를 마주한 순간, 나는 정체모를 묘한 기분을 느꼈다.

"어…… 그게 그러니까."

소년도 나와 같은 기분인지, 내게 시선을 고정시킨 채로 말꼬리를 흐렸다. 아마 재도 월담하는 게 옳지 않은 건 알고 있나 보다. 나이도 어린 것들이! 옷차림을 보아하니 꽤나 있는 집 아들들 같은데. 감히 월담을 해?

"뭐야, 너희들?"

소년에게서 시선을 거둔 후, 팔짱을 끼고 그들 앞에 다가서 퉁명스럽게 물었다. 많이 쳐 줘봤자 열 너덧쯤 되었으려나. 열두 살의 몸인 나보다 조금 큰 사내아이들이기는 했지만 그래 보았자 아이들이었다.

"왜 남의 집 담을 마음대로 넘고 난리야? 도둑질하러 왔니?"

"도…… 도둑질이라니?"

"도둑질 아니면, 보쌈이라도 하러 왔니? 멀쩡한 대문 놔두고 담을 넘으니 도둑이 아니고 뭐야!"

되도 않는 변명을 하려는 폼이 눈에 보여서, 나는 콧방귀를 뀌며 그네들을 쏘아붙였다. 어쩌면 이들을 붙잡은 게 나라고 알려지면, 대감과 이야기를 할 기회를 잡을 수 있을지도 몰라!

의기양양해진 내가 다시 그들의 표정을 살피는데, 내 말에 뜨끔했는지 눈길을 피하는 것이 보였다.

"거 봐. 대답 못 하잖아. 야, 너희 도망 갈 생각 하지 마. 담이 높으니 다시 뛰어올라 도망가진 못하겠지?"

나는 말을 끝마치고 치맛단을 잡았다. 꼴에 양반 댁 규수라고 농에 있던 치마 좀 차려입었더니, 치렁치렁한 것이 뛰기가 어려울 것 같았다. 아무리 어려도 사내아이들이니 나보다 달음박질이 빠를지도 몰라. 나는 슬슬 눈치를 보다가 행랑채 쪽으로 뛰어가며 소리를 질렀다.

"도둑이야! 도둑이 들었어요! 여기 도둑이……."

아니, 지르려고 했다. 걸음을 뗀 지 얼마 되지 않아 두 사람이 나를 막아섰다. 정확히 말하자면 한 명은 내 발목을 잡고 늘어지고, 한 명은 얼른 일어나 내 입을 막아버렸다.

"읍…… 읍!"

이게 뭐 하는 짓이야? 나는 내 입을 막은 사람을 마구 째려봤다. 아까 시선이 마주친 소년이었다. 중학생쯤 되어 보인다고 몇 마디 한 게 잘못이었다. 앙심을 품은 게 분명해!

"혀…… 형님. 계속 잡고 있을까요?"

내 발목을 잡은 사람이 가냘프게 물었다. 목소리가 떨리는 것이, 자기도 찔리는 게 분명했다.

"……아냐. 그냥 놓아. 내가 잡고 있으마."

"읍읍!"

"가만히 있으시오."

그의 손이 내 발목을 놓자마자, 나는 내 입을 막고 있는 자를 떨쳐내려 발버둥을 쳤지만 그는 꿈떡도 하지 않았다.

뭘 잡고 있어? 애들 설마…… 진짜 도둑이 아니라 보쌈 하러 온 거 아니야? 서연이 간택되었다는 건 이 동네 사람들이 다 알고 있을 테니, 혹시 반역이라도 할 속셈에서 서연일 보쌈 해 가려고?

"보…… 보하하며 오어아(보쌈 하러 온 거야)?"

"뭐?"

내가 떨리는 목소리로 물었지만 알아듣지 못한 소년은 나를 의아하게 바라볼 뿐이었다. 나는 이 손 떼라는 시늉을 열심히 하며 도망 갈 타이밍을 엿봤다. 어리다고 얕봤는데. 조선시대에 이런 변태들이 있을 줄이야! 그것도 우리 집에 쳐들어오다니!

"손 놔 주면, 말하겠다는 것 같은데요?"

"그래?"

동생으로 보이는 소년의 통역에 내 입을 막은 소년은 약간 갈등하는 듯하더니, 이내 손을 떼어 주었다. 나는 회심의 미소를 지으며 약간 뒤로 물러섰다. 사람 좋아 보이는 미소를 지으며, 바닥에 엎드려 있던 소년이 내게 말을 걸었다.
"저, 소저. 그러니까 우리는……."
"치한이야!"
나는 그의 말이 끝나기도 전에 목청껏 소리 질렀다. 경악에 물든 두 소년의 얼굴은 눈에 들어오지도 않았다.
"동네 사람들! 여기 부원군 댁에 치한이 들었어요!"
아예 동네방네 소문을 내서, 이 동네 유지의 자제들일 것이 분명한 소년들의 체면을 몽땅 구겨 버려야겠다는 속셈으로 계속 악을 쓰자 노비들이 웅성거리며 뛰어오는 소리가 들렸다.
후후, 너네는 이제 끝났어.

* * *

"어찌 그리 경망스러우냐, 이 말이야! 내 살다 살다 이런 경우는 처음이다."
"……죄송합니다."
"과년한 나이면 처신을 바로 하여야 한다고 네 어미에게 배우지 않았느냐? 어찌 배웠기에 이리 속을 썩여! 게다가 치한? 치한이라니!"
나는 치한을 잡으려 한 죄로 한 시간째 사랑채에 끌려가 잔소리를 듣고 있었다. 진짜 치한을 잡으려 했다 하더라도 과년한 여식이 동네방네 소리를 질러대면 안 되는 것이라 한다. 과년한 나이는 무슨, 이제 열둘인데. 그리고 치한이 날 언제 어떻게 할 줄 알고 피하란 말이야? 저쪽은 두 명이나 되는데!
"네 동생이 곧 혼례를 치를 터인데 치한이 들었다는 소문이 나 보거라! 항간에 이야기가 어찌 퍼질지 생각도 안 해 보았더란 말이냐?"

"대감, 그만하시지요. 이 정도면 알아들었을 겁니다."

"아이고."

난생 처음 본 아버지 윤 대감은, 지치지도 않는지 계속해서 날 꾸짖어 대다가 소년의 말에 울화통이 터져 죽겠다는 듯 이마에 손을 갖다 댔다. 힐끔 그 소년을 바라보자, 그는 날 바라보며 싱긋 웃어 보였다.

"규중에 있던 아녀자에게 저와 형님이 무섭게 느껴지는 것은 당연하지요. 안 그렇습니까, 소저?"

"……예에."

하는 수 없이 쥐어짜듯 대답을 하고 고개를 푹 숙였다. 의기양양하게 그들을 꾸짖었는데 무섭게 느껴지기는 무슨. 그래도 일단 이 위기에서만은 벗어나고 싶었기에 무조건 저들의 말에 순응하기로 했다. 그도 그럴 것이, 윤 대감도 저들의 말이라면 사실이든 아니든 믿어야 할 테니까.

아. 끝내버리려고 한 건 저 애들이었는데. 나만 끝나게 생겼다.

"휴우. 정말 죄송합니다, 대군 마마."

"아닙니다, 장인."

정말 아무렇지 않다는 듯 점잖게 대답하는 저 소년이 바로 진평대군이었다. 담을 넘어오자마자 나와 눈이 마주쳤던 그 소년.

아니긴 뭐가 아니야. 너도 내 입부터 막았으면서! 저 표정 관리하는 것 좀 봐.

"그런데, 어떻게 이 시간에 여기로 오셨습니까? 아마 대문은 잠겨 있었을 터인데."

대군들이 졸지에 치한으로 몰려버릴 뻔한 것을 막느라 노비들을 돌려보내고, 무슨 일이 났나 싶어 몰려든 길 가는 행인들까지 해산시킨 후에는 나를 혼내느라 정신이 없었던 윤 대감이 이제야 대군들에게 여기까지 행차한 이유를 물었다. 윤 대감의 말을 듣자 두 소년의 얼굴에는 동시에 난처한 표정이 스쳤다.
 "아…… 저, 그게."
 능구렁이같이 둘러대던 소년이 말을 잇지 못하고 허둥대고, 점잖은 척하던 진평대군의 얼굴마저 허물어졌다. 그리고 입 다물고 가만히 있다 때를 봐서 사라지려던 내게 그들의 시선이 꽂힌 것은 순식간이었다.
 난처한 저 표정들을 보니 좋은 짓 하러 온 건 아닌 게 맞군. 뭘 보러 왔다고 수군대던 걸 듣기는 했었지. 혹시…….
 "저, 저희가……."
 "문은 소녀가 열었습니다, 아버님."
 선심 써서 한 번 도와주기로 했다. 아마 진평대군이 동생과 함께 혼인 전에 서연을 보러 온 것 같은데, 망설이는 걸 보니 그 사실보다 담 넘은 게 알려지는 걸 더 망신스러워할 것이 뻔했기 때문이다. 왕자 체면에 소문이라도 나면 쟤네는 나보다 훨씬 고초를 겪을지도 모르니까…….
 "뭐야?"
 더 놀라는 표정을 지을 수 있으리라곤 생각도 못했는데, 윤 대감의 표정은 당장이라도 뒷목을 잡고 쓰러질 것 같았다. 이미 혼난 거 조금 더 혼난다고 해서 달라지는 것도 없고. 어차피 다른 사람도 아니고 대군 편들어주는 건데 그냥 거짓말해 주지 뭐.
 "소녀가 갑갑증이 일어, 살짝 요 앞에 나갔다 오려고 대문을 열었을 뿐이온데 두 선비님께서 서 계셨습니다. 황망하여 있는 동안에 들어오시려 하기에 당황하여 비명을 질러 이리 된 것이니……. 대군 마마들께 얌전치 못한 모습을 보인 제가 잘못하였습니다, 아버님."
 생각나는 대로 아무렇게나 둘러 대는 변명이 윤 대감에게 먹혀들어갔는지, 그는 더욱 더 기막힌 표정을 지었다. 안 그래도 화가 나 있던 얼굴에 시뻘겋게 달아올라 다시 한 번 호통을 치려는 것 같았다. 몹시 반성하는 척 온몸으로 연기를 하고 있건만. 안 그래도 눈 밖에 난 자식이 사고를 쳤으니 그런 것쯤은 눈에 뵈지도 않나 보다.

"너는 대체······!"

"하하, 그만하시지요, 부원군 대감."

폭발하려는 윤 대감을 막아선 건 진평대군의 동생이란 소년이었다. 아까부터 사람 좋은 웃음을 짓곤 살살 달래려 하는 것이 이번에야 진가를 발휘한 것 같았다. 일단 그렇게 소년이 위기를 막자, 진평대군이 이어받아 대감을 달랬다.

"장인, 제가 오랜만에 시간이 나 아우와 함께 잠행을 나왔다 우연히 여기에 이르게 된 것입니다. 길례가 얼마 남지 않은 김에 먼저 장인께 잠깐 인사나 드리고 올까 하였는데 문이 열려 있기에······ 걱정이 되어 들렀다 이리 되었으니 여식을 가르치는 것은 이쯤 해 두시지요."

장인은 무슨. 부인 보러 온 거잖아!

장인이 그리워 이 저녁에 몰래 월담했을 리 없다. 사건의 전말을 알고 있는 나는 웃음을 참느라 얼굴 근육이 다 아플 지경이었지만 윤 대감은 그 변명에 어느 정도 속아 넘어간 것 같았다. 갑자기 얼굴이 환해지며 웃음이 가득해졌으니 말이다.

"오오, 그러셨습니까? 그러면 이리로 드시지요. 조금 늦었기는 하지만 소신의 집을 찾아 주셨으니 차라도 대접하겠습니다."

결국 대군의 목적은 이루어지지 못할 것 같았다. 진평대군은 미묘한 표정을 지으며 대감이 이끄는 대로 사랑채를 향해 발길을 돌리려 했다. 그런데 곁에 서 있던 소년은 진평대군을 향해 한 마디를 건넸다.

"형님, 대감과 나누실 말씀이 있으시다 하셨으니 이 아우는 밖에서 기다리도록 하겠습니다. 은밀히 나누셔야 한다 하셨으니 제가 끼는 것이 부담스러우시겠지요?"

어린 소년이 저렇게 능글맞은 웃음을 지을 수 있는지 몰랐다. 소년은 천연덕스럽게 둘러대며 윤 대감과 진평대군을 사랑채로 떠밀었다. 진평대군은 뭐라 항변하고 싶어 하는 듯했으나 애써 그러한 기색을 감추려 노력하는 것 같았다. 그 소년은 이제 나를 노골적으로 바라보았으나, 나는 모른 척하며 고개를 돌렸다.

쯧쯧. 진평대군만 불쌍하게 됐다. 딱히 할 말을 준비해서 온 것 같지도 않은데, 아무 말이나 둘러대고 나오겠지 뭐.

이제 처소로 돌아가야겠다는 생각에 몸을 돌려 걸음을 옮기는데, 소년이 계속 따라오는 것이 느껴졌다. 황당함에 뒤를 돌아보니, 아까의 그 미소를 지우지 않은 채 화사하게 웃으며 내 곁으로 소년이 다가왔다.

"같이 가."

갑자기 웬 반말? 나도 처음 봤을 땐 반말을 하긴 했지만, 그건 소년들이 누구인지 몰랐을 때였다. 안 그래도 윤 대감에게 된통 혼났는데, 또 반말 했다가 일러바치기라도 하면 나는 정말 방에 감금될 지도 모른다. 미간이 찌푸려지는 것을 참고, 나는 파들거리는 입꼬리를 올려 억지로 웃으며 대답했다.

"대군 마마. 소녀는 이만 처소로 돌아가 봐야 합니다. 안채로 가는데 계속 따라오실 것이옵니까?"

"치한이라며?"

"……예?"

"그리 당당하게 치한이라고 소리 지를 정돈데, 이름 모를 사내를 무서워하지 않는 패기에 감탄했어. 이제 내가 누군지도 알았으니 거리낄 것 없잖아?"

"예?"

뭐라는 거야. 정말 대군 맞아? 억지로 쌓아올린 미소가 허물어지려는데, 소년이 내 앞을 가로막아 걸음을 멈추게 만들었다.
"이미 네 성격 다 알았는데, 힘들게 꾸밀 필요 없어."
"……."
"형님과 부원군 대감이 끼어있는 어색한 자리에 나까지 잡혀 들어가긴 싫단 말이야. 그렇다고 해서 마당에 서 있을 수도 없고. 잠시간만이라도 나랑 있어 줘."

나는 잠시 멈춰선 채 고민했다. 맞는 말이긴 했다. 사실 담 넘기 전까지 진평대군을 말렸으니 애도 끌려온 건 맞지. 그 불편한 자리에 앉아있기는 싫을 것이다. 그렇다고 해서 안채까지 무작정 데려갈 수는 없는데.
나이도 별로 되지 않는 소년이니까 걱정될 것은 없지만, 그래도 남들이 보면 꽤나 곤란하지 않을까? 이미 떨어져버린 평판에 뭐가 더 소문날 것이 있겠냐만, 그래도 혹시 모를 위험요소를 이리저리 따져보던 나는 갑자기 이 소년에 대해서는 진평대군의 동생이란 것 외에 아는 것이 없다는 걸 떠올렸다.
"잠깐. 대군 마마."
"응?"
내가 곧 승낙을 할 것이라 여겼는지, 순진한 미소를 지으며 순순히 대답하는 소년이었다. 나는 짐짓 진지한 표정으로 그에게 물었다.
"이름이 뭐예요?"
"……뭐?"
"아니, 무슨 대군이에요?"
장난치는 게 아닌가 하고 황당한 표정을 짓고 있는 소년을, 나는 빤히 바라보았다. 하지만 내가 잠자코 서서 뚫어지게 그의 대답만을 바라고 있는 걸 보자 약간 쑥스러운 웃음을 지으며 말했다.

"너 정말, 모르는 거야?"

"모르니 묻는 것이 아니겠어요?"

어쩌면 엄청 무례한 질문일지도 모른다. 아니면 엄청 멍청한 질문이든가. 부원군 댁의 여식이 종친이 누군지도 모른다는 건 분명 정상적인 건 아니다. 하지만 윤 대감께 된통 혼난 마당에, 그에게 무슨 정보를 얻어낼 가능성은 희박했다. 그렇다면 내가 이 시대에 대해 알아낼 수 있는 건 이 소년을 통할 수밖에 없었다.

"내 이름은 용이다."

"그럼, 이 용?"

아무 생각 없이 중얼거리다, 왕족의 이름을 아무렇게나 부르는 것은 불경이라는 것을 알아채고 퍼뜩 그의 눈치를 살폈지만 그는 별로 화가 난 표정은 아니었다. 오히려 더 밝은 미소를 지으며 대답했다.

"그래. 그리고 그대가 물었던 식으로 대답하면, 안평이다."

"예?"

"나는 안평대군이다."

안평대군. 안평대군이라고?

"왜 그러느냐?"

그의 말이 떨어지기가 무섭게 파랗게 질린 내 표정에 놀랐는지, 안평대군은 자못 심각한 얼굴이 되어 나에게 한 걸음 다가왔다. 나는 다시 뒤로 한 걸음을 떼어 물러나며 얼버무렸다.

"아, 아니에요."

슬쩍 고개를 들어 그의 얼굴을 바라보았다. 길게 뻗은 눈썹과 커다란 눈은 날카로운 느낌이 드는 진평대군과는 정반대의 얼굴이었다. 게다가 저렇게 하얀 피부라니. 아직 어리기는 하지만 호리호리한 느낌이 인상 깊었다.

이렇게 얼굴을 본다고 해서 그가 내가 알고 있는 안평대군인지 아닌지를 가려낼 방법은 없었지만 나는 하염없이 그를 바라볼 수밖에 없었다. 내가 알고 있는 그라면…….

안평대군 이 용은 세종의 아들이고, 훗날 세조의 반대편에 서서 단종의 복위를 꾀하다 죽은 사람이다. 단종의 이야기는 아마 한국 사람이라면 모르는 사람이 없을 정도로 유명했다. 더구나 몇 년 전쯤에 한창 인기를 끌었던 드라마에서 안평대군이 등장하기도 했기 때문에 나는 더욱 그 이름을 듣고 당황하지 않을 수 없었다.

정말 그 안평대군이 맞는 걸까? 세종의 아들이고, 세조의 동생인 그가. 그것이 맞는다면, 아직은 십대 초반으로 보이는 듯하니 어쩌면 지금은 조선 세종의 시대일지도 모른다.

"무슨 일 있어?"

의아한 듯 물어오는 그가 한 발짝 더 다가섰다. 나는 결심을 하고 그의 손목을 덥석 잡았다. 직접 물어보는 수밖에.

"따라 오세요!"

* * *

주위를 살피며 쏜살같이 방으로 뛰어 들어온 탓에 거친 숨을 몰아쉬고 있는 안평대군이 도무지 영문을 모르겠다는 듯한 눈빛으로 바라보았다. 그러나 나는 살며시 문을 닫으며 혹여나 지나가는 사람들이 우리를 보지는 않았는지 살피기에 여념이 없었다. 개미 한 마리도 지나가지 않는 것 같이 고요한 것을 확인하고 나서야 그가 있는 쪽을 바라보았는데, 어느새 숨을 진정시킨 안평대군이 그런 나에게 말을 건넸다.

"뛰어 올 것까진 없었는데."

"그래도 눈에 띄는 것보다는 낫죠."

그가 연신 붉어진 손목을 쓸며 멋쩍은 웃음을 지었다. 나는 일단 궁금한 것부터 묻기로 했다.

"대군 마마, 궁금한 게 있는데 물어도 되나요?"

"궁금한 것? 내 이름 말고 또 궁금한 것이 있어?"

장난스럽게 웃으며 자리에 털썩 주저앉은 안평대군이 말했다. 참 사람 좋아 보이는 미소다.

그런데, 사실 이름이 궁금한 것은 아니었는데. 당신이 '무슨' 대군인지가 궁금했던 거지. 이 용이란 이름을 먼저 알려 주었어도 난 몰랐을 거다. 내게 익숙한 것은 그게 아니었으니까.

아무튼 맨 바닥에 앉아있는 그는 왕족이었으므로, 나는 약간의 예의라도 차려주기 위해-사실 오래 앉아있게 해서 뭐라도 더 알아낼 속셈으로- 내 보료 위에 놓여있던 방석을 하나 건네주곤 그의 앞에 앉았다.

"네. 저는 알고 있는 게 별로 없거든요."

"부원군 댁 여식이지 않아?"

"그렇기는 하죠."

사실 나에 대한 건 별로 알려 주고 싶지 않은데. 반짝거리는 눈빛으로 바라보는 게, 나에게 질문이 날아올 것 같아 말을 돌렸다.

"나이가 얼마나 되세요?"

"열둘."

"대군 마마는 중전마마의 소생 대군 마마들 중 몇 번째신가요?"

"세 번째."

"나머지 대군 마마들께서는 몇 분이 계세요?"

"세 명이 있는데…… 임영, 광평, 금성이다. 누님도 한 분 계시지."

"오오."

나는 내 예상이 맞았음을 확인하자 신난 마음에 환호성을 내뱉었다. 맞았다. 그렇다면 지금 윤서담이 사는 지금 이 시간은 조선 세종의 시대다. 세종대왕이 다스리던 태평성대의 시간! 이리도 운이 좋을 수가. 주체할 수 없는 웃음이 입꼬리에 가득 걸렸다.

"궁금한 것은 다 풀렸니?"

안평대군이 나를 따라 웃으며 손을 올려 내 머리를 쓰다듬었다. 움찔 놀란 내가 얼굴이 살짝 굳자, 그가 앗- 하는 소리를 작게 내뱉으며 얼른 손을 내렸다.

"기분 나빴니?"

"……네. 조금."

윤서담의 나이는 열둘로 안평대군과 동갑이지만, 박서담의 나이는 스물이다. 여덟이나 차이 나는 아이가 머리를 쓰다듬으니 좀 기분이 묘해진 것이다.

"제 나이도 열둘이에요."

"아아."

뭔가를 알아챘다는 표정에, 안평대군의 입에 걸린 미소가 더욱 진해지더니 말했다.

"그래. 우린 나이가 같구나."

"그렇죠."

기분이 좀 이상하다고 해서 대군한테 하지 말라고 할 수도 없고. 나는 나이로 화제를 돌렸다 그나저나, 안평대군이 열둘. 나도 열둘. 서연은 열하나면. 그럼 진평대군은?

"어?"

안평대군은 내게 자신이 중전의 세 번째 아들이라고 말했다. 그러면 첫째는 당연히 세자, 문종일 거고. 둘째는 수양대군, 곧 세조일 텐데. 그렇다면 안평이 분명 형님이라 불렀고, 군이 아니라 대군이니 두 번째 아들이 설마…….

"진평대군이?"

진평대군이 수양대군이란 말인가? 나는 내가 추리해 낸 사실이 맞는 게 아니길 바라면서 다시 안평대군에게 물었다. 제발, 제발 아니라고 대답해 줘.

"대군 마마, 혹시 그러면 진평대군 마마께서…….."

"진평 형님?"

"지금 중전마마 소생의 두 번째 대군 마마가 맞으세요?"

"맞아. 너는 형님이 네 동생과 길례를 올리는데 그걸 이제 알았니? 이상하네. 부원군 대감께서 여섯째 여식은 아끼시지 않는 것 아니야?"

세상에. 아까 운 좋다고 한 것 다 취소다. 나를 놀려대는 안평대군의 목소리 따위는 귀에 들어오지도 않았다. 그래, 생각해 보니 아귀가 맞아 떨어진다. 수양대군, 세조의 왕비 정희왕후의 성씨가 윤 씨였다. 서연도 윤 씨. 진평대군이라고는 하지만 세종의 왕비가 낳은 두 번째 아들이 세조가 된다는 것은 틀림없다. 나중에 봉군(封君)된 것이 바뀌나 보다.

아아. 어떡해. 그것도 모르고 세조를 도둑으로, 아니 치한으로 몰다니! 이미 눈 밖에 나 버린 것 아닐까?

쿵쿵 뛰어대는 심장을 무시할 만큼 나는 간 큰 사람이 되지 못했다. 물론 아직은 나이가 어리니 별 힘이 없겠지. 하지만 나중에까지 기억해 뒀다가 복수하면 어떻게 해? 게다가 난 윤 대감의 정실이 낳은 자식도 아닌걸.

"안 아끼실지도 모르죠."

나는 풀이 죽어 안평대군에게 답했다. 아니, 안 아끼는 게 맞을 거다. 이럴 줄 알았으면 정말 처신 좀 제대로 할 걸. 윤 대감에게도 밉보이고 미래의 세조에게도 밉보이고. 이게 뭐야!

"왜?"

"그냥…….."

그렇다고 안평대군에게 미주알고주알 내 얘기를 다 털어놓을 순 없었다. 진평대군과 꽤나 친해 보이던데 그 길로 달려가 내가 몸종 출신에게서 태어난 자식이라고 일러바쳐 봐. 진짜 어떻게 될지도 모른다.

"서연이보다 제가 아는 것도 없고 얌전하지 못하니 아버님이 절 탐탁하게 여기시겠어요."

"음. 그래. 확실히 네가 아는 게 없긴 하더라."

아니, 저게. 지금 불난 집에 부채질하려는 거야? 위로해 줄 생각은 못할망정!

열이 올라 그를 쩨려보려는데, 안평대군이 덥석 손을 잡고 서탁 쪽으로 나를 이끌었다.

"궁금한 것이 또 있어? 내가 가르쳐 줄게."

"정말요?"

안평대군이 나를 도와주겠다고? 나는 그에게 손이 이끌려가면서 혹하는 것을 느꼈다. 어쩌면 이게 좋은 기회일지도 모른다. 왕자에게 듣는 정보가 제일 정확하지 않겠는가. 게다가 안평대군은 내게 딱히 화난 것 같지도 않아 보였다.

"그럼 대군 마마에 대한 것들 모두 알려 주세요!"

차마 지금 왕이 무슨 일을 하고 있는지 알려 주세요, 라고는 물어볼 수 없어 말을 돌렸다. 내가 아는 것은 문종과 수양대군에 얽힌 이야기뿐이다. 그리고 세종대왕의 업적 몇 가지 정도. 그러나 왕자들이 어린 나이인 걸로 보아 세종이 왕으로 치세를 편 지 많은 시간이 지난 것 같지는 않았다.

나는 큰 줄기를 이루는 역사적 사건 몇 가지밖에 알지 못했다. 그렇지만 진평대군과 서연이 세조와 정희왕후 윤 씨라는 것도 알게 되었으니, 앞으로 윤 씨 집안의 여식으로서 내가 어떻게 해야 하는지 계획을 세워야 했다. 거기다 왕실 사정을 알게 되면 더 좋겠지!

* * *

예고치 못한 귀한 사위의 방문에 윤 씨 대감은 매우 흡족한 마음이었다. 물론 생각하지 못했던 작은 말썽이 있긴 했지만, 대군들도 크게 상관하지 않는 것 같으니 그 일은 곧 뇌리에서 지워졌.
대전의 안부라든가, 요즈음 읽는 서책 등 여러 가지를 묻던 윤 대감은 찻잔에만 집중하고 짧게 대답하곤 하는 진평대군을 알아챘다.
"마마, 무슨 다른 하실 말씀이 있으십니까?"
"아, 아닙니다."
황급히 찻잔을 내려놓으며 시선을 내리까는 진평대군의 모습에, 윤 대감은 낮게 웃으며 말을 건넸다.
"아니신 것이 아니어 보입니다. 길례가 얼마 남지 않아 혼란스러우신 게지요?"
"혼란이라니요. 부원군께서 좋은 분이시고, 그 여식 또한 음전한 규수일 것을 아는데 제가 어찌 그런 마음이겠습니까."
그러나 진평대군은 가볍게 웃으며 윤 대감의 말을 받아칠 뿐이었다. 혹시나 보고 싶다는 기색이라도 내비칠까 하여 은근히 낯을 살폈으나 진평대군은 담담한 표정으로 소반에 놓인 다과를 집어 입에 넣고 있었다. 그래도 여식을 좋게 봐 주는 것 같아 마음이 놓인 윤 대감이었다.
"저, 이제 그만 가 보아야겠습니다."

"아. 그러시지요. 허허, 이 늙은이가 막내딸 보낼 생각에 걱정이 지나쳐 대군 마마를 오래 잡아두었습니다."

"괜찮습니다."

섬돌에 내려서 신을 꿰어 신고 나서 보니, 이제는 제법 어둑어둑해져 있었다. 그러나 주위를 살폈으나 아우가 보이지 않았다. 진평대군은 뒤에 따라 나오는 윤 대감에게 물었다.

"장인, 안평은 어디 갔는지 아십니까?"

"예? 안평대군 마마요?"

윤 대감이 자신보다 더 놀란 얼굴로 휘적휘적 내려와 주변을 살피는 것이, 그도 모르는 듯했다. 그러더니, 급격히 어두워진 얼굴로 망설였다.

"혹시……."

"형님!"

그때 먼발치에서 안평대군의 목소리가 들렸다. 소리가 들리는 쪽으로 고개를 돌려 보니 언제나 만면에 가득한 그 미소를 띤 채 여느 때와 같이 안평대군이 걸어오고 있었다.

"형님. 여깁니다. 이제 가시려는 것이지요?"

"……그래."

"대군 마마, 어디에 머무셨는지……."

윤 대감이 안평대군의 쪽으로 걸어가며 급하게 물었다. 하지만 안평대군은 모른 척하며 고개를 돌렸다. 머쓱해진 윤 대감은 두 대군의 곁에서 따라 걸었다. 아무래도 배웅을 하려는 심산인 것 같았다. 진평대군은 그러지 않아도 된다고 만류하며 안평대군과 함께 문을 나섰다.

"부원군 대감, 이제 저희는 돌아가 보겠습니다."

"살펴 가십시오, 진평대군 마마, 안평대군 마마."

문을 넘어서고, 윤 대감의 집이 시야에서 사라질 때쯤 두 대군이 묶어

놓은 말들이 보였다. 그에 올라탈 때까지 안평대군은 싱글벙글하며 아무 말도 하지 않는데, 그것이 묘하게 신경에 거슬린 진평대군이 퉁명스럽게 말을 건넸다.

"어디에 있었느냐?"

"하하. 아까 보았던 소저의 처소에 갔었죠."

"뭐? 규방에?"

진평대군이 놀라, 홱 몸을 돌려 그를 바라봤음에도 안평대군은 몹시 기분 좋은 티를 내고 있었다.

"네. 머물 곳도 없고 형님 따라 사랑방에 갔다가는 곤란할 것 같아 잽싸게 도망쳤지요. 아시잖습니까, 제가 거짓말 못 하는 것."

이상한 기분이었다. 먼저 눈을 마주친 것은 자신이었는데, 왜 안평을 데려간 걸까. 진평대군은 애써 그런 생각을 지워내며 다시 물었다.

"그렇다고 해도 어찌 규방에 드나들 생각을 한 거야?"

"에이. 먼저 규방을 엿보러 가자고 한 말에 넘어간 것이 누구신데요. 게다가 내일 가자고 했더니 꼭 오늘이어야 한다고 부득불 우기시지 않으셨습니까."

진평대군의 어깨를 툭툭 두들기며 안평대군은 호쾌하게 웃었.

"참, 형님. 윤 소저는 보시었습니까? 윤 대감이 한번 보지 않겠느냐 묻지 않던가요? 그 영감이라면 그럴 법도 한데 말입니다."

"그랬다."

"그래서요?"

"거절했다. 그 소저가 온통 소리를 지르는 판에 온 집안에 다 들렸을 것인데, 무슨 낯으로 규방에 들어?"

그 말도 사실이기는 했으나, 진평대군은 마음 속 깊숙한 곳에 피어오른 어떤 감정을 동생에게 들키고 싶지 않아서 대충 둘러댔다.

"하긴, 그렇지요."

혀를 차며 뺨이 약간 달아오른 진평대군이 말을 앞으로 몰아 나가는데, 뒤에서 나른한 목소리의 안평대군이 중얼거리는 것이 귀에 들어왔다.

"그 소저의 이름. 서담, 서담이라 하더군요."

윤서담.

진평대군은 그 이름을 곁의 형제가 들을세라, 자신에게만 들릴 정도로 혀를 굴려 조그맣게 그녀의 이름을 되뇌어 보았다.

두 소년의 그림자가 어둑해진 땅으로 물들었다.

* * *

오랜만에 집안이 조용하다. 한동안 윤 대감 댁 사람들이 기쁨에 차서 떠들어 대고, 부엌은 쉴 새 없이 뭔가를 만들어내느라 코를 찌르는 냄새들도 제각각이었는데 이제는 그것도 끝이었다. 서연이 떠났으니까.

"오늘은 안 오려나?"

나는 공연히 마루에 앉아 섬돌 위에 놓인 흙덩이들을 발끝으로 떨구어 내고 있었다. 보름 전 서연은 가마를 타고 궁으로 아침 일찍 떠났다. 아주 어릴 적에 민속촌에서 봤던 전통혼례와 같이, 마당에서 상을 차려 놓고 신랑 신부가 맞절을 하는 모습을 보고 싶었지만, 서연의 혼례는 보통 혼례가 아니었기 때문에 양갓집에서 할 수는 없다고 했다. 더구나 진평대군의 혼례를 중전이 직접 주관한다고 하니 어련하겠는가.

길례 당일, 대군부인의 부모가 되는 윤 대감 내외는 서연을 따라 일찍이 궁으로 갔다. 나는 안 그래도 눈 밖에 나 있기도 하고, 내가 참석해도 되는 자리인 것 같지 않아서 그냥 집에 남았다. 아무도 같이 가겠냐고 묻지도 않았고.

노비들은 막내 아가씨가 떠난 것에 아쉬워하기는 했지만, 당분간 주어진 달콤한 휴식 시간에 즐거워하며 각자의 방으로 돌아갔다. 나는 길례 전날 밤 서연과 나누었던 대화를 떠올렸다.

-언니, 벌써 내일이 길례일이에요.

-그래. 진평대군께서는 좋은 분이니 너는 행복하게 살 수 있을 거야.

-호호. 아버님이나 어머님께서는 순후한 처가 되라고 신신당부하시던걸요.

세조가 생전에 아내인 정희왕후를 얼마나 아꼈는지 잘 알고 있는 나로서는 서연이 그리 힘들지 않은 결혼 생활을 할 수 있을 것이라고 생각했다. 또 단순한 대군부인이 아니라 후에는 왕비에까지 오르게 되니 인생은 탄탄대로겠지.

이미 결정되어 버린 일인데, 진평대군이 후에 왕이 된다고 해서 나는 별 다른 일을 하고 싶지는 않았다. 본래 내가 간택되기로 되어 있었는데 서연으로 바뀐 것 자체가 어떠한 힘이 작용했기 때문인 것이라 생각했기 때문이다. 본래 왕비가 되어야 할 사람으로 운명이 이끈 것이라고 막연하게 짐작하는 것이다. 그렇다면 서연이 어떻게 행동하든 간에 결국 왕비 자리를 얻겠지. 그래서 나는 서연의 손을 다독여주며 말을 했었다.

-아내로서 남편을 잘 섬기면 행복할 수 있을 거야. 아직 나는 혼인해 보지는 않았지만. 그래도 너라면 행복할 거야.

그래도 이 시간에 떨어져 그나마 가깝게 여겨진다고 생각하는 사람이었기에 나는 서연의 행복을 진심으로 빌었다.

"오늘은 안 오려나 봐."

한 달 전, 담을 넘어 온 두 명의 대군들은 아무 성과 없이 얌전히 돌아갔었다. 그러나 안평대군은 자신이 나를 가르쳐 주겠다는 약속을 소명처럼 여겼는지, 가끔씩 담을 넘어와 나와 담소를 나누고 가곤 하였다. 길례 준비로 정신이 없던 집안 분위기를 틈타, 해질녘 즈음이면 아무도 내 방 주위엔 얼씬하는 사람이 없었기에 가능했던 일이었다.

그래서 안평대군은 내게 아주 중요한 사실 여러 가지를 알려 주곤 했다. 본인은 그냥 가볍게 이야기 몇 마디를 하며 수다 떤 것이라고 기억하겠지만. 아버지가 무얼 하고 계신다거나, 형제들이 지금 몇 살이고 무얼 좋아한다는 이야기들을 죄다 새겨들었다. 그리고 잘 잡지도 못하는 붓으로 종이에 그림을 그리다시피 하여 적어두었다. 경대 밑에 잘 숨겨두고 언젠가 필요할 때면 꺼내 볼 작정이었다. 아직은 한글이 창제된 것 같지도 않으니, 누구에게 들킨다고 해도 그림 그린 것이라고 대충 둘러대면 그만이었다.

그래도 대군은 대군이니만큼, 안평대군이 자주 나를 만나러 오지는 못하였다. 덕분에 집 안에 갇혀서 꼼짝 못하고 수놓는 일이나, 읽지도 못하는 한자들로 가득한 한문 서책을 읽는 척하는 건 정말 고역이었다.

그나마 삶의 낙이 대군과 함께 궁궐 이야기를 하는 것이었는데. 대군이 자주 궁 비우는 게 들켜 봤자 좋은 건 없겠지. 아쉬운 마음을 달래며 신발을 벗고 자리에서 일어났다. 그리고 방에 들어가려 걸음을 떼는데, 담 밖에서 휘파람 소리가 들려왔다.

- 휘잇!

"대군 마마?"

나는 화색을 띠며 다시 신발을 꿰어 신고 그 소리가 나는 쪽을 향해 달려갔다. 그리고 담장 너머로 살짝 삐져나와 있는 한 손을 발견할 수 있었다.

"대군 마마! 뭐 하시는 거예요?"

사람들이 없는 틈을 타 안평대군은 주로 행랑채나 별당 문을 통해 집을 출입하곤 했다. 그런데 지금 그는 첫 만남 때처럼 담 밖에 서 있는 것이었다.

"서담아. 나 좀 도와줘."

"네?"

"그게…… 오늘은 문으로 들어갈 수가 없게 됐어."

멋쩍은 목소리로 자초지종을 설명하는 그의 이야기를 들어 보니, 여느 때처럼 몰래 궁을 빠져나오는 중에 호위무사들이 눈치를 챈 것 같아 도망쳐 왔다는 것이다. 그래서 따돌리려고 했으나…….

"뭐라고요?"

나는 황당함을 금치 못하고 안평대군에게 되물을 수밖에 없었다. 아니, 그러면 얼른 다시 궁으로 돌아갈 것이지, 왜 여기로 도망을 와?

"대군 마마. 그 말씀은, 무사들이 대군께서 여기로 도망하셨다는 것을 알게 되었다는 말 아니에요?"

대답 없이 이어지는 침묵에 나는 불안한 긍정을 느꼈다. 그리고…… 지금 대문과 행랑채 쪽에 몇몇 사람이 시립해 있다고 작게 덧붙이는 안평대군의 말에 머리가 무거운 것에 한 대 얻어맞은 것 같은 기분이 들었다.

"저. 대군 마마."

"응?"

"아무래도 오늘은 그냥 돌아가시는 것이 좋겠어요."

나 재미있자고 대군을 풍문에 휘말리게 할 수 없었다. 더구나 여기는, 윤 대감의 집은 이제 부원군 댁이 아닌가. 아무 이유 없이, 게다가 진평대군도 모르게 다른 대군이 여기에 드나든다는 것이 알려지면 좋을 게 없었다. 더구나 열두 살 즈음에 왕족들은 혼인 상대를 정한다 하니, 안평대군 역시 곧 혼례를 치르게 될지도 모르고. 그런데 우리 집에 계속 드나든다면 혼삿길이 막힐지도 몰랐다.

"위험하잖아요. 저번처럼 또 담을 넘었다가 다치기라도 하면 어떡해요?"

다쳐서 궁에 돌아가면 우리 집에 무슨 불똥이 튈지 모른다. 그리고 그 불똥이 나한테 튀는 것도 딱 질색이고! 괜히 순진한 안평대군도 불쌍해진다. 나는 짐짓 진지한 목소리를 내어 그를 달랬다.

"그냥 돌아가세요."

"……."

"대군 마마?"

대답이 없어, 혹시 화가 나기라도 했나 하여 몇 발짝 물러나 담 밖의 상황을 보려고 한 순간- 별안간 안평대군의 얼굴이 담 위로 쑥 하고 나타났다. 그것도, 아주 아슬아슬하게 가슴팍이 담장 기와에 기대어진 채로.

"어어!"

"대군 마마!"

세상에! 혼자서 담을 넘으려니 저렇게 되지. 안평대군은 말 잔등 위에서 힘껏 뛰어올랐는지, 억지로 담을 넘으려다 중간만 성공하여 상체가 담에 걸려 있었다. 한 손으로는 담장 기와를 붙잡고, 한 손으로는 필사적으로 땅을 향해 휘두르며. 조금만 미끄러졌다가는 당장 턱이 부러질 것 같았다.

"아, 안 돼요! 조금만 버티세요!"

대군이 여기서 다치는 것만은 막아야 돼! 나는 엉겁결에 그를 향해 달려가며 팔을 뻗었다. 그 순간에도 그는 힘에 부치는지, 몸이 조금씩 밀려나고 있었다.

"아아악!"

그리고 볼썽사나운 상황이 벌어지기 바로 전, 딱 그 자리에 달려간 나 역시도 그와 부딪혀 버린 것은 두 말할 필요도 없었다.

"으."

 눈앞에서 별이 보이는 것 같았다. 대군인지 나인지, 새어나오는 신음 소리를 똑같이 내뱉으며 왠지 모를 무게감을 느끼고 눈을 떴다. 그런데 떨어진 안평대군이 내 몸 위에 나동그라져 있었다.

 아아. 결국 나는 대책 없는 대군을 위해 이 한 몸 바치고 만 것이었다. 묵직한 하중 탓에 숨이 막혀왔다.

"대…… 대군 마마."

 안 다쳤으면 얼른 일어나! 나는 쓰라림이 더욱 커져 가는 것 같은 뒤통수를 느끼며 대군을 불렀다. 열두 살밖에 안 되었다 해도 잘 먹고 잘 큰 왕자라 그런지 안평대군의 체격은 열 너덧 살이 되어 보이는 정도였다. 반면에 나는 그냥 그 나이 또래의 여자아이였을 뿐이어서 버티기가 힘들었다.

"일어나 주세요. 무겁습니다."

"그…… 그래."

 굳어 버린 듯 꼼짝 않는 안평대군이 조금 짜증이 나 신경질적으로 말하자, 안평대군이 놀란 듯 황급히 땅을 짚고 일어나려고 했다. 그런데 그의 손바닥이 땅에 닿는 순간, 외마디 비명을 지르며 그가 황급히 손을 떼는 바람에 그의 얼굴이 내 어깨에 곤두박질치고 말았다.

"악!"

 찰상을 입은 손바닥의 고통을 호소하는 대군과 어깨에 타박상을 입을 것 같은 고통을 느낀 내 비명이 함께 울렸다. 이대로 있다가는 압사를 당할 것 같아 그를 힘껏 밀쳐냈다. 그리고 몸을 일으키려는 순간, 먼발치에서 경악에 찬 이 씨 부인의 목소리가 들려왔다.

"지금 뭐하는 것이야!"

 안평대군과 나는 얼이 빠져 멍청히 서로의 얼굴만 쳐다보다가, 소리가 나는 쪽으로 고개를 돌렸다. 최악의 상황이 아니기만을 빌며.

"대…… 대군 마마! 어찌!"

그런데, 이 씨 부인만이 아니었다. 그녀의 곁에는 윤 대감이 그녀와 똑같은 표정으로 경악을 금치 못한 채 안평대군과 나를 번갈아 보고 있었다.

"아, 아무 일도 아닙니다!"

나는 황급히 안평대군을 밀쳐 내고 재빨리 일어서 옷매무새를 가다듬었다. 물론 입을 떡 벌리고 서서, 이게 무슨 상황인지 파악하려는 윤 대감 내외에게 내 목소리는 들리지도 않는 것 같았지만.

안평대군은 얼굴이 잔뜩 일그러진 채로 긁힌 손바닥을 조심스레 살피며 아무 말 없이 서 있었다. 그가 변명이라도 해 주어야 내 체면이 설 텐데, 아무 말도 없는 것이 불안했다. 하는 수 없이 나는 다시 윤 대감에게 말했다.

"소녀는 단지 저녁 바람을 맞고 싶어 잠시 거닐던 중이었는데…… 대군 마마께서 갑자기 나타나셔서."

왠지 찬바람이 부는 것만 같았다. 나는 내 변명이 씨알도 먹히지 않을 것이라는 걸 인정할 수밖에 없었다. 결국 안평대군은, 찰나의 시간이었지만 수십 번이나 계속된 내 눈짓을 보고서야 입을 열었다.

"잠시 볼 일이 있어 들렀을 뿐입니다."

"대군 마마."

"밖에 무사들이 시립해 있을 것입니다, 대감. 시끄러워지지 않았으면 좋겠습니다. 사사로이는 사돈지간이니, 한 번만 눈감아 주시면 아니 되겠습니까?"

몹시 진지한 표정으로 부탁하는 안평대군의 모습에, 캐어묻고 싶은 것이 많아 보였지만 윤 대감은 입을 꾹 다물었다. 이 씨 부인은 파랗게 질린 얼굴로 몸을 떨며 서 있었다.

 그런데, 왜 이렇게 분위기가 심각한 것인지 도통 이해가 가지 않았다. 대군이 또 담을 타고 넘어온 것이 문제고, 아까의 그 자세가 이상했다는 것은 알겠지만. 안평대군과 나는 특별한 감정은 없는 사이였다. 혹시나 모를 불상사를 대비하여 나는 한 발짝 앞으로 나아가며 입을 열었다.

 "아버님. 대군 마마께서 발을 헛디디시어 다치실까 염려된 마음에 소녀가 도와드리려 한 것이었는데, 잘못되어…… 염려하실 일은 아니었습니다. 걱정하지 않으셔도 됩니다."

 기묘해진 표정으로 내가 하는 말을 들으며 이 씨 부인이 앞으로 나오지 못하게 팔을 잡은 윤 대감은, 의외로 고개를 선선히 끄덕이며 말했다.

 "……알았다."

 안심할 만한 대답이 귓가에 들려왔으나 어쩐지 불안했다. 어느새 내 바로 뒤까지 다가온 안평대군이 내 손목을 붙들며 대감에게 일렀다.

 "그러면, 부원군 대감. 소저에게 몇 마디 이를 것이 있는데 잠시 시간을 내어도 괜찮겠습니까?"

 "그러시지요. 다만 무사들이 밖에 있다 하셨으니, 나가실 때 대문으로 나가시지는 않는 게 좋겠습니다. 그럼 일 보고 가시옵소서. 저희는 돌아가 보겠습니다."

 배웅까지 해 주었던 저번의 경우와는 다르게 윤 대감은 몇 마디 의례적인 말만 내뱉고는 이 씨 부인을 데리고 사라졌다. 나는 안평대군이 잡고 있는 손을 살짝 떼어내며 그를 불렀다.

 "대군 마마."

 "……응."

 "대군 마마!"

 고개를 땅에 박고 건성으로 대답하는 그가 평소와는 다른 것 같아 그의 팔을 잡고 흔들며 다시 불러보았다. 그러자 안평대군은 고개를 들어 나를 바라보고는 말을 건넸다.
"일단 방에 가서 이야기하자."

* * *

내 방으로 돌아와서 아무렇지도 않게 신변잡기적인 이야기를 하는 안평대군은 왠지 모르게 부자연스러워 보였다. 막내 금성이 요즘은 말이 늘었다느니, 진평 형님은 혼인을 하고 시일이 지나서 궁 밖에 나가 사시게 되었다느니. 물론 그가 하는 이야기는 내가 알고 있는 역사보다는 알려져 있지 않은 야사 같은 것이라 흥미롭기는 했지만, 어딘가 모를 감정 같은 것이 그의 얼굴에 스며들어 있는 듯했다.
"그래서 진평 형님의 부인, 그러니까 네 동생은 부왕께 삼한국대부인(三韓國大夫人)의 작호를 받았어. 꽤나 좋은 일이 아니니."
"대군 마마, 무슨 일 있으셨어요?"
나는 다소 직설적으로 내뱉었다. 서연의 일이야 나쁠 일이 없으니 별로 관심을 두지 않아도 좋을 것이다. 하지만 내 앞에서 이렇게 무언가를 숨기려는 하고 있어도 모른 체 할 수 없는 어떤 고민거리를 가지고 있는 대군의 이야기를 묻지 않을 수는 없었다.
"얼굴이 별로 좋지 않아 보이세요."
"……네 동생이 작호를 받았다니까. 그 이야기를 좀 더 해 줄 심산이었는데."
"알아요, 방금 말씀해 주셨잖아요. 서연인 진평대군께서 잘 살펴 주실 것이고. 제가 궁금할 만한 걸 듣고 싶은 게 아니라, 대군께서 생각하시는 것이 듣고 싶어요."

내 말이 끝나자, 서탁 위에 가만히 깍지 낀 두 손을 내려놓으며 안평대군은 내 눈을 조용히 바라보았다. 그리고 그 눈을 그대로 내게 고정시킨 채 물었다.
　"서담아. 너는 내가 하는 이야기, 나에 관한 이야기를 다 듣고 싶다 하였지?"
　"네. 그럼요."
　안평대군의 이야기는 곧 왕실의 이야기. 복잡하고 깊은 정치 이야기 같은 것은 어차피 들어도 알 수 없었다. 다만 그가 해 주는 이야기는 여태껏 배워 온 어느 역사책에서도 듣지 못한, 사소하고 작은 것들이었다.
　하지만 오랜 시간동안 성군(聖君), 대왕(大王)으로 불리어 온 세종과, 그가 사랑한 오로지 한 명의 중전 소헌왕후, 그리고 아직은 행복한 한 가정을 꾸리고 있는 여러 왕자들의 이야기는 내가 평생 꿈꾸어 온 따스한 가족의 이야기였다. 평생을 소원했지만 한 번도 느껴보지 못했던 가족의 정 말이다.
　왕실의 역사를 알고 싶다는 욕심이 아니었더라도, 나는 그 따스한 온기를 조금이라도 나누어 받고 싶었던 욕심을 부리고 있었던 것이었다. 그렇다고 해서 이게 나쁜 것은 아니잖아. 그냥 듣고만 싶었을 뿐인걸. 나는 아무렇지 않게 보이길 바라며 말을 이었다.
　"제게 말해 주시는 것이 꺼려지시나요?"
　그 한 마디에 어쩐지 조금 표정이 미묘해진 것 같은 안평대군이었다. 나는 앞에 앉은 안평대군을 찬찬히 살폈다. 내 보료를 내어주고 앉힌 그였다. 그와 나 사이를 가로막은 서탁에서 서로의 거리는 그리 멀지 않았다. 여태까지는 아무 생각도 없었는데, 새삼 이렇게 윤 대감 내외가 경악하는 모습까지 보이고, 안평대군마저 나를 멀리하려 한다는 생각이 들자 조금 서글퍼졌다. 그래서 앉은 자리에서 일어나 깔고 앉았던 방석을 조금 뒤로 떼어놓았다. 그리고 뒷걸음질을 쳐 그 자리에 앉으며 다시 말을 건넸다. 어쩌면 그는 나를 의심하고 있을지도 몰랐다. 시커먼 속내를 품은, 어떤 목적을 가진 것으로.

"대군 마마께서 그렇게 느끼신다면 하는 수 없지요. 저는 한낱 규방에 앉은 계집아이일 뿐이니까요. 대군께 듣는 이야기가 너무 반가워 염치없게도 이것저것 캐물었던 것 같습니다. 정 그렇게 여기신다면 앞으로는 묻지 않겠⋯⋯."

"아니다!"

말을 끝내기도 전에 안평대군이 황급히 말을 잘랐다. 어느새 그의 얼굴에는 다시 미소가 피어나 있었다. 평소에 보던 것보다 어쩌면 더 진하고 기분 좋은 미소가. 마치 내가 처음 조선의 이 시간에 깨어나 맛보았던 달콤한 유과를 베어 물었을 때 지었던 것과 같은.

"그냥. 그냥 물었던 거야. 네가 내 이야기를 들어 주고 있어서."

"네?"

황당한 기분으로 나는 다시 되물었다. 자리에서 일어난 안평대군이 성큼성큼 내 곁으로 다가와 다시 내 손목을 잡고 일으켰다. 영문도 모르고 그의 손길에 따라 다시 일어나는데, 그가 내 방석을 다시 집어 들고 서탁 바로 앞에 놓았다. 다시 앉으라는 시늉을 하며 안평대군은 보료로 다시 돌아갔다. 우리는 다시 서탁을 사이에 두고 가깝게 다가앉았다.

"너의 의견을 듣고 싶은 것이 있었다."

"무엇인데요?"

"향 형님의 문제야."

"세자⋯⋯저하요?"

"그래."

안평대군의 이름이 이 용이란 것은 처음 들었을 때 누구인지 금방 알아차리지 못했지만, 이번에는 확실히 알아들을 수 있었다. 몰래 드나들며 여러 이야기를 해 주었던 안평대군이 왕자들의 이름을 알려 주었던 것은 첫 만남 때였던 만큼 이미 외우고 있었다. 왕세자 이 향. 훗날 문종이 되는, 세종과 소헌왕후 심 씨의 첫 아들. 진평대군과 안평대군의 형이었다. 세자의 문제였기 때문에 망설였던 건가?

"세자 저하의 문제가 걱정이 되어 그리 안색이 어두웠던 거예요?"

"뭐…… 그랬다고도 할 수 있지."

얼버무리려는 듯, 반달을 닮은 눈꼬리가 더 큰 호를 그리며 휘어졌다. 나는 그런 열두 살의 왕자가 귀여워 설핏 웃음을 지었다. 그렇지만 단호하게 말을 꺼냈다. 나는 그를 책임져줄 수는 없으니까. 선택은 스스로 하는 거다.

"혹시라도 저하께 누가 될까 봐 제게 말하시기가 꺼려진 것이라면 말하시지 않아도 좋아요. 말하신다 해도 저는 답을 내어드리기 어려울 테니까요."

"답을 구하려는 것이 아니라면?"

"답을 원하시는 게 아니라면 괜찮아요. 제가 대군 마마께 해 드릴 수 있는 것은 귀 기울여 들어드리는 것뿐이거든요. 하지만 대군 마마께서 하시는 말을 들어드리는 것은 저의 즐거움 중 하나랍니다."

안평대군은 턱을 괴더니, 입술을 살짝 깨물었다. 웃음을 참으려는 것 같았다. 그러더니 천천히 말을 이어나갔다.

"저하께서 알아서 하실 문제지만. 아우 된 도리로서 신경이 아니 쓰일 수가 없더라. 더구나 빈궁마마께서는 형수님이신데, 그러시는 것을 볼 때마다 매번 불편하고……."

웃으면서 시작한 말이 끝에는 그 기분이 점점 흐려지며 사라졌다. 빈궁마마라고? 나는 곰곰이 무언가를 생각해내려 애쓰며 가만히 생각을 헤집었다. 분명 들어 본 적이 있는 것 같았기 때문이다.

"부부 사이의 일에 내가 끼어들 수 없는 일 아니겠니. 게다가 나 역시 아직 부인을 맞지 않은 몸이고. 헌데 빈궁마마께서는 내게 은근히 세자 저하께 말을 올려 주길 바라시는 눈치야."

안평대군이 슬쩍 내 눈치를 살폈다. 나는 서서히 떠오르는 기억에 약간 이맛살을 찌푸렸다. 기억났다. 안평대군이 걱정할 만도 할 정도다.

"묻기 다소 민망한 것이지만…… 저하께서 빈궁마마를 가까이하지 않으신다는 것인가요?"

문종은 세자 시절 빈을 세 명이나 두었다. 그리고 안평대군이 말하는 것으로 보아 지금의 빈궁은 아마 마지막 아내는 아닌 듯했다. 더구나 문종은 지금 열여섯 살. 나이로 짐작해보면 결국 다른 빈궁을 들일 날이 올 것이었다. 내 말을 들은 안평대군의 얼굴이 붉어진 듯도 하였지만, 나는 그에게 이성간의 부끄러움을 숨길만 한 감정을 갖고 있지 않았다. 더 중요한 것은 그가 엉뚱한 일에 말려들지 않도록 해야 한다는 것이었다.

"……그래. 내가 그래서 세자 저하께 말을 올려 볼 생각이다."

"무슨 말을요?"

가뜩이나 성격 좋은 왕자다, 안평대군 이 용은. 무례하다 할 수도 있는 계집아이인 나와 이리 친밀히 지내는 것으로 충분히 짐작할 수 있었다. 그래서 나는 유일한 내 친구처럼 생각하는 이 어린 왕자가, 최대한 안온하게 지내었으면 하고 바랄 뿐이다.

"종묘와 사직에 고하고 맞은 지어미이니 조금만 돌아봐 주시라고 말이야. 더구나 빈궁마마께서 제일 괴로워하시는 것은 저하께서 다른 궁녀들을 더 어여삐 여기시기 때문이라고 하시더구나."

"……하아."

나는 얕게 한숨을 내뱉었다. 그래. 문종의 세자 시절 첫 번째 빈은 투기로 쫓겨났다고 했었지. 어쩌면 이해가 갈 것도 같았다. 아직 왕이 된 것도 아니고, 세자인데 벌써부터 남편이 다른 여자를 가까이하면 그 속이 얼마나 타겠는가. 그래도 시동생인 대군까지 이러한 사실을 알고 있을 정도면 그녀의 투기를 궁궐 내에서 모르는 사람이 없을 것 같았다. 그러나 안평대군에게 그런 말은 하지 않는 것이 좋겠다고 직접 뜯어말릴 수는 없었다. 부원군 댁 여식이 왕실 사정에 이것저것 참견을 놓는 것은 좋은 모양새가 아니다. 안평대군이 나를 믿고 있다고 하여도 말이다.

"……왕실 또한 사사로이는 집안의 일과 같으니, 오직 성현(聖賢)의 말씀을 따르는 것이 옳겠지요."

결국 나는 돌려 말하는 것을 택했다.

"대군께서 그리 말씀하시는 것은, 어디까지나 형님 내외분을 섬기는 마음에서 드리는 간언이오니 세자 저하께서도 고깝게 여기시지 않을 것입니다."

안평대군의 결심을 말리지 않되, 그 의도는 분명히 사사로운 마음에서 형에게 하는 작은 조언일 뿐이어야 한다. 나는 머리를 쥐어짜 안평대군에게 전했다. 에둘러 말한 내 간곡한 뜻을 제발 알아들었기를 바라며. 나는 내 친구가 미래의 왕의 눈에서 조금이라도 벗어난 위치에 자리하지 않았으면 했다.

그 마음을 아는지 모르는지, 안평대군은 내 말을 듣더니 작게 소리 내어 웃으며 손을 뻗어 내 머리를 살짝 쓰다듬었다.

"알았다. 서담아."

그는 그 말을 하고서는 보료에서 일어나 나왔다. 일어나서는 구겨진 옷자락을 펴며 정리하는 것이 돌아가려는 채비를 하는 듯하였다. 나는 그의 손길이 닿은 머리를 다시 정리하며, 안평대군의 뒤를 따라 방을 나오며 물었다.

"가실 때 또 담을 넘지는 않으실 거지요?"
"왜. 넘으면 어찌하려고?"
"안 돼요."
또 넘어지면 어떡하라고. 나는 그의 옷깃을 잡고 끌며 대문 쪽을 가리켰다.
"이미 대감께 들킨 마당에. 그냥 문으로 나가세요. 이제 날도 어둑해졌으니 무사들과 함께 궁으로 돌아가시는 것이 좋겠어요."
안평대군은 잠자코 고개를 끄덕였다. 그리고 문 쪽으로 몇 발짝을 떼었다. 나는 그가 하는 양을 가만히 바라보고 있었다.
"안 들어가?"
"가시는 것 보고 갈게요."
그 말에 안평대군의 얼굴에 지웠던 미소가 다시 걸렸다. 그는 몸을 돌려 내 쪽으로 다가오더니, 내 어깨를 잡고 자신의 쪽으로 끌어당겨 껴안았다. 내가 놀라 얼어붙어 있는 사이, 그는 자신의 품에서 나를 떼어내고 손을 흔들고 사라졌다.
문이 닫혀 사라질 때까지 나는 그 자리에 붙박인 듯 서 있었다. 누군가에게 안기어 본 것은 처음이었다.
이 시간에서도. 그리고 바다에 빠지기 전, 그 시간에서도.
나는 그의 미소가 나에게도 옮아온 것을 느꼈다. 따뜻한 간질거림이 몸에 피어오르는 것 같았다. 괜히 발끝으로 튀어나온 돌부리를 몇 번 차면서, 내 방으로 돌아갈 걸음을 쉬이 떼지 못했다.
"아, 맞다."
그러다 퍼뜩 생각이 났다. 윤 대감. 그리고 이 씨 부인. 오해할 만한 모습을 봤으니 해명을 해야 했다. 대충 둘러댄 것으로 그들이 무슨 생각을 할 지 모르니까. 나는 치맛자락을 잡고 황급히 사랑채 쪽으로 걸음을 떼었다.

* * *

 어둑해진 밤 그늘에, 방에 놓인 불로 하여금 두 인영(人影)이 비추어 보였다. 나는 섬돌에 신을 벗고 급히 올라섰다. 문을 두들겨 인기척을 내려, 문고리를 잡는데 방에서 분기에 찬 목소리가 들려왔다.
 "제가 무엇을 위해 그 아이를 우물에 밀어 넣었는데요. 그것만은 절대 아니 됩니다!"
 나를 위해 울어 주었던, 이 씨 부인의 목소리였다.

2. 머나먼 왕자를 위하여

우물? 아이를 밀어 넣어?

나는 문고리에서 손을 떼었다. 분기에 가득 찬, 그러면서도 울음에 젖어있는 이 씨 부인의 목소리. 내가 처음 깨어났을 때 들었던 그녀의 모습과 어쩐지 조금 다른 것 같았다. 혼란스러운 감정에 휩싸여 어찌해야 할 지 몰랐다. 귓가에 그녀의 목소리가 다시금 날아들었다.

"절대로 아니 된다는 말입니다!"

"어허. 부인! 누가 정말 그리 된다고 하였소. 누가 들을까 무서우니 일단 목소리나 좀 낮추시오."

그와 대비되는, 점잖은 윤 대감의 목소리가 들렸다. 아니, 점잖은 척은 하였지만 절대로 그렇게 할 수 없다는 의지의 빛이 내보이고 있었다. 이 씨 부인이 나를 우물에 밀어 넣은 이유가 무엇이었을까. 어미조차 죽어

없어져 낭군의 마음을 앗을 리 없고, 아들조차 아닌 한낱 계집아이일 뿐인데. 게다가 친 딸로 거두어 준 것은 정작 본인이 아닌가. 정말, 정말 그녀가 원하던 것은 무엇이기에.

"어찌되었든 서연이가 작호까지 받은 어엿한 대군부인이 되질 않았소. 이미 윤 씨 집안은 외척인 것이오."

"그렇지만 보지 않으셨습니까! 안평대군과 그 아이의 사이를요. 그 아이를 그러라고 제 딸로 받아들인 것이 아닙니다!"

이 씨 부인은 가슴을 두드리며 울고 있었다. 슬퍼서 우는 것은 아니었다. 나는 그녀가 어떤 심경인지 모를 수 없었다. 저 시간에서 겪었던 아버지의 감정⋯⋯ 그것이 이 씨 부인과 닮아 있다는 것이 느껴졌다. 그녀는 내게 어머니로서의 감정을 품은 게 아니었다.

그냥저냥 규방에 앉혀 놓아 순후한 부덕을 쌓은 여인이라는 칭송을 사람들에게 받고 싶었겠지. 그래서 나를 받아들였을 것이다. 나는 잔인하리만치 명백한 사실이 차갑게 다가오는 것을 느낄 수 있었다.

"중궁전에서 나이가 찬 여식이 있으니 보러 가겠다, 그리 연통이 왔을 때 제가 얼마나 억장이 무너졌는지 아십니까! 어미가 못난 짓을 저질러 딸아이의 앞길을 막는구나, 하고 원통하고 또 원통했더란 말입니다."

"부인! 내 그러니 우리의 여식으로 낙점되게 해 주겠다 당신에게 약조하지 않았소. 왜 그 말을 못 믿었소이까? 아니, 그것은 이미 지나간 일이지. 당신이 원하던 대로 서연이가 선택되었는데 왜 이 난리요? 서담이가 대체 무엇이나 된다고?"

"겁이 납니다."

이제는 평정심을 잃고, 기가 막힌 듯 그녀의 어깨를 흔들며 윤 대감은 정신을 차리라는 듯 다그쳤다. 하지만 악을 쓰며 이 씨 부인은 대감에게 달려들었다.

"진평대군이 둘째이고, 중전마마께 총애를 받는 왕자이지요. 그래서 그 부인의 자리는 꼭 우리 서연이가 앉아야 했습니다. 예, 앉았지요! 그러나 그것만으로 끝이 아니지 않습니까? 안평대군은 왕자가 아닙니까? 안평대군도 중전마마 소생의 귀애받는 왕자가 아닙니까!"

"부인!"

"저는 그 아이가 또 내 여식과 같이 높은 자리에 올라앉는 것이 소름 끼치게 싫어요. 싫단 말입니다! 왜 그때 그 아이를 내 여식으로 받아들였는지 사무치도록 후회가 됩니다. 그 계집이 아이를 낳았다 했을 때 왜 가만 놔두었는지 후회되고 또 후회가 됩니다! 미천한 계집이 내 자리를 위협하는 것만큼 겁이 나는 것이 없어요. 정말로 싫단 말입니다."

결국 이 씨 부인은 다리에 힘이 풀려 치마폭에 얼굴을 묻고 흐느꼈다. 고개를 떨어뜨린 윤 대감은 몸을 낮춰 그녀의 어깨를 감싸 안으며 미안하다는 말만 되뇌고 있었다.

* * *

누구나 자신이 가진 것을 빼앗길 상황이 오면 극도의 불안함을 느낀다. 그것이 여태껏 행복하게 누리고 있던 것이라면 더더욱. 그리고 내게 주어진 것을 영원히 잃지 않기 위해서 공격적인 방어를 하게 되는 것이다. 이 씨 부인도 크게 그 모습과 다르지 않았다. 나는 안평대군이 앉았다 간 내 자리의 보료에 앉아 생각에 잠겼다.

나는 따스한 어머니의 모습을 가까이서 본 적이 거의 없었다. 그래서, 진짜 내 어머니가 아니라 하더라도 내 동생의 어머니니까. 같은 아버지를 가진 동생의 부인이니까. 그리고 나를 받아 주었으니까. 내 어머니와 다름없다고 은연중에 생각해 왔었다. 자신이 낳지 않은 아이, 게다가 조선의 신분제에 따라 노비가 되었어도 이상하지 않을 아이를 양반의 자식으로 살게 해 준 여인. 그 여인에 대한 고마움만 떠올리면서. 그러나 그녀가 그 이면에 숨겨두었을 공포와 불안감은 생각조차 해 보지 못했다.

내가 죽었을지도 모른다는 억울함과 분노는 왠지 모르게 사그라졌다. 아니, 어쩌면 사그라진 것처럼 나는 스스로를 세뇌시키는 중이었다. 내가 정말로 너그러운 사람이어서가 아니었다. 그녀는 박서담이 아니라 윤서담을 죽이고 싶어 했으니까 말이다.

나는 윤서담이 아니었다.

내 앞에 놓인 두 가지 사실 중, 고귀한 여인의 위치를 잃고 싶지 않았던 한 사람의 절실함에 나는 더 관심이 갔을 뿐이다.

이 씨 부인은 내가 안평대군의 부인이 될까 봐 두려워하고 있었다. 안면도 없는 사이라 생각해 왔던 그 사이가 사실은 친밀한 것이란 사실을 눈으로 확인했을 때, 그 생각은 엄청난 확신으로 다가왔을 것이다. 하지만 그녀가 상상했던 사실이 실제로는 아무것도 아니었다는 것은 아는 사람이 없었다. 나는 두 사람이 생각하는 것처럼, 안평대군의 부인이 되고 싶은 생각이 없었다. 더구나 윤 씨 집안은 이미 왕실의 외척이 되었는데, 어떻게 다시 사돈의 예를 맺을 수 있겠는가. 더구나 친 형제가 한 집안에서. 그것을 헤아리지 못했을 리가 없건만, 이 씨 부인은 너무 솔직한 감정을 드러내고 말았다.

안평대군이 남기고 간 것은 나와 이 씨 부인에게 너무나도 큰 존재감이었다. 나는 가만히 무릎 사이에 고개를 묻었다. 아무리 생각해도 옳은 답이 나올 것 같지 않아서 너무 힘이 들었다. 나는 이제 뭘 해야 이 시간에서 살아갈 수 있을까. 더 이상 누군가가 나를 원망의 눈초리로 바라보지 않았으면 했다.

* * *

  그렇게 안평대군이 돌아간 이후 나는 조용히 방을 벗어나지 않고 지냈다. 어차피 그 전부터는 이 씨 부인이나 윤 대감과는 얼굴을 마주치지 않고 지냈고, 막내였던 서연이 시집을 간 지도 오래였으니 커다란 기와집 안에서 나와 이야기를 나누러 찾아올 사람 따위는 없는 것이 당연했다. 나는 어느 날 아침 일찍 일어나 옷매무새를 바로 하고, 안채로 걸음을 옮겼다.
  -똑똑.
  "……어머님. 들어가도 될까요?"
  방 안에서는 조용한 침묵이 흐르더니, 잠시 뒤 그녀의 목소리가 들려왔다.
  "그래. 들어오렴."
  내 결심이 미리 엿보이지 않게, 감정을 드러내지 않으려 조심하면서 나는 문을 열고 들어갔다. 막 단장을 끝낸 것 같은 이 씨 부인이 작은 미소를 머금고 나를 맞았다.
  "무슨 일이니? 이른 아침부터."
  그녀는 며칠 전 그 밤에 들었던 목소리를 언제 냈었냐는 듯이 온화한 어머니로 나를 대하고 있었다. 음전한 부덕을 지닌, 모범적인 여인의 모습으로. 지금까지 숨기는 것으로 보아, 이미 알고 왔음에도 그녀의 모습에 왠지 모르게 살짝 떨리는 것을 느꼈다. 그녀는 지금도 나의 모습을 샅샅이 살펴 분석하고 있을 것이었다.
  "드릴 말씀이 있어서 왔어요."
  "……그래."
  그녀의 눈빛이 약간 흔들리는 것을 보았다. 그녀가 가장 걱정하고 있는 것이 무엇인지 알고 있는 나는 평온을 유지하며 담담하게 말을 건넸다.

"아버님께 여쭈어야 하는 것이 옳지만…… 그래도 먼저 어머님께 부탁드리려 왔어요. 부디 들어 주셨으면 합니다."

"들어나 보자꾸나."

천천히 심호흡을 하면서 나는 몇 날 밤을 새워 생각해 낸 내 계획을 머릿속으로 떠올렸다.

"저를 족보에서 빼내어 주세요, 마님."

"뭐?"

수년 전 호기로 했던 자신의 행동을 후회하고 있는 것을 알고 있었다. 모르는 척 거기에 기대서 내 모든 삶을 맡기고 싶지는 않았다. 나는 내가 가진 모든 것을 긁어모아서라도 일어서고 싶었다. 그러기 위해서는 윤서담이라는 이름을 버려야 했다.

"그…… 그게 무슨 말이냐, 서담아."

"제게서 윤 씨의 성을 빼앗아도 된다는 말입니다."

이해한다. 그러나 그녀의 심정을 머리로 이해한다고 해도, 내가 윤서담이 아니라 박서담이라고 해도, 그녀가 결국 지금 바라보고 화를 내는 것은 나다. 골치 아프게 거기에 엮이는 것보다 차라리 나를 처음부터 다시 시작하는 삶을 살게 해 달라고 요구할 심산이었다.

"들었습니다. 대감과 하시는 말씀을."

"……들었다고?"

많은 말을 덧붙이지 않았지만 이 씨 부인은 이미 알아챈 듯 보였다. 어느 새 가라앉은 차가운 표정이 그것을 증명해 주고 있었다. 여태껏 누구에게도 내보이지 않았던 치부와도 같은 것. 자랑스러워할 만한 행동을 속으로는 끝없이 경멸하고 있었던 자신을, 남편에게만 드러내 보였을 뿐이겠지. 그러니 눈에 난 계집아이가 알아챘다는 것에 적잖게 충격을 받았을 것이다.

"네. 모두 들었어요. 그러니 이렇게 말씀드리는 것입니다."

"……."

"그냥 서담으로 살게 해 주세요. 윤서담이 아니라."

"당장 이 집에서 내쫓아 달라 이 말이냐?"

이 시대에서 여인이 성을 잃는다는 것은 양반이 아닌 여인이 된다는 것이다. 모든 사람들이 성(姓)을 갖게 된 것은 한참 뒤, 갑오개혁 즈음이라고 배웠다. 조선 세종의 시대면 어림도 없겠지. 그래서 이 씨 부인이 저렇게 말하는 것도 이상한 것은 아니다. 여자가 살던 집을 떠나게 되는 것은 혼인을 해서 시집으로 옮겨가거나, 아니면 죽을 때, 쫓겨날 때뿐이니까.

"아니요."

그러나 나는 그리 쉬이 물러나 줄 착한 사람은 아니었다. 몇날 며칠 머리를 굴려 짜낸 최선의 방법. 나는 그것을 이 씨 부인에게 요구할 생각이었다. 그리고 이 씨 부인은 들어 줄 수밖에 없을 것이다.

"저를 궁으로 들여보내 주세요, 궁녀로서."

* * *

예상처럼 그녀는 내 부탁을 들어 주었다. 윤 씨 집안의 여식. 누군가와 혼인하여야만 이 집이 아닌 다른 곳으로 나아갈 수 있는 여인의 입장에서, 이 씨 부인의 생각이 그와 같다면- 나는 차라리 모든 것을 버리는 것을 택했다. 이 집에서 다른 집으로 옮겨가, 생판 모르는 남자와 혼인하여 그에게 모든 것을 맡기고 규방에만 앉아있어야 하는 삶은 원하지 않앉다. 더구나 그 상대가 이 씨 부인의 입맛에 맞는 사람으로 선택될 것이 자명하니까.

이런 처지에서 내가 결정할 수 있는 것은 궁녀가 되는 것이 최선이었다.

물론, 여느 사극 드라마나 소설 속에서처럼, 왕을 홀려낸 다음 절절한 로맨스를 그리며 후궁 자리에 올라서기를 기대하여 한 선택은 아니었다. 그러한 상상은 내가 있는 이 시대가 어디인지 몰랐거나, 아니면 전혀 들어본 적 없는 낯선 세계였을 때나 가능한 것이다.

하지만 나는 내가 조선시대 세종의 시대에 살고 있다는 것을 분명히 알고 있었고, 그가 사랑하는 왕비와 후궁들이 있으며 자식들 또한 기가 막힐 정도로 많다는 것을 안평대군을 통해 들은 바 있었다. 그런 사람과의 로맨스를 꿈꾸는 것은 생각지도 않았다. 다만 바라는 것은, 현대에서조차 그의 치세를 그리워할 만큼 성군이라 불린 세종의 가까이에서 조금이라도 살고 싶다는 것이었다.

백성들이 오백 년을 넘어서까지 그리워했다는 왕. 왕은 곧 만백성의 어버이라, 배를 곯고 문리를 틔워주려는 노력을 끝까지 해낸 왕. 그의 곁에서라면 여인의 몸이나마 조금은 사람답게 살 수 있을 것 같았다. 혼인을 해야 할 필요도 없고, 주어진 바 맡은 일만 충실히 해 낸다면 그 노력을 인정해 주는데, 궁녀가 되어 사는 것이 유일한 성공처가 아닐까. 그리 생각해서 내린 결론이었다.

―좋다.

한참 만에 입을 열어 뱉은 승낙의 말이었다. 그제야 조금 굳었던 표정을 풀고 자세를 바로잡는 내게, 그녀는 언약을 하라고 했었다. 다시는 이 집에 돌아오지 않겠다고.

―그러죠.

반겨 주는 이 하나 없는 곳에 다시 돌아오고 싶지 않았다. 본인이 생각한 것보다 훨씬 짧은 간극을 두고 대답하는 나를 보고, 그녀는 순순히 그 방안까지 마련해 주었다. 먼 친척의 아는 이가 상궁으로 있다고 했다. 본래 궁녀가 입궁하는 나이에 비해 열둘이라는 나이는 조금 많은 편이고 출신조차 가려야 하니 어쩔 수 없이 그녀의 조카로 들어가는 수를 써야겠다고.

—네 행적에 대해 걱정할 필요는 없다. 가노들은 단속하면 그만이고, 문중에는 병을 앓다 세상을 달리하였다고 알리면 그만이니.

조그만 연이라도 윤 씨 가문과 엮이고 싶지 않아서, 억지로 고개를 끄덕이는 내게 이 씨 부인은 그렇게 말했었다. 그녀는 홀가분한 듯한 미소마저 머금고 있었다.

회상하지 않으려 해도 그녀의 표정이 자꾸만 떠올랐다. 입술을 깨물어 울지 않으려 노력하면서, 나는 살짝 고개를 들어 창밖을 바라봤다. 가을빛이 절정에 다다른 것이 조금 있으면 곧 겨울이 될 성싶었다. 말간 햇살을 잠깐 맞고 있다가 이곳에서 깨어난 지 얼마나 되었나를 헤아려 보았다. 그러다 퍼뜩 어떤 생각이 떠올랐다.

"가방. 내 가방은?"

어쩌면 그걸 여태까지 까맣게 잊고 있었을까? 나는 멍청한 내 머리를 탓하며 벌떡 자리에서 일어나 온 방을 샅샅이 뒤졌다.

있을까? 바다에서 빠져 우물에서 건져졌는데, 있을 수 있을까? 나는 기억이 끊기기 전까지 손에 꼭 쥐고 있던 가방끈의 감촉을 기억했다. 소중한 것들은 모두 넣어 들고 온 것인데 내가 그리 쉽게 놓아버렸을 것 같지 않다. 그리고 그렇게 소중히 여기는 내 마음을 외면하지 않았다면, 나를 이 시간에 데려다 놓은 그 어떤 힘이 그리 매정하지는 않았을 것이다.

나는 경대를 치우고, 보료를 들어내고, 서탁 서랍을 뒤지면서 농 구석 구석까지 살펴보았다. 그렇지만 가방은 쉽게 보이질 않았다. 그러나 포기하지 않고 방을 이 잡듯이 뒤진 끝에, 농과 농 사이에 처박혀 있는 덩어리를 끄집어 낼 수 있었다. 그 카키색 가방이었다.

바닷물에 빠졌던 것이 꿈이 아니라는 듯 가방은 군데군데 색이 바래고 쪼그라들어 있었다. 하지만 나는 감개무량한 기분이 되어 그 가방을 서탁 위에 올려놓고 플라스틱 버튼을 눌러 잠금장치를 열었다. 그러자 검은색 가방이 드러났다. 끈을 풀어 안에 든 것을 살폈다. 그러자 아버지가 잠든 사이 대충 챙겨 넣었던 물건들을 볼 수 있었다. 물에 젖어 글씨가 번져버린 통장. 신분증. 흐물흐물해진 고속버스 티켓…….

"이건 왜 여기에 들어 있는 거야?"

챙겨 넣은 기억이 없는 무언가가 눈에 띄었다. 황당한 기분에 그것을 잡고 들어올렸다. 플라스틱인 탓에 물이 들어갔어도 상하지 않았던 것 같았다. 아마 아주 옛날, 지금의 서담의 나이쯤 되었을 적에 쓰고 넣어놓았던 것을 미처 알지 못했나 보다. 검은 몸체에 하얀 이음새로 이루어져 있는 것은 바로 초보자용 리코더였다. 정말 어디에도 쓸 데 없는 물건이네. 황당함이 어이없음으로 바뀌고, 그 어이없는 기분이 유쾌함으로까지 번져 입가에 웃음이 서렸다. 저 리코더를 학교에 들고 다니며 불 때가 있었다. 아무 것도 몰랐던 그때가.

아무튼 조선시대로 넘어오며 가지고 온 물건은 그것들이 전부였다. 그나마 쓰레기가 되어 버린 버스 티켓과 쓸모없어진 통장은 잘게 찢어 치우고, 신분증과 리코더를 챙겼다. 이 집에 남겨두고 갈 이유는 없었으니까. 그 외에 옷가지 몇 가지를 골라내고, 나머지 물건들은 그 자리에 그대로 남겨두었다. 이 씨 부인이 알아서 처리하겠지. 그리고 서탁 서랍에 곱게 정리해 놓은 종이 꾸러미도 꺼냈다. 안평대군이 알려 준 왕실의 여러 이야기들이었다. 그리고 나는 그것들을 한데 모아 조그만 보퉁이를 꾸렸다. 가방을 찾느라 뒤집어 놓은 방의 집기들도 다시 하나씩 정리해 놓았다.
　이윽고, 마침내 찾아올 마지막 밤을 생각하며 나는 눈을 감았다.

* * *

　이 씨 부인에게 내 뜻을 전달한 지 아흐레나 되었을까. 부인은 내게 친척의 지인인 상궁이 잠시 출궁하였다는 소식을 알려 왔다. 윤 대감은 나에게 아무런 말도 전하지 않았으나, 그녀의 어깨를 끌어안던 그날의 모습으로 보아 그의 의중 역시 부인과 같을 것이라는 걸 짐작할 수 있었다. 나는 미리 꾸려 둔 보퉁이를 들고, 옥녀의 뒤를 따라 이 씨 부인의 처소로 향했다.
　"그럼 잘 부탁함세."
　"그러지요. 헌데 그 아이와 어떤 사이이신지 여쭈어도 되겠습니까?"
　마당에 이르자 부인과 한 중년의 여성이 이야기를 나누고 있는 것이 보였다. 옥녀가 잠깐 걸음을 멈추고 내 쪽을 바라보았지만, 나는 그녀를 제치고 조용히 앞으로 걸어 나왔다. 두 여인의 시선이 나를 향하는 것을 느끼며 고개를 숙여 인사를 했다.
　"안녕하세요. 서담이라 합니다."
　이 씨 부인의 눈길이 내 품에 안긴 보퉁이와 낡은 옷에 닿았다. 다홍색이었을 치마는 빛이 바래어 흐려진 감의 색깔을 띠고 있었다. 옥녀는 방금 전 나와 바꿔 입은 분홍색 명주치마가 안방마님께 보일까 봐 두려웠는지 얼른 뒤돌아 뛰어 사라졌다.
　상궁의 시선 또한 내 위아래를 훑었다. 의아한 빛이 스치는 것이, 부인은 단지 입궁시킬 아이가 있다는 말만 전하여 둔 것 같았다. 상궁은 다시 부인 쪽으로 시선을 돌리더니, 고민하는 어투로 입을 열었다.
"열둘이라 했던가요?"
그녀의 얼굴에서 의혹의 빛 또한 서린 것을 나는 놓치지 않았다. 그것을 이 씨 부인 또한 모를 리 없었다. 부인은 천연덕스럽게 대답했다.
"그렇다네. 허나 열둘이든 열하나든 별 상관이 없었으면 하네만."
"……그렇긴 하지요. 입성을 보아하니 열하나라 하여도 믿을 정도입니다."
그러나 상궁이 가진 의문은 그쪽이 아닐 터였다. 나는 조심스레 시선을 내리깔며 상궁에게 말했다.
"마님께서 저를 거두어 주셔서 여태껏 여기서 자랐습니다."
"흠……."
그녀가 궁금해 하는 것은 내가 이 집의 여식이 아닌가 하는 것이었을 것이다. 서연 나이 또래의 혼인하지 않은 여식이 하나 더 있다는 것은 알고 있을 테니까. 궁의 상궁 자리에 올라서려면 노련한 여인일 터. 대군 부인이 된 서연과 돌림자를 쓰는 이름과, 아주 조금이었지만 닮아있는 서연과의 생김새로 눈치 챘을 가능성도 있었다. 그렇지 않다면, 무언가 껄끄럽다는 저 눈빛을 하고 있을 리가 없다. 나는 그래서 이 댁의 노비처럼 보이기로 결심한 것이다. 옥녀와 바꿔 입은 허름한 옷이 훌륭한 증거가 되어줄 것이었다.
한참을 탐색하듯 바라보던 상궁이 이내 그 눈길을 거두었다. 만약 서연과 내가 자매라 생각했더라도, 친어미가 여식을 이리 궁녀로 보내 버리려 하지는 않을 것이라는 너무나도 당연한 이치가 의혹을 이겨낸 듯했다.
"아이의 신분은 어찌 되어있습니까? 혹 노비는 아닌지요?"

"노비는 아닐세. 문서가 없으니."
"그럼……?"
"서연 아가씨의 말동무였습니다."

나는 재빨리 끼어들어 상궁의 물음에 답했다. 노비처럼 보이려 하기는 하였지만 정말 노비여서는 안 됐다. 물론 아는 사람의 손을 통해 입궐하는 것이기는 하지만 기본적으로 궁녀는 노비처럼 천한 신분의 여인을 뽑지 않았다. 아니, 뽑는다 하더라도 그런 여인들은 정식 궁녀가 아니라 각심이나 비자— 혹은 무수리가 되었다. 궁궐에서 먹고 살지 못하는 처지가 된다면 갈 곳이 없었기에 그 길은 피하고 싶었다.

"그랬군요. 그렇다면 문제없겠습니다."

상궁은 그제야 흡족한 얼굴이 되었다. 나 역시 숨을 돌리고 있는데 이 씨 부인이 작은 주머니를 꺼내어 상궁에게 건넸다. 상궁은 누가 볼세라 주위를 둘러보고는 그것을 받아 소매 속에 숨겼다.

"수고하게."
"예, 마님."

손에서 손으로 건네지는 주머니의 움직임에서 금속이 움직이는 소리가 들렸다. 가락지 몇 개쯤이 들어있는 듯한 모양새였다. 이 씨 부인은 일이 끝나 후련하였는지 뒤도 돌아보지 않고 섬돌 위에 올라서더니, 곧 문을 열고 들어가 모습을 감췄다.

"서담이라 하였지."
"예."

나는 착잡함을 느끼며 대답했다. 원하던 것이었는데 어쩐지 떠나려니 서글픈 기분이 들었다. 잠시나마 행복할 것 같은 기분을 느꼈던 것이 어리석었다.

"어떤 자(字)를 쓰느냐?"

"글 서(書), 말씀 담(談). 그리하여 서담이라 합니다."

한때는 귀한 딸로 자라던 시간이 있었다. 엄마와 아버지, 내가 모두 따뜻했던 시간에, 엄마가 어렸던 내게 말해 주었던 기억을 떠올렸다.

군대에 있던 아버지에게 편지를 보내어 내가 생겼다고 알렸을 때, 우리를 버리지 않고 선택해 주어서 얼마나 기뻤는지 몰랐다고. 그래서 그 기념으로 지은 것이 네 이름이라고. 편지에 담겼던 목소리. 그리고 그 선택을 후회한 적이 없었다던 아버지. 그들이 지어준 것이 내 이름이었다. 서담이란 이름은.

"아버지가 지어 주셨어요."

그러나 그의 약속을 믿은 것은 어리석었다. 엄마가 떠난 집에서 그 약속은 없었던 것이나 마찬가지였으니까.

"이제 모두 잊거라."

냉정한 표정의 상궁이 걸음을 떼며 말했다.

"궁인의 삶은 새로 시작하는 것이니. 또 네 신세가 고아라고 하였으니 밖의 삶은 이제 없는 것이다. 어버이이신 주상 전하를 뫼시며 사는 것이 네 삶이라 생각하는 것이 편하다."

"......예. 마마님."

그녀를 따라 대문을 나섰다. 곁에 선 노비가 문을 닫기 위해 손을 뻗고 있었다. 나는 문이 완전히 닫히기 전에, 아래로 향한 시선을 살짝 돌려 뒤를 바라봤다.

열린 문틈 사이로 윤 대감의 검은 태사혜가 조금 보인 것도 같아서 자세히 바라보려는데, 그것은 내 착각이었던 것처럼 사라지고 없었다. 다시 고개를 돌아 바라본 앞에는 장옷을 쓴 상궁이 나를 향해 손짓하고 있었다.

짧지 않은 시간 동안 길을 밟아 가마를 향해 걷는데, 상궁은 여러 번 말을 걸어 왔다. 하지만 먼저 잊으라 말한 것은 그녀였기에, 나에 대한 것보다는 궁살이와 관련된 고단함을 견뎌낼 자신이 있는지를 물었다.
"궁인으로 사는 것이 어떠한지 알고 있느냐?"
"……궁을 집처럼 여기고 전하와 여러 마마들을 위해 사는 것이 아닌가요?"
어떤 역사학자는 궁녀를 조선에서 유일하게 월급을 받고 일하는 여자 직장인이라 표현하기도 했었던 것을 기억하고 있었다. 비록 평생 홀로 살아야 하고, 생각시에서 나인으로, 또 상궁으로 승진하는 시간이 삼십 년이 넘게 걸리는 고단한 직장이기는 했지만 말이다.
"틀렸다."
그러나 상궁은 단호하게 말했다. 그리고 잠시 걸음을 멈추고 나를 가만 바라보더니, 이윽고 잔잔히 다시 말을 이으며 걸음을 떼었다.
"네가 모셔야 하는 주인은 딱 한 명일 것이야. 어버이는 주상전하시나, 배속된 전(殿)의 주인. 그분을 위해 살신성인하여야 하는 것이 궁인의 의무다."
"……."
"알겠느냐?"
"……예."
다소 만족스럽지 않은 대답이었는지, 상궁은 작게 한숨을 내쉬었다.
"그래도 정경부인께서 무어라 가르치기는 하신 모양이구나. 궁을 집처럼 여겨야 한다고 말하는 것을 보니 말이다. 보통 입궁하는 아이들과 시기가 맞지 않기는 하다만 적응이 어렵진 않겠어."
열두 살의 나이로 입궁하는 것이었기 때문에 나는 보통의 궁녀들의 시기보다는 늦은 편이었다. 상궁은 내게 너덧 살의 아주 어린 나이부터 집을 떠나오는 아이들이 있다고 알려 주었다. 그 시기부터 궁살이를 하였던 아이들은 생각시 시절이 길어, 열여덟 살에 나인이 되면 지밀로 배속되는 경우가 많다고 했다.

"너는 이미 열두 살이라 지밀에 배속되기는 어려울지도 모르겠다. 허나 나인이 되려면 멀었으니, 그것도 모를 일이지."

"저는 지밀이 아니어도 괜찮습니다. 제 한 몸을 의탁할 곳이 궁이라는 것만 해도 충분히 족한 걸요."

"제법이구나."

뜻을 알 수 없는 모호한 미소를 짓던 상궁이 가마가 멈추어 있는 곳에 다다라 걸음을 멈추었다. 궁인들의 행적이 세인의 시선이 꽂히는 것은 좋지 않기에, 윤 대감의 저택에서 조금 벗어나 인적이 드문 곳에 가마 두 개가 준비되어 있었다. 상궁은 손수 가마의 문을 열어 주더니 말했다.

"타거라. 궁까지는 가마를 타고 갈 것이다."

호기심 어린 가마꾼들의 눈빛을 피하려 시선을 내리깔고, 가마 쪽으로 걸어가 치맛자락을 잡았다. 가마 속에서 돌아앉는 것은 어려우니 들어갈 때 정면을 향해 앉으라는 상궁의 말에 걸음을 내딛는데, 뒤에서 말(馬) 소리가 들려왔다. 가마의 문을 잡던 상궁이 무심코 그쪽을 바라보다가 놀란 눈빛을 하는 것을 보고 나는 고개를 돌렸다.

"서담아!"

거친 숨을 몰아쉬며 다가오는 그는 벌겋게 얼굴이 달아올라 있었다. 화가 난 것도 같고, 슬픈 것도 같은 표정을 한 안평대군은 내 이름을 불렀다.

"대…… 대군 마마?"

곁에 선 상궁이 말을 더듬을 만큼 그의 등장은 당황스러운 것이었다. 하지만 그녀 역시 궁에서 살아온 여인이었기에, 더 이상 입 밖으로 어떠한 소리도 내지 않았다. 그저 내 얼굴의 기색을 살피고, 내가 담담한 표정이자 입술을 달싹여 어떠한 말을 하려 했으나 그녀의 말은 나도 모르게 튀어나온 내 목소리에 가로막혀 버렸다.

"마마님. 아주 잠시만 작별 인사를 하실 시간을 주시겠습니까?"

"……."

"길지 않을 것입니다."

그가 안평대군이란 사실을 알고 있는 이상 상궁은 고개를 끄덕일 수밖에 없었다. 떨떠름한 것이었지만 어쨌든 허락을 받은 나는 아까보다 더욱 짙어진 가마꾼들의 눈초리를 애써 피하며 안평대군에게로 걸어갔다.

윤 대감의 저택에 갔다가 여기까지 따라오게 된 것 같았다. 하지만 가까이 다가가자 내 품에 안긴 보퉁이와, 낡은 치맛자락에 그의 눈길이 닿는 것을 보아하니 이 씨 부인이나 윤 대감이 사정을 다 알려 주지는 않은 듯했다.

"어찌 이런 곳까지 오셨습니까, 대군 마마."

"너…… 왜 이런 짓을 하는 거야?"

혼란스러운 그를 이해할 수 있었다. 하지만 금방이라도 고인 눈물이 터질 것만 같은 소년의 모습에 나는 왠지 모르게 웃음이 났다.

"이런 짓이라니요?"

"왜 이런 것을 들고. 이런 옷을 입고. 상궁을 따라 가느냔 말이야."

나와 같은 나이. 나보다 머리 하나쯤은 큰 키. 새삼스레 그의 나이도 열둘이라는 것을 떠올렸다. 나는 왠지 심술궂은 누나가 된 것 같은 기분으로 입을 열었다.

"궁녀가 되기로 했어요. 대군 마마."

"너……!"

"듣고 오신 것 아니었나요?"

소리치려던 안평대군의 말을 가로채 되물었다. 그 말에 입술을 깨문 안평대군은 손에 쥔 고삐를 놓고 내 쪽으로 한 걸음 더 다가왔다.

"마마. 상궁 마마님께서 저를 보고 계셔요."

얼굴에 서린 웃음기를 지우고 나는 속삭이듯 전했다.

"마마께서 제 이름을 왜 부르시는지, 저를 어찌 아시는지 분명 물어보실 거예요."

"……."

"저는 윤서담이 아니라 서담으로 살기로 결정했어요. 이제 대군 마마를 제외하면 제가 윤서담이었다는 것을 아는 분은 없겠지요."

충격이 서린 눈동자를 바라보던 나는 뒤에 선 상궁이 잘 보이지 않도록 옆으로 약간 걸음을 떼었다. 곁에 있는 커다란 나무가 나를 가려 주길 바라며. 그리고 왼손으로 보퉁이를 옮겨들었다.

"약속해 주시겠어요?"

"……서담아."

"바뀌는 것은 아무 것도 없어요. 저는 윤 씨 집안의 여식이 아니라 그냥 서담이 되고 싶었을 뿐이에요."

그래. 궁녀가 되기를 택한 것은 더 이상 어느 누군가에게서도 안온한 정을 바라는 내가 되기 싫어서다. 그것이 저 시간의 부모였든, 이 시간의 부모였든 간에. 그러나 안평대군에게까지 그러고 싶지는 않았다. 비록 짧은 시간이었음에도 그는 온전한 마음으로 나를 대해 주었으니까. 한 번쯤은 가져 보고 싶었던 남동생을 가진 기분이었다. 내 말을 들으며 그의 얼굴에는 조용히 눈물이 흘렀다. 나는 보퉁이를 들지 않은 오른쪽 손을 들어 그의 눈물을 닦아 주었다.

"궁에서 만나요."

"다시 만날 수 있는 거야?"

"……그럴 거예요. 분명히."

고개를 끄덕이는 안평대군을 확인하고 나서 나는 뒤돌아 걸었다. 뒤에서 그가 말에 오르는 소리가 들렸다. 의아한 표정의 상궁과, 아무 것도 못 본 체하려는 가마꾼들의 눈길도 이제는 아무렇지 않았다. 나는 가마에 들어가 손수 문을 내렸다.

상궁이 옆에 놓인 가마에 오르고, 가마꾼들이 어깨에 가마를 멨다. 흔들리는 가마 속에서 가만히 머리를 기대며 눈을 감았다.

* * *

다시 눈을 떴을 때는 이미 사방이 어둑어둑해져 있었다. 땅에 내려진 가마 곁에서 상궁이 가마꾼에게 삯을 건네는 대화 소리가 언뜻 들린 것도 같았다. 나는 매무새를 추스르고 보퉁이를 챙긴 후 가마 문을 열고 나왔다.

"가자."

상궁이 한 마디만을 내뱉고는 찬바람이 일게 걸음을 옮겼다. 예상했던 것이기에 나는 그녀의 뒤를 조용히 따랐다. 가마를 정리하는 가마꾼들을 뒤로 하고 문지기를 지나, 상궁은 어느 깊숙한 전각들의 사이사이 길을 걸어갔다. 그러더니 별안간 주위를 살피고 나에게 물었다.

"너, 안평대군 마마와는 어찌 아는 사이인 것이냐."

"윤 대감님 댁에 있던 시절 뵌 적이 있습니다."

"대감 댁에서? 왜?"

그녀의 목소리에서 조그만 경계심이 피어올라 있는 것을 알 수 있었다. 상궁은 궁인들에게 제일로 섬겨야 할 대상은 거주하는 전각의 주인이라고 말했었다.

"진평대군께서 몇 번 오실 적에 동행하신 적이 있었습니다. 그때 뵈었을 뿐이에요. 서연 아가씨께 말을 전해드리라 하시어…….”

"그게 다인 것이야?"

"예."

"아까는 무슨 말을 했느냐?"

"지나가다 상궁 마마님의 모습을 보시고 의아하여 오셨다가…… 제가 가마에 타는 것을 보고 어찌된 일이냐 물으셨습니다.”

분명 안평대군이 보였던 모습은 지나가다 만난 것처럼 보이지는 않았다. 그럼에도 나는 부디 내 변명이 잘 먹혀 들어가기를 바라며 거짓말을 했으나 상궁은 여전히 의심스러운 표정이었다.

"그래서?"

"그래서…… 본래 상궁 마마님이 고모님이시라고 말씀드렸습니다. 윤 대감님 댁에는 잠깐 맡겨져 있었던 것이라고요."

매서운 표정은 거두어졌지만 이제는 딱히 캐물을 것도 없었기에, 상궁은 고개를 끄덕이더니 주위를 살폈다. 그리고 소매에서 작은 단지와 붓을 꺼냈다.

"팔목을 걷고 이리 오거라. 앵혈이니라.”

순순히 팔목을 걷어 내밀자 그녀는 단지 안에 가득한 피를 붓에 적셔, 한 방울을 손목 한가운데에 떨어뜨렸다.

핏방울이 손목에서 미끄러지지 않고 둥그런 형태를 맺자 상궁은 흡족한 듯 다시 그것들을 갈무리해 넣었다. 열두 살이란 나이는 혼인하여도 이상하지 않은 나이이기 때문일 것이다. 실제로 왕의 여인이 될 가능성은 적다고 하여도 관습인 이상 여인의 순결성을 검사하는 것은 당연시되는 것 같았다.

다행히 나는 드라마에서 본 적이 있어, 무슨 의도에서 앵무새의 피를 묻히는지 알고 있었기에 떨지 않을 수 있었다. 현대의 관점에서 보면 터무늬없기 짝이 없었지만, 그러한 사실이 당연하다 믿어지는 이 시대에서 괜히 피를 보고 몸을 떨었다가 순결하지 않다는 결과를 얻는 여인들이 있었다고 들었다. 여기까지 와서 일을 그르칠 수는 없었다. 나는 심호흡을 크게 했다.

"따라오너라."

익숙한 듯 어둠이 내려앉은 길을 밟아 상궁은 걸음을 떼었다. 소매로 핏자국을 닦은 나는 종종걸음으로 그녀를 따라갔다. 곧 어느 전각에 다다랐고, 그녀의 것으로 보이는 한 방으로 들어갔다. 상궁은 준비해 둔 것 같은 이불을 꺼내 펴 주었다.

"네 교육을 담당하는 것도 내가 맡을 것이다. 조카를 데려와 기르는 것이니 그렇게 해도 된다는 허락을 받았어."

"……예."

"내일부터는 고단할 것이니 편하게 자 두어라. 집을 떠나 그것도 쉽지는 않겠지만 말이다."

말을 마친 상궁이 옷을 갈아입느라 부산을 떠는 사이에, 나는 내 몫으로 펴진 이불 곁에 다가가 보퉁이를 구석에 밀어 넣었다. 간소한 것으로 골라 둔 흰 빛의 치마저고리를 꺼내 갈아입고 자리에 눕자, 상궁이 작달막한 초에 매달려 있던 불을 껐다.

그것이, 궁에서의 내 첫날밤의 시작이었다.

* * *

─피하려 하지 말고 똑바로 봐.
─네가 할 수 있는 일은 그것뿐이다.
─선택해.

―믿어라. 그를 믿어. 그리고 말해 주어라.
"헉……!"

 쉴 새 없이 몰아친 어떤 소리가 귓가를 윙윙 울려댔다. 눈을 감고 있는 것이 다행인 것 같았다. 분명 바닥에 등을 대고 누워있는 것은 맞는데, 얼굴 앞에서 누군가가 쳐다보며 끊임없이 중얼대고 있는 것 같은 느낌이 들어 소름이 끼쳤다. 여기서 눈을 뜨면 어떤 형체를 볼지 몰랐다. 나는 내 의지와 다르게 움찔거리는 눈꺼풀을 필사적으로 잡아 누르려 애쓰며, 눈을 뜨지 않으려 했다.

 어디에선지 모를 곳에서부터 점점 가까이 다가와, 파동이 몸을 잠식해 버릴 것 같다고 느껴질 때쯤 나는 식은땀을 흘리고 있다는 것을 느끼며 드디어 눈을 떴다. 터질 것 같이 뛰는 심장 박동 소리 탓인지, 희뿌옇게 밝아온 새벽이라는 것을 쉬 알아차리지 못했다. 자리에 앉아 심호흡을 몇 번이나 해서 숨을 가다듬은 다음에야 나는 옆자리가 빈 것을 알아차렸다. 상궁이 언제쯤 일어나라고 알려 준 것은 아니었지만, 궁녀가 되고 싶다고 하여 놓고서는 늦게까지 누워 있는 것은 분명 좋지 않게 보일 것이었다. 황급히 옷을 갈아입고 밖으로 나가려 발을 떼었을 때였다.

"어, 깼구나?"

 문을 열고 내 또래 즈음으로 보이는 아이가 들어서며 말을 건넸다. 어느 정도 밝기는 했으나, 밖과는 비교할 수 없이 여전히 컴컴했던 방 안으로 밝은 아침햇살이 쏟아져 들어왔다. 짹짹거리는 새소리도 함께. 나는 눈이 부셔 약간 눈살을 찌푸리곤, 엉겁결에 그 아이가 안겨 주는 것을 받아들었다.

"최 상궁 마마님께 들었어. 어제 입궁하였다고. 나도 마마님께 배우느라 여기 머물러. 이름이 뭐야?"

 그 아이가 건네준 것은 자기가 입고 있는 것과 같은 남색 치마와 옅은 분홍색을 띤 저고리였다. 아마 궁녀 복색인 것 같았다.

"서담. 너는?"

"쌍이라고 해."

마치 나는 것 같은 발걸음으로 콧노래까지 흥얼거리며, 쌍이는 미소와 함께 말을 이었다.

"쌍둥이로 태어났거든, 나. 그래서 대충 이름 지으셨대. 뭐, 딸 쌍둥이를 낳아 놓으셨으니 이름 짓기도 귀찮았는데 딱이다 싶으셨나 봐. 동생 이름은 둥이였대."

생소한 이름에 신기해하는 내 표정을 알아차렸는지 쌍이는 곰살맞게 조잘거리며 자신의 이야기를 들려주었다.

"네 이름은 예뻐서 좋겠다. 역시 마마님 조카여서 그런가? 최 상궁 마마님은 유서 깊은 향리 가문이라고 들었거든. 아, 맞다. 마마님께서 그 옷 너한테 전해 주라고 하셨어. 아직 자고 있을지도 모른다고 하셨는데. 역시 낯선 곳이라 잘 못 잔 거야?"

"……응, 아무래도 익숙한 곳은 아니니까."

나는 왠지 조금 울적해진 기분으로 쌍이가 건네준 옷으로 갈아입으면서 대답했다.

"괜찮아. 내일부터는 마마님 일어나시는 시간에 맞춰 일어나도록 할 테니까."

어젯밤과 같은 꿈만 꾸지 않으면 그럴 수 있을 것이다. 그나저나, 평생 가위 같은 것은 눌려 본 적이 없었는데. 꿈은 무의식을 반영한다고 하니, 아마 요 며칠간 있었던 일들 때문인 것일까. 잠시간의 침묵이 이어지자, 쌍이는 내가 하는 양을 바라보고 있다가 이불을 개기 시작했다.

"어, 그거 내가 할게."

나는 고름을 매던 손을 빨리 놀려 매듭을 짓고, 쌍이가 잡은 이불을 빼앗았다. 그러자 쌍이는 밑에 깔린 요를 집어 곱게 개었다. 그리고 익숙하게 뒤를 돌아 옆에 놓인 농 위에 올려두었다.

"괜찮아. 어차피 마마님께서 방도 치울 겸 도와주라고 하셨거든."

"그랬구나."

최 상궁이라고 했었나. 나인 혹은 나인이 되기 전의 아기나인들을 상궁이 맡아서 데리고 살며 가르친다는 것은 얼핏 들어서 알고 있었는데, 두 명씩 데리고 있는 줄은 몰랐기 때문에 나는 쌍이의 등장이 어색하기만 했다. 쌍이는 그런 내 속내를 알아차렸는지, 빤히 바라보더니 말을 걸었다.

"그렇게 어려워하지 않아도 돼. 우린 이제 방동무잖아. 최 상궁 마마님께 배우니 같은 곳에서 일하게 될 거고 말이야."

"……어색해서 그랬어."

나는 그녀에게 솔직하게 털어놓기로 마음먹었다. 윤 대감 댁에서는 양갓집 규수로 가만히 앉아 있으면 되었지만, 여기서는 먼저 움직여서 일해야 했다. 궁궐에서 궁녀로 사는 것은 철저히 누군가를 모셔야 하는 임무를 띠는 것이었고, 공고하게 짜인 규칙 속에서 돌아가는 공간에 나는 불청객처럼 끼어들어 온 존재였으니까. 최 상궁을 제외하고 처음 만난 궁녀인 쌍이에게 내가 어떻게 보일지 몰라 몸을 사리고 있었던 것인데 그녀는 그런 내 모습을 정확히 읽은 것이었다. 나는 차라리 쌍이에게 도움을 청하는 편을 택했다.

"다른 사람들보다 내가 늦게 들어온 편이라서 그런지 눈치를 보게 되더라. 너를 꺼려서가 아니야."

"알아. 그럴 만해. 그래도 새 아이가 들어온다는 걸 다른 나인들도 벌써 들었으니까, 괜찮을 거야. 다들 처음에는 익숙하지 못한 법이니까. 내가 도와줄게."

"고마워. 앞으로 잘 지내보자."

나는 어색하게 손을 내밀어 그녀에게 악수를 청했다. 쌍이는 처음의 그 미소를 여전히 짓고서 흥미롭게 내 손을 내려다보다가 손을 잡아주었다.

"그래."

"참. 그리고 나 늦은 것 아니야?"

이상하게 여유 있어 보이는 쌍이의 모습에 잠시 마음이 놓이려던 찰나, 혹시나 하는 생각에 물었지만 쌍이의 표정은 변화가 없었다. 여전히 만면에 화색을 띠운 채로 그녀는 대답했다.

"응. 늦은 것 맞아."

"뭐? 그럼 당장 가야지!"

첫날부터 눈총을 받고 싶지는 않았기에 나는 새파랗게 질려 쌍이의 손을 놓고 소리쳤다. 당장 문가로 달려가 섬돌에 놓인 신을 꿰어 신으려 하는데 쌍이가 뒤따라오며 말했다.

"얘, 너 어차피 첫날이니까 늦어도 큰일은 없을 거야. 그 전에 마마님께서 일러두라 하신 것이 있어."

"일러두신 것?"

"여기가 어디 전 소속인지 알아?"

쌍이는 내 물음에는 아랑곳하지 않고 다시 물음을 던졌다. 저녁 즈음에 최 상궁이 가는 대로 걸음을 옮겨 온 나는 알 턱이 없었다. 그래서 입을 다물고 짐짓 고개만 내저을 수밖에 없었다.

"동궁전이야. 마마님께서는 동궁전 생과방 담당이시고."

비록 멀기는 하더라도 이 씨 부인의 친척이니 괜찮은 집안일 것이라고는 예상했지만, 동궁전 상궁일 줄은 몰랐다. 문종, 아니 지금은 세자인 이 향의 처소라. 세자의 처소에서 얌전히 있다 보면 언젠가는 세종대왕의 얼굴을 볼 수 있는 기회가 오지 않을까? 아직 나는 아무 직급도 없는 궁녀지만. 세종대왕도 꽤나 오래 살았던 것으로 기억한다.

문종은 단명해서 그렇지, 착한 사람이니까 궁녀라고 괜히 트집 잡아 괴롭힐 일도 없을 테고. 어쩌면 생각보다 좋은 상황인 것 같았다. 한껏 긴장했던 것이 풀려, 어깨가 조금 느슨해지는 것을 느낄 수 있었다. 쌍이는 어느 새 다시 방으로 들어가 한가운데에 앉아 나를 손짓해 불렀다. 나는 그녀를 따라 마주앉으며 귀를 기울였다.

"생과방이 무엇을 하는 곳인지 마마님께서 알려 주라고 하셨어. 물론 나도 지밀 소속이 아니라서 입궁한 지는 얼마 안 됐어. 내가 들어올 때 고를 수 있는 곳은 생과방이나 세답방 중 하나였는데 난 바로 생과방으로 오겠다고 했지."

"왜?"

"생과방에 맛있는 게 많잖아!"

쌍이는 눈을 반짝이며 맹렬하게 대답했다.

"맛있는 거?"

"그래. 내소주방이나 외소주방 음식들에 비할 만큼 거창하지는 않지만 그래도 내가 제일 좋아하는 것들을 만들거든. 음료나 정과(正果), 다식 같은 달콤한 것들!"

쌍이의 이야기로 미루어보면 생과방은 궁중 사람들을 위해 입가심거리를 만드는 것 같았다. 음식을 만드는 곳이라고는 유명한 사극 드라마에서 나왔던 수랏간밖에 없는 줄 알았는데, 신기한 기분이 들었다. 간식을 만드는 곳이라니. 마음이 놓였다. 궁에서 맡게 될 일이 설상 어려운 업무라고 해도 감내할 각오를 하고 있었지만, 같은 방에 사는 동료가 기뻐하며 하는 일이라면 분명 힘은 든다 해도 기분 좋은 일일 것이라는 생각이 들었기 때문이다. 게다가 달콤한 것들이라면, 초콜릿이나 사탕 같은 건 아니더라도 약과나 유과 종류가 아니겠는가.

"생과방에서 그런 걸 만드는 줄은 몰랐어. 내가 그런 곳에서 일할 수 있게 되다니……."

어느 순간 나도 쌍이의 기분에 동화되어 들뜨기 시작했다. 쌍이가 줄줄 읊는 과자나 음료의 이야기를 듣고 있으면, 누구라도 그럴 수밖에 없을 것이다. 비록 그녀가 말하는 음식들이 무엇을 가리키는지는 몰라도 혀 위에서 구름같이 녹아 사라지는 존재들을 찬양하는 걸 머릿속으로 떠올려 보니 괜스레 입가에 미소가 지어졌다.

어릴 적 책을 읽고 가졌던 꿈 하나가 이루어진 것만 같았다. 초콜릿을 만드는 곳에서 살면서 맘껏 먹어보고 싶다 생각했던 꿈. 공주가 되면 이룰 수 있을 거라고 생각했던 그 꿈 말이다.

"물론 생과방에서 만드는 것들을 우리를 위해서 만드는 건 아니야. 동궁전 생과방이니까, 세자 저하나 아니면 저하를 만나러 오시는 여러 손님들 찻상에 올릴 것들을 만드는 거지. 그래도 세자 저하는 단 것을 별로 좋아하지 않으셔."

"그래?"

문종이 단 것을 좋아하지 않았다니. 그럼 충치는 별로 없었겠구나. 단 것을 먹는다고 해서 꼭 충치가 생기는 것은 아닐 테지만.

"왜 안 좋아하신대?"

"글쎄. 그건 나도 모르겠어. 육적(肉炙)을 더 좋아하시던데. 그래도 찻상을 들이라 하시면 예의상 푸짐하게 차려 내거든. 손도 안 대시고 다시 물리시니까 우리한테까지 기회가 온단다."

"그걸 우리가 먹을 수 있는 거야?"

"그럼. 마마님이나 항아님들도 드시지만, 많이 달지 않은 것들만 드시더라. 엄청 달콤한 걸 만들어 올리면 나한테 다 주셨어. 너도 단 것 좋아하지?"

"그럼."

나는 정신을 잃었다 깨어난 후로 많은 탕약을 마셨는데, 그 쓴 약을 마다하지 않고 마셔댄 데에는 입씻이로 딸려 나오던 약과나 유과에 이유가 있었다. 현대에서 살았을 시간에, 명절마다 슈퍼에서 사다 먹었던 것들과는 달리 훨씬 부드럽고 깊은 단맛을 내는 그것들의 맛은 정말로 황홀한 기분을 선사했기 때문이다.

"나도 엄청 달콤한 거 좋아해. 갓 만들어서 약간 굳혀 내온 약과를 꿀에 적셔서 베어 물었을 때 그 맛이 제일 좋더라."

"너 뭘 좀 아는구나. 역시 약과는 꿀에 적셔 먹는 게 제일이지. 이제 생과방에 사람도 늘었으니까, 앞으로 다과상을 내오라는 명이 내려오면 그렇게 만들자고 항아님들께 말씀드려 보자. 아, 이런 기분 정말 오랜만이야. 마마님들께서는 내가 이런 말을 하려고만 하면 혼을 내신다니까. 그렇게 달게 만들어서는 아무도 안 드신다고 역정을 내시면서 말이야!"

쌍이는 흡족한 웃음을 지으며 열심히 눈을 빛냈다. 그렇게 우리는 한동안 간식에 대한 심도 있는 대화를 나눴다. 완연히 밝은 아침의 해가 문지방을 넘어오는 것도 모른 채, 최 상궁이 우리 둘을 살피러 올 때까지.

* * *

나는 쌍이와 함께 잠자코 바닥에 앉아 쉴 새 없이 손을 놀리고 있었다. 막 받아 입은 분홍 저고리의 소맷자락을 팔뚝까지 접어올리고 말이다. 그런 우리의 앞에서 서릿발 같은 음성으로 최 상궁은 훈계를 계속하고 있었다.

"한참 날이 밝을 동안 거기서 수다나 떨고 있으면 어떻게 하느냐. 궁인이 되어 가지고서, 여러 마마 기침 시간보다도 늦게 일어나 어찌 하겠다는 것이야? 특히 쌍이 너."

"예, 예?"

벌레 씹은 얼굴을 하고서 조그만 칼을 들고 밤 껍질을 벗기고 있던 쌍이는 최 상궁의 지적에 깜짝 놀라 고개를 들고 대답했다. 그것을 의심스런 눈초리로 바라보다가, 최 상궁은 계속해서 잔소리를 이어나갔다.

"그렇게 껍질을 마구 벗기면 알맹이가 다 뭉개지지 않느냐. 율란(栗卵) 만드는 법은 일전에 배웠잖니."

"예에. 조심히 벗기겠습니다."

"너……."

"마마님! 여기 조란(棗卵) 만드는 것 좀 봐 주시어요."

쌍이는 마지못해 고개를 끄덕이며 최 상궁에게 반성하는 표정을 보이려고 노력하면서 다시 껍질을 벗겨나갔다. 최 상궁은 몇 마디를 더 하려고 입을 열었지만, 누군가 그녀를 부르는 소리에 고개를 돌렸다. 한숨을 내쉬며, 최 상궁은 걸음을 떼곤 기어코 한 마디를 하고 갔다.

"쌍아. 내 다시 돌아오기 전까지 그것 다 끝내놓아라. 서담이도 마찬가지고. 알겠느냐?"

"예."

쌍이와 나는 풀 죽은 목소리로 대답했다. 나는 손에 쥔 칼을 잠시 손에서 내려놓고, 옆에 놓인 밤 무더기를 바라봤다. 푹 삶아 낸 밤 무더기가 작은 언덕을 이루고 있었다.

"이걸 다 까야 되는 거야?"

대체 밤을 왜 이렇게 많이 삶아 내는 걸까? 번잡하게 돌아가는 생과방 사정으로 인해 미처 나는 최 상궁에게 교육을 받지 못했다. 본래 아기나인들을 맡아 가르치는 상궁들이 데리고 다니며 이것저것 일러 주어야 하지만 오늘은 굉장히 일이 많아 바빠졌기 때문이었다.

"응. 율란을 만들어야 하니까."

쌍이는 다시 어두워진 표정으로 껍질을 벗겨내고 있었다. 갓 삶아 낸 것이어서 김이 피어오르는 게, 달콤한 냄새까지 풍기고 있었지만 수십 개, 아니 수백여 개는 될 것 같은 밤을 계속 만지고 있다 보니 질릴 지경이었다. 율란, 이름은 참 예쁜데. 대체 뭐기에 이렇게 밤이 많이 필요한 건지 나는 새삼 궁금해졌다.

"그런데 쌍아. 율란은 어떻게 만들어?"

"어?"

"삶은 밤으로 만드는 건 알겠는데, 정확히 만드는 법은 알지 못해서."

"아아."

내 물음에 쌍이는 잠시 칼을 내려놓고 허리를 쭉 편 뒤, 껍질을 벗겨낸 밤 알맹이들이 몇 개나 되는지 굽어보곤 다시 말을 이었다.

"삶아낸 밤 껍질을 벗겨서 찧은 다음에 반죽해 만드는 거야. 계피가루랑 꿀을 넣고."

"찧어서 다시 반죽한다고?"

어이가 없다는 내 말투에 쌍이는 그럴 줄 알았다는 듯이 고개를 끄덕여 보였다.

"응."

"뭐야. 찧을 거면, 최 상궁 마마님은 왜 저렇게 민감하셔? 모양은 어차피 상관없는 거잖아."

"최 상궁 마마님의 성격 때문이라고 할 수 있지. 무얼 만들든지 모양은 정갈하고 아름다워야 한대. 완성할 때만 그런 것이 아니라, 모든 과정에서 말이야."

"……그렇구나."

장인정신이 정말 뛰어나신 분이었구나. 나는 황당하지만 수긍하려 애썼다. 그러다가 다시 밤 무더기들을 보고 쌍이에게 물었다.

"그런데, 왜 이렇게 많이 만드는 거야? 저하께서는 단 것 많이 안 드신다면서. 오늘 손님이라도 오신대?"

"미리미리 만들어 두려는 건가 봐."

한탄하면서도 쌍이는 조심스런 손길로 밤 껍질을 벗겨내고 있었다. 할 말을 잃은 나는 하는 수 없이 조용히 쌍이를 따라 다시 새 밤 뭉치를 앞으로 가져다 놓았다.

* * *

"아, 이제 좀 살 것 같다."

쌍이와 나는 한껏 기지개를 펴며 연신 어깨나 팔뚝을 주물러 댔다. 분명 아침부터 시작했던 것 같은데, 그 무더기들을 다 해치우고 나니 벌써 뉘엿뉘엿 해가 지고 있었다. 일을 다 해 놓고서야 우리는 간단한 저녁을 먹을 수 있었다. 그 뒤에야 오늘 할 일은 다 끝낸 기쁨을 누리며 소화도 할 겸, 산책을 하고 있는 것이었다.

"어휴. 옷에 밤 냄새가 밸 것만 같아. 이젠 밤만 봐도 질린다."

나는 진저리를 치며 고개를 저었다. 그리곤 다시 가볍게 맨손체조라도 할 겸 뻐근한 팔목을 돌리는데, 따끔한 느낌이 들어 손을 쳐다보니 작은 생채기가 나 있었다.

"아, 칼에 베였나 봐."

"어디? 좀 봐."

쌍이가 내 손을 낚아채 보더니 혀를 차며 말했다.

"첫날부터 칼질을 시작하는 것도 드문데. 마마님도 참. 돌아가면 방에 약초가 있을 거야. 일단 가기 전에 손이라도 씻고 가자."

"그래."

안타깝다는 눈빛으로 날 바라보던 쌍이는 내 어깨를 토닥여 준 뒤, 다시 말을 이었다. 우리가 만들어 둔 율란 재료는 이미 나인들이 다 반죽해서 만들었을 거라고 말이다. 쌍이는 최 상궁 마마님이 이번 율란은 많이 만들어 두는 데는 이유가 있을 거라면서 다시 덧붙였다.

"율란이 간편하게 먹기 좋아서 가끔 저하께 올리면 야참으로 드시기도 하고, 빈궁 마마께서 즐기시거든. 물론 빈궁전 생과방에서 만들 수도 있지만, 최 상궁 마마님이 만드시는 율란 솜씨는 정말 대단하셔서 종종 빈궁전에서 부탁이 오기도 해. 아마 이번에도 그런가 보네."

"아아. 빈궁 마마께서 좋아하시는구나."

빈궁의 이야기에 뜻밖의 말에 잠깐 잊고 있었던 사람이 떠올랐다.

안평대군. 그는 내게 빈궁과 세자의 사이가 걱정된다고 말했었다. 그래도 세자 부부의 사이가 소원한 것과는 달리 궁인들끼리는 교류가 있나 보다. 그나저나 안평대군에게 궁에서 만나자고 했었는데…… 나도 내가 어느 곳으로 갈 지 알지 못했으니, 그도 마찬가지일 것이다. 다시 대감에게 가서 물어볼 수도 없을 것이고 – 물어본다고 해도 알려 주지 않겠지만 – 수많은 처소들을 다 둘러볼 수도 없으니.

어쩌면 안평대군은 시간이 지나면 잊어버릴지도 몰랐다. 어차피 가깝게 지낸 시간은 그리 길지 않았으니까. 애써 찾다가 기억에서 멀어지면, 없었던 것처럼 잊고 말겠지.

"빈궁전 생과방 마마님은 조란을 잘 만드셔. 덕분에 대전이나 중궁전 생과방에서 가끔 숙실과(熟實果)가 필요할 때면 빈궁전과 동궁전에 들르기도 한대. 그래서 연통이 오는 날이면 가끔 두렵기도 한다니까. 또 밤 껍질 까야 될까 봐."

"푸하하."

나는 자꾸 푸념하는 쌍이 덕에 웃음이 나왔다. 아침에 자랑을 해댈 땐 언제고 이제는 힘들어 죽겠다고 하소연만 하니 말이다.

"너 아침에는 생과방이 맛있는 거 만들어서 좋다며? 좀 얻어먹으려면 밤 껍질쯤은 까야 되는 것 아니야?"

"아니, 그래도. 이런 껍질 까는 일 말고, 나는 정말 만드는 일이 하고 싶다니까! 아직 나인도 되기 전이라 일을 시켜 주지 않으시는 것은 알겠지만. 서담이 너는 오늘이 처음이니까 그런 말이 나오는 거지. 네가 와서 일손이 늘었으니까 이제 마마님께서 손질할 것들을 오늘처럼 엄청 주실 게 분명해. 끔찍하다."

"아아. 그건 조금 걱정되긴 한다."

"그렇지? 아, 오늘 우리가 만든 율란이나 좀 먹어봤으면 좋겠는데. 언제쯤 먹을 수 있으려나 모르겠어."

"손님이 오시길 기다려 봐야 하나?"

"그렇겠지."

한 번도 먹어보지는 못했지만, 쌍이의 찬양을 듣고 있으니 정말 최 상궁의 솜씨로 빚은 율란의 맛이 궁금해지기 시작했다. 그렇게 이런저런 이야기를 하며 발걸음을 옮기다 보니, 어느새 처소에 도착해 있었다.

"나도 얼른 나인이 되었으면 좋겠어."

섬돌에 신을 벗어 가지런히 정리하며 쌍이가 나지막하게 대답했다. 계례(笄禮)를 치르고 정식으로 나인이 되려면 몇 년이나 남은 것을 알고 있었기에 나도 고개를 끄덕이며 맞장구 쳐 주었다.

"나도. 나인이 되면, 네가 말하는 것처럼 생과방 음식들을 직접 만들어 볼 수 있겠지? 재료만 다듬는 게 아니라."

"응. 그렇지."

쌍이는 마루에 앉아 무릎을 끌어안고 이제 막 해가 지기 시작한 하늘을 바라봤다.

"그리고 또, 나인이 되면 더 많이 쉴 수 있을 거고. 아기나인은 매일 일하지만, 나인부터는 하루 일하면 하루는 쉴 수 있거든. 녹(祿)도 오르고. 마마들께 신임도 받고. 지금보다 더 중요한 일을 할 수 있을 것 같아."

"……."

"휴, 상궁이 될 때까지는 어떻게 기다리지?"

처연해 보이는 쌍이의 모습에 나는 뭔가를 더 묻고 싶은 것을 억지로 참았다. 그녀는 눈시울이 조금 붉어진 것 같기도 했다. 대신 나는 조심스럽게 쌍이의 손등을 도닥여 주었다.

"나랑 같이 여기서, 동궁전 나인이 되기를 기다리고 있으면 시간도 빨리 갈 거야. 우리는 좋아하는 일을 하고 있잖아."

"응."

쌍이는 눈가를 쓱 문지르고 일어서더니, 내 어깨를 잡아 일으켰다. 다시 예의 그 밝은 미소를 머금고 말이다.

"맞다. 너 생채기 난 것 치료해야지. 얼른 씻어내고 와! 내가 마마님께 여쭤서 천이랑 약초 찾아놓을게."

말을 끝낸 쌍이는 등을 돌려 방으로 들어갔다. 나는 다시 신을 꿰어 신고 세숫간 쪽으로 향했다. 어쩐지 쌍이와 친해질 수 있을 것 같은 느낌이 들었다. 운이 좋은 걸까? 조선에서 깨어난 이후 이렇게 가까워질 수 있는 느낌을 주는 사람을 둘이나 만났으니. 한 사람은 너무나도 좋은 사람이지만 언제까지나 가까울 수는 없는 사람이었다. 하지만 쌍이는 그럴 수 있을 것이다. 그렇게 행복해하는 과자들을 만들면서.

* * *

다음날에도 우리는 생과방 바닥에 앉아 열심히 밤 껍질을 벗기고 있었다.
"어떻게 된 거야? 네가 분명 밤 껍질 벗기는 건 끝났다고 말했잖아."
"그…… 글쎄. 나도 그런 줄 알았지."
"세상에, 이렇게 많은 밤 가져다가 대체 율란을 얼마나 만드시려고……."
쌍이와 나는 영문도 모른 채, 혀만 내두르며 손을 놀렸다. 밤을 쪄내서 후끈한 기운이 차올라 있었기에, 겨울의 초입에 들어선 쌀쌀한 바람을 막아 주는 것은 좋았지만 끊임없는 노동 때문인지 이마엔 땀방울이 송골송골 맺힐 정도였다.
"자자, 빨리들 하거라."
최 상궁이 나인들을 재촉하며 다가오고 있었다. 나와 쌍이는 또 수다만 떤다는 핀잔을 받을까 두려워 얼른 고개를 숙였다.
"잘하고 있구나."
그러나 예상과 달리 최 상궁은 흡족한 듯 미소를 짓더니, 쭈그려 앉아 밤 알맹이들을 확인했다. 최 상궁이 밤 무더기를 뒤적이는 사이, 쌍이는 넌지시 말을 건넸다.
"저…… 마마님."
"응?"
"어제 만들어 낸 율란이 부족하였나요?"
쌍이는 내게 눈짓을 해 보였다. 언제까지 밤을 까고 있어야 하는지 반드시 알아내겠다는 결연한 의지가 엿보이는 쌍이는 최 상궁이 다시 입을 열자 충격에 휩싸이고 말았다.

"그럼. 어제는 대전에 보낼 것을 만든 것이란다."

"예?"

쌍이는 경악에 차서, 입을 벌리고 말을 잇지 못했다. 심지어는 그 손에 쥔 칼도 떨어뜨렸다.

"아니, 왜 이렇게 놀라느냐?"

"그…… 그러면."

"그러면 오늘은 어느 전에 보낼 것을 만드는 건가요?"

아무래도 쌍이는 말을 이을 수 있을 것 같지 않아 내가 잽싸게 끼어들었다. 최 상궁은 행복하기까지 한 표정으로 대답했다.

"중궁전이다. 어제 대전에 보내드린 율란을 막내 대군 마마께서 드시고 좋아하셨다더구나. 그래서 중궁전 생과방에서 특별히 부탁이 왔어. 그리고 오늘은 저하께도 올릴 것이야."

금성대군이 문제였구나. 나는 나도 모르게 이를 갈았다. 아니, 어린 애가 벌써부터 단 것을 그렇게 좋아하면 어떻게 해? 이 다 상한다고!

"그…… 그랬군요."

"그러니 오늘도 뭉개지지 않게 조심해서 껍질을 벗기거라. 오늘은 여기 있는 것만 다 하면 될 것이야. 그래도 어제보다는 적은 것 같은데?"

망언을 남기며 최 상궁은 자리를 떴다. 망연자실해 있는 쌍이는 아직도 칼을 집어 들지 못했다. 나는 조용히 그 칼을 주워 손에 쥐어 주었다. 그런데 갑자기 나인들이 와서 다른 밤 무더기들을 내려놓았다.

"이것도 해 줘, 애들아."

"네?"

"어휴, 힘들지? 그래도 어쩌겠어. 우리는 잠깐 빈궁전 생과방에 다녀올게. 조란 좀 얻어 와야 하거든!"

"대신 이거 먹어. 오늘 시험 삼아 만들어 본 율란인데, 우린 물려서. 그럼 잘 하고 있으렴!"

눈이 커진 쌍이가 황급히 자리에서 일어나며 되물었지만, 나인들은 웃으며 손을 흔들고 사라졌다. 나는 엉겁결에 다른 나인이 쥐어 준 율란 그릇을 품에 안고, 사라지는 그들을 멀뚱히 쳐다볼 수밖에 없었다.

"……조란은 어제 만들고 있었잖아."

허탈해진 내가 말하자 쌍이가 힘없이 고개를 끄덕였다.

"항아님들…… 분명 놀러 가시는 것 같은데."

"놀러 간다고?"

"마마님도 잠깐 나가셨잖아. 절호의 기회를 놓칠 순 없었나 봐."

"세상에."

그럼 분명 나인들이 주고 간 것들은 자기들 몫일 테다. 참 좋은 핑계가 아닐 수 없었다. 나는 뿔이 나서 칼을 던지듯 내려놓았다.

"쌍아. 이거나 먹자. 사람도 없는데 먹으면서 쉬기나 하지 뭐."

"……그래."

미지근하게 굳어진 율란을 집어들며 쌍이가 대답했다. 율란을 음미하는 쌍이의 표정이 즐거워지는 걸 바라보면서 나도 율란을 입 안에 집어넣었다.

"우와."

나도 모르게 탄성이 나왔다. 삶은 밤 맛이 날 거라고밖에 상상하지 못했는데, 율란은 떡의 식감은 아니었는데도 적당히 폭신하고 달았다. 은은한 계피 향이 완벽한 조화를 이루었다. 나는 최 상궁의 솜씨가 뛰어나다는 것을 인정할 수밖에 없었다.

"맛있다."

"음음. 그렇지?"

우리는 두어 개씩 율란을 집어 먹고 그 황홀한 맛에 취해 있었다. 쌍이는 최 상궁이 만든 율란을 처음 먹어보는 것이 아닌데도, 나보다 더 행복해했다. 어느새 밤 껍질은 안중에도 없이 우리는 율란 맛을 칭찬하기에 바빴다.

"항아님들은 만드시다가 얼마나 많이 드셨기에 물리기까지 하신다는 걸까? 나는 언제 먹어도 좋을 것 같은데."

"그러게 말이야."

쌍이는 못내 아쉬운 듯 입맛을 다셨다. 그러고는 눈을 반짝이며 내게 말했다.

"우리, 좀 더 먹을까?"

"뭐? 이젠 없잖아."

"만들어 보자는 거지!"

"우리가?"

어제 쌍이와 최 상궁에게 만드는 법을 듣기는 하였지만, 실전은 자신이 없었다. 하지만 쌍이는 그런 나를 설득하려고 애썼다.

"항아님들이 만드시는 걸 옆에서 계속 지켜봤어. 그리고 여기 껍질 벗겨놓은 밤들이 많잖아? 마마님과 항아님들이 돌아오시기 전에 얼른 몇 개만 만들어 먹자. 그리고 아무 일도 없었다는 듯이 계속 밤이나 까고 있으면 되지!"

"그…… 그럴까?"

나는 어느새 쌍이의 말에 동조하고 있었다. 그래. 별로 어려운 것도 아닌 것 같은데. 시간도 많이 걸리지 않을 것 같고. 마침 옆에 김 오르는 밤들이 있었다. 더 이상 고민할 것도 없이, 나와 쌍이는 밤 몇 알을 챙겨서 나인들이 일하던 곳으로 갔다.

"내가 이거 찧을게. 너는 재료 찾아서 준비해 줘."

쌍이는 벌써 절구에 밤을 넣고 방망이를 찾고 있었다. 나는 고개를 끄덕이곤 주위를 둘러보았지만, 꿀이 보이질 않았다.

"쌍아. 그런데 꿀이 없는데?"

"없다고? 그럼 거기 계피가루는 있어?"

"응."

"그럼 있는 걸로만 만들어 보자. 어차피 우리가 먹을 거잖아."

그래. 우리가 먹는 건데, 못 먹을 맛만 아니면 되겠지. 나는 계피가루를 챙기고, 다른 재료가 뭐가 있을까 찬장을 살피며 두리번거렸다. 그러다 큰 단지를 발견했다. 조청이라도 있으면 비슷한 맛을 낼 수 있을 것 같아서 뚜껑을 열었는데, 의외로 그 안에는 흰 액체가 들어 있었다.

"우유?"

분명 생김새는 우유였다. 냄새를 맡아보니 상한 것 같지도 않았다. 잠시 고민하고 있는데, 쌍이가 다 찧은 밤을 들고 와 곁에 섰다.

"아, 타락(駝酪)이네."

"타락?"

"소젖 말이야. 오늘 새벽에 타락죽 쑤고 남은 것인가 본데."

우유를 옛날에는 타락이라고 불렀구나. 그나저나, 우유죽을 쑤어 먹는단 말이야? 이유식도 아니고.

내가 타락죽의 맛을 궁금해 하고 있을 때, 쌍이가 결심한 듯이 그릇을 들고 와 우유를 덜어냈다.

"쌍아! 뭐하는 거야?"

"괜찮아. 좀 쓰고, 물 채워 넣으면 돼."

"뭐? 그럼 우유…… 아니, 타락 맛이 아니라 물맛이 날 거 아냐?"

"에이. 동궁전인데, 물맛이 나면 대전에서 다시 얻어 오겠지 뭐. 이만큼! 이만큼만 쓰자! 나도 귀한 타락 좀 먹어보고 싶었다고. 우린 마마님처럼 부드러운 맛을 내지도 못하는데, 타락을 넣으면 맛있을지도 몰라."

열심히 반죽을 만들며 쌍이는 콧노래까지 불러댔다. 쌍이가 반죽을 하는 사이 나는 재료들을 가져다주며 그 모습을 보고 있었는데, 그녀가 반죽을 주물럭거릴수록 어디서 많이 본 것 같은 음식의 모습이 보였다.

"……이거 매쉬드 포테이토 같은데?"

"어?"

"아, 아냐. 여기 잣가루 있어."

작게 중얼거린 내 말에 쌍이가 대답하자 나는 얼른 잣가루를 건네주었다. 다행히도 내 말에 큰 신경은 쓰지 않았는지, 쌍이는 집중해서 모양을 빚어내고는 잣가루를 묻혔다.

"와! 끝났어."

"쌍아, 너 정말 대단하다."

"맛은 어떨지 모르겠어. 한번 먹어 봐."

나와 쌍이는 우유 넣은 율란을 하나씩 집어 맛봤다. 기괴한 맛이 나지는 않았고, 다만 최 상궁의 것보다 깊은 맛이 났다. 우유를 넣은 때문인 것 같았다.

"이렇게 해도 맛있네."

"그러게. 다음에 항아님들께 넌지시 말해 봐야겠다."

우리는 얼른 어질러 놓은 재료들을 제 자리에 돌려놓고, 본래 자리로 되돌아왔다. 그리고 우리가 만든 율란을 다시 한 번 맛보려 할 때였다.

"최 상궁! 최 상궁!"

밖에서 최 상궁을 부르는 다급한 목소리가 들렸다. 나와 쌍이는 동시에 그릇에 담긴 율란을 집어 들려던 손가락을 멈추었다.

"누, 누구지?"

"그러게."

쌍이는 찔리는 것이 있어서인지 눈이 커져서, 얼른 그릇을 시렁에 내려놓고 일어섰다.
"나가보아야 하지 않을까? 최 상궁 마마님을 찾으시는데."
고개를 끄덕인 나는 밖으로 나가보았다. 그러자, 상궁 복식을 한 여인이 점잖게 서 있다가 우리를 보고 의아한 듯이 물었다.
"아니, 최 상궁은 어디 갔느냐?"
"잠깐 어디 가신 모양입니다. 헌데, 무슨 일로……."
나는 그녀가 누구인지 몰랐기 때문에 최대한 공손한 투로 말하고 있는데, 무슨 일인가 하여 뒤에서 내다보던 쌍이가 황급히 달려와 고개를 조아렸다.
"아, 마마님."
"언제 돌아온다는 언질은 없었고?"
"예."
상궁에게 간단히 대답하며 쌍이는 작은 목소리로 내게 그녀가 동궁전 지밀상궁이라는 사실을 알려주었다.
"그렇다면 나인들을 좀 불러 오거라."
"그것이……."
"무슨 문제라도 있느냐?"
하필 이런 때에 지밀상궁이 오다니. 쌍이와 나는 서로를 번갈아가며 대답을 망설였다. 그러자 지밀상궁은 어이가 없다는 듯한 표정을 지었다. 아직 정식 나인도 아닌 아기나인이 지밀상궁을 맞이하고 있으니, 그럴 만도 했다. 궁녀들 중 가장 격이 높은 지밀, 또 그 지밀에서 가장 품계가 높은 여인인 지밀상궁이 왔는데 맞는 이가 하나 없는 것도 희한한 일인 것은 둘째치고서라도 한낮에 생과방 나인들이 죄다 없는 것은 경을 칠 일이었으니까.

"항아님들도…… 잠시 출타하셨사옵니다. 일이 생겨 빈궁전 생과방에 잠시 다녀오신다고……."
 결국 쌍이는 두 눈을 질끈 감으며 대답할 수밖에 없었다. 불호령이 떨어지기를 각오한 태도였다.
 "어허, 이를 어쩐다."
 하지만 상궁은 불호령을 내리기보다 한숨을 내쉴 뿐이었다. 쌍이가 그녀의 기색을 잠깐 살폈다.
 "저, 마마님. 혹시 손님이라도 오시었는지요?"
 "……그래."
 상궁은 먹구름이 낀 것 같은 얼굴로 대답했다.
 "헉."
 쌍이는 급하게 숨을 들이마셨다. 미리 기별을 주지 않고 이렇게 일찍 찾아올 정도의 손님은 거의 없었기 때문에 생과방 사람들이 마음 놓고 출타를 한 것이었다. 나 역시도 덩달아 불안해지기 시작했다. 아직 아기나인인 우리들은 무엇을 대접할 만한 거리를 만들 수 있는 실력이 되지 못했으니까.
 그런데 나인을 시킬 것이 아니라, 지밀상궁이 직접 생과방에 찾아와 최 상궁을 찾을 정도의 사람이라면 보통 사람이 아닐 것 같았다. 그러니, 대충 차를 우려내거나 남아있는 다식을 꺼내오라 하지 않는 것이겠지.
 "빈궁전에 가서 항아님들을 찾아올까요?"
 "아니다. 언제 가서 찾아오겠느냐."
 쌍이가 눈치를 살피며 상궁에게 물었지만 그녀는 단칼에 거절했다. 그러다 다시 우리에게 물었다.
 "생과방에 무언가 대접할 만한 것이 있느냐?"
 "대접할 만한 것이라 하오시면……?"

"무엇이든 성의 있는 것 말이다. 되도록이면 오늘 만든 것으로."

"죄송합니다, 마마님. 아무래도 빈궁전에……."

"손님이 몇 분이신지 여쭈어도 되겠습니까, 마마님?"

쌍이는 자신의 말에 끼어든 나를 의아한 얼굴로 바라봤다. 하지만 빈궁전에 가서 나인들을 찾아오기에는 시간이 너무 걸렸다. 놀러 나간 나인들이 빈궁전 어느 곳에 갔는지도 모를 뿐더러, 정말 빈궁전에 갔을지도 정확하지 않다. 또, 괜히 찾으러 갔다가 너무 늦는다면 최 상궁에게 모두가 된통 혼나고 나인들에게 또 우리가 소리를 들을지 모를 일이었다.

"서담아, 어떻게 하려고?"

"율란이 있잖아."

내가 간단하게 대답했다. 갓 만든 데다, 아직 손도 대지 않은 것들이었다. 양이 충분하지는 않지만 지금은 아침때가 지났으니 손님이 한두 명이라면 괜찮을 것 같았다.

"한 분이다. 무엇이 있느냐?"

"방금 만든 율란이 조금 있사옵니다."

"오, 최 상궁이 만들어 둔 것인가 보구나. 그럼 얼른 차려 오거라."

"예."

지밀상궁을 밖에 두고, 우리는 다시 생과방 안으로 들어왔다. 쌍이는 약간 안심된 표정이면서도 불안한 듯 내게 물었다.

"그런데, 이 율란 정말 가져가도 될까? 최 상궁 마마님이 만드신 것도 아닌데."

"괜찮을 거야. 우리가 먹어 봤잖아?"

"그렇긴 하지만……."

"맛있었으니까 설령 최 상궁 마마님께서 만드신 것이 아니라는 걸 들키더라도, 크게 혼이 나지는 않을 거야. 더구나 이건 네가 만든 거잖아?"
 "응?"
 "네가 만든 율란을 저하와 손님들께서 맛있게 드신다고 생각해 봐! 자랑거리가 될 만한 일인 걸."
 "그…… 그런가?"
 쌍이는 발그레하게 달아오른 뺨을 하고서 올라가는 입꼬리를 잡아 누르려고 애썼다. 칭찬의 의미로 쌍이의 어깨를 두어 번 토닥여 준 뒤, 나는 얼른 율란을 다른 그릇에 옮겨 담고, 옆에 삶은 밤을 조각내어 장식했다. 쌍이는 다구(茶具)와 찻잔, 찻잎들을 챙겼다.
 "다 되었느냐?"
 "예, 지금 나갑니다."
 쌍이와 나는 동시에 대답하고, 서둘러 그것들을 들고 나갔다. 지밀상궁은 우리가 들고 나온 것을 확인하더니 고개를 끄덕이곤 말했다.
 "그 정도면 되겠구나. 이리 따라오너라."
 "예?"
 설마 동궁전에까지 들고 가라는 건가? 쌍이를 흘낏 쳐다보니, 쌍이도 이런 일은 처음이라는 듯 눈을 크게 떠 보였다.
 "저, 항아님들께 드리는 것이 낫지 않을까요? 저희는 아직……."
 "따라오기나 하거라."
 상궁은 더 이상 말을 하지 않고 등을 돌렸다. 하는 수 없이 우리는 그녀를 따라 동궁전으로 걸음을 옮겼다.

* * *

"자, 너는 이것 들고 들어가거라."

"제가요?"

동궁전 앞에 다다르자, 상궁은 우리 둘을 훑어보더니, 쌍이가 들고 있던 것마저도 내게 넘겨주곤 말했다. 상상했던 것보다 왠지 모르게 조용하고 북적이지 않는 동궁전의 모습을 궁금해 할 새도 없이.

이런 것은 동궁전 본방나인들이 하는 게 아니었나? 나는 황당함에 쌍이와 상궁의 얼굴을 번갈아 보다 되물었다.

"저는 아직 정식 나인도 아닌데 어찌 저하께……."

"안다. 그러니 들어가라는 것이야. 생도 없지 않은 생과방 아기나인이니 말이다."

상궁의 말에 더욱 혼란스러워진 나는, 얼굴빛이 새하얘진 쌍이가 입모양으로 독촉하는 것을 보고나서야 그것들을 들고 걸음을 떼었다. 신을 벗고 고개를 조아린 뒤 마루를 걸어가는 동안 등줄기에 땀이 흘렀다. 최상궁에게 듣기로는 궁녀들 중에서도 급이 높은 지밀이나 침방, 수방의 나인들과 아기나인들은 생머리를 하여 신분을 나타낸다고 했다. 비교적 어린 나이에 입궁하고 신분도 높은 편이라 그것을 과시하려 함인 것이다. 그래서 생머리를 한 아기나인들을 생각시라 부르기도 하는 것이고.

그 때문에 나는 지밀상궁의 태도가 더더욱 이해가 되지 않았다. 세자를 만나러 온 손님, 그리고 귀히 대접해야 할 손님인데 어째서 생각시도 아닌 생과방 아기나인을 보낸단 말이야?

혼란스러운 머릿속을 채 정리하기도 전에, 떨리는 발걸음은 문 앞으로 닿았다. 문 양 옆에 시립해 있는 본방나인들이 나를 흘깃 쳐다보고는 말을 이었다.

"저하, 다과 들여가옵니다."

그 두 사람 외에 다른 나인들이 없는 것이 이상하기는 했지만, 그런 것을 따지고 있을 시간도 없이 문이 열리고 있었다. 세종의 세자 이 향.

문종을 보는 것이었다. 나는 떨리는 팔에 힘을 주어 쟁반을 그러잡았다. 그리고는 고개를 살짝 숙여 눈을 내리깔고 조심스레 발걸음을 옮겼다.

곁눈질로 보아하니 세자를 보러 온 손님은 의외로 어린아이였다. 내 또래나 되었을 법한. 꽤나 중요한 손님이라고 해서 황희정승 같은 사람이 아닐까 했는데, 그런 것은 아니었나 보다.

"나인이 아니로구나?"

나직이 들려오는 목소리에 설레는 기분이 들었다. 나는 쟁반을 바닥에 내려놓고 고개를 조아린 채로 대답했다.

"……예에. 아직 계례를 치르지 않았사옵니다."

떨리는 손을 부지런히 놀려 율란 그릇을 올려놓고 차를 따랐다. 다행이 다구와 찻잎, 찻잔들이 모두 정돈되어 있어 쉽게 준비할 수 있었다. 찻잔을 데워놓아 찻물은 빨리 우러나왔다. 나는 심호흡을 하고, 천천히 잔을 들어 세자의 앞에 가져다 놓았다. 하지만 떨려서 차마 가슴께 위로는 시선을 들 수 없었다. 세자는 점잖게 그 잔에 손을 가져갔다. 나는 곧 다른 하나의 찻잔을 손님이 앉은 쪽에 올려놓으려 손을 옮겼는데, 그가 잔을 건네받으려는 듯 손을 뻗었다. 결국 닿은 손에 흠칫 놀라, 나도 모르게 그의 얼굴을 바라봤다.

"어."

당황한 듯 새어나온 목소리는 그의 것이었다. 진평대군은 자신도 황당한 듯 나를 바라보고 있었다. 두 시선이 마주쳤다.

"왜 그러느냐?"

"아, 아닙니다."

손님이 진평대군일 줄이야! 다행히도 그는 아무 말도 꺼내지 않기로 한 듯, 잔을 받아 서탁 위에 올려놓더니 율란을 하나 집어 입에 넣었다. 나는 황급히 시선을 내리깔았다. 율란을 맛본 그의 얼굴이 어떤지 보기 두려웠기 때문이다.
"무, 물러가겠사옵니다."
나는 쟁반을 챙겨들고, 얼른 뛰어가고 싶은 마음을 억지로 참으며 방문까지 공손한 태도를 유지하고 뒷걸음질 쳤다. 그리고 문 밖으로 나서자마자, 걸음을 재촉하며 전각 밖으로 뛰었다.
"서담아!"
초조하게 서성이던 쌍이가 내가 나오는 것을 보곤 반갑게 다가왔다. 옆에 서 있던 지밀상궁도 함께 다가왔다.
"그래, 잘 올렸느냐? 실수는 하지 않았고?"
"……예."
그것이 실수인지 아닌지 헷갈렸다. 진평대군에게 내 얼굴을 보인 것 말이다. 진평대군은 내 얼굴을 모를 리 없었다. 치한으로 모는 난리를 피운 것이 다른 사람도 아닌 자기 부인의 언니인데 오죽할까. 하지만 상궁과 쌍이에게 실수 했는데요, 라고 말할 수는 없잖아! 멋쩍게 웃으며 나는 쟁반을 팔 사이에 끼웠다.
"저하께서는 뭐라 하시더냐?"
"특별히 하신 말씀은 없었는데…… 아, 나인이 아닌 것이냐고 물으셨습니다."
"그 외에는?"
"없습니다."
"그래."
흡족한 듯 상궁은 미소 짓더니 두 손을 당의 속에 숨겼다. 쌍이를 흘낏 쳐다보니 자신도 모르겠다는 표정이었다.
"그럼 가 보아라. 참, 최 상궁에겐 따로 이르지 않겠다."
"……예."

전각에서 멀어질 때까지, 우리는 서로 눈빛을 교환하며 걸음을 재촉했다. 점차 전각이 눈에 띄지 않을 거리로 멀어지자 쌍이는 내게 쟁반을 빼앗아 들고 물었다.
"저하께서 율란을 드셨어?"
"아니. 대군 마마께서만."
"대군 마마?"
"안에 들어 계시던 손님이 진평대군 마마셨어."
"아. 진평대군 마마셔서…… 그러면, 대군 마마께선 뭐라 안 하셨어?"
"모르겠어. 막 입에 넣으시는 걸 보고 얼른 나왔는걸. 그래도 바로 무어라 하시진 않으셨으니, 괜찮지 않을까?"
 나는 건성으로 대답하고, 긴장해서 아픈 팔을 살짝 주물렀다. 그리고 진평대군이 나를 어떻게 생각할지가 두려워졌다. 이 씨 부인은 서연에게 내가 궁으로 들어갔다는 것을 알려 주었을까? 아니면 알려 주지 않았을까? 그녀가 어찌 행동했을지 가늠하기 어려웠다. 만약 서연에게 알려 주어서, 서연이 알고 있는 것이라면 어떡하지. 진평대군이 돌아가 서연에게 나를 보았다고 말한다면.
 아닐 것이라고 생각해 왔는데, 서연과 자매로서 친하게 지내면서 감췄던, 내 초라함이 다시금 드러나는 것 같았다. 그녀는 내가 대갓집 여식에서 한낱 궁녀로, 기껏 해 봐야 중인의 신분으로 내려앉은 것을 듣는다면 뭐라고 생각할까. 본래 내가 되었을지도 모르는 대군부인의 자리보다, 나는 서연이 가진 온전한 부모의 사랑을 부러워했었다. 그러나 그것은 내가 가질 수 없는 것이었고, 그나마 표면상으론 동등했던 신분마저 이제는 그녀에 비해 보잘것없어졌다.
 진평대군인 것을 알았다면, 떠밀리듯 들어가지는 않았을 텐데. 나는 답답한 마음에 한숨을 내쉬었다.

"그나저나 동궁전은 왜 그런지 모르겠어."

생과방에 들어와 다시 칼을 찾아 자리에 앉자 쌍이가 중얼거리듯 말했다.

"응?"

"진평대군 마마께서 드시는 날이면 종종 생과방에서 나인들을 데려갔거든."

"뭐?"

진평대군이 동궁전에 올 때마다 생과방 나인들을 데려다 시중을 들게 시켰다는 말이야? 동궁전 지밀상궁이?

"가끔 이렇게 지밀상궁 마마님이 오셔서 나인 몇을 데려가시는 것을 본 적이 있었어. 특히나 신경 쓴 다과를 준비해 달라고 하시면서. 그때는 무슨 이유인지 몰랐는데 생각해 보니 진평대군께서 오시는 날마다 그랬던 것 같아."

한두 번이 아니라는 말이었다. 나는 속으로 세자의 나이를 헤아려 보았다. 열여섯. 그리고 진평대군은 열셋. 진평대군은 아직 어린 나이인데.

"왜 생과방 나인을 데려가신 걸까? 지밀 소속 나인들이 버젓이 있는데도."

쌍이의 말에 나는 짚이는 것이 있었지만 잠자코 입을 다물었다. 내가 예상하는 것이 결코 사실이 아니었으면 했기 때문이었다. 설마 이 나이부터라니. 그 비극이 대체 얼마간의 세월이 쌓여 이루어지는 것일까. 나는 그것이 내 상상에 불과하기만을 빌었다.

"그런데 아직까지 아무도 안 왔네."

쌍이는 투덜거리며 다시 밤 껍질을 벗겼다. 나도 선선히 고개를 끄덕이며 그녀의 말에 동조해 준 뒤 일에 몰두했다.

"흠흠."

기계적으로 손을 놀린 지 한 시진쯤이나 되었을까. 갑자기 밖에서 헛기침을 하는 소리가 들렸다. 둘만 있던 적막한 생과방인지라 그 소리는 무척 크게 들렸다.

"또 누구지?"

"마마님이실까?"

밤 세 개를 한 손에 쥐고 껍질을 벗기려던 쌍이가 눈이 휘둥그레져선 물었다. 나는 손을 털고 자리에서 일어나며 말했다.

"내가 나갔다 올게. 이번에도 마마님이시면, 이젠 남은 것이 없다고 말씀드려야겠어."

"그래. 그러는 게 좋겠다."

쌍이는 다시 밤 무더기로 시선을 돌렸다. 나는 치마에 손을 닦으며 얼른 밖으로 나가, 생과방을 방문한 이를 맞으러 갔다.

"뉘신지……."

그런데 생과방 밖에는 검붉은 색 단령을 입은 남자가 등을 보이고 서 있었다. 나는 예상외의 인물의 등장에 놀라 조그맣게 그를 부르던 말을 멈추었다. 내 목소리를 들은 남자가 이윽고 뒤를 돌아 나를 바라봤다. 두 시선이 마주쳤다.

"소저."

진평대군이었다.

마주친 시선으로는 그가 어떤 생각을 하고 있는지 알 수가 없었다. 내가 대답을 않자, 진평대군은 내게 한 발짝 다가오며 말했다.

"윤 소저."

"저는 이제 윤 씨가 아닙니다."

반사적으로 튀어나온 말이, 한낱 궁녀 주제에 대군에게 할 만한 언사가 되지 못한다는 것을 알아차릴 새도 없었다. 이 일에 대해서는 단호하게 되새겨야 상처받지 않을 것이라 다짐하고 또 다짐했으니까. 나는 윤서담이 아니었다. 진평대군이 바로 그 사람이라 하더라도. 가만히 시선을 내리깔고 이어질 그의 말을 기다렸다.

"그렇다면, 어떻게 불러야 하는 것이오?"

예상과 달리 그는 점잖게 내게 물었다. 그것이 무슨 말이냐는 질책이나 의문을 품은 추궁이 아니라. 당황한 나는 잠깐 생각한 뒤 대답했다.

"……그냥 서담이라고 부르시면 됩니다."

"서담."

그는 짧게 내 이름을 불러 보았다. 그의 눈빛엔 알 수 없는 생각이 서려 있었다. 나는 혹여나 진평대군이 다른 생각을 하기 전에 먼저 말을 꺼냈다.

"동궁전 생과방 최 상궁 마마님의 조카딸로 와 있습니다."

"그런가."

진평대군은 그 한 마디만 내뱉고 아무 말도 하지 않았다. 그가 왜 최 씨의 성을 갖게 되었느냐고 물을까 봐 또 나는 다시 먼저 말을 건넬 수밖에 없었다.

"그런데 어쩐 일로 오시었습니까? 생과방에 무슨 볼일이라도 계신지요."

"……율란."

"예?"

"그대가 들고 왔던 율란에 대해 물을 것이 있어 왔소. 최 상궁을 부르시오."

드디어 올 것이 오고 말았다. 나는 두려움에 숨을 멈췄다. 역시 많이 먹어 본 사람은 그 차이를 알아차렸을 것이 뻔했다. 그나마 세자가 직접 하문하지 않는 것이 다행일까? 아니, 아니다. 문종보다야 세조가 훨씬 무서운 사람인데!
"마…… 마마님은 지금 계시지 않사옵니다."
"있지 않다니?"
"저……."
이럴 줄 알았다. 절간처럼 조용한 생과방이 뻔히 앞에 있는데, 상궁을 부르러 가는 체를 할 수도 없고. 나중에 다시 오라고 하는 것은 말도 안 되고. 결국 안 계시다고 할 수밖에 없잖아.
"지금 생과방에 다들 일이 있어 마마님께서는 출타를……."
"출타라."
진평대군은 나를 빤히 바라보는 그 시선을 거두지 않은 채 나지막하게 중얼거렸다.
"그럼 나인들은?"
"……."
"설마 율란을 그대가 만들었다고는 하지 않겠지. 아직 계례도 치르지 않았다 하지 않았소."
"그게……."
"무엇이오?"
"그, 그것은 아닙니다!"
모르겠다. 나는 눈을 질끈 감고 심호흡을 했다. 이런 것 가지고 설마 화를 내겠어.
"저와 친우가 만든 것입니다. 친우가 솜씨가 좋아, 마마님께 배운 대로 만든 것이에요."
"역시 그랬군."
살짝 눈을 뜨고 바라본 그의 얼굴은, 다행스럽게도 화가 난 것 같지는 않았다. 하지만 그렇다고 해서 어떤 생각인지를 읽을 수 있는 것은 아니었다.

"그런데, 그대의 친우가 상궁에게 배운 대로 만들었다고 했나?"

"예, 그렇사온데……."

"맛이 좀 다르더군."

"헉."

그걸 물으려고 왔구나. 나는 진땀이 흐르는 것을 느끼며 천천히 입을 열었다.

"무엇이…… 어떻게 다르다는 것인지요?"

"내 어제는 중궁전에 들러 똑같이 동궁전 생과방에서 올렸다는 율란을 맛보았소."

"그…… 그러셨사옵니까?"

"상궁에게 배운 대로만 만들었다면 맛이 같아야 할 터인데. 오늘 맛본 것은 그렇지가 않아서 하는 말이오. 또 희한한 것은……."

"희한한 것이요?"

"여태껏 맛보지 못했던 것이더군."

"……."

그랬겠지. 누가 우유를 넣어 과자를 만들 생각을 했겠어, 이 시대에. 조선시대에서 우유는, 아니 저 옛날 신라시대 시절부터 우유는 간식으로 먹은 적이 없다고 했다. 죽으로 쑤어 먹거나, 아니면 영양음료와 같은 대접을 받았다. 기억을 더듬어 생각해 보면, 육이오 전쟁이 끝나고서도 유제품은 간식으로 여겨진 적이 없었다. 그 정도로 귀하디귀한 음식이니 이 시대의 사람들이 우유 넣은 간식을 먹어 보았을 리가 없었다. 그런데 이건 왜 묻는 거야? 맛있어서 묻는 것이면 다행이겠지만 혹시나 진평대군이 우유에 알레르기가 있거나, 아니면 체질에 맞지 않아서 배탈을 앓는 체질이라면 큰일이었다. 아무튼 나는 대충 둘러대기로 했다.

"으, 응용을 좀 해 보았사옵니다."

"어떻게?"

"지밀상궁 마마님께서 귀한 손님이 오셨다 하시어, 특별히 대접해야 한다는 생각에 저희가 타락을 좀 넣어 보았는데…… 입에 맞지 않으셨습니까?"

눈치를 보며 말을 했는데, 진평대군은 고개를 두어 번 가로젓더니 별말을 하지 않았다. 우유가 안 맞는 체질은 아닌 듯싶었다.

"귀한 손님이라."

"예?"

"정녕 그리 말하던가?"

순간 그의 표정에 씁쓸함이 드러난 것 같았다. 그래서 반문하자 그 표정은 또 순식간에 사라지고 말았다. 열셋이라는 나이에 맞지 않게 굉장히 생소한 그 표정에 나는 잠깐 말문이 막혔다. 그 이유를 왠지 짐작할 수 있을 것만 같았다.

"귀한 손님이 오셨다, 상궁이 그리 말했냐 이 말이오."

"……."

그도 눈치 채고 있었던 것이 분명했다. 세자를 만나러 올 때마다 시중을 드는 것이 생과방 나인이었다는 것을.

"그럼요."

나는 분명하게 그에게 말해 주었다. 물론 지밀상궁은 그리 말한 적이 없었다. 그럼에도 불구하고 나는 진평대군에게 그리 말해 주어야 했다. 당연했다. 그는 아직 열세 살이었으니까.

"대군 마마께서는 저하와 친동기간이신 분인데. 어찌 귀하신 손님이 아닐 수 있겠사옵니까?"

"……그래."

신분이 높지 않은 궁녀가 대군의 시중을 드는 것이 의미하는 바가 무엇일까. 충분히 짐작할 수 있는 것이었다. 경계한다는 것. 단순한 경계가 아니라 암시하고 있는 것이었다. 너의 위치를 깨달아라. 그리 말하고 있었다.

"그렇겠지. 나는 대군이니."

진평대군은 두 번째 아들이다. 세자 외에 왕이 될 자는 없다. 하지만 나는 미래를 알고 있었다. 정말로, 이상한 일이 일어나 역사가 변하지 않는 이상 내가 알고 있는 대로라면 진평대군도 왕이 된다. 그것의 전조를 세자는 무의식적으로 알고 있는 것이 분명했다. 소헌왕후는 유독 둘째 아들을 아꼈으니, 어쩌면 그에 대해 질투를 하고 있을는지도 모른다.

그렇지만 아직은 심각한 일이 아닐 것이다. 세조는 문종이 재위하고 있었을 시절에는 충성스러운 신하로서 살았으니. 더구나 열세 살인 그는 아직 보위에 대한 아무런 욕망이 없을 테다. 그리고 그 사실은 내 앞에 서 있는 이 소년을 보면 더욱 명백할 수밖에 없었다.

그는 형이 자신을 경계한다는 사실에 슬픔을 느끼고 있었다. 나는 그가 누구인지 알고 있음에도, 아직은 차갑게 말하고 싶지 않았다. 아직은. 아직은 그때가 되려면 멀었으니까.

"하여…… 타락을 넣은 율란을 만들어 보았습니다. 처음으로 만든 것인데, 마마님께서도 모르시는 일입니다."

나는 더 이상 두렵지 않았다. 오히려 살갑게 그에게 말을 건넸다.

"어떠셨습니까?"

진평대군은 여전히 무표정이었다. 하지만 나는 그의 눈빛이 약간은 부드러워졌다는 것을 알 수 있었다.

"뭐, 한 번으로 끝나긴 조금……."

"조금?"

"아쉬웠다고나 할까?"

맛있었다는 것을 돌려 말한 것이다. 나는 올라가는 입꼬리를 내리려 노력했다. 좋아. 진평대군의 입맛에 맞았다면 세자에게도 나쁘지 않았을 것이다. 역시 새로운 도전을 해 본 것이 실패가 아니었다. 나는 쌍이의 능력에 못내 감탄했다.

"제 친우가 제안한 것이었는데, 입에 잘 맞았다니 기쁘옵니다."

"친우가 제안한 것이었소?"

"예. 저는 아직 입궁한 지 얼마 되지 않았으니까요. 배운 것이 많지 않습니다."

"……그랬군. 입궁한 지 얼마 되지 않았다고."

아. 맞다. 내 입궁을 아는 것은 그가 아니라 안평대군이었지. 안평대군은 역시 진평대군에게 내 입궁을 알리지 않은 듯했다. 진평대군은 하지만 더 깊은 것을 묻지는 않았다.

"알았소. 그럼 가보지."

그 말을 하고서 진평대군은 걸음을 떼었다. 하지만 얼마 가지 않아서 다시 뒤돌아 내게 말했다.

"아, 그리고."

"예?"

"그대의 친우에게도 전해 주시오. 내가 그 율란을 마음에 들어 했다고."

그리고서는 진평대군은 내 대답을 기다리지 않고 가 버렸다. 허리를 숙여 그를 배웅하고 나서, 나는 얼떨떨한 기분으로 다시 생과방으로 돌아갔다.

"뭐야, 누구야?"

쌍이가 숨죽이고 있다가 쏜살같이 튀어나오며 내 소맷자락을 잡고 맹

럴히 물었다. 혼이 날까 걱정했던 것 같았다.

"마마님이야? 아니면 항아님?"

"……진평대군 마마셨어."

"뭐?"

쌍이는 휘둥그레진 눈으로 입을 떡 벌렸다. 이해할 수 없다는 물음표가 얼굴에 크게 그려져 있었다. 나는 설핏 웃음 짓고 손으로 쌍이의 턱을 들어 올려 입을 손수 닫아 주었다.

"맛있으셨대. 네가 만든 율란이."

"……어?"

"어떻게 만든 것이냐 물으러 오셨어. 그래서 솜씨 좋은 내 친우가 대군 마마를 대접하려 만든 것이라 하였지."

"정말?"

순수하게 기쁨을 담고 그녀는 정말로 좋아하고 있었다. 덩달아 기뻐진 나도 싱글벙글 웃음이 났다.

"그렇다니까. 역시 너는 생과방이 운명인가 봐. 아직 나인도 아닌데 이렇게 마마께 칭찬을 다 받고."

"우와. 진짜 꿈만 같아."

자리에 다시 앉아 칼을 들고 껍질을 벗기면서도 쌍이의 눈에 담긴 행복은 사그라질 줄을 몰랐다. 해가 지고 놀러 갔던 나인들이 하나둘씩 돌아와, 최 상궁이 복귀하기 전까지 우리가 까 둔 밤들을 서둘러 빻아 다시 예의 그 율란을 만드는 것을 도우면서도, 그의 칭찬 한 마디에 쌍이는 밤에 자리에 누워 눈을 감을 때까지 설레어했다. 들뜬 숨소리를 들으며 그녀가 잠들지 않았다는 것을 확인하면서 나도 눈을 감았다. 하지만 나도 쉽사리 잠이 오지 않았다. 머릿속에 떠오르는 한 가지 분명한 사실이 마음을 놓게 만들어 주었음에도. 오히려 그것 때문인지도 몰랐다.

왠지 진평대군을 지금이라면 믿을 수 있을 것 같았다. 훗날 세조가 되는, 진평대군 이 유(瑈)를.

3. 빈궁전, 그리고 생과방

"또 가는 거야?"
"응."

자리에서 일어나 치맛자락을 정리하는 나에게 쌍이가 물었다. 고개를 끄덕이고, 잠시 생각해 보다가 최 상궁이 기다리고 있는 쪽으로 걸음을 옮겼다.

"다녀올게."

그날 이후로 나는 진평대군이 동궁전에 올 때마다 다과를 내어가는 일을 맡게 되었다. 동궁전 지밀상궁인 민 상궁은 우리가 동궁전에 불려갔던 것을 최 상궁에게 이르지는 않겠다고 했지만, 그 이후 어떤 언급이 있었던 것 같았다. 그게 아니라면 여전히 아기나인인 내가 불려갈 이유가 없으니까.

"마마님."

"오늘도 네가 동궁전에 가야겠다. 오늘도 달리 무얼 들이라는 말씀이 없으셨으니 이걸 올리면 될게야."

최 상궁은 내게 조그만 단지와 찻잔, 뜨거운 물을 담은 다관(茶罐)을 챙겨 주었다. 그 전에 가져갔던 것과 다르게, 상큼하면서도 달콤한 내음이 풍겨 나왔다. 단지에 담긴 것을 가만 바라보고 나서 그 향기가 무엇인지 알아차릴 수 있었다.

"모과차인가요?"

"그래. 날이 추워지니 입맛을 돋우는 데에는 제격이지. 얼른 다녀오너라."

"예."

진평대군의 방문 때마다 생과방 나인을 데려갔던 것에는 최 상궁의 묵인도 있었을 것이다. 나인이 아니라 아기나인까지 그 정도가 내려앉았음에도 불구하고 최 상궁은 아무렇지 않은 것 같았다. 오히려, 언짢음마저 내비치지 않는 진평대군의 태도에 안심하기까지 했다. 그래서 이제는 나인이 아닌 아기나인인 나를 계속 보내기로 한 것일 테다.

하지만 진평대군이 무어라 생각할지 나는 예상할 수 있었다. 그는 진짜 내가 누구인지 알고 있었으니까. 어쩌면 동궁전 사람들의 속내쯤은 이미 파악했을지도 몰랐다.

"그게 진평대군에게 도움이라도 됐으면 좋겠지만."

이제는 민 상궁이 나를 데리러 오지 않아도 동궁전으로 가는 길은 외고 있었다. 나는 작게 중얼거리곤, 잡고 있는 쟁반에까지 느껴지는 따스한 온기를 느끼며 발걸음을 빨리했다. 제법 날이 쌀쌀해진 탓이었다. 덕분에 동궁전 바로 앞에까지 다다랐을 때였다. 두 신이 놓인 섬돌 곁에 서 있던 민 상궁의 흡족한 얼굴이 가까워지는 순간이었다.

"잠깐!"

서릿발같이 차가운 목소리가 귓가에 날아들었다. 민 상궁의 얼굴이 갑자기 당황스럽게 변하는 것을 보고 그 소리가 들려온 쪽으로 고개를 돌렸다.

"거기 너."

바라본 쪽에는 고운 남색 스란치마를 차려입은 여인이 서 있었다. 시선을 잡아끄는 화려한 봉황무늬로 꾸민 치맛자락, 그리고 높이 올린 가체에 커다란 떨잠이 눈에 들어왔다. 붉으락푸르락한 얼굴빛과 당의 속에 차마 숨기지 못한— 떨리는 손이 모두 나를 가리켰다.

"네년은 누구냐?"

"비…… 빈궁 마마!"

민 상궁이 외마디 소리를 질렀다. 잠시 얼어 있던 나는 얼른 그녀에게 고개를 숙이고 대답했다.

"소인은 생과방 아기나인이옵니다, 마마."

휘빈 김 씨. 왕세자 이 향의 첫 번째 아내였다.

뒤에 거느린 궁녀의 수가 수십 명은 되고, 화려한 차림새로 꾸미기까지 하였으니 귀한 신분의 여인일 것이라는 것은 짐작했지만, 세자빈을 직접 본 적은 없었기 때문에 그녀의 얼굴을 바라보고 말았다. 그것 때문에 화가 난 것일까? 가만히 쟁반을 가슴께에 올려들고 나는 그녀가 내 쪽으로 다가오는 것을 기다렸다.

"생과방 각시가 왜 여기까지 오느냐?"

곧이어 내 앞에 다가온 그녀가 손을 뻗어 내 턱을 쥐고 들어올렸다. 떨어지지 않도록 쟁반을 부여잡았으나 갑작스런 손길에 찻물이 출렁거리는 것을 느낄 수 있었다. 지척에서 바라본 그녀의 눈동자는 불길이 일었다.

"대답하라. 아직 나인도 아닌 궁인이 왜 동궁전까지 오느냐 말이야."
 "빈궁 마마!"
 뭐라 말해야 할지 난감한 나는 잠자코 서 있을 수밖에 없었다. 난처한 얼굴색을 하고 다가온 민 상궁이 그녀를 말리려 했으나, 날카로운 눈빛으로 민 상궁을 제지한 휘빈은 다시 내게 말을 건넸다.
 "네년이 효동이냐?"
 "예?"
 "아니면. 덕금이야?"
 밑도 끝도 없이 던지는 적의와 함께 그녀의 손에는 힘이 들어가고 있었다. 어느새 턱을 지나 뺨에까지 다다른 손과 눈길이 내 얼굴을 이리저리 뜯어보고 있었다. 나도 동시에 그녀를 바라보았다. 거뭇해진 눈 아래가 피부 색깔과 확연히 달라 눈에 띄었다. 충혈된 눈과 이마에 도드라진 뾰루지가 그녀의 심경이 어떤지 말해주고 있는 것 같았다.
 "아니옵니다."
 "그러면? 대체 이름이 무엇이냐."
 "소인은 서담이라 하옵니다."
 "하! 서담이라."
 떨리는 입술이 내 이름을 불렀다. 휘빈은 뺨을 잡고 있던 손을 거칠게 거두었다. 그리고 당의 속에 감추더니 분노를 삭이는 목소리로 민 상궁에게 말했다.
 "이제는 지밀나인으로 부족하시다 하시던가?"
 "마마, 그게 무슨 말씀이시옵니까. 이 아이는······."
 "무슨 말이긴 무슨 말이야!"
 휘빈은 씨근덕거리며 민 상궁의 말을 가로챘다. 황급히 고개를 숙인 나는 한 걸음 뒤로 물러섰다. 그녀가 무슨 생각을 하고 있는지 알 것 같았다. 첫 번째 세자빈은 문종의 총애를 받지 못했다. 정식으로 맞아들인 부인임에도 불구하고, 세자는 다른 여인을 먼저 마음에 두고 있었으니까. 게다가 그 여인은 동궁전의 나인이었다. 아마 그녀가 나일 것이라 짐작한 이름, 효동과 덕금이 그러할 것이었다. 나는 그녀의 수치심과 모멸감을 이해하지 못할 수가 없었다.

"그 계집들을 가까이하시는 것으로 모자라, 아직 계례도 치르지 않은 이런 아이까지 동궁전에 불러들이는 이유를 내 모를 줄 알았는가? 더구나 지밀이나 침방도 아니고 생과방 소속인데!"

"마마. 제발 고정하시옵소서."

휘빈을 말리는 민 상궁은 난처한 얼굴이었다. 그도 그럴 것이 들고 있는 다관의 물은 점점 식고 있었기 때문이다. 세자빈이 막고 있는데 자리를 뜰 수도 없어 나도 그대로 못 박혀 있을 수밖에 없었다.

"이것이 저하께서 나를 업신여기시는 것이 아니고 무엇인가? 민 상궁 자네는 당장 들어가 고하게! 내가 저하를 잠시 보잔다고."

"마마. 지금은 진평대군 마마께서 들어 계시옵니다."

겨우 끼어들 틈이 생긴 민 상궁이 얼른 말했다. 휘빈은 당장이라도 뛰쳐 들어가려다가 민 상궁의 말을 듣고 섬돌을 쳐다봤다. 두 개의 태사혜가 놓여 있는 것을 확인한 그녀의 어깨가 축 늘어졌다.

"그런가."

"예, 마마."

안심한 듯 민 상궁이 연신 고개를 주억거렸다. 그리고 내게 얼른 들어가 보라는 눈빛을 건넸지만, 나는 알아채지 못했다는 듯이 천연덕스런 얼굴로 그 자리에 계속 서 있었다.

"저하께서 아시면 사달이 날 것이옵니다. 진정하시지요."

"그래. 근신하라 하시었지."

입술을 짓씹으며 휘빈이 중얼거렸다. 나를 바라보던 눈길은 이제 하염없이, 닫힌 동궁전을 바라보고 있었다.
 "정적(正嫡)인 내게 근신하라 하셨지. 그래, 그랬지. 그깟 계집들에게는 한없이 너그러우신 분이."
 "마마."
 "너도 내가 우스워 보이느냐?"
 휘빈이 나를 쏘아보며 물었다. 나는 잠시 말을 이을 수 없었다. 어떻게 그녀가 지나치다 할 수 있을까? 세상에서 오직 하나뿐인 마음으로 지아비를 섬기는 그녀인데. 그 마음이 자신에게는 한 자락도 오지 않고 다른 여인들에게로 향하고 있다면 더더욱. 연모하는 지아비에게 자신을 바라봐 달라 몸부림치는 휘빈이 안타깝고 또 안타까울 뿐이었다.
 "……아닙니다, 마마."
 "거짓말 마라. 아마 속으로 비웃고 있을 테지."
 자조적으로 내뱉고는 있었으나 휘빈의 눈가에는 눈물이 고였다. 거칠어진 피부를 타고 흘러내리는 눈물방울이 후두두 떨어지고 있었다.
 "저하는 아마 나보다 너를 더 기꺼워하실 것이다. 차라리 내가 너였으면 좋겠다."
 "……마마. 어찌 그런 말씀을……."
 "빈궁이라고 들어앉혀 놓고서는 걸음도 하지 않으시는 분이다. 이렇게 주위에서 맴돌 수밖에 없을 것이면, 세자빈이 아니라 차라리 나인으로 입궁시켜 달라고 할 것을 그랬다. 그랬다면 너처럼 저하를 뵐 수 있을 테니."
 "……."
 "아니다. 다 내 탓인 것을. 박색인 내 탓이다."
 떨리는 목소리로 울음을 삼키고 휘빈은 꿋꿋하게 말했다. 내가 무어라 말을 할 새도 없이 그녀는 다시 걸음을 옮겨 사라졌다. 황급히 뒤에 늘어선 궁녀들이 그녀의 뒤를 따라 사라지자 민 상궁은 어이가 없다는 듯 헛웃음을 내뱉었다.

"보통 아녀자도 아니고. 어찌 저리 생각이 어린 것인지."

사십 줄에 들어선 민 상궁의 눈빛은 경멸의 빛을 띠고 있었다. 목에서 무언가가 울컥하는 것을 느낀 나는 왠지 모르게 눈물이 나려는 것을 참았다. 자조적으로 내뱉은 휘빈의 말이 너무나 가슴 아팠다. 여자에게는 허용되지 않으면서, 남자에게만은 다첩(多妾)이 당연한 것으로 여겨지는 이 시간의 현실이. 특히 그것이 왕족 남성, 세자임에야 더욱 명백하게 말이다. 현대라면 간통이나 다름없을 일이 아닌가. 그런데도 민 상궁은 휘빈의 상황을 공감해 주기보다는 비난하고 있었다. 그녀가 세자빈이기 때문에. 모범을 보여야 하는 왕실의 여인이니까. 후에 국모가 될 것이었으니까. 모두 휘빈에게 그녀의 잘못이라 말하고 있는 것이 분명했다. 오죽하면 그녀가 자신의 입으로, 자신이 예쁘지 않은 탓이라 하지 않겠는가.

"다관의 물이 식지는 않았느냐?"

혀를 차던 민 상궁이 물어왔다. 그녀의 말에 잠깐 손을 뻗어 다관을 만져보았는데, 처음 들고 왔던 것보다 조금 식기는 하였으나 아직 따뜻했다. 모과차는 뜨거운 물에 우려 마시는 것이 제 맛이라고 배워 알고 있었지만 나는 왠지 심통이 나서 그만두기로 했다. 마음 같아서는 세자에게 미지근한 물을 대충 부어서 마시라고 내던지고 싶었다.

"예. 괜찮사옵니다."

"그래. 얼른 가거라."

민 상궁이 내 등을 떠밀었다. 고개를 끄덕이고, 신을 벗어 섬돌에 놓고 세자와 진평대군이 있을 방으로 부지런히 걸음을 옮겼다. 그런데 복도를 걸어 모퉁이를 돌려는 찰나에 누군가가 튀어나왔다.
"아!"
누군가가 나올 것이라고는 생각하지 못해서, 나는 황급히 걸음을 떼다 말고 멈춘 뒤 쟁반을 움켜잡았다. 이미 늦었는데 다관의 물이라도 흘린다면 곤란했다. 앞에 선 이가 같이 쟁반을 잡아주었다. 겨우 중심을 잡고 손에 든 것을 챙긴 뒤 앞을 보았다.
"괜찮소?"
"……진평대군 마마?"
진평대군이 쟁반에서 손을 떼며 나와 시선을 마주쳤다. 아직 차도 들지 않았는데 가려는 건가?
"가십니까?"
의아한 듯이 묻자 진평대군은 선선히 고개를 끄덕이며 답했다.
"막 돌아가려던 참이었소. 헌데, 지금 온 것이오?"
"……예. 잠시 일이 있어서. 늦어서 죄송합니다."
"아니오."
짤막하게 대답하고 진평대군은 쟁반에 놓인 단지를 쳐다봤다. 흥미로운 눈빛이었다.
"모과차요?"
"예. 날이 쌀쌀하여 최 상궁 마마님께서 챙겨 주시었습니다."
"그랬군."
"하오니 마마, 괜찮으시다면 다시 들어 모과차를 맛보고 가시지요."
나는 한 발짝 나서며 그를 설득하려 말을 건넸다. 동궁전에 들러서 이제는 다과도 대접받지 못하고 돌아간다면 그의 체면이 어떻게 되겠는가. 그리고 이 모과청 또한 며칠 동안 쌍이와 내가 채 썰어 만든 것이다. 며칠 동안 모과만 붙잡고 있는 바람에 손에 모과가 물들어 버릴 정도로 만들었는데, 처음 대접하려는 사람이 돌아가면 조금 허탈할 것 같았다.
"……그럴까."
간곡한 내 말에 진평대군은 선선히 고개를 끄덕였다. 나는 피어오르는 미소를 숨기지 않은 채 다시 뒤돌아 가는 그의 뒤를 따랐다. 다시 돌아오는 진평대군과, 뒤를 따르는 나를 보고 문 밖에 서 있던 지밀나인들의 눈이 휘둥그레졌다. 하지만 언제 그랬냐는 듯이 표정을 숨긴 채, 고개를 숙이고 세자에게 다시 고했다.
"세자 저하, 대군 마마 다시 드시옵니다."
"들라 하라."
닫힌 문 너머에서 부드러우면서도 깊게 깔리는 열여섯 소년의 목소리가 들려왔다. 지밀나인들이 손을 뻗어 문을 열고, 진평대군이 앞장서 성큼성큼 발을 떼었다. 쟁반에 시선을 고정시킨 나는 조용히 그의 뒤를 따랐다.
"어찌 다시 오느냐, 진평? 오늘은 이만 가 보아야겠다면서."
당황한 듯한 기색은 조금도 찾아볼 수 없는 여유로운 목소리였다. 눈을 들어 그의 얼굴은 바라보지 못하였기에 세자가 어떤 표정을 하고 있는지는 짐작할 수가 없었지만, 들려오는 목소리만으로는 동생을 반기는 형의 모습이 틀림없었다.
"생과방에서 모과차를 올렸다 하여 그것만 들고 갈 참으로 다시 들었습니다."
"네가 모과차를 즐기는 줄은 몰랐구나."
진평대군이 다시 자리에 앉는 것을 곁눈질로 살피고, 나는 얼른 그 둘의 중간에 놓인 서탁 옆에 무릎을 꿇고 앉았다. 단지에 든 모과청을 덜어 찻잔에 넣고 다관의 물을 부어 잠시 우러나기를 기다렸다. 흰 다기에 상큼한 모과의 향과 싱그러운 색이 피어나자, 조금 덜 우러난 것 같은 잔을 먼저 들어 세자에게 건넸다. 그리고 적당히 따뜻하고 색도 예쁘게 우려진 잔을 들어 진평대군에게 건네었다. 휘빈의 이야기를 들은 이후로 왠지 세자에게 불편한 마음이 생긴 탓이었다.

"어느새 겨울이 온 게로군."

한 모금을 마신 세자가 찻잔을 내려놓으며 중얼거렸다. 고개를 숙이고 있어 그의 얼굴 표정을 보지 못하는 것이 못내 아쉬웠다. 그래, 부인을 박대하여 놓고서는 겨울이라 쓸쓸하다 이건가? 심통이 나서 나도 모르게 애꿎은 모과청을 젓가락으로 쑤셔댔다. 두 사람은 내가 앉아 있다는 것은 신경도 쓰지 않는다는 걸 알고 있으니 하는 행동이었다.

"그러게 말입니다. 모과차가 벌써 이리 달가울 시간이니."

"그래. 그래서 다관도 이리 식었나 보군."

그의 한 마디에 침묵이 깔렸다. 나는 모과청을 집던 젓가락질을 멈추었다. 설마 날 들으라고 하는 소린가?

"초겨울 바람이 차지요. 어린 각시가 생과방에서 들고 오기엔 힘겨웠나 봅니다."

점잖게 대답하는 진평대군의 목소리에도 나는 긴장할 수밖에 없었다. 아니, 그래도 세자에게 건넨 잔이 그리 미지근한 것은 아니었는데. 진평대군의 것과 비교해도 그렇게 티 나게 차이 나는 것은 아니었단 말이야. 나는 황급히 젓가락을 놓고 고개를 숙이며 대답했다.

"송구하옵니다, 저하. 소인이 다시 올리겠사옵니다."

"……."

화가 난 것일까? 대체 얼굴을 볼 수가 없으니 원. 아무 대답이 없는 것이 더 불안해 살짝 고개를 들었는데, 진평대군이 나를 내려다보고 있는 것이 느껴졌다. 그는 이윽고 내게 찻잔을 다시 내밀었다.

"내 것도 다시 주게."

엉겁결에 그것을 받아들자 진평대군은 손수 세자의 잔도 집어 건네주었다. 식은 찻잔의 것을 꺼내고 새 모과청을 담아 우려내는데, 세자가 말했다.

"이 아이는 각시가 아니냐, 진평. 어찌 말을 높이느냐?"

아.

진평대군은 내가 서연의 언니란 것을 알고 있으니 그리 말한 것일 것이다. 미리 말을 낮추라 말했어야 하는 건데. 나는 입술을 깨물었다. 아기나인인 각시에게 예사높임을 하는 대군이라니.

"각시였습니까?"

하지만 진평대군은 대수롭지 않은 듯이 대답할 뿐이었다. 눈치를 보며 내가 찻잔들을 올리자 그는 소중하게 그 찻잔을 쥐고 한 모금을 마셨다. 그리고 대답했다.

"저는 아닌 줄 알았지요."

"각시가 아닌 줄 알았다니?"

고래 싸움에 새우 등 터진다는 것이 바로 이런 상황을 두고 하는 말일까. 나는 두 왕자 사이에 끼어서 어떻게 해야 좋을지 몰랐다. 다만 내게 주어진 일을 할 뿐. 진평대군은 대체 어떤 말을 하려고 그러는 걸까? 세자의 표정이 몹시 궁금했다.

"빈궁마마께서 몹시 노여워하시는 것 같아서 말입니다."

"……빈궁?"

들었구나. 진평대군이 휘빈과 내 대화를 들은 것이 틀림없었다. 새로 우려낸 찻잔을 건네지도 못한 채 나는 가만 앉아 손을 모으고 기다릴 수밖에 없었다.

"갑자기 빈궁 이야기가 왜 나오느냐?"

"빈궁마마께서 저 아이를 몹시 다그치시더군요. 하여 저는 형님께서도 아시는 일이어서 빈궁마마께서 그러시는 줄 알았지요."

"······."

잠시간의 침묵이 또 이어졌다. 나는 진평대군의 저의가 무엇인지 알아챌 수가 없어 혼란스러웠다. 진평대군은 세자에게 빈궁이 나를 잡고 있었다는 것을 에둘러 말하고 있었다. 그 이유 때문에 시간을 지체하여 다관의 물이 식었다. 그러나 빈궁이 나를 다그친 이유는 세자가 나를 마음에 두었기 때문에 아니냐. 그리 말하고 있었다. 분명 진평대군은 자초지종 또한 알고 있는 것이 분명한데. 그는 세자에게 은근한 도발을 하고 있었다. 세자가 나를 마음에 두었기 때문에 자신은 내게 하대를 하지 않는 것이라고.

"아니었습니까?"

내 손에서 찻잔을 빼앗아간 진평대군이 여유롭게 말하곤 다시 모과차 한 모금을 홀짝였다. 그가 차를 깊게 음미하는 동안이 나는 몹시도 두려웠다. 세자에게 저렇게 말해서 어떻게 하려고. 대체 진평대군은 세자에게 무슨 말을 하고 싶은 것일까. 나처럼, 지아비라면 지어미를 제일 우선하라고 말하고 싶은 걸까? 아니면 십대 소년일 때부터 저들 사이에는 어떤 기류가 흐르는 걸까?

"너."

상념이 이어지기도 전에 세자가 짧게 한 마디를 내뱉었다.

"고개를 들어라."

세자가 내게 말하고 있었다. 긴장해서 손이 떨렸다. 천천히 고개를 들어 그를 바라봤다.

"이름이 무엇이냐?"

세자는, 아니 훗날 문종이 될─ 세종의 첫째 아들 이 향은 내가 생각하던 것과는 많이 다른 얼굴이었다. 아들이 장성할 때까지 지켜주지 못하고 단명(短命)한 왕, 굉장히 똑똑해서 세종은 물론이고 여러 신하들에게 칭찬을 받았다는 왕. 그렇게 배워 알고 있던 그의 이미지는 세자의 얼굴을 바라본 이 순간, 섣부른 판단이었다는 것을 분명히 느낄 수 있었다. 굳게 다물린 입술, 진평대군의 것과 같이 짙은 눈썹. 흰 피부는 방 안에 앉아 서책만 들여다보는 선비의 것과 같았지만 커다란 눈동자 안에 엿보이는 당당함은 병약함과는 거리가 멀었다. 그가 왕이 되리라는 것은 너무나도 당연한 사실처럼 보였다. 새삼 휘빈이 왜 그리 불안해하고 눈물짓는지 깨달을 정도였다.

"서담이라 하옵니다."

그런 그의 눈길과 마주치며 작지만 분명하게 말해 주었다. 휘빈의 일로 좋지 않은 인상이 있었기는 하지만 역시 그가 문종이라는 사실은 너무나도 명백한 것이었기에 불편한 마음이 조금씩 사라지는 것을 느꼈다. 일찍 죽지만 않았다면 세종의 치세를 이어 태평성대를 이룩했을 왕. 성군. 그와 함께 말을 나누고, 그가 이름을 묻는 이 시간에 내가 있다는 것이 가슴 벅찼다. 내 이름을 들은 세자가 잠시 나를 바라보더니 말했다.

"빈궁을 만났느냐?"

"……예."

"빈궁이 무엇을 묻더냐?"

뭐라고 대답해야 할까. 휘빈이 나를 붙잡고 세자가 총애하는 궁녀의 이름을 대었다고, 그녀가 차라리 나인이 되고 싶어 했다고 고할 수는 없었다. 휘빈은 자신이 세자에게 근신 처분을 받았다고 말했다. 어차피 진평대군의 말로 인해 세자는 휘빈이 처소에서 나와 동궁전에까지 이르렀다는 것을 눈치 챘을 것이다. 결국 어찌되었든 근신 처분을 어긴 것이 되는 것이다.

"제 이름을 물으셨사옵니다."

"또?"

세자는 흥미롭다는 듯이 입꼬리를 살짝 말아 올렸다. 흘깃 진평대군의 얼굴을 살폈지만, 그는 역시 아무렇지 않은 표정으로 모과차만을 음미하고 있었다.

"생과방 각시가…… 어찌하여 동궁전엘 드나드는지를 하문하셨사옵니다."

될 대로 되라는 마음으로 던진 말이었다. 휘빈만 모르고 있을 뿐. 이 방에 앉아 있는 세 사람은 모두 답을 아는 질문이었다. 하지만 나는 아무것도 모른다는 듯이 곤란하다는 표정을 짓고 대답했다.

"하지만 빈궁 마마께 대답을 해 드릴 수가 없어 잠시 시간을 지체하였나이다."

"흐음. 그렇구나."

세자는 빙긋이 웃으며 내게 잔을 내어달라 손을 뻗었다. 나는 황급히 찻잔을 들어 그에게 바쳤다. 세자는 미소를 머금고 모과차를 몇 모금 마셨다. 그리고 서탁 위에 찻잔을 올려놓더니, 두 손을 서탁에 올려놓고 깍지를 꼈다. 그러더니 앞에 앉은 진평대군에게 물었다.

"왜 나인도 아닌 아이가 동궁전에 드나들까?"

"……"

"아우는 어떻게 생각하나?"

진평대군은 세자를 따라 미소를 지었다. 하지만 대답을 내어놓지는 않았다. 나는 가시방석에라도 앉아 있는 기분이었다.

"이 아이가 시중을 들게 된 후로 다과상이 성의 있어지지 않았어?"

"……그렇지요."

"그 율란도 생경한 맛이었지만 꽤나 신선했지. 최 상궁은 솜씨 좋은 사람이지만 내 취향은 한 번도 묻질 않았지. 새로운 것을 탐하는 것은 언제나 즐거우니 내 어찌 관심을 두지 않았겠느냐. 새로 각시를 뽑은 후로 최 상궁의 생각이 조금은 바뀌었나 싶었어."

"새로 뽑은 아이입니까?"

천연덕스럽게 진평대군이 물었다. 선선히 고개를 끄덕이며 세자가 답해 주었다.

"최 상궁의 조카아이라 하더군. 최서담."

두 왕자의 눈길이 내게 꽂혔다. 세자가 한낱 궁녀를 새로 뽑은 사실까지 세자가 알고 있을 줄은 몰랐다. 나는 귓가에 들려온 익숙하지 않은 이름을 듣고, 처음부터 내 것이었다는 듯이 고개를 끄덕여 주었다. 세자는 다시 진평대군에게 시선을 옮겼다.

"아무튼, 생과방에 새 바람이 부는 것이 반가워 이 아이를 불렀네."

"그렇군요."

"다음부터는 이리 말해라. 다시 빈궁을 보는 일이 있거든 말이야."

진평대군에게 건네는 줄 알았던 세자의 말은 끝에 와서는 나를 향했다. 다시 빈궁을 본다니? 나는 당황하여 물었다.

"예?"

"너를 계속 동궁전에 부를 것이니 당연히 빈궁과 다시 마주치지 않겠느냐. 빈궁이라면 분명 계속 궁금해 할 것이야. 그때는 대답을 해 주어야 하지 않겠느냐."

"……예."

계속 부르겠다고? 또다시 진평대군의 눈치를 살폈다. 여태까지는 내색을 하지 않았다지만 지금 이 발언은 대놓고 진평대군의 대접을 대충 하겠다는 것이나 다름없었다. 하지만 역시나 진평대군의 얼굴은 흔들림이 없었다. 열여섯의 세자나, 열셋의 진평대군은 세 살의 나이차이만 뺀다면, 비슷할 정도로 행동이 똑같았다. 가장 가까운 형제라 할 만했다. 두 왕자의 사이에 흐르는 묘한 기류를 애써 무시한다면 말이다.
"다음에는 어느 것을 가져올지 심히 기대가 크다. 최 상궁에게 잘 일러두거라."
"예. 알겠사옵니다, 저하."
공손히 대답하고 다시 빈 찻잔을 거둬들였다. 어느새 다관에 담긴 물은 모두 비어 있었다. 진평대군이 다시 옷매무새를 정돈한 뒤 세자에게 말했다.
"저는 이제 가 보겠습니다."
"그래. 서담이 너도 돌아가 보거라."
순순히 대답을 해 준 세자가 우리에게 얼른 돌아가 보라는 듯 손짓을 했다. 진평대군과 함께 세자에게 인사를 올리고, 뒷걸음질을 쳐 방을 빠져나왔다. 그의 뒤를 따르며 복도를 걷는 동안 진평대군은 아무 말이 없었다. 막 섬돌에 놓인 신이 보일 무렵까지 다다르자 진평대군은 잠시 멈춰서더니 뒤를 돌았다.
"또 괜히 빈궁 마마께 붙들리면 분명히 말하시오. 그대는 저하와 독대한 적도 없다고 말이오."
"예?"
갑자기 명령하는 것 같은 어투에 황당함이 일었다. 갑자기 그게 무슨 소리야? 당연한 걸 왜 명령하는 건지 모르겠다.
"저하께서는 빈궁을 곧 내치실 거요. 그러니 빈궁 마마께 밉보일까 전전긍긍하지 말고 할 말 하라는 말이오."
"……."
진평대군도 눈치 챘구나. 나는 순간 말문이 막혔다. 안평대군은 내게 휘빈을 위해 세자에게 말을 올릴 것이라 했었다. 그런데 진평대군은 내게 휘빈은 곧 폐출당할 것이라 말하고 있었다.

"폐출이라 하시었습니까?"

떨려 나오는 목소리는 진평대군에게 충격으로 들릴 것이었다. 하지만 나는 진평대군의 판단이 너무도 날카로운 것이 놀라울 뿐이었다. 나는 역사를 통해 알고 있었다. 그러나 진평대군의 판단은 오로지 자신의 생각으로 결론내린 것일 테다. 열셋밖에 되지 않은 왕자가 그런 사실을 동궁전 궁녀에게 말해 주는 이유는 뭘까?

"그렇소."

진평대군은 나를 찬찬히 살피며 말을 이었다. 나는 잠시간 말을 잇지 못하다가 다시 물었다.

"어찌 그리 장담하시옵니까?"

"아까 보지 않았소. 저하께서 빈궁 마마를 어떻게 생각하시는지."

"……."

"허물을 고치라 근신을 명하신 것이 아니오. 이미 빈궁께서는 저하의 마음속에 있지 못한 것을. 그대도 빈궁께 들었잖소. 효동과 덕금이란 궁녀들의 이름 말이오."

"효동과 덕금이라면."

"저하께서 총애하시는 나인들이오. 어쩔 수 없소이다. 저하께서 이미 작정하신 일이니."

어쩔 수 없다고. 지아비의 마음을 그토록 돌리고 싶어 하는 휘빈의 처지는 어쩔 수 없이 폐빈 될 예정이라고. 진평대군은 내게 알려 주고 있었다.

"알겠사옵니다."

떨리는 목소리를 가다듬으며 쟁반을 잡은 손에 힘을 주었다. 그의 시선이 잠시 내 손에 머물렀다 다시 눈에 닿았다. 나는 가만히 다시 진평대군의 눈을 바라보았다. 그리고 물었다.

"헌데 왜 그 사실을 제게 알려 주시는지요?"

"……."

"저는 한낱 생과방 각시가 아닙니까. 그것도 동궁전의."

내가 그녀의 언니이기 때문일까? 아무리 생각해도 그 이유밖에는 없을 것 같았다. 진평대군이 얼른 대답하지 못하자 나는 다시 말을 이었다.

"혹시 지난날 저를 만나셨던 곳에서 저의 위치를 기억하고 계시기 때문인가요?"

"……그대가 나의 처형이기 때문에 내가 이리 말한다는 뜻이오?"

"그런 것이 아니라면 제게 그런 말씀을 하실 연유가 없다고 생각되어서 올린 말씀이옵니다."

당돌하다고 여길 수 있는 말이었다. 하지만 그가 세자의 앞에서까지 내게 말을 높이고, 휘빈의 일까지 일러 주는 것이 왠지 모르게 수상쩍었다. 아니, 수상쩍기보다…… 이해할 수가 없었다.

"좋을 대로 생각하시오."

하지만 진평대군은 답을 해 주지 않고 휙 몸을 돌려 성큼성큼 걸어 나갔다. 어이가 없어 떡 벌어지는 입을 하고 그 자리에 가만히 서 있었다. 그리고 그가 신을 꿰어 신는 것을 보고 황급히 따라 나갔다. 설마 하니 대답을 해 주지 않으리라곤 생각하지 못했다. 그리고, 대답은 듣지 못하더라도 예사높임을 하는 것은 멈추라는 이야기를 할 참이었는데. 저렇게 피해버릴 줄이야.

"저, 저기! 대군 마마! 진평대군 마마!"

쟁반을 들고 신까지 챙겨 신은 후 빠른 걸음으로 걷는 진평대군을 쫓는 것은 쉽지 않았다. 게다가 시립해 있는 지밀나인들과 상궁의 귀에 들릴세라, 큰 소리를 낼 수도 없어 잰걸음으로 그를 따라갔다. 걷는 속도가 잠시 늦추어진 그의 뒤를 쫓아, 전각의 모퉁이를 돈 후 쟁반을 잡지 않은 한 손으로 그의 옷자락을 부여잡는 데 성공했을 때였다.

"대군 마마! 잠시 제 말 좀……!"

"서담아!"

갑자기 멈추어 선 진평대군의 앞에서 누군가가 나를 부르는 소리가 들렸다. 나는 진평대군이 나를 돌아봄과 동시에 그의 옷자락을 놓았다. 순간 그의 눈빛에 당혹이 서린 것 같다고 느꼈다. 그리고 내 이름을 부른 미성의 소년이 그 모습을 드러냈다.

"서담아!"

다시 내 이름을 부르고 내 앞에 선 사람은 바로 안평대군이었다. 황당함과 함께 반가움이 물들어 있는 그의 얼굴이 보였다. 진평대군의 것과 같은 검붉은 색 단령을 입고 나타난 안평대군은 진평대군을 지나쳐 내 앞에 다가섰다.

"여기 있었구나."

"안평대군 마마?"

나는 쟁반을 고쳐 잡으며 안평대군의 얼굴을 빤히 바라봤다. 진평대군은 나와 그를 번갈아 바라보고 있었다.

"찾는 데 시간이 이리 오래 걸릴 줄이야. 막 포기하려는 참이었어. 네가 동궁전에 있을 줄이야! 난 그것도 모르고 대전부터 뒤졌지 뭐야. 새로 입궁한 궁인들이 대전 지밀에 배속되었다고 하기에."

"뒤지셨다고요?"

"응. 그럼 달리 어디서 찾았겠어? 부원군 대감 댁에 들이닥칠 수도 없고."

안평대군에게 '궁에서 보자'고 했던 것이 생각났다. 그래. 당시의 나 역시 어느 전의 궁녀가 될지 알 수 없어 그에게 그렇게 말해 줄 수밖에 없었다. 하지만 안평대군은 최 상궁이 누구인지 알 거라고 생각했는데,

몰랐던 모양이었다. 그러니 대전을 뒤지느라 시간이 걸렸다는 것이겠지.

"그런데 너 혹시…… 아, 형님."

그제야 진평대군을 발견한 듯 안평대군이 아는 척을 했다. 가볍게 고개를 끄덕여 그의 인사를 받은 진평대군이 입을 열었다.

"저하께 문후를 여쭈러 왔나보구나. 통 보이질 않더니."

"예, 형님. 제가 좀 바빠서…… 아! 형님도 아시죠? 여기는……."

안평대군이 순진하게 함박웃음을 지으며 나를 가리켰다. 진평대군은 고개를 돌려 내 시선을 피하며 안평대군의 말을 가로막았다.

"안다."

짤막하게 대답하자 안평대군의 눈이 휘둥그레졌다.

"아신다고요? 어찌…… 아아. 방금 동궁전에서 나오시다 마주쳤나 보죠?"

"……."

진평대군은 떨떠름하게 고개를 끄덕였다. 뭐야, 반응이 왜 저래? 나는 안평대군이 진평대군의 반응을 의아하게 여기는 표정을 짓는 것을 보고 얼른 끼어들었다.

"제가 생과방에서 저하께 다과를 가져다 드리는 일을 맡고 있어요. 얼마 안 되었습니다."

"그랬구나."

하지만 안평대군은 그런 것쯤은 별로 신경을 쓰지 않는 듯했다. 반가운 듯, 눈을 반달 모양으로 접어 웃고 있는 것을 보니 말이다. 진평대군은 담담하게 안평대군에게 말했다.

"얼른 저하께 문후나 여쭈어라. 아직 궐에 있으면서 며칠 동안이나 들르지 않아 저하께서 네 소식을 물으시더라. 출궁한 아우에게 곁에 머무르는 아우의 소식을 묻는 것도 보기 좋은 모양새는 아니다."

"형님도 참. 저하께서 그것쯤이야 이해하지 못하시겠어요."

안평대군은 진평대군의 핀잔에도 넉살좋게 웃으며 넘겼다. 결국 진평대군도 안평대군의 말에 웃음 짓고 말았다.

"그럼 가십시오, 형님. 형수님께 제가 안부 여쭌다고 전해 주시고요."

"······그래."

뒤돌아 걷는 진평대군의 등을 향해, 사라질 때까지 안평대군은 손을 흔들어 배웅해 주었다. 나는 두 형제를 가만 바라보고 있었다. 진평대군이 모퉁이를 돌아 사라지자 안평대군은 다시 내 쪽으로 몸을 돌렸다.

"동궁전 생과방에 있었구나."

"예. 최 상궁 마마님이 생과방에 있으셔서요."

"난 그것도 모르고! 상궁이 누군 줄 알았으면 당장 동궁전에부터 달려올 수 있었는데. 네가 말 안 해 줘서 엉뚱한 곳에만 찾아갔잖아."

안평대군이 떼를 쓰듯 나에게 매달렸다. 그는 헤어질 때와 달라진 것이 하나도 없었다. 윤 대감의 딸인 서담이든, 동궁전 생과방 소속 궁녀인 서담이든. 그때와 같은 미소였다. 기분이 좋아져 나도 그때와 같이 미소 지으며 그에게 말했다.

"대군 마마께서 동궁전에 자주 문후 여쭈러 오셨으면 저를 벌써 마주칠 수 있으셨을 걸요? 안 오신 것이 누군데요."

"에이. 그래도 이렇게 널 찾아왔잖아."

안평대군은, 이제는 궁녀인 내가 하는 말이 왕자인 자신에게 하는 것으로는 맞지 않다고 충분히 불편해 할 수 있음에도 불구하고 전혀 그런 기색을 보이지 않았다. 나는 잃어버렸던 오랜 친구를 다시 찾은 기분이었다.

"그러네요. 대군 마마께서 빨리 찾으셨어요."

"그렇지?"

말간 웃음을 짓던 안평대군이 흘깃 옆을 쳐다봤다. 떨어져 있어 우리의 대화가 시립한 궁녀와 상궁에게 들리지는 않을 것이었지만, 흘끔거리며 쳐다보는 시선들이 신경 쓰인 탓이었다. 안평대군은 내게 소곤거리듯 말했다.

"저기 가서 이야기하자. 다른 이들 눈에 띄면 곤란하잖아."

"세자 저하께 가지 않으세요?"

"잠시 늦어도 돼."

내 대답을 기다리지 않은 채 안평대군은 모퉁이를 돌아 전각에 드리워진 그늘로 몸을 숨겼다. 나는 그를 뒤따르는 것 같아 보이지 않게 쟁반을 두 손으로 받쳐 들고 다기를 정돈하는 척을 하다가 조심조심 발걸음을 옮겼다. 뒤에서는 보이지 않을 테지만, 바로 내 앞에서 얼른 오라며 손짓하는 안평대군의 모습을 보고 웃음이 터질까 봐 입술을 꼭 깨물면서.

"자, 여기면 괜찮을 거야. 진평 형님께서도 왔다 가셨으니까 여기를 지날 사람은 이제 없겠지."

"오래 있지는 못해요, 마마."

나는 난처한 기색으로 안평대군을 살폈다. 내 예상처럼 그는 단박에 실망한 표정을 지었다. 아쉽지만 나는 그와 한가하게 앉아서 이야기를 나눌 수 없었다. 세자와 진평대군의 다과상을 내어간 후에는 곧장 생과방으로 돌아가서 재료들을 다듬어야 했기 때문이다. 늦는다면 내 몫까지 쌍이가 담당해야 하니까 되도록이면 걸음을 재촉하는 편이었다. 세자와 진평대군의 대화가 그리 길게 이어지지 않기도 했고.

"제가 얼른 가지 않으면 친우가 힘들거든요."

"그렇다고 지금 당장 갈 셈이야?"

안평대군이 툴툴대며 볼을 부풀렸다. 그는 정말 열두 살 어린 소년이었다. 내가 고민하며 망설이고 있자, 그가 내 쟁반을 뺏어들고 바닥에 내려놓더니 나를 강제로 바닥에 끌어 앉혔다.

"나는 네 친우가 아니야? 나도 널 찾느라 온 궐을 며칠 동안 돌아다녔다고. 그런 친우에게 시간은 좀 내어 줄 수 있잖아."

"치, 친우요?"

엉겁결에 흙바닥에 주저앉고 만 나는, 치맛자락의 흙을 털어내리다 말고 그의 폭탄 같은 발언에 멈칫했다.

"그래!"

하지만 안평대군은 무엇이 잘못되었냐는 듯 나를 빤히 바라보고 있었다. 나는 새삼스레 눈물이 나려는 것을 참았다. 친우(親友). 왕자와 궁녀가 친우가 될 수 있다니.

"뭐 잘못되었어?"

"아, 아뇨."

나는 황급히 그를 달랬다. 그리고선 잠시만 곁에 앉았다 가겠다 말하자, 안평대군의 눈이 다시 빛났다. 그는 묻고 싶은 것이 있는 듯 입술을 달싹였지만 선불리 내게 말을 꺼내지는 않았다.

"궁금하신 거죠? 제가 왜 궁녀가 되어 있는지."

"……응."

그는 신중하게 내 눈치를 살폈다. 나는 이상한 기분에 휩싸였다. 윤서담이었을 때도, 지금처럼 최서담일 때도. 나를 기다려 주는 사람은 안평대군, 그가 유일했다. 쌍이나 서연도 친우거나 친우와 다름없는 사이였지만, 그들은 내 눈치를 살피지는 않았다. 내 기분을 먼저 살펴 주는 사람이 있다는 것이 묘하게도 위로가 되었다. 하지만…… 그에게 모두를 이야기할 수는 없었다. 서연은 대군부인이었고, 그녀의 어머니는 정경부인이었으니까. 나는 결국 어느 정도까지만 말해 주기로 했다.

"말하자면 길지만…… 이유는 하나예요. 제가 정실(正室)의 자식이 아니라는 것."

 "정실의 자식이 아니라고?"

 안평대군의 물음은 경악이 아니었다. 순수한 의문에 그는 혼란스러운 표정을 짓고 내게 묻고 있었다. 그가 내 신분을 의심하고 있는 것이 아니란 걸 알고 있었기에, 나는 순순히 고개를 끄덕이며 나직하게 말을 이어갔다.

 "……네. 저도 진평대군 마마의 길례 후에 알게 되었어요."

 "길례 후라면……."

 "제 동생의 어머니께서 저를 거두어 주셨는데, 숨기셨어요. 결국은 알게 되었지만요."

 "잠깐만."

 안평대군이 자못 심각한 표정으로 손을 내저으며 말했기 때문에, 나는 말을 멈출 수밖에 없었다. 그는 입술을 꼭 깨물고, 무언가를 잠시 생각하는 듯하더니 다시 말을 이었다.

 "숨기셨다면서. 그렇다면 모른 척하고 계속 부원군 댁 여식으로 있을 수 있었잖아. 왜 궁녀가 된 거야? 어차피 정경부인께서 너를 여식으로 받아들이셨는데."

 나는 시선을 땅으로 떨어뜨렸다. 괜히 치마 위에 놓인 옷고름만을 만지작거리고 있었는데 눈시울이 뜨거워졌다. 뭔가 말을 이으려 입을 열었지만 쉽사리 말은 나오지 않고 울음이 터졌다.

 "어?"

 안평대군의 당황한 듯한 소리가 옆에서 들려왔다. 나는 무릎에 고개를 파묻었다. 나도 모르게 터져 나온 눈물이 스스로도 당황스러웠다. 잠시 숨을 고른 후, 눈물을 닦아내고 그를 바라보았다.

"죄송해요."

"아, 아냐."

그의 어쩔 줄 몰라 하는 표정이 눈에 들어왔다. 나는 담담하게 보이려 애쓰면서 말을 이었다.

"저는 제 어머니가 아닌 분께 폐를 끼칠 수 없었어요."

"……폐?"

"마님께서 걱정하셨거든요. 제가 대군 마마와 특별한 사이일까 봐."

순식간에 안평대군의 얼굴이 확 붉어졌다. 그것보다는 더 자세히 말해야 하는 게 사실이지만, 그랬다가는 그녀가 날 우물에 밀어 넣었다는 것까지 말해야 할지 몰랐다. 그래서 나는 결국 이 씨 부인의 질투와 두려움을 걱정으로 포장했다. 솔직히 이 씨 부인이 만약 곤경에 처한다고 해도 내가 발 벗고 나서서 그녀를 항변해 줄 생각은 없었지만, 그래도 그녀는 서연의 어머니였다. 서연까지 난처한 상황에 빠지게 하고 싶지는 않았다.

"트, 특별한 사이?"

갑작스레 말을 더듬는 안평대군의 얼굴이 달아올라 터질 것 같았다. 내가 그를 빤히 바라보자, 눈길을 피하기까지 했다. 왠지 모르게 웃음이 나왔다. 언제나 진중한 열세 살 진평대군과 한 살밖에 차이나지 않는데, 열두 살 소년의 모습은 귀엽기까지 했다.

"왜 그러세요, 마마?"

그래서 짐짓 모른 채 안평대군의 모습을 보고 갸웃거리며 손을 뻗었다. 그러자 안평대군이 몸을 뒤로 뺐다.

"흐, 흠!"

이상한 소리를 내뱉으며 자리를 조금 띄어 앉은 안평대군의 시선이 내가 쟁반을 집어 끌어당기는 것에 닿았다. 나는 아무렇지 않은 척 쟁반에 앉은 흙먼지를 떨구어 냈다. 그래도 입꼬리에 매달린 미소는 감추지 못했다.

"자, 대군 마마. 이제 정말로 저는 돌아가 봐야 해요."

일어나서 치맛자락을 정리할 때까지 안평대군은 고개를 숙이고 나를 쳐다보지 못했다. 별 말을 하지도 않았는데, 수줍어하는 모습이 귀여웠다. 나는 손을 뻗어 그에게 내밀었다.

"일어나세요, 마마. 저하께 문후 올리셔야죠."

안평대군은 내가 내민 손을 잡았다. 내 손을 잡고 일어서는 그의 눈동자에 내 모습이 비추어 보였다. 나는 웃고 있었다.

* * *

쌍이와 나는 기다란 젓가락을 각자 하나씩 잡고, 기름 속을 노려보고 있었다. 곧 기름이 용암처럼 끓어오르더니 방울이 올라와 터졌다. 나는 잽싸게 손을 뻗어 그 기름 속에서 떠올라 있는 약과들을 집어 꺼냈다.

"성공!"

갓 튀겨 낸 약과를 꺼내면서 기름방울이 튀기도 했는데, 용케도 그것을 피해 약과를 받아낸 쌍이가 기뻐하며 말했다. 나는 그녀가 내민 손바닥에 손을 마주쳐, 손뼉을 쳐 주곤 다시 약과 집기에 몰두했다. 이윽고 최 상궁이 시킨 – 약과 튀겨내는 일 – 것을 다 끝낸 우리는 시렁에 그릇을 올려두었다.

"이제 식혀야 하는 거지?"

내가 확인 차 다시 묻자 쌍이가 고개를 끄덕였다. 그리고는 곁에 놓인 부채를 건넸다. 갓 튀겨낸 약과는 서늘한 곳에 두고 며칠간 식힐 수도 있지만, 그렇게 하면 별다를 게 없는 보통의 약과가 되고 만다. 최 상궁과 나인들 몰래 우리가 모의한 것은 꿀 약과이기에, 부채를 사용해 약과를 식히기로 했다.

"응. 부채로 살살, 조금만 식히면 될 거야."

부채로 겉만 살짝 굳히고, 속은 퍼석하고 약간 따뜻하게 식힌다. 그리고 그 약과를 겉에 묻힌 조청의 맛보다 훨씬 달고 끈적한 꿀에 곁들여 먹는 것이다. 밤새 최 상궁의 눈을 피해서 작전을 세워, 만들어 낸 약과를 맛볼 기회를 놓치고 싶지 않았다. 사실 반죽을 만들고 모양을 낸 것은 나인들이었지만, 어차피 오늘 만든 약과는 소량으로만 만들어 본 것이라 했다. 잠시 뒤 있을 왕자들의 방문과, 그리고 빈궁전에 요깃거리로 올리기 위해서 말이다. 그래서 꿀 약과를 위해 식혀내는 약과는 곁에 덜어두고, 최 상궁에게 검사받아야 하는 만큼의 양은 그늘에 치워두었다. 나는 쌍이와 이런저런 이야기를 나누며 열심히 부채를 부쳤다. 그렇게 팔이 저려올 때까지 약과를 식히자, 어느덧 약과의 표면이 조금 꾸덕해진 것이 보였다. 쌍이는 젓가락을 들고 와 약과를 뒤집어 보았다.

"다 됐어."

우리는 뿌듯한 표정으로 겨우내 식힌 약과를 각자 그릇에 옮겨 담았다. 나는 이제 약과를 들고 세자가 있는 전각으로 가서 찻상과 함께 올리고, 쌍이는 빈궁전 생과방에 올려야 했기 때문이었다. 쌍이가 예쁜 모양으로 균형을 맞추어 약과를 쌓아올리는 사이, 나는 종지에 꿀을 담아 내왔다.

"여기."

빈궁전에 내갈 것은 휘빈 한 사람만을 위한 것이었기에, 조금 양을 적게 담았다. 쌍이는 고개를 끄덕이며 그것을 받아 자신의 쟁반에 놓았다. 그리고 내게 자신이 들고 갈 약과의 두 배가 되어 보이는 그릇을 건네주었다. 나는 약과 그릇과 함께 다기들을 챙기고, 다관 속의 물이 아직 끓고 있는지 확인했다. 날이 추워져 이제는 완연한 겨울이 온 것이 실감이 났기 때문에, 들고 가는 동안 식을 것을 감안하여 뜨거운 물을 가져가야 했다. 다관의 겉을 만져 보고 적당한 온도일 만큼임을 확인하자, 나는 찻잎도 마저 챙겼다. 오늘은 약과가 무척 달 것이니 조금은 씁쓸한 맛의 차를 준비하는 것이 낫겠다는 쌍이의 의견에 녹차를 올리기로 했다. 우리는 챙기어 둔 쟁반을 각자 들고 일어섰다.

* * *

열린 문 사이로 비쳐 보이는 왕자의 모습에 나는 황당함을 금할 수 없었다. 이런 일은 동궁전에 드나든 이후로 한 번도 없었던 것이기에 예상하지 못했던 것이기는 하다. 그렇지만, 온전히 내 잘못이 아니라고 할 수도 없었다. 내 잘못이 아니면, 저기에 앉아있는 두 왕자— 진평대군과 안평대군의 동석(同席)이 잘못이라고 할 수밖에 없으니까. 하지만 찻잔의 수를 잘못 챙겨온 궁녀가 잘못한 것이지, 어찌 문안 인사 시간을 바꾸어 온 안평대군의 잘못이겠는가.
"안녕!"
생글생글 웃는 안평대군이 그 자리에서 손을 흔들어 보였다. 잠시 의아한 듯 그를 바라보는 세자의 표정은, 곧 사랑스러운 아우를 보는 것으로 바뀌었다. 나는 그의 인사에 황송한 듯 고개를 숙여 화답했다. 언제나 밝게 사람을 맞는 안평대군을 보면서 나는 속으로 심각하게 고민에 빠졌다. 찻잔은 세자와 진평대군의 것만 생각해서 두 개밖에 챙겨 오지 않았다. 어쩌지? 한 명 것이 부족한데. 조금만 더 생각을 한다고 해서 해결책이 떠오르지는 않겠지만, 나는 세자의 상(床)까지 걸어갈 거리가 짧은 것이 너무나도 원망스러웠다. 그러나 이런 속마음을 얼굴로 드러내지 않게 노력하면서, 잠자코 그들의 옆에 무릎을 꿇고 앉았다. 그리고 먼저 약과 그릇을 꿀이 담긴 종지와 함께 상의 중간에 올려놓았다.

"어?"

예상했던 것처럼 안평대군은 꿀 종지를 흥미로운 눈길로 바라보고 있었다. 쳐다보지는 못하지만, 필시 세자와 진평대군의 눈길도 거기에 꽂혀 있을 것이었다. 나는 느릿느릿 손을 놀려, 찻잎을 덜어 다관의 물을 붓고 차를 우려내기 시작했다.

"이건 왜 가져왔어?"

역시나 안평대군이 순진무구한 목소리로 내게 말을 걸어왔다. 나는 회심의 미소를 짓고 약간의 시간을 둔 뒤 그에게 대답해 주었다.

"오늘 가져온 약과는 꿀과 함께 곁들여 드셨으면 해서 가져왔사옵니다."

"꿀이랑?"

안평대군은 고개를 갸웃거리면서도 제일 먼저 손을 뻗고 있었다. 살짝 시선을 들어 그가 하는 양을 바라보는데, 어쩐지 그가 손을 뻗는 방향이 이상했다. 설마. 내가 속으로 그 한 마디를 읊조렸을 때였다.

"안평!"

동시에 세자와 진평대군이 안평대군을 불렀다. 세자는 이를 악물고 신음을 내뱉듯이 나직하게 불러댄 것이었고, 진평대군은 몹시 당황한 듯했다. 그리고 나도, 설마 했던 상황이 눈앞에 벌어진 것에 입을 딱 벌렸다.

"......왜요?"

안평대군은 자신이 무엇을 잘못 했는지 모르겠다는 표정으로, 종지를 손에 든 채 그대로 멈추었다. 뒤집어진 종지에서 꿀 한 방울이 가늘게 매달려 있었다. 그는 약과 더미가 쌓인 그릇에, 꿀 종지를 그대로 부어버린 것이다.

"그걸 부어 버리면 어떻게 하느냐?"

진평대군이 원망하듯이 안평대군에게 말했다. 세자도 진평대군의 말에 동조하듯이 고개를 끄덕이더니 말했다.

"진평의 말이 옳다. 어찌 너는 그리 조심성이 없느냐."

"아아. 맞다."

그제야 안평대군은 종지를 내려놓으며 수긍했다. 하지만 생글거리는 그 표정은 그대로였다.

"죄송해요. 저하께서 하셨어야 하는 것인데."

"그게 아니잖아."

안평대군의 말에 진평대군이 볼멘소리로 작게 중얼거렸다. 맞다. 안평대군은 아직 자신의 잘못이 무엇인지 제대로 파악하지 못한 것이 틀림없었다. 그런데 진평대군의 말을 들은 세자가 궁금하다는 듯이 그의 쪽으로 시선을 돌리고 물었다.

"그것이 아니라니, 진평?"

"예?"

세자의 말에 진평대군은 더욱 황당한 표정을 지었다. 나는 벌어진 입을 닫은 지 오래였지만, 어이가 없는 것은 마찬가지였다. 대체 이 왕자들, 무슨 소리를 하고 있는 거야? 내가 세자와 안평대군을 번갈아보고 있는데, 진평대군의 눈빛과 마주쳤다. 그러자 세자가 그의 시선이 내게 향한 것을 알아차리고 말을 걸었다.

"서담아. 네가 설명해 보아라."

"그것이······."

영문을 모르겠다는 안평대군, 나와 같은 생각을 하고 있는 것 같은 진평대군, 그리고 흥미로운 눈빛으로 쳐다보는 세자. 세 왕자의 눈길이 내게 와 꽂혔다. 너무나 당연한 것을 묻고 있는 이 상황에 끼인 내가 이상한 생각을 하는 것은 아닐까, 하며 나는 잠자코 입을 열었다.

"꿀은…… 약과에 찍어 드시라고 올린 것이었사온데."

"찍어서?"

안평대군이 놀란 듯 물어왔다. 진평대군은 흡족한 듯 세차게 고개를 두어 번 끄덕였고 세자는 갑자기 웃음을 터뜨렸다. 두 형을 번갈아보던 안평대군은 내 얼굴을 보고, 진심이었음을 알아챘는지 미안한 표정을 지었다.

"아아. 그랬구나."

"하하하!"

세자는 한 번 터진 웃음이 끊이지 않는 듯, 종래에는 배를 감싸고 서탁에 이마를 얹어 버렸다. 눈물까지 찔끔거리며 웃는 것이 쉬이 멈출 웃음이 아닌 듯했다.

"찍어 먹을 것이었다니! 부어 먹을 것이 아니라!"

간간이 웃음을 멈춰 보려고 숨을 참는 듯했으나 성공하지는 못했다. 세자의 모습을 물끄러미 쳐다보고 있던 나는 하는 수 없이 자리에서 일어나며 말했다.

"젓가락을 대령하겠사옵니다, 저하."

"크흡, 그, 그래."

젓가락 가져오면서 찻잔도 하나 더 가져와야겠다. 나는 미친 듯이 웃어대는 세자에게 대답을 받아내고 나서 조용히 방에서 나왔다. 밖에 서 있던 지밀나인이 눈치를 챘던 것인지 젓가락과 찻잔을 건네주었고, 나는 다시 방으로 들어왔다. 진평대군은 절레절레 고개를 흔들고는, 옆에 놓인 찻잔을 손수 집어 한 모금을 마시고 있었다.

"하하, 나는 진평 네가 웬일로 내 앞에서 그리 법도를 차리나 했다. 더구나 우리 셋이 있는 자리에서 말이야."

세자가 너털웃음을 지고는 젓가락으로 약과를 집으며 말했다. 어느새 행복한 표정으로 꿀을 담뿍 묻힌 약과를 집어 입 속에 넣고 우물거리는 안평대군은 진평대군의 눈총은 아랑곳하지 않는 듯했다. 진평대군은 잠시 안평대군을 바라보다가, 젓가락으로 약과 더미의 제일 끄트머리 중에서도 가장 아래쪽에 깔려 꿀이 제일 덜 묻은 것을 집어내 꿀에 찍었다. 그리고 한 입을 베어 물었다.

"그런데 그런 것이 아니었어! 약과 때문이었다니."

"저는 저하께 더 놀랐습니다. 안평이야 그렇다 치지만."

입에 든 것을 씹어 삼키고 나서 진평대군이 내게 손을 뻗으며 세자에게 대꾸했다. 내가 얼른 건네준 찻잔을 받아 녹차도 한 모금 음미하고 나서, 진평대군은 계속 말했다.

"종지가 옆에 있으면, 당연히 찍어 먹는 것으로 생각하지 않습니까?"

"당연하다니!"

그러자 안평대군이 발끈하며 진평대군을 노려보았지만, 그는 아무렇지 않은 기색으로 다시 젓가락으로 약과를 집어 꿀을 찍었다. 그가 다시 크게 한 입을 베어 물고 약과를 음미하더니, 세자와 안평대군을 한 번씩 바라보고 말했다.

"수라에 전(煎)과 장(醬)이 올라오면, 당연히 찍어 먹지 않습니까."

"아니, 전은 전이고 약과는 약과죠!"

안평대군이 뭔가를 계속 말하려고 했지만 진평대군은 손사래를 쳤다. 들을 필요가 없다는 뜻이었다. 세자는 그런 두 동생의 모습을 흥미롭게 지켜보고 있다가 내게 손을 뻗었다. 내가 그에게 따뜻한 찻잔을 건네주자, 그것을 받아 마시고는 내게 물었다.

"너는 어찌 생각하느냐? 생과방에 있는 입장으로서 말이야."

"……."

그의 물음에 순식간에 진평대군과 안평대군의 시선이 와 꽂혔다. 내 생각이야 처음부터 하나였다. 세자는 아마 그렇게 생각하지 않는 것 같았지만. 그래도 음식을 만든 사람은 나니까, 내 의견이 아예 틀린 것은 아니다.

"찍어 먹는 것이 옳다 생각되옵니다."

"그것 보아라!"

진평대군은 제 편을 얻어 신난 것 같았다. 안평대군을 바라보며 의기양양한 모습을 보이는 것이 이제야 열셋 소년 같았다. 사실 부어 먹느냐, 찍어 먹느냐 하는 것에 올바른 대답은 없지만 이런 것은 각자의 취향에 따라 호불호가 극명하게 갈리는 것이었다. 진평대군은 그런 사람들 중에서도 굉장히, '찍어 먹어야 한다'는 생각이 강한 것 같았다.

"그, 그래도 기왕 먹는 것, 더 달콤하게 먹으면 좋지 않습니까! 부어 먹는 것이 더 달게 느껴지는걸요."

세자를 등에 업고 있던 안평대군이 궁지에 몰려, 나를 원망스럽게 쳐다보면서도 항변을 했다. 세자는 웃기만 할 뿐 안평대군을 도와주지 않았다. 어떻게 먹느냐보다, 법도를 지키지 않은 안평대군의 태도를 생각했었던 세자는 중립을 지키기로 한 모양이었다. 나 역시도 슬며시 웃음을 흘리며 그의 시선을 피했다.

"무조건 달게 먹는 것만이 능사는 아니다. 무엇을 즐기려면 오로지 그 하나의 완전한 맛을 느껴야 하지 않겠느냐. 과유불급(過猶不及)이라는 말도 있지."

"그게 어떻게 약과와 관련이 됩니까? 순 엉터리잖아요!"

"그래서 녹차와 함께 내오지 않았느냐. 너 같이 꿀을 부어 먹는 사람이 생길까 봐 쓴 차로 입을 헹구라고."

티격태격하는 두 형제의 모습에 결국 나도 세자와 같이 웃음을 터뜨리고 말았다. 세자는 그런 내 모습을 보더니 다시 웃음이 터져 배를 잡고 쓰러졌다.

* * *

진평대군, 나, 안평대군.
어쩌다 보니, 이런 순서로 세 사람이 한 줄이 되어 걷고 있었다. 주위에서 쳐다보는 궁인들의 눈초리가 불편해서, 일부러 걸음을 늦추어 뒤로 빠지려 했지만 그때마다 안평대군의 걸음 또한 늦어졌다. 알고 그러는 걸까, 해서 그의 얼굴을 쳐다봤지만 태평스러운 표정을 보면 그건 또 아닌 것 같았다. 결국 나는 그의 속내를 알아내는 것을 포기하고, 최대한 입을 다물며 생과방으로 돌아가기로 했다. 물론 옆에서 종알종알 떠들어 대는 안평대군의 곁에서 조용히 있는 것은 쉬운 일이 아니었지만.
"아니, 그래서 서담이 넌 부어 먹는 걸 이해하지 못하겠다는 거야? 왜? 어째서!"
"어휴. 그만 좀 하세요, 마마. 궁인들이 죄다 마마를 쳐다보고 있잖아요."
"네가 먼저 대답을 해야 조용히 하지!"
끈질기게 물어오는 안평대군 때문에 골치가 아플 지경이었다. 반면 진평대군은 아무 말 없이 걷고 있었다. 내가 무거운 쟁반을 받쳐 들고 안평대군과 말씨름을 하는 사이, 그는 어느새 한 발짝 앞서 걸어갔다.
"이해하지 못하겠다고는 하지 않았죠. 다만 저는 찍어 먹는 것 외에는 생각해 본 적이 없을 뿐이에요."
"그게 그거잖아."
"알았어요, 알았어. 그럼 다음부터는 그냥 먹을 수 있는 것으로만 가져올게요. 그럼 된 거죠, 대군 마마?"

겨우 안평대군의 입을 다물게 만들고, 다시 걸음을 떼었다. 그는 무슨 말을 더 하고 싶은 듯 불퉁한 표정이었지만 나는 짐짓 모른 척했다. 그러나 안평대군은 표정이 점점 험상궂어지더니, 걸음을 빨리해서 진평대군의 곁에 가서 달라붙었다. 질색을 하며 팔을 떨구어 내는 진평대군의 옆에 서서 슬쩍 내 쪽을 뒤돌아보고는 다시 고개를 돌리기를 여러 번이었다. 토라진 거구나. 나는 슬며시 웃음을 지었다. 별안간 안평대군을 골려 주고 싶은 생각이 들었다. 궁인들이 없는 전각의 모퉁이에 다다랐을 무렵이었다.

"마마!"

짧게 부르자 두 왕자가 동시에 뒤를 돌아보았다. 눈을 반짝이며 살짝 입술을 깨문 안평대군과, 담담한 표정에 미간이 조금 찌푸려진 진평대군은 걸음을 멈추었다. 그들의 곁으로 한 발짝 다가서며 나도 아무렇지 않은 표정으로 말을 이었다.

"진평대군 마마."

자신을 부른 것이 아님을 깨달은 안평대군의 얼굴이 순식간에 우거지상으로 변했다. 나는 그를 모른 체하며 줄곧 진평대군 쪽으로만 시선을 던졌다.

"다음에는 어떤 차를 가져올까요? 마마께서 좋아하시는 것으로 대령할까 하옵니다."

순간 두 왕자의 표정이 묘하게 변했다. 안평대군은 우거지상이던 표정이 더 처참하게 변했고, 진평대군은 아무 기색도 없는 얼굴에서 눈을 조금 크게 떴다. 진평대군에게 말을 건 것은 사실 안평대군을 놀리려고 한 것이기도 했지만, 그의 취향을 알고 싶어서이기도 했다. 처음으로 꿀 약과를 선보인 세 사람 중에서 유일하게 진평대군만 나와 입맛이 같았다.

단순히 한 번뿐일 수도 있었지만 왠지 물어보고 싶었다.

"……."

그러나 진평대군은 아무 말도 하지 않았다. 안평대군은 나와 그를 번갈아보더니, 작게 풀죽은 목소리로 말했다.

"나는?"

"예?"

"내가 좋아하는 차는 안 물어 봐?"

정말 어린아이 같은 물음이었다. 그리고 표정도. 토라진 체하더니 결국엔 먼저 말을 걸어 준 왕자에 대한 보답으로, 나는 짐짓 도도한 표정을 지어 보이며 그에게 물어 주었다.

"안평대군 마마, 어떤 차를 좋아하시옵니까?"

"나는 유자차."

신나서 대답하는 안평대군을 바라보며 나는 고개를 끄덕이곤 대답했다.

"예, 그럼 다음에 오실 때에는 유자차를 올리도록 하지요. 그때도 진평대군 마마와 함께 오실 건가요?"

"그럴까?"

안평대군은 언제 그랬냐는 듯 다시 쾌활한 목소리로 돌아왔다. 진평대군의 옷깃을 살짝 잡아당기며 그의 동의를 구했지만, 진평대군은 대충 고개를 한 번 끄덕일 뿐이었다. 그러더니 다시 걸음을 옮겼다. 잡고 있던 옷깃이 놓아지고 그가 사라지자, 안평대군은 황당한 표정을 지으며 내 쪽으로 다가왔다.

"왜 저러시는 거지? 설마 아직도 약과 때문에 그런가."

"그러게요. 저도 잘 모르겠어요."

나는 무거운 쟁반을 잠시 땅에 내려놓으며 말했다. 고개를 갸웃거리던 그는 볕이 잘 드는 곳을 골라잡고는 털썩 주저앉더니, 내게 손짓했다. 나도 그의 곁에 조심스레 앉았다.

"아직 대답을 못 들었는데."

"대답?"

"진평대군 마마께서 좋아하시는 차 말이에요. 이왕이면 좋아하시는 것을 대접하여야 보람이 있잖아요."

차가운 바람을 맞으면서, 또 한편으로는 따뜻한 햇살을 맞으며 살짝 눈을 감은 안평대군의 입술은 호선을 그리고 있었다. 말간 햇살이 그의 검은 머리칼에 닿아 반짝였다. 잠시 볕을 즐기던 안평대군이 그대로 눈을 감은 채 말했다.

"진평 형님께서 좋아하시는 것도 내가 알려 줬었잖아. 네가 입궁하기 전에."

"아, 맞다."

아기나인이 된 후로는, 할 일이 많아서 그 쪽지에 대해 깜빡 잊고 있었다. 나는 오늘 일과를 마치고 돌아가면 진평대군에 관해 적어놓은 것을 상세히 살펴보리라고 마음먹었다.

"고마워요."

"근데, 형님께선 왜 그냥 가신 거지? 뭐 바쁜 일이 있는 것도 아닐 텐데, 얼른 대답해 주고 가시면 될 것을. 매정하다."

안평대군을 놀리려고 진평대군을 끌어들인 것이기는 했지만, 갑작스레 안평대군에게 미안한 마음이 들었다. 생각해 보면 나는 그의 관심사에 대해서는 딱히 물어보지 않았던 것이다. 그가 어린아이같이 군 이유가 은근히 그것을 마음에 품고 있었기 때문일까. 왕자들 중, 나는 안평대군과 제일 많은 시간을 보냈지만 정작 대화의 주제는 우리 둘의 이야기였던 적이 별로 없었다. 나는 그에게 궁금한 것을 묻고, 그는 언제나 대답해 주는 것에 그쳤던 것이다. 친우라고 하여 놓고서는 너무 무심했었나? 앞으로는 그에게 좀 더 신경을 써 주어야겠다는 생각이 들었다.
 아무튼 나도 그를 따라 햇살을 맞는 느낌을 즐기며 살며시 눈을 감았다. 얼마만의 여유인지 몰랐다. 비록 아픈 다리와 저린 팔을 충분히 쉬게 해 줄 시간은 아니었지만, 태어나서 제일 행복하게 웃었던 것 같은 아가의 기억이 다시 떠올라 입가에 미소가 지어졌다. 행복했다. 속눈썹 사이를 파고 들어오는 햇빛이, 눈을 감고 있어도 부실 만큼 좋은 날씨에 더 기분이 좋았다. 그러다 잠시 그 햇빛이 어두워진 것 같아 다시 눈을 떴다. 안평대군이 황급히 자리를 털고 일어나는 것이 보였다.
 "왜 그러세요?"
 "어? 아, 아니야. 아무것도. 너 얼른 돌아가 봐야 되지 않아? 친우가 고생한다며."
 "아, 네."
 하는 수 없이 치마를 털고 일어났다. 조금만 더 있고 싶었는데. 겨울이 와서 누렇게 마른 풀들이 바스락거리는 소리를 냈다. 안평대군이 곁에 놓인 쟁반을 집어서 내게 건네주었다.
 "여기."
 "감사합니다."
 그것을 꼭 잡고 다시 생과방 쪽으로 걸음을 옮겼다. 해가 지려고 하고 있었다. 다행히 오늘 일과는 약과를 튀겨서 내가는 것이면 끝나기로 되어 있었다. 안평대군에게 말하지는 않았지만 말이다. 나는 잠자코 걸음을 옮겼다. 갈림길 앞에 다다라서, 안평대군에게 고개를 숙이고 헤어짐을 말했다.
 "얼른 가 보세요, 마마. 저는 이쪽으로 가요."
 "생과방이 그쪽이구나. 그래, 잘 가."

그의 미소가 약간 흐려진 것 같았다. 해가 져서 그런가? 그의 표정을 다시 한 번 보려고 고개를 내밀었을 때, 안평대군은 손을 흔들며 뒤를 돌아 사라졌다. 나는 머쓱해져서 생과방 쪽으로 걸음을 옮겼다. 잘못 본 것이었나 보다.

"서담아, 이제 와?"

쌍이가 먼발치에서 달려오며 말했다. 세상에. 오늘 일은 다 끝났을 텐데, 왜 아직 여기에 있는 거지? 나는 그녀의 쪽으로 걸음을 옮기며 말했다.

"응. 그런데, 왜 거기서 나와? 방에 돌아가 있지 않고. 빈궁전에 갔다 온 지 한참 된 것 아니야?"

"괜찮아. 그냥 앉아있기만 한 걸 뭐."

쌍이는 넉살 좋게 내게서 쟁반을 빼앗아 들었다. 미안한 마음에 그러지 않아도 된다고 고개를 저었지만, 쌍이는 일부러 화난 표정을 지어 보이며 기어코 그것을 대신 들어 주었다.

"고마워."

고맙다는 말을 여러 번 하는 날이었다, 오늘은. 그렇게 말할 수 있는 것이 벅차도록 기뻤다. 그런 내 마음이 표정에 드러났는지 쌍이도 덩달아 웃음 지었다.

"오늘은 빈궁전 분위기가 이상했어."

생과방에 들어서서, 다기들을 정리하며 쌍이가 내게 말했다.

"조금 스산하더라."

"왜?"

꿀의 흔적들로 범벅이 된 그릇을 닦아내며 내가 물었다. 쌍이는 잠깐 말을 멈춘 뒤 찻잎을 꺼내고, 찻잔을 물에 담갔다. 짧은 침묵이 흐른 후 그녀가 다시 입을 열었다.

"빈궁전이라서 나는 동궁전과 다를 것이 없을 것 같았거든. 그런데 나인들도 모두 한 마디도 않고 조용하고, 마마님들도 모두 표정이 굳어 계신 거야. 내가 가져간 약과를 받으면서도 몇 마디 안 하시고."

"……."

"괜히 무서운 거 있지. 그래서 너랑 같이 돌아가려고 기다렸어. 꼭 무슨 일이라도 날 것 같았다니까."

나는 쌍이에게 정말로 미안한 마음에 입술을 깨물었다. 그래, 잊고 있었다. 지금 빈궁전이 어떤 상황인지를. 휘빈 김 씨는 세자에게 근신 처분을 받았다. 그리고…… 휘빈은 곧 내쳐질 것이었다. 그런 곳의 분위기가 좋을 리 없었다. 쌍이는 그것을 전혀 짐작도 하지 못할 테니 이상하게 여기는 것이 당연했다. 그런데도 나는 그 사실을 왕자들과 웃고 떠드느라 까맣게 잊고 있었다.

"미안해. 내가 빨리 돌아왔어야 하는 건데. 생과방에서 혼자 기다렸겠구나."

"아니야. 왕자님들 시중드는 네가 더 힘들었을 텐데. 나야 뭐 약과만 갖다 드렸을 뿐인걸."

쌍이는 손에 묻은 물기를 치맛자락에 닦으며 고개를 흔들었다. 들고 갔던 것들을 모두 정리하고, 우리는 방으로 돌아가기 위해 걸음을 옮겼다. 이런저런 이야기를 나누며 가고 있는데, 쌍이는 심각한 얼굴이 되어 잠깐 멈추었다. 내가 그녀를 따라 걸음을 멈추자, 쌍이는 주위를 살피고는 아무도 없다는 것을 확인한 후 말했다.

"이건 비밀인데 말이야."

"비밀?"

"빈궁 마마께서 울며 소리 지르시는 걸 들었어."

"……빈궁 마마께서?"

휘빈이 어떤 심정일지 짐작되어 가슴이 아팠다. 세자는 그녀의 쪽으로 행차도 하지 않았지만, 휘빈은 지아비의 마음이 어떨지 짐작하고 있는 것이리라. 어쩌면 자신의 미래를 알고 있을지도 몰랐다.

"응. 얼마나 그 소리가 크던지 전각을 지나는데 생생히 들리더라. 왜 그러셨을까?"

"……."

"저하께서 얼른 마마를 용서하여 주셨으면 좋겠는데. 불쌍하잖아."

"그래. 용서하여 주시면 좋겠는데……."

나는 말꼬리를 흐릴 수밖에 없었다. 저하께서 분명 용서하여 주실 것이다. 그렇게 말으로나마 그녀의 행복을 빌어 주지 못했다. 그녀의 미래는 너무나도 지척에 다가와 있었기에.

"그러고 보면 중전마마는 참으로 대단하신 분이야. 돌부처도 시앗을 보면 돌아앉는다는데."

방에 다다라 불을 켜고 옷을 갈아입으면서도 쌍이는 조그맣게 중얼거렸다. 휘빈의 일이 자꾸 마음에 걸리는 모양이었다.

"지아비의 사랑을 혼자만 받고 싶다는 것이 어째서 잘못일까? 내가 빈궁 마마였으면 애가 닳아 못 살 것 같아. 지아비가 다른 여인들을 품으면 나는 가만히 있지는 못할 거야."

"나도."

쌍이를 도와 이불을 펴고, 초에 불을 켜서 아랫목에 쭈그리고 앉았다. 나는 쌍이와 함께 무릎을 모아세우고 흔들리는 촛불을 멍하니 응시하고 있었다.

* * *

며칠 뒤, 쌍이와 나는 평소보다 더 바쁘게 움직여야 했다. 아기나인은 언제나 바쁜 것이기는 했지만, 생과방이 평소와 다른 것이 있다면 모든 나인과 상궁들마저도 발에 불이 난 듯 뛰어다녀야 했다는 것이다.
 "삼한국대부인께서 오신대."
 "……누구?"
 "진평대군 마마의 부인 말이야."
 소곤거리는 쌍이의 말을 듣고서야 나는 무슨 준비를 하는 것인지 알아챌 수 있었다. 서연이 길례 후 출궁하여 살다가, 이제 정식으로 왕께 인사를 드리러 온다는 것이었다. 그녀를 위하여 세종은 잔치를 준비하라 명한 것이었고.
 "길례 때도 부인을 보시고 아주 흡족해 하셨다고 하더라. 전하와 중전 마마께서 많이 아끼시나 봐. 이렇게 큰 잔치까지 준비할 정도면."
 "……."
 "가문부터가 명문세족인 윤 대감의 여식이니 당연히 그렇겠지만."
 나는 쌍이의 말에 동의하듯이 고개를 끄덕여 주면서도, 생소한 기분을 느꼈다. 오랜만에 마주치게 되는 서연은 이제 완연한 대군부인, 삼한국 대부인의 이름으로 여러 사람에게 불리고 있었다. 쉴 새 없이 손을 놀리면서도, 한 살밖에 차이나지 않는데 그렇게 귀한 팔자가 된 것이 부럽다고 떠들어 대는 쌍이의 말을 듣고 있자니, 쌍이에게 내가 그 자리에 앉을 수도 있었다는 말을 한다면 어떤 표정으로 나를 바라볼지 궁금해졌다.
 "자자, 빨리들 움직여라. 다른 것은 대전과 중궁전에서 준비하기로 했으니, 우리는 빈궁전과 함께 숙실과(熟實果)만 준비하면 된다. 시간이 촉박하니 손을 재게 놀려야 할 것이야. 거기, 서담이랑 쌍이!"
 "네? 네!"

다른 생각에 빠져 있던 찰나에 최 상궁이 부산하게 돌아다니며 나인들이 하는 것을 확인하다가 우리를 부르는 소리에 급하게 대답했다. 최 상궁은 우리 쪽으로 다가와 말했다.

"다 다듬으면 정 나인 쪽으로 넘겨주어라. 이제 손질하는 것은 익숙하지? 여러 번 해 봤지 않느냐."

"예에."

밤 껍질 벗기는 데에만 조금 요령이 생겼긴 하지만, 계속되는 단순노동에 죽을 맛이었다. 더구나 일촉즉발의 상태로 움직여 대는 나인들과는 달리 가만히 앉아서 손만 놀려야 했기에 좀이 쑤시는 것은 예전과 달라진 것이 없었다. 잔치에는 세종과 소헌왕후가 모두 참석하기로 되어 있었으니 왕자들은 동궁전에 들르지 않을 것이었다. 오늘은 다과를 내오지 않아도 된다는 말만 전해 들었을 뿐, 그 잔치에 참석하는 지까지는 듣지 못했지만 말이다. 끝이 없는 이 고통에서 벗어나려면, 얼른 맡은 일을 다 끝내는 수밖에 없다는 생각이 들었다. 전의가 사라져 가고 있었지만, 애써 마음을 다잡으며 내 몫으로 할당된 밤 무더기에 가까이 다가앉았다. 그렇게 한참 동안 밤을 손질하는 데에 골몰할 무렵이었다.

"얘, 서담아."

생과방 나인 중 한 명인 박 나인이 곁으로 다가와 작게 나를 불렀다. 내가 의아한 눈빛으로 돌아보자, 그녀는 소곤거리듯 말을 이었다.

"민 상궁 마마님께서 잠시 보자고 하셔."

"민 상궁 마마님께서요? 저를 왜……."

"그건 나도 모르고. 아무튼 잠시 다녀와. 마마님께서 잠깐만 왔다 가라셨으니까."

그녀는 조용히 민 상궁의 말만 전한 채 정 나인 쪽으로 뛰어갔다. 뒷간에 갔다 온다더니 어디서 노닥거리다 왔냐는 동료 나인들의 편잔에 사과하는 박 나인의 얼굴 표정으로 보아서는, 무슨 일인지 쉬이 짐작하기 어려웠다. 궁금한 듯 내게 눈빛을 보내는 쌍이였지만, 나도 영문을 몰랐던 터라 대답해 줄 수가 없었다.

"그럼, 얼른 갔다 올게."

"그래. 와서 무슨 일인지 알려 줘."

치마와 손에 묻은 밤 껍질 부스러기들을 간단하게 털어낸 뒤, 나는 박 나인이 일러 준 장소로 뛰듯이 걸음을 옮겼다. 동궁전 지밀상궁이 잔치가 시작되기 얼마 전에 왜 나를 부른 걸까. 그렇게 궁금해 하며 장소에 다다랐을 때였다.

"서담아!"

"안평대군 마마?"

놀랍게도 그 장소에 서 있는 것은 안평대군이었다. 말끔하게 차려 입은 안평대군이 나를 보고 반갑게 미소 지은 얼굴로 다가왔다. 혹시나 해서 주위를 둘러보았지만, 민 상궁이나 다른 나인들은 코빼기도 보이지 않았다. 오직 안평대군뿐이었다.

"웬일이세요, 마마? 더구나 오늘 같은 날에."

"그냥. 요 며칠간 바빠서 얼굴도 제대로 못 봤잖아. 심심해서 견딜 수가 있어야지."

태평스레 말하는 안평대군의 말에, 그제야 나는 긴장을 풀고 이마에 흐르는 땀을 닦아내며 장난스럽게 말했다.

"저 한가한 사람 아니에요. 생과방은 엄청 바쁘거든요. 요즘은 더 그렇고요."

나는 안평대군이 언제나 나를 생각해 주는 사람이라는 것을 알고 있었기 때문에, 화가 나지는 않은 상태였다. 내 말을 들은 안평대군의 입꼬리에 미소가 걸렸다. 그는 옆 담장에 기대어 서며 말했다.

"하긴, 오늘 잔치가 여간 큰 게 아니지. 아바마마와 어마마마 두 분이 모두 참석하시니까 말이야. 사실 별로 큰일도 아닌데."

아무 생각 없이 내뱉던 안평대군은, 순간 내 얼굴을 쳐다보더니 입을 딱 다물었다. 실수했다, 는 생각을 하고 있는 것이 여지없이 드러났다. 입술을 작게 깨물며 그는 내 눈치를 살피더니 조그맣게 물어왔다.

"미안. 내가 말을 잘못 했나?"

"예? 아, 아니에요."

안평대군은 서연이 내 동생이라는 것을 알고 있었다. 하지만 대군부인이 입궁하는 것을 맞는 것이 여태까지 이렇게 큰 행사였던 적은 없었기 때문에 무의식적으로 그렇게 말했으리라. 나는 아니라는 듯 고개를 내저었다.

"괜찮아요. 사실인데요, 뭐. 대군부인이 잠깐 인사하러 들르는 것인데 저도 이렇게 준비할 것이 많은 줄은 몰랐는걸요. 듣자하니 종친 분들과 내외명부 여인들도 모두 입궁한다고 하더라고요."

"응. 어마마마께서 나는 물론이고 임영까지 모두 참석하라 하셨어."

"……많이 예뻐하시나 봐요. 전하와 중전 마마께서."

설핏 웃으며 벽에 기대어 서자 안평대군은 어쩔 줄 몰라 하면서도, 내 곁에 와서 같이 기댔다. 자못 심각해진 그의 눈동자가 눈에 들어왔다.

"너에게 이런 말을 하기 조금 그렇지만…… 많이 아끼시는 것 같아. 빈궁 마마보다 진평 형님의 부인이 더 눈에 밟힌다고 어마마마께서 종종 말씀하셔."

"……제가 고깝게 들을까 걱정하셨나 봐요."

주저하며 말하는 안평대군의 말에 나는 살짝 기분이 묘해졌다. 안평대군은 왜 내가 서연이 세종과 소헌왕후에게 예쁨 받는다는 사실을 고깝게 여긴다고 생각했던 것일까? 언제나 발랄하고 생기 찬 모습만 보여주었던 그이기에, 진중한 태도로 말하는 그 내용이 더 낯설게 들려왔다. 경계심과 함께 서운함도 피어나는 것을 느낄 수 있었다.

"서연은 정실의 자식이고 저는 그렇지 않아서 그렇게 생각할 것이라 여기셨군요."

그의 눈을 정면으로 바라보며 말하자 그는 내게서 시선을 돌렸다. 살짝 고개를 떨어뜨리고, 튀어나온 돌부리를 발로 툭툭 차대더니, 조금 있다가 다시 그는 입을 열었다.

"아니야. 내가 말을 잘못 했나 봐. 미안해."

"······."

안평대군은 눈치 채고 있었던 것 같았다. 정실의 소생과 그렇지 못한 나, 그리고 그로 인해 내가 어떤 생각을 하고 있었을지. 그는 왕자로서 친우인 내게 있는 그대로를 말해 준 것뿐이었다. 몇몇 사람의 경우를 제외하고, 언제나 배려를 받는 입장인 왕의 아들 중 하나가 그라는 것을 잠시 잊고 있었다. 안평대군 정도라면 이나마도 정말 속 깊은 처사인 것이다. 나는 내가 예민하게 받아쳤음을 알고 있었다. 생각을 정리한 후에야 미안함이 몰려왔다.

"죄송해요."

"······응?"

"괜히 제가 예민하게 굴었어요. 마마께서는 저를 생각해서 해 주신 말인데."

"서담아······."

그의 눈이 다시 나를 향했지만, 이젠 내가 바닥을 바라보고 있었다. 그의 눈을 바라보고서는 제대로 말할 수 있을 것 같지가 않아서 나는 그대로 시선을 고정시킨 채, 애써 담담하려 애쓰면서 말을 이었다.

"맞아요. 사실 짐작하고 있었지만, 마마께서 확인하는 것처럼 말해 주셨을 때 조금 마음이 이상했어요. 동생인데. 어머니는 달라도 동생이니, 전하와 중전마마께 예쁨 받는다는 소리를 들으면 뿌듯해야 하는데. 저도 모르게 서운하더라고요."

"……."

"서연인 제게 그런 존재일 수밖에 없나 봐요. 나는 상상도 못할 것들을 언제나 가지고 있으니까. 부러우면서도 슬퍼요. 그 애는 언니가 이런 사람인 줄도 모르겠죠."

내 생각을 누군가 아는 것이 싫었다. 그래서 그렇게 말함으로써 나를 무장하려 한 것이다. 그렇지만 나는 곧 처음으로 서연에 대한 생각을 남에게 조금이나마 털어놓았다. 그 상대가 안평대군이니 할 수 있는 것이겠지. 나는 쓴웃음을 지었다. 서연과 친자매로서의 우애가 그리 깊은 것도 아니고, 그녀가 가진 것들을 빼앗아 오고 싶다는 생각도 없다. 하지만…… 누구에게나 사랑받고 있는 그 아이가 부럽지 않은 것은 아니었다. 내가 너무나도 이기적이라는 것이 창피했다. 성인군자는 못 되어도, 최소한 가족에게만큼은 이런 마음을 품으면 안 되는데. 복잡한 심경을 털어놓고, 나는 안평대군의 얼굴을 볼 낯이 없었다.

"이만 가 볼게요, 대군 마마. 가서 다과상에 올릴 재료들을 손질해야겠어요."

잽싸게 한 마디를 내뱉어 놓고는 자리를 뜨려 발을 옮기는데, 갑자기 뒤에서 뻗어 나온 손이 내 팔을 잡아챘다. 안평대군에게 무어라 말을 할 새도 없이, 그가 자신의 품으로 나를 끌어당겨 안았다. 두 번째였다.

"……마마."

왈칵 눈물이 나오려는 것을 참고 목이 메어 그를 불렀다. 처음 안겼을 때와 같이 그의 품은 여전히 따스했다. 잠시 동안 그는 아무 말이 없었지만, 묵묵히 내 어깨를 감싸고 있는 그에게서 온기를 느끼고 있는 것이 부산했던 내 마음을 찬찬히 안정시켜 주었다.

"너무 자책하지 마."

부드럽게 울려오는 그의 목소리에 질끈 눈을 감았다. 파들거리는 눈꺼풀을 그대로 뜨고 있을 수가 없었기 때문이다. 억지로 눈물을 참으려 계속 애쓰고 있는데, 안평대군이 나지막하게 소곤거렸다.

"내가 너를 이해한다고 말하는 것조차 옳은 일인지 모르겠어. 그래도…… 너무 힘들어하지 말았으면 좋겠다. 어쩌면 그런 마음은 사람이라면 당연한 거잖아."

"……."

그는 감싼 내 어깨를 잠시 토닥여 주더니, 머리를 한 번 쓰다듬곤 품에서 떼어냈다. 그리고는 나도 모르게 눈꼬리에 맺힌 눈물을 친히 손가락으로 닦아 주었다. 화들짝 놀라 그의 곁에서 한 발짝 물러나는데, 그가 씩 웃으며 다시 한 발짝 다가왔다.

나는 일부러 부산스럽게 흐트러진 머리칼을 정리했다. 곧 그의 시선이 내게 꽂히는 것을 알아차리고, 서둘러 아무 말이나 물었다.

"그런데, 대군 마마."

"응?"

"민 상궁 마마님 이름으로 저를 불러내신 것인가요?"

"아아."

안평대군은 그제야 생각났다는 듯이 머리를 긁적였다. 머리칼은 다 정돈되었고, 뺨을 만져 보니 달아오르던 것도 차분하게 가라앉아 있었다. 나는 그에게 해명을 요구하듯 잠자코 서 있었다.

"민 상궁은 어린 시절 저하와 나를 돌보아 준 사람이야. 그래서 이름쯤이야 조금 빌린다고 해서 화낼 위인은 아니지."

"그랬군요."

안평대군의 말 속에 진평대군은 없었다. 세자와 안평대군의 보모상궁이 진평대군은 키우지 않았다니. 진평대군이 민 상궁에게 시키지 않고 생과방에 직접 찾아온 이유와, 왠지 모르게 그를 경계했던 민 상궁의 태도가 이해되는 것 같았다.

"이제 저는 정말 가 봐야 해요. 오늘…… 감사했습니다, 대군 마마."

"……그래, 얼른 가 봐. 바쁠 텐데 내가 너무 오래 잡고 있었네."

조금 씁쓸한 눈빛이 보였다면 착각일까. 하지만 그런 그의 눈빛은 다시 사라지고, 예의 그 쾌활한 빛으로 돌아왔다. 종종걸음으로 생과방으로 돌아가는 등 뒤로 그의 목소리가 따라붙었다.

"다음에 만나!"

살짝 돌아본 등 뒤에는 안평대군이 언제나처럼 환한 미소와 함께 손을 흔들고 있었다. 나는 잠시 걸음을 멈추어 그에 화답하듯, 손을 흔들어 주었다.

* * *

미시(未時)였다. 한참 사정전(思政殿)에서 진연이 벌어지고 있을 시각이었다. 최 상궁과 다른 나인들은 종친과 내외명부 여인들까지 모여든 자리에 시중을 들기 위해 불려나갔다. 하지만 아기나인들은 시중을 들기에는 익히지 못한 법도가 많았기에 가지 않아도 되었고, 덕분에 조금이나마 휴식을 얻게 되었다. 다른 아기나인들은 재빨리 자신들의 방으로 돌아갔지만, 나와 쌍이는 생과방에 그대로 머물러 있었다.

"자, 이거 마셔."

나는 쌍이가 건네준 식혜 그릇을 받아 마셨다. 살얼음이 약간 낀 것이 달콤하면서도 시원해서, 답답했던 속을 풀어 주었다. 진연에 내어가고 남은 것이어서 최 상궁이 아기나인들에게 마시도록 허락해 준 것이었는데, 단 것은 이제 질려서 싫다며 아무도 가져가지 않아서 우리가 마음껏 마실 수 있는 것이었다.

"휴우. 이제 좀 쉴 수 있겠다."

쌍이도 자신의 몫인 식혜 그릇을 두 번이나 비워내고 나서 한숨을 돌린 듯 풀썩 주저앉았다. 진연이 끝나면 지친 몸을 이끌고 뒷정리를 해야 할 나인들을 위해, 여기저기 엎질러진 생과방의 조리도구들을 대충 치워내고 난 뒤여서 우리는 겨울바람에도 송골송골 맺힌 땀방울들을 닦아내기에 여념이 없었다. 그래도 결국 식혜를 마시며 한 덕분에 다 해치우고, 뿌듯하게 생과방 여기저기를 둘러보며 휴식시간을 가질 수 있었다.

"이렇게 잔치 분위기가 난 건 정말 오랜만인 것 같아. 마치 가례 날 같아."

"그러게."

법도에 따라, 세자가 아닌 왕자는 혼인 후 출궁하여야 했다. 진평대군 역시 혼례를 궁에서 치른 후 사궁(私宮)을 얻어 나갔다. 세종과 소헌왕후로서는 두 번째 며느리를 얻는 것이었으니 신경을 많이 써 주었겠지.

"귀한 분들을 많이 모셨다던데, 나도 한번 보고 싶다. 왕자님들께서 많이 계시니, 막내 왕자님이 혼인하실 때쯤이 되면 우리도 나인이 되어 있을 거야. 그때는 실컷 구경해 볼 수 있겠지."

쌍이는 화려하고 웃음이 넘치는 진연의 모습을 상상하는 듯 눈망울이 반짝거렸다. 입가에 실낱같이 걸린 미소를 머금고서. 나도 고개를 끄덕이며 말했다.

"다른 분들은 몰라도, 전하의 용안은 한 번만 뵈었으면 좋겠다."

나인이 되려면 아직 한참 멀었는데. 그 전까지 세종을 먼발치에서라도 볼 수 있을까? 동궁전 생과방 나인이라도 왕의 얼굴을 못 본 사람이 대부분이었다. 아기나인인 나는 설령 세종이 동궁전에 행차한다 하여도 다가갈 신분조차 되지 못했다.

"꼭 뵙고 싶은데. 나인이 되면 볼 수 있을까?"

오랫동안 보지 못했던 어버이를 그리워하는 심정이 되어 중얼거렸다. 쌍이는 곁에서 조용히 고개를 끄덕였다. 생과방 정리도 다 끝났으니, 이제 돌아가 보자고 쌍이와 이야기하며 식혜 한 그릇과 약과 몇 개를 챙겼을 무렵이었다.

"윤서담!"

나지막하지만 분명한, 미성의 목소리가 밖에서 들려왔다. 막 그릇을 들어 입으로 가져가던 나는 순간 손을 멈추었다.

"윤서담?"

쌍이가 고개를 갸웃거리며 나를 쳐다보았다. 나는 떨리는 손으로 식혜 그릇을 잠시 내려놓았다.

"너를 부르는 건가 봐. 그런데 왜 윤서담이지? 네 성은 최 씨잖아."

"……."

"누구지? 또 진평대군께서 찾아오신 건가?"

"……잠시 나갔다 올게."

나는 황급히 생과방 밖으로 나갔다. 치맛자락에 발이 밟혀 넘어질 뻔하다가 벽을 잡고 간신히 중심을 잡고 일어났다. 내 이름을 불렀다. 서담. 최서담도 아니고 윤서담으로. 굳은 표정으로 나를 부른 여인의 앞에 당도했다. 나와 닮은, 그러면서도 화려하게 만개한 꽃봉오리 같이 꾸민 그 소녀가 나를 보고 웃음 짓고 있었다.

"언니."

서연이었다. 떠들썩한 진연의 주인공이 내 앞에 서 있었다. 나는 떨리는 손을 뒤로 숨기며 그녀의 앞으로 한 발짝 다가섰다.

"……어쩐 일이야?"

그녀는 내가 여기에 있는 걸 어떻게 알고 온 걸까? 설마 진평대군이 일러 준 건가? 아니면…… 이 씨 부인이?

호의적이지는 않은 내 얼굴 표정으로, 자신을 반기지 않는다는 것을 알아차릴 법도 한데 서연은 생긋 웃고 있는 밝은 표정을 지우지 않았다. 그녀가 차려입고 있는 수수하면서도 우아한 남색 치맛자락의 빛깔처럼. 나보다 한 살 어린 여인임에도, 대군부인으로서의 위엄을 여과 없이 드러내려는 듯 여유 있는 웃음이 얼굴에 가득해 있었다.

"진연이 너무 지루해서, 잠시 나갔다 오겠다 하고 빠져나왔어요."

"……."

"잘 지내요? 동궁전에서. 아직 나인이 되지 못할 나이니, 허드렛일이나 돕고 있겠지만요."

말투에 날이 서 있었다. 길례를 치르고 떠나기 전 윤 대감의 집에 있을 때의 서연은 어떠했더라. 아무리 떠올려 봐도 지금의 모습과는 거리감이 있었다. 단순하고 순수한, 그 또래의 어린아이였던 것밖에 생각나지 않았다. 온갖 패물과 값비싼 비단에 즐거워하던 윤서연의 그 얼굴밖에는 떠오르지 않았다.

"놀란 눈이네요."

내가 아무 말도 하지 못하자 서연은 비아냥거리듯 한 마디를 내뱉고는 입가에 걸린 미소를 거두었다. 대군부인의 미소는 순식간에 사라지고 한 번도 보지 못한 차가운 비소(鼻笑)가 걸렸다.

"어머니께서 연통을 주셨어요. 눈엣가시 같던 언니를 치워버렸다고."

"치워…… 버렸다고?"

잇새로 덜덜 떨려 나오는 목소리를 참으려 애를 썼다. 이 씨 부인이 표현한 나를 그녀의 입에서 전해 듣는 순간 형언할 수 없는 감정이 차오르는 것을 느꼈다. 그런 나를 빤히 응시하며 서연이 말했다.
"네."
짧게 대답한 그녀는 곧 내게서 시선을 거두고, 쓰개치마를 다른 손으로 옮겨 잡으며 생과방 여기저기를 흘낏거렸다.
"궁녀로 가고 싶다고 할 줄은 몰랐어요. 그것도 동궁전으로. 내가 대군 부인이 되었으니, 세자 저하의 후궁이라도 되고 싶으셨나 보죠?"
"뭐? 나는 그저……."
"내게 거짓말을 할 때부터 알아봤어요."
내 말을 중간에 자르고 서연은 쏘아붙였다. 나는 그녀의 눈동자에서, 예전의 이 씨 부인을 찾을 수 있었다. 씨근덕거리던 서연은 계속 말했다.
"언니는 알고 있었어요. 그래 놓고서 가증스럽게 꾸며댔죠."
"내가 뭘 알고 있었다는 거야?"
"또, 또. 그렇게 모른 척할 필요 없어요. 어차피 이제는 다 끝난 일이잖아요."
서연이 하고 있는 말이 무엇인지 정확히 짐작이 가지 않았다. 다만…… 아닐 것이다. 아닐 것이라고 믿고 싶었다.
"바락바락 대들어 대던, 천한 언니가 허리를 굽히며 태도를 바꿀 때 알아챘죠. 이제 어머니와 내게 굴복했다고. 기억이 나지 않는다고요? 그런 말을 떠들어 대 봤자 나한테는 통하지 않아요."
"……."
"어머니에겐 어느 정도 먹혀 들어갔을지 모르겠지만. 어차피 언니는 대군께 어울리지 않아요. 언니도 알고 있잖아요? 어머니가 아니었다면, 언니의 신분은 무엇이었을지. 옥녀와 같이 천한 종년이 되었을 테죠."
서연이 읊어대는 말들이 귓가에서 웅웅거렸다. 혼잡한 생각이 머리에서 뒤엉켰다. 그녀가 내게 하고 있는 말들이 무엇인지 점차 가닥이 잡혀 갈 때마다 가슴이 답답해져 왔다. 서연은…… 처음부터 알고 있었다. 그리고 꾸몄던 것이다. 나에게 했던 말들과 행동 모두를.

"어머니가 언니를 우물에 밀어 넣고, 내가 상궁들에게 낙점되었을 때 언니가 낙심했을 거라고 생각했어요. 그런데 발칙하게도."

서연은 사락거리는 치맛자락을 이끌고 내 눈앞으로 다가왔다. 그리고 내 어깨에 묻은 부스러기들을 친절히 털어 주었다.

"입궁하고 싶다고 했다죠. 어머니께."

"……."

"그렇게 내 위에 올라앉고 싶다면 받아 주죠. 그 도전. 어차피 언니의 항복은 뻔한 것이겠지만."

"난 너와 그러고 싶은 마음 없어."

그녀의 손을 어깨에서 치워내며 차갑게 내뱉었다. 치가 떨렸다. 두 모녀의 얼굴이 이리도 닮은 것을 왜 눈치 채지 못했을까. 아니다. 얼굴뿐만이 아니라, 갖고 있던 생각마저도 무서우리만치 닮았다.

"도전도 안 할 거야. 너는 내 상대가 못 될 테니까."

"뭐라고요?"

싸늘한 눈매가 더욱 가늘어졌다. 서연은 씁듯이 내뱉었다. 나는 살짝 웃으며 그녀의 눈을 똑바로 바라봤다.

"너는 너고. 나는 나야. 난 너를 상대할 생각 따위 없어. 네게 부러운 것이 없는데 왜 시간 낭비를 하겠니?"

"……."

"내가 네 자리를 위협할까 걱정이 되나 보지?"

서연이 했던 것처럼 같이 비아냥거려 주었다. 그녀의 얼굴이 붉게 달아오르기 시작했다. 그러더니 비소를 거두고 손을 들어 내 뺨을 내리쳤다.

―짜악!

"천한 계집 따위가 윤 씨의 성을 잠시나마 가졌다고 착각하는 모양이로구나."

"……."

나는 달아오른 뺨에 손을 갖다 대었다. 뜨거운 뺨과는 달리 머릿속은 차갑게 식는 기분이었다.

"어머니께서 너를 어찌하여 끝까지 우물에 처박지 않으셨는지 후회될 따름이다. 나였다면 그나마의 자비도 베풀지 않았을 것인데!"

서연은 처음부터 다 알고 있었던 것이다. 나는 난도질당한 가슴이 뻥 뚫려 시린 바람이 파고들어오는 것을 느꼈다. 참으려 했던 눈물이 시야를 가렸다. 맞은 뺨보다 가슴이 더 쓰라렸다. 희미한 시야 앞에 그녀의 손이 한 번 더 하늘로 올라가는 것이 보였다. 고개를 숙인 순간이었다.

"……부인."

조용한 진평대군의 음성이 울려 퍼졌다. 예상하지 못한 인물의 등장에 고개를 들어 바라보았다. 진평대군의 표정은 항상 보았던 것과 같이 속내를 들여다보지 못할 만한, 그런 것이었다.

"……마, 마마."

서연은 파랗게 질린 얼굴로 그에게 잡힌 손목을 잡아 빼려 했다. 적잖게 당황한 듯 보였다.

"어, 어찌 여기까지……."

"그것은 내가 부인께 묻고 싶습니다. 어찌 동궁전 생과방까지 걸음하셨어요?"

"그게…… 걷다보니 길을 잃어."

"길을 잃었으면 나인들에게 물어서 찾아오실 일이지. 어찌 죄 없는 궁인을 손찌검하십니까."

진평대군의 말에 서연은 입술을 꼭 깨물었다. 변명하듯이 다시 무슨 말을 꺼내려 했으나, 진평대군이 냉정하게 꺼낸 말에 가로막히고 말았다.
 "행여나 이 일이 윗전의 귀에 들어가면 하등 좋을 것이 없습니다. 당신을 귀애하시는 부왕과 모후께도 그러하거니와, 저하께는 더욱 그렇지요. 더구나 이 궁인은 동궁전 소속이 아닙니까."
 "……."
 "오늘은 좋은 날이니, 이쯤 해 둡시다."
 "……예."
 파들거리며 하는 수 없이 대답하면서도 서연은 나에게 날카로운 눈빛을 쏘아 보냈다. 진평대군은 잡았던 손목을 풀어 주며 담담하게 그녀에게 말했다.
 "부인은 돌아가 보세요. 내가 처리하겠습니다."
 "……그리하겠습니다."
 진평대군은 서연이 모퉁이를 돌아 사라질 때까지 그쪽을 바라보고 있었다. 이윽고 그녀가 자취를 감추자, 내게 다가와 물었다.
 "괜찮소?"
 "……어디까지 들으셨사옵니까?"
 다른 사람도 아니고, 그녀의 부군 앞에서 이런 꼴을 보인 것이 비참했다. 중얼거리듯 그 한 마디를 내뱉는데, 진평대군은 나를 잡고 일으켜 주며 손수건을 꺼내어 건네주었다. 황망한 중에 그것을 받자 진평대군은 담담하게 대답해 주었다.
 "처음부터."
 "……."
 "부인께서 궐에 익숙하지 않아 헤맬까 하여 따라 나왔소. 동궁전 쪽으로 가기에 와본 것인데."

"다 들으셨네요."

진평대군은 내가 이 씨 부인의 소생이 아니고, 서연의 친자매가 아니란 것도 알았을 것이다. 하지만 처형(妻兄)을 대하는 듯한 그 말투는 달라진 것이 없었다. 그는 내 울음이 잦아들 때까지 기다려 주었다. 그리고는 조그맣게 물었다.

"뺨은…… 괜찮소?"

"……예."

"남편으로서 사과하겠소. 손찌검을 한 것 말이오."

"대군부인께서 천한 계집을 벌하신 것인데. 대군 마마께서 사과하실 일은 아닙니다."

그의 말을 들은 순간, 갑자기 미묘한 감정이 솟아올랐다. 당사자 대신, 남편의 이름으로 사과를 한다고? 나는 순간적으로 자조적인 말을 내뱉으며 그가 내민 손수건을 다시 돌려주려 손을 뻗었다. 진평대군은 그런 내 손과 얼굴을 번갈아 보더니, 그 손수건을 받아들었다. 그리고 내 눈가에 고인 눈물을 닦아 주었다.

"천한 계집이라 생각지 마시오."

"…….."

"그대는 동궁전의 궁인이오. 궐 밖에서 무슨 신분이었든, 이제는 궁에서 꼭 필요한 사람으로 살고 있지 않소. 그것으로 족하면 돼. 과거에 얽매여 있지 마시오."

"……마마."

"내게 그대는 이제 윤 씨가 아니라 하지 않았소. 그렇다면 이제는 서담이란 이름으로만 사시오."

그러더니 진평대군은 손수건을 다시 내 손에 들려 주었다. 나는 엉겁결에 그것을 받아 쥐었다.

"그럼 돌아가 보겠소. 그 손수건은 가지시오. ……필요할 일이 또 있을 듯한데."

"……."

"아, 그리고."

걸음을 떼려던 진평대군은 무엇을 떠올렸는지 뒤를 돌아 멈춰 섰다.

"나는 차를 별로 좋아하지는 않소."

찬찬히 말하는 진평대군과 내 시선이 마주쳤다. 그는 덧붙여 말했다.

"내가 좋아하는 것은 복숭아로 만든 화채와 화전이오. 향설고(香雪膏)는 싫어하는 편이고. 배를 즐기지 않거든."

안평대군이 말해 준 것과는 조금 달랐다. 그의 말에 따르면, 진평대군은 모후께서 해 주신 배숙을 좋아한다고 했는데. 나는 멍하니 그가 하는 말을 듣고 있었다.

"또, 제호탕(醍湖湯)도 좋아하지 않소. 어릴 적에 마시고 배앓이를 한 적이 있는 탓이오."

"……."

"기대하겠소."

진평대군은 몸을 돌려 걸음을 옮겼다. 돌아서는 얼굴에서 설핏 웃음이 서린 것도 같았다.

얼떨떨한 기분이 들었다. 진평대군과 이리도 오랜 대화를 해 본 것은 처음이었기 때문이기도 했고, 안평대군이 형의 취향을 정 반대로 일러 준 이유도 궁금했다. 그러나 제일 의아했던 것은 내가 알고 있던 것과는 전혀 다른 진평대군의 태도였다.

"그런데 무슨 기대를 한다는 거지?"

나는 멀어져 가는 진평대군을 응시하며 중얼거리다가, 무의식적으로 그가 건네주고 간 손수건을 살짝 움켜쥐었다. 왠지 따뜻한 기운이 스며

든 것 같은 기분이 들었다.

* * *

진평대군은 옆자리에 앉아 있는 자신의 부인을 흘낏 바라보았다. 누구보다도 기쁜 표정으로, 만면에 화색을 띄운 채 즐겁게 미소를 짓고 있었다. 아까 보았던 사람이 맞나 싶을 정도였다. 하지만 그는 내색하지 않고 잠자코 자신의 자리로 다가가 앉았다. 대군 내외가 다시 돌아온 것을 알아챈 중전이 입을 열었다.

"전하, 이리 어여쁜 아이가 현숙하기까지 하니, 참으로 왕실의 홍복이 아닙니까. 신첩은 진평이 길례를 치른 지가 한참 되었어도 얼굴을 볼 때마다 뿌듯하기만 합니다."

아닌 게 아니라, 그녀는 서연을 한순간도 놓치지 않고 바라보며 흐뭇한 미소를 짓고 있었다. 그 말에 왕 또한 고개를 끄덕였다.

"진평이 참으로 어진 부인을 맞았지. 중전이 참으로 사람 보는 눈이 있소이다."

"과찬이시옵니다."

서연은 얼굴을 붉히며 가만 고개를 숙였다. 그마저도 귀엽다는 느낀 중전은 입이 귀에까지 걸렸다. 어쩌면 저리 곱고 단정할까. 연치는 조금 어려도 분명 크면 어엿한 대군부인의 위엄을 뽐낼 아이야.

"진평, 너는 어떠하냐?"

왕이 짓궂게 물었다. 중전과 금슬이 도타운 그는 어느새 그녀의 손을 끌어당겨 잡고 토닥이고 있었다. 그것이 언제나처럼 자연스러웠기에 중전은 얼굴을 붉히지도 않았다. 오히려 왕의 질문에 대한 진평의 답이 궁금하다는 듯 반짝이는 눈빛을 했다. 세자나 안평처럼 어릴 적 잘 챙겨 주지 못했기에 가장 눈에 밟힌 아들이다. 국본(國本)인 세자와 귀염성 있는 안평은 왕께서 자주 찾아 주시지만, 진평은 그렇지 못했다. 어미의 손을 많이 타지 못한지라 품성이 무뚝뚝하고 말이 적었기 때문이리라. 중전은 언제나 그것을 안타깝게 여겼다. 그래서 손수 적합한 여인을 찾아 아내로 맞게 하여 준 것이다. 아직은 어리다 하여도, 여인의 감이 말해 주고 있었다. 단아하고 청초하면서도, 기개가 엿보이는 저 아이는 제 아들의 좋은 짝이 될 것이라고.

"......"

하지만 진평대군은 말이 없었다. 왕의 말이 떨어지자마자 찻잔을 집어 쓴 녹차를 마셨다. 순간 당황하여 떨린 눈빛을 드러내고 만 서연은 진평대군을 돌아보았다. 그는 한 모금 마신 찻잔을 내려놓고 서연의 쪽을 지나쳐 용안을 바라보며 천천히 말했다.

"부덕이 참으로 깊은 여인을 찾아 지어미로 맞게 해 주심에 소자는 언제나 감읍(感泣)하고 있사옵니다."

부덕(婦德)일까. 부덕(不德)일까. 서연은 가만히 입술을 깨물었다. 그제야 자신의 낯을 바라보며 잔잔히 미소 짓는 남편, 진평대군의 속내가 두려웠다. 그러나 그를 밖에 내보일 수는 없었다. 그녀는 진평대군을 마주보며 똑같이 미소를 지어주었다. 볼을 발갛게 붉히며.

"그래. 언제나 그렇게 서로를 아끼며 백년해로하면 되느니라."

그 모습을 본 중전은 흡족한 듯 진평대군에게 덕담을 건넸다. 왕 또한 즐거이 웃으며 중전과 애정이 깃든 눈빛을 주고받았다. 여러 종친들과 내명부 여인들도 두런두런 이야기를 나누며 다과를 들었다. 그리고 왕의 바로 아래 자리에 앉은 세자도 오랜만에 느끼는 다복한 왕실 가족의 기쁨에 만족스러워하며, 앞에 놓인 율란을 집으려 젓가락을 뻗었다. 그러나 그 순간 곁에 앉은 여인과 손이 살짝 닿고 말았다.

"소, 송구하옵니다."

휘빈은 흠칫 놀라며 얼른 사과의 말을 건넸다. 그러나 세자는 살짝 미간을 찌푸릴 뿐 대답이 없었다. 풀이 죽은 그녀는 손을 거두어 당의자락 속에 숨겼다. 세자는 조용히 젓가락을 놓았다. 내리깐 시선으로 그것을 바라본 휘빈은 시린 가슴에 눈물이 맺히려는 것을 참았다. 이 자리에 불려나와 있는 것이 너무나도 비참했다. 빈궁의 이름으로 앉아있는 자신이 초라하고 또 초라했다. 빈궁이 누구인가. 세자빈의 자리는 또 무엇인가.

'이것이…… 이것이 정녕 왕세자의 지어미 자리가 맞는가?'

휘빈의 마음을 아는지 모르는지, 이번에는 세자가 약과 쪽을 바라봤다. 무언가를 생각하던 그는 다시 젓가락을 잡고 약과를 집었다. 입가에는 슬며시 미소가 걸렸다. 약과 그릇 옆에 놓인 작은 종지에 담긴 꿀을 본 탓이다. 며칠 전의 작은 소동이 생각나 불쾌했던 마음이 조금이나마 씻기는 것 같았다. 꿀을 찍은 약과를 다시 음미하며 세자는 살짝 눈을 감았다.

그런 모습의 지아비를 몰래 바라보는 휘빈은 지독한 외사랑을 견뎌내기에 너무 지쳐 있었다. 그는 혼인을 하였을 때부터 언제나 저랬다. 세자빈으로 간택되었을 때 볼을 붉히며, 입궁을 기다리던 나날의 기억을 죄다 찢어발기고 싶었다. 어머니께서 고명딸을 궐로 보내기 싫다 하시며 눈물지으실 때, 나는 행복하고 기대되니 그리 말하지 마시라, 핀잔을 주었던 그때의 자신을 쥐어박고만 싶었다. 이럴 줄 알았다면. 지아비의 마음이 자신을 향하지 않을 것을 알았더라면. 목을 매어서라도 입궁하지 않았을 것을.

'아버지께서 틀리셨다. 여인은 음전하고 현숙하다 하여 지아비에게 사랑받을 수 있는 존재가 아닌 것을.'

슬픔에 찬 눈초리가 진평대군의 옆에 앉은 여인을 바라봤다. 말수 적은 왕자라 겉으로 드러나지는 않았지만 속으로는 몹시 뿌듯하리라. 볼록하게 솟은 이마, 눈처럼 새하얀 얼굴, 그리고 피가 배어나올 듯이 붉은 입술. 자신보다 너덧 살이 넘게 어려 아직 여인이라 칭하기에는 민망하지만 참으로 아름다운 요조숙녀였다. 휘빈은 하염없이 그녀를 바라보았다.

'내가 저렇게 아름다운 외양을 지녔더라면 조금이나마 돌아봐 주셨을까.'

세자는 여인의 소양을 다하려는 자신에게 싫은 소리를 한 적은 없었다. 윗전을 마음을 다해 모시며 잠룡(潛龍)에게 걸맞은 여인이 되려고 배우고 또 배웠다. 태임(太任)과 태사(太姒)를 밤마다 되새기며 훌륭한 아들을 낳아 세손의 어미가 되고자 했다. 그럼에도 세자는 그녀에게 지나가는 소리로라도 그런 이야기를 해 준 적이 없었다. 그래도 내가 부족한 탓이라 여기고 참고 또 참았다. 처음에는 너를 귀애하지 않아도 어색하여 그럴 것이다- 고 제 어미가 자신에게 당부한 말을 되새기며. 하지만 그런 휘빈의 기대는 세자가 후궁을 들인 순간 모조리 부서졌다.

열여덟의 농익은 모란, 홍 승휘는 밤마다 세자를 꾀어내 갔다. 성군(聖君)의 어미를 닮으려 읽고 또 읽은 서책의 종잇장이 찢어진 것도 그 무렵이었다. 휘빈은 그제야 깨달았다. 열녀와 효부가 여인의 다는 아니라는 것을. 온화하고 총명한 세자는 모든 사람들의 칭찬과 기대, 선망을 받았으나 그녀에게만은 아니었다. 자신의 배우고 익혀온 이상과 현실의 괴리는 날카롭게 가슴을 찔렀다. 허울뿐인 세자빈의 자리로만은 행복하지 않았다. 그녀는 세자의 눈길을 사무치게 그리워했다. 그러나 세자의 곁에서 맴도는 아름다운 여인은 너무나도 많았다. 곧 양원(良媛)으로 봉해질 것이라 소리가 들리는 효동과 덕금이라는 궁인들로 인해 휘빈의 불안한 상상은 현실이 되었다. 그때부터 휘빈은 밤마다 읽던 서책을 죄다 불살랐다.
'전하와 중전 마마께서도 그리하여 둘째 며느리를 더 귀애하시는 것이다.'
눈시울이 붉어진 휘빈은 눈을 부릅떠 눈물을 참으려 애를 썼다. 세자는 곁의 여인이 무슨 생각을 하는지 알고 싶지 않았다. 그저 있는 듯 없는 듯 곁에 앉았다 갔으면 했다. 그로서는 박색이고 소심하면서 눈치까지 느린 휘빈이 답답하기만 했다. 허나 그렇다고 해서 부왕과 모후께서 맺어 주신 지어미를 내칠 수는 없었다. 그리하여 조정에서 지치고 힘든 마음을, 마음껏 위로해 주는 여인들을 곁에 두고 귀여워했을 뿐이다. 지어미라는 이름으로 질투를 하는 여인은 딱 질색이었다. 자신은 국본(國本)이 아닌가.
'여인이란 자고로 지아비에게 순종하는 것이 최고의 법도인 것을.'
손이 닿아 불쾌한 마음이 솟아 먹지 못한 율란에 다시금 손을 가져가며 그 소녀를 떠올렸다. 아니, 그 소녀가 하였던 말을 떠올렸다. 빈궁이 이름을 물었다고.
'겉으로만 그러했으렷다.'
분명 투기를 하려 한 것이다. 그렇지 않아도 홍 승휘와, 다른 나인들을 강샘하는 빈궁의 태도를 알고 있었다. 그는 그 사실을 덕금의 입으로 듣고서 코웃음을 쳤다. 제 앞에서는 세상에 다시없을 현숙한 부인처럼 굴더니, 감히 투기를 해? 그리고는 이제 다른 궁인들을 손찌검하기까지 하는 그녀를 잡고는 근신령을 내렸다. 그는 단단히 벼르고 있었다. 다시 한 번 더 그런 행동을 한다면 폐출시키리라. 세자의 의지는 올곧았다. 온전히 자신에게 복종하면서도 미래의 세손을 성군으로 양육할 총명한 빈(嬪)이 필요했다. 낯조차 최소한 후궁들보다는 우위여야 했다. 그는 율란을 베어 물고 말없이 생각에 잠겼다.

"형님, 참으로 부럽습니다."

세자의 상념을 깨트린 사람은 다름 아닌 안평대군이었다. 그는 진심을 담아 웃으며 진평대군을 축하해 주었다.

"아바마마와 어마마마께서 형님을 위하여 이리도 신경을 써 주신 것을 보니 이 아우는 질투가 납니다."

"하하. 안평, 그리 샘이 나느냐."

왕은 너털웃음을 지으며 사랑스런 셋째 아들을 바라봤다. 중전의 눈매를 그대로 빼다 박은 둥그런 그의 눈을. 안평대군은 어리광을 부리듯 소년다운 목소리로 왕에게 대답했다.

"예. 진평 형님은 이제 수신제가(修身齊家)를 이루시니, 아바마마와 저하께서 치국평천하(治國平天下)를 하시는 것을 도울 수 있게 되질 않았습니까. 소자도 언젠가 그리되어 왕실에 기쁨을 가져다 드리고 싶사옵니다."

"중전, 우리 안평이 말하는 것 좀 보시오."

왕은 중전의 손을 끌어당겨 속삭였다. 중전도 작게 웃음을 지었다. 내외의 눈에는 서연을 바라볼 때보다 더욱 뿌듯하고 사랑스러운 빛이 담겨 있었다.

"전하. 이제는 말해 주시는 것이 어떻겠습니까?"

"그럴까?"

"예. 좀 더 숙고하는 것이 어떨까 하였으나, 안평의 얼굴을 보아하니 미리 알려 주는 것도 나쁘지 않을 성싶습니다."

소곤거리듯 왕에게 말을 건넨 중전에게 고개를 끄덕여 보인 왕은 다시 안평대군의 쪽으로 고개를 돌렸다. 그리고는 기뻐할 아들의 모습을 기대하며 입을 열었다.

"안평, 그리 불안해 할 필요 없느니라."

"예?"

영문을 모르는 셋째 왕자는 순진하게 웃으며 자신의 아버지를 바라보았다. 호쾌하게 올라간 입매를 눈으로 좇았다. 안평대군에게 왕의 미소는 언제나 푸근하고 편안했다. 그러나 갈수록 짙어지는 그의 미소는 이제 왠지 모를 불안감을 가져오고 있었다.

"내 너의 혼사 또한 준비하고 있다."

청천벽력 같은 소리에 안평대군은 제 귀를 의심했다. 평소와 같이 자신을 귀애해 주던 왕의 얼굴이었다. 허나 그는 한 번도 느껴보지 못한 충격을 온몸으로 느껴야만 했다. 떨리는 눈으로 어머니인 중전을 바라봤으나 그녀 또한 왕의 미소를 그대로 얼굴에 담고 있었다.

"그…… 그것이 무슨 말씀이신지."

"어느덧 너의 나이도 열셋이 가까웠다. 왕실의 혼례는 빠를수록 좋은 법이지. 대군의 격식에 알맞은 얌전한 규수를 물색하는 중이니라."

"전하께서 너를 아끼시는 만큼 좋은 여인으로 골라 짝지어 주실 것이다, 안평."

곁에서 거드는 어머니의 미소조차 더 이상 자애롭게 보이지 않았다. 안평대군은 서서히 왕의 말이 무엇인지 깨달았다. 그리고 머릿속에는 한 단어만이 떠올랐다.

'서담.'

중전은 셋째 아들의 표정이 그리 밝지 않은 것을 알아차렸다. 이상함에 그녀는 고개를 갸웃거리며 다시 그의 이름을 불렀다.

"안평."

안평대군은 혼란스러운 머릿속에 크게 박혀 있는 이름과, 귓가에 들려오는 옥음(玉音)이 싸우는 것을 느꼈다. 손이 덜덜 떨리는 탓에 쥐고 있던 찻잔도 놓았다. 어느새 귓가에는 다시 한 번 옥음이 들려왔다.

"안평!"

"……예, 아바마마."

"어디가 불편하느냐?"

안평대군은 잠자코 고개를 저었다. 그리고 다시 왕의 눈을 바라봤보고 거부할 수 없다는 것을 깨달았다. 그는 무기력했다. 자신은 왕의 아들이었기에.

"아니옵니다. 소자는 그저 잠시 당황하여……"

그리고 다시 예의 그 미소를 지어보일 수밖에 없었다. 다만 방금 전처럼 진심에서 우러나온 미소는 아니라는 것을 뼈저리게 깨달았다. 부왕께 이러한 행동을 한 적은 처음이었다. 참된 마음이 아닌 행동을 한 것은.

"아직 생각이 없었나 봅니다."

중전이 곱게 웃으며 왕의 손을 살짝 놓았다. 어미의 직감으로 무언가가 이상하다는 것을 알아챈 탓이다. 그러나 왕은 그러지 못했다.

"형님들 같이 어른스럽지 못하고. 아직도 어린아이 같으니 어쩌느냐."

핀잔을 주는 왕의 말에 안평대군은 조그만 희망을 얻었다 느꼈다. 그래서 더욱 진한 미소를 머금으며 다시 입을 열려, 한 마디를 내뱉었다.

"그, 그러하니……"

"얼른 길례를 치러야 그 태도도 바뀌지 않겠느냐. 가정이 생기면 모쪼록 책임감이 느껴질 터이니."

길례(吉禮)는 시기상조이다. 이으려 했던 말을 삼킬 수밖에 없었다. 왕은 다시금 말을 이었다.

"낙점해 둔 처자가 있다. 해를 넘기고 얼마 있지 않아 알려 줄 테니 초조해하지 말거라, 안평."

"……"

황망한 중에 거두지 못한 그 미소를 왕은 승낙의 의미로 받아들인 듯했다. 무어라 덧붙일 새도 없이 다시 풍악이 울렸다. 먹고 마시는 소리와 악공들이 만들어내는 기복(祈福)의 소리만이 장(場)에 가득했다. 안평대군은 고개를 떨궜다. 그를 놓치지 않은 중전이 살짝 왕에게 소곤거렸다.

"전하. 안평의 처자가 될 아이가 어느 소저인지요?"

"허허. 글쎄, 기다려 보시오."

"제게까지 이러시렵니까?"

자신의 아이를 여럿 낳아 준 사랑스러운 아내의 속삭임에 왕은 못 이기는 척, 귓속말을 했다.

"좌의정의 여식이오."

"좌…… 좌의정의 여식이라 하오시면."

"정연(鄭淵)의 하나밖에 없는 딸자식이라 하오이다. 내 좌의정에게 넌지시 말을 꺼내 놓았는데, 곧 답을 줄 것이오. 허나 답은 정해져 있는 것이 아니겠소."

중전에게만 미리 말해주는 것이니, 함구하시오. 왕은 이어서 속닥이곤 만족스러운 듯 다시 고개를 돌렸다. 그의 앞에는 다른 사람들의 것과는 달리 다과상이 아닌 육적이 쌓여 있었다. 왕이 즐겨 먹는 것이었다. 중전은 반사적으로 자신의 앞에 놓인 것까지 왕의 앞으로 밀어 주었다. 자연스럽게 그것을 받으며 왕은 흥겨운 분위기에 젖어들었다.

'좌의정, 좌의정의 여식이라.'

중전은 되새겨 보다가 안타까운 눈으로 안평대군을 바라보았다. 한 가닥 희망을 잡은 아들이 자신을 애타게 쳐다보았으나 중전은 고개를 흔들어 보일 수밖에 없었다. 다른 자도 아니고. 좌의정이라지 않은가. 왕께서 이미 결정을 한 것도 모자라, 좌의정의 딸이다. 번복을 할 수도 없다. 아들에게 어떤 사정이 있는지 들어 보지는 않았지만 어쩔 수 없었다. 포기하라 이르는 수밖에.

* * *

 이상한 일이었다. 나는 유독 조용한 안평대군의 얼굴을 빤히 바라보았다. 그는 내가 챙겨다 준 유자차가 담긴 잔을 꼭 쥐고서 아무 말 없이 홀짝이고만 있었다. 머물다 간 겨울자락이 아직 그의 얼굴에는 내려앉아 있었다. 나는 안평대군을 위해서 겨울 내내 최 상궁에게 말을 올리고 유자를 손질해 청을 담갔었다. 그리고 항아리째로 유자청을 보관해 둔 뒤에 안평대군이 동궁전에 들릴 때마다 내어갔는데, 처음에는 좋아라하며 이것저것 떠들어 대던 그는 점점 말수가 줄어들어 이제는 정말로 다과상만 살짝 건드린 뒤 물러가기 일쑤였다. 무슨 일이 있는 걸까? 하지만 왠지 섣불리 물어볼 수가 없었다.
 열린 창(窓) 사이로 지저귀는 새 소리가 들렸다. 새어 들어오는 봄볕 쪽으로 나는 살짝 몸을 틀어 완연한 봄을 바라보았다. 산들거리며 불어오는 바람에, 방에 가득한 향기마저 봄을 알리는 것 같았다. 평화롭고 나른한 날이었다. 내 입가에 살짝 미소가 머금어졌을 무렵이었다.
 "저하, 이제 물러가 보겠습니다."
 평소보다 더 빨리 자리를 박차고 일어난 안평대군이 세자에게 허락을 구했다. 움찔하며 놀란 나는 의아한 얼굴로 그를 바라보았지만, 안평대군은 내 쪽으로는 시선도 던지지 않았다. 유독 굳은 얼굴이었다. 한 번도 보지 못했던 모습에 낯설어 세자의 표정을 살폈지만, 세자는 선선히 고개를 끄덕여 주었다.
 "그렇게 하여라. 참, 그러고 보니 오늘이 중궁전에 들르기로 한 날이로구나."

"……."
"언제 시간이 이리 되었을까. 참으로 세월이 유수(流水)와 같아."
"가 보겠습니다."
아련한 세월을 가늠하며 혼잣말을 하는 세자에게 대꾸도 않던 안평대군은 어두운 낯빛으로 꾸벅 인사를 하고 나갔다. 아직 세자가 나에게는 물러가도 좋다 명하지 않았기에, 나는 그의 뒤를 따라 뛰어나가고 싶은 마음을 억눌러야 했다. 대체 요즘 안평대군이 저러는 이유가 뭘까? 봄을 타는 걸까? 언제나 아이같이 밝은 모습이었는데. 안절부절못하는 내 표정을 세자가 알아차렸는지, 말을 걸었다.
"궁금한 것이지? 안평이 왜 그러한지."
"아, 아닙니다."
나는 궁금하지 않은 척, 손사래를 치며 얌전히 찻잔들을 정리했다. 세자가 나를 여느 궁녀와 다르게 계속 시중을 들게 하는 것으로 보아 편하게 생각하는 것 같기는 했지만, 아직 그의 속내는 파악하기 어려웠다. 괜히 왕실의 일을 궁금해 하는 기색을 보였다가 어떤 불똥이 떨어질 줄 몰랐다. 그냥 안평대군에게 직접 묻는 것이 나을 것 같았다. 일이 바쁜 것처럼 꾸미면 이젠 물러가라 하겠지. 걸음을 빨리하면 그를 잡을 수 있을 것이다. 그나저나, 시큰둥한 것 같더니 안평대군이 내려놓았던 찻잔은 한 방울도 남김없이 깨끗하게 비워져 있었다. 유자차를 좋아한다더니, 진심이었던 것 같았다. 언제나 이렇게 즐겨 마셔 주니 말이다.
"수성궁(壽成宮)이다."
세자는 그런 내게 뜬금없이 궁 이름 하나를 던져 주었다. 아무 생각 없이 그 이름을 되뇌어 보던 나는 순간 머릿속을 스치고 지나가는 사실 하나를 잡아냈다. 수성궁, 수성궁이라면…… 수능시험을 위해 고전문학을 공부하며 수도 없이 들어 본 내용이었다. 심지어 몇 년 전 수능 시험문제에도 출제되었던 것이 기억났다. 운영전(雲英傳)의 배경. 안평대군의 사궁(私宮).

"안평이 받게 될 새로운 궁의 이름 말이다."

"……."

"아우가 몇이나 있는데도 저리도 아이 같으니. 전하께서 특단의 조치를 내리셨지. 이제는 나가 살 때가 되었다."

담담하게 말하는 세자의 말에 나는 잠자코 고개를 끄덕여 보았다. 정말로 있었던 것이다, 안평대군의 수성궁이. 그렇다면 운영전의 이야기처럼 정말로 운영과 같은 궁녀들도 존재했던 걸까? 김 진사는? 조선후기에 대 유행했다던 고전소설 운영전의 줄거리를 떠올리니 웃음이 나왔다. 소설 속 안평대군은 풍류를 즐기는 호남자였으나 총애하는 궁녀를 다른 남자에게 빼앗긴 것을 알자 몹시 분노한다. 방금 전까지 내가 보아온 왕자가 과연 그 모습을 보일 수 있을까? 물론 그 소설이 실제 있었던 일이 아니라는 것은 알고 있었으나, 어쩌면 운영이라는 궁녀쯤은 정말 있지 않았을까, 하는 호기심이 나를 자극했다.

"그 때문에 저리도 울적해 하는 것일 테지. 중전마마께서도 마음이 편하지 않으신다더구나. 본인은 아무래도 내켜하지 않는 듯하니."

이제는 열셋이나 되었는데, 어머니 곁을 떠나는 것을 꺼려한다는 말이야? 나는 진평대군을 떠올리고는 정말 다른 형제의 모습이라는 것을 새삼 깨달았다. 그런데…… 왕자가 출궁할 시기가 되었다는 것은.

"길례(吉禮)는 곧 있을 것이다. 생과방에서도 더 바빠질 것이니 각오해 두어라. 오늘쯤 명이 내려질 것이지만 말이야."

혼인을 한다는 말과 같다. 나는 뻔하디뻔한 사실을 이제야 알아챈 충격에 부산스럽게 놀리던 손을 멈췄다. 내가 대답하지 않아도 혼자서 씁쓸한 미소를 지으며 중얼대던 세자는 내 변화를 알아차리지 못한 듯했다. 심장이 거세게 뛰는 것을 느꼈다. 그러나 겉으로 들키지 않게, 얕은 심호흡을 몇 번 한 뒤 다시 가져온 것들을 꾸렸다. 다 챙기고 나서 세자를 바라보니 이만 물러가도 된다는 듯 고개를 끄덕여 주었다. 나는 인사를 한 뒤 뒷걸음질을 쳐 방을 나왔다. 어지럼증이 느껴져 손에 든 것을 놓치지 않도록 안간힘을 쓰며 신을 꿰어 신었다.

입술을 깨물고 서글픈 그림자가 드리워진 쪽으로 걸음을 떼었다. 가려진 모퉁이에는 그가 서 있었다. 안평대군은 고개를 푹 숙이고 서 있었다. 기분이 몹시 이상했다. 그가 내 곁을 떠난다는 사실은 너무나도 당연한 것인데. 그는 왕자였다.

곁으로 다가서자 안평대군이 고개를 들어 나를 바라봤다. 큰 눈에는 형언할 수 없는 감정이 담겨 있었다.

"혼인……하신다고 들었어요."

안평대군은 긍정도 부정도 하지 않은 채 그대로 내 시선을 받아내고만 있었다. 나는 그런 안평대군의 모습에 서운함이 물밀듯 밀려들어왔다. 친우라 하지 않았던가. 친우라 하였으면서…… 곧 혼례를 치를 것이란 말은 왜 내게 하여 주지 않았을까. 세자로부터 뜻하지 않게 알게 되어버린 그의 혼례 이야기 때문에 사고가 정지되는 것 같았다. 안평대군과 함께 있는 시간이 이토록 어색한 줄은 몰랐다. 역시 친우라 해도 이런 문제는 말하기 껄끄러운 것인가 보다. 나는 애써 웃으며 그에게서 시선을 돌리며 입을 열었다.

"감축 드려요."

내 말을 들은 안평대군은 순간 눈빛이 차갑게 내려앉았다. 그러더니 내 손에 들린 쟁반을 거칠게 빼앗고는 옆에 있는 담 위에 올려놓았다. 엉겁결에 빼앗겨 버리고 빈손을 황당해 하고 있는데, 그는 내 앞에 바싹 다가오며 한껏 가라앉은 목소리를 내뱉었다.

"감축한다고?"

"……."

"네가 내 혼례를, 축하한다고 말하는 거야?"

"대군 마마."

안평대군의 낯선 얼굴과 목소리는 내 머릿속을 온통 헤집고 있었다. 그는 어느새 내 어깨를 붙잡고 눈을 맞추었다.

"그게 네 진심이야?"

진심? 무엇이 내 진심이냐고? 내 마음 따위가 어떤지를 왜 묻는 것일까. 나는 그 답을 알 것 같았지만 애써 다시 가슴 깊은 곳에 묻어버렸다. 알아서는 안 됐다. 그 이유를 명백하게 다시 마주하는 순간이 온다 해도 달라질 것은 아무것도 없었다. 그래, 이러한 것이 순리였다. 세자가 말하지 않았던가. 세종이 결정한 것이라고. 내게는 세종의 결정과 그에 따른 당연한 역사의 흐름을 막을 권리도, 이유도 없었다.

"대군께서 좋은 배필을 얻어 길례를 치르신다는데, 감축의 인사가 아니라면 딱히 무슨 말씀을 올리오리까."

"……그렇게 말하지 마."

안평대군은 내 어깨를 강하게 쥐고 흔들었다. 차갑게 식어내리는 머릿속과는 달리 뜨거워진 눈시울을 그에게는 들키고 싶지 않았지만 안평대군은 애써 그의 쪽으로 내 시선을 돌려놓았다.

"네가 말해야 하는 것을 말하지 말고. 네가 하고 싶은 말을 해 줘, 나에게는."

"……."

"너는 항상 그랬잖아. 내가 왕자임을 알아차렸어도, 그렇게 말해 주었잖아."

안평대군의 얼굴이 몹시도 슬픔에 젖은 것을 보고야 말았다. 나는 눈을 잠시 감았다 떴다. 그가 말을 않는 내 얼굴을 뚫어지게 바라보다가 다소 충동적으로 말했다.

"저하께 사실대로 말씀드리고, 다시 출궁하면 안 돼?"

"......뭐라구요?"

"너도 명문대가의 규수잖아. 그간의 사실을 밝히고 다시 돌아간다면."

그가 하고 싶은 말이 무엇인지 짐작이 되었기에 다물고 있던 입을 열지 않을 수 없었다. 나는 허탈한 웃음을 지으며 내 어깨에서 그의 손을 떨구어 냈다. 힘없이 허공에 그의 손이 떨어졌다가 제 자리를 찾아갔다.

그는 내게, 윤 씨 집안의 여섯째 규수였던 내 비밀을 밝히면 안 되겠느냐 묻고 있었다. 하지만 그는 내가 내어놓을 답을 알고 있으면서, 억지를 부리고 있는 것이었다.

나는 쓴웃음을 지으며 고개를 저었다. 억지로 지워버리고자 한 기억이었는데. 안평대군은 확정되어버릴 자신의 미래가 몹시도 두려웠는지 내 생각이 어떠할지는 떠올리지 못한 것 같았다. 내가 아무 말을 않자, 이내 포기한 듯 그의 고개가 숙여졌다. 나는 어쩐지 안평대군이 나를 처음 보았을 때 했던 행동이 떠올랐다. 그래서 나도 모르게 손을 뻗어, 그의 머리를 살짝 쓰다듬고는 입을 열었다.

"마마. 그러시면 안 돼요."

호쾌하고 순진한 안평대군이 어떤 사람인지는 알고 있었다. 그는 어린 아이와 같은 마음으로 곁에 있는 사람이 누구이든지간에 언제나 따뜻하게 신경을 써 주는 편이었고, 부인에게는 분명 행복하게 해 줄 것이다. 한낱 궁녀로 내려앉은 계집아이에게도 거리낌 없이 친우로 대하여 주는 이 왕자를 보면, 더할 나위 없는 낭군이 될 것이라는 걸 부정할 수는 없었다. 그래도…… 안 되는 건 안 되는 것이었다.

"……왜 안 돼?"

그러나 안평대군은 끝까지 우겨 보기로 한 모양이었다. 나는 한숨을 내쉬었다. 그가 모르고 있을 리가 없었다. 냉정한 말을 내뱉어야 해서 가슴이 아팠다. 그러나 나는 입을 열 수밖에 없었다.

"저는 동궁전 소속이에요."

"……"

"그리고 궁인이죠. 언젠가는 나인이 될."

윗전의 궁녀를 탐하는 것은 예가 아니다. 사도세자가 영조에게 미움을 샀던 이유 중에 하나도, 모친인 선희궁 이 씨의 궁녀를 품었기 때문이 아닌가. 그릇된 생각을 하고 있는 아들에게 세종이 어떤 불호령을 내릴지, 나는 감히 짐작조차 하기 두려웠다.

그리고 더 중요한 것은, 그는 왕자라는 것이었다. 왕세자가 아니라. 다음 보위를 이을 세자도 아닌 그가 궁녀를 탐할 수는 없었다. 그런 행동은 반역에 준했다. 그가 원하는 것처럼 내 정체를 밝힌다고 해도 사실은 달라지지 않았다. 나는 다시 윤 씨의 성으로 돌아갈 생각이 없었고, 만약 돌아가고 싶다 해도 받아들여지지도 않을 거였다. 안평대군은 질끈 눈을 감았다. 짙은 속눈썹 사이로 눈물이 흘러나왔다. 나는 까치발을 해서 그의 뺨에 흐르는 것을 닦아주었다. 그리고 마지막 물음을 던졌다.

"대군부인이 되실 분은 누구시죠?"

"……"

"아시잖아요."

"……좌상 대감의 여식이다."

만약의 경우로 왕과 세자의 허락을 받아낸다고 해도 어쩔 수 없는 마지막 문제가 바로 그것이었다. 대군의 혼사이니 쟁쟁한 가문일 것이라고는 예상하여 물은 것이었는데, 그 대상이 내가 생각했던 것보다 훨씬 고귀하다는 것을 듣고 나니 힘없는 미소가 절로 지어질 수밖에 없었다. 좌의정의 딸. 그래, 대군의 부인이 그쯤 되어야 격이 맞을 테지.

"전하께서 대군 마마를 많이 아끼시나 보네요. 무척이나 좋은 가문의 규수인 것을 보니."

안평대군은 자신의 뺨에 머무는 내 손을 별안간 낚아채, 손목을 틀어 쥐었다. 그리고 언제 눈물을 흘렸나싶게 형형한 눈빛으로 나를 쏘아보았다. 숨이 거칠어지더니 그는 내게 말했다.

"나도 알고 있어. 왕자인 내가, 감히 아바마마의 명을 거스를 순 없다는 것을."

"아시면서, 어찌……."

"알면서 물었던 거야. 그래도 너의 말이 듣고 싶어서. 나는 내가 알아야 할 것을 알고 있어. 그러니까 말해 줘."

그의 입에서 다른 이름이 튀어나올까 두려웠다. 나는 이를 악물면서 되물었다.

"……무엇을요?"

"네 마음은 어떤지를."

예상했던 물음은 아니었으나, 끝까지 피하고 싶었던 그 말을 안평대군은 내 앞에서 원하고 있었다. 둘러대려 했던 뻔하고 당연한 이유는 어느새 그의 입으로 정체가 들통 나 버렸다. 적통 대군으로서의 행동을 자각한다면 궁녀를, 파평 윤 씨 집안의 여식을 맞을 수 없다는 말은 이제 통할 수 없었다. 그가 상처를 입을 것이라는 사실을 나는 알고 있었다. 나는…… 그의 마음을 진작부터 알아차렸는지도 모르겠다.

"저는 그럴 수 없어요."

"……."

"대군 마마는 제게 둘도 없는 친우예요. 겉으로는 적녀(嫡女)였지만, 사실은 그렇지 못하다는 사실을 알자마자 궁으로 도망쳤어요. 모든 걸 잊고 떠나려고. 나를 싫어하는 사람밖에 없는 그곳을 떠나 나를 위해 살기 위해 온 거예요."

"……서담아."

"그런데 마마께서는 저를 알아 주셨어요. 처음에는 생소하고 방정맞은 계집애여서 호기심에 가까이 하셨나 생각했었는데, 안평대군께서는 한낱 유희로서가 아니라 친우로서 궁녀 서담을 맞아 주셨어요."

그는 내 친우였다. 그 사실에서 한 발짝도 더 나아갈 수는 없었다. 나이는 어렸지만 그에게서 받은 따스한 온기를 나는 잊을 수 없었다. 그리고 잃고 싶지 않았다. 하해와 같은 아량이 베풀어져, 대군의 첩으로 맞아질 수 있다고 해도 나는 그러고 싶지 않았다. 사소한 것에 일희일비하며 남자로서의 그의 진심을 갈구하고 싶지 않았다. 그래서 처음 느꼈던 그 온기를 나중에는 원망하게 되고 싶지 않았다.

"저는 대군 마마의 영원한 친우로 남고 싶어요. 제게 대군 마마는 너무나 소중한 분이시니까."

나직하게 뱉은 그 말에 안평대군은 참았던 눈물을 다시 흘리고 말았다. 놓아 주는 손목을 느끼자마자 그는 바닥에 주저앉아 울음을 삼키며 서럽게 숨을 참았다. 나는 마음속에 간직했던 오래된 감정을 끊어냈다. 어쩌면 안평대군으로서는 너무나도 당연한 생각이었을지 모르지만 마음이 아픈 것은 어쩔 수 없었다. 첫 번째로 가져 본 친우는 나를 온전히 이해해 주지 못했다.

그러나 나는 몸을 낮춰, 그를 껴안아 주었다.

"안평대군 마마는 제게 소중한 분이에요. 언제까지나."

나를 껴안고 애써 눈물을 그치려 하는 그의 등을 토닥여 주었다. 어깨가 젖어드는 것이 느껴졌다. 나는 흐려진 시야를 느끼며 말을 이었다.

"저는 세상에서 제일 가까운 친우로 생각해 주세요, 마마. 그리고……

좌상 대감의 따님께서는 대군 마마께 좋은 짝이 되실 거예요."

"……."

"약속해 주세요. 대군부인을 아껴 주시겠다고요."

짧은 적막이 흐르는 동안, 안평대군의 고개가 살짝 끄덕여졌다. 두어 번 그의 고갯짓을 본 후, 나는 내 뺨에 떨어지는 뜨거운 눈물에 눈을 감았다.

* * *

총명한 안평대군은 혼사를 받아들였다. 내가 그의 혼례를 알기 전까지 보였던 풀죽은 모습은, 이제 볼 수 없었다. 그러나 여러 날이 지남에도 안평대군의 심정이 예전과 같이 마냥 즐겁지만은 않다는 것은 예상할 수 있었다. 나는 궁을 떠나는 왕자의 길을 배웅하려, 차를 만들기 위해 보관해 두었던 유자청을 꺼내왔다.

"뭐하려는 거야? 유자차 만들려고?"

쌍이가 호기심 어린 얼굴로 물어왔다. 나는 설핏 웃으며 고래를 가볍게 흔들었다. 유자차는 여태껏 많이 내갔으니, 색다른 것을 만들어 볼 심산이었다. 나는 며칠 전 아침에 지나가는 소리로 최 상궁이 따스한 봄기운이 도니 화전(花煎)을 만들어도 될 것 같다는 말을 하는 것을 주워들었던 적이 있었다.

"화전을 부치려고. 그리고 위에 유자청을 얹어보면 상쾌한 맛이 날 것 같아서."

"아아. 그렇지 않아도 어제 항아님들이 진달래꽃을 따 오셨더라."

"응. 마마님께서도 허락해 주셨어. 화전쯤은 쉬우니까, 직접 만들어서 내어가도 된대."

"웬일로 오늘은 왕자님들께 올리는 다과를 허락해 주신 거지?"
"……."
"길례 준비 때문에 바쁘셔서 그런가."
 고개를 갸웃거리면서도 쌍이는 순순히 꽃들을 깨끗이 씻어 가져다주었다. 내가 쌀가루로 반죽을 만드는 사이 그녀는 기름을 준비했다.
 안평대군의 혼례는 시일이 얼마 남지 않았다. 서연의 방문에 준비했던 진연 때문에 바빴던 생과방은, 얼마 쉴 새도 없이 또다시 큰 행사를 준비해야 했기에 바쁘기 그지없었다. 대군부인의 방문도 큰일이긴 했지만, 왕자의 혼례보다는 못했다. 그에 따라 대전과 중궁전, 동궁전, 빈궁전의 수랏간, 생과방, 내소주방, 외소주방 상궁들과 나인들은 모두 바쁘게 종종걸음을 하며 온 궁궐을 누볐다.
 아기나인들도 바쁜 것은 마찬가지였으나, 나와 쌍이는 동궁전 방문객들을 위한 다과상을 마련하는 인력으로 빼돌려져 약간의 여유를 느낄 정도는 되었다. 쌍이는 기뻐하며 최 상궁이 바쁜 틈을 타서 여러 가지 과자들을 만드는 데 힘을 쏟았다. 즐거운 빛이 가득한 친우의 모습에 나도 행복해야 하는 것이 옳겠지. 하지만 또 다른 친우의 일을 생각하니 마냥 행복하기만 할 수는 없었다. 그의 마음을 알아버렸으니까.
"그런데, 유자는 어떤 왕자님이 좋아하셔?"
 뜨거운 번철(燔鐵)에 기름을 둘러주며 쌍이가 물었다. 기름이 달아오르면서 치직거리는 소리를 내자, 나는 그 위에 동글납작하게 펴 누른 반죽들을 조심스레 올려놓으며 대답해 주었다.
"응, 안평대군 마마."
"어쩐지. 대군 마마께서 오실 때마다 항상 유자차가 나가더라. 질릴 법도 한데."
"그러게. 항상 그것만 고집하시니."

"그런 것 보면 서담이 넌 참 대단한 것 같아."

"……내가?"

나는 반죽 위에 놓을 꽃송이들을 젓가락으로 집으려다 말고, 쌍이의 말에 놀라 그녀를 쳐다보았다. 그러나 그녀는 무얼 그리 놀라느냐는 듯 의아한 표정을 지어 보였다. 그러고서는 자신도 젓가락을 들고 꽃송이를 집어 반죽 위에 살짝 올려놓으며 말을 이었다.

"대군 마마께서 좋아하시는 걸 알아 와서 다과상을 차려냈잖아. 입궁한 지 얼마 되지 않았는데, 궁녀답게 잘 적응하는 것 같아서."

"……."

"내가 처음 입궁했을 때는 그렇지 못했거든. 아! 이거 다 익은 것 같아."

쌍이는 부럽다는 말을 덧붙이며 번철 위에서 피어난 화사한 전들을 연신 뒤집어 골고루 익혔다. 나는 그 화전들 하나하나의 위에 조그맣게 유자청들을 펴서 올려놓았다. 약과에 꿀을 범벅해 먹는 것을 좋아하는 안평대군이니까, 화전도 달콤한 것이라면 좋아할 것 같아서 장식해 내기로 결정한 것이었다. 안평대군이 곧 떠나리라는 것을 알고 나니 내가 해 줄 수 있는 것이 비록 사소한 것밖에 없을지라도 뭔가 해 주고 싶었다. 그러다가 문득 떠올렸다. 안평대군이 좋아하는 차를 알게 됐던 것도, 그의 취향이 궁금해서 물어보았던 것은 아니었다. 미안함에 입술을 잠깐 깨물었다. 이렇게 빨리 헤어질 줄을 알았더라면…….

물론 출궁한 왕자라 하여도, 진평대군과 같이 문후를 여쭈러 궁에 자주 들를 수는 있을 것이었다. 세종과 소헌왕후는 왕자들이 어리다는 것을 이해해 주었는지 잦은 궁 출입을 나무라지는 않았다. 오히려 세종은 세자와 대군들 사이가 가까운 것을 흡족하게 여기는 것 같았다. 그렇지 않았다면 틈이 날 때마다 진평대군이 세자를 보러 오지는 않았을 테니.

그들은 내가 다과상을 올리고, 차를 대접하고 나서 물러나오면 형제들끼리 머리를 맞대면서 무언가를 두런거리고들 있었다. 문종과 세조의 미래를 아는 나는 그런 모습에 처음에는 생소함을 느꼈지만, 그런 피로 물든 이야기가 현실로 나타나려면 아직 멀었다는 것을 떠올리고 나서는 곧 익숙해졌다. 왕자들은 아직 십대였으니까. 처음에 보았던 그 경계의 모습은 점점 사라진 지 오래였다.

"동궁전에 자주 들르시던 안평대군이신데. 가신다니까 섭섭하다. 화전도 좋아하셨으면 좋겠어, 그치?"

"어? 아, 응. 그럼, 좋아하실 거야, 아마도."

나는 쌍이의 말에 엉겁결에 대답했다. 안평대군에게는 무슨 간식을 좋아하냐고 물어본 적이 없다는 것이 떠올랐기 때문에 약간 당황했다. 그에게 아직 못 해 본 말이 많았다. 충분히 많았던 시간에도 불구하고 나는 내 감정만 추스르기에 바빠 그냥 흘려보내버렸다. 나는 스스로 자책하다가, 그녀를 따라 밑면이 잘 익은 화전을 하나둘씩 뒤집었다. 찹쌀로 부친 전이 익으며 고소한 냄새가 났다. 거기다 유자의 싱그러운 향까지 덧붙여져, 봄에 어울리는 간식이라는 생각이 절로 들었다. 그리고……

-내가 좋아하는 것은 복숭아로 만든 화채와 화전이오..

진평대군이 했던 말이 떠올랐다. 그리고 번철에서 익어가고 있는 화전들을 바라봤다. 적어도 한 사람은 분명하게 좋아해 줄 만한 간식이 될 수 있을 듯했다. 곧 다 익은 것들을 그릇에 옮기고, 쌍이가 새 반죽을 올려놓을 때였다.

"쌍아, 우리 이번 것은 유자를 올리지 말고 부쳐 보자."

"응? 왜? 유자 넣은 진달래 화전을 만들려 한 것 아니었어?"

"응, 그런데 저하께서는 좋아하지 않으실지도 몰라서."

대충 둘러댄 말임에도 쌍이는 잠시 생각하더니, 고개를 끄덕여 주었다.

예쁜 모양의 화전 만들기에 신경을 집중하는 쌍이를 보며 나는 세 개의 그릇을 챙겼다. 하나엔 보통의 화전을, 또 다른 하나엔 유자청을 올린 화전, 나머지 하나엔 그 두 가지 화전을 적절히 섞어 담았다. 유자차를 좋아하는 안평대군과 화전을 좋아하는 진평대군, 그리고 여태까지는 아무 것이나 별 투정 없이 먹는 세자를 위해 각자 나누어 담은 것이었다.

"그럼 다녀와. 어휴, 무겁겠다."

"괜찮아. 얼른 갔다 올게."

갓 구워낸 화전의 온기를 느끼며 나는 한껏 차려낸 다과를 들고 세 왕자가 만나고 있을 전각으로 향했다. 그릇이 늘어난 터라 평소보다 약간 무겁기는 했으나 이 정도는 버틸 만했다. 오늘은 진평대군이 며칠간 거른 문후를 여쭈러 오기로 했다고 들었다. 오랜만에 세 왕자가 모이는 것이니, 늦지 않도록 가져가고 싶은 마음에 종종걸음으로 걷고 있을 때였다.

"어?"

평소와 다른 전각 주변의 모습에 놀라 잠깐 걸음을 멈춰 섰다. 섬돌에 놓인 신은 그대로 세 왕자의 것이었는데, 그 아래에 나동그라진 나인의 신 한 켤레가 놓여 있었다. 그리고 밖에 시립해 있는 나인들이 무리지어 웅성거리고들 있었다. 항상 이 시각 즈음에 나인들과 함께 있던 민 상궁은 보이지 않았다.

"무슨 일이지?"

의아해 하면서도 나는 방으로 들기 위해 다시 걸음을 옮겼다. 그들의 곁에 가까워지자 누군가 하여 고개를 돌린 지밀나인들은, 내 얼굴을 알고 있기 때문인지 별 것 아니라는 듯 다시 자신들끼리 쑥덕이기 시작했다.

"세상에, 결국."

"어머, 어머. 이럴 줄 알았다니까."

놀라워하며 혀를 차는 나인들이 반, 못마땅해 하며 고개를 젓는 나인들이 반이었다. 신을 벗느라 마루에 쟁반을 올려놓고 있었던 나는 어슴푸레하게 깔려오는 불안함을 느꼈다.

"그래서? 그래서 어떻게 되는 건데?"

"저하께서 결정하시겠지. 지금 덕금이가 저하께 말을 올리고 있어."

"어휴. 그러니까 좀 가만히 계실 것이지 어찌하여……."

순간 덕금이라는 이름이 귀에 들어와 나는 고개를 돌렸다. 그리고 그들에게 내 목소리가 떨리는 것처럼 들리지 않게 심호흡을 하고 물었다.

"항아님들, 지금 무슨 일이 있나요?"

"어?"

그러나 지밀나인들은 내 얼굴을 보고는 떨떠름하게 입을 다물 뿐이었다.

"말해 주어도 돼?"

"글쎄, 그래도 되나?"

다시 자신들끼리 머리를 맞대고 이야기하던 나인들은 알려 주어도 되겠다는 결론을 내렸는지, 제일 가운데에 서 있던 눈이 큰 나인 하나가 앞으로 나오며 내게 말해 주었다.

"빈궁 마마께서 일을 치셨어."

"네?"

"저하를 미혹하려고 압승술(壓勝術)을 썼다는데, 그게 덕금이에게 들킨 모양이야. 지금 저하께서 보고를 받고 계실 걸. 그거 얼른 올리고 나와. 아무래도 분위기가 심상치 않으니."

"……예."

이번엔 정말 근신으로만은 끝나지 않을 거라는 나인들의 수군거림이 귓가에 와 닿았다. 나는 정체모를 불안감의 끝이 코앞에 다다른 것을 알아챘다. 그래, 결국 오고 만 것이었다. 첫 번째 세자빈 김 씨의 폐출이. 아니나 다를까, 항상 걷던 복도를 따라 세자가 들어 있는 방으로 갔지만 곁에는 나인들이 시립해 있지 않았다. 살짝 열린 방문 사이로는 노기를 띤 세자의 고함소리만이 들려왔다.

"뭐라! 빈궁이 정녕 그리했다는 말이냐?"

"그렇사옵니다, 저하. 소녀는 정말 마마께서 그런 일까지 하실 줄은 몰랐사온데…… 어찌하면 좋으리까? 장차 저하가 보위에 오르시면 국모가 되실 분이 이런 요행을 하시다니요."

"국모는 누가 국모가 된다 하더냐!"

곰살맞은 목소리로 약간 울음을 섞어 보채는 여인의 목소리가 들렸다. 세자는 그런 여인의 말에 더 화를 내었다. 나는 밖의 나인들이 '덕금이가 저하께 말을 올리고 있다'고 한 것을 떠올렸다. 그렇다면 저 여인이 바로 세자의 총애를 받는 나인들 중 하나인 덕금일 터였다. 얼어붙은 듯 서 있는데, 모퉁이에 두 왕자가 보였다. 진평대군과 안평대군도 자리에 앉아 있다가 급하게 나온 것 같았다. 나는 그들과 시선이 마주쳤다. 진평대군은 씁쓸한 미소를 입가에 머금고 있었고, 안평대군은 긴 한숨을 내쉬며 고개를 떨어뜨렸다. 심각한 상황임을 알아차린 탓에 어찌해야 하나 고민하고 있을 무렵 거칠게 방문이 열어젖혀졌다. 세자였다.

"민 상궁!"

씨근덕거리며 세자가 씹듯이 말을 뱉었다. 그 소리에 황급히 방에서 두 여인이 빠져나와 그의 앞에 고개를 숙이고 섰다. 민 상궁과 덕금일 것으로 추정되는 나인이었다. 덕금의 붉게 물든 눈가에는 물기가 어려 있었다. 그녀는 몹시도 청초해 보이는 미인이었다. 나는 휘빈을 생각하며 잠깐 눈을 감았다 떴다. 이제는 끝날 시간이었다.

"당장 전하께 가서 말을 올리게. 빈궁을 폐출시키고자 하니 뜻을 여쭌다고."
 "예에? 폐, 폐출이라니요?"
 "어허."
 민 상궁은 빈궁에 대한 세자의 분노가 이 정도까지일 것이라고는 짐작하지 못했던 것일까? 아니면 속전속결의 태도에 놀란 것이었을까. 되묻는 그녀의 말에 세자는 낮게 깔린 경고의 목소리를 내뱉었다.
 "자네가 들은 대로 가서 고하게. 자세한 것은 내가 말씀드리겠다 전하고."
 "……예."
 하는 수 없이 민 상궁은 고개를 조아렸다. 그리고 몸을 돌려 걸음을 떼려다가 나를 보았다. 나는 황급히 고개를 숙이며 옆으로 비켜섰다. 그녀는 나를 잠시간 쳐다보고 있다가 대전을 향해 사라졌다.
 "아, 왔느냐?"
 그제야 나를 발견한 세자가 목소리를 가라앉히며 말을 건넸다. 나는 고개를 숙인 채 대답했다.
 "예, 저하. 오늘은 화전을 올리겠사옵니다."
 "그래, 봄빛이 완연하니 화전도 좋다. 진평, 안평. 너희들도 들어오너라."
 세자의 말에 걸음을 옮기는 두 왕자의 뒤를 따라, 쟁반을 들고 방으로 들어가려 할 때였다. 곁에 섰던 나인 덕금이 나를 새초롬한 눈길로 노려보는 것이 느껴졌다. 그런데 살짝 곁눈질로 그녀를 바라보니, 얼른 그 눈초리를 거두는 것이 아닌가. 뭐야, 세자의 총애를 받는다더니 나한테까지 질투를 하는 건가? 황당함에 뭐라고 할 새도 없이 우리는 방 안에 들어섰고, 그녀는 지밀나인답게 방문을 닫고 밖에 시립했다. 나는 하는 수 없이 세자와 진평대군, 안평대군이 앉은 가운데로 가서 가져온 것들을 하나씩 내려놓았다. 그릇들을 각자의 앞에 놓아 주고, 차를 우려냈다. 심상치 않은 장면을 목격하였기 때문인지 침묵이 흘렀다. 방 안에는 달각거리는 다기의 소리만이 가득했다.

"후우."

찻잔을 올리자 그것을 받아든 세자가 긴 한숨을 내쉬었다. 이마를 짚고 서탁에 눈길을 고정한 세자가 생각에 골몰해 있자, 나는 진평대군과 안평대군을 번갈아 보았다. 그러나 그들도 별다른 도리가 없는지 내 시선을 피할 뿐이었다. 나는 잠자코 찻잔을 왕자들에게 마저 올렸다. 그리고 일부러 밝은 목소리로 세자에게 말을 건넸다.

"저하, 화전 하나만 들어 보시지요. 진달래꽃을 넣고, 유자도 올렸사옵니다."

"아아, 그래."

세자는 내 말에 지끈거리는 이마를 짚고, 화전 그릇으로 눈길을 돌렸다. 그리고 흥미로운 눈빛으로 물었다.

"그런데 모두 유자가 올라간 것은 아니로군?"

"예. 저하께서 혹여나 즐기지 않으실까 하여 유자청을 얹은 화전은 반만 만들었사옵니다."

"맛있구나."

세자는 짧게 평을 한 뒤, 젓가락을 내려놓고 차를 마셨다. 화전을 우물거리는 소리와 함께 차를 홀짝이는 소리가 이어지고 다시 침묵이 흘렀다. 나는 안평대군이 내민 찻잔에 다시 차를 담아 주며, 세자의 눈치를 살폈다. 그는 민 상궁을 세종에게 보내 휘빈의 일을 고하라 하였다. 세종은 세자의 말을 듣겠지. 오늘 당장 무슨 일이 일어나는 것일까? 왕세자빈의 폐출을 운운하는 일을 눈앞에서 목격하고 나니 가슴이 아팠다. 차라리 세자가 물러가도 좋다고 한다면 생과방으로 돌아가련만. 세자는 나에게 돌아가라는 말을 할 생각이 없어 보였다. 가시방석과 같은 자리를 지키고 얼마쯤이나 있었을까. 바깥에서 소리가 들렸다.

"저하, 주상전하 드십니다."

덕금의 목소리였다. 내가 반사적으로 몸을 일으킴과 동시에 방문이 열리고 붉은 곤룡포를 입은 남자가 들어왔다.

황급히 고개를 숙이고 나는 구석으로 물러났다.

보료에 앉았던 세자와, 방석에 자리하고 있던 두 왕자도 일어나서 세종에게 인사를 올렸다.

"진평과 안평도 와 있었구나."

"예, 아바마마. 잠시 담소를 나누러 들렀사옵니다."

"그랬구나."

"전하, 어찌 여기까지 행차하셨습니까?"

자신의 자리로 앉기를 권하며 세자가 말했다. 세종은 세자의 안내에 따라 보료에 앉더니 가라앉은 목소리로 말했다.

나는 고개를 숙이고 그의 목소리만을 듣고 있었는데, 몇 마디 안 되는 음성임에도 어디선가 익숙함을 느꼈다. 그토록 꿈꿔왔던 성군이 지척에 있었다. 세종대왕. 그래서 이런 느낌이 드는 걸까? 아니면…… 이 목소리를 정말 어디서 들어 본 것이기 때문일까.

나는 머릿속에 떠오른 의문에 절레절레 고개를 저었다. 그럴 리가 없었다. 내가 세종의 목소리를 또 어디서 들어 봤단 말이야?

"빈궁이 그토록 사특(邪慝)한 일을 벌였다 하는데, 내 어찌 가만있을 수 있겠느냐? 실로 종묘와 사직에 부끄러운 일이 아니냐!"

화가 난 세종의 목소리를 세 번째로 들었을 때 나는 확신했다. 이 목소리는 어디선가 분명 들어 본 적이 있었다.

그 확신이 끝으로 치달을 무렵, 나는 과감히 고개를 들어 시선을 보료에 앉은 사내로 향했다. 그리고 그의 얼굴을 바라보고는 숨이 막혔다. 세종의 얼굴. 그는 나를 바다로 떠밀었던 이 교수의 얼굴을 하고 있었다.

4. 묘녀, 묘랑

생각조차 해 보지 못했던 그의 얼굴에, 아기나인이 왕의 얼굴을 허락도 없이 빤히 쳐다보는 것은 무례라는 것을 알면서도 시선을 뗄 수가 없었다. 숨조차 제대로 쉬지 못한 채 커진 눈동자로 그의 얼굴을 응시하고 있으니, 진평대군과 안평대군이 의아한 눈길로 나를 바라보는 것이 느껴졌다. 그제야 나는 황급히 시선을 아래로 내리깔았다. 가지런히 모아 잡은 손이 덜덜 떨렸다. 머릿속이 울리고 어지러웠다.

이 교수의 얼굴을 어떻게 기억하지 못할 수 있을까. 교수라는 직책을 가지고 있으면서도, 제자뻘의 나이인 나를 다짜고짜 바다에 밀어 넣은 그 사람을. 그리고서는 입가에 미소를 머금고 있던 그를. 결국 죽지 않고 조선에서 깨어나기는 했지만, 그는 나를 죽인 것이나 마찬가지였다.

나를 학대했던 아버지가 있는 현대로 돌아가고 싶은 마음은 없었지만,

그렇다고 해서 자살할 마음까지는 없었던 나였기에 이 교수의 얼굴을 하고 있는 세종에 대한 내 감정은 몹시도 복잡했다. 같은 얼굴을 하고 있기는 하지만, 정말 같은 사람일까? 같은 사람이라면 그도 나와 같은 기억을 갖고 있을까? 아니, 얼굴이 같은 것은 그렇다고 치자. 사람이 물론 닮을 수도 있으니까. 그런데 문제는 닮은 사람이 어떻게 세종대왕이냐는 것이다. 다른 사람도 아니라, 내가 그토록 그리워했던 왕, 세종이 그 사람이라니. 수많은 생각이 머릿속에 스쳐지나가는 사이, 세종은 내 존재 따위는 눈에 들어오지도 않았는지 세자와 말을 이어갔다.

"대대로 이름난 집안의 여식인 것을 믿고 간택하였더니. 어찌 이런 참담한 일이 일어날 수 있는 것이야."

"송구하옵니다, 전하. 소자가 부덕하여……."

"아니, 아니다."

단호하게 세자의 말을 끊어낸 세종은 곤룡포 자락을 정리하더니, 짧게 고심하는 듯했다. 세 왕자는 부왕의 앞에서 어쩔 줄을 모르고 서 있을 뿐이었다. 곧이어 생각을 끝낸 세종은 세 왕자에게 앉으라는 손짓을 했다. 나는 왕자들이 모두 앉으려면 방석이 부족하다는 것을 눈치 채고, 구석에 놓여 있던 비단 방석 하나를 들어 조심스럽게 앞에 나아갔다. 윗자리에는 세자와 진평대군이 앉고, 제일 어린 안평대군이 내가 놓아 준 방석을 깔고 앉았다. 나는 세종이 내 얼굴을 보지 않도록 최대한 조심하면서 다시 뒤로 물러났다. 그리고 밖으로 나가야 하나 고민하는데, 세종이나 왕자들은 내게 아무런 언질을 주지 않았다. 사태가 사태인 만큼 궁녀의 행동까지 상관할 여력이 없는 것 같았다. 세종이 이 교수와 어떤 관련이 있는지 알고 싶었던 나는 구석으로 다시 몸을 옮겼다. 그림자처럼 숨어들어 있을 작정이었다. 그런데 세종이 내 쪽을 쳐다보더니, 말을 건넸다.

"거기, 너."
"예?"
놀라서 거의 반사적으로 대답이 튀어나왔다. 나를 돌아본 세 왕자의 표정이 이상했다. 나는 왕의 부름에 약간 시선을 위로 하고, 얼굴은 여전히 바라보지 않은 채 다시 대답했다.
"찾아계시옵니까?"
"동궁전 소속이냐?"
"예, 전하. 동궁전 생과방에 있사옵니다."
"저 아이는 저와 진평, 안평의 다과상을 맡은 생과방 각시입니다, 전하."
세자가 끼어들어 안심하라는 듯이 세종에게 말을 건넸다. 세종은 고개를 끄덕이더니 손짓을 해서 나를 불렀다. 가까이 오라는 뜻인 것 같았다. 어쩐지 겁이 나서 시선을 돌리다, 가운데 앉은 진평대군의 시선과 마주쳤다. 그는 다른 사람은 알아채지 못할 만큼 아주 조금 고개를 끄덕여 주었다. 나는 심호흡을 한 번 한 후, 고개를 조아린 채 조금씩 걸음을 떼어 세종의 앞으로 나아갔다. 왕자들의 시중을 들던 서탁의 옆자리까지 다다른 후 나는 더욱 고개를 숙이고 세종의 명을 기다렸다.
"가서 빈궁을 데려오라."
그의 말은 냉정하기 그지없었다. 나는 입술을 짓씹었다. 세종은 직접 이 자리에서 심문할 작정인 것 같았다.
"감히 한 나라의 세자빈이라는 자리에 앉아있는 여인이 투기를 한 것으로도 모자라, 요사스러운 행동을 하였으니 부덕한 자가 받드는 제사는 있을 수 없다. 당장 가서 내가 오라 하였다 전하여라."
"……예, 전하."
어쩔 수 없이 고개를 조아려 순명(順命)의 태도를 보였다. 세종은 내 머리가 생을 맨 것이 아닌 것을 눈치 챘을 텐데도 아무 말도 하지 않았다. 휘빈의 몰락을 전하는 궁녀가 내가 되어야 하는 것도 마음이 불편했지만, 세종의 정체가 무엇인지도 의심스러웠기에 그의 속내를 알 수 없어서 묘한 기분이 들었다. 하지만 왕의 명령을 이미 받든 이상, 수행하여야 했기에 나는 고개를 조아린 채 방을 빠져나왔다. 문을 열어 준 궁녀 덕금이 또 경계하는 눈빛으로 나를 훑어보는 것을 느낄 수 있었다. 나는 그녀를 무시하고 전각 밖으로 걸어 나왔다. 그리고 빈궁전으로 걸음을 옮겼다. 동궁전에서 빈궁전으로 이어지는 길목에 닿을 무렵 민 상궁이 다가오는 것이 보였다. 궁금한 빛이 눈동자에 가득 서린 그녀에게 나는 말을 건넸다.

"전하께서 빈궁 마마를 모셔오라 하시었습니다, 마마님."

"……그래."

세자의 지밀상궁인 그녀였지만, 빈궁의 상황에 동정심을 조금이라도 품었던 것인지 민 상궁은 안쓰러운 표정을 지었다. 그러나 그 표정은 곧 사라지고, 상궁다운 위엄이 가득한 그 얼굴로 다시 돌아왔다.

"따라오너라. 나와 같이 빈궁전으로 가자."

"……예."

* * *

소식을 들은 듯한 휘빈은 눈물로 범벅이 된 얼굴을 하고 있었다. 고운 빛깔의 보료 위에서 떨리는 손을 당의 자락에 숨기고 있던 그녀는 민 상궁의 일갈에 떨리는 다리를 겨우 일으켰다. 몇 번이고 주저앉는 그녀를 빈궁전 나인들이 붙잡아 끌다시피 하며 끌고 왔다. 동궁전 전각 섬돌에 이르자 그녀는 곁을 붙잡고 있던 나인들의 팔을 거칠게 뿌리쳤다. 문틈 사이로 보이는 덕금의 얼굴을 그녀도 본 탓이리라. 휘빈은 눈물을 소맷자락으로 거칠게 닦아냈다. 그리고 위태로운 걸음걸이로나마 섬돌 위에 올라섰다. 그런데 그녀가 마루 위로 올라설 새도 없이, 세자가 나타났다.

"저…… 저하."

"……"

싸늘한 세자의 얼굴에 휘빈은 떨리는 입술로 남편을 불렀다. 하지만 굳게 닫힌 세자의 입술은 열리지 않았다. 그녀를 제치고 세자는 섬돌 아래로 내려섰다.

"내려오시오."

"……저하."

"죄인의 몸으로 반성하는 태도라도 보여야 하지 않겠소? 전하께서 나오실 것이니 비는 척이라도 하시구려."

휘빈은 다시 눈물을 떨어뜨리고야 말았다. 그러면서도 꿋꿋이 세자의 말대로 걸음을 옮겨, 바닥에 무릎을 꿇고 앉았다. 얼마 지나지 않아 세종과, 그의 뒤를 따르는 두 왕자가 나타났다. 세자와 같이 차가운 낯빛을 한 세종이 조용히 그녀의 앞에 와서 섰다.

"빈궁."

"……예, 전하."

"내가 들은 것이 사실이냐?"

"……"

"사실인지 묻고 있지 않느냐!"

휘빈은 고집스럽게 입술을 깨물고 아무 말도 하지 않았다. 가슴이 아팠다. 이름 있는 가문의 딸로 태어나 빈궁의 지위로 고귀하게만 자라난 여인의 자존심이 그녀에게 사실을 토설하지 못하도록 하는 것이 분명했다. 하지만 세종은 그런 그녀의 태도에 더욱 노기를 띠었다.

"네가 직접 토설하지 않는다면 증인을 부르겠다. 거기, 호초."
"예, 전하."
세종의 말이 떨어지기가 무섭게 동궁전 밖에 시립해 있던 나인들 중 한 명이 잽싸게 대답을 하더니 튀어나와 엎드렸다. 호초라는 이름을 듣고 놀란 듯 눈이 커진 휘빈은 그녀의 얼굴을 확인하고 망연자실한 표정을 지었다.
"네가 말해 보아라. 세자에게 이른 대로 소상히 고하라."
"예."
호초가 고개를 들어 대답하는 사이, 나는 내 곁에 와 서는 덕금을 발견하고 흠칫 놀랐다. 그녀는 무표정으로 휘빈을 바라보고 있었다. 아마 호초와 덕금은 모종의 거래를 마친 것 같았다.
"지난해 겨울에, 빈궁 마마께서 어찌하면 사내에게 사랑받을 수 있는지를 물으시며, 혹 술법을 알고 있으면 알려 달라 하시었습니다."
"……."
호초의 한 마디가 끝나자 궁녀들은 왕이 앞에 서 있다는 것도 잊고 수군덕대기 시작했다. 자신들끼리 몰래 하여도 낯부끄러운 말을 빈궁이 하였다는 것이 놀랍고, 그것이 왕 앞에서 밝혀졌다는 것이 한심스러워서일 것이었다. 그러나 호초의 말이 끝이 아니라는 것을 아는 나는 이어질 그녀의 말이 고통스러웠다.
"소인은 대답하고 싶지 않았으나, 빈궁 마마께서 강요하시어…… 민간의 술법을 가르쳐 드렸사옵니다."
"그것이 무엇이냐?"
세종이 날카롭게 따져 물었다. 호초는 휘빈을 힐끗 쳐다보고, 악에 받쳐 자신을 노려보는 여인의 곁에서 조금 몸을 옮긴 뒤 시선을 내리깔고 다시 아뢰었다.

"사내가 좋아하는 여인의 신을 베어다가 태워 가루를 만드는 것이옵니다. 그것을 술에 타서 남자에게 마시게 하면 사랑을 받게 된다 하오니, 빈궁 마마께서는 효동과 덕금의 신을 가져오라 하시었습니다."

곁에 선 덕금은 콧방귀를 뀌더니, 팔짱을 끼고 휘빈을 노려보았다. 놀라지 않는 것이 이미 알고 있던 사실인 듯했다. 호초는 계속해서 말을 이었다.

"그러나 저하께 그 가루를 탄 술을 올릴 틈을 얻지 못하여, 빈궁 마마께서 다른 방법을 물으셨습니다."

"또 무엇이냐?"

세종은 한 가지가 더 있었다는 것은 듣지 못한 것 같았다. 기가 찬 듯 묻는 세종의 음성이 떨려 나왔다. 세자는 분노에 찬 눈길로 자신의 부인이었던 여인을 노려보았다.

"그…… 그것이."

"얼른 고하지 못할까!"

호초가 망설이자 민 상궁이 재촉하듯 그녀를 다그쳤다. 그러자 호초는 눈을 질끈 감으며 말을 뱉었다.

"두 뱀이 접촉할 때 흘린 정기를 수건으로 닦아서 보관하고 있으면 반드시 사랑을 받을 수 있다 하였는데, 그것을 알려드렸사옵니다."

"뭐라!"

경악한 듯 내지르는 단말마의 비명에, 호초는 자신에게 불똥이 튈까 봐 황급히 말을 이었다. 부들부들 떠는 호초의 모습을 응시하다가, 내 곁에 선 덕금의 얼굴을 흘낏 바라보았는데 그녀는 방금 전의 표정과 다를 것이 없어 보였다. 나는 다시 휘빈의 얼굴을 바라보았다. 그녀는 모든 것을 놓아 버린 것 같았다.

"소, 소인은 오로지 빈궁 마마의 명을 따른 것뿐이옵니다."

"빈궁. 인정하느냐."

세종은 호초를 바라보던 눈길을 옮겨 휘빈을 바라보았다. 휘빈은 눈물 어린 눈을 들어 세자를 쏘아보았다. 그러더니 악에 받친 목소리로 대답했다.

"그러하옵니다. 모두 사실이 맞습니다."

"허허."

세종은 오히려 당당한 휘빈의 모습에 어이가 없는 듯, 헛웃음을 흘렸다. 황당한 기색이 여지없이 드러나 보였다. 휘빈은 그런 시아버지와 남편의 모습을 번갈아 보다가 떨리면서도 분명한 음성으로 말을 이었다.

"호초가 말한 것처럼 베어낸 신의 가죽도 가지고 있사옵니다. 보시지요."

그녀가 허리춤에 있는 주머니에서 꺼내어 낸 것을 던졌다. 거무튀튀하고 형체를 알아볼 수 없어 눈으로는 무엇인지 판단하기 어려웠지만, 그녀가 모두 자백을 한 만큼 그것은 효동과 덕금의 신 조각일 것이 분명했다. 휘빈은 땅에 엎드려 흐느끼기만 할 뿐, 더 이상 아무 말도 하지 않았다. 세종은 그것을 내려다보다가 천천히 입을 열었다.

"정녕 이런 일이 있었구나. 세자빈으로 간택한 지 두어 해도 못 되었는데, 어찌 이토록 요망하고 사특할 수가 있느냐. 내 너를 마땅히 폐빈함이 옳을 것이다. 민 상궁."

"예, 전하."

"빈궁을 처소로 데려가라. 곧 책인(冊印)을 회수하고 사삿집으로 돌려보낼 것이니."

"⋯⋯예."

세종의 말에 민 상궁과 빈궁전 나인들이 휘빈의 어깨를 잡아 일으켰다. 힘없이 끌려 나오는 휘빈의 얼굴은 눈물로 얼룩져 있었다. 세종과 세자의 낯빛도 편하지만은 않았다. 그들은 등을 돌려 다시 전각 안으로 모습을 감췄다. 곧 휘빈이 빈궁전으로 끌려 나가고, 구경하던 나인들은 모두 자신의 자리로 돌아갔다. 나는 멍하니 서서 휘빈이 꿇어앉았던 그 자리를 바라보고 있었다.

"……서담아."

아직 들어가지 않았던 두 왕자가 내게 다가왔다. 안평대군이 걱정되는지, 나를 조심스럽게 불렀다. 나는 괜찮다는 듯이 미소를 지어 보이려 했지만, 어쩐지 힘이 빠진 씁쓸한 웃음밖에 지어보일 수가 없었다.

"들어가자. 아바마마께서는 저하와 말씀을 나누실 거야. 그리고 돌아가실 테니, 너도 조금 쉬었다 가."

"……아니에요. 제가 어찌."

"안평의 말대로 하는 것이 좋겠소."

진평대군이 짤막하게 말을 던졌다. 안평대군은 형의 지원에 고개를 더욱 세차게 끄덕이며 내 팔을 잡아당겼다.

"그릇도 챙겨 가야 하잖아. 얼른 와."

그의 말에 하는 수 없이 이끌려가면서도, 나는 아까 목격했던 참담한 상황에 머릿속이 혼란스러웠다. 이렇게 문종의 첫 번째 세자빈이 폐출되는 이유를 보게 될 줄은 몰랐다. 그리고, 그녀가 옳지 않은 행동을 하였다는 것은 분명하게 알고 있음에도 동정심이 이는 마음을 감출 수가 없었다. 분명 그녀의 행동은 세자빈으로서, 조선이라는 나라에서 용납될 수 없는 행동이었다. 하지만 남편의 사랑을 받고 싶어 한 아내의 마음에서 비롯된 것이라는 걸 외면할 수가 없어서 가슴이 더 아팠다. 그러나 내가 할 수 있는 일은 없었다. 이미 예견된 일이었고, 기록된 역사였기에.

복도를 따라 다시 그 방으로 돌아가는데, 문이 살짝 열려 있었다. 안평대군은 잡고 있던 내 소맷자락을 놓았다. 두 왕자가 서로를 번갈아 보는데, 문이 활짝 젖혀지고 세자가 나타났다.

"뭐하느냐? 얼른 들어오지 않고서."

나는 두 왕자를 앞세우고, 살짝 뒤로 물러났다. 부자들의 담소가 끝나고 나면 그릇을 챙겨서 생과방으로 돌아갈 심산이었다. 그런데 세자가 나를 빤히 바라보더니 말했다.

"서담이 너도 들어오너라. 전하께서 화전에 대해 물을 것이 있다고 하시니."

놀란 눈으로 그를 바라보는데, 세자는 다시 등을 돌려 방 안으로 사라졌다. 심호흡을 하고, 진평대군과 안평대군의 뒤를 따라 방으로 들어섰다. 고개를 숙이고, 두 왕자가 자리에 앉는 틈을 타 최대한 세종의 곁에서 멀리 떨어져 섰다. 그러자 내 귓가에 그의 목소리가 들려왔다. 이 교수의 것과 너무나도 닮아 그의 쪽으로 고개를 들 수밖에 없는.

"화전을 직접 본 지가 정말 오래되었구나. 백성의 곁에 있고 싶다 항상 말하는 사람치고는 말이야."

문무왕릉에서 들었던 이 교수의 말과 거의 흡사한 것이었다. 나는 떨리는 손을 꼭 쥐어 잡았다. 휘빈처럼 당의라도 입고 있었으면 숨길 수 있으련만. 궁녀 복색을 하고서는 그럴 수 없어, 마음을 진정시키려 심호흡을 하는 수밖에 없었다. 세종은 아랑곳하지 않고 다시 말을 이었다.

"가까이 오너라."

세종의 부름에 걸음을 옮기는데, 무릎이 후들거리는 것이 느껴졌다. 여기서 발을 헛디뎌 넘어지기라도 한다면 정말 큰일이다. 왕의 앞에서 몸가짐을 바로 하지 못한 것을 민 상궁이나 최 상궁이 알기라도 하면 불호령이 떨어질 것이고, 혹시 세종이 나처럼 이 교수로서의 기억을 가진 채 저 자리에 앉아 있는 것이라면. 내 등을 떠밀었던 것처럼 왕의 이름으로 내 목숨줄을 다시금 끊을지도 모르는 일이었다. 입술을 깨물고 그의 곁으로 다가섰다.

"내가 두려우냐?"

"아, 아니옵니다."

나는 그대로 시선은 내리깐 채로 도리질했다. 그러자 세 왕자들이 키득거리는 소리가 들려왔다. 하지만 나는 그들에게 신경 쓸 틈이 없었다. 몹시도 두려웠으니까. 내 앞에 있는 사람이 만인에게 칭송받는 군주 세종인지, 아니면 난생 처음 본 여자를 바다 속에 밀어 넣은 이 교수인지. 그가 아직까지 했던 행동들로는 가늠하기 어려웠다.

"말로는 두렵지 않다고 하면서, 떨고 있지 않느냐."

"소인은 나인이 되기 전에 전하를 뵈올 수 있을 줄은 꿈도 꾸지 못한지라……."

나는 최대한 얌전하게, 그러면서도 그를 만나 정말로 기쁘지만 수줍어 그렇다는 뜻을 말 속에 담아 건넸다. 반쯤은 사실이었다. 나인이 되기 전에 세종을 볼 수 있으리라고는 생각도 못 했으니까. 그리고 설렌 것도 맞았다. 비록 행복해서 그런 것이 아니라, 그의 정체가 무엇인지 몰라 가슴이 두근거린 것이었지만.

"하긴, 그렇구나."

세종은 내 변명을 곧이곧대로 받아들였는지, 다행히도 더 이상 내 태도에 대해 무어라 하지는 않았다. 하지만 세자의 몫으로 앞에 놓아 둔 화전 그릇을 손으로 잡고 앞으로 끌어당기더니 말을 건넸다.

"동궁전 생과방에서 마련해 온 것이냐?"

"예, 전하."

"진달래 화전이라. 네가 만들었느냐?"

화전을 먹어본 지 오래되었다고 했던 때문일까? 나는 뜬금없이 세종이 화전에 깊은 관심을 갖는 것 같다고 느꼈다. 빈궁전이나 중궁전 생과방에서도 화전은 봄이 되면 늘 마련한다고 들었는데. 새삼스레 화전에 관심을 갖는 이유가 무엇일까? 세종은 고기를 좋아했던 왕으로 유명했다는 사실을 알고 있는 나는, 설마 사계절 내내 고기반찬을 먹는 것으로도 모자라 대전 생과방마저도 그러한 왕의 식성을 위해 관습을 깨고 있는 것일지도 모른다는 데에 생각이 미쳤다.

"……예."

"고개를 들고 답하라. 화전의 종류를 달리 담은 것은 어떤 뜻에서냐?"

세종의 말에 세 왕자의 눈길이 모두 내게 쏟아졌다. 호기심 어린 세종의 눈빛이 나를 살피는 것을 느꼈다. 말을 해도 되는 걸까? 나는 찰나의 시간 동안 망설였다. 사실대로 말을 했다가 아기나인 주제에 눈 밖에 나는 짓을 했다는 것이 알려질지도 몰랐다. 하지만 아무 생각 없이 그렇게 했다고 답하기에는 흥미로운 눈빛의 세종이 그냥 넘어갈 것 같지도 않았다. 결국 나는 사실대로 털어놓기로 했다. 만약의 경우에는 진평대군과 안평대군이 내 편을 들어 줄 것이란 실낱같은 믿음을 안고서.

"진평대군 마마께서는 화전을 즐기시고, 안평대군 마마께서는 유자를 좋아하시니 각자의 취향에 맞도록 만들었사옵니다. 그렇지만 저하께서는 무엇을 즐기시는지 몰라, 소인이 나름대로 반씩 섞어 올렸사옵니다."

"동궁전 생과방에서 대군들의 취향까지 파악하라 하더냐?"

나는 세종이 날카롭게 물어오는 것에 적잖게 놀랐다. 어린 아기나인에게까지 이렇게 물을 필요가 있는 건가? 대강 넘어가 줄줄 알았는데. 역시 왕은 왕이라고 해야 할까. 나는 솔직히 대답하려고 마음먹었다. 하지만 마음속 한구석에 두려움이 피어오르는 것은 막을 수 없어서, 조금 어물거리며 대답했다.

"아니옵니다. 최 상궁 마마님께서는 그렇게 이르신 적이 없사옵니다."

"허면?"

나는 입술을 깨물었다. 그리고 무릎을 꿇고 이마를 바닥에 대었다. 그리고 말했다.

"소인의 판단으로 왕자님들께 여쭈었사옵니다. 다과상을 내어갈 때에 기왕이면 즐기시는 것으로 대접하여 드리고 싶어 그리한 것이옵니다. 소인의 생각이 짧아 저하의 의중을 먼저 여쭙지 못한 것을 깨달았사오니, 부디 전하께서 벌을 내려 주시옵소서."

"일어나라."

세종은 어떤 감정도 담기지 않은 것 같은 담담한 목소리로 말했다. 세종이 언짢아할 부분이라고는 아무리 생각해 봐도 이 이유 때문인 것 같아서 미리 죄를 빌었는데, 그의 목소리로 보아서는 벌을 주고 싶은 것 같기도, 않은 것 같기도 했다.

"아기나인이나 꽤나 총명하구나. 미리 죄를 청할 줄도 알고 말이다. 허나 잘못 짚었다. 네가 잘못한 것은 그런 것이 아니다."

"허면, 어떤……?"

나는 당황해서 왕의 말에 토를 달아서는 안 된다는 것도 순간 잊고 그에게 물었다. 또 잘못한 것이 있었나?

"동궁전의 사람이라면 세자의 일이 아닌 다른 왕자에게는 신경 쓸 필요가 없느니라. 세자가 명한 경우가 아니라면 무조건 세자의 뜻을 따르는 것이 순리일 것이야. 알겠느냐?"

"……예, 전하."

세종의 말이 옳은 것이었다. 동궁전 생과방 궁인으로서, 대군들의 취향을 먼저 물은 것보다 세자의 취향을 아예 묻지 않았다는 것이 더 큰 잘못이리라. 나는 눈을 질끈 감고 무조건 고개를 조아렸다.

"세자, 보는 안목이 있구나."

"예?"

세종과 나의 대화를 숨죽여 듣고 있던 세자가 갑자기 자신을 부르자 엉겁결에 대답했다. 세종은 흐뭇하게 웃으며 다시 곤룡포 자락을 정리했다. 세자는 물론이고 두 왕자도 세종이 뜻이 무엇인지 알아채지 못한 것 같았다.

"어린아이지만 눈치가 빠른 아이야. 차 시중을 들게 한 것은 잘했다. 저 아이의 이름이 무엇이냐?"

"일전에 물었을 때 서담이라 하였습니다."

"서담이라. 글 서(書)에 말씀 담(談)자를 쓰느냐?"

"……그러하옵니다."

단박에 내 이름자를 알아맞힌 세종에게 신기함을 느끼며 대답했다. 역시 훈민정음을 만든 왕이라서 그런 것일까? 어림짐작일 가능성이 높았지만, 대단한 사람이라는 것을 새삼 느꼈다. 세종은 자리에서 일어나며 다시 말을 이었다.

"곁에 두어도 좋을 듯하다. 빈궁전이 비었으니 눈치 빠른 아이가 시중을 드는 것이 편하겠지. 나는 이만 가 보겠다."

"예, 전하."

세종이 잠깐 동안 나를 향해 지긋한 눈빛을 보내다, 곧 보료에서 일어나 걸음을 옮겼다. 세자와 두 왕자도 얼른 자리에서 일어났다. 세종은 안평대군을 지나치려다 말고, 무엇이 떠올랐는지 다시 걸음을 멈춰 섰다.

"참, 안평."

"예, 아바마마."

"길례가 얼마 남지 않았는데, 마음의 준비는 다 되었느냐? 중전이 얼마나 네 걱정을 하는지, 나는 네가 혼사가 싫다 떼라도 쓴 줄 알았느니라."

"아, 아니옵니다. 어찌 그런 말씀을…….."

안평대군이 나를 흘낏거리며 말꼬리를 흐렸다. 나는 재빨리 고개를 흔들어 보였다. 시선을 돌리라는 뜻이었다. 이 순간에 나를 쳐다보면 의심을 살 것이다. 다행히도 안평대군은 다시 눈길을 돌렸다.

"소자, 아바마마께서 좌의정의 여식과 맺어주신 것을 감읍해 하고 있었사옵니다."

"그래. 다행이구나."

세종은 만족스러운 듯 웃음 지으며 안평대군의 고개를 토닥여 주었다. 그리고 나인들이 죄다 빈궁전에 몰려간 탓인지, 밖에 시립해 있는 궁인들이 없어 세자가 손수 문을 여는 것을 보고 더욱 흡족한 웃음을 띠었다.

"세자, 안평의 혼사 후에 새로이 간택령을 내려 주겠다. 허나 네가 원한다면 그 전에 잉첩(媵妾) 정도는 두어도 좋다."

"망극하옵니다, 전하."

세자의 입가에는 미소가 피어올랐다. 세종은 그 말을 남기고는 몸을 돌려 방을 나갔다. 세자가 그의 뒤를 따라 나가자 안평대군이 종종걸음으로 내게 다가와 몸을 일으켰다.

"꿇어 엎드릴 것까지는 없었는데. 아바마마께서 그 정도로 무서우신 분은 아니야."

"……감사해요, 마마."

나는 가만히 몸을 일으켰다. 그러다 발이 저려 잠깐 휘청거렸는데, 안평대군이 급하게 다시 팔을 잡아 주었다. 그의 도움을 받고 일어나 다시 서탁 곁으로 다가갔다. 진평대군은 놓여 있는 화전을 다시 집어먹고 있는 중이었다. 그릇을 챙겨 돌아가려고 했는데, 그가 화전을 먹고 있는 바람에 다시 무릎을 꿇고 앉을 수밖에 없었다. 그는 아무 일 없었다는 듯 평온하게 다과를 즐기고 있었다.

"진평대군 마마, 화전이 입맛에 맞으시옵니까?"

내 물음에 작게 고개를 끄덕이며 진평대군은 화전을 먹는 데 집중할 뿐이었다. 안평대군도 그의 곁에 앉아 젓가락을 들었다.

"그런데 서담아, 진평 형님께서 화전을 즐기시는 줄은 어떻게 알았어?"

"아, 그건……."

아무 생각 없이 입을 열려는데, 진평대군이 젓가락을 든 손을 멈칫하는 것이 보였다. 그가 무슨 말을 꺼낼까 싶어 잠시 기다렸으나 이어지는 말은 없었다. 하지만 약간 떨리는 눈빛을 하고 찻잔을 집는 것으로 보아 그의 속내를 짐작할 수 있었다. 안평대군에게 알려 주지 말았으면 하는 것이리라. 이유는 모르겠지만 나는 일단 그의 편을 들어 주기로 했다.

"제가 직접 여쭤 보았어요."

"언제?"

내 거짓말을 곧이곧대로 믿고 화들짝 놀라며 의아해하는 안평대군의 표정을 보았음에도, 나는 토라진 체하며 안평대군의 찻잔에 차를 따라 주면서 대답했다.

"대군 마마께서는 도통 동궁전에 드시질 않았잖아요. 그 사이에 여쭈어 보았지요. 대군 마마, 길례 준비는 잘 되어가고 계신가요?"

"그, 뭐…… 자, 잘 되다마다! 어마마마께서 준비해 주시는 걸."

"그렇군요. 대군 마마의 혼례에 생과방은 또 난리가 났어요. 최 상궁 마마님이 최고의 숙실과를 만들겠다, 호언장담하고 계시거든요."

말을 더듬는 안평대군의 뺨이 발갛게 달아올랐다. 그러면서도 시무룩한 안평대군의 표정은 놓치지 않았다. 나는 짐짓 모른 체하며 다기들을 정리했다.

"수성궁이라지요? 마마께서 하사받으신 궁 이름이."

"……응."

"저하께 들었어요. 마마, 출궁하고 나서도 동궁전에 자주 들러 주세요. 저는 항상 기다릴 테니까요."

안평대군에게 건넨 말은 진심이었다. 세종의 치세를 그리워하며 궁녀로 들었는데, 그의 얼굴을 보고 난 후에는 내가 온전히 마음을 둘 수 있는 곳이 정녕 그의 곁이 될 수 없다는 것을 비로소 깨닫고 말았다. 내 얼굴과 이름을 듣고서도 아무런 표정의 변화가 없는 세종의 모습으로 보아 이 교수의 기억을 갖고 있는 것 같지는 않았지만. 기대가 깨어진 것은 분명했다. 실망한 탓인지 온몸에서 힘이 빠졌다. 나는 내 쪽을 바라보고 있는 두 왕자를 믿을 수밖에 없었다. 대답이 없는 그들을 향해 나는 다시 한 번 말을 건넸다.

"진평대군 마마, 안평대군 마마. 꼭 그렇게 해 주셔야 해요."

* * *

언제나 그랬겠지만, 특히나 요즈음엔 더욱 바빠 눈코 뜰 새가 없었다. 안평대군의 길례를 치른 후에 조금이나마 숨을 돌리는가 싶더니 동궁전 생과방은 다시 지지고 볶는 냄새와 궁녀들의 바쁜 발걸음으로 가득했다. 휘빈 김 씨가 폐출되고 난 후, 세자의 두 후궁이 새로이 책봉되었기 때문이다. 휘빈이 몸서리치며 싫어하면서 동시에 질투할 수밖에 없었던 두 여인. 바로 효동과 덕금— 각각 정 소훈(昭訓), 장 소훈이 그들이었다. 세자의 후궁이라 큰 향연(饗宴) 같은 것은 벌이지 않았지만 어느 정도 구색은 맞추어야 했기에 동궁전 생과방이 난리가 났었다. 그리고 그 이후에도 '난리'는 계속되었다. 다행인 것은 빈궁전 생과방 나인들이 대부분 동궁전으로 옮겨와 돕고 있다는 것일까.

"끝이 없다, 끝이 없어."

쌍이와 나는 누가 시키지 않았는데도 입을 모아 한탄하고 있었다.

"소훈 마마들 처소는 언제 정해진대?"

특히 쌍이는 입이 댓 발은 튀어나와 있었다. 길례 준비로 끝나는 줄 알았는데, 지금까지 계속 일거리가 늘어나는 바람에 요리에 손을 대어 보기는커녕 계속 잡일만 맡아 해야 했기 때문이다. 비단 쌍이만이 그런 것이 아니라, 동궁전 생과방이 제일 바쁜 것 같다며 아기나인들은 죄다 불만이었다.

"아직은 정해진 바가 없다고 들었어. 얼른 정해지면 우리가 이걸 다 할 필요는 없는데."

"게다가 소훈 마마들께서 얼마나 주전부리를 찾으시는지. 나는 이 정도까지일 줄은 몰랐어."

쌍이의 말에 가만히 고개를 끄덕이며 지밀나인이었던 두 여인을 떠올렸다. 나인 시절 먹어 보지 못했던 것을 이제 맘껏 먹어 보고 있는 걸까? 하루가 멀다 하고 요구해 대는 간식거리들이 각양각색이었다. 덕분에 우리는 새로운 과자를 최 상궁에게 배울 틈도 없이 몇 가지 배웠던 것만을 준비해 내고 있었다. 나는 입을 다물고 고개를 이리저리 움직였다. 하루 종일 꼿꼿이 세우고 있어 아픈 목을 가볍게 운동이라도 할 셈이었다. 하지만 목에서 그치지 않고 무릎도 쑤시고, 허리도 뻐근했다. 엄청난 노동량에 몸이 비명을 내지르고 있는 것 같았다. 나보다는 이골이 난 쌍이는 할당량을 얼른 끝내고 말겠다는 생각에 손을 빠르게 놀리고 있었다. 그러면서도 이를 악물고 중얼거렸다.

"새 빈궁 마마만 들어오시면, 이런 일도 없겠지?"

"응?"

"그렇잖아. 그러면 동궁전에서 괜히 소훈 마마들 간식거리를 조달할 필요는 없을 테니. 오히려 거기서 마련해 들고 동궁전으로 온다면 모를까!"

나는 떨떠름하게 쌍이의 말에 고개를 끄덕여 주었다. 새 빈궁이라.

휘빈의 뒤를 이어 새로 책봉될 세자빈은 순빈이었다. 그리고…… 그 다음은 휘빈의 일보다 더 기가 막힌 일이었기에 불안함이 앞섰다. 아니, 그것보다 의아함이 더했다. 내가 알기로 문종의 세자빈은 세 명이다. 두 명은 처음부터 세자빈으로 책봉되어 들어온 사람이고, 한 명은 후궁에서 세자빈이 된다. 훗날 경혜공주와 단종을 낳는 현덕왕후 권 씨. 그런데 권 씨 성을 가진 나인은 아직 후궁이 아니었다. 그런데 벌써 후궁이 두 명이나 있고, 곧 새로운 세자빈이 간택될 것이다. 그렇다면 세자의 눈길이 닿는 나인들 중 누군가는 그녀이리라. 문제는 그녀를 어떻게 알아보느냐는 것이다. 수많은 궁녀들 사이에서.

게다가 한 가지를 더 알아낸 것이 있다면, 세자빈 간택도 이미 끝난 지 오래라고 한다. 내가 알던 것처럼 초간택, 재간택, 삼간택의 절차를 거쳐 간택하는 방법은 사용되지 않는 것 같았다. 아기나인의 입장에서 자세한 것은 들을 수 없었지만, 세자와 진평대군의 다과상을 내어갔을 때 들었던 것으로 꿰어 맞추어 봤을 때 그러했다. 소헌왕후가 윤 대감의 여식으로 점찍은 다음 상궁을 보내어 확인하게 했던 것처럼, 이미 중궁전 상궁들이 또다시 다녀온 후 두 번째 세자빈이 결정되었다고 했다. 결국 서연이 내게 했던 말들 중 하나는 진실이었던 셈이다.

"아무튼 새 빈궁 마마께서 얼른 입궁하셨으면 좋겠어. 평화롭던 옛날로 돌아가고 싶다, 정말."

쌍이는 얼마 전까지만 해도, 같은 나인이었던 사람들이 후궁으로 승격되어 거들먹거리는 것이 곱게 보이지는 않는 것 같았다. 나는 그녀의 한탄에 계속 맞장구를 쳐 주었다. 그러면서도 머릿속으로는 궁리를 계속했다. 한 번은 효동과 덕금이 권 씨가 아닐까 생각해 본 적도 있었지만, 성 씨에서 탈락이다. 그리고 새 세자빈은 입궁 전이다. 권 씨가 언제쯤 세자의 눈에 들어 후궁이 되는지, 경혜공주가 될 딸을 낳는지. 심지어는 그녀의 나이가 얼마인지도 모르지만, 동궁전 나인인 것은 분명했다. 나는 다시금 내가 어떤 시간에 떨어졌는지를 실감했다. 미래를 알고 있어도 어느 것 하나 정확히 알 수 없고 알아 봤자 슬프기만 할 뿐이라는 것을. 피할 수 있다면 피하고는 싶었으나, 호기심이 생겨나는 것은 어쩔 수 없었다. 그래, 내가 끼어들어 역사를 어떻게 바꾸겠다는 것이 아니다. 그냥 나는 단순히 궁금해 하는 것뿐이야.

"아참, 너 요즘은 저하께 다과상 올리러 안 가?"

"응, 당분간은 그러지 않아도 될 것 같아."

쌍이의 말에 나는 정리를 끝낸 상념을 털어내며, 대수롭지 않게 대답했다. 그러나 갑자기 손질하던 것을 멈추고 나를 빤히 바라보는 그녀의 모습에 급히 다시 덧붙였다.

"대군 마마들께서 자주 안 오시니까."

"진평대군 마마는 하루걸러 한 번씩은 꼭 오시잖아. 물론 안 오실 때는 저하께 가는 것이 눈치 보이기는 하지만."

"불러 주시면 가야지."

나는 부러 심드렁하게 대답했다. 하지만 왠지 가슴 한편이 조금은 울적해지는 것을 느꼈다. 담담하게 그를 떠나보내기는 했지만, 제일 믿었던 친우를 더 이상 전과 같이 만날 수는 없게 되었으니까. 혼례가 결정되었을 때까지만 해도 자주 드나들던 안평대군은 이제는 거의 발걸음이 뜸했다. 방문할 때마다 그의 태도는 예전과 다른 것은 없었지만, 그 횟수가 점차 줄어 이제는 보름에 한 번씩 얼굴을 볼 수 있으면 다행이었다.

반면 진평대군은 동생보다는 동궁전에 꾸준히 발걸음을 했는데, 다과상을 차려들고 가 보았자 나는 얌전히 앉아서 시중만 들고 올 뿐이었다. 내가 처음 보았던 것의 분위기는 언제 그랬나싶게 두 왕자는 머리를 맞대고 무언가를 소곤거리고만 있었기 때문이다. 살짝 귀를 기울여 보아도 잘 이해되지 않는 것들이 대부분이어서 이제는 이해하기를 포기한 지 오래였다. 그렇다고 해서 이제는 후궁들의 눈초리가 매서우니 세자가 부르지 않는 이상 혼자 다과상을 내어들고 갈 수는 없었다. 더구나 덕금은, 아니 장 소훈은 휘빈이 죄를 자백하는 그 자리에 내가 다과상을 내어들고 갔다는 것을 알고 있었으니까. 어쩌면 세자가 나를 잘 부르지 않는 것도 그 때문인지도 몰랐다.

"서담아!"

"호랑이도 제 말을 하면 온다더니. 대군 마마께서 오셨나 봐."

쌍이가 빙그레 미소를 짓더니 내게 말했다. 정말 얼마 지나지 않아, 내 이름을 부르던 최 상궁이 가까이 다가왔다. 나는 한숨을 내쉬곤 치맛자락을 정리하며 일어섰다.

"진평대군 마마께서 오셨다. 채비하거라."

"예, 마마님. 아, 다과상은 어쩌지요? 오늘은 특별히 준비한 것이 없는데……."

"장 소훈 마마님께 올리려던 것을 챙겼다. 자, 이걸 들고 가거라."

최 상궁은 차려둔 다과상을 내게 건네주었다. 그것을 받아들고, 나는 눈빛으로 쌍이에게 미안한 마음을 전했다. 나는 얼른 갔다 오라며 손짓하는 쌍이의 곁을 지나다, 다과를 받쳐 들지 않은 나머지 한 손으로 그녀의 머리를 살짝 쓰다듬었다. 나는 일부러 발끈하는 모양새로 자리에서 벌떡 일어나는 쌍이를 피해 얼른 종종걸음으로 생과방을 나섰다. 슬몃 웃으며 뒤를 돌아본 자리에는 쌍이가 나와 같은 미소를 머금으며 손을 흔들고 있었다.

* * *

"저하, 다과상 들여가옵니다."

제법 익숙해진 대사를 내뱉으며 열린 문 사이를 조심스럽게 걸어 나갔다. 역시 오늘도 진평대군은 세자의 맞은편에 앉아 사이에 종이와 서책들을 한껏 어지럽혀 두고 있었다. 나는 작게 한숨을 내쉬며 얼른 그들의 곁으로 다가갔다. 이제는 자연스럽게 다과상으로 눈길을 돌리는 세자와 진평대군을 바라보며 무릎을 꿇고 앉아, 설명을 덧붙여 주었다.

"오미자(五味子)차이옵니다. 아직 산천(山川)에 영글지는 않았으나 개중 제일 잘 익은 것으로 담았으니 드셔 보시옵소서."

"고맙다."

세자는 짧게 대답하며 내가 건넨 찻잔을 받아 한 모금을 홀짝였다. 곧이어 진평대군에게 잔을 건네자, 그는 단숨에 오미자차를 다 마셔 버리고는 다시 내밀었다. 나는 잠자코 그것을 받아 오미자 원액을 반쯤 붓고, 작은 다관 두 개 중 하나에 담긴 찬물을 섞어 그에게 돌려주었다. 내 행동을 보던 세자가 의아한 듯 물었다.

"진평의 것은 따뜻한 것이 아니로구나?"

"예, 저하."

내가 세자에게 건넨 것은 약간 따뜻함을 느낄 정도의 미지근한 차였다. 반면에 진평대군에게 건넨 것은 시원한 차였다. 화채를 좋아한다던 그의 성격은 따뜻한 것보다는 차가운 것을 즐기는 편일 것이다. 그런가 하면 세자는 별 다른 소리 없이 생과방에서 마련해 간 차를 모두 음미하는 편이었다.

"저하, 갈증이 나시오면 찬물을 섞어 올리겠사옵니다."

"아니다. 차는 따뜻한 것이 좋지."

세자는 고개를 젓고는 몇 모금에 걸쳐 따뜻한 차를 음미했다. 그러더니, 같이 내온 유과와 밤초, 대추초 그릇은 거들떠도 보지 않고 찻잔을 멀리 밀어 놓았다.

"자, 다시 해 보자. 내 오늘은 저번에 너에게 듣지 못한 답을 들어야겠다."

"저하, 그 이야기는 이제 그만하면 아니 될까요?"

진평대군은 풀죽은 목소리지만 강한 어조로 세자에게 말했다. 하지만 세자는 빙그레 웃으며 고개를 설레설레 저었다.

"아니 된다. 내 전하께 신신당부를 들었어. 너는 출궁하기 전에도 매양 공부는 뒷전으로 하지 않았더냐. 이제는 제발 책 좀 보아라."

"그, 그래도 아예 안 본 것은 아니지 않습니까."

"어허. 대군이 되어 가지고서 그 정도로 족할 셈이냐! 계속 하여라."

진평대군은 울상이 되려던 표정을 순간 다잡았다. 내 입꼬리가 씰룩대는 것을 보았기 때문일까? 그는 위엄 있는 왕자의 그 표정을 다시금 내보였다. 그리고 서책을 집어 들고 훑어 내리기 시작했다. 나는 꿇어앉은 상태로 그의 얼굴을 살폈다. 심각하기 그지없었다.

"내 진평에게 문(文)과 무(武)를 다 가르치려 함이다."

세자가 나를 바라보며 빙긋이 웃으며 말했다. 나는 세자의 얼굴에 깃든 것처럼 살짝 웃으며 고개를 끄덕여 주었다. 그런 나를 보고 세자는 팔짱을 끼더니, 약간 미간을 찌푸리고 물었다.

"서담아 너는 나이가 몇이냐?"

"열셋이옵니다, 저하. 조금 있으면 열넷이 되옵니다."

"진평보다 한 살이 어리구나."

세자의 말에 진평대군이 무슨 소리냐는 듯 고개를 들고 세자를 쳐다봤다. 세자는 그의 쪽은 한 번도 쳐다보지 않은 채 계속 나를 바라보며 말을 이었다.

"입궁하기 전에 글을 배운 적이 있느냐?"

글을 배운 적이 있느냐고? 나는 무슨 대답을 해야 할지 몰라 망설였다. 물론 글이라면 알고 있었다. 대학을 가기 위해 재수까지 한 경험이 있는 사람이 글을 모른다면 말이 되겠는가. 하지만 문제가 있다면, 그 글이 바로 한글이라는 것이다. 그렇지만 세자가 물은 글은 분명 한글이 아닐 것이었다. 세종의 시대이니 한글이 있을지도 모른다고 생각한 적은 있었지만, 궁녀로 살다 보니 서서히 깨달아졌다. 궁녀들이 자주 써서 궁체라는 이름이 붙여진 것은 한글 서체였다. 그 정도로 궁녀들에게 있어서 한글은 익숙한 존재였던 것이다. 하지만 생과방 나인들은 죄다 글을 알지 못했다. 최 상궁 정도만 겨우 서신을 읽고 쓸 정도의 한문만을 알고 있을 뿐이었다. 즉, 다시 말해서 훈민정음은 아직 발명되기 전이었던 것이다. 그리고 한글을 제외하면 간단한 한자 몇 자밖에 모르는 내게, 글을 알고 있냐는 질문이 던져진 이상 모른다고 답할 수밖에 없었다.

"아⋯⋯ 아니요."

아는 것을 안다고 답하지 못하고, 까막눈이라 고하여야 하는 나는 얼굴이 붉게 달아올랐다. 그러자 세자는 재차 물었다.

"그럼, 한 자도 모른다는 것이냐? 궁인인데."

그 말에 자존심이 상했다. 궁녀라고 해서 글을 가르쳐 주는 것도 아니면서, 실망했다는 저 어투가 어이없었다. 더구나 나는 열셋의 아기나인인데. 그래서 치밀어 오르는 화를 참으며 대답해 주었다.

"배운 적은 없지만, 몇 자는 아옵니다. 하지만 뽐낼 정도는 못 되는 정도입니다."

도저히 문맹이라고는 할 수가 없었다. 솔직히 고등학교 내신 성적이나 모의고사 성적을 떠올려 봤을 때, 중간 정도는 갔던 나였다. 그런데 글도 모르는 바보 취급을 당하기는 싫었다. 아주 기본적인 한자는 알고 있으니까 사실 아예 틀린 것도 아니었다.
"흐음, 그렇단 말이지."
내 대답에 세자는 만족한 듯이 까칠하게 수염이 나 있는 자신의 턱을 매만졌다. 반짝이는 눈빛이 왠지 조금 이상하다고 여겨질 무렵이었다.
"그렇다면, 진평. 내가 내 준 숙제를 서담이와 같이 해 보아라."
"예?"
황당한 듯이 진평대군이 서책에 두고 있던 눈길을 들어 세자에게 고정시켰다. 나 역시도 어안이 벙벙해서 그를 쳐다보았다. 세자는 턱에서 손을 내려놓고, 종이 두 장을 집어 나와 진평대군 앞에 펼쳐 주었다. 그리고 책 하나를 꺼내어 내 쪽으로 던져 주었다.
"이…… 이것이 무엇이옵니까, 저하?"
다행이 서책의 표지에 적혀 있는 단어는 읽을 수 있었다. 자전(字典). 글자 자 자에, 법 전 자. 대충 사전이라는 뜻 같았다.
"자전이다. 네가 몇 자는 안다니 되었다. 진평과 함께 시 한 수 지어 보거라. 내 시간은 저 다관의 물이 식을 때까지로 넉넉히 주겠으니."
"저하, 어찌……."
진평대군이 불평을 위해 입을 열었으나, 엄격한 세자의 표정에 다시 다물 수밖에 없었다.
"내 너를 무시해서가 아니다. 다만 진평 네가 마음이 번다하여 며칠째 시조 하나 짓지 못하고 있지 않느냐. 다행히 서담이가 몇 자는 안다 하니, 곁에서 운이라도 띄워 주는 정도의 도움은 될 것이다. 얼른 해 보아라. 내 오늘은 꼭 너에게 공부를 좀 시켜야겠다."

* * *

콧노래까지 흥얼거리며 볕을 맞고 있는 세자와는 달리, 우리 두 사람은 그리 평화롭지 못했다. 세자는 우리가 무슨 행동을 하는지에 크게 신경은 쓰고 있지 않는 것 같았지만, 나는 등줄기에 식은땀이 흐르는 것을 느끼며 그 자리에 굳어 있었다. 문제는 진평대군도 마찬가지였다. 미간을 찌푸리고서 그 자리에 못 박혀 있는 그가 눈에 들어왔다. 나는 슬쩍 손을 뻗어 뜨거운 물이 담긴 다관을 만져보았다. 다행히 갓 끓인 물을 담아 온 터라 아직 시간은 많았다. 이제는 초여름일 즈음이니 물이 그리 쉽게 식지도 않을 테고. 그나마 다행이었다.

진평대군은 갑자기 잡고 있던 붓을 놓더니, 서책과 지필묵을 주섬주섬 챙겨들었다. 그러더니 그것들을 품에 껴안고, 깔고 앉았던 방석까지 집어 들고는 내 곁으로 다가오더니 소곤거렸다.

"저쪽으로 가서 하는 것이 어떻겠소? 아무래도 이 자리에서는 저하의 눈치가 보여 떠오르던 시상(詩想)도 사라질 듯하니."

"그렇게 하겠사옵니다, 마마. 헌데……."

세자가 불편했던 나는 냉큼 그러겠다, 대답했다. 하지만 진평대군의 여전히 달라지지 않은 어투에 세자의 눈치를 살피며 말꼬리를 흐렸다. 진평대군은 빙긋이 웃으며 고개를 갸웃거렸다.

"무엇이오?"

"그…… 어투를 바꾸실 생각은 없으시온지."

"불편하오?"

입가에 걸린 웃음기만 뺀다면, 더없이 진지한 물음이었다. 나는 고개를 작게 끄덕였다. 그러자 진평대군도 선선히 고개를 끄덕여 주었다.

"좋아. 그렇게 하지."

진평대군은 짧게 대답하고, 물건들을 들지 않은 나머지 한 손으로 내 손목을 잡아 일으켰다. 얼결에 그의 손에 이끌려 나는 일어날 수밖에 없었다. 나를 일으켜 세우고 나서 그는 손목을 놓아 주었다. 그러더니 진평대군은 방 끄트머리 쪽으로 걸음을 옮겼다. 차를 음미하며 유과 조각을 집어 들던 세자가 해바라기를 하고 있다가, 진평대군의 움직임에 의아한 듯 입을 열었다.
"어디 가느냐?"
"밖으로 장소를 좀 옮길까 합니다."
"왜?"
"시상에 잠기려면 자연을 보는 것이 우선일 것 같아서요. 서담이도 데리고 나갔으면 하는데, 윤허하여 주시겠습니까?"
"좋다. 대신 다관이 식으면 지체 없이 들어오라 명할 것이다."
"그렇게 하시지요."
세자의 허락이 떨어지자마자, 나는 얼른 다관을 가져다 세자의 앞에 놓아두었다. 세자가 직접 시간을 정했으니 확인도 겸하라는 뜻이었다. 솔직히 자존심 때문에 몇 자는 안다고 말했으나 곧 들통 날 실력, 되도록이면 진평대군에게 맡기고 나는 물러나 있을 작정이었다. 세자의 눈이 미치지 않는 곳이라면 내 작전은 훨씬 이루어지기 쉽겠지. 빙그레 웃는 세자의 얼굴을 보자 괜히 멋쩍은 웃음이 서렸다. 나는 내가 깔고 앉았던 방석을 챙기며 자전을 품에 껴안고 진평대군의 뒤를 따랐다.
그는 섬돌에 놓인 신을 꿰어 신고, 시립해 있는 궁녀들의 눈길을 받으면서도 당당하게 걸음을 옮겼다. 궁녀들의 눈길은 진평대군이 껴안고 있는 물건들에서, 곧 뒤따라오는 나에게로 향했다. 다행히 그 궁녀들 무리 속에 민 상궁은 없었다. 민 상궁이 있었다면 나를 붙잡고 분명히 무슨 일인지 물었을 것이었다. 나는 종종걸음으로 저만치 멀어져 있는 진평대군을 따라갔다. 그는 모퉁이를 돌아 얼마를 더 걷더니, 볕이 잘 드는 곳에 자리를 잡고 앉았다. 흙바닥에 방석만을 깔고 앉았을 뿐이라 단령 자락에 무엇이 묻을 것임을 알고 있을 텐데도 그는 개의치 않았다. 나는 그의 곁으로 다가가, 맞은편에 방석을 깔고 앉으며 입을 열었다.

"마마, 제게 이제 높이는 어투를 더 이상 쓰지 않으실 것이지요? 소인은 단지 궁녀일 뿐이온데, 대군 마마께서 그러시면 난감한 처지이옵니다."

"좋다 하지 않았소."

"마마!"

나는 어이가 없어 품에 안은 서책을 바닥에 내려놓으며 짧게 그를 향해 한숨을 쉬었다. 그는 웃음을 지우지 않고, 지필묵과 서책을 나처럼 내려놓았다. 진평대군은 내게 먹을 건넸다.

"난감하다 하니, 다른 사람들 앞에서는 그대가 원하는 대로 불러 주겠소."

"예?"

"나는 외골수라 한 번 물든 것은 쉬이 버리지 못하오. 허나 노력은 하여 주겠으니."

"하지만……."

"다른 사람이 들을 때가 난감한 것이지, 그대 스스로 느끼기에 불편한 것은 아니지 않소? 처음에 만났을 때는 내가 그대를 어찌 부르는가에 대해서는 신경을 쓰지 않았던 것 같은데."

"……."

"얼른 먹이나 갈아 보시오."

나는 하는 수 없이 먹을 받아들었다. 벼루를 보니 물은 투명한 게, 아직 먹을 갈아놓지도 않은 것 같았다. 한 번도 먹을 갈아본 적이 없는 나는 눈치껏 먹을 붙잡고 살짝 물에 담갔다. 이렇게 하고, 그냥 문지르기만 하면 되는 건가? 긴가민가했지만 대충 검은 물이 생겨나는 것을 보니, 맞는 방법 같았다. 진평대군은 내가 하는 양을 바라보고 있다가 말을 꺼냈다.

"어찌 저하께 글을 안다고 하였소?"

진평대군은 서책을 바닥에 깔고 그 위에 종이를 놓으며 물었다. 나는 그의 말에 숨은 속내가 무엇인지 몰라 대답을 망설였다. 그러자 진평대군이 다시 말했다.

"물론 사대부가의 여식이었으니 알고 있겠지만, 괜히 그리 말하여 나와 같이 벌이나 받게 되지 않았소."

"벌이요?"

"이토록 볕이 좋은 날에 가만 앉아서 먹물이나 묻히고 있는 것이 벌이 아니고 무엇이라 생각하시오?"

진평대군은 웃으며 주위를 살펴보았다. 먹을 갈며 나도 그의 시선이 닿은 곳으로 눈길을 돌렸다. 춘삼월까지는 아니었으나 여전히 봄 내음이 남아 있는 날씨가 따스했다. 새삼 동궁전의 경치가 참 좋다고 느끼던 찰나 그가 손을 흔들어 보였다.

"내가 물은 것에는 답을 하지 않을 작정인가 보오."

"아……."

나는 황급히 진평대군에게 할 대답을 궁리해 보았다. 자존심 때문에 글을 모른다고 대답할 수 없었다고 할까? 하지만, 그렇게 말하였다가 진평대군이 내 실력을 과대평가하면 어쩌나. 내가 알고 있는 것은 아마 막내 왕자가 알고 있는 것과 비슷할 것이다. 아니면 더 모자랄지도. 정말, 진평대군이 말한 것처럼 그냥 모른다고 할 것을 그랬나 보다. 궁녀가 글을 모르는 것이 그리 이상한 일이 아닌데도, 그 순간을 참지 못해 일을 치고 말았다. 내가 대답을 망설이는 것을 보자 진평대군은 살짝 고개를 저었다.

"그것도 내게 말하기는 꺼려지는 것인가 보구려."

"그…… 그런 것은 아니옵니다."

"괜찮소. 그런 연유가 중요한 것이 아니니."

진평대군은 자전을 집어 들었다. 그러더니 몇 장을 넘겨보고는, 다시 내게 건넸다. 먹이 어느 정도 충분히 갈아진 것 같아 내려놓고, 나는 그것을 받아 진평대군이 펼쳐준 장을 들여다보았다.

"저하께서 그대를 내게 붙여놓은 이상 우리끼리 무언가라도 만들어 가야 할 성싶은데."

"예."

"떠오르는 시상이 있소?"

시상, 시상이 있을 리가. 백일장 같은 것은 한 번도 참가해 본 적이 없었다. 시라고는 대충 수능 시험에 나올 것만 공부한 것이 다였다. 그나마도 기억한다면 내가 지은 것인 양 읊기라도 해 보련만. 문제 푸는 법과 주제 외우는 것이 문학 공부를 하는 법이었기에 머리에 남는 것이 없었다. 머리를 쥐어짜서 그런 것이라도 하나 기억해 보려고 애를 썼지만, 떠오르는 것은 별로 없었다. 뭐, 대충 기억나는 것이라면 조선시대에는 유난히도 충(忠)을 강조하는 시조들이 많았다는 것밖에. 나는 흥미롭다는 듯이 내 모습을 바라보고 있는 진평대군, 세조를 빤히 바라보았다. 그는 곁에 있는 단(壇)에 한 팔을 걸치고 있었다.

"떠오르는 시상은 없지만…… 글자는 몇 있사옵니다."

"글자라. 무엇이오?"

"나라, 세상, 단이옵니다."

떠오르는 대로 말을 꺼냈다. 진평대군은 턱을 매만지며 생각에 잠기는 듯하더니 작게 중얼거렸다.

"국(國), 세(世), 단(壇)이구려."

"어."

그가 내뱉은 중얼거림에 퍼뜩 뇌리를 스치는 것이 있었다. 어디서 많이 들어 본 단어들이었다. 한자는 당연히 알고 있는 것이고, 그 글자들을 합쳐 만든 덩어리들을 고등학교 재학시절 내내 외우고 다녔던 기억이 났다.

"왜 그러시오?"

"국숭세단."

내가 내 입으로 말해 놓고서도 어이가 없어 피식 웃음이 새어나왔다. 그래, 이것이었다. 그의 말에 불현듯 떠올라 반사적으로 기억해 낸 것이. 학교를 다니던 내내, 그리고 없는 살림에 대학을 가겠다고 이를 악물며 외워 대던 표어 같은 그 말들. 서열화 논란도 있고 실제 입학 성적 결과와는 다르게 된 지 오래라고는 하지만, 언제부턴가 전설처럼 내려오던 그것들이었다.

"서연고 서성한, 중경외시 동건홍. 국숭세단, 광명상가 한서삼."

진평대군이 앞에 앉아 있는 것도 잠시 잊은 채 나는 내 기억속의 아련한 그 말들을 중얼거려 보았다. 잊으려야 잊을 수가 없는, 내 꿈의 시작점이었다. 이제는 이룰 수도 불분명하지만. 하지만 포기하라고 하면 지금도 그럴 수는 없을 것 같았다. 미련이 남는 장밋빛 미래의 표어가 저 말들이었으니까. 그리고 언젠가 인터넷에서 이런 단어들의 조합으로 누군가 시조를 지어 올린 게시물을 본 적이 있었다. 순전히 끼워 맞추기에 불과했으나 그럭저럭 말이 되어 신기했던 기억이 났다. 완전한 정도는 아니더라도 어느 정도 흉내는 낼 수 있을 것 같았다. 나는 의아한 눈빛을 한 진평대군에게 말했다.

"대군 마마, 개의치 않으신다면 소인이 한 수 시를 지어 보아도 괜찮겠사옵니까?"

"아까 왼 것이 그 시오?"

"예. 허나 배움이 짧아 자(字)를 쓰기가 어렵사옵니다. 자전을 보고 알맞은 글자를 찾아내고 싶은데, 도와주실 수 있으시온지……."

"글자를 보고 시를 짓는 것이 아니라 그 반대로 한다는 말이오?"

진평대군은 도통 영문을 모르겠다는 얼굴이었다. 하지만 다른 수가 없는 것은 그도 마찬가지였기에, 순순히 내 부탁을 들어 주었다. 나는 자신만만하게 자전을 펼쳤다가 잊었던 것을 다시 직면했다. 자전의 글자들도 모두 한자다. 다행히 진평대군이 펼쳐준 장이 서라는 음을 지닌 한자들이 적혀 있는 부분이었다. 하지만 그것만으로는 문제를 해결할 수 없었기에, 나는 당황해서 진평대군을 불렀다.

"대군 마마. 저……."

"무슨 문제가 있소?"

"상서로울 서, 자가 어디 있는지 찾지를 못하겠사옵니다."

"뭐요?"

진평대군은 황당하다는 얼굴을 했다. 그도 그럴 것이, 대갓집 규수로 자라온 여인이 글자조차 제대로 모른다는 게 예삿일처럼 보이지는 않을 것이었다. 하지만 나는 얼굴에 철판을 깔기로 했다.

"대군 마마께서 도와주신다면, 부족하나마 시를 한 수 지을 수 있사옵니다. 도와주실 것이지요?"

처음 그 시를 발견했을 때 친구들과 배를 잡고 웃었던 것이 기억났다. 비록 내가 지어낸 것은 아니지만 어느 교과서나 문제집에서도 보지 못한 재치 있는 발상이 조선시대에 사는 사람들에게도 통할지 궁금했다. 나는 방석을 끌고 진평대군의 곁으로 조금 다가앉으며 말했다.

"저하께서 대군 마마를 도우라 하지 않으셨사옵니까. 다관의 물이 식겠사옵니다."

"무얼 도와주면 되겠소?"

진평대군은 내 말이 떨어지자마자 즉각 대답했다. 나는 짐짓 진지한 표정으로 기억을 더듬어 진평대군에게 알려주었다.

"연(蓮) 자는…… 연꽃 연이옵고, 고(高)자는 높을 고이옵니다. 아! 고 자는 제가 쓰겠사옵니다."

"그렇게 하시오."

"그리고……."

진평대군과 나는 머리를 맞대고 자전을 뒤적이며 끊임없이 글자를 맞춰나갔다. 나는 내가 원하는 뜻과 음을 지닌 한자를 갖다 대며 진평대군에게 그러한 글자가 있는지를 물었고, 진평대군은 이따금씩 자전과 서책을 번갈아 보면서 글자들을 찾아 주었다. 꽤 오래 전에 본 것이었음에도 기억이 나서 신이 난 나와는 달리 그는 시종일관 진지한 표정이었다. 가끔씩 입술을 깨물기도 했다. 그러거나 말거나, 나는 내가 생각해 낸 시조를 끼워 맞추기에 정신이 없었다. 반 시진쯤이나 되었을까? 나는 검은 먹물로 빽빽하게 채워진 종이를 들어올렸다.

"완성이옵니다!"

    瑞蓮高 西星瀚 (서연고 서성한)
    상서로운 연꽃은 높이 떠올라
    서쪽 하늘에 뜬 별처럼 커다랗게 피고
    衆敬畏視 東乾虹 (중경외시 동건홍)
    뭇 사람들이 경외하며 바라보는
    동쪽 하늘에는 무지개가 뜨네.
    國崇世壇 (국숭세단)

　　　　온 세상에서는 그를 숭상하며 한평생 제단을 만드니
　　　　　　光明祥加 韓栖森 (광명상가 한서삼)
　　　　밝은 빛에 상서로움이 더하여져, 한에 삼엄히 깃드는구나.

　나는 뿌듯한 마음에 종이에 적힌 글자를 하나하나 짚어 가며 진평대군에게 설명해 주었다. 진평대군은 내 설명을 들으면서 간헐적으로 몸을 떨었으나, 끝까지 말없이 고개를 끄덕이며 들어 주었다. 약간 이상하다는 생각은 들었지만, 그래도 일자무식은 아니라는 걸 증명해 낸 것 같아서 기분이 좋아졌다.
　"대군 마마, 어떠시옵니까?"
　"내, 내용은 좋은 것 같소."
　"내용은 좋은 것 같다 하시오면……?"
　내용은 좋다는데, 그 뒤에 이어질 말이 무언가 더 있는 듯 보였다. 진평대군은 다시 입술을 깨물며 내 시선을 피했다. 이상함에 그의 얼굴을 가만히 쳐다보니, 입꼬리가 씰룩대고 있는 것이 아닌가! 분명 웃음을 참고 있는 모습이었다. 나는 의아함에, 손에 잡고 있던 붓을 놓았다. 그리고 가만히 그를 바라보았다. 그러자 진평대군은 헛기침을 하더니, 자세를 바로 하고 앉았다.
　"그대는 작문 실력은 좋지 못하구려."
　"예?"
　"그대가 지은 시는 자(字)만 꿰어 맞춘 것이오. 문장을 지은 것이 아니라."
　"헉."
　나는 진평대군의 말을 듣고 종이를 다시 살펴보다가 문득 깨달았다. 맞다. 뜻을 전달하는 데에만 신경 쓰며 글자를 찾았는데. 그러고 보니 한문 시간에 배웠던 것도 같았다. 작문을 할 때에는 단어만 나열해서는 안 된다는 걸. 하지만 나는 한문 문법은 배운 적이 없는데.

"시간이 꽤 지난 듯한데. 그대만 괜찮다면 내가 조금 바꾸어 보겠소."

방법이 없었던 나는 진평대군의 말에 세차게 고개를 끄덕여 주었다. 나더러 수정하라고 했으면 정말 답이 없는 상황이었다. 실컷 뽐내며 시간을 보내 놓고서 수습을 못 하게 된다면, 대군 앞에서 잰 체했다 호통을 받아도 아무 말 못 할 뻔하지 않았나. 내가 가슴을 쓸어내리는 사이, 진평대군은 내가 내려놓은 붓을 잡고 이리저리 고쳐나가며 새 종이에 옮겨 쓰기 시작했다. 얼마나 붓을 힘주어 잡았는지, 손마디가 하얘져 있었다. 공부하는 것을 싫어한다고 하더니, 해야 할 때는 집중해서 하는 진평대군의 모습이 대견해 보였다.

진평대군을 잠시 바라보고 있는데, 어디선가 흰나비 한 마리가 날아와 그의 어깨에 내려앉았다. 붓을 잡고 있는 사내와 흰 나비. 봄날의 정경이 참으로 아늑해 보였다. 입가에 나도 모르게 미소가 서렸다. 이윽고 시를 다 쓴 진평대군이 고개를 들어 나를 바라보았고, 그 통에 나비는 다시 날아가 버렸다.

"다 썼소. 이제 들어갑시다."

"아, 예, 대군 마마."

진평대군의 말에 나는 일어나서 방석과 지필묵을 다시 챙겨들었다. 진평대군은 잘 마른 종이를 곱게 접더니, 그것을 내 손에 쥐어 주었다. 그리고 내가 안고 있는 것들을 넘겨받았다.

"좋았소."

걸음을 옮기던 진평대군이 뒤돌지 않은 채 한 마디만 던졌다. 먼발치에 시립해 있는 궁녀들이 보였지만, 그들에게는 들리지 않을 정도의 소리였다.

"볕 아래서 그대와 함께 있었던 시간이."

그러고서, 진평대군은 섬돌 위에 신을 벗고 마루로 올라섰다. 시립해 있던 궁녀들이 진평대군의 품에 있던 지필묵과 서책들을 건네받았다. 나는 그의 말을 듣고 멈춰 섰으나, 곧 신을 벗느라 고개를 잠깐 숙였다. 그런데 그가 손을 내밀어 내 팔을 잡아 올렸다. 엉겁결에 마루로 올라서게 된 내 쪽으로 진평대군의 얼굴이 가까이 다가왔다. 그리고 그는 내 귓가에 속삭였다.

"그대도 그러했으면 좋겠소."

* * *

흰 천장에 코앞에서 보듯 선명한 영상이 떠올랐다. 세자는 내가 올린 종이를 들고 흡족한 듯 고개를 끄덕이기만 했다. 다행이 다관의 물은 미지근하기는 했으나 차갑게 식지는 않아 시간을 넘긴 것은 아니었다. 나는 진평대군이 모두 생각해 낸 것이라고 말을 올렸고, 진평대군은 내가 운을 띄워 준 것이라 덧붙였다. 눈을 뜬 지 오래였지만, 자리에서 곧장 일어나지 않고 나는 잠자코 누워 있었다. 떠올리고 싶지 않아도 떠오르는 그 장면이 머릿속에서 생생하게 계속 재생되었다.

─좋았소.

─그대도 그러했으면 좋겠소.

나도 그랬으면 좋겠다고? 그처럼 나도 그 시간이 좋았다고 느끼길 바란다는 건가? 나는 눈을 꼭 감고 이불을 머리끝까지 뒤집어써 얼굴을 가렸다. 대체 무슨 의도로 그런 말을 했던 걸까. 아무리 떠올려 봐도 그 행동을 설명해 줄 만한 이유가 떠오르지 않았다. 세자의 숙제를 대신 해줘서 고마웠다는 걸까. 아니면······.

아니야, 말도 안 돼. 나는 손으로 머리를 감싸고 베개로 파고들었다.

그래서는 안 됐다. 그는 미래의 세조다. 그리고 내가 아무리 그녀와 친자매는 아니라 해도, 어쨌든 제랑(弟郞)인 관계다. 껄끄럽기 그지없었다. 열셋의 몸이라 하여도 정신은 스물의 것이라 생각했는데, 어느덧 몸처럼 생각도 물들어 버린 것이 아니고서야 이럴 수 없었다. 진평대군의 나이가 몇인데!

왜 그의 말에 이렇게 신경이 쓰이는지 나 스스로도 당황스러웠다. 미묘한 감정이 낯설어, 결국 나는 예상하지 못한 상황이었기에 이런 느낌이 드는 것으로 생각하기로 했다. 어찌 되었든 낯부끄러운 행동임에는 틀림없었으니까. 귓가에 속삭이던 그 말에 굳어버렸던 것이 생각났다. 어차피 진평대군은 항상 그랬듯 그 행동의 이유를 설명해 주지 않을 것이다. 말이 많은 사람이 아니었으니까. 그러니 이렇게 따지고 저렇게 따져서 어떤 결론을 낸다 해도, 괜히 나 혼자만 유난을 떨고 있는 것으로 귀결될 것이 분명했다.

차라리 그 기억을 빨리 잊어버리기 위해, 벌떡 일어나 이불을 걷어찼다. 얼굴을 매만지던 최 상궁이 흠칫 놀라 나를 바라보는 게 느껴졌지만, 나는 아랑곳하지 않고 씩씩하게 이불을 개기 시작했다. 이미 일어나 소세를 마치고 온 쌍이가 나를 힐끔 바라보더니 자신의 이불로 다가갔다.

이불을 개며 억지로 그의 목소리를 지워버리자 다시 세자의 얼굴이 떠올랐다. 세자는 진평대군의 말을 다 듣고서, 묘하면서도 만족스런 빛이 얼굴에 떠올라 있었다. 그런 세자의 얼굴에서 무언가를 알아차렸어야 하는 것이었을까. 그런 내게 최 상궁의 목소리가 날아들었다.

"서담아. 너는 곧 빈궁전으로 가게 될 것이다."

"예?"

오늘은 생과방 소제(掃除)라도 하라는 듯, 평안한 목소리로 최 상궁이 아무렇지 않게 건넨 말이었다. 하지만 나는 소스라치게 놀라 그녀의 쪽을 돌아보며 입을 열었다.

"마마님, 그게 무슨 말씀이신지……."

"말 그대로다."

최 상궁이 전한 이야기에 나는 어제 있었던 일을 다시 떠올리면서도 황당함이 앞섰다. 최 상궁의 말이 이어졌다.

"새 빈궁께서 입궁하시면 너는 빈궁전에 가게 될 것이야. 저하께서 네가 곧 나인이 될 터이고 세심하기도 하니 빈궁 마마께 도움이 될 거라 하시더구나. 글도 어느 정도는 알고."

"그, 그렇다고 갑자기 동궁전 생과방 나인이 빈궁전 지밀나인이 될 수는 없는 것이 아닙니까. 엄연히 소속은 생과방으로 들어온 것인데……."

항변해 보았지만, 최 상궁은 못 들은 척 머리 정돈을 하기에 바빴다. 일어나자마자 들은 청천벽력 같은 소리에 쌍이도 충격을 받은 듯 나와 최 상궁을 바라봤다. 새 세자빈은 보름쯤 뒤면 입궁하기로 되어 있었다. 그렇다면 이런 결정은 세자가 독단적으로 갑자기 결정해 버린 것이란 소리다. 본래 지밀나인은 사가에서부터 데리고 들어오거나, 아니면 관록이 깊은 궁녀들 중에서 차출된다. 아기나인도 마찬가지다. 너덧 살부터 입궁하여 배속된 뒤 궁살이를 해야만 정식으로 지밀의 궁녀가 되는 것이다.

그 두 가지 모두가 충족되지 않는 나로서는 지밀로 가라는 소리 자체가 파격적이면서도 충격적일 수밖에 없는 것이다. 게다가 나는 동궁전 생과방에서 일하는 것이 몸은 고되어도 다른 곳으로 가고 싶다는 생각을 해 볼 만큼 싫다고는 느낀 적이 없어서 억울하기까지 했다. 이제 겨우 익숙해진 생과방에서 벗어나야 한다니.

"차라리 빈궁전 생과방으로 가면 아니 됩니까, 마마님?"

나는 실낱같은 희망으로 최 상궁의 치맛자락을 잡고 물었다. 가체까지 차리고 자리에서 일어서던 최 상궁은 나 때문에 잠시 휘청거렸다. 세자에게 가서 그 결정을 물려달라고 떼를 쓸 수는 없었기 때문에 그녀에게 매달리는 수밖에는 없었다. 하지만 간절한 내 눈빛을 외면하며 최 상궁은 대답했다.

"아니 된다. 생과방은 다과만 마련하는 곳이지 않느냐? 빈궁 마마를 보필하기에는 다른 업무가 너무 많아. 저하께서는 네가 총명하다시며 빈궁 마마가 적응하시는 것을 충분히 도울 수 있을 거라고 하셨다."

"하지만 저도 입궁한 지 얼마 되지 않았는걸요. 이제 겨우 한 해를 보내었는데……."

"입궁 시간은 얼마가 되든지 중요하지 않다."

최 상궁은 짧게 말하더니, 내 손에 잡혀 있던 치맛자락을 빼내었다. 그리고 내 뒤에서 엉거주춤 이불을 개고 있던 쌍이에게로 시선을 돌리더니 가까이 다가오라는 손짓을 했다.

"잘 들어라, 너희 모두. 아직 정식으로 나인이 되지 않았다지만 새겨들을 것은 새겨 듣거라."

"마마님……."

"폐출 후 서인이 된 김 씨, 전(前) 빈궁 마마를 생각해 보아라. 궁녀든, 세자빈이든 궁중의 여인으로서 가져야 할 자세는 한 가지뿐이다. 저하께서 명하시면 따라야 하는 것이 순리야. 너도 궁에서 쫓겨나고 싶으냐?"

쌍이와 나는 최 상궁의 말에 고개를 숙였다. 맞다. 세자가 이미 명한 이상 거스를 수는 없었다. 입궁할 때부터 들어온 최 상궁의 말과 다른 것이 없었다. 단순히 그러겠노라, 하고 막연히 생각하며 최 상궁에게까지 대답했었지만, 막상 이렇게 명이 내려와 따라야 할 지경이 되자, 황당하다는 생각 외에는 아무 것도 떠오르지 않았다.

"이제 내 말이 무슨 뜻인지 깨달았으면 얼른 옷이나 갈아입고 나오너라. 그래도 빈궁마마께서 입궁하시기 전까지는 아직 동궁전 생과방 소속이니."

"……예."

말을 끝맺은 최 상궁은 서두르며 방을 나가 버렸다. 나는 하는 수 없이 일어나 저고리를 갈아입었다. 쌍이는 개던 이불을 내려놓고 내게 다가와 말했다.

"저하께서 네가 다과상에 신경을 많이 쓰는 걸 알아채셨나 봐."

쌍이는 내 손을 끌어당기곤 토닥였지만, 아쉬움이 한껏 담긴 얼굴이었다. 나도 속상한 마음에 한숨을 쉬었다. 지밀은 그렇지 않아도 노련한 궁녀들로만 가득해 있을 텐데, 적응할 수 있을지 걱정이 되었다. 더구나…… 다른 지밀도 아닌, 빈궁의 지밀이다. 순빈 봉 씨의 지밀. 그 곳의 궁녀로 소속이 바뀐다는 것이, 어떤 미래가 기다리고 있는지 알고 있는 나로서는 불안하기 짝이 없었다.

"감사하기는 하지만…… 솔직히 나는 가고 싶지 않아."

"하지만 곧 계례를 치르게 되면 지밀나인이 되는 거잖아. 생과방보다야 지밀이 몸이 덜 고된 곳인데. 물론 빈궁전이 아니라 동궁전 지밀이었다면 훨씬 좋았겠지만."

나는 고개를 저어보였다. 순빈의 지밀로 가게 되는 것도 걱정되고, 생과방을 떠나는 것도 싫다. 그리고 나머지 하나는 방동무인 쌍이와 헤어져야 한다는 것이었다. 눈을 떠서부터 다시 감을 때까지, 왕자들의 다과상을 내어가는 시간만 제외한다면 항상 붙어 있던 친구와 멀어지는 것이 좋을 리가 없었다.

"내가 부러워, 쌍아?"

"응?"

"너는 빈궁전 지밀로 가라고 하면 좋을 것 같냐구."

쌍이도 나와 같은 생각이었는지, 살며시 고개를 흔들면서도 웃으며 솔직한 마음을 비췄다. 하지만 그 웃음은 쓸쓸함을 담고 있었다. 나는 안타까운 마음에 내 손 위에 놓여 있는 그녀의 손을 다른 손으로 맞잡았다.

"너와 헤어지게 되는 게 싫어. 다른 궁녀들도 이미 방동무끼리 친해졌을 텐데, 내가 끼어들어 가면 불청객 취급일 것 아니야."

"그건 그렇긴 하지만…… 그래도 헤어지는 것은 아니잖아. 빈궁전이니 나름 가까운 곳인걸."

"쌍아……."

"이미 벌어진 일인데 어쩌겠어. 아예 얼굴 보기 힘든 대전이나 중궁전 쪽으로 멀어지는 것보다야 낫지."

쌍이는 씩씩하게 나를 위로해 주었다. 그러고는 어깨를 잡아 일으키며 나를 잡아끌었다.

"그래도 떠나기 전에는 아직 생과방 소속이니까, 얼른 가자. 최 상궁 마마님께서 시키신 일을 빠르게 마무리하면, 정과 몇 개쯤 만들어 볼 짬이 날지도 몰라. 네가 빈궁전으로 가기 전에 마지막으로 만들어 주고 싶어."

* * *

나는 생각보다 빨리 다가온 기회에 전의를 다졌다. 쌍이의 손에 이끌려 생과방에 도착한 후, 손을 걷어붙이고 일을 해 보려는 찰나 민 상궁이 보낸 아기나인이 당도했기 때문이다. 안평대군이 세자에게 문후를 여쭈러 입궁했다는 전갈이었다. 다과상을 내어오라는 명에 손은 이것저것을 챙기면서도 속으로는 세자에게 어떤 핑계를 대어야 동궁전에 남아있을 수 있을지를 끊임없이 생각했다.

아무리 생각해도 빈궁전 지밀에 아기나인으로 옮겨가는 것은 섶을 지고 불로 들어가려 하는 것이나 다름없었다. 생과방에 적응한 지 얼마 되지도 않은 상황에서 적응할 자신이 있지도 않았고 주인으로 모셔야 한다는 사람이 몰락하는 걸 보고 싶지 않았다. 더구나 난 그녀의 몰락에 또다시 그가 연결되어 있다는 사실도 알고 있었다. 세종이면서 이 교수의 얼굴을 한 그 사람이. 세종이 이 교수로서의 기억은 갖지 않고 있다는 것으로 결론을 내린 지는 오래였지만 아무래도 꺼려지는 마음이 더 컸다.

"나인이 되어서야 볼 수 있을 거라고 생각했는데도 보고야 만 사람인데. 빈궁전에 있게 된다면 무슨 불똥이 튀게 될지 몰라."

나는 다과상을 든 팔에 힘을 주었다. 머릿속이 복잡했다. 거처가 바뀌게 되는 것이 싫고, 세종을 피하고 싶은 마음, 괜한 역사의 소용돌이에 말리고 싶지 않은 마음이 온통 뒤섞여 머리를 울려댔다. 대체 왜 이렇게 일이 꼬이는 걸까. 윤 대감의 집에서 처음 대군들을 만났을 때 가만있지 못하고 일을 그르친 데서부터였을까? 아니면 안평대군과 가까워지면서부터? 하필이면 동궁전 궁녀가 된 것이 문제였나? 조금 아는 역사를 활용해 작은 행복이나마 누리고 싶었던 내 소망은 나비효과처럼 크게 돌아와 있었다.

이제는 익숙한 섬돌 옆으로 다가가 신을 벗다 말고, 놓인 신들에 힐끗 눈길을 주었다. 그런데 세자의 것으로 보이는 것 외에 두 개의 신이 더 있었다. 자세히 보지는 못했기 때문에 신의 생김새를 확인하지는 못했으나, 전해 듣기로는 안평대군의 입궁이라 했다. 그런데 한 명이 더 있었나 보다. 나는 그렇게 생각하며 걸음을 떼어 방 안으로 들어서는 순간, 열려지는 문틈 사이로 보인 인영(人影)에 고개를 숙여 표정을 가렸다.

안평대군의 것 외에 놓여 있었던 다른 신의 주인공은 저 여인의 것이었다. 안평대군의 부인 정 씨. 엷은 연두색 저고리에 꽃분홍 빛 치마를 차려입은 소녀의 볼이 발갛게 물들며 수줍은 웃음을 만들어내고 있었다. 오랜만에 입궁한 것이라는 걸 알았는데, 부인과 동행이라는 것은 어째서 눈치 채지 못했을까. 괜스레 기대했던 마음이 후회로 바뀌는 것을 억지로 숨기며 조심스러운 걸음으로 대군 내외의 뒤로 다가갔지만, 고개를 돌려 나를 좇는 눈빛은 모를 수가 없었다. 나는 짐짓 모른 체하며 세자의 가슴팍에만 눈길을 고정시킨 채 다과상을 올렸다. 세자는 웃음을 머금고 있으면서도 굳게 다물고 있었던 입술을 열어 차를 한 모금 마신 뒤에야 호쾌한 목소리를 내었다.

"그러기에 안평, 네 처자를 데리고 입궁하라 하지 않았느냐. 어찌 내게 보이는 것이 이리도 늦은 것이야. 제수(弟嫂)가 궐 구경이 이리도 좋다 하는데."

"아, 아니옵니다. 저하. 저는 괜찮습니다."

세자의 말에 화들짝 놀라며 안평대군의 눈치를 살피고, 손사래까지 치며 세자에게 남편의 편을 들어 주는 소녀를 옆에서 바라보고 있자니, 알려 하지 않아도 알게 되었다. 이 소녀는 정말로 안평대군을 좋아하고 있다는 걸. 이제는 볼에서만 그치지 않고 귀까지 발갛게 물들고 있으니. 그러면서도 수줍은 눈길은 줄곧 곁에 앉은 남편을 향하고 있었다. 꼼지락대는 손가락이 치맛자락을 잡았다 놓았다, 콩닥거리는 마음을 대변해 주는 것 같았다. 나는 알 수 없는 간질거림과 따끔한 감정이 가슴에서 공존하는 것을 느끼며 조용히 찻물을 따라 그녀에게 건네주었다.

"아. 고맙네."

그러면서도 정 씨는 내게 짧은 감사 인사를 보내는 것을 잊지 않았다. 좌의정의 여식으로 곱게 자란, 순수하게 맑은 아이였다. 그녀의 행동이

어리지만 정말로 귀족다운 면모라는 걸 새삼 느끼며, 나는 다과 접시를 안평대군의 상에 올려놓으려 손을 뻗었다. 그런데 순간 그의 손이 뻗어 나와 내 손에 들린 것을 빼앗아갔다. 흠칫 놀라 안평대군의 얼굴로 시선을 옮기자 어딘가 불편한 심경이 온통 얼굴에 드러나 있는 그가 눈에 들어왔다.

"종종 안평과 함께 입궁하여 중궁전은 물론 동궁전도 들려 주거라. 내 세자이기는 하나 사사로이는 안평의 형이니. 대전이나 중궁전에 비하면 부족할지 몰라도 동궁전의 풍경도 꽤 좋으니 거닐어도 좋을 것이다."

그것을 아는지 모르는지, 세자는 안평대군의 처에게 살갑게 말을 건넸다. 소녀는 그런 세자의 목소리에 반가운 듯 미소를 머금었다.

"예, 그리 하겠사옵니다, 저하."

"안평. 듣고 있느냐?"

"예, 저하. 듣고 있었사옵니다."

마지못해 대답한 안평대군은 건성으로 고개를 끄덕이면서도 분명하게 대답은 했다. 나는 찜찜한 마음에 공연하게 찻잎을 뒤적였다. 그러면서도 조금씩 몸을 뒤로 빼서 그들의 시야에서 벗어났다. 안평대군에게 잘 말했다고 생각했는데, 그의 행동을 보니 잘 알아들은 것 같지는 않았다. 좌의정의 여식과 혼인해 놓고서 저런 행동은 옳지 못한 것이다. 실세 중의 실세인 좌의정의 무남독녀인데. 게다가 그런 것은 차치하고서라도, 저렇게 자신을 바라보는 여인이 곁에 앉아 있는데도 무시하는 듯한 태도는 마치 세자를 떠올리게 했다.

안평대군의 혼인에 마음이 쓰였던 것은 사실이지만 어쩔 수 없는 일이기에 포기한 것도 옳았다. 하지만 그 일은 우리 둘의 의견과는 상관없이 진행되었던 것이었으니 묘한 감정이 남아있었던 적도 있었다. 그러나 나는 방금 전 소녀의 미소를 보았다. 아직은 잘 모를, 그리고 옳지 않다 여겨지는 내 감정보다 그녀의 감정은 더 진솔해 보였다. 그렇다면 그것을 짓밟아서는 안 되는 거였다. 이런저런 이야기들을 주고받던 세 사람은, 곧 찻잔을 모두 비워낼 쯤이 되어서 작별을 고했다. 곧이어 인사를 올리고 물러나는 대군 내외를 흐뭇하게 바라보던 세자는 내게 손짓을 했다.

"서담아. 배웅해 드리고 오너라."

"예, 저하."

나는 작게 대답하곤 손수 문을 열어 안평대군과 대군부인이 나가는 것을 도왔다. 그리고 복도를 걸어 나와, 그들이 섬돌에 내려서기 전에 옆으로 비켜섰다. 신을 미리 앞으로 가져다주자 그것을 꿰어 신은 안평대군은 미묘한 표정으로 잠시 뒤를 돌았다. 최 상궁에게 배운 대로 정 씨의 당혜도 그녀의 앞으로 가져다 놓느라 잠시 허리를 굽혔다가 일어섰다. 그녀는 신으로 한 발을 뻗다가, 잠시 휘청거리며 내게 손을 내밀었다. 엉겁결에 그녀를 부축하느라 손을 붙잡았다. 곧 중심을 잡고 당혜를 신어낸 정 씨는 살며시 웃었다. 나비의 날개같이 투명하게 비쳐 보이는 웃음을 바라보는데, 곁으로 안평대군의 시선이 느껴졌다. 퉁명스러우면서도 원망하는, 불만이 가득 찬 시선이었다. 그는 그러한 심경이 여지없이 느껴지는 말투로 입을 열었다.

"부인. 먼저 가고 계시오."

"예? 하지만……."

"곧 뒤따라 갈 테니. 민 상궁!"

안평대군은 민 상궁을 불러 정 씨를 부탁했다. 소녀는 그 미소를 잃지는 않았으나 흔들리는 눈빛을 흘리고 민 상궁의 뒤를 따라 곧 사라졌다. 그녀가 모퉁이를 돌자마자, 안평대군은 내게로 한 걸음 다가서며 말했다.

"네가 좋이야?"

"예? 대군 마마, 그게 무슨……."

"네가 수성궁에서 일하는 종이냔 말이야. 동궁전의 궁녀면서, 왜 부부인(府夫人) 시중을 들어?"

"마마."

나는 기가 막혀 안평대군을 불렀다. 그는 입술을 깨물고서 아무 말도 하지 않았다. 나는 안평대군이 내게 하고 있는 것과 같은 눈빛을 흉내 내어 노려보았다. 그는 억지를 부리고 있었다.

"종으로서 한 것이 아니라, 저하의 명을 받들었을 뿐이에요. 대군 마마께서도 말씀하셨다시피 저는 동궁전 궁녀잖아요."

"……."

"오랜만에 동궁전에 드셔 놓고서, 왜 그러세요?"

안평대군은 애꿎은 돌부리만 발로 차고 있었다. 나는 눈빛을 거두고서 타이르듯 말을 건넸다.

"대군부인께 가 보세요. 궁이 낯설 텐데 마마께서 이렇게 하시면 불안하실 거예요."

"……너, 대체 누구 편인 거야? 친우라고 했으면서 내 말은 하나도 들어 주지를 않으니."

"마마. 저는 단지 부인께서……."

"아, 몰라!"

내 말을 끝까지 듣지도 않은 채 안평대군은 등을 돌리더니 부리나케 달려가 버리고 말았다. 허망하게 뻗은 손은 그의 뒷덜미에 닿지도 못한 채 허공에 뜨고 말았다. 나는 멍하니 그의 뒷모습만 바라볼 수밖에 없었다. 대체 안평대군 이 용은 어쩌려는 심산인 걸까?

* * *

안평대군은 거친 숨을 몰아쉬며 걸음을 떼었다. 떨리는 눈빛으로 인아는 자신을 스쳐 지나가는 낭군의 눈치를 살폈다. 그러면서 재빨리 그의 뒤를 따랐다. 안평대군은 인아가 자신의 뒤를 따르는 것에는 신경도 쓰지 않은 채, 뒤도 돌아보지 않았다. 결국 안평대군은 앞서고 인아는 뒤에 선 채로, 가마가 기다린 곳까지 다다랐다.

"타시오, 부인."

안평대군은 가마 옆에 놓인 말의 고삐를 풀며, 씁듯이 말을 뱉었다. 인아는 그의 말대로 조심스레 가마에 올라타려다가, 안평대군의 눈시울이 붉어진 것 같아 가마 문을 잡은 손을 놓았다. 행여나 언짢은 일이 있었을까. 짧은 생각이 머리에 스친 그녀는 작은 목소리로 물었다.

"마마, 혹여 동궁전에서 심기 불편한 일이 있으셨사옵니까?"

"그것은 왜 물으십니까?"

들려오는 대답은 북풍한설(北風寒雪)과 같은, 차디 찬 것이었다. 인아는 당황하여 입술을 깨물면서도 그가 걱정되어 다시 입을 열었다.

"마, 마마께서……."

"부인께서는 알 필요 없으십니다. 괜히 마음이 번다하여 그런 것이니."

"……."

"먼저 수성궁으로 돌아가 계세요. 나는 들를 곳이 있습니다."

그토록 성가신 물음이었을까. 자책에 고개가 숙여지는 인아의 모습은 눈에 담지도 않은 채, 안평대군은 말 위에 올라탔다. 가마꾼들은 부부의 눈치를 보며 엉거주춤 서 있었다. 몸종은 인아의 뒤에 서서 안절부절못했다. 인아는 순간 고개를 들었다. 눈에는 결심이 서 있었다. 떨리는 가슴을 무시하려 애쓰며, 그녀는 재빨리 걸음을 떼었다. 고삐를 잡아당겨 떠나려던 안평대군은 잡아당겨지는 소맷자락에 무심코 아래로 시선을 돌렸다.

"……왜 잡는 거요?"

 연두색 소맷자락은 높이 위치한 낭군의 팔을 부여잡느라 팔뚝까지 내려와 있었다. 그녀의 팔은 고목(古木)의 그것과 같이 앙상하기 그지없었다. 핏줄이 비쳐 보일 정도로 새하얀 피부는 병약한 여인의 모습을 여지없이 보여 주는 듯했다. 안쓰럽기까지 한 모습에 몸종은 자기도 모르게 혀를 찼으나, 감정에 사로잡힌 안평대군의 눈에는 그런 것쯤은 눈에 들어오지 않았다.

"집으로 돌아가 있으라 하지 않았습니까."

"알려 주십시오."

"무엇을 말입니까?"

"어디 가시는지 알려 주고 가십시오, 마마."

 어디서 그런 힘이 나오는지 모르게 얇은 손목은 안평대군의 옷자락을 꼭 쥐고 있었다. 하지만 안평대군은 짜증이 일어, 미간이 좁혀졌다. 그러나 말해 주기 전까지는 놓아주지 않겠다는 결심이 보여 그는 하는 수 없이 입을 열었다.

"명례궁(明禮宮)으로 갑니다."

 짧게 내뱉고서, 안평대군은 언짢은 듯 옷자락을 잡은 손을 떼어놓았다. 인아의 손길은 힘없이 내려앉을 수밖에 없었다.

"진평 형님과 나눌 말이 있어서요. 되었습니까?"

"……예."

"해가 저물기 전까지는 오겠습니다. 그러니 걱정 말고 먼저 가세요."

"……."

 인아의 대답을 기다리고 한 말은 아니었다. 결국 행선지를 알려 주고 나서야 부인을 떼어 버릴 수 있는 것에 알 수 없는 감정을 느끼며 안평대군은 말을 몰아 진평대군의 궁으로 향했다. 뒤에 서 있는 창백한 낯빛의 여인은 애써 뇌리에서 지워내며.

"이리 오너라!"

노비 하나도 거느리지 않고 달려 명례궁에 도착한 안평대군은 불편한 심정으로 문지기를 불렀다. 대군의 복색을 알아본 수문장들은 부리나케 달려와 고삐를 잡았다. 안평대군은 익숙한 몸놀림으로 말에서 내려와, 문 안으로 걸어 들어갔다.

"오셨습니까요, 나리."

출궁 전에 진평대군을 모시던 내관이 길을 지나다 말고 안평대군의 곁으로 다가왔다. 어릴 적부터 보아왔던 차라, 안평대군의 눈에도 익은 자였다.

"어찌 이리 갑자기 오셨습니까? 미리 연통을 주시지 않고요."

"형님의 집에 아우가 들르는데, 꼭 예고를 하고 와야 하는가."

불퉁스런 안평대군의 대답에 내관은 자신도 모르게 한숨을 내쉬었다. 목소리를 보아하니 뭔지는 몰라도 분명 심통 난 것이 있는 것이다. 평소의 안평대군은 웃음이 가득하고 상냥한 왕자였지만, 가끔씩 이렇게 고집을 부리거나 심술을 부릴 때가 있었다. 주상 전하와 중전 마마께서도 쉽사리 달래지 못하는 그 성정을 유독 다룰 수 있는 자가 있다면 바로 진평대군뿐이었다. 내관은 순순히 입을 다물고 이 골칫덩이 왕자를 진평대군에게 안내하기로 마음먹었다.

"아니옵니다. 어서 이리로 오시지요. 대군께로 모시겠습니다."

내관의 안내를 받아 가면서도 안평대군은 가라앉은 마음을 주체할 수가 없어 입이 댓 발은 튀어나왔다. 종잡을 수 없는 어떤 감정이 마음속에 가득했다. 차마 이런 것을 부왕이나 모후께는 아뢸 수 없었다. 세자 저하께는 더욱 그럴 수 없었다. 그렇다면 남은 것은 진평대군뿐이었다. 안평대군은 궁녀가 문을 열어주자 마자 뛰쳐 들어갔다.

"형님!"

"안평."

무언가를 골똘히 생각하고 있었던 듯, 진평대군은 서탁 위에 얹어 이마를 짚고 있던 팔을 내리며 들어오는 안평대군을 바라봤다.

"어쩐 일이냐? 오늘은 입궁하여 저하를 뵈러 간다 하여 놓고서."

"형님께 여쭈고 싶은 말이 있어서 왔습니다."

"일단 앉아라."

궁녀가 곧 들어와 방석을 놓아 주었다. 안평대군은 잠시 기다렸다가 얼른 방석을 진평대군의 앞으로 끌어당겨 앉았다.

"다과상은?"

자리만 보아 준 뒤 나가려는 궁녀에게 진평대군이 물었다. 궁녀는 뒷걸음질을 치다 말고 다소곳이 고개를 들고 말했다.

"곧 들여오겠사옵니다, 마마."

"지금 다과상이 중요한 것이 아닙니다, 형님."

안평대군은 답답하다는 듯이 울상을 지었다. 그를 흘낏 쳐다보던 진평대군은 웃음을 흘렸다. 꽤나 오랜만에 보는 아우의 모습이었다. 한 살밖에 차이나지 않는다지만, 귀염만 받고 자라서인지 맑기만 한 아우는, 훗날 나이가 들어서도 이렇게 한달음에 자신을 찾아와 고민거리를 털어놓는 어린 동생일 것만 같았다.

"다과상이 중요하지 않다니? 네 모습을 보니 털어놓을 것이 꽤나 긴 듯한데, 목이라도 축이면서 해야지."

"형님!"

"기다리거라. 차라도 마시고 난 뒤에 이야기하자."

진평대군의 말이 끝나기 무섭게, 문이 열리며 붉은 치맛자락이 문턱을 넘었다. 웃음 짓고 있던 진평대군의 고개가 그쪽으로 돌아가자마자 입가에 서린 미소가 사그라졌다.

"오랜만입니다, 안평대군 나리."

서연이 미소 지으며 들고 온 다과상을 내려놓았다. 크지도 작지도 않은 그릇에는 송화다식이 소복이 쌓여 있었다. 그 그릇을 서탁 위에 올려두고서, 서연은 나붓이 고개를 숙여 보였다.

"아. 오랜만에 뵙습니다."

안평대군은 떨떠름하게 그녀의 인사에 같이 고개를 숙였다. 그녀와 닮은 서연을 보자 참담했던 기분이 다시금 피어오르는 느낌이었다. 일그러지려는 미간을 겨우 펴내며, 안평대군은 서연이 건네준 잔을 받았다.

"제호탕입니다. 급히 오신 것 같아 목이 타실 듯하여 준비하였습니다."

"감사합니다."

안평대군은 아무 생각 없이 그것을 받아 목을 축였다. 서연은 이윽고 진평대군에게도 잔을 건넸다. 어느새 아무렇지 않은 표정으로 돌아온 진평대군은 잔을 잠시 응시하다가, 잠자코 한 모금을 마셨다.

"부인께서 손수 다과상을 준비해 주시니 고맙기 그지없습니다. 궁녀를 시켜 내와도 되는 것을요."

"귀한 손님께서 오셨는데, 안사람이 되어서 어찌 규방에만 앉아 있겠습니까. 출가(出家) 전 어머니께 그리 배우지 않았습니다."

살갑게 눈웃음을 지으며 서연은 안평대군에게 제호탕을 한 잔 더 건넸다. 하지만 안평대군과는 달리, 흘깃 바라본 진평대군 몫의 잔은 내용물이 조금 줄어 있을 뿐, 비워지려면 먼 듯 보였다.

"그럼 소첩은 이만 물러가겠습니다. 하실 말씀이 있으실 터인데 아녀자가 끼어 있으면 불편하시겠지요."

"그리 해 주시겠습니까."

옅은 미소마저 지으며 진평대군은 고개를 끄덕여 보였다. 그의 미소를 본 서연은 차갑게 굳어지려는 입매를 겨우 끌어올려 웃음을 만들어 보였다. 하지만 등을 돌려 나가며 잡은 치맛자락에는 힘이 들어가, 주름이 지어졌다. 서연이 나가고 문이 닫히자 안평대군은 제호탕 두 잔으로 충분히 갈증을 해소한 듯이, 빠르게 진평대군에게 말했다.

"형님, 이럴 때는 어찌 해야 합니까?"

"이럴 때라면 어떤 때를 이름이냐?"

"……말하기 부끄럽지만…… 내자(內子)가 성에 차지 않을 때 말입니다."

잔에 어린 물기를 손가락 끝으로 매만지고 있던 진평대군은 귓가에 들려온 아우의 말에 잠시 움직임을 멈추었다. 안평대군은 아랑곳하지 않고 말을 계속했다.

"저는 아무리 생각해도 제 내자가 마땅치 않습니다. 물론 아바마마와 어마마마께서 좋은 규수로 택하여 주신 것은 알겠지만, 도통 마음이 가질 않는 걸요."

"그래서?"

진평대군은 잔을 내려놓고 안평대군의 눈을 응시했다. 천진한 아우는 형에게 자신의 속을 허물없이 털어놓았다.

"그래서 자꾸만 퉁명스럽게 굴게 됩니다. 내자는 좋은 사람이고, 저를 바라봐 준다는 것도 알고 있지만요. 사실은 그 사람이 제게 그렇다는 것을 떠올릴 때마다 더 속이 갑갑해집니다."

"흐음."

진평대군은 어떤 말을 해 주어야 하나, 고민에 빠졌다. 손가락으로 다식을 몇 개 집어 입에 넣고 혀로 굴리며 잠시간 시간을 끌었다. 대충 듣기 좋은 말로 몇 마디를 하여 주어야 도리에 옳겠으나, 저와 같은 고민을 하고 있는 아우였기에 그러기는 싫었다. 다식을 세 개째 삼키고 나서야 그는 입을 열었다.

"내자를 꺼려하는 이유가 무엇이냐? 단지 혼인 시기가 너무 일러서냐?"

"예?"

안평대군은 생각지도 못한 질문에 말문이 막혔다. 귀가 달아오르는 것을 느끼며, 제 속을 꿰뚫어 보는 형의 눈길을 피했다.

"그…… 그것이."

"보아하니 다른 이유가 더 있는 듯한데. 더 묻지는 않겠다."

"……."

"허나 내자가 마음에 들지 않는다 하여 그리 대놓고 불편한 마음을 내비치면 안 된다."

"형님……."

안평대군이 답답한 듯 몇 마디를 더 하려 했지만, 진평대군은 손을 들어 그의 말을 저지시켰다. 그리고 진지하게 말을 이어갔다.

"네 말대로 내자는 전하와 중전 마마께서 정해주신 명문가의 규수니라. 어떤 이유가 되었든 간에 정식으로 맞아들인 여인이, 부정(不貞)의 일을 저지르지 않는 이상 내쫓을 수는 없는 일이다. 알고 있지 않느냐."

"알고는 있지만……."

안평대군의 시선은 점점 아래로 내려갔다. 붉어진 눈시울에 시야마저 흐려졌다. 그를 이해한다는 듯, 진평대군은 손을 뻗어 어깨를 토닥여 주었다.

"너는 대군이니 따라야 하는 법도가 있는 것이다. 허나 평생 곁에 두기만 하면 되는 것이야. 마음에 들지 않는다 하여 내치지만 말고, 그렇다고 해서 또 억지로 꾸며 아껴 줄 필요도 없어. 내자로서의 대접만 충분히 하여 주면 된다. 어차피 여인들도 왕가에 시집올 때 그만한 각오는 하고 오지 않았겠느냐."
"……."
"다른 마음에 드는 여인이 있으면 첩으로 맞으면 될 일이지. 그리 슬퍼하지 말아라, 안평."
형의 따스한 위로에 안평대군은 흐느낌이 새어나오려는 것을 간신히 참았다. 하지만 눈물은 어느새 뺨을 타고 흘렀다.
'하지만…… 그 여인은 첩이 되는 것은 싫다고 하였는걸요.'
진평대군의 말은 결국 안평대군에게는 포기를 이를 뿐이었다. 어쩌면 이미 예상된 결말이었는지도 모른다. 머릿속으로 떠올렸던 그 사실이 와닿는 것을 느끼며 그는 재빨리 소매로 얼굴을 문질러 닦았다. 그렇게 흐르는 눈물을 계속 닦아내기를 여러 차례. 겨우 울음을 그친 안평대군은 씩씩하게 고개를 들었다.
"위로 감사합니다, 형님."
"그래. 도움이 좀 되었느냐?"
진평대군은 자신의 잔마저 안평대군에게 밀어주었다. 그것을 받아 단숨에 마신 안평대군은 고개를 끄덕이며 거짓으로 웃음을 지어 보였다.
"예. 역시 형님께 오기를 잘한 것 같습니다."
"어떤 답을 내렸든 너는 옳은 행동을 할 거라고 믿는다, 안평."
"믿어 주셔서 감사합니다, 형님. 그러면 가 보겠습니다. 해가 지기 전에 돌아간다고 하였거든요."
고개를 숙여 보이고서, 안평대군은 성큼성큼 걸어 나갔다. 마루 끝까지 나가 동생을 배웅하여 준 뒤, 진평대군은 자신의 방으로 돌아가려 걸음을 떼었다. 그리고, 도착해서 문을 열었을 때는 다시금 붉은 치맛자락이 자리하고 있는 것을 보았다.
서연은 자신을 보고서도 변화 없는 표정을 한 진평대군을 똑바로 바라보았다. 그는 아무런 내색도 없이 보료로 돌아와 앉았다. 그녀는 안평대군이 앉았다 간 방석에 조심스레 내려앉았다. 그에게 올려두고 간 잔은 여전히 비워지지 않은 채였다. 그를 본 서연은 웃을 수 없었다. 파들거리는 입매를 진정시키려 애썼으나 뜻대로 되지 않자, 그녀는 차라리 정면으로 돌파하기로 마음먹었다.

"안평대군 나리께 하신 말씀, 그냥 하신 것은 아니시지요."

"……."

진평대군은 침묵을 지켰다. 회피하려는 걸까, 아니면 성가신 탓에 무시하는 걸까. 서연은 이를 악물었다. 건넨 찻잔을 달가워하지 않는 것 같아 다른 차를 올리려 문고리를 잡았을 때 들려왔던 대화를 조용히 곱씹었다. 그리고 깨달았다. 이제는 아무 것도 모른 채, 다른 이들의 눈앞에서만 다복한 부부 노릇을 하는 것도 끝이다. 그 이유를 꼭 알아내고 말리라, 서연은 마음먹었다.

"다 들었습니다."

그제야 진평대군은 서책을 꺼내던 손길을 멈추고 눈을 마주쳐왔다. 그러나 회심의 일격이라 생각했던 말임에도 불구하고, 진평대군의 눈빛은 허를 찔렸다고 보기에는 무리가 있었다. 단지 평온할 뿐이었다.

"그렇구려."

힐책하지도, 캐어묻지도 않는 그의 긍정에 서연은 답답하기 그지없었다. 낭군으로서 부적격한 사람은 아니었으나, 진평대군은 혼인한 날부터 항상 이런 모습이었다. 물에 물 탄 듯 술에 술 탄 듯. 어느 때든지 간에 제게 먼저 말을 거는 일이 없었다. 그리고 온유한 태도뿐이었다. 조그만 무게의 감정마저도 내려놓지 않아 언제나 수평을 유지하는 저울처럼. 곱고 얌전한 규수로서 교육받아 온 서연은, 처음에는 그런 남편의 모습에 만족했으나 갈수록 의문을 품지 않을 수 없었다. 대체 왜? 왜 부인에게 저리 미지근한 태도만을 보이는 것일까.

"그래서, 제게도 내자로서의 대접만을 하여 주시는 것입니까?"

결국 참지 못하고 서연은 쏘아붙였다. 그를 상대로는 한 번도 꺼내어 본 적 없는 감정에 젖은 씨근덕거림에 두 사람 사이에 흐르는 공기가 묘한 긴장감을 띠었다. 진평대군이 조용히 입을 열었다.

"무슨 말이 하고 싶은 것입니까."

"처음에는 저를 존경하여 주시는 줄로만 알았습니다."

눈시울이 붉어지면서도 서연은 급하게 말을 꺼내 놓았다. 치맛자락처럼 붉은 입술은 앙다문 탓에 더욱 붉은 빛을 내었다. 진평대군은 무엇이 문제냐는 듯 잔잔한 미소를 머금었다.

"나는 그대를 부인으로서 존경하는 것이 맞습니다."

"존경하여 이토록 말을 높여 주시고, 다감하게 대하여 주시는 줄 알았습니다. 허나 안평대군께 하시는 말씀을 들어 보니 아닌 것 같습니다."

서연은 눈치가 빠른 아이였다. 그럴 수밖에 없었다. 대갓집 막내딸로 태어나 온갖 귀여움은 다 차지하면서도, 손윗사람 아닌 손윗사람인 그 계집애보다 항상 우위에 있어야 한다는 강박에 시달렸기 때문에. 부모님은 물론이고, 하물며 노비들에게조차 더 칭송받는 아가씨가 되려면 당연한 일이었다. 그래서 비로소 깨달았다. 진평대군의 저의를. 무섭도록 맞아 떨어지는 확신에 그의 행동이 어떤 의도인지 짐작이 갔다.

"마음에 들지 않으나 내치지는 않고, 그렇다고 또 부러 꾸며내 아껴 줄 필요는 없는 내자. 그것이 저입니까?"

"……어떤 대답을 원하시오?"

"솔직한 대답을 원합니다."

진평대군은 한숨을 내쉬었다. 앞에 앉은 여인에게 사실대로 말해 준다고 해서 달라질 것은 없었다. 그녀에 대한 자신의 감정도, 그날 받았던 충격도. 그로 인해 생겨난 마음을 되돌릴 능력도 제겐 없었다.

"부인께서 원한다니 말씀드리겠습니다. 맞습니다."

"……."

서연은 확답에 가까운 말을 듣자 예상했던 것임에도 불구하고 머리가 띵하게 울려오는 것을 느꼈다. 그러나 질끈 눈을 감고, 떨리는 목소리를 가다듬어 다시 물었다.

"왕가의 혼인이라 그러한 것입니까? 주상전하께서 맺어 주신 것이라 내치지는 않을 것이나 끌리지는 않는 연(緣)이니. 그래서 제게 이토록 속이 빈 표정만을 보여 주시는 것입니까?"

"충격인가 봅니다."

또다시 긍정에 가까운 말이었다. 하지만 서연은 희망을 놓지 않았다. 감았던 눈을 다시 뜨고 묻어두었던 마지막 말을 내어보였다.

"혹여 마마의 그런 마음이 훗날엔 바뀔 수 있으신지요?"

"……."

"처음엔 예상치 못한 것이라 그러할 수 있다는 것을 압니다. 허나 세월이 쌓이고 쌓여 흐르면, 그때는 세월과 같이 쌓인 정이 제게로 향할 수 있느냐 묻고 있습니다, 대군 마마."

간절하게 원한, 진정으로 듣고 싶었던 물음이었다. 소녀의 달뜬 마음을 고이 내보이며 서연은 물었다. 갖고 싶었다. 오롯이 네 것이다, 하며 부모가 제게 쥐어 준 혼처자리를 덥석 집어삼킨 만큼. 왕과 중전에게 흡족하게 평가받은 만큼. 남편인 그, 이 유의 마음마저도 갖고 싶었다. 서연은 이 순간만큼은 누구보다도 자신이 순수한 마음이라고 생각했다.

"……잘 모르겠습니다."

그러나 들려온 목소리는 차가웠다. 심지어는 기대에 찬 자신의 눈동자를 바라보면서도 그러했다. 속마음을 고백하면 알아 줄 것이다. 현숙하고 배포가 큰 모습을 보여 주면, 사실은 아니더라도 최소한 예의상이라도 그렇게 대답하여 줄 것이다. 그리 생각했던 예상이 처참히 깨어지는 순간이었다. 서연은 도무지 이해할 수가 없었다. 무엇이 대체 그를 조종하고 있기에.

"……왜요?"

서연은 부들거리는 오른손을 왼손으로 꼭 잡아 누르며 침착하게 되물었다. 진평대군은 덮었던 서책을 한 쪽으로 치우며 조용히 팔을 들어 턱을 괴었다. 서연의 눈높이에 맞춘 그의 눈빛이 시리도록 차가웠다. 서연은 자신도 모르게 몸서리를 쳤다. 그러면서도, 이내 나올 그의 대답이 궁금했다.

"부인께서는 나를 어떻게 생각하시는지는 모르겠습니다. 공부는 뒷전인 왕자, 모후의 총애를 한껏 받고 자라 학문엔 관심도 없는 둘째 대군. 그것이 세간의 평가이겠지요. 아니, 장인의 평가라 해야 하나?"

"……마마!"

"뭐, 그런 것이 나쁘지는 않습니다. 사실이니까요."

살짝 웃음마저 머금은 진평대군은 잔잔하게 말을 이었다.

"부인께서 윤 대감의 여식이라 하여 경계하려는 것은 아닙니다. 오히려 그런 가문의 규수인 것을 감사해 하고 있으니까."

"……."

"하지만 문(文)을 닦는 것에 다소 소홀하였다 해도, 이 나라의 대군으로 태어난 이상. 공맹(孔孟)의 가르침을 뼛속까지 새기며 자라 내게는 선입견이 있습니다. 그 도리를 지켜야만 한다는 그것이오."

"서, 선입견이라니요?"

서연은 진평대군의 입가에 걸린 미소가 갑자기 사라지자 말을 더듬었다. 왠지 개운하지 못한 기분이 들었다. 기억 저편에 억지로 뭉뚱그려 놓은 어떤 사실 하나가 다시 고개를 치켜들고 스멀스멀 피어오르는 느낌이었다. 애써 그를 무시하려는 찰나, 그의 입술이 말을 뱉었다.

"부인께서는 골육상잔(骨肉相殘)을 묵인하셨지 않습니까?"

벼락처럼 귓가에 떨어진 그의 음성에 서연은 눈을 크게 부릅떴다. 설마…… 설마.

"내 말이 틀렸습니까, 부인?"

"……"

"그날. 전하께서 진연을 벌여 주셨던 날. 동궁전에서 궁인을 손찌검하며 했던 말을 다 들었습니다."

"마, 마마. 그것은……."

"왕가의 일원이 한낱 궁인을 손찌검한 것을 문제 삼으려 한 것은 아닙니다. 하지만 들려온 말이 너무나도 참담하여, 충격을 금할 수 없더군요."

무슨 말을 하였더라. 서연은 급히 기억을 더듬어 보았다. 언니랍시고 으스대다 결국엔 궁녀로 자진 입궁한 그 계집. 그 계집에게 몇 마디를 했던 것 같았다. 그러고 보니 그 와중에 진평대군을 만난 것에 당황하여, 얼버무리고서는 대충 진연장에 돌아왔고 그 이후로는 아무 말도 묻지 않았기에 잊어버린 줄로만 알았는데. 그게 아니었더란 말인가? 서서히 떠오르는 기억에 서연은 얕은 신음을 흘렸다.

"기억나셨나 보군요."

여전히 화난 기색이라고는 찾아볼 수 없는 음성에 서연은 오싹함을 느꼈다. 말의 내용은 분명 힐난이었으나 어조는 여전히 따사로웠다. 서연은 억울한 심경에 항변하고자 입을 열었다.

"……엄연히 말하면, 골육상잔은 아니었습니다! 다 들으셨다니 마마께서도 아시지 않습니까. 그 계집은 저와 친자매가 아니란 것을요."

"……."

"어머니께서도 그 계집의 존재 때문에 한평생 괴로워하셨습니다. 그 계집이 대군부인이 된다면 어머니께서는 계속 고통 속에 사셨을 겁니다. 저는 단지 딸 된 마음에……."

"대군부인이라니요?"

진평대군은 방금 전 들은 말에 귀를 의심하며 미간을 찌푸렸다. 그 계집이 대군부인이 되었으면 정경부인이 고통에 살았을 거라고? 서담이 어째서 대군부인이 된다는 건가?

"동궁전 궁녀 서담이 대군부인이 될 뻔했단 말입니까?"

"그…… 그게."

서연은 흥분하여 내뱉어 버린 자신의 말을 후회하며 말을 잇지 못했다. 어떤 말이라도 갖다 붙여 보려고 했으나, 떠올릴 변명이 없어 결국은 입을 다물 수밖에 없었다. 진평대군은 서탁 위에 올려져 있던 팔을 내렸다. 그리고는 굳은 얼굴로 보료에서 일어나 서연에게서 등을 돌렸다.

"마마! 어, 어딜 가십니까. 소첩은…… 소첩이 다 말씀드리겠습니다. 어찌 된 일인지 제가 다……."

"되었습니다. 들을 것은 충분히 들었으니."

그를 따라 일어서며 옷깃이라도 붙잡으려던 서연은, 진평대군의 싸늘한 일갈에 우뚝 멈춰 섰다. 걸음을 뗄 엄두가 나지 않았다. 그대로 걸어가 문고리를 잡은 진평대군은 문을 열다 말고 나지막하게 말했다.

"들었다고는 하지만 다시 말씀드리겠습니다. 안평에게 했듯이, 나는 부인이 부정을 저지르지 않는 이상 내쫓을 마음은 없습니다. 그대는 내 부인이자 대군부인으로서 살 것입니다."

"……."

"부인께서는 광영을 누릴 것입니다. 그는 약속드리지요. 하지만 단 한

가지는 포기하십시오. 내 마음을 갖겠다는 그 탐욕 말입니다."

* * *

사라져 버린 안평대군의 뒤를 쫓아 달려갈 수도 없었기 때문에, 나는 그대로 세자가 남아 있는 방으로 돌아오고 말았다. 종잡을 수 없는 안평대군의 행동을 접하고 나니, 그가 나중에 다시 입궁한다면 어떻게 해야 할지 난감했다. 스스로 돌아올 때까지 내버려 두는 수밖에 없을까? 그의 심경을 이해하지 못하는 것은 아니었으나 빈궁전으로 옮겨가게 된 마당에 그조차 내 마음을 어지럽게 만드는 것 같아 심란했다. 특별히 올린 계초정(桂椒錠)을 맛보고 있던 세자가 내가 들어오는 것을 보고 고개를 돌렸다.

"안평은 갔느냐?"

"예."

나는 대군 내외의 다과상을 정리했다. 안평대군의 입맛에 맞춰 올린 유밀과 종류들로 다과상이 그득했음에도 그는 전혀 손도 대지 않았다. 몇 입만 깨물다 내려놓은 약과와 만두과 몇 개가 눈에 보였다. 달그락거리는 찻잔 소리만 방 안을 채웠다. 나는 세자가 최 상궁에게 지시한 것을 내게 내색해 보일지 못내 궁금했다. 그러나 그의 표정만으로는 어떤 생각을 하고 있는지는 쉬이 짐작하기 어려웠다. 그는 여유로운 표정으로 자신의 몫으로 놓인 다과를 모두 들었다. 얌전히 그의 곁에 앉아 찻잔을 채워 주며 그의 말을 기다렸으나, 그마저도 다 마신 후에야 겨우 세자는 입을 열었다.

"왜 아무 것도 묻지 않는 것이지?"

"……."

"최 상궁에게 듣지 않았느냐? 네 거처를 옮기라 한 것을."

"들었사옵니다, 저하."

"좋아하지는 않을지도 모른다고 생각하기는 했지만. 명을 거두어 달라 청하지도 않는구나."

명을 거두어 달라고 청했으면 없었던 것으로 해 준다고 했을까? 나는 아주 잠깐 동안, 입을 다물고 있었던 것을 후회했다. 하지만 곧 이어지는 세자의 말에 온 신경을 기울였다.

"빈궁전으로 가라. 가서, 새 빈궁의 말벗이라도 되어 주거라."

"……말벗이라 하시오면."

"이번 빈궁은 도리를 아는 여인일 것이다. 그리 간택하였다 하였으니. 네가 내게 했던 것처럼 세심하게 살피고 곁에 있어 주면 되느니라."

새 세자빈에게는 어쩐지 신경을 많이 쓰는 것 같은 세자의 말투에 나는 호기심이 일었다. 정확히는 알지 못하더라도, 세자빈으로 간택될 정도라면 순빈 역시 좋은 가문의 여인일 것은 분명했다. 하지만 가문이라면 휘빈 역시 마찬가지였으니, 이번은 무슨 일이 그의 심경을 바꾸었을까? 실제로 자기가 보기도 전에 빈궁을 잘 살피려 자신의 궁녀까지 내어 주다니. 이미 두 명의 승은후궁을 둔 세자였기에 더 궁금했다.

"자세한 것은 최 상궁이 일러 줄 것이니 그에 따르면 된다."

곧 말을 마친 세자는 자리에서 일어나 걸음을 떼었다. 나는 심호흡을 하고 그를 따라 황급히 일어섰다. 세자는 내 행동을 보더니 걷기를 멈췄다. 생각해 보면, 여태까지 세자에게 특별히 눈에 띄도록 어떤 말을 한 적은 없었다. 최대한 다과 시중만 들기 위해 노력했으니 세자도 별 생각은 하지 않을 거다. 나는 이번 한 번만큼은 정면으로 맞부딪혀 보기로 마음먹었다.

"저하. 송구하오나 여쭈고 싶은 것이 있사온데, 그리 하여도 좋겠사옵니까."

"……무엇이냐?"

예상대로 세자는 흥미롭다는 눈빛을 보내며 입매가 살며시 휘어졌다. 다행히도 비웃는 얼굴은 아니었다. 나는 계속 말을 이었다.

"그렇다면 저는 계속 빈궁전 지밀에 있게 되는 것이옵니까?"

"뭐?"

"나중에라도 동궁전 생과방으로는 돌아오지 못하는 것인지 여쭈옵니다, 저하."

아직은 입궁하지도 않았다지만, 결국은 또 폐빈 될 것을 알고 있기에 확답을 받고 싶었다. 순빈 또한 오래 세자빈의 자리에 있지는 못한다. 그렇게 된다면 내 처지는 어떻게 되는 것인지, 세자에게라도 약속을 받아 두고 싶었다. 본래대로라면 아무 화도 입지 않을 처지에서, 빈궁전 지밀에 있게 된다면 그녀가 사가로 내쫓길 때 같이 궁 밖으로 나가야 할 가능성이 있었다.

"지밀에 있는 것이 훨씬 낫지 않겠느냐?"

세자 역시 쌍이와 같은 대답을 내놓았다. 생과방에서 지밀로 가게 되는 것인데 어째서 이런 질문을 하는 것이냐는 것이겠지. 나는 고개를 가로저었다.

"지위는 높아진다 하여도, 제게는 친우와 멀어지는 길이고 좋아하는 일을 빼앗기는 길이옵니다. 소인은 빈궁 마마의 곁에 있는 것도 영광이오나 다과상을 꾸려 여러 귀한 분들께 대접하는 것에 가장 기쁨을 느끼니, 지밀보다 생과방에 있고 싶사옵니다."

살짝 짜증이 치밀어 대꾸한 것이나 다름없었다. 공손함으로 포장은 하였으나 속사포처럼 쏘아붙여 놓은 것이라 살짝 눈치를 살피는데, 세자는 빙긋이 웃기만 할 뿐이었다. 다행히 화가 난 것 같지는 않았다.

"후의 거취는 빈궁에게 일임할 것이다."

뒷짐을 지며 세자는 곱게 휜 눈으로 나를 훑어보았다. 저고리 앞으로 모아 쥔 내 두 손에 그의 눈길이 닿더니, 약간 떨리는 것을 알아본 듯했다.

"허나 좋아하는 일을 뺏기는 것이라 하니 조금의 아량은 베푸마."

"예?"

"원한다면 동궁전 생과방과 왕래하여도 좋다."

그 말만을 내뱉고, 세자는 내 대답은 필요하지 않다는 듯 최 상궁에게 일러두라는 말을 하고선 곧 방을 나가 버렸다.

* * *

최 상궁에게 세자의 말을 전하고 나서, 나는 된통 야단을 맞아야만 했다. 일전에 새겨들으라 한 말은 귓등으로 흘려들은 것이냐는 꾸짖음이 그것이었다. 처음에는 쌍이와 생과방을 완전히 떠나지 않아도 된다는 것에 기뻐 꿋꿋이 참아낼 수 있었으나 며 날 며칠째 이어지는 잔소리에 완전히 질려 버렸다. 그나마 잠시 뒤면 그 불호령이 끝난다는 것이 다행이라고 해야 할까. 최 상궁은 나갈 차비를 하며 마지막으로 내게 당부했다.

"오늘 밤부터 빈궁전에서 번살이를 하게 된 것은 잊지 않고 있겠지?"

"예, 마마님."

"조금 뒤에 저하와 빈궁 마마께서 자선당(資善堂)에 납실 것이다. 늦지 않게 가서 기다리도록 해라."

명심했다는 뜻으로 연신 고개를 주억거리고 나서야 최 상궁은 나를 놓아주었다. 쌍이는 얕은 한숨을 쉬며 말했다.

"새 빈궁 마마께서는 좋은 분이셨으면 좋겠다. 지밀의 궁녀는 주인이 너그러워야 편하게 궁살이를 하는 법이잖아."

아직 가례가 끝나려면 시간이 조금 남았기 때문에 쌍이는 내가 물건을 정리하는 것을 도와주었다. 짐은 입궁할 때 들고 온 것이 대부분이어서 별로 챙길 것은 없었지만, 쌍이는 내가 떠나는 것이 못내 아쉬운 듯 들고 있던 것들을 자꾸 만지작거리기만 하였다. 나는 심란한 마음을 감추며 살짝 웃어보이고는 쌍이의 손에 든 것을 빼앗아 들었다.

"저하께서 동궁전에 왕래할 수 있게 해 주셨다니까. 아예 얼굴 못 보게 되는 것은 아니야."

"그래도. 아쉬워서 그러지."

쌍이는 풀이 죽은 목소리로 대답했다. 처음으로 가져 본 방동무여서 그랬는지 쌍이는 정이 깊게 들었던 것 같았다. 그래서 이렇게 이별 아닌 이별을 슬퍼하는 것일 테다. 나는 쌍이의 손에서 빼앗아 든 종이 뭉치를 보퉁이에 쑤셔 넣었다.

"괜찮아. 너도 알다시피 최 상궁 마마님께선 내 고모님이시잖아. 자주 보러 올 수 있을 거야. 지밀의 아기나인은 생과방보다는 여유가 있을 테니 이틀에 하루씩은 꼭 올게. 응?"

나는 시무룩해진 쌍이를 달래려 소맷자락을 잡고 말을 이었다. 최 상궁이 고모라는 거짓말을 덧붙이긴 했지만, 그 말을 들은 쌍이는 조금 기분이 나아졌는지 자신의 얼굴을 감싸고 있던 손을 떼고 고개를 들었다. 그리고선 내 손에서 보퉁이를 빼앗아 다시 꼭 묶어 준 다음 안겨 주더니 말했다.

"나중에 보자."

"……응."

별 것 아닌 인사였는데도, 갑자기 코끝이 시큰거려왔다. 나는 애써 그 기분을 무시하며 손을 흔들어 보이고는 방문을 열었다. 가례가 거의 끝난 지금은 법도에 따라 저녁 어스름이 막 깔린 무렵이었다. 그 어둑한 빛의 가운데에서도 하늘엔 별들이 빛나고 있었다. 나는 묘하게도, 빛나고 있는 그 하나의 별에 시선을 빼앗겼다. 자선당으로 향하는 길은 이상하게도 짧았다. 어쩌면 지금 이 시간이 후에 일어날 일을 알고 있는 풍파 속으로 걸어 들어가야 하는 훈황(曛黃)이기 때문인지도 몰랐다. 나는 분주한 나인들의 모습을 바라보며 마지막 걸음을 옮겼다.

* * *

세자가 직접 지명하여 보낸 궁녀라는 소식을 전해 들어서일까. 나는 긴장되는 손을 모아잡고 새 빈궁의 지밀상궁인 박 상궁의 뒤를 따르고 있었다. 가례를 치르고 난 다음날 아침인 지금 그녀가 보기를 원했다고 했다. 세자는 말벗이나 하여 주라고 했지만 순빈의 말로(末路)가 어떻게 되는지 알고 있으니 되도록이면 가까워지지는 않는 것이 좋겠지. 그 생각을 되뇌며 나는 심호흡을 했다. 그 끝을 제외하고, 내가 순빈에 대해 알고 있는 것이라고는 그녀 역시 문종의 사랑을 받지 못했다는 것과 외모가 아름다웠다는 것. 그 두 가지밖에 없었다. 그랬기 때문에 더 긴장되었다.

"빈궁 마마, 박 상궁이옵니다."
"들게."

닫힌 문 사이로 미성이 들려왔다. 듣는 사람이라면 누구나 호감을 가질 수밖에 없는 고운 목소리였다. 꿀꺽 침을 삼키는 순간 박 상궁은 문을 열고 들어갔다. 나도 황급히 고개를 숙이고 걸음을 옮겼다.

"이 아이인가?"
"예, 마마. 얼마 전까지 동궁전 생과방에 있었던 아이라 합니다."

말을 마치며 박 상궁은 손을 뻗어 순빈의 쪽으로 내 등을 떠밀었다. 나는 시선을 아래로 하고, 엉거주춤 그에 이끌려 앞으로 나아가며 말했다.

"서담이라 합니다."

"흠……."

평가라도 하려는 듯 순빈이 내 차림새를 위아래로 훑어보는 것이 느껴졌다. 나는 괜스레 신경이 머리로 향하는 것이 느껴졌다. 처음 해 본 생머리가 어색했다. 지밀의 궁녀라면 나인이든 아기나인이든 모두 생을 맨다. 하지만 나는 해 본 적이 없었기 때문에 같은 방에 기거하는 박 상궁이 살펴 주었었다.

나름대로 말끔하게 정돈해 입은 차림새이니, 괜히 신경질적인 사람이 아니라면 꼬투리를 잡을 틈이 없을 것이었다. 나는 순빈의 이어질 말을 기다렸다.

"몇 살이니?"

나이를 물어 오는 그녀의 목소리는 봄바람처럼 나붓거렸다. 기쁨에 차 들뜬 것도, 풀죽은 것도 아니었다.

화가 치민 것을 참는 기색이나 수줍은 것은 더더욱 아니었다. 혼인 첫날인 어젯밤에는 세자와 사이가 나쁘지 않았던 걸까. 나는 추측하던 것을 머리에서 지워내며 조심스레 대답했다.

"열셋이옵니다."

"생각보다 어리구나. 고개를 들고 이리 가까이 와 보거라."

순빈의 낯을 살필 새도 없이, 보료 옆에 서 있는 키가 멀쑥한 나인에게 시선이 갔다. 다른 궁녀가 있는지 몰랐던 나는 순빈이 나를 바라보고 있다는 것도 잊어버리고 그 나인에게 시선을 던졌다. 내 시선을 담담히 맞받고 있는 그녀는 고집스럽게 입을 다문 채였다.

깡마르고 조금 까무잡잡한 피부 때문인지 강단 있는 성격처럼 보였다.
나는 곧 시선을 거두고 순빈의 말을 따랐다. 순빈은 손짓으로 박 상궁을 내보냈다. 긴장되는 마음을 진정시키려 애쓰며, 나는 천천히 그녀의 얼굴을 바라보았다.
조막만한 얼굴에, 세자처럼 흰 살결이었다. 흑갈색 머리칼은 윤이 나 시커멓기만 한 가체와 이질감을 이뤘다. 하지만 머리칼과 같은 색의 눈썹과 눈동자 때문에 그 이질감 따위는 문제가 되지 않았다.
반짝이는 빛이 서린 눈은 마치 고양이를 연상케 했으나, 부드럽게 휘어지는 모양새에 쌍이가 걱정하던 성격이 아니란 것은 알 수 있었다. 선홍색으로 물든 입술 가장자리가 곱게 구부러졌다.
산뜻한 미소가 감도는 것으로 보아 꽤나 만족스러워 보이는 얼굴이었다. 조화로운 이목구비를 가진 여인이 미소마저 짓고 있으니 정말로 아름답다는 생각밖에는 들지 않았다.
세자가 승은후궁으로 삼은 효동이나 덕금을 훨씬 능가하는 미모였다.
"무얼 그리 보느냐?"
"소, 송구합니다."
흥미롭다는 듯, 순빈이 물어왔다.
나는 넋을 놓고 그녀의 얼굴을 바라본 것을 깨닫고 당황해서 얼른 대답했으나, 그 말을 들은 순빈은 더욱 진한 미소를 짓더니 고개를 돌려 옆에 선 나인에게 말을 건넸다.
"쌍아. 이 아이가 내 옥안(玉顔)을 바라본 것에 대해 어찌 생각하느냐?"
"……마마."
"얼른 말해 보아라."
곁에 선 나인의 이름도 쌍이였다. 기막힌 우연에 놀라워하며 그 둘을 번갈아 보았다. 하지만 웃음을 가득 머금은 순빈과는 반대로, 나인 쌍이는 고개를 살짝 저으며 얕은 한숨을 내쉬었다.

순빈의 말은 질책의 뜻이 묻어있지는 않아서 안심하고 있었는데, 쌍이가 그녀의 곁으로 잠깐 다가서며 말했다.

"아씨. 이제는 빈궁 마마가 되지 않으셨습니까. 언사를 조심하시는 것이……."

"내가 무얼 했다고? 언사라면 너나 조심하여라. 아씨가 무어냐, 마마라고 불러야지."

"예, 마마. 그러니 저 아이에게 하신 질문은 거두시지요."

"싫다."

장난처럼 주고받는 둘의 대화에 어안이 벙벙해졌다. 내용만 들어 보면 서로 비꼬는 것 같았으나, 비난의 기색이 아니라 흡사 단짝친구와도 같은 모습이었다.

나는 나인 쌍이가 순빈을 아씨라는 호칭으로 부른 것을 기억해 냈다. 사가에서 데려온 나인이었나 보다.

"서담이라 하였지. 내 얼굴이 어떠하냐?"

"……예?"

나인 쌍이는 결국 들키고 말았다는 듯, 얕은 신음을 흘리며 눈을 질끈 감고 뒤로 한 발짝 물러났다. 관전하겠다는 태도였다. 나는 황당함에 다시 되물었다.

"무슨 뜻이온지 소인은 잘……."

"말 그대로다. 네가 생각하기에 나는 어떻게 생긴 것 같으냐?"

"……."

지금, 세자빈이라는 사람이 궁녀에게 자기가 어떻게 생겼는지를 묻고 있는 건가?

곁에 선 쌍이를 힐끗 쳐다보니 얼굴이 달아오르는 것이, 부끄러워하는 것 같았다. 모시던 주인이 생판 처음 보는 사람에게까지 이런 말을 건넬 줄은 몰랐나 보다.

아까의 대화를 되새겨 보니, 순빈은 이런 말을 나한테만 한 것이 아닌 것 같았다. 살며시 웃음이 나왔다.

"아름다우시옵니다."

나는 내가 느낀 대로 말해 주었다. 사실이었다. 입궁한 뒤 많은 궁녀들과 상궁들을 보아 왔지만 순빈처럼 아름다운 여인은 아직 보지 못했다. 다른 비빈들은 본 적이 없어서 그랬는지도 모르겠지만, 동궁의 여인들 중 가장 아름답다는 것은 장담할 수 있었다.

"소인이 본 여인들 가운데서 가장 아름다우시옵니다."

내 말을 들은 순빈은 약간 입술을 깨물기는 했지만, 한 쪽 볼에 쏙 패여 들어가는 보조개 때문에 기쁜 기색을 숨기지 못했다. 나인 쌍이는 고개를 절레절레 흔들며 살짝 고개를 숙이더니 중얼거렸다.

"마마, 이제 궁인들에게 그만 묻고 다니시는 것이 어떠십니까?"

"왜. 세상에 아리땁다는 소리를 듣는 것을 싫어하는 여인이 있느냐? 단지 묻기만 할 뿐인데."

순빈은 그녀에게 핀잔을 주더니, 손짓을 해서 나에게 앉으라는 시늉을 했다.

세자와 비슷한 나이쯤으로 보이는 그녀는 자신의 외모가 상당히 예쁘다는 걸 알고 있는 듯했다. 아니, 알고 있는 걸 떠나서 칭찬받기를 좋아하는 것 같았다.

정해져 있는 답을 듣기를 원하는 것이기는 했지만 밉살스럽지는 않았다.

객관적으로 그렇기도 했고, 그 대답에 순수하게 기쁜 모습을 여지없이 드러내는 것을 보고 있으니 말이다.

"그래, 동궁전 생과방에 있었다고?"

"예, 마마."

순빈은 사춘기 소녀답게 밝고 웃음이 많은 사람이었다. 친근감 있게 물어오는 그녀에게 호감이 생길 것도 같았다. 하지만 그녀와 가까워져서는 안 됐다.

나는 애써 입꼬리를 끌어내리며 엄숙한 표정을 지어 보이고는 말했다.

"생과방에서 무얼 했느냐? 저하께서 직접 너를 골라서 내게 보내신 것을 보면, 가까운 사이였던 듯한데. 시중을 들었느냐?"

"저하의 시중만을 든 것은 아니옵니다. 주로 생과방 일을 하고, 가끔 대군들께서 문후 여쭈러 오실 때 다과상을 내어가기도 하였사옵니다."

순빈이 휘빈처럼 나를 몰아붙일까 지레 걱정이 되어 얼른 부정의 말부터 꺼내놓았다. 하지만 순빈은 내가 세자와 가까웠던 것에 질투를 할 생각은 없어 보였다.

그녀는 내가 말을 하는 동안 작게 고개를 몇 번 끄덕이더니, 곧 턱을 괴고 불쑥 얼굴을 내밀어 보였다.

"오오, 그래. 그럼 저하의 취향을 잘 알고 있겠구나."

"취향이요?"

"저하께서는 어떤 차를 제일 좋아하시느냐? 과자는 무엇을 즐기시는지 아느냐?"

"그, 그게……."

재빨리 머리를 굴려 나는 세자가 즐기는 것을 떠올려 보았다. 생각을 정리하고 있는 중에도 순빈을 대답을 보챘다. 열일곱의 순빈은 여러 모로 주변 사람들을 당황시키는 구석이 있었다.

처음에는 아름다운 얼굴로, 그리고 그 후에는 예상하지 못한 언사와 행동으로 말이다. 그렇게 어느새 나와 순빈은 머리를 맞대고 빈궁전에서 특별히 꾸리는 세자의 다과상을 계획하고 있었다.

5. 이 강토에 달빛이 물들면

"그래서, 정녕 이렇게 하면 된단 말이지?"
"예. 저하께서는 아무 것이나 다 잘 드시지만 그 중에서 과실(果實)이 든 것은 특히 즐기시는 것 같았습니다."
"좋아."

내내 머리를 맞대고 세 명이서 궁리해 낸 다과상 차림의 목적은 '동궁전 왕래'에 있는 것이었다. 가례를 치른 지 얼마 되지도 않았지만, 순빈은 애교 많은 특유의 성격을 무기로 삼은 듯했다. 그녀는 한 번 본 남편을 몹시도 마음에 들어 했지만, 이미 세자에게는 후궁이 둘이나 있는 것이 문제였다. 잉첩을 여럿 둔 사실에 상처입거나 소심해질 법도 하건만, 그 사실을 미리 알고서 다짐이라도 해 두었는지 그녀는 주눅 들지 않았다.

"허나 마마, 다과상은 동궁전 생과방에서도 차릴 것인데 이렇게 하셔도 좋을까요?"

나인 쌍이가 걱정스러운 듯 물음에도 순빈은 고개를 흔들며, 자신만만한 미소를 지어보일 뿐이었다.

"그쯤이야 문제되지 않을 것이다. 먼저 동궁전 생과방에 말을 넣어 두면 되니까. 중요한 것은 이것이다. 서담아, 소훈들이 다과상을 차려들고 저하께 가는 것을 본 적이 있느냐?"

"아니요. 주로 저하께서 처소로 납시는 것으로 알고 있사옵니다."

"오호라. 그거 잘되었구나. 저하께서 찾아가시기만 한다구. 그렇다면 내가 손수 차린 상을 들고 저하께 올리면 꽤나 신선한 모양새가 되지 않겠니?"

전의를 다지는 순빈은 여인들의 자존심 싸움에 자신 있어 보였다. 어쩌면 미모를 칭찬하여 주는 사람들에게 둘러싸여 자라, 당당한 기개를 가지게 되었는지도 모르겠다. 며칠간 곁에 있었을 뿐이지만 매사에 당당한 그녀의 모습을 보니 부러운 마음이 샘솟았다. 나인 쌍이가 순빈의 손가락에 묻은 먹물을 닦아 주고 있을 때 그녀는 종이에 빼곡히 적힌 목록을 들고 쭉 훑어보고 있었다. 기쁨으로 빛나는 그녀의 얼굴이 자신감으로 물들어 있었다. 여러 과자와 차 이름을 욀 줄만 알고 쓰지는 못하는 나는 앞에 앉아서 그 이름들을 불러 주기만 한 터라, 글쓰기를 끝낸 서탁 위를 분주하게 치우기 시작했다.

"도행병(桃杏餠), 살구편, 모과편, 앵두편, 귤정과······ 과자는 이 정도면 된 것 같고. 음료는 유자화채나 오미자차. 모과차. 귤강차. 그런데 지금 계절에 나지 않는 과실은 어찌하느냐? 벌써 겨울이 다가오고 있는데."

"참, 마마도. 일단 넣어 두었다가 다음에 올리면 되지 않습니까. 모과나 귤, 유자는 챙기고요."

 나인 쌍이는 순빈에게 핀잔을 주며 그녀의 손을 내려놓았다. 순빈은 미간을 좁히며 내게 물어왔다.

 "혹시 생과방에서 철 지난 과실을 보관해 두는 법이 있느냐?"

 "없사옵니다. 마마."

 "그렇구나. 궁이니 무언가 비기(秘技)가 있을 줄 알았지."

 내 대답에 순빈은 아쉽다는 듯 입을 다셨다. 그리고 그녀는 손에 든 종이를 접어 서랍 안에 집어넣었다. 그때 밖에서 박 상궁의 목소리가 들려왔다.

 "마마, 속히 채비하셔야 하옵니다. 조현례((朝見禮) 시각이 되었사옵니다."

 "알았네."

 한참 집중하던 차에 방해받은 터라 순빈의 표정은 잔뜩 찌푸려져 버렸다. 하는 수 없이 승낙을 하자 곧 문이 열리고 다른 상궁들과 나인들이 줄줄이 들어왔다. 나인 쌍이의 쪽을 흘깃 바라보자 그녀는 가례를 지낸 다음 날, 처음으로 왕과 중전을 뵙던 예식이 조현례라고 일러 주었다.

 "마마, 당의를 가져오겠습니다."

 온갖 꾸밈붙이들과 화장 도구들을 올려들고 온 궁녀 무리들을 피해, 나인 쌍이는 곁방에 마련되어 있는 의례용 당의를 가져오겠다며 자리에서 일어났다. 순빈은 고개를 끄덕이며 말했다.

 "서담이 너는 물러가 있거라. 일단 조현례가 끝나고 나면 다시 부를 것이니."

 "예, 마마."

 어느 새 구름같이 몰려든 궁녀들이 이것저것을 꺼내 대어 주고 매만져 주느라 순빈의 모습은 보이지 않게 되었다. 마치 서연의 길례 전 시끌벅

적하던 그 모습을 보는 것 같았다. 집 안의 모든 여인들이 설레어하고 부러워하던 그 기분이 순빈와 궁녀들에게서도 느껴졌다. 그 모습을 잠시 멍하니 바라보고 있는데, 나인 쌍이가 옷깃을 잡아당기는 것이 느껴졌다.

"따라 나와."

대답을 할 틈도 없이 나는 그녀의 손길에 이끌려 방을 나왔다. 나인 쌍이는 주위를 둘러보고, 아무도 없다는 것을 확인한 후 곁방의 문을 열고 그곳으로 나를 밀어 넣었다. 이윽고 등을 떠밀려 들어간 것에 황당해 뒤를 돌아보니, 그녀는 문을 잠그고 있었다. 그러더니 곧 나를 제치고 나와 옷과 장신구들이 가득 쌓인 곳으로 걸어갔다. 미간을 좁힌 채 뭐라고 한 마디를 내뱉으려는데, 화려한 옷가지들에 시선을 빼앗겼다.

그 무엇 하나 화려하고 아름답지 않은 것이 없었다. 옷의 명칭을 제대로 아는 것이 없어 다 헤아려 볼 수는 없으나, 대단하다는 말 밖에는 나오지 않을 정도였다. 나인 쌍이는 그 더미들 속에서 곧 수박빛 비단 당의를 손에 들고 나왔다.

"너, 저하께서 왜 여기로 보내신 거야?"

당의의 솔기를 살피는 듯하던 그녀가 물어왔다. 그걸 물어보려고 데리고 와서 문까지 잠근 건가? 사가에서 데려온 노비라고 대충 짐작은 되었지만, 친밀한 사이도 보통 친밀한 사이가 아닌 것 같았다.

"저하께서는 빈궁 마마께 말벗이 되어 주라 하셨어."

"정녕 그것뿐이라는 말이야?"

"그럼 달리 뭐가 있겠어?"

의심하는 말투에 약간 화가 나서 쏘아붙였다. 그러나 나인 쌍이는 코웃음을 치며 아무렇지도 않다는 듯, 또다시 나를 지나쳐 잠근 문을 열었다.

"그럼 다행이고. 가 봐도 돼. 나는 마마 시중들러 조현례에 따라갈 테니까."

 그 말만 남겨두고서, 쌍이는 휑하니 사라져 버렸다. 왜 내게 적의 아닌 적의를 품는 것인지 몰라 기가 막혔다. 뭘 의심하는 걸까? 동궁전에서 동태를 살피라고 심어 놓은 첩자라도 될 거라고 생각하는 걸까? 아니면 이런 게 바로 쌍이가 언젠가 말해 주었던 것처럼 주인의 눈에 들려는 지밀나인들의 기싸움 중 하나일지도 모르겠다. 그나저나, 이름이 같다고 해서 성격마저 비슷한 것은 아닌 모양이었다. 은근히 적개심을 드러내는 모습의 지밀 쌍이를 보니 벌써부터 생과방의 쌍이가 그리워졌다.

* * *

 순빈과 박 상궁, 나인들 몇몇이 조현례를 위해 사정전(思政殿)으로 간 후 빈궁전은 잠시간의 휴식을 취하게 되었다. 나 역시도 처소로 돌아가 쉬려던 찰나에 생각지도 못했던 이유로 발목이 잡혀 버렸다.
 "저기, 언니는 몇 살이야?"
 "……열세 살."
 쌍이 외에도 순빈이 사가에서 데려온 나인들은 몇 안 되었는데, 그 외에 새로 뽑은 지밀의 아기나인들은 죄다 어린아이였다. 졸지에 나는 지밀 아기나인들 중 가장 나이가 많은 사람이 되어 버렸다. 중궁전에서 보내 준 나인들이 있기는 했지만, 관록이 깊은 궁녀들은 순빈을 곁에서 보필하는 일을 하게 되었으니까 말이다. 폐빈된 김 씨의 지밀나인들을 죄다 바꾸어 버린 터라 새로 뽑은 아이들을 키워야 한다고 해도, 이건 정말 너무한 거다. 나는 내 뒤를 졸졸 따라오는 아이들의 무리에 골치가 아파오기 시작했다.
 "우와, 나이 되게 많다."

많기는 뭐가 많아? 나는 헛웃음이 나오려는 것을 참았다. 초롱초롱하게 빛나는 눈동자들이 적어도 여섯 쌍은 되었다. 나이가 그나마 많아 보이는 아이들이 일고여덟 살쯤 되어 보였고, 제일 어린 아이는 다섯 살쯤 되어 보였다. 잠시간 갖게 된 휴식 시간이라 그런지 빈궁전의 다른 나인들은 코빼기도 보이지 않았다. 생각시들의 훈육을 맡은 상궁마저도 말이다. 이건 무슨 유치원 선생님도 아니고! 생과방에 있었을 때는 아기 나인들의 나이가 대부분 내 또래였기에 당황스러움을 금할 수가 없었다. 본래부터 아이들과 익숙하지 않았던 탓이기도 했지만, 쉴 새 없이 조잘거리는 아이들의 소리를 듣고 있다 보니 식은땀이 날 정도였다.

"언니, 우리도 여기 있어도 되지?"

꼬마 생각시들은 내 허락은 기다리지도 않았다는 듯 자연스레 방 마루 앞에 앉아 자기들끼리 떠들었다. 몰래 방으로 들어가 문을 닫아 버리기라도 할 심산으로 슬쩍 자리에서 일어나기라도 하면, 그들은 고개를 돌려 쳐다봤다. 그러면 나는 멋쩍은 웃음을 지으며 억지로 그 사이에 다시 끼어 앉아 있을 수밖에 없었다.

방금 뵌 빈궁마마가 참으로 화려하고 아름다우시더라. 가례 후 납시는 저하께서 참으로 늠름하시더라. 어젯밤 상궁나인들로부터 주워듣기로는 합환주(合歡酒)가 동이 났다더라. 그런데 지밀은 대체 무얼 하는 곳인가. 등의 이야깃거리가 여기저기서 튀어나왔다. 결국 나는 정신을 차리기도 전에 나는 아이들의 손에 이끌려 어느새 빈궁전 이곳저곳을 구경시켜 주게 되고 말았다. 하지만 나도 빈궁전 지리를 잘 아는 것은 아니었기에, 여기저기를 기웃거리기만 하다가 달래서 돌아오기로 설득하기를 수십 번이었다. 생각시로 뽑아 들이기는 했지만 역시 아이는 아이인지 이리저리 뛰어 다니는 것이 참 천진난만했다. 진이 다 빠져 가는 나는 겨우겨우 아이들의 손을 이끌고 다니느라 정신이 없었다.

"얘들아, 우리 이제 그만 가자. 안 힘들어?"

"안 힘든데. 근데 언니, 저긴 어디야?"

"뭐, 어디?"

가희라는 이름을 가진, 유난히도 목청이 큰 아이가 눈을 빛내며 전각 하나를 가리켰다. 나는 지친 다리를 주무르며 가희가 가리킨 쪽을 따라 시선을 옮겼다.

"헉!"

비현각(丕顯閣)이었다. 동궁의 자선당(慈善堂) 곁에 있는 세자의 집무실. 끌려 다니다 보니 어느새 동궁전까지 와버린 것이었다. 생각시 차림에, 어차피 빈궁전과는 왕래가 잦은 동궁전이다보니 다른 궁인들도 우리들을 딱히 신경 쓰지 않았던 것 같다. 나는 황급히 아이들을 설득했다.

"얘들아, 우리 돌아가자. 가야 돼, 정말로."

"왜?"

"여긴 동궁전이니까. 빈궁전 생각시는 빈궁전에 있어야 돼."

"그러니까 왜?"

놀리려고 하는 것인지, 아니면 정말 궁금해서 묻는 것인지 모르겠다. 나는 순진한 얼굴을 한 생각시들을 바라보며 진땀을 흘리며 나름대로 설명하려 애썼다.

"저기는 저하께서 집무를 보시는 곳이야. 방해하면 안 돼."

"저하께선 빈궁 마마와 사정전엘 가셨잖아."

"아니 그게……."

사실은 사실이었다. 지금 세자는 동궁에 없으니까. 하지만 그렇다 해도, 천둥벌거숭이처럼 아무 데서나 뛰어 놀 수는 없는 노릇이었다. 더더욱 여긴 세자시강원인 춘방이나, 세자익위사인 계방과 가까운 곳이니 말이다. 왕족이 아닌 외간 남자들이 드나드는 곳에 궁녀들이 있는 것은 금지되어 있었다. 그런데 어린 아이들에게 '남자 있는 곳은 안 돼!'라고 설명할 수도 없고. 나는 대충 얼버무렸다.

"아무튼 안 돼. 생각시가 함부로 여기까지 기웃거렸다는 거, 마마님들께서 아시면 정말로 혼난다고."

"이잉……."

물론 제일 혼나는 건 나일 것이다. 내가 제일 나이가 많으니까! 나 혼자 된통 혼날 걸 생각하니 억울하기 그지없었다. 입이 댓 발은 튀어나와 투덜대는 아이들을 하나씩 달래며 나는 슬그머니 걸음을 옮기기 시작했다. 못해도 자선당 쪽으로는 돌아가 있어야 했다. 단호한 내 기색에 아이들은 불만을 내뱉기는 했지만 어쩔 수 없이 걸음을 옮기기 시작했다. 겨우 한숨을 돌린 나는 새삼 지밀상궁들의 고초를 깨달았다. 생과방 최 상궁은 그나마 나은 것이었다. 이렇게 어린 나이의 아기나인들을 키우지는 않으니까. 그렇게 생각시들을 달래 가며 비현각 근처를 벗어날 무렵이었다.

"소저!"

아이들의 손을 잡고 걸음을 떼던 나는 뒤에서 들려온 짧은 목소리에 우뚝 멈춰 섰다. 익숙한 목소리였다. 주위를 둘러보았지만 근처에는 나와 생각시들뿐이었다. 아이들이 똘망똘망한 눈빛으로 나를 올려다봤다.

"언니, 언니 부르는 것 같은데?"

"……그래."

나도 알아. 나는 침을 꿀꺽 삼키며 조심스레 고개를 돌려 뒤를 바라봤다. 나를 저 호칭으로, 더군다나 동궁전에서 저렇게 부를 수 있는 사람은 한 명밖에 없었다.

천천히 그는 나를 향해 걸어오고 있었다. 나는 진평대군의 웃음 서린 얼굴을 바라보다가 나도 모르게 잡고 있던 생각시들의 손을 놓아버렸다.

"마, 마마."

어째서 그가 여기 와 있는 것일까? 세자는 지금 사정전에 가 있을 것이라는 걸 진평대군이 모를 리가 없었다. 가례는 하룻밤에 끝나는 것이 아니라 수많은 예식들이 여러 날에 걸쳐 행해지는 것이었다. 예상치도 못한 그의 등장에 나는 얼굴에 피가 확 몰리는 것을 느꼈다. 진평대군의 얼굴을 보자 그때의 일이 다시 생각났기 때문이다.

"마마께서 어찌하여 이곳에……."

"언니, 누구야?"

영문을 모르는 생각시들은 나와 진평대군을 번갈아보다가 물어왔다. 나는 뒤로 한 발짝 물러서며 빠르게 말했다.

"인사드려. 진평대군 마마셔."

"대군 마마?"

제일 어린 생각시가 내 끝말을 다시 되뇌며 고개를 갸웃거렸다. 하나하나 설명해 주는 것보다 억지로 시키는 것이 낫겠다고 판단한 나는 손을 들어 아이들의 고개를 숙이게 했다. 억지이긴 했지만, 엉겁결에 아이들은 진평대군에게 모두 인사를 했다.

"안녕하세요."

진평대군은 흥미롭게 나와 아이들을 번갈아 보았다. 등줄기에 다시 식은땀이 흐르는 것을 느끼면서, 나는 멋쩍은 웃음을 흘렸다. 분명 얼굴이 붉어졌을 거다. 아무 말 않는 진평대군의 얼굴에서 시선을 돌리다가, 그의 손에 들린 서책을 발견했다. 동궁전에 또 공부하러 왔나? 내 시선이 향하는 곳을 알아챈 진평대군은 그제야 입을 열었다.

"춘방(春坊)에 잠시 들렀소."

"아…… 하지만 저하께서는 지금 빈궁 마마와 함께 사정전으로 납시었사온데."

"알고 있소. 저하께서 춘방에서 기다리라 하셨거든."

"……."

그럼 왜 안 기다리고 나오는 건데요, 하고 묻고 싶었지만 입을 다물었다. 궁금하긴 했지만 우선은 이 아이들을 데리고 돌아가야 했다. 특히나 진평대군과는 대화하는 것이 점점 불편해지고 있었기 때문이다. 하지만 그는 나를 놓아 줄 생각이 없어 보였다.

"빈궁전 생각시들인가 보오."

"예."

"그런데 어찌하여 그대가 맡고 있는 것이오? 상궁이 보살피지 않고서."

"어쩌다 보니……."

"언니가 동궁 구경을 시켜 준댔어요!"

갑자기 가희가 끼어들어 크게 외쳤다. 나는 얕은 신음을 흘렸다. 대군이라 설명한 걸 벌써 잊은 모양이었다. 그래도 제일 나이가 많으니 왕족 앞에서 어떻게 행동해야 하는지는 알 줄 알았는데. 너무 크게 평가해 준 것 같다.

"동궁 구경? 이 비현각까지 말이냐?"

진평대군은 가희의 말에 눈썹을 찡그렸다. 나는 황급히 손사래를 치며 부정했다.

"아, 아닙니다! 저는 그런 적이 없사옵니다. 단지 생각시들이 지리를 익혀 두면 좋을 것 같아 시간이 났기에 잠시 돌아본 것뿐인데……!"

"흠. 그래도 비현각까지 올 필요는 없었을 터인데."

진평대군은 의심하듯이 말꼬리를 흐렸다. 이게 다 생각시들 때문이다. 아니다. 세자 때문인가? 괜히 지밀로 날 보내서 이런 사달이 난 거니까.

골치가 지끈거렸다.

"그게, 저도 사실 동궁전을 다 돌아보지는 못한 터라 길을 잘 몰라 그리 되었습니다."

"정녕 그러하오?"

"예?"

사실대로 털어놓았지만 진평대군이 되물은 것은 예상치 못한 것이었다. 그러면 다른 이유라도 있다는 건가? 나는 황당함에 입을 떡 벌렸다. 그러고선 다시 급히 입을 다물었다. 진평대군은 서책을 든 손을 뒤로 하여 뒷짐을 지더니, 내 앞으로 한 걸음을 다가오며 말했다.

"괜히 구경하러 온 것이 아니오? 생각시들을 핑계거리로 데리고서."

"……무슨 구경을 말씀하시는 것입니까?"

"익위사 관원들이라거나."

"예에?"

이게 무슨 소리야. 어이가 없었다. 그제야 진평대군의 얼굴을 자세히 바라보니, 씰룩이는 입매가 보였다. 억지로 웃음을 참고 있는 것이다. 겉으로는 짐짓 진지한 표정을 하고 있지만, 아무튼 그는 나를 놀리고 있는 것이 분명했다. 아니면 떠보고 있거나. 처음에 찡그려졌던 눈썹에 질겁해 변명했던 게, 그의 속셈에 넘어가 버린 것이 되었다. 내가 했던 말은 그냥 한 귀로 흘려버린 건가? 아니면 알면서도 저리 말하고 있는 거야?

"아니면 시강원 관원? 어느 쪽이오?"

"아무 쪽도 아닙니다!"

쏘아붙이듯 대답했다. 옆에서 대화를 듣고 있던 생각시들의 웃음소리가 점점 커지는 듯했다. 나는 아이들 쪽으로 화난 표정을 지어보였다. 그러자 생각시들은 찔끔한 표정으로 내게서 시선을 피하며 입을 다물었다. 웃음소리가 잦아들자, 나는 다시 진평대군에게 말을 건넸다.

"마마, 이제 그만 놀리시지요. 소인은 생각시들과 동궁전 지리를 익힐 겸 산책을 하고 있었을 뿐이옵니다. 비현각 관원들을 구경하러 올 생각은 없었사옵니다."

그럴 생각이었다면 생과방에 있었을 때 벌써 왔다 갔을 것이다. 단호하게 말하는 나를 보더니, 진평대군은 하는 수 없다는 듯이 고개를 끄덕였다.

"그렇다면 다행이고."

짧은 말다툼을 끝내고 나자, 생각시들이 내 옷깃을 잡아당겼다. 반짝거리는 눈빛을 보아하니, 여기 더 있었다간 무슨 일이라도 날 것 같았다. 마주친 것이 진평대군이니 다행이지. 나는 서둘러 빈궁전으로 돌아가 보기로 마음먹었다.

"마마, 그러면 저희는 이만 돌아가 보겠사옵니다. 얘들아, 대군 마마께 인사드려라."

"마마, 안녕히 계세요."

다행히도 생각시들은 이번에는 순순히 내 말을 따라 인사를 해 주었다. 진평대군에게 고개를 숙여 보이고 아이들의 손을 잡으며 걷는데, 가희가 속삭였다.

"언니, 우리 이제 다시 빈궁전으로 가는 거야?"

"응. 조금 있으면 조현례를 끝내고 빈궁 마마께서도 돌아오실 거야. 그때까지 얼른 돌아가 있어야지."

"근데, 대군 마마도 같이 가?"

"뭐?"

얼마 가지 않아서 멈춰서고 말았다. 가희는 제 말이 말이 틀리지 않았다는 듯, 뒤쪽을 손가락질해 보였다. 그를 따라 다시 시선을 옮기니, 정말로 진평대군은 몇 발짝 뒤에서 우리를 따라오고 있었다. 하지만 내가 멈춰서 그를 쳐다보고 있었기 때문에 곧 뒤쳐지게 되었다. 정말로 우리를 따라오려나 싶었지만 그가 앞장서기에, 길이 갈릴 것이라 생각하고 다시 걸음을 옮겼다.

"아니야. 대군 마마께서는 다른 데로 가실 거야. 마마께서는 빈궁전에 들어오시면 안 돼."

"왜?"

아이들의 호기심이란! 나는 혀를 내둘렀다. '왜'라는 소리를 대체 몇 번이나 듣는 건지. 나는 조그맣게 아이들에게 속삭여 주었다.

"잘 들어, 애들아. 빈궁 마마의 처소에 남자는 세자 저하만 드실 수 있는 거야. 아니면 주상 전하의 허락을 받은 사람이나. 알겠니? 왜 그런 것이냐고 묻지는 마. 나중에 상궁 마마님들이 돌아오시면 여쭤 봐."

"힝……."

"아, 그리고 내가 그러라고 했다는 말도 하면 안 돼. 알았지? 안 그러면 너희랑 안 놀아 줘."

나는 신신당부를 했다. 다소 유치하기는 했지만 이렇게 엄포를 놓아야 저 입들을 다물게 할 수 있을 것 같았기 때문이다. 마지막 말이 꽤나 두려웠는지 아이들은 고개를 끄덕였다. 나중에도 저 아이들이랑 놀아주어야 한다는 게 귀찮아지기는 했지만 효과는 있을 듯했다.

"아! 또 하나 더."

"또? 뭐?"

아이들이 볼멘소리를 했지만, 제일 중요한 것을 잊을 뻔 했다. 나는 모른 체하며 한 마디를 덧붙였다.

"비현각에 와서 대군 마마를 뵌 것은 비밀이야. 어차피 비현각에 왔었다는 말을 하면 혼나는 것은 너희도 마찬가지니까."

"알았어. 그럼, 다음에 또 여기 놀러 와도 돼?"

"안 돼!"

"쳇."

돌아가면서 종알거리며 한 마디씩 하는 아이들에게 일일이 대꾸해 주느라 입이 부르틀 지경이었다. 그렇게 생각시들의 손을 잡고, 진평대군을 앞세워 걷다 보니 어느새 저 멀리 처소 전각 끄트머리가 보였다. 이쯤이면 놓아주어도 되겠지, 하는 생각에 나는 자리에 멈춰 서서 잡고 있던 손을 놓아 주었다. 고삐가 풀린 듯 와— 하는 함성마저 내뱉으며 뛰어가는 아이들의 모습에 기가 다 빨려 나가는 기분이 들었다. 산책 한 번 확실히 한 셈이었다. 힘없는 미소가 지어졌다. 어깨가 아파 팔을 연신 주물러대며, 얼른 방으로 돌아가 쉬려는 생각에 한 발짝을 떼었을 때였다.

"앗!"

저 멀리 가고 있던 진평대군이 어느 새 쏜살같이 다가와 내 손목을 잡아챘다. 그는 다시 길을 되돌아가더니, 어느 전각의 모퉁이 사이로 몸을 숨겼다.

"대군 마마, 이게 무슨……!"

"쉿. 그리 큰 소리로 말하면 누가 듣겠소."

입에 손가락까지 가져다대며 조용히 하라는 시늉을 하는 진평대군의 모습이 지척에 있었다. 다시 얼굴이 달아올랐다. 그가 잡고 있는 손목이 불에 덴 듯 뜨거웠다.

"마마. 이, 이것 좀……."

"아아."

진평대군은 그제야 내 손목을 놓아 주었다. 황급히 다른 한 쪽 손으로 손목을 감싸 보았지만, 그 뜨거웠던 기운은 사라져 있었다. 내가 손목을 매만지는 것을 바라보던 진평대군은 내게 들고 있던 서책들 중 하나를 건네주었다.

"자, 받으시오."

"……이것은."

자전이었다. 종이가 조금 낡아 있는 것으로 보아 꽤 오래된 것 같아 보였다. 진평대군은 빙그레 웃으며 말했다.

"일전에 보니 글자 공부를 좀 해야 할 듯싶어서. 혹시 갖고 있는 것이오?"

고개를 살짝 저어 보이자 진평대군의 미소가 더욱 짙어졌다.

"잘되었군. 도움이 되었으면 좋겠소."

"……감사합니다, 마마. 헌데 이걸 주시려고 여기에 끌고 오신 것이옵니까?"

일단 선물을 받았으니 감사 인사는 했는데, 영 수상쩍었다. 서책을 줄 것이라면 아까 그 자리에서 줘도 됐을 텐데. 왜 여기로 데려온 거지? 내 물음에 진평대군은 잠시 동안 침묵하더니 곧 입을 열었다.

"묻고 싶은 것이 있어서."

"묻고 싶은 것이라니요?"

"나는 저번에 말했소. 그대와 있었던 시간이 좋았다고."

얼굴 표정은 하나도 변하지 않은 채로 그 말을 다시 내뱉는 진평대군이었다. 순간 서책을 껴안은 채로 그 자리에 얼어붙어버린 내게 진평대군은 다시 말했다. 그의 숨결과 함께 낮은 목소리가 귓가로 스며들었다.

"그대는 어땠는지 묻고 싶었어. 허나 아까 그 자리에서는 도저히 물을 수가 없더군. 어린 생각시들의 귀에라도 들어간다면 곤란해지지 않았겠소."

"……."

"허니 이제 말해 주시오. 나와의 시간이 어떠했는지."

억지로 지워버리려고 애썼던 터라, 그 기억에 대한 내 감상이 존재할리가 없었다. 아니, 사실은 어떤 느낌이 있기는 있었던 것 같지만…… 나는 재빨리 고개를 흔들고 대답했다.

"참으로 유익한 시간이었사옵니다!"

"……유익?"

예상했던 답이 아닌 듯, 진평대군의 입매는 묘하게 일그러져 있었다. 하지만 그것을 신경 쓸 때가 아니었다. 일단 벗어나고 봐야 했다.

"예! 그 일로 인해 이렇게 대군 마마께 서책도 하사받고. 참으로 좋은 시간이었사옵니다."

"……."

나는 진평대군이 더 캐어묻기 전에 마구 떠들기 시작했다. 나의 짧은 생각으로 저질러 놓은 일을 훌륭하게 무마해 주었던 대군의 능력은 하해와 같으니, 비록 길지 않은 시간이었지만 곁에서 듣기만 한 것으로도 한층 식견이 느는 것 같다, 그 가르침을 잠깐이나마 얻을 수 있어서 정말 감동이었다 등등. 결국 끝으로, 받은 자전을 열심히 공부해서 가르침에 보답하겠다는 말로 연설을 끝내고서 나는 가까스로 미소를 지어 보인 채 말했다.

"물론 대군 마마께서는 미천한 궁녀에게 그리 시간을 빼앗기신 것이 달갑지 않으셨겠지만, 저는 그러하였습니다. 그럼 소인은 이제 가 봐야 해서……."

말꼬리를 흐리며 슬그머니 걸음을 옮기려 했다. 아무 말도 않는 걸로 봐서 무슨 생각을 하고 있는지는 도무지 알 수가 없었지만. 몇 발짝이나 떼었을까. 진평대군은 걷고 있는 내 곁으로 와서 섰다.

"본인 하고 싶은 말만 하고 가는 법이 어디 있소?"

"……그, 그게."

"어차피 조현례 후에 빈궁께서 생각시인 그대를 불러들이지도 않을 것이 아니오. 어째서 그리 빨리 도망치려 하는 거요?"

"……."

"나와 있는 것이 불편해서요?"

정곡을 찔리자 나는 입을 조개마냥 다물 수밖에 없었다. 침묵이 긍정임을 알아챘는지 진평대군의 눈빛이 순간 바뀌었다. 뭐, 뭐지? 나는 급하게 입을 열었다.

"아, 아닙니다, 대군 마마. 빈궁 마마께서 특별히 저를 불러 하명하신 일이 있어 그러한 것이옵니다."

"……."

"진짜입니다."

궁색하게 변명까지 덧붙였다. 걸음을 우뚝 멈춰서 내 얼굴을 빤히 들여다보고 있는 대군의 모습에 점점 어색한 기류가 흐르는 걸 느낄 수 있었다. 도저히 못 참겠다고 속으로 비명이 터져 나올 때쯤 그는 다시 입을 열었다.

"빈궁 마마의 부름에 응하는 일, 그리고 그대와 내가 대화하는 일 중에. 무엇이 더 중요하오?"

뭐라는 거야, 진짜. 나는 도저히 대답할 수가 없었다. 대체 무슨 생각으로, 어떤 대답을 원하기에 저런 걸 물어보는 거지? 결국 아무 말도 못 한 채 붙박여 서 있기만 하자 진평대군이 한숨을 폭 내쉬었다.

"대답하기 어려워 보이는군. 알았소."

"……."

"빈궁 마마께서는 그대를 무엇 때문에 부르신다는 거요? 설마 이것마저도 말 못 하겠다 하지는 않을 테지."

"……마마께서 저하의 처소에 납실 때 마련할 다과상에 관련한 것 때문입니다. 제가 동궁전 생과방 궁녀였으니까요."

대군의 물음에 끝까지 입을 다물고 있을 수는 없어서 하는 수 없이 눈을 질끈 감고 말해 주고 말았다. 사실 함구해야 할 일도 아니었으니까. 순빈이 못할 짓을 꾸민 것도 아니고. 하지만 진평대군은 심각한 표정이 되어 말했다.

"빈궁께서 그대를 이용하려 하신단 말이오?"

"예에?"

어떻게 하면 그렇게 생각할 수 있는 걸까? 기가 막혔다. 진평대군은 어이없어하는 내 표정을 보더니 더욱 진지한 표정을 지었다.

"빈궁께서 혹 무리한 요구를 하시지는 않았소? 그대는 이제 더 이상 생과방 궁녀가 아니니, 혹여나 그런 요구를 하시거든 단호히 거절하시오."

"그, 그렇게까지 생각하지 않으셔도 되옵니다. 단지 아녀자가 낭군에게 작은 성의를 보이고자 하는 뜻일 뿐인데, 대군 마마께서 너무 앞서 생각하시는 듯합니다."

진평대군의 말에 의해 나는 순식간에 착취당하는 불쌍한 궁녀가 되어 버렸다. 급히 변명했으나 진평대군은 걱정스러운 표정을 지우지 않았다. 그렇지만 단호한 내 말투에 어쩔 수 없이 수긍하는 듯했다.

"알았소. 그럼 얼른 가보시오. 조현례가 얼추 끝났을 것 같은데."

"예, 마마. 그럼……"

냉큼 대답하고서, 나는 인사를 하고 걸음을 옮겼다. 하지만 또 뒤에서 들려오는 그의 목소리에 귀를 기울이지 않을 수 없었다.

"앞으로는 자주 볼지도 모르겠소."

자주 본다고? 의아함에 돌아보자, 그는 빠른 걸음으로 다가와 내 곁에 섰다.

"안 가시오? 빈궁 마마께서 찾으신다 하지 않았소."

"저, 그것보다…… 어찌하여 자주 보게 된다 하시었는지."

"우선 그대의 일이 급한 듯하니, 가면서 말해 주겠소."

진평대군이 내 팔을 잡아끌어, 하는 수 없이 그와 발을 맞춰 걷게 되었다. 진평대군은 자신의 얼굴을 뚫어지게 쳐다보는 내 눈길을 알아차렸을 텐데도 이제는 덤덤하게 앞만 보며 걷고 있었다.

"아직 확정된 것은 아니지만, 저하께서 말씀하신 고로 기정사실이 될 것이오. 나는 곧 성균관에 입학할 예정이오."

"……성균관이라 하셨사옵니까?"

왕자가 왜 성균관에? 종친들의 배움은 종학에서 이루어지는 것이 아니었나? 예상치 못한 말에 놀라 되물었다. 진평대군은 고개를 끄덕이며 말을 이었다.

"그렇소. 저하께서 내가 좀 더 배워야 한다고 생각하신 모양이지. 덕분에 아주 골치가 아프오."

"……."

"허나 전하께 아직 윤허를 받지 못하여, 입학하기 전까지는 춘방에서 저하와 함께 공부하게 되었소. 덕분에……."

진평대군은 말꼬리를 흐렸다. 그러더니, 갑자기 걷던 발걸음을 멈춰 나와 눈을 맞춰왔다.

"그대를 볼 수 있게 된 것이지."

"……."

"빈궁전으로 가게 되었다 해서 아예 못 볼 줄 알았더니. 방법이 어떻게 해서든 생기긴 생기는구려."

뭐라고 말을 하고 싶은데 말이 나오지 않았다. 머릿속이 하얗게 비워진 것만 같았다. 떠오르는 것은 의문뿐. 그런 것이 내 얼굴에도 드러났는지, 진평대군은 빙그레 웃더니 손을 들어, 나도 모르게 풀어헤쳐진 머리카락 한 가닥을 귓바퀴 뒤로 넘겨 주며 말했다.
"다 왔소. 잘 가시오, 소저. 다음에 봅시다."

* * *

모르겠다.
"-담아."
정말로 모르겠다. 대체 그가 왜 그런 행동을 하는 건지. 저 시간에서 겪었어도 충분히 당황하기 이를 데 없는 상황이, 지금 이 시간에서 벌어지니 더 어색하고 믿겨지지가 않았다. 열심히 부정하고 잊어보려고 해보았자 소용이 없게 되었다. 분명 아까 있었던 일은 단순히 처형에게, 아니 세자의 궁녀에게 할 만한 행동이 아니다. 나는 진평대군의 저의를 더 이상 속단이라 이르지 않을 수 없게 되었다. 넉넉하지 못하다는 말로는 표현도 안 될 정도로 궁색하게 살아오던 현대의 시간에서는 이런 감정을 느낄 시간조차 없었다. 낮에는 녹초가 되도록 힘들게 일하고 밤에는 수마(睡魔)를 참아 가며 이를 악물고 공부하던 날의 연속이 내가 살던 전부였다. 그러기에 나는 감정의 변화에 익숙지 않았다. 받아 본 적도, 주어 본 적도 없었으니까. 대체 왜? 대체 왜 어떤 부분에서 그가 나를 그렇게 생각하게 된 걸까.
"서담아!"
"아, 예!"
꼬리에 꼬리를 물고 이어지는 생각이 미궁 속으로 빨려 들어갈 때쯤 귓가에는 순빈이 부르는 내 목소리가 들려왔다. 나는 화들짝 놀라, 엉겁결에 대답을 내뱉었다.

"예, 빈궁 마마. 송구하옵니다. 소인이 잠깐 다른 생각을……."
 "무슨 생각을 하였기에 그러느냐?"
 "……빈궁 마마께서 하문하시는 데 집중하지 않고서."
 나인 쌍이의 볼멘소리에 나는 부르쥔 주먹을 조용히 뒤로 숨겼다. 물론 내가 잘못한 것은 맞았지만, 저렇게 빈정거릴 것까지는 없었는데. 그녀에게 피어오르는 짜증을 억누르며 나는 천천히 대답했다.
 "약과는 많이 올렸으니 다음번에 올리도록 하시는 것이 어떨까 하옵니다."
 "흠, 그런가? 그럼 저하께서 단 것은 즐기시느냐?"
 "예, 약과를 꿀과 곁들여 드시는 것도 잘 잡수셨던 기억이 나옵니다."
 "그래, 그러면 약과는 생과방에 맡기고. 무언가 특별하면서도 기억에 남는 것이 좋겠는데."
 순빈은 쉽게 결정을 내리지 못하고, 목록을 쥔 채 손으로 짚어 가며 중얼거렸다. 그러면서, 조현례는 왕과 중전에게 예를 차리는 것이라는 걸 알고는 있었지만 세자와 단둘이 이야기를 나눌 짬이 없을 거라고는 꿈에도 상상하지 못했다고 덧붙였다. 빡빡하게 짜인 일정을 소화하는 것만으로도 순빈은 진이 다 빠진 듯했다. 물론 쉴 새 없이 말을 꺼내고 있는 입만 빼고서. 물론 가례 사흘째가 되는 내일, 관궤례(盥饋禮)를 치르는 동안에도 마찬가지일 것이라고 말하며 그녀는 울상을 지었다.
 "대체 이리도 시간이 없으니! 무얼 준비해서 올릴 수 있기나 한 것이야? 내자가 낭군을 뵙겠다는 데도 가로막는 것이 이리도 많으니. 대체 가례란 것이 끝나기나 하는 것인지 모르겠다."
 과연 순빈의 말처럼, 가례는 단순한 혼례식이 아니었다. 적당한 처녀를 골라 커다랗고 화려하게 꾸민 곳에서 혼례식만 치르면 되는 것인 줄 알았는데, 역시 다음 국왕 부부를 공식적으로 인정하는 행사여서 그런지 쉽지가 않았다. 그나마 세자는 원래의 성격도 있고, 좋지 않게 끝났던 전 세자빈의 경우도 있어서 참는 듯했으나- 천성이 자유롭고 거침이 없는 듯해 보이는 순빈은 영 갑갑함을 참지 못했다.

"부부 사이에 있어서 제일 중요한 것은 서로간의 정(精)이거늘. 어찌하여 궐은 정(正)만을 요구하는지 모르겠소. 답답하다, 답답해."

"마마, 그래도 참으시옵소서. 이제는 세자빈이 되시질 않으셨습니까. 부모님을 생각하셔서라도 참으시지요."

사가에서부터 주인을 모셔 온 나인 쌍이는 그런 그녀의 성격을 잘 알고 있는지, 곧 그녀를 달래기 시작했다. 순빈이 한탄하다가 던져 버린 목록도 다시 집어 손에 쥐어 주었다.

"그래도 저하께서 마마를 마음에 들어 하신 것 같다 하시지 않으셨사옵니까? 저하의 마음을 사로잡아야 저 소훈 나부랭이들이 마마의 발밑에 엎드려 살지요. 아니 그렇사옵니까?"

"그래, 그렇지!"

나인 쌍이의 말에 순빈은 시들어가던 화초에 물을 뿌린 것마냥 생기를 되찾았다. 보료에 무너져 내리던 몸도 다시 등을 펴 곧추세웠다. 눈동자가 다시 맹렬하게 반짝이는 순빈이 내게 물었다.

"일단 가례가 끝나면, 귤강차를 올려야겠다. 그때쯤이면 탐라(耽羅)에서 귤이 진상되어 올 테니. 과자만 결정하면 되겠다. 무얼 하지? 무엇이 좋겠느냐?"

"마마, 결정하기가 어려우시면 직접 여쭈어 보시지요."

순빈과 덩달아 고민하고 있는 내 모습을 흘낏 바라본 나인 쌍이가 얼른 순빈에게 일렀다. 그 말에 순빈이 고개를 갸웃하며 대꾸했다.

"저하께 직접?"

"예. 마마께서 저하께 직접 좋아하시는 것이 무엇이냐 여쭈어 보고 올리십시오. 비록 비밀스레 준비하는 즐거움은 없어질 것이나 받는 이의 만족도는 크지 않겠사옵니까? 게다가 여인이 자신의 취향을 물어 챙겨주는 것을 마다할 사내는 없지요. 오히려 사내는 그런 여인의 정성에 탄복할 것입니다. 은애하는 마음이 얼마나 큰지도 알아채겠지요."

"오오, 그렇구나!"

이제야 답을 찾았다는 듯 환호성을 지르는 순빈의 모습에 나인 쌍이는 덩달아 즐거워 보였다. 하지만 나는 그 둘과 달리 얼어붙은 듯 동작을 멈추어 버릴 수밖에 없었다. 번뜩 머릿속에 스치고 지나간 어떤 사실 때문에 헛웃음이 나와 버리려는 것을 참으려 한 손으로 입을 틀어막고서.

—다음에는 어떤 차를 가져올까요? 마마께서 좋아하시는 것으로 대령할까 하옵니다.

진평대군에게 물었던 그 한 마디가 그에게는 어떤 다른 의미로 다가왔음을 나는 새삼 깨닫고 속으로 소리 없는 비명을 질러댔다. 일은 내가 자초한 것이었다. 이제 어떻게 한담?

* * *

"똑바로 들어. 모양 다 망가지겠다."

"……잘 들고 있으니 그만 신경 써 줘도 돼."

시비를 걸자는 건지, 자꾸만 트집을 잡아 대는 나인 쌍이의 태도에 나는 화를 내지 않으려 이를 악물고 대답했다. 흐드러지게 차려 놓은 상(床)이 무겁기는 했지만 그래도 쏟아 버릴 정도는 아니었다. 이래 봬도 생과방 궁녀로 있었던 게 근 일 년인데! 내 대답을 들은 나인 쌍이는 코웃음을 치곤 다시 고개를 돌려, 앞서 가고 있던 순빈의 뒤꽁무니로 따라붙었다. 사가에서부터 데려온 나인만 아니었어도, 나는 부글부글 끓어오르는 것을 애써 꾹꾹 눌러 담았다.

그러나 그를 더 신경 쓸 틈도 없이, 어느새 나는 비현각 근처에 와 있었다. 물론 그와 마주칠 가능성은 적었지만 나도 모르게 숨을 죽이고 조심스럽게 걸음을 옮겼다. 춘방 근처를 지날 때는 마치 축지법을 쓰는 양 빨리 걸었다. 어제 나인 쌍이의 말로 깨닫고 난 후 밤새 잠을 이루지 못하고, 애꿎은 이불만 발로 차 댔다. 몰랐다는 말로 해결될 것이 아니었다. 이미 벌어져 버린 것을. 괜히 쓸데없이 호승한 내 성격 때문이다. 그냥 곱게 물었으면 될 걸, 왜 진평대군을 끌어들여서! 미래의 세조이기 때문에 알아서 기려던 생각 따위는 미리 묻지 않아도 되었잖아.

하지만 내가 먼저 그를 찾아가서 사실 이러이러해서 그러했다, 고 말할 수는 없는 노릇이었다. 아니, 어쩌면 차라리 최대한 마주치지 않도록 노력하는 편이 더 나을지도 몰랐다. 진평대군은 분명 내게 일시적인 호기심이 일어서 그랬을 것이다. 당연하지 않은가? 순빈처럼 얼굴이 빼어나게 예쁜 것도 아니고, 이제는 신분도 한낱 궁녀일 뿐이다. 그럼에도 내게 그런 행동을 한 것은, 나인 쌍이의 말처럼 내가 자신을 은애하고 있다고 착각해서였겠지. 그의 관심을 거두게 하려면 앞으로는 내가 그에게 다른 마음이 없다는 것을 보여 주는 수밖에 없었다. 마침 이제는 거처도 빈궁전이었으니 처소에 얌전히 박혀 있기만 한다면 진평대군이 나를 마주칠 기회 따위는 없을 것이었다.

"빨리 와!"

"가. 간다고."

그러나 다짐은 마음처럼 쉽게 이루어지지 않았다. 얌전히 순빈의 곁에서 말벗이나 하며 있으려 했는데, 그녀의 신분이 세자빈이라는 것은 망각하고 말았던 것이다. 마침 나는 세자의 궁녀였고.

"마마, 대체 저 아이는 왜 데려오시는 것입니까? 저렇게 발이 느려 터졌는데."
 "또, 또! 너는 그 말버릇 좀 제발 고치거라. 나니까 이렇게 봐 주지, 다른 사람들 앞에서 그렇게 말하면 필시 경을 칠 것이니."
 "마마, 상은 제가 들었어도 되는데 저 아이는 왜 데려오셨나니까요?"
 순빈의 곁에 찰싹 달라붙어서 내게 간간히 날카로운 눈빛을 보내며, 나인 쌍이는 계속 졸라대고 있었다. 입술을 깨물며 나도 조용히 읊조렸다. 그러니까. 나도 오고 싶지 않았다고.
 "서담이가 동궁전 궁녀였지 않느냐. 차 시중을 든 적도 있다고 하니, 저하께서도 얼굴을 알고 계시겠지."
 "······그래서요?"
 "그래서긴 뭐가 그래서야? 너는 참. 아무리 그래도 내가 직접 저하의 취향을 알고 싶어서 이렇게 찾아왔다 하면 저하께서 참으로 기꺼워하시겠다. 대충 서담이의 말을 듣고 찾아왔다 하며 물꼬를 틀면 될 것이 아니냐."
 순빈은 혀까지 차며 나인 쌍이에게 하나하나 일러 주었다. 그것을 잠자코 듣고 있어야 하는 나는 죽을 맛이었다. 어쩐지, 꼭 가야 하냐고 물을 때 정색을 하고 나서 단번에 그래야 한다 대답했던 것이 저 이유 때문이었구나. 순진한 사람인 줄 알았더니, 완전히 여우다. 순빈의 성미에 못 이겨 이렇게 끌려오기는 했지만, 다복한 결혼생활을 꿈꾸고 있는 소녀의 모습을 보니 웃음이 나왔다. 그래, 아직은 그 시간이 오지 않았을 테니까. 어쩌면 생각보다 그들은 행복했을지도 모른다.
 "마마, 오르시지요."
 어느새 세자가 집무를 보는 전각에까지 이르렀다. 순빈은 익숙하게 나인 쌍이의 팔에 의지하여 신발을 벗고, 마루에 올라섰다. 남편을 보러 간다고 한껏 치장하고 온 터라 커다랗게 다리를 얹은 가체와 꼼꼼하게 꽂은 순금 떨잠이 꽤나 무거웠는지 그녀의 몸이 순간 휘청했다. 그러나 나인 쌍이가 두 손으로 얼른 그녀의 어깨를 지탱해 주어 그녀는 사뿐히 마루에서 균형을 잡을 수 있었다.

"고맙다, 쌍아. 서담이의 상도 얼른 받아라."

"……예, 마마."

그녀의 입에서 내 이름이 나온 순간 미간에 내 천(川)자로 주름이 잡히는 나인 쌍이의 얼굴을 보았지만, 나는 짐짓 모른 체 무거운 다과상을 그녀에게 떠넘겼다.

"자. 받아."

"……."

"고마워, 쌍아."

그녀가 약 올라 죽을 것 같은 속내를 하고 있을 것이라는 걸 알고 있어서 나는 얄밉게 한 마디를 더 덧붙였다. 내가 저보다 어리다고 해서 얌전히 입을 다물고만 있을 줄 알았다면 오산이다.

"얼른 받아."

나인 쌍이는 내가 무사히 마루로 올라서자 차가운 목소리로 얼른 다과상을 다시 떠넘겼다. 그것을 받아들자마자, 애가 타는지 순빈은 종종걸음을 쳤다. 그녀를 급하게 뒤따르자, 어느새 지밀나인들이 시립해 있는 것이 눈이 들어왔다. 순빈을 알아본 나인이 급하게 고했다.

"저하, 빈궁 마마 드시옵니다."

"……."

그러나 방 안에서는 허락의 말이 들려오지 않았다. 당황한 표정의 나인이 다시 한 번 말을 올렸다.

"저하, 빈궁 마마께서 드시었사옵니다."

"……들라 하라."

그제야 세자의 목소리가 들려왔다. 초조한 표정이었던 순빈은 단번에 얼굴에 웃음꽃이 피었다. 문이 열리고, 순빈은 더없이 기쁜 얼굴로 걸음을 내딛었다. 하지만 그녀의 뒤를 따라 다과상을 들고 걸음을 떼던 나는 왜인지 모르게 눈을 꼭 감고 입술을 깨문 지밀나인의 얼굴을 보고 말았다. 그녀는 얼굴이 새하얗게 질려 있었다. 마치 무슨 잘못이라도 한 것처럼 보였다. 하지만 의아함을 가질 새도 없이 나는 세자가 있는 곳으로 몸을 향한 뒤였다.

"……빈궁께서 어쩐 일이오?"

언제나처럼 서탁 앞에 앉아 무엇인지 모를 서책과 종이들을 가득 들여다보고 있었던 것이 분명한 세자가 보료에 앉아 물었다. 무거운 가체 탓에 겨우 고개를 살짝 숙여 보인 순빈이 가까스로 다시 고개를 들어올리며, 한껏 웃음을 머금은 채로 대답했다.

"저하, 공사(公私)가 다망하시다 하나 휴식을 취하시는 것도 중요하다 사료되옵니다. 하여 신첩이 다과를 꾸려 내어왔사옵니다."

"그렇지 않아도 다과는 생과방에서 신경 쓸 것인데, 빈궁께서 괜한 수고를 하셨습니다."

어제 가례를 올린 부부라고 보기에는 너무나도 무심한 목소리였다. 나는 놀라서 세자를 쳐다봤다. 그는 어느새 시선을 다시 서책에 고정하고 있었다. 순빈은 위태로운 가체의 무게를 견디며 그대로 서 있었다. 하지만 그렇게 차가운 남편의 목소리를 들었음에도 불구하고, 순빈의 얼굴은 아까 전과 같이 완벽한 웃음을 짓고 있었다.

"그래도 저하를 위한 것이니 신첩이 직접 올리고 싶었사옵니다. 본결에 있었을 때부터 신첩이 그려 온 아주 오래된 바람이옵니다."

"……"

"서담아, 상을 올려라."

기다려도 끝까지 앉으라는 말을 꺼내 주지 않는 세자였다. 순빈은 선 채로 세자를 똑바로 내려다보며 내게 말했다. 그러자, 세자가 퍼뜩 고개를 들어 나를 바라봤다. 나는 불안한 마음으로 세자의 곁으로 다가가 다과상을 내려놓았다. 따라붙는 세자의 시선이 불편했다. 그러나 어쩐지 화가 난 표정은 아니어서, 나는 조심스레 구석에 있는 비단 방석을 가져다 순빈의 앞에 놓아 주었다.

"고맙구나."

순빈은 눈빛 한 점 흐트러지지 않은 채, 우아하게 인사마저 건네고 자리에 살며시 앉았다. 정말 아무렇지 않은 걸까? 나는 괜히 걱정이 되어 그녀를 살폈지만 순빈은 따스하게 미소 짓고 있을 뿐이었다.

"너도 왔느냐."

세자는 조용히 나를 바라보며 한 마디를 뱉었다. 나는 조그맣게 대답했다.

"예, 저하."

다행히 그는 다른 말은 하지 않았다. 시선을 돌려 상에 차려진 다과들을 내려다봤을 뿐이다. 찬찬히 하나씩 살피는 세자의 모습을 바라보며 순빈이 말했다.

"미거한 신첩이 나름대로 생각하여 꾸려 본 것인데, 저하의 입맛에 잘 맞으실지 모르겠사옵니다."

"괜찮소. 빈궁께서 신경 쓰신 것이니 들어 보지요."

선심이나 쓴다는 듯이 대답하는 세자의 태도에 어이가 없었다. 분명 표정을 보면 기분이 나쁜 것은 아닌 것 같은데, 대체 말투가 왜 저런 거야? 말만 들으면 비아냥거리는 것인 줄 알겠다. 그러나 순빈은 활짝 웃으며 손수 다기를 들어 차를 따라 올릴 뿐이었다.

"저하의 사려 깊으신 말씀에 망극하기만 할 따름이옵니다."

사려 깊기는 무슨. 세자만 아니었으면 그게 무슨 태도냐고 소리치기라도 하고 싶을 정도였다. 하지만 나는 구석에 가만히 서 있을 수밖에 없는 사람이었다. 시선을 여전히 다과상에 고정시키고 있던 세자는 젓가락으로 모과정과 하나를 집어 들었다. 소기의 목적을 달성하기 전에는 간단하게 차리자고 하여, 상 위에 놓인 것은 모과정과가 놓인 그릇과 찻잔으로 소박했다. 하나를 깨물고 맛을 음미한 세자는 젓가락을 내려놓고, 찻잔을 잡았다.

"어떠시옵니까?"

"괜찮구려. 수고하셨소."

그가 차를 여러 모금으로 나누어 마시고 있는 동안 순빈은 나를 흘낏 바라보았다. 나는 잠자코 고개를 끄덕여 주었다. 순빈은 마주본 시선으로 결연한 의지를 보여 주더니, 다시 고개를 돌려 세자를 바라보곤 말을 던졌다.

"저하, 어떤 과자를 즐기시옵니까?"

"······그건 왜 물으시오?"

"좋아하시는 것으로 올리고 싶어 그러하옵니다."

"빈궁께서 지금 준비하신 것으로도 충분하오."

"아닙니다. 이왕 받으시는 것, 좋아하시는 것으로 하셔야 후에 일하실 때도 더 집중하실 수 있지 않겠사옵니까? 저하, 그러지 말고 말씀하여 주시옵소서."

순빈의 말에 세자는 잠시간 침묵을 지켰다. 그리고 탁, 소리가 나게 상 위에 찻잔을 내려놓았다. 그 행동에 여태껏 변화가 없던 순빈의 표정이 놀란 것으로 바뀌었다.

"빈궁."

"예, 저하."

나지막하게 부르는 세자의 음성에 왠지 모를 불안감이 느껴졌다. 순빈도 그것을 느꼈는지 의아하지만 조금 떨리는 목소리로 대답했다.

"솔직히 달갑지 않습니다, 빈궁께서 이리 동궁전까지 왕림하시는 것."

"……예?"

예상치 못한 말에 나와 순빈 모두 딱딱하게 얼어붙을 수밖에 없었다. 그나마 나는 멀찍이 떨어져 그들의 모습을 관전하고 있기에 망정이었으나, 세자의 바로 앞에 앉아 있는 순빈은 파랗게 질린 얼굴이 안쓰러울 따름이었다.

"그것이 무슨 말씀이시온지."

"나는 빈궁께서, 세자빈으로서 좀 더 올바른 행보를 보여 주기를 바랍니다."

"……올바른 행보라 하시오면."

"이런 것은 말입니다."

떨리는 음성이나마 순빈은 야무지게 세자에게 궁금한 것을 묻고 있었다. 나조차도 긴장되어 세자의 말을 기다리는데, 그는 자신의 앞에 놓인 다과상을 살짝 옆으로 밀어 보였다. 방 안에 있는 세 사람의 눈길이 정갈하게 차려진 다과상에 꽂혔다.

"궁인들에게 맡기면 될 일입니다. 빈궁께서는 내일 있을 회문례(回門禮) 준비에 힘쓰고 있어야 하지 않습니까."

"……아."

"이제는 여염집 규수가 아니라 세자빈이지 않습니까. 훗날 국모가 될 여인이라면 사사로운 것보다야 예(禮)를 먼저 생각하셔야지요. 다른 때도 마찬가지입니다. 다과상 따위보다 세자빈으로서 해야 할 일을 먼저 생각해 주세요."

"송구하옵니다. 신첩이 생각이 짧았습니다."

"아닙니다. 이제 막 가례를 치렀으니 익숙하지 않을 법도 하지요."

순빈은 세자에게 즉각 자신의 잘못을 인정했다. 하지만 세자는 말로는 개의치 않는다 하면서도 표정은 못마땅함을 겨우 가리고 있는 것처럼 보였다. 보름달처럼 밝았던 순빈의 표정은 어느새 사라지고 먹구름이 가득 끼어 있었다. 선홍빛 입술은 꼭 깨물려 진홍빛이 되어 있었다.

"……앞으로는, 유의하겠사옵니다."

"아, 그러고 보니 빈궁에게 곧 궁인을 보내려 하였는데. 마침 직접 왔으니 잘되었군요."

오래 있겠다는 것도 아니고, 남편에게 잠깐 다과상을 올리러 온 것까지 예를 들먹이는 세자의 태도에 기함할 새도 없이 그는 빈궁에게 몰아치듯 말했다. 그나마 이번에는 잘못을 지적하려 하는 것은 아닌 것 같아서, 나는 다음에 이어질 그의 말을 궁금해 하며 기다렸다.

"어떤……?"

"회문례는 빈궁 혼자 가셔야 할 것 같습니다."

"예?"

놀란 듯 순빈이 되물었다. 나는 한숨을 내쉬었다. 세상에. 첫 번째도 아니고, 한 번 실패한 뒤 겨우 맞아들인 두 번째 세자빈인데. 어떻게 그럴 수가.

"그러면…… 본곁에는 신첩 혼자 가야 한다는 말씀이시옵니까?"

"유감스럽지만 그렇게 되었습니다."

자신은 순빈에게 예를 먼저 생각하지 않았다 꾸짖어 놓고서 하는 행동은 그녀와 마찬가지였다. 부창부수(夫唱婦隨)라는 말이 생각나는 순간이었다. 회문례는 가례를 치른 후 세자빈이 친정으로 세자와 함께 돌아가 부모친지에게 인사를 하는 예식이었다. 이제는 평생을 궁에서 살아야 할 여인에게는 혼인 후 처음으로 일가붙이들을 만날 수 있는 기회였던 것이다. 그러면서 처음이자 마지막으로 사위인 세자를 인사시키는 자리이기도 했다. 그런 자리를 세자는 지금 순빈에게 혼자 가라고 하고 있는 것이었다.

"그, 그러시군요."

순빈은 무너지려는 표정을 억지로 붙잡고 입꼬리를 끌어올리려 하고 있었다. 괄괄하고 밝은 성격임에도 이런 소리를 듣는다면 청천벽력이 아니라 할 수 없을 것이다. 나는 애잔함이 느껴져 그녀를 바라보았다. 하지만 순빈은 곧 눈꼬리에 눈물방울이 맺혀도 이상하지 않을 이 상황에서 얼른 씩씩하게 말했다.

"알겠사옵니다. 허면 신첩 혼자 갔다 오겠사옵니다."

"도승지와 좌승지는 수행하지 못할 것입니다. 전하께서 맡기신 일이 있어."

당연하다는 듯 그녀의 말을 맞받는 세자는, 다정하기만 한 말투였다. 마치 자신이 무슨 말을 내뱉었는지조차 자각하지 못하고 있는 것 같았다. 아니, 정말로 모르고 있는 것이 분명했다. 그런 것이 아니라면 저렇게 미소마저 걸고 있을 리가 없다. 사람을 놀리거나 시험하고 있는 것이 아니고서야 어떻게 저러겠는가.

"……예."

"허면 이만 가 보십시오. 내일도 분주할 것이니 말입니다."

"……예."

처음의 모습과는 달리 풀 죽은 모습의 순빈은 순순히 대답만 하고서 조용히 자리에서 일어났다. 고개를 숙여 보이고서 걸어오는 그녀의 눈가는 이제 붉어져 있었다. 깨문 입술은 피가 배어나올 듯이 빨갰다. 나는 그녀의 얼굴을 못 본 척 문을 열어 주었다.

순빈은 재빨리 나를 지나쳐 문턱을 넘어섰다. 짧은 시간이었지만 사락거리는 비단 치맛자락 소리는 곧 회랑(回廊)을 따라 이어졌다. 나는 세자에게 고개를 숙여 인사를 한 뒤 따라 나가려 걸음을 떼었다. 하지만 세자의 한 마디가 내 발걸음을 붙들었다.

"서담아. 이것, 들고 나가거라."

세자가 가리켜 보인 것은 순빈이 차려온 다과상이었다. 그 순간 울컥하는 것을 느꼈지만 나는 이를 사리물고 가까스로 참았다. 겨우 걸어 나가서 그 상을 들어올렸다. 세자는 다시 아무렇지도 않은 표정으로 서탁 위에 놓인 종이와 서책들로 시선을 돌린 후였다. 정말 아무렇지 않은 걸까? 방금 전의 언행이 자신의 부인에게 어떤 상처를 주었는지, 그에게는 짐작조차 할 필요 없이 너무나 사소한 것이었을까? 행실이 바르지 못해 쫓겨난 두 번째 세자빈으로 순빈을 기억하고 있던 것이 왠지 미안해졌다.

길지 않은 시간이었지만, 내가 보아 온 순빈은 갓 혼인한 새색시에 걸맞게 남편을 그리워하고 보고 싶어 하는 여인이었다. 한낱 궁녀들 앞에서조차 그런 반응을 꾸밀 필요까지는 없으니, 분명 그녀의 감정은 진짜일 것이다.

그런 그녀가 후일에 쫓겨나게 되는 것은, 무얼 의미하는 것일까. 상을 들고 있는 팔이 순간 후들거렸다. 머릿속을 강타하는 어떤 사실이 차갑게 살갗에 와 닿았다. 세자는, 비록 왕으로서는 성군으로 기억되었을지 몰라도 남편으로서는 좋은 사람이라 보기 어려운 사람이다. 단순히 총애하지 않는 것을 넘어 첫 대면에서부터 모멸감을 주었던 그의 행동이 순빈의 미래를 바꾸어 놓게 되는 것이다. 조금만 더 다정하게 대해 준다면. 정적(政敵)으로서의 의무만을 밀어붙이기보다 부인으로 조금만 존중해 준다면. 순빈의 미래가 절망의 구렁텅이로 가라앉지 않을 수도 있지 않을까.

분명히 다가올 미래의 역사와, 어쩌면 그를 막을 수 있을지도 모른다는 조그만 희망이 피어올라 맞붙었다. 하지만 나는 자신이 없었다. 나는 정의의 사도도 아니고, 대단한 위치의 사람도 아니다. 내가 무엇을 해 보겠다고 나서면 어떤 일이 닥칠지 모르니까. 게다가 순빈을 폐출시킬 때, 파격적인 그 내용을 세종이 직접 입 밖으로 내뱉었다는 사실을 난 알고 있었다. 그를 위시하여 온갖 궁 안의 눈이 그녀를 향해 있는 것은 자명했다. 이런 상황에서 신분조차 속이고 들어온 궁녀일 뿐인 내가 과연 그래도 되는 것일까.

조심스레 뒷걸음질을 쳐 세자가 있는 방문이 닫히고, 회랑을 걸어 나와 섬돌 가까이에 다가설 때까지 나는 혼란스런 마음을 감출 수 없었다. 그 중에서 한 가지 확실한 것은 같은 여자로서 불행할 것이 뻔한 일생을 곁에서 묵과하는 것이 내가 해야 하는 일이란 것이었다. 안타까움에 한숨을 내쉬며 걸음을 한 발짝 떼어 신을 꿰어 신었을 때였다. 순빈은 아직 돌아가지 않고 밖에 서 있었다.

"마마, 어찌……."

왜 아직 돌아가지 않고 있느냐, 물으려던 것을 삼켰다. 그녀의 어깨는 들썩이고 있었다. 햇빛에 비쳐 반사되는 금비녀의 잔영이 주변을 장식하고는 있었으나 그 화려함과는 대비되는 여인의 울음이었다. 당의 속에 숨겼던 손은 얼굴을 감싸고 흐느낌을 줄여 보려 하고 있었다. 그런 그녀를 가슴 아프게 바라보고 있는 나인 쌍이는 입술을 꼭 깨물고 있었다. 나는 내가 들고 있는 다과상을 그녀의 곁으로 들고 가면 안 된다는 것을 깨달았다. 이것마저도 세자가 내쳤다는 것을 알게 된다면 순빈은 더 큰 상처를 받을 것이었다. 멈춰 서 있는 사이, 순빈의 어깨를 끌어안고 토닥여 주고 있던 나인 쌍이와 눈길이 마주쳤다. 그녀는 내게 고개를 끄덕여 보았다. 그녀에게 고개를 한 번 끄덕여 준 뒤, 나는 동궁전 생과방으로 걸음을 옮겼다.

* * *

"왜 그러셨을까?"

나는 생과방에 들러 다과상을 건네준 뒤, 쌍이와 아궁이 앞에 쪼그리고 앉아 불을 쬐며 중얼거렸다. 어느덧 완연한 겨울이 다가와 있는 터라 쌀쌀했다. 쌍이는 부지깽이로 아궁이를 뒤적이며 말했다.

"유독 빈궁 마마께만 그러시는 것 같아, 저하께서는."

"빈궁 마마께만 그렇다니?"

그럼, 순빈이 아닌 다른 사람에게는 그런 모습을 보이지 않는다는 건가? 놀라서 쌍이에게 되물었다. 그녀는 잠자코 고개를 끄덕였다.

"승휘 마마나 소훈 마마들께는 그러지 않으시거든. 그분들의 처소에서 차려 내신 다과상은 기쁘게 받아서 죄다 비우신다고들 해. 생과방까지 내려오지 않을 만큼."

"……."

"다과상에 올라온 것이 제일 좋아하는 육적이 아닌데도 그러서. 역시 후궁은 직접 들이신 것이라 아끼시는 걸까?"

휘빈의 때도 안쓰러움을 금치 못했던 쌍이는 혀를 차며 세자에 대한 원망을 은근히 드러냈다. 그녀 역시 두 번째 세자빈이 박대를 당할 것이라고는 예상하지 못했던 터였다. 정실을 아끼는 모습만 보여 주신다면 어느 곳 하나 흠 잡을 데 없는 완벽한 군주가 될 것이라고 쌍이는 덧붙였다.

"심지어 웃으며 반기기까지 하신다더라."

"그렇구나."

어쩐지 내가 알고 있던 문종의 이미지와는 많이 다른 것 같았다. 영웅이나 존경하는 사람이면 오히려 더 가까워지지 말라고 하더니, 이런 것 때문이었나 보다. 비록 단명하지만, 명철하고 부드러운 왕이라고 기억하고 있었는데. 부드럽다는 것은 조금 수정이 필요할 듯싶었다. '후궁에게만'이라고. 역사에 끼어들지 않는 쪽으로 마음이 기울고 있기는 했지만 그래도 팔은 안으로 굽는다고, 자꾸만 억하심정이 들어 쌍이가 들고 있던 부지깽이를 넘겨받아 아궁이를 쑤셔댔다. 나와 같은 마음이었는지, 쌍이도 작게 한숨을 내쉬었다. 이때쯤이면 쌍이가 순빈을 다 위로해 줬겠지? 친정에서부터 따라온 시비인데다, 동궁전 궁녀였던 내가 곱게 안 보일 것 같았기에 생과방에서 시간을 죽이고 있었던 나는 곧 부지깽이를 내려놓고 자리에서 일어났다.

"나 이제 가 봐야 될 것 같아."

"빈궁전으로 가게?"

"응. 다음에 또 올게."

"그래, 그럼."

쌍이도 자리에서 일어나 내 소매에 묻은 검댕을 털어 주었다. 그녀의 손길을 바라보고 있다가, 나는 퍼뜩 생각이 나서 말했다.

"맞다, 쌍아. 빈궁전 본방나인 중에 너랑 이름이 같은 궁녀가 있더라."

"뭐? 빈궁 마마의 본방나인이?"

"응. 우연도 이런 우연이 없어. 그런데 너랑은 성격이 완전히 반대더라. 얼마나 나한테 눈치를 주고 이것저것 트집을 잡는지. 친해지고 싶은 성격은 아니야."

"나 말고도 그런 이름을 가진 궁인이 있을지 몰랐어."

쌍이는 키득거리며 대답했다. 나는 새삼스레 그녀를 뜯어보았다. 이제 보니 성격만 다른 것이 아니라, 외양도 다른 것이 많았다. 나인 쌍이는 햇빛에 그을려 까무잡잡한 피부에 껑충하게 큰 키였고 마른 편이어서 호리호리했다. 반면 생과방의 쌍이는 생과방에서 오래 있어서 그런지 얼굴이 하얀 편이었고 키도 나와 비슷한 정도로 그렇게 크지는 않았다. 저 시간에서 학생일 때, 같은 반에 동명이인이 있으면 키로 구분하곤 했다는 것이 생각났다. 웃음이 나왔다. 그렇게 부르면, 나인 쌍이는 큰 쌍이가 되고 생과방 쌍이는 작은 쌍이가 되는 건가?

"걔는 나보다 나이가 많은 것 같긴 한데, 성격이 그래서 말을 높이고 싶진 않아. 덕분에 그냥 이름을 부르고 있어."

"잘했어. 안 그래도 본방나인이라 콧대가 높을 텐데 나이까지 들먹이면 그렇게 꼴 보기 싫은 게 없는데."

"그치?"

맞장구를 쳐 주며 끝까지 내 편을 들어 주는 쌍이의 말에 마음 한 곁이 편안해지는 것을 느꼈다. 역시 친우와 있을 때가 좋다. 나는 또 다른 친우의 얼굴을 조금씩 머릿속에서 지워내며 말했다.

"안녕, 쌍아."

* * *

조심스레 들어선 순빈의 방은 예상했던 것과 분위기가 많이 달랐다. 큰 쌍이는 빙긋이 웃으며 순빈이 해야 할 것으로 보이는 수를 대신 놓아주고 있었고, 그녀는 보료에 심드렁하게 누워 있었다. 그러다, 내가 들어오는 것을 보고 순빈은 급하게 몸을 일으키고 물었다.

"서담아, 어디 있다 왔느냐?"

"예? 아, 동궁전 생과방에……."

"생과방은 왜?"

당황해서 큰 쌍이를 바라봤다. 그녀는 순빈이 알아채지 못하게 살며시 고개를 흔들어 보였다.
"아, 생과방 상궁 마마님께 저하의 취향을 여쭈어 보고 왔사옵니다."
"오, 그래?"
눈물짓던 것이 잘못 보았던 것인가 할 만큼 순빈의 얼굴은 다시금 밝았다. 그녀는 두 손을 마주잡고 다시 말했다.
"그래, 무엇을 제일 좋아하신다 하더냐?"
"저하께서 사실 제일 좋아하시는 것은 다과가 아니라 육적이라고……."
"육적?"
최 상궁에게 물어보고 온 것은 아니었지만, 그래도 작은 쌍이가 예전부터 말해 주었던 것이니 맞는 말이기는 하다. 순빈은 세자의 취향이 특이하다는 것을 어떻게 받아들일지 궁금했다.
"흠, 그렇구나. 육적이란 말이지……."
"마마, 헌데 저하께서 이제 다과상은 궁인들에게 맡기라 하셨다면서요? 어찌 하실 생각이십니까?"
큰 쌍이가 수를 놓던 바늘을 천에 꽂아 놓고는 걱정스럽게 물었다. 하지만 순빈은 그것쯤은 문제되지 않는다는 듯 코웃음을 쳤다.
"직접 들고 오는 것을 꺼리신다면, 몰래 하면 될 일이 아니냐."
"예? 몰래요?"
"그래, 서담이 네가 가거라."
"예?"
갑자기 내 이름을 불려 당황한 나는 집게손가락을 내 쪽으로 들어 가리켜 보였다. 그녀는 당연하다는 얼굴을 하고 고개를 끄덕였다.
"생과방에 드나들어도 트집 잡을 사람도 없고. 이틀이나 사흘 꼴로 생과방에 들러 저하께 올릴 다과상을 꾸려라. 허나 단순한 것이 아니라, 저하께서 날 떠올리게 하실 만한 것이어야 해."

다소 황당하기는 했지만, 순빈의 활기찬 모습을 보니 마음이 놓였다. 그녀는 포기하지 않기로 마음먹은 것이 분명했다.

"저하께서 한 번 그렇게 말씀하셨다 해서 포기할 수는 없는 노릇이 아니냐? 내 언젠가는 기필코 그분의 마음을 사로잡을 것이야."

주먹마저 쥐고 있고 전의를 다지는 그녀의 모습에 큰 쌍이도 웃으며 힘을 북돋아 주었다. 그러고서, 나도 어느새 그들의 사이에 끼어들어, 맞장구를 치며 회문례 준비를 돕고 있었다.

* * *

"이럴 걸 예상했어야 하는데."

나는 벌레 씹은 얼굴을 하고서 손에 들고 있는 쟁반을 내려다봤다. 쟁반 위에는 귤이 소복하게 쌓여 있었다. 어느덧 탐라에서 귤이 진상되어 대전과 동궁에 올라간 것이다. 그 소식을 들은 순빈은 나를 닦달해 등을 떠밀었다. 육적을 제일 좋아하는 세자기는 하지만 과실 역시 좋아하니, 귤을 당장 올리라며 보낸 것이다. 그녀는 은근슬쩍 자신의 말을 흘리라는 당부도 잊지 않았다. 얼떨결에 동궁전 생과방으로 내쫓겨 최 상궁에게 말을 전하고, 쟁반에 귤을 챙겨 희우정(喜雨亭)으로 가게 되었다.

"……설마, 진평대군은 없겠지?"

이젠 제법 쌀쌀해 조금만 밖에 있어도 코끝이 빨갛게 얼어붙을 정도다. 이런 날씨에 정자에 나가 있는 세자도 이상하긴 하지만, 그 덕분에 조금 안심할 수 있었다. 분명 추위를 엄청 안 타는 사람이 아니고서야 이 날씨에 세자를 따라 한가로이 거닐고 있지는 않을 것이다. 특히 왕자들은 더더욱 그렇겠지! 게다가 진평대군은 춘방에서 꼼짝없이 공부를 하고 있을 테니까. 성균관이 어디 그렇게 쉽게 들어갈 수 있는 데도 아닐 거고. 현대에서도 성균관의 이름을 이어받은 대학은 좋은 학교였다. 하물며 조선시대에는 오죽할까. 왕자의 신분만 믿고 성균관으로 들어가려면 얼굴에 먹칠을 하고 싶지 않은 이상 입학 전까지는 밤을 새도 모자랄 것이다. 그렇게 되뇌며 희우정의 지척에 이르렀을 때다.

설마가 사람 잡는다.

나는 머릿속에 만고불변의 진리 하나를 떠올리며 신음을 뱉었다. 뒷모습일 뿐이지만 알 수 있었다. 세자의 곁에 서 있는 그의 모습을. 검붉은 색 단령을 입은 채로 서책을 몇 권 들고 있는 사람은 바로 진평대군이었다.

"……왜 춘방에 안 있고 여기 있는 거야."

도망쳐 버리고만 싶었다. 진평대군에게 둘러댈 말도 아직 생각해 두지 못했는데. 하지만 귤 쟁반을 들고 오면서 온 궁의 사람들 눈길을 죄다 받으며 온 터였다. 대전이나 동궁전 외에는 갈 곳이 없다는 걸 모두가 알고 있는 것은 물론이었다. 하는 수 없이 옮기는 걸음이 물 먹은 솜처럼 무거웠다. 진평대군의 눈동자를 바라보고 어떤 얼굴로, 어떤 목소리로 무슨 말을 해야 하는 걸까? 나는 정자가 가까워 올수록 팔에서 힘이 빠져나가는 걸 느꼈다. 정자의 섬돌 가까이에 이르렀을 무렵, 나는 작게 심호흡했다. 곁에 시립해 있던 민 상궁이 나를 알아보고 당의 자락에서 손을 빼냈다. 쟁반을 건네받으려는 것이었다. 그녀에게 귤 쟁반을 주려 손을 뻗었을 때, 갑자기 진평대군이 뒤를 돌았다. 두 시선이 마주쳤다.

"헉!"

나도 모르게 짧은 비명을 지르고 숨을 멈췄다. 순간 손에서 쟁반이 빠져나와 바닥으로 떨어졌다.

"세상에!"

민 상궁의 혀 차는 소리가 귓가에 들어왔지만, 나는 진평대군의 눈빛에 붙박인 듯 서 있을 수밖에 없었다. 그는 내 모습을 바라보며 미소 짓고 있었다.

"이게 뭐하는 짓이냐?"

민 상궁이 세자의 귀에 들리지 않을 만큼의 소리로 작게 나를 야단쳤다. 그 소리에 겨우 정신을 차린 나는 황급히 쭈그리고 앉아 나뒹구는 귤들을 집었다. 저 시간에서는 비닐하우스 덕분에 어느 계절에나 쉽게 먹을 수 있었지만, 조선에서는 다르다. 겨울쯤에만 겨우 진상되어 오는 귀한 과일을 이렇게 바닥에 굴리다니! 나는 상궁에게서 불호령이 떨어질 것을 예상했다. 하지만 일단은 귤을 수습하는 것이 중요했기에 흙이 묻은 것을 소맷자락으로 닦아냈다. 그리고 본래의 모습대로 깔끔해진 것을 다시 쟁반 위에 올려놓았다. 하지만 민 상궁의 날카로운 눈빛에 움찔할 수밖에 없었다.

"너, 지금 떨어뜨린 것을 저하께 올릴 심산이냐?"

"예? 아……."

잊고 있었다. 이 귤을 먹을 사람이 보통 사람이 아니란 것을. 어차피 껍질은 벗겨 먹을 거면서, 라는 변명을 떠올려 봤지만 입 밖으로 뱉을 수는 없었다. 민 상궁이 내가 올려놓은 귤에 손을 뻗었을 때였다.

"저하, 벌써 귤이 진상되었사옵니까?"

진평대군이 내 쪽을 바라보며 말했다. 동작을 멈춘 민 상궁과 나는 그의 쪽을 돌아보았다. 진평대군은 정자에서 내려와 걸어오더니, 쟁반을 빼앗아 들었다. 내가 떨어뜨렸던 귤을 빼 버리려던 민 상궁의 손길은 멋쩍게 다시 되돌려졌다. 진평대군은 내게 눈짓을 보내더니, 환히 웃으며 그것을 세자의 쪽으로 들고 갔다.

"탐라에서 빨리 보냈군요. 예전에 비해 훨씬 이른 시일이니."

"그래, 보고를 받았다."

세자는 담담하게 말하며 진평대군의 말에 대꾸하다가, 내가 있는 쪽을 보았다. 그의 얼굴에 의아함이 서린 것이 보였다. 하지만 진평대군이 곧 세자에게 다가가 쟁반을 내밀었다.

"하나 드시지요, 저하."

진평대군은 세자에게 말하며 내가 떨어뜨렸던 귤 두 개를 쟁반에서 굴려 떨어뜨린 다음 순식간에 자신의 소매 속으로 숨겼다. 민 상궁이 끄트머리에 걸쳐 놓았기에 가능했던 것이다. 황당함에 그 모습을 바라보고 있는데, 세자는 눈치 채지 못한 것 같았다. 민 상궁은 나를 노려보고 있느라 진평대군 쪽에는 눈길을 주지 않았고 말이다. 세자는 귤 무더기 중에서 제일 위에 놓인 것을 집어 들었다.

"너도 하나 들거라."

"감사합니다."

천연덕스럽게 감사 인사까지 마친 진평대군은, 그제야 세자의 눈길이 쟁반으로 꽂힌 틈을 타서 소매에 숨긴 귤 하나를 자연스럽게 꺼내들었다. 난감하기도 했지만 조금 안심이 되던 찰나, 진평대군은 손짓을 해서 나를 불렀다. 곁의 민 상궁에게 동의를 구하자, 그녀는 못마땅한 얼굴이기는 했지만, 고개를 살짝 끄덕여 주었다. 나는 치맛자락을 살짝 털어내고 조심스럽게 정자의 위로 올라갔다. 진평대군은 곱게 휜 입매를 숨기지 않으며 그 쟁반을 내게 다시 건네주었다. 인기척을 느낀 세자가 귤껍질을 까다 말고 나를 쳐다봤다.

"어찌 네가 왔느냐? 빈궁전에 있지 않고서."

"……저하께서 생과방에 왕래하여도 된다고 허락을 해 주시어, 잠깐 있었사옵니다. 마침 최 상궁 마마님이 저하께 귤을 올리라 하셔서 소인이 오게 된 것이옵니다."

설마 이것도 진평대군이 착각하지는 않겠지. 나는 혹시나 모를 경우를 대비하여 최대한 상세하게 말했다. 세자는 고개를 끄덕이며 대수롭지 않게 생각하는 듯했으나, 진평대군은 이유 모를 미소를 계속 짓고 있었다. 대체 어떤 생각을 하고 있는 지 알 수가 없으니. 그는 무표정일 때도 그랬지만 이렇게 시종일관 미소 짓고 있을 때마저 속을 짐작할 수가 없었다. 나는 단둘이만 있는 상황만 벌어지지 않기를 바라면서 잠자코 서 있었다. 그 곁에서 세자와 진평대군은 올해 첫 수확을 한 귤을 천천히 음미하고 있었다.

그들이 잠시 휴식을 취하고 있는 사이, 나는 두 왕자가 서 있었던 곳으로 시선을 던졌다. 쌀쌀한 날씨에 밖에서 무얼 하고 있었는지 궁금했기 때문이다. 그런데, 역시 문(文)을 숭상하는 기질이 어디 가지는 않는지, 어지러이 흩어진 종이와 붓 몇 자루가 눈에 들어왔다. 정사를 보는 것이 아니면 항상 공부를 하는 세자를 보면, 사냥을 좋아한다는 진평대군과 정말 다른 것이 느껴졌다. 그러면서도 위엄이 있어, 진평대군을 붙잡아 공부를 시키는 것도 대단했고 말이다. 이런저런 생각을 하고 있는 사이, 귤 하나를 다 먹고 난 세자가 말을 걸었다.

"무얼 보느냐?"

"아, 아닙니다."

"네 눈길이 저쪽을 향해 있는 것을 보았는데, 거짓을 고하느냐."

"……날씨도 추운데, 어찌 밖에 나와 계시는지 저하의 건강이 염려된 탓에 궁금하여 잠시 보았사옵니다."

사실 걱정이 된 정도까지는 아니었지만 궁금한 것은 사실이었기 때문에 순순히 대답해 주었다. 그리고 사실은 옆에 있는 진평대군의 귀에도 들릴 것을 염두에 두기도 했다. 그의 취향을 물은 것은 사실이나 세자의 건강을 염려하는 모습을 보여 준다면, 혹시나 자신의 결론이 잘못된 것이라 생각할 수도 있지 않을까 해서였다. 그러나 진평대군은 그럴 법하다는 듯 고개를 작게 끄덕일 뿐이었다. 아직은 눈치 채지 못한 것 같았다.

"보겠느냐?"

오히려 세자만 입가에 웃음을 머금으며 내 의사를 물었을 뿐이다. 발끝이 시려 오는 것이 느껴져 사실은 거절하고 싶었으나, 그 말을 꺼낼 틈도 없이 세자는 걸음을 옮긴 뒤였다. 진평대군마저도 세자를 따라 자리를 옮기니, 나도 하는 수 없이 그들을 따를 수밖에 없었다. 세자는 정자 가운데에 놓인 보료에 앉아 손짓했다. 누군가가 앉았다 갔는지, 그 앞에는 방석 두 개가 놓여 있었다. 진평대군이 먼저 방석 중 하나에 자리를 잡고 앉아 내 손에 들린 쟁반을 빼앗아갔다. 뒤에서 궁녀들의 따가운 시선이 느껴졌지만, 두 왕자가 앉은 채로 나를 바라보고 있어서 잠자코 앉을 수밖에 없었다. 그리고 세자가 펼쳐 보인 종이에 시선을 옮겼다.

"이, 이것이 무엇이옵니까?"

기껏해야 알아보지도 못할 한문투성이일 거라고 생각했는데, 충격적이게도 세자가 들고 있는 흰 종이에는 다른 것이 쓰여 있었다. 확신할 수는 없지만…… 어딘가 익숙한. 나도 모르게 그 종이에 손을 가져다대고 짚어 가며 찬찬히 살펴봤다. 맞았다. 내가 알고 있는 것과는 분명히 다르지만 비슷한 것 같았다. 나는 새삼 왕자들의 아버지가 세종이란 것을 실감했다.

"우리가 공부하고 있는 것이다. 암호 같지 않느냐?"

"……예."

내가 대학에 가서 좀 더 공부를 했더라면 알아볼 수 있었을까. 낫 놓고 기역자도 모른다더니, 한글을 앞에 두고서도 잘 알아보지 못하는 기분이 묘했다. 물론 그 시대의 훈민정음과 현대의 글자는 많이 다르겠지만.

"허나 아직 완성된 것은 아니다. 이를 위해서 많은 이들이 수고하고 있지. 완성될 때도 언제가 될지는 미지수고."

"대단하시옵니다."

세자는 많은 것을 말해 주지 않았지만, 나는 존경의 의미를 담아 작게 감탄을 내뱉었다. 생각해 보니 생과방에 있을 때, 왕자들의 다과상을 들고 가면 저희들끼리 소곤대던 것의 정체가 저것이었던 거다. 나는 조심스레 속으로 계산을 해 보았다. 다른 것은 몰라도 훈민정음의 창제 년도는 알고 있었다. 하지만 다른 사건들의 년도는 아는 게 없는데. 왕자들 몰래 손으로 주먹구구식 계산을 해 보다가 결국 포기했다. 하지만 여전히 세종이 칭송받는 가장 큰 이유라 해도 과언이 아닐, 훈민정음이 완성되는 해가 언제일지 여전히 궁금했다. 그러다 조용히 곁에서 나와 세자의 대화를 듣고 있던 진평대군이 말했다.

"완성이 되려면 한참 멀었지요. 이제 겨우 초입이 아닙니까."

"그렇지."

순순히 동의하는 세자의 얼굴은 그리 어둡지 않았다. 오히려 계속되는 지적 탐구에 신난 것처럼 보였다. 비록 진평대군은 그러지 않을지도 모르겠지만. 아무튼, 세자는 다시 종이를 거둬들이더니 붓을 손에 잡았다.

"진평 너도 분골쇄신해야 할 것이야. 전하께 도움이 되려면 적어도 성균관에서 부끄럽지 않게는 배워 와야 하지 않겠느냐."

"예. 그렇게 하겠다 몇 번이고 약조 드리지 않았습니까."

볼멘소리로 거듭 대답하는 진평대군의 모습을 세자는 빙그레 웃으며 쳐다보더니, 그의 손에서 쟁반을 빼앗았다.

"귤을 치워 보아라."

"귤은 왜요?"

되물으면서도 진평대군은 그의 말을 따랐다. 무더기를 이룬 귤을 집어 치우다가, 팔에 가득 안길 정도가 되어도 다 치우지 못하자 나를 쳐다봤다. 나는 황급히 그의 쪽으로 팔을 내밀었다. 그는 자신의 품에 안긴 귤을 내게 안겨 주었다. 귤들을 넘겨받으며 살짝 닿은 그의 팔에 움찔했지만 진평대군은 마지막 하나 남은 귤까지 집어 내 품에 넣어 주었다. 세자는 쟁반을 앞에 두고, 붓을 잡았다.

"글을 쓰시려고요?"

"그래."

짧게 대답한 세자는 잠깐 생각하더니, 소매를 걷고 일필휘지(一筆揮之)로 글을 써 내려갔다. 빠르게 움직이는 그의 붓놀림을 멍하니 바라보고 있는데, 진평대군이 곁에서 조용히 그것을 읽어 주었다.

旃檀偏宜鼻
脂膏偏宜口
最愛洞庭橘
香鼻又甘口

"전단향(旃檀香)은 코로만 향기를 느끼고, 기름진 고기는 입에만 맞는다. 코도 향기를 느끼고 입도 단맛을 느끼니, 동정귤(洞庭橘)이 가장 사랑스럽다."

"잘 읽었구나."

세자가 붓을 내려놓고 지긋이 웃었다. 나무로 만든 쟁반에 먹물은 금방 스며들었다. 불어오는 겨울바람에 금방 말라 버린 먹물은 본래부터 그 자리에 새겨져 있었던 것 같았다. 진평대군이 쟁반을 들어 올려 내 품에 담긴 귤을 다시 받아갔다. 세자는 손을 털고 자리에서 일어났다.

"서담아, 그것을 집현전에 전해 주고 오거라. 학사들도 추운 날에 고생하니 이 사랑스러움 쯤은 함께 나누어야 하지 않겠느냐."

"좋은 생각이십니다, 저하."

진평대군이 웃으며 고개를 끄덕였다. 공을 세운 것도 아닌데, 귀한 음식을 아낌없이 신하에게 내려 주는 것을 보자 나는 그가 정말 어엿한 군주가 되리라는 것을 다시금 느꼈다. 그리고 진평대군에게서 쟁반을 넘겨받으려 팔을 내밀었는데, 진평대군은 꼼짝하지 않았다. 황당하여 한 발짝 그의 곁으로 다가갔지만 그는 내 눈빛을 외면하고 세자에게 말했다.

"저하, 제가 같이 가겠습니다."

"네가?"

눈을 감고 서늘한 바람을 맞고 있던 세자가 나른하게 물었다. 진평대군은 그제야 내 쪽을 바라보며 대답했다.

"동궁전 궁녀인데, 집현전이 어디에 있는지 모를 것이 아닙니까."

"하긴, 그것도 그렇구나. 같이 다녀와도 좋다."

세자는 개의치 않게 승낙했다. 다른 사람을 시키라고 할 수도 없고, 정말 진퇴양난이었다. 또 진평대군과 둘이 있게 되어버린 것이다. 떼어지지 않는 발걸음 때문에 그 자리에 그대로 서 있는데, 진평대군은 휘적휘적 걸어갔다. 그와 눈을 마주치거나 둘만 같이 있게 된다면 나는 무력함을 느꼈다. 무슨 말을 하고는 싶은데, 그것이 입 밖에 제대로 나오지 않는 것이다. 대체 이게 무슨 짓인지 모르겠다. 아니라고 생각했는데, 그래도 가슴 깊숙한 곳에는 미래의 세조에 대한 두려움이 남아있는 걸까? 하지만 훗날의 큰 일이 되지 않게 지금의 처신을 제대로 해야 했다. 심호흡을 하고 그를 따르려 한 발짝 뗐다.

"서담아."

하지만 나지막하게 세자의 입에서 불린 내 이름에 곧 다시 멈추고 말았다. 내 처지를 구제해 주려나 싶어 얼른 그의 얼굴을 바라보자, 그는 감았던 눈을 천천히 뜨며 나를 바라보았다.

"빈궁은 어떻게 하고 있더냐?"

"……빈궁 마마 말씀이시옵니까?"

전혀 예상하지 못했던 말에 다시 되물었다. 세자는 아무렇지 않은 얼굴로 고개를 끄덕였다. 그렇게 무심한 말만 내뱉어 놓고서는 걱정이 되기는 됐나 보다. 나는 새삼 반가운 기분에 얼른 대답하려다, 세자의 의도가 어떨지 모른다는 생각이 들어 헛기침을 몇 번 하고 말했다.

"며칠 전 회문례를 마치고 오셔서, 김 씨 여사와 함께 열녀전 공부에 한참이시옵니다."

사실 순빈이 제일 싫어하는 것이 열녀전 공부였지만, 왠지 세자는 그런 대답을 원하며 물어본 것 같아서 대답해 주었다. 어차피 중전이 보내어 시킨 것이니 열심히 하고 있다고 하면 트집잡힐 것은 없을 테니까. 그런 내 예상이 틀리지 않았는지 세자는 흡족하게 고개를 끄덕였다.

"다행히 김 씨보다는 식견이 있구나. 쓸데없는 것에 신경을 쓰지 않는다니 말이다."

"……."

"대저 국모의 자리에 오를 여인이란 순후하고 복종할 줄 알며, 후에 태어날 아이를 위해서라도 도량이 넓어야 하는 것이다. 빈궁이 그를 배우고 익힌다 하니 한 시름 놓았다. 그런 자리에 앉은 여인이라면 응당 후궁과는 달라야 하는 법이지."

세자는 앞으로도 빈궁을 잘 수발하라 덧붙이고는 얼른 가보라고 손짓했다. 조용히 인사를 올리고 나는 뒤돌아 진평대군에게로 다가가며 생각했다. 웬일로 순빈의 마음을 살펴 주나 했더니 역시나였다. 헤아리기보다는 확인이었던 것이다. 두 번째 아내의 행실이 어떠한지. 나를 빈궁전 지밀로 보낸 것은 첩자로 사용하기 위했던 걸까? 얼굴 아름다운 여자를 마다하는 남자는 없다더니, 세자에게는 통하지 않는 말인 듯했다. 그에게 있어서 제일 중요한 것은 의무였으니.

이제야 그의 행동이 이해가 되었다. 순빈은 세자빈이기 때문에 그런 엄격한 대우를 받았던 것이다. 후궁들은 그러한 의무는 한 자락도 책임질 필요가 없었다. 그녀들은 세자의 곁에서 아양을 떨며 심신을 헤아려 주기만 하면 되었다. 온갖 예법은 순빈에게만 달라붙어 있는 족쇄였다. 순빈은 그에 의문을 가질 자격조차 없었고, 순명하고 복종해야만 했다. 그래서 봉호조차 순(純)으로 지은 것이었나 보다.

진평대군이 앞서가고 있었지만 나는 깨달은 사실에 시무룩해 말없이 걸음만 옮겼다. 그러다 갑자기 멈춰 버린 진평대군의 등에 코를 박을 뻔했다. 황급히 몇 발짝 뒤로 떨어지자 그가 뒤를 돌아 내게 다가왔다.

"자."

그는 한 손으로 아슬아슬하게 쟁반을 들고, 다른 한 소매에서 귤을 꺼내 내게 건네주었다. 아까 전에 소매에 숨겼던 귤 두 개 중에 하나였다. 엉겁결에 두 손으로 그것을 받아들었다. 겨울바람에 차가웠던 귤은 그의 온기로 따뜻해져 있었다. 그 온기를 잠깐 느끼다가, 나는 그에게 다가가 귤 무더기에 다시 올려놓았다.

"뭐하는 거요?"

"예? 그야……."

다시 올려놓으라고 시킨 것 아니었나? 뒤의 말을 이으려다 진평대군의 좁혀진 미간에 말을 삼켰다. 꿀 먹은 벙어리처럼 입을 다물자 그가 다시 부들거리는 한 손으로 귤을 집어서 내게 내밀었다.

"그대에게 준 것이오."

"……제게 주신 것이라고요?"

말없이 끄덕이는 고개에 나는 직감했다. 이걸 받아서는 안 된다.

"저하께서 동정귤이 가장 사랑스럽다 하셨으니 그대도 느껴 보았으면 좋겠소. 하나 받으시오."

"그럴 수 없습니다, 마마."

귤이 왕과 세자임에도 겨울에만 맛볼 수 있을 정도로 귀한 과일이라는 것은 모든 사람들이 알고 있는 사실이다. 그걸 내게 준다는 건 역시 내 마음을 오해하고 있어서겠지. 나는 지금이야말로 사실을 털어놓기로 마음먹었다.

"마마께서는 제게 귤을 주실 이유가 없으십니다."

"하나쯤은 없어도 모를 것이오."

"개수도 다 세어 놓았을 것이옵니다."

"하나쯤은 내가 더 먹었다 하겠소."

"……."

"그리고, 꼭 특별한 이유가 필요하오?"

순간 말이 막힐 뻔했다. 얼굴이 뜨거워지는 걸 느꼈다. 낯부끄러운 그 말을 역시 그냥 내뱉는 건 쉽지가 않았다. 하지만 돌려 말하면 분명 또 알아듣지 못할 테니 꼭 해야 했다. 진평대군 역시 직설적으로 말하지 않는 것을 보니 쑥스러워 그러한 것일지도 모른다.

"귀한 것을 제게 왜 주시옵니까? 저는 한낱 궁녀일 뿐인데, 마마께 귤을 받을 만큼 대단한 사람이 아닙니다."

"나는 왕자요."

밑도 끝도 없는 말이었지만 진평대군은 진지한 얼굴이었다.

"나는 왕자고, 대군이오. 그런 내가 누구에게 무엇을 주든지 내가 결정한다는 말이오."

"……하지만, 귤은."

"귤을 말하는 것이 아니라 내 마음을 말하는 것이오."

"대군 마마!"

결국 이렇게 되고야 말았다. 나는 뜨거워 터질 것 같은 뺨을 손부채질을 해서 식혔다. 분명 볼에 와 닿는 바람은 차갑기 그지없는데 얼굴에 오르는 열은 하나도 식혀지지 않았다. 나는 숨을 고른 뒤 목소리가 떨리지 않게 노력하며 말했다.

"마마께서 오해한 것이 있으시옵니다. 다음에는 어떤 차를 가져올까 물었던 것은, 궁녀로서 웃전을 모시려는 마음에 챙겼던 것입니다. 그 이상도 이하도 아니옵니다."

단숨에 내뱉어 버렸다. 그래 놓고서는 과연 잘 한 것이 맞나 싶어 입술을 살짝 깨물었다. 그리고 진평대군의 안색을 살폈다. 그러나 진평대군은 표정의 변화가 없었다.

"그래서?"

"……예?"

"알고 있었소, 그대가 방금 말한 것."

"그런데 어째서……."

"내 말하지 않았소."

이제 그의 한 손에 들린 쟁반은 흔들림이 없었다. 아까 전까지만 해도 위태롭게 떨리던 것이, 굳센 그의 손에 붙잡혀 확고하게 자리 잡혀 있었다. 진평대군은 내 쪽으로 몇 걸음을 다가오더니 무릎을 굽혀 눈길을 맞춰왔다.

"내가 누구에게 무엇을 주는지는 내 스스로 결정한다고. 그대의 생각이 어떤지는 중요치 않아."

너무나도 이기적인 말이었다. 위험성을 자각하기 전에 그것이 더 분명하게 느껴졌다. 어쩐지 반발심이 느껴져 나는 지척에 다가온 그의 숨결을 느끼면서도 그의 까만 눈동자를 똑바로 바라보았다. 그리고 조그맣게 중얼거렸다.

"······왜 중요하지 않으시다는 것이옵니까? 제가 싫다고 한다면요."
"그런 일은 없을 것이오."
칼같이 진평대군의 입에서는 확신이 튀어나왔다. 그것을 바라보며 나는 작게 고개를 저었다. 진평대군은 다시 말했다.
"그렇게 된다면 내가 그대의 마음을 돌릴 것이니까. 나는 지지 않을 자신이 있소."
다시 멀어진 그의 얼굴을 보면서 또다시 무력해진 나를 느꼈다. 바람에 얼어붙은 손끝이 뜨거워졌다. 진평대군은 내 손에 다시 귤을 쥐어 주며 속삭였다.
"향기를 맡고 달콤함을 느끼니, 귤이 곧 그대인 듯하오. 그래서 나는 그대를 놓아 줄 수가 없어."
그의 입가에는 묘한 자신감이 배어 있었다. 당당하기 그지없는. 나는 귤을 받아든 채, 청천벽력 같은 말에 아무 말도 할 수 없었다. 어쩌면 그럴지도 모른다고 예상해서 사실대로 말한 것이었는데. 이런 대답이 돌아올 줄은 상상도 못했다. 나는 파들거리는 입술을 열어 말했다.
"진평대군 마마, 마마께서는 제가······."
"집현전까지 가야 하지 않겠소?"
내 신분이 궁녀란 것을 알지 않느냐 물으려던 것이 그의 말에 가로막혔다. 혼란스러워 갈피를 잡지 못하고 시선이 아래를 향한 채 있자, 진평대군의 서늘한 손이 다가와 귤을 들고 있지 않은 내 손을 잡아당겼다. 화들짝 놀라 그를 쳐다보자 잔잔한 웃음을 머금은 진평대군이 말했다.
"날도 추운데, 얼른 따라오시오."
뜨거운 손끝에 차가운 기운이 닿아 이질감이 느껴졌다. 그래, 이질감일 것이다. 평소에 그려 왔던 진평대군, 곧 세조의 이미지와 다른 그의 행동에 당황하였을 뿐이다. 그래서 이렇게 호흡이 가빠오는 걸 가다듬지 못하는 것일 것이다. 나는 집현전에 이르는 동안 끊임없이 그렇게 되새겼다. 분명 다른 이유는 없어야 했다. 하지만 어쩐지 진평대군의 얼굴을 바라보기가 어려워졌다. 그는 가는 동안에 한 명의 궁녀도 마주치지 않아서 그랬는지, 집현전 초입에 이르러서야 손을 놓아 주었다.

"여기가 집현전이오."

귀마저도 달아오르는 것이 느껴졌다. 나는 그가 알아채지 못하기를 바라며 작게 심호흡을 했다. 추워진 날씨 탓에 하얗게 뿜어 나오는 입김이 보였지만 나는 온 힘을 다해 덤덤한 척했다. 그리고 그가 말한, 집현전을 바라보았다. 집현전, 집현전이라. 나는 어느덧 진평대군은 잊고 감격스럽게 현판(懸板)을 바라보았다. 집현전(集賢殿), 현명함을 지닌 자를 모아 둔 전각. 아직은 멀었다고는 하지만, 곧 이 곳에서 많은 사람들이 만들어 낸 글자가 오백 년을 넘어 기억될 것이었다.

다시금 내가 입시 위주의 공부만 했던 것이 한스러워졌다. 이럴 줄 알았다면. 이렇게 허망하게 삶을 마감하고 여기서 눈을 뜰 줄 예상했더라면, 알고 싶었던 공부를 먼저 해 둘 것을 그랬다. 대학에 가면 충분히 공부할 수 있으리라고 생각하며 역사와 국어를 입시 수준으로만 공부한 것이 후회되었다. 만약 그때, 학문에 대한 궁금증을 참아 억누르지 말고 곧장 찾아 공부했더라면 지금 어떤 연구가 이루어지고 있는 지 대강 파악할 수 있었을 텐데. 입술을 잘근잘근 씹으며 생각하다 보니, 나도 모르게 조심스럽게 걸음을 떼어 문어귀에 바싹 달라붙어 서 있었다. 살짝 고개를 내밀어 바라보니, 추운 날씨에도 분주하게 돌아다니는 사람들이 여럿 있었다. 저 중에서 분명 성삼문이나 박팽년 같은 사람도 있을까? 알아보지 못한다는 것이 문제긴 하지만, 그래도 이토록 가까운 공간에 있을지도 모른다는 상상만으로도 가슴이 뛰었다.

"......거기서 뭘 하는 거요?"

설레어 두 손까지 맞잡은 채로 집현전 안을 염탐하고 있었는데, 귓가에 진평대군의 목소리가 들려왔다. 맞다. 진평대군과 함께 왔었지. 나는 재빨리 진평대군에게 말을 꺼내려 고개를 돌렸다. 그런데 그는 몇 발짝 뒤에 서 있는 것이 아니라 바로 내 어깨 뒤에 다가와 있었다. 그런 통에, 고개를 돌리자마자 한 뼘 정도의 거리에 있는 그의 얼굴을 정면으로 바라보고 말았다. 그의 짙은 눈썹은 미세하게나마 꿈틀거리고 있었고, 검은 눈동자에는 놀란 토끼 눈을 한 내가 비쳐 보였다. 그걸 확인한 순간 나는 움찔해서 뒷걸음질을 쳤다. 그러다, 뒤에 있는 문턱이 있는 것을 모르고 발을 헛디뎠다.

"어어!"

"소저!"

진평대군은 외마디 비명을 지르는 날 얼른 다시 붙잡아 주었다. 다행이, 그의 행동이 빨랐던 것인지 아니면 문턱이 그리 높지 않아서 그랬는지, 진평대군은 한 손으로도 나를 다시 잡아 일으켜 줄 수 있었다. 이게 무슨 꼴이람. 오늘은 완전히 엉망인 날이 아닌가.

"가, 감사합니다, 마마."

"문어귀에 달라붙어 있으니 그리 된 것 아니오. 내게 고마워할 필요는 없고, 앞으로 행동이나 조심하시오. 알겠소?"

어느새 퉁명스럽게 변해버린 진평대군의 말투에 나는 의아함을 느끼면서도 고개를 끄덕거렸다. 그러나 진평대군은 내 행동이 마음에 들지 않는 모양이었다.

"무얼 조심하라는 것인지는 알고 고개를 끄덕이는 거요?"

"……칠칠치 못한 행동을 시정하라, 그리 말씀하신 것이 아니시옵니까. 앞으로는 그리하겠사옵니다."

아까의 당황스러운 대화를 제대로 끝맺은 것도 아니었기에 나는 어물거리며 말했다. 여전히 눈을 피하면서. 그러자 진평대군은 한 발짝 더 앞으로 나서며 조용히 한 마디를 뱉었다.

"반만 맞았소."

"반만......이라면, 나머지는 어떤 것을 이르시는지. 아, 혹시."

한 번에 말해 주지 않고, 스스로 되묻게 하는 저 화법은 여전했다. 버릇인가, 하며 생각하다 떠올린 것은 궁녀가 외간 남자들을 그리 빤히 쳐다본 것도 잘못이라는 것이었다. 나는 내 신분이 궁녀란 것을 다시금 되새겼다. 평온을 찾은 그의 얼굴색을 힐끔 바라보고 다시 시선을 땅으로 향한 나는 다시 말했다.

"송구합니다. 앞으로는 궁녀답게 몸가짐을 더욱 조심하도록 하겠사옵니다, 마마."

진평대군은 그제야 흡족한 듯 고개를 끄덕였다. 길게 늘어진 그림자가 그것을 말해 주었다. 살짝 시선을 위로 하여 바라보니, 일부러 궁녀라는 신분을 힘주어 말했는데도 진평대군은 아무런 표정의 변화가 없었다. 궁녀의 신분인 내게 자신의 마음을 주겠다고 말해 놓고서, 어떤 생각을 하고 있기에 저렇게 당당할 수 있는 걸까. 부끄럽기보다는 궁금한 생각만 가득한데, 진평대군은 앞서 걸어가며 말을 이었다.

"내가 마음을 주겠다 말했으니 그대는 다른 사내를 눈에 담지 말아야 할 것이오. 아무리 저하께서 명하셨다 하나 집현전 학사들조차 예외가 되지는 못할 것이니."

"예?"

분명 멍청하게 들릴 것이 뻔한 되물음이었지만 나는 기가 막혀 다시 내뱉지 않을 수밖에 없었다. 진평대군과 함께라면 정말 당황스럽기만 한 순간의 연속들이었다. 어떻게 대답하면 적절한 것인지, 머리를 굴려 이런저런 단어들을 조합해 봐도 꺼내놓을 말이 없었다. 저쪽의 시간에서 이십여 년, 이쪽의 시간에서 한두 해를 지내며 수많은 사람을 만나고 여러 것들을 배웠지만 이런 경우에는 어떻게 하라는 지침서를 읽은 적도 없고 경험한 적도 없었다. 나는 볼썽사납게 다시 뺨이 달아오르는 것을 느꼈다.

"빈궁전으로 돌아가 보시오. 집현전에는 내가 들러 가져다주겠소."

"하, 하지만…… 저하께서는 제게 가져다주라고 하시었는데."

"저하께는 내가 말씀드릴 것이니 상관없소."

짧게 대답하며 그는 문턱을 넘었다. 놓았던 입술을 다시 깨물며 나는 손만 꼼지락거리고 있었다. 그가 남기고 간 차가운 손의 느낌이 그대로 남아있는 듯하였다. 몇 발짝을 걸어 나가지도 않았는데, 순간 진평대군은 다시 뒤를 돌았다. 어쩔 줄을 모르고 마구 입술만 짓씹던 나는 놀라서 손으로 입술을 가렸다.

"아, 그리고 잊은 것이 있는데."

떨어진 거리였지만 적막한 만큼 그의 음성은 잔잔한 파도처럼 밀려들어왔다. 나는 귤의 감촉을 느끼며 잠자코 그의 말을 들었다.

"소저라 부르는 것도 그만두겠소. 생각해 봤는데, 나를 빼고 다른 사람들은 모두 그대의 이름을 부르는 것이 불공평한 것 같아서."

"……."

"그리해도 되겠지?"

내가 이름을 부르지 말라고 한 것도 아닌데. 본인이 그렇게 시작한 것 아니었나? 하지만 나는 무엇에 홀린 듯 작게 고개를 끄덕일 수밖에 없었다. 진평대군은 천천히 심홍빛 입술을 열어 한 마디를 중얼거렸다.

"서담."

순간, 갑자기 구름의 그림자 때문에 어둑해져 그림자가 길게 늘어났다. 시간이 얼마나 지났을까. 그 자리에 못처럼 박혀 고요한 겨울바람만을 사이에 흘려보내고 있을 때, 진평대군은 다시 한 번 말했다.
"서담. 곧 다시 볼 날이 올 것이오."
그 말을 하고서 그는 집현전 안으로 완전히 몸을 감추었다. 나는 손을 들어 올려 쥐어진 귤을 바라봤다. 가까이 하자 손에 배인 귤의 향기가 맡아졌다. 뛰어대는 심장은 아직도 평온한 고동으로 돌아오지는 못했지만, 생소하면서도 조금은 두려운 그 느낌이 불쾌하지는 않았다. 그렇지만 무엇인지 쉽게 정의는 못 할 것 같았다. 진평대군 이 유, 그의 마음 또한 믿어도 되는 것인지 혼란스러웠다.

* * *

내가 대답했던 것이 세자에게는 무척 흡족했던 것인지, 요새는 빈궁전으로 향하는 행차가 잦아졌다. 동궁전 생과방에 가끔 들를 때마다 소훈들이 앙알댄다는 소리를 주워듣기는 했지만, 어찌 됐든 순빈이 조금이나마 우위에 올라선 것 같아서 뿌듯했다. 그것은 곁에 선 큰 쌍이도 마찬가지인 것 같았다. 순빈은 오랜만에 들른 세자를 위해 우리에게 얼른 지시를 내렸다.
"박 상궁에게 일러 저하의 낮것상을 차리라 하여라. 곧 오신다는 전갈을 받았으니, 서두르라고도 전하고!"
"예, 마마."
소제(掃除)를 하던 가희가 얼른 고개를 조아리고 박 상궁에게 말을 전하러 나섰다. 심부름을 도맡는 가희는 세자의 행차가 빈번한 것이 어떤 의미인지조차 잘 모를 것이다. 저렇게 귀찮다는 내색을 얼굴에 훤히 드러내 보이는 걸 보니. 그러나 순빈은 큰 쌍이와 함께 치장을 어떻게 할까를 의논하느라 그를 보지는 못한 것 같았다.

"마마, 이런 것은 어떠십니까?"

"너무 얌전치 못한 것이 아니냐?"

"아닙니다. 무척 호탕해 보이는 것이, 저하의 성정과 잘 어울려 보이는데요."

그들은 저고리에 달 노리개를 고르고 있었다. 쌍이는 호랑이 모양이 달린 노리개를 권하고 있었는데, 순빈은 그것이 마음에 드는 것 같기는 했지만 아녀자가 차기에는 모양새가 조금 그렇다 하여 망설이고 있는 중이었다.

"네가 고른 것이니만큼 예쁘기는 하다만……."

"마마, 이런 것은 어떠시옵니까?"

나는 패물함에서 작은 옥 장식이 달린 노리개를 꺼내어 내밀었다. 호랑이 노리개는 금으로 조각하여 칠보장식으로 꾸민 것이었다. 모양도 그렇거니와, 중전이나 세종이 총애하는 신빈이 쓸 만한 화려한 생김새가 어쩌면 세자에게 거부감을 불러일으킬 수도 있을 것이었다. 그가 순빈에게 요구하는 것은 현숙한 국모의 마음가짐이니. 순빈은 내가 내민 것에 손을 뻗으며 호기심을 보이는 듯했다.

"오오, 이것도 괜찮구나. 수수한 생김새가 고아(高雅)해 보여. 쌍아, 이것은 어때 보이느냐?"

순빈은 내가 내민 노리개를 달아 달라는 듯 쌍이에게 내밀었다. 쌍이는 마지못해 그것을 받아들면서, 자신이 추천하고 있었던 호랑이 노리개를 내려놓았다. 그리고 눈을 째렸다. 나는 못 본 척하며 일어나는 순빈의 옷매무새를 다듬어 주었다.

"……잘 어울리십니다, 마마."

그러나 결국 순빈의 미모 덕을 보아, 걸치는 꾸밈붙이들 모두가 아름답게 빛이 났다. 순빈 역시 면경을 들고 즐거워했다.

"좋아, 이것으로 하겠다. 저하께서 오실 것이니 너는 패물함을 저리 갖다놓아 주렴."

"예."

쌍이는 아쉬운 듯 호랑이 노리개를 만지작거렸지만, 곧 패물함에 담아 넘겨주었다. 내가 그것을 받아 제자리에 가져다주자마자 밖에서 세자가 도착했음을 알렸다.

"빈궁 마마, 세자 저하 오시었사옵니다."

"얼른 드시라 하여라!"

순빈은 반색을 하며 뛰어 나가려다, 세자가 열녀전을 공부하는 것에 만족스러워했다던 내 말을 기억했는지 얼른 걸음을 멈추었다. 그리고 다소곳이 걸어 나와 앞에 섰다. 쌍이와 나는 조심스레 옆으로 비켜섰다.

"저하, 오셨사옵니까."

"조금 늦었습니다, 빈궁."

"아닙니다. 얼른 이리로 좌정하시지요."

세자의 방문에 대비하여 보료에까지 난향이 나도록 향료를 한동안 비치해 두었던 터라, 방에서는 은은한 향이 흘렀다. 세자도 그것을 알아챈 듯했다. 그는 우리를 지나쳐 보료에 앉으면서 입을 열었다.

"빈궁께서 노력을 많이 하시는군요."

"예?"

웃고는 있으나 무언가 또 꼬투리를 잡으려는 것은 아닌가 걱정이 된 순빈이 되물었다. 세자는 방을 휘 둘러보며 약간 웃음을 머금었다.

"요새는 부덕을 쌓느라 고생하시는 것, 내 알고 있습니다. 참으로 보기가 좋아요. 양전께도 정성을 다하신다지요."

"아, 예에."

일전에 갑갑증과 다혈질인 성격을 이기지 못해, 공부를 하다 말고 열녀전을 바닥에 패대기친 적이 있는 순빈은 찔리는 것이 있기는 한 듯 멋쩍게 웃음 지었다. 하지만 낭군을 위해서 참아야 한다는 여사와 쌍이의 말에 참을 인(忍)자를 수도 없이 그리며 노력한 결과가 있는지 세자의 미소는 다소 부드러워져 있었다.

"앞으로도 그렇게 음전한 모습을 보여 주었으면 좋겠습니다. 빈궁께서는 참으로 도리를 잘 아시니 만족스럽기 그지없어요."

"당연한 일을 하였을 따름인데, 저하께서 이리 칭찬하여 주시니 신첩은 몸 둘 바를 모르겠사옵니다."

여러 번 연습한 대로 순빈은 얼굴을 살짝 붉히기까지 하며 수줍게 대답했다. 그러면서 쌍이에게 손짓하여 낮것상을 들이라 분부했다. 고개를 살짝 끄덕이고 쌍이가 방 밖으로 나가자마자, 세자는 이런저런 말을 하다가 곧 본론을 꺼내 놓았다.

"빈궁, 홍 승휘와 소훈들과는 잘 지내고 있습니까?"

갑작스러운 말에 순빈이 평정심을 찾지 못하고 눈동자가 흔들리는 것이 보였다. 나 역시도 당황하여 세자를 쳐다보았다. 이렇게 직접적으로 물어 온 경우는 없었는데. 이것도 순빈의 부덕을 시험하려 묻는 것일까? 세자는 담담한 표정 그대로 변화가 없었다.

"예, 물론이지요. 헌데 그것은 왜 물으시는지……?"

"빈궁께서 아랫사람을 어찌 대하시나 궁금하여 묻는 것입니다."

"……신첩은, 승휘와 소훈들에게 저하를 성심성의껏 모시라 언제나 주의를 주고 있사옵니다. 제가 윗전이니 잘 다스려야 하지 않겠사옵니까."

세자는 순후한 여인을 좋아한다, 귀에 못이 박힐 때까지 나와 박 상궁이 옆에서 읊어댄 탓인지 다행히 순빈은 얌전한 대답을 내놓았다. 조마조마한 가슴으로 나는 세자 부부의 말을 곁에서 듣고 있었다.

"다행입니다. 나는 빈궁께서 혹여나 원망하실까 걱정이 되었지요."

"원망이라니요, 저하. 당치도 않습니다."

사실은 하루걸러 한 번씩 후궁이 셋이나 된다고 푸념에 하소연을 하는 순빈이었지만, 유연하게 처세술을 펴고 있었다. 정적(正嫡)만큼 귀한 것이 없으니 자신이 있다고 말하면서도, 그 다음날에는 세자가 승휘의 처소에 들렀다는 이야기를 들으면 눈에 띄게 침울해하던 순빈이 세자의 앞에서 저렇게 이야기하고 있는 것이 대견할 지경이었다. 그러나 곧 세자는 청천벽력 같은 말을 꺼내놓았다.

"그래서 말인데, 승휘를 두 명 더 들일까 합니다."

"예?"

나도 순빈과 같은 심정이 되어 왕방울처럼 커진 눈을 하고서 세자를 빤히 바라봤다. 다만 다른 것이 있다면, 순빈은 파들거리는 손을 얼른 숨겨버렸다는 정도일까. 하지만 세자는 아무렇지도 않게 말을 이었다.

"지가산군사 권전의 딸과 직예문관 정갑손의 딸로 두 명입니다. 명문가의 여식들이니 역시 격이 맞지요."

"……."

"아, 특히 권전의 딸은 이미 빈궁께서도 보신 적이 있으실 것입니다."

"……제가 본 적이 있을 것이라니요?"

"일전에 빈궁께서 다과상을 차려오셨을 때, 지밀나인 행색을 하고 있던 여인이 권전의 딸입니다."

세자는 그 여인이 누구라고는 정확히 말해 주지 않았지만, 갑자기 머릿속에 퍼뜩 떠오르는 인물이 있었다. 그때, 회문례에 참석치 못한다고 세자가 통보하였던 그날. 다과상을 차려들고 순빈과 함께 갔을 때 문을 열어주었던 그 나인. 어쩐지 순빈의 등장에 조금 당황스러워하던 그녀의 얼굴이 기억났다. 하지만 순빈은 기억하지 못하는 것 같았다. 그도 그럴 것이, 어떻게 한낱 지밀나인 따위가 세자의 후궁이 될 만한 명문가의 여식이라고 생각했겠는가. 게다가 권 씨는 후에 경혜공주와 단종을 낳는 문종의 마지막 세자빈이 될 사람인데. 그녀가 어찌서 궁녀로 있었던 것이며, 세자는 그것을 어떻게 미리 알고 있는지 의문스러워졌다.

"……신첩은 잘 기억이 나지 않사옵니다, 저하. 헌데 어찌하여 그런 여인이 궁인으로 있었는지요?"

순빈도 나와 같은 궁금증이 생겼는지, 황당함과 억울함이 가득할 것이 분명한데도 조곤조곤 이유를 물었다. 아직까지는 잘 참아 내고 있는 목소리에서 결연함이 묻어나왔다. 나는 초조함에 입술을 깨물며 세자의 말을 기다렸다.

"사가(私家)가 한미하여, 어쩌다 보니 입궁하였다 합니다. 하지만 벌족의 가문이니 들이는 데는 문제가 되지 않지요."

"……."

"언짢으십니까?"

결국은 세자의 지밀나인으로 있으면서 눈에 들어 승휘로 앉게 되었다는 말이구나. 설마하니 권 씨가 생각보다 가까운 곳에 있었을 줄은 몰랐다. 그리고, 재취한 지 얼마나 되었다고 또다시 후궁을 들인다는 말을 하는 세자의 의중이 궁금해졌다. 정갑손의 딸은 간택이라 치고, 권 씨는 경우가 다르지 않은가. 모양만 간택이지, 결국은 궁녀를 후궁으로 승격시키는 꼴이니 승은후궁이나 다름없다. 순빈은 더없이 가라앉은 목소리로 입을 열었다.

"……아닙니다, 저하. 영웅호색(英雄好色)이라는 말도 있사온데, 한 나라의 세자임에야 오죽하겠사옵니까."

말은 더없이 순후하였으나 그 속에 담긴 울음은 들리지 않아도 절절했다. 싫은 것을 싫다 하지 못하는 그녀의 목소리는 끝내 마지막에 와서는 떨리고 말았다. 하지만 세자는 그것을 아는지 모르는지, 말을 이어갈 뿐이었다.

"그렇다면 다행입니다. 아, 그리고 예조에서 곧 뽑아 올릴 것이라 하나 아직 확정된 것은 아니어서 빈궁께 알려주는 것입니다. 먼저 유념하여 두시라고요."

"유념하여 두라고 하시면, 신첩은 어떤 일을 하면 되옵니까?"

남편이 첩을 들이는 것을 미리 통보받아야 하는 여인의 마음은 어떠할까. 순빈은 그를 짐작케 하지 않겠다는 듯이 곧바로 대답했다. 세자에게 속내를 엿보여서는 안 됐다.

"간택 확정이 되면 알려질 것이니 입단속을 하여 두라는 것이지요."

세자가 낮것상을 들고 들어온 쌍이를 보며 말했다. 어느덧 방문을 열고 몇 발짝 들어섰던 그녀는 들어서는 안 될 것을 들은 듯 못 박혀 서 있었다. 당사자인 순빈보다도 더 큰 충격을 받은 듯 그녀의 얼굴은 일그러져 있었다. 순빈도 뒤를 돌아 그녀의 모습을 확인하고 세자가 모르게 입술을 짓씹었다.

"……알겠사옵니다, 저하. 그리…… 하겠사옵니다."

끊어질 듯 이어지는 순빈의 목소리는 가늘었다. 이미 있는 후궁을 가납하는 데만도 시일이 여럿 걸렸는데, 의논도 아닌 통보를 전하는 말을 듣고서 태연자약할 수는 없을 것이었다. 쌍이는 정신을 차리고 들고 온 상을 가져다 놓았다. 그녀 역시도 떨리는 손이었다. 마음에 점을 찍는다(點心)는 말처럼, 간단하게 꾸린 다과상이었음에도 무거운 것을 내려놓는 양 그녀의 움직임은 불안정했다. 나는 순빈이 고심해서 꾸려 내놓은 상을 물끄러미 내려다보았다. 귤강차와 송화다식이 소담스럽게 차려진 그 상을. 세자는 대수롭지 않게 그것들을 먹고 마셨다.

"이만 가 보겠소."

적막한 고요 속에서 입가심만을 끝낸 세자가 더없이 부드러운 목소리로 말하며 일어섰다. 그를 배웅하러 일어나 예를 차렸으나, 나와 쌍이-그리고 순빈은 모두 멍한 기분이었다. 험한 산을 겨우 넘어왔더니 물을 만난 꼴이었다. 세자가 돌아가고 나서도 그 자리에 계속 서 있던 그녀는 결국 다리에 힘이 풀려 주저앉았다.

"마마!"

쌍이가 외마디 비명과 같은 것을 지르며 달려가 그녀를 안아 일으켰다. 순빈은 가슴을 쥐어뜯으며 소리 없는 눈물을 흘리고 있었다. 성격으로 보아 호통을 쳐도 모자랄 것인데, 그녀는 혹여나 밖의 나인들이 들을세라 입을 막아 가며 울고 있었다. 결국 쌍이도 그녀의 어깨를 껴안고 같이 눈물을 흘렸다.

"어찌, 어찌 이리 고단하십니까, 마마. 분명 세자빈이 되면 행복하실 거라 하지 않으셨사옵니까."

흐느끼며 내뱉는 쌍이의 말에 순빈은 말없이 울음만 터뜨릴 뿐이었다. 이럴 줄은 예상하지 못하였겠지. 나는 할 말을 잃었다. 나 역시도 세자가 - 훗날의 문종이, 이리도 정실부인에게 박한 사람일 줄은 몰랐으니까. 그녀의 끝 역시 멀지 않았음을 다시금 느꼈다. 한참을 그렇게 울먹거리던 순빈은 진정이 될 때까지 수없이 손등으로 눈가를 문질러댔다.

"가자."

그러더니 앞뒤를 잘라먹은 한 마디만을 뱉었다. 진정은 되었다 하나 눈시울은 여전히 붉었다. 쌍이가 당황하여 물었다.

"어디를 가자 말씀하시는 것이옵니까?"

"그 나인을 보러 가자는 것이다!"

설마. 입단속을 하라는 세자의 말밖에 듣지 못했는지 쌍이는 내 쪽을 건너다보았다. 나는 순빈이 일을 치리란 것을 직감했지만 아니기를 바라며 그녀의 곁으로 다가갔다.

"마마, 혹시 저하께서 말씀하신 나인 권 씨를 이르시옵니까?"

"당연한 것이 아니냐! 그 계집이 아니면, 내 정갑손의 집에 찾아가 딸년을 내 보이라 할까?"

"마마!"

나는 그녀의 치맛자락을 잡고 엎드렸다. 그녀가 권 씨를 찾아가서는 절대 안 됐다. 세자의 눈 밖에 나서는 안 되는 것은 물론이고, 머리끝까지 분노가 치민 순빈의 상태로는 그녀를 당장 매질해 내쫓기라도 할 기세였기 때문이다. 이번만은 틀림없었다. 세자가 들이겠다고 한 여인들 중 성이 권 씨이고, 세자의 후궁이 되는 여인. 분명히 그녀가 세자의 총애를 받아 아들을 낳는, 미래의 현덕왕후였다. 아니, 순빈의 다음으로 세자빈이 될 여인이었다. 그 생각이 내 뇌리에 스쳐 지나갔다.

"마마, 아니 되옵니다!"

"이것 놓아라!"

나는 쌍이에게 얼른 눈짓했다. 그제야 사건의 전말을 깨달은 쌍이도 순빈의 한 쪽 다리를 잡고 늘어져 싹싹 빌었다.

"마마, 가시면 아니 됩니다. 그저 여기서, 이곳에서 저희들에게 푸시옵소서. 마마의 심정은 백 번 천 번 이해하오나 지금은 아니옵니다!"

쌍이가 흑흑거리며 눈물 섞인 절규를 쏟아냈다. 순빈은 굳게 다물린 입매를 한껏 비틀어 조소를 보였으나 멈추었던 눈물은 또다시 흐를 것 같이 그렁그렁했다.

"그러면 나더러 어찌하라는 말이냐? 셋으로도 모자라 둘을 더 들이겠다 하는데! 그냥 보아 넘기면 그 다음에는 또 몇 명을 들이겠다 하실까? 내가 얼굴이 박색이냐? 집안이 한미해? 아니면 양전(兩殿)께 불효하였느냐? 가납할 것은 가납하고 지켜라 하는 것은 지켰는데, 어찌 나는 이리도 찬밥 신세일 수밖에 없단 말이야!"

순빈의 울음은 이제 방문을 넘어 전각 밖에까지 울려 퍼질 정도로 우렁찼다. 하지만 나는 그녀를 말릴 수가 없었다. 밖으로 뛰쳐나갈 것 같지는 않았으나 그 입마저 틀어막는다면, 사랑을 빼앗긴 고귀한 여인의 심정을 더욱 비참하게 옥죄는 것이라 생각되었기 때문이었다. 순빈은 무릎을 끌어안고 치마폭에 얼굴을 묻었다.

"어째서…… 어째서 그분은 나를 이토록 비참하게 만드시느냐. 왜 나는 돌아봐 주지도 않으시면서, 그토록 많은 여인들에게는 봄날 햇볕보다 더 따스하신가 이 말이야! 내가 대체 어떻게 해야 하는 것이냐."

어떻게 해야 하느냐고. 어찌 하면 남편의 마음을 돌려낼 수 있느냐고 울부짖는 여인에게, 미래를 알고 있는 나는 한 마디도 해 줄 수가 없었다. 쌍이처럼 진심어린 마음으로 위로를 하여 줄 수도 없었고, 알고 있으면서 거짓으로 그녀의 마음을 다독여 줄 수도 없었다. 같이 흐느껴 주는 것밖에는. 하지만 그렇다고 모든 것에 뛰어나고, 오래 살았다면 아버지처럼 성군으로 길이 기록되었을 문종(文宗)이 될 세자를 원망할 수도 없었다.

그렇게 나는 이기적이면서도 끔찍하게도 사실을 되새겼다. 세자가 선택한 여인 중 하나인 권 씨가 역사의 한 줄기를 만들어 낼 사람이니까. 순빈의 마음을 이해하고 같이 울어 준다고 해도 그 줄기를 잘라내 버릴 수는 없다고 생각하는 내가 너무나도 위선적인 인간처럼 느껴졌다. 아니, 어쩌면 이해하고 있는지도 모르겠다. 마음은 상관치 않고 여러 조건을 따져 혼인을 하고, 부부로 맺어진 그 연보다 끌리는 연을 더 소중히 하고 싶은 그 욕망이. 뺨 위를 타고 흐르는 뜨거운 눈물에 문득 진평대군이 생각났다. 순빈과 세자, 그리고 진평대군의 얼굴이 차례로 겹쳐졌다 사라졌다.

순간 화가 났다. 진실한 마음을 품은 것은 비단 권 씨 뿐만이 아닐진

대, 역사는 왜 그녀의 손만을 들어 주는 것일까? 지금의 순빈은 역사에 기록된 여인이 아니었다. 지아비의 마음 한 자락을 온전히 갖고 싶으나 영원히 그러지 못하리라는 것을 깨달은 비참함에 젖어 몸부림치고 있을 뿐이었다. 나는 상반된 생각 중에서 순빈의 편을 조금이라도 들어 주고 싶은 생각이 들었다.

"마마, 고정하시옵소서. 저하께서는 빈궁 마마의 동태를 시시각각 살피고 계실 것이옵니다. 다른 후궁들도 마찬가지일 것이고요."

흐느낌이 어느 정도 잦아든 순빈에게 쌍이가 되뇌었다. 넋 나간 사람처럼 고개를 끄덕이는 순빈은 진이 다 빠진 것 같았다. 나는 충동적으로 그녀에게 말을 건넸다.

"마마, 소인이 권 씨의 얼굴을 아옵니다."

"너……!"

내 말에 쌍이가 표독스럽게 쩨려보았다. 불난 집에 기름을 부어서 어찌하겠느냐는 것이겠지. 하지만 나는 순빈의 순수한 마음과, 지금은 조금이나마 몸에 배였을 참을성을 믿었다. 순빈은 권 씨를 해하지는 않을 것이었다. 나는 그녀를 위로해 줄 수 있는 유일한 방법을 알려주고 싶었다. 그리고 그것은 위선적인 나를 부정하고 싶은 마음에서 비롯된 행동이기도 했다.

"대신, 마마…… 여기서 기다려 주시옵소서. 소인이 데려오겠나이다."

"……네가 어찌 그럴 수 있겠느냐?"

"생과방을 들렀다 오는 척 데려오겠사옵니다."

내 말에 순빈은 힘없이 고개를 끄덕였다. 그리고 쌍이에게 손짓을 해서 그녀에게 부축을 받고 몸을 일으켰다. 고귀한 여인의 자존심이 그녀를 다시 잡아끄는 듯 했다. 순빈은 쌍이가 내민 천으로, 눈가에 고인 나머지 눈물방울을 닦아내고 심호흡을 했다.

"알았다. 허면 그렇게 하여라."
"빈궁 마마, 저는 아무래도……."
"쌍이 너는 면경과 분첩을 가져오너라. 치장을 다시 해야겠다."
"……."
 순빈은 쌍이의 말을 단호하게 끊어냈다. 그리고 다시 자신의 보료로 돌아가 자리에 앉았다. 그리고는 깨끗하게 비워진 다과상을 발로 차 버렸다.
"이딴 것은 치워 버려라!"
"세상에, 마마!"
 쌍이가 깜짝 놀라며 달려가 잡은 탓에 다행히 그릇과 잔이 깨지지는 않았다. 하지만 나와 쌍이는 입을 떡 벌린 채 놀라움을 금치 못했다. 순빈의 괄괄한 성질이 다시 되살아난 것이었다.
"하기 싫은 것을 억지로 참고 노력하였더니 돌아오는 대가가 이런 대접뿐이니, 내가 왜 더 이상 이러고 있어야 하느냐? 답답하여 못 살겠다."
"마마……."
"잔말 말고 얼른 명이나 받들어라! 서담이 너는 권 씨를 속히 데려오도록 하여라. 그리 놀란 눈은 할 필요 없고. 설마하니 내 그 계집을 매질이라도 할 성싶으냐?"
 지금의 상태로 보아서는 그렇게 하여도 이상하지 않을 것 같았지만, 세자의 앞에서만 아니라면 입에 발린 말이나 거짓말은 하지 않는 순빈이었기에 조금 마음이 놓였다. 쌍이는 부산스럽게 여러 화장품들을 가지고 오기 시작했고, 나는 고개를 조아리고 밖으로 나섰다.

* * *

훈민정음을 만드느라 집현전에 자주 왕래한다는 세자는 다행히도 동궁전에 없었다. 덕분에 생과방에 가는 척하며 민 상궁의 곁에까지 다가갈 수 있었던 나는 곧 상궁의 가까이에 있는 권 씨를 발견할 수 있었다. 그런데 역시 후궁으로 간택된 것이 암암리에 상궁들 사이에서는 기정사실이 되어 있었는지, 나인임에도 불구하고 다들 무언가 조심스런 기색으로 그녀를 대하고 있었다. 해가 짧아 어둑해진 탓에, 처소로 돌아가려는지 신을 꿰어 신고 나온 권 씨를 조용히 뒤따랐다. 그리고 인적이 드문 모퉁이를 돌게 되자, 그녀의 곁으로 다가가 말을 걸었다.

"권 나인."

그러자 나인은 소스라치게 놀라며 뒤를 돌아봤다. 한 번 스치듯 본 것이라 잘 기억나지 않는 얼굴이었음에도 불구하고, 놀라는 그 표정은 익숙했다. 나는 찬찬히 그녀를 뜯어보았다. 순빈에 비해서 그렇게 아름다운 여인은 아니었다. 오히려 화려하게 만개한 모란 같은 순빈의 모습과는 견주어 볼 수 없을 만큼 수수했다. 그러나 어리고 수수한 모양새가 세자의 취향인 것처럼, 상대적인 것보다는 절대적인 지표가 중요했을 것이다.

"……누구시오?"

겁이 어린 눈동자는 내가 누구인지 모르는 것 같았다. 나는 묘한 기분에 휩싸여 말없이 그녀의 눈동자를 직시했다. 분명 순빈의 슬픔을 보았고, 그녀를 모시는 궁녀로서 이 여인에 대해 증오를 품어야 옳을 것이었다. 하지만 나는 여인이 누가 될 것인지를 알고 있었다. 피로 얼룩진 나날의 시작이 어쩌면 이 여인으로부터 시작되었는지도 모르겠다. 그렇다면…… 이 여인이 세자의 후궁이 되도록 놔두는 것이 정녕 옳을 걸까. 나는 처음의 결심이 무너지려 하는 것을 느꼈다. 역사의 흐름에 관여할 주제가 되지 못하니, 곁에서 관전만 하겠다는 그 결심. 하고 싶지도 않고,

해서는 안 된다고 생각했던 그 생각 말이다.

"빈궁전 지밀나인입니다. 빈궁 마마께서 보자고 하셔요."

"……."

권 씨는 올 것이 왔다는 표정으로 입술을 짓씹었다. 하는 양으로 봐서는 그녀도 자신이 후궁이 될 것이란 사실을 알고 있는 듯했다. 그녀는 어쩔 수 없이 고개를 끄덕여 주었다.

"따라오세요."

체념한 듯 내뱉는 목소리마저 가녀렸다. 생김새는 순빈도 연약하였으나, 성품은 여장부였다. 화려한 미모와 당당한 기개를 지닌 순빈과 내 뒤를 따라 걷는 권 씨는 모든 면에서 반대였다. 수수한 미모와 얌전한 성품, 고분고분한 성격이 세자가 원하던 것이었을까. 안타까운 마음에 빈궁전으로 향하는 발걸음이 자꾸만 느려졌다. 나는 어느새 그녀의 곁에서 같이 걷고 있었다. 고개를 푹 수그린 채 걸음을 떼는 그녀가 보였다.

"……이름이 뭐예요?"

갑자기 입에서 튀어 나온 말에 나는 후회하면서도 그녀의 대답을 기다렸다. 생각보다 앳돼 보이는 얼굴이 동정심마저 불러일으켜서일까. 갈팡질팡하는 마음에 중심을 잡고자 던져 본 물음이었다.

"주란(朱蘭)."

보료에 물들었던 난향의 주인공은 순빈이 될 수 없었구나. 지아비에게 예쁘게 보이고 싶었던 순빈의 노력은 오히려 세자에게 다른 여인을 떠올리게 하였을 뿐이었다. 나는 비통한 마음에 조용히 입을 다물었다. 그녀도 조용히 걸음만 옮겼다. 곧 빈궁전이 눈앞에 보였다.

"다 왔어요."

"……."

"빈궁 마마께서 기다리고 계실 거예요. 같이 들어가요."

"……저."

주란은 떨리는 목소리로 내 소맷자락을 잡았다. 위태롭게 잡은 그 손길마저 작게 흔들리고 있었다.

"마마께서…… 저를 달초하실까요?"

나는 확신할 수 없었다. 슬픔과 분노가 법도를 누르고 사달을 낼지. 아니면 그녀를 억누르는 족쇄가 감정마저 옥죄어 순빈을 막을지. 하지만 주란의 큰 눈망울에 깃든 어떤 감정이 최소한 업신여기거나, 순빈을 타고 올라앉으려 하는 것은 아니었기 때문에 말해 주었다.

"그러지 않으실 겁니다. 마마께서는 세자빈이시니."

"……"

"가요."

나중에는 아니겠지만, 지금은 한낱 후궁의 간택일 뿐이다. 윗전의 위엄과 면모를 순빈이 분명 내팽개치지는 않으리라, 나는 그렇게 믿었다. 어느덧 서늘해진 밤공기가 빈궁전을 둘러싸고 있었다.

* * *

흩날리는 바람이 머리칼을 흩뜨려 눈부신 햇살을 가렸다. 나는 눈살을 찌푸리면서도 맑은 햇빛에 왠지 설레는 마음을 느끼며 손을 들어 머리를 쓸어 넘겼다. 곡우 즈음에 가장 먼저 따낸 어린 찻잎으로 만든 우전(雨前)의 향내가 피어올랐다. 나는 잠자코 손에 든 쟁반을 고쳐 잡았다. 백련각(白蓮閣)으로 가는 길이라 그런지 걸음이 무거웠다.

"마마, 소인 서담이옵니다."

"들어오게."

처음 말을 섞었을 때부터 느꼈던, 얌전하면서도 수수한 기품의 목소리가 닫힌 문 안에서 들려왔다. 나는 조용히 문을 열고 걸음을 떼었다.
"오늘은 우전을 들였습니다, 승휘 마마."
"첫물차도 좋지. 고맙네."
자홍색 난초라는 이름을 갖고 있었던 여인, 권 승휘는 감사를 표하고는 조심스럽게 뜨거운 잔을 들어 한 모금을 마셨다. 눈을 감고 향내를 음미하는 모습이 평화롭기 그지없었다. 나는 그 모습을 물끄러미 바라보다 순빈과 그녀의 첫 대면을 떠올렸다.

―네년이 권 씨냐?

순빈은 마치 지지 않겠다는 듯, 고운 얼굴을 더욱 화려하게 꾸몄더랬다. 분을 꼼꼼하게 발라 치장한 낯은 더욱 하얘 보였고, 붉으면서도 윤이 나는 도톰한 입술은 분에 못 이겨 파들거리고 있음에도 지독하게 매혹적이었다. 그러나 패배로 인한 동정 따위는 받고 싶지 않다는 듯 그녀의 얼굴은 냉혹했다. 주란은 그녀의 물음에 시인하면서 바로 무릎을 꿇고 엎드렸다. 순빈은 그런 주란의 모습을 예상하지 못했다는 듯 살짝 놀라면서도 곧 표정을 거두고 표독스럽게 외쳤다.

―네 주제는 잘 아는가 보구나. 곧바로 부복(俯伏)하는 것을 보니! 그래, 어찌 저하를 꾀어내었느냐? 사내를 꾀는 그 속살거림을 내게도 좀 알려 주어라.

―……빈궁 마마.

―그래! 내가 빈궁이다. 내가 세자 저하의 정실인 빈궁이란 말이다!

잔뜩 겁을 먹고 순빈을 진정시키고자 부른 것이었던 주란의 목소리는 오히려 순빈의 화만 돋웠을 뿐이었다. 순빈은 주란을 비아냥거리다가 화를 참지 못하고 보료에서 벌떡 일어나 소리쳤고, 쌍이가 뒤에서 얼른 그녀의 팔을 붙잡았다. 하지만 순빈은 왕실 여인으로서 노력했던 것을 되새겼는지, 쌍이의 팔을 뿌리치고서 심호흡을 하고 다시 자리에 앉았다.

오르락내리락 하는 가슴이 그녀의 심정이 어떤지를 짐작하게 해 주고 있었다. 다시 숨을 가다듬은 그녀는 형형한 눈빛으로 주란을 노려보았다.

-네가 곧 승휘가 된다지.

-…….

-대답하라.

-……예, 마마.

주란은 떨면서도 분명하게 대답을 내놓았다. 순빈은 이마를 짚으며 눈을 감았다.

-……저하께서, 너를 총애하시느냐?

-마마!

곁에 선 쌍이가 직접적인 말에 놀라 순빈을 불렀지만, 그녀는 팔을 뻗어 쌍이를 제지시키고 주란의 대답을 기다렸다. 주란은 천천히 고개를 들었다. 큰 눈망울에 어느새 눈물이 가득 맺혀 있었다.

-소인은 잘 알지 못하옵니다, 마마.

-모른다니. 네가 저하의 마음을 알지 못하면, 누가 안단 말이냐? 홍 승휘나 장 소훈, 정 소훈이 안다더냐? 지밀나인을 승휘로 올리겠다 하였으니 저하께서 마음에 두셨기 때문이 아니면 무엇이란 말이야?

날카롭게 쏘아붙이는 순빈의 말에, 주란은 흠칫하면서도 올곧은 눈빛만은 거두지 않았다. 그녀의 뒤에 서 있는 나는 이어질 말을 기다리며 숨을 멈추었다. 그녀의 대답으로 인해서 순빈의 태도가 결정될 것이었으니까.

-소인이 확신할 수 있는 것은, 오로지 저 스스로의 마음뿐이옵니다, 마마.

-……뭐라?

예상치 못한 그녀의 말에 순빈은 입을 떡 벌렸다. 하지만 그런 순빈의 모습은 아랑곳하지 않고, 주란이 대담하게 말을 뱉었다.

—빈궁 마마, 소인은 세자 저하를 은애하옵니다.

—으, 은애?

—무엄하지만 감히 그러하옵니다. 미천한 소인이 어찌 마음에 담을 수 있겠사옵니까만, 저도 모르게 그리 되어 버렸사옵니다. 막으려 해도 막을 수가 없고, 숨기려 해도 숨길 수가 없었사옵니다.

—…….

말문이 막혀 버린 순빈은 그대로 굳어 있었다. 이 순간이 그녀를 옥죄는 모든 족쇄를 견디는 힘겨움보다도, 주란의 말이 더욱 순빈을 견디지 못하게 만드는 형벌 같아 보였다. 그녀는 물론이고 홍 승휘나 소훈들에게서도 들어 보지 못한 말이었다. 순빈과 힘겨루기를 하는 다른 후궁들은 세자의 총애를 빌미삼아 순빈과 맞서려 했을 뿐이었다. 주란 역시 다르지 않으리라 여겼는지, 순빈은 티 없이 맑기만 한 그녀의 고백에 벼락을 맞은 것처럼 얼어붙은 모습이었다.

—저하께서는 그런 소인을 동정하시어 승휘로 삼아 주겠다 하시었을 뿐입니다, 마마. 그런 큰 은혜를 감히 받아도 되는 것인지 심히 두렵사오나, 소인 역시 여인이기에…….

—…….

—소인은 추호도 빈궁 마마 위에 올라앉겠다는 마음을 가져 본 적이 없사옵니다. 저하의 정실은 오로지 세자빈 마마 한 분뿐이라는 것도 언제나 명심하겠사옵니다. 허니…… 제발 소인을 내치지 말아 주시옵소서.

—……내치지 말라니. 나 따위가 무엇을 할 수 있다고 그런 말을 하느냐? 오로지 저하께서 결정하시는 일을!

—마마, 소인은 저하와 빈궁 마마를 보필하는 한낱 후궁일 뿐이옵니다. 지아비가 될 저하를 성심성의껏 모시는 것 또한 빈궁 마마의 윤허 아래

서만 가능할 것이니, 어찌 마마의 의중이 중요하지 않다 할 수 있겠사옵니까?"

몸을 떨면서도 강단 있게 내뱉는 주란의 말은 한 치도 어긋남이 없었다. 마주친 쌍이의 눈빛에서도 나와 같은 생각이 엿보였다. 순빈은 입술을 마구 짓씹으면서도 눈물이 흘러내리는 것을 들키고 싶지 않았는지 고개를 외로 꼬았다. 바닥에 이마를 맞댄 주란의 표정은 엿볼 길이 없었지만, 속의 말을 다 꺼내 놓은 것은 후련하였는지 맞잡은 손만은 흔들림이 없었다.

"빈궁 마마께서는 평안하신가?"

"예. 이제 차비를 다 하셨습니다."

그렇게 순빈과의 첫 만남이 소란 없이 끝난 이후, 주란은 승휘로 책봉되었다. 소녀의 당돌하면서도 순수한 고백을 듣고 난 순빈은 그녀를 곱게 돌려보낼 수밖에 없었다. 그러나 마음까지 평안할 리는 없었다. 순빈은 그 이후 열흘 밤낮을 울었다. 열녀전을 들고 가르치러 온 김 씨 여사를 내쫓기는 일쑤였고, 고운 눈가가 짓무를 때까지 눈물지었다. 그러면서도 고귀한 자존심만은 버리지 않아 세자를 찾아가지는 않았다. 이제는 더 소용이 없다는 것을 알았기 때문일까. 아니면, 승휘 책봉 이후로 몇 해 동안 줄기차게 주란만 찾는 세자에게 마음이 떠났기 때문일까. 나로서는 알 길이 없었다.

"다행이구먼. 오늘 미시(未時)쯤에 옮기신다 하던가?"

"예."

주란이 묻고 있는 것은 세자 내외의 행보였다. 강녕전을 고쳐 짓게 된 바람에 세종과 소헌왕후가 동궁으로 거처를 옮기고, 세자와 순빈이 종학(宗學)에 잠시 옮겨가 살게 되었던 것이다. 그러나 세자의 많은 후궁들은 뒤따르지 않았다. 순빈은 지밀나인들에게 이것저것을 꾸리라 지시하면서 그 이유를 말해 주었다. 세종과 소헌왕후의 은밀한 부탁이 있었다고.

ㅡ저하와 내 사이가 소원하기 짝이 없으니, 밖에 나가 사이를 도탑게 하여 종사(宗社)의 대를 이어 오라는구나. 허나 그것이 내 마음대로 되는 것이더냐? 떡 줄 사람은 생각도 않는데, 우습게도 헛물만 켜는 꼴이지!

세자의 여인들을 가납할 것을 요구하는 양전(兩殿)이었지만 정실을 박대하는 세자가 너무하긴 너무하다는 데 합의하여 나온 결론이었다. 동궁을 나가 종학에 거처하며 새로이 둘만 지내다 보면 사이가 가까워지고, 그러다 보면 세손(世孫)을 갖게 되는 것도 쉬이 되지 않겠냐는 것이었다. 하지만 냉소적인 순빈의 비웃음은 그런 국왕 내외의 바람이 이루어지지 않을 것을 시사하고 있었다. 그러나 싸늘하면서도 서글픈 그 웃음은 한없이 외로운 순빈의 속마음을 감추는 가면이었을 뿐이었다. 세자가, 권 승휘의 처소를 그녀가 좋아하는 흰 연꽃으로 가득히 채운 곳이라 하여 백련각(白蓮閣)이라 이름붙인 것을 알아차린 후부터 다시 터져 나온 빈궁전의 소리 없는 울음에 쌓이는 매일 밤마다 순빈과 같이 흐느꼈으니.

"정녕 내가 가 보지 않아도 괜찮을까? 빈궁 마마께서 옮기실 세간이 많으실 텐데."

"아닙니다. 가지 않으시는 것이…… 더 나을 것입니다, 승휘 마마."

우전 한 잔을 다 비운 권 승휘가 조심스레 물었지만, 나는 고개를 저으며 말해 주었다. 그녀의 걱정이 윗전을 모시고픈 것에서 비롯된 걸 알고 있으나 순빈에게는 아니꼬움으로 비치게 될 것이 뻔했다. 다행히 권 승휘는 고개를 끄덕였다.

"알았네. 마마께서는…… 내가 달갑지 않으시겠지?"

"……."
 "그나마 자네라도 보내 주시어 다행이야. 내 마음 둘 곳이 없어 적적한 터에 빈궁 마마께서 궁살이에 큰 도움을 주셨어."
 나는 맑게 웃는 권 승휘의 얼굴을 보면서 미소를 지어 주었으나, 뒤에 숨겨진 사실을 알지 못하는 그녀의 모습에 안쓰러움을 느꼈다. 지밀나인으로 살면서 친한 이가 없어 적적했다며 수줍게 덧붙이는 권 승휘는, 순빈의 말을 그대로 믿었던 듯했다. 나는 승휘 책봉 전날 밤 순빈이 내게 했던 말을 떠올렸다.
 ─서담아, 네가 권 씨에게 가거라. 자주 왕래하여 그 계집의 일거수일투족을 속속들이 보고하여라. 내 그러지 않고서는 참을 수가 없다.
 집념 어린 순빈의 눈물이 다시 생각났다. 세자빈의 의무 때문에 모질게 삼켜 내야만 했던 그녀의 감정은 그렇게 다른 쪽으로 방향을 틀어 버린 것이었다. 그래서 나는 빈궁전과 권 승휘의 처소를 오가며 차 시중을 들고 있었다. 아니, 시중을 빙자한 첩자 노릇인가. 입 안이 썼다. 사랑을 잃은 순빈의 마음도, 사랑을 잃고 싶지 않은 주란의 마음도 이해가 되어 더 가슴이 아팠다.
 "참, 그러고 보니 내 자네의 나이도 묻지 않았던 것 같아. 그렇지?"
 "예, 묻지 않으셨습니다."
 "미안하네, 내 자네를 아끼면서도 어찌 그런 것을 묻지 않았는지."
 같은 궁녀 출신이었다 하더라도 이제는 세자의 후궁인 만큼 품계가 올라간 것은 아랑곳하지 않고, 권 승휘는 내게 아예 말을 놓지는 않았다. 말을 편히 하라는 내 만류에도 그녀의 거절은 분명했다. 고마운 사람에게 어찌 완전한 하대를 할 수 있겠느냐면서. 처음에는 조금 어색하기도 했으나, 소소한 배려에 나 역시 마음을 열지 않을 수 없었다.
 "서담이 자네 나이는 몇인가?"

나는 작게 웃었다. 그런 내 모습에 그녀가 의아한 듯 눈을 크게 떴다.
"왜 웃는가?"
"제 나이는 승휘 마마의 나이와 같습니다."
"그랬는가? 자네의 나이도 열여섯이라니!"
"이제는 열일곱이지요, 마마."
"아참, 그렇지."
권 승휘는 곱게 웃으며 민망한 듯 서탁 위에 놓은 손을 꼼지락거렸다. 나는 그녀가 내려놓은 찻잔을 챙기면서 작게 미소 지었다.
"이제 봄이라 새로운 해가 시작되었지 않습니까, 어찌 그리 정신이 없으신지요. 바쁜 일이라도 있으셨습니까, 마마?"
"요새 봄을 타는지 노곤하여 정신이 통 없어 그렇다네. 속도 좋지 않고…… 하긴, 그렇다 해도 내 나이를 세는 것을 깜빡하였다니."
권 승휘는 궁녀의 장난 어린 핀잔에도 웃으며 넘어가 줄 정도로 착한 사람이었다. 그런 그녀의 성격을 알기 때문에 나도 장난을 것이다. 나는 속으로 주란이 승휘가 된 날짜를 꼽아보았다. 순빈과 대면했던 그 해 겨울을 지나, 막 봄이 되어서 정식으로 예조에서 간택이 되었으니. 권 승휘와 알고 지낸 것이 세 해 하고도 서너 달쯤 된 것 같았다.
"어느새 세월이 이리도 흘렀습니다."
"그렇지."
열둘에 입궁하여 많은 일들이 있었다. 처음에는 동궁전에 있는 것만으로도 놀랐는데, 곧 빈궁전으로 옮겨갔고, 이제는 백련각에 드나들게 될 줄이야. 상상도 못했던 일이었다. 권 승휘도 아련하게 기억을 더듬어 보다가, 내게 물었다.
"참, 자네 그 소식 들었는가?"
"어떤 것이요?"

"전하께서 둘째 대군 마마의 봉호를 바꾼다 하셨다네. 진양대군(晉陽大君)으로."

"또 바꾸신다 하셨답니까?"

놀라서 되물었다. 어느덧 왕자 이 유는 진평대군이 아닌 지 오래였다. 세종에 의해 이미 함평대군(咸平大君)으로 이미 봉호가 한 번 바뀌었는데, 다시 또 바꾼다니.

"둘째 대군 마마께서는 봉호가 자주 바뀌시네요."

"이번에는 함평현과 혼동될까 하여 바꾸신다 한다던데. 이번에야말로 끝이겠지? 내가 머리가 좋지 못하여 외우기가 힘이 드네."

그럴 것이라는 듯이 고개를 끄덕여 주었지만, 나는 알고 있었다. 그에게는 수양대군(首陽大君)이라는 마지막 봉호가 남아 있다는 것을.

"왕자님들이 많기는 하지요."

"자네가 도움을 주어 쉽게 외우는 중일세."

"과찬이십니다, 마마."

사소한 것마저 잊지 않고 꼭 고마움을 표하여 주는 권 승휘의 모습에 나는 또 친우와 비슷한 느낌을 받았다. 물론 권 승휘가 나를 그렇게 생각하여 주는지, 아니면 자신을 섬기는 친한 궁녀로 여기는지는 모르겠지만. 온유한 사람이 곁에 있다는 것은 묘하게 안심되는 일이었다.

"그러면 이제 빈궁전으로 가는가?"

"아, 아닙니다. 종학에 잠시 들러야 해서요."

"그렇구만. 그러면 다음에 봄세."

"예. 승휘 마마께서도 혹시 몸이 오래 편치 않으시면 내의원을 불러 진찰받도록 하세요. 봄이 오기는 하였지만 고뿔이 들까 걱정되옵니다."

고개를 끄덕이고, 얼른 가보라는 듯이 선한 미소를 만면에 띠고 있는 권 승휘에게 인사를 하고 나서 나는 백련각 밖으로 나왔다. 빈 찻잔 덕에 쟁반이 한결 가벼웠다. 들어갈 때처럼 여전히 따스한 햇살에 미소가 그려지다, 잠깐 눈을 감았다. 포근한 이 느낌이 그리웠다. 그리고, 잠시간의 해바라기를 마치곤 다시 걸음을 옮겼다.

세자 내외가 살 곳이 바뀌니 신경 써야 할 것이 한두 가지가 아니라서 바쁜 터였다. 우울해 하면서도 세종 부부 내외가 쥐어 준 실낱같은 희망 한 자락을 붙잡고 싶은 순빈을 위해서라도 더 그랬다. 하지만 동궁에 세종이 이어(移御)하기로 되어 있는 터라 동궁의 모든 인원이 종학으로 옮겨갈 수는 없어 인원을 줄인 상태였다. 생과방도 예외는 아니어서, 동궁전의 사람들만 데려가기로 되어 있었는데 순빈의 허락만 있다면 나도 쌍이와 지낼 수 있을 것 같아 허락받을 기회를 엿보고 있었다. 빈궁전으로 돌아갈 때는 순빈이 즐길 만한 다과를 챙겨 가야겠다는 생각까지 떠오를 무렵, 나는 종학에 도착해 있었다. 점차 속도를 줄여 문어귀 쪽에 다가갔다. 그리고 소맷자락에서 작게 접은 종이를 꺼냈다.

"앗, 저기 있다."

나는 잠시 옆의 담 위에 쟁반을 올려놓고, 종이쪽지를 두 손으로 쥐었다. 그는 오늘 공부가 다 끝났는지, 졸려 죽겠다는 눈빛을 하고서 걸어나오고 있었다. 곁에 따르는 두 왕자도 보였다. 그 모습에 왠지 가슴이 따뜻해지는 것을 느끼면서 나는 한 발짝 앞으로 다가섰다. 세 쌍의 눈이 내게 와서 꽂혔다. 나는 가운데 선 그의 입꼬리가 부드러운 호선을 그리는 것을 보며 입을 열었다.

"대군 마마, 세자 저하의 전갈이옵니다."

진양대군은 턱 끝을 매만지며, 한 손에 들려 있던 서책을 곁에 선 임영대군에게 억지로 떠넘겼다. 열다섯의 대군은 순간 얼굴에 불만스러운 표정이 떠올랐지만, 어쩔 수 없이 그것을 받아들 수밖에 없었다.

"저하의 전갈이라? 무어라 하시더냐?"

진양대군은 이제 다른 이들의 눈앞에서는 자연스레 말을 놓고 있었다. 말투가 저렇게 변하기까지 마음을 졸인 것이 생각나 미소가 지어졌다.

"소인은 잘 모르옵고, 이것을 전하라 하셨사옵니다."

나는 손에 쥔 종이쪽지를 진양대군에게 내밀었다. 그가 그것을 받아 펴서 읽는 사이, 한 발짝쯤 뒤에서 물러나 있는 두 왕자에게로 나는 시선을 돌렸다. 책 서너 권을 품에 안고 서 있는 소헌왕후 소생 넷째 왕자, 임영대군은 그 옆에 있는 셋째 왕자에 비해 키가 머리 하나쯤 작았다. 세 명이 항상 몰려다닐 때 그는 언제나 막내의 설움을 겪고 있었는데, 나름대로는 고충이겠으나 주변 사람 입장에서는 흥미로울 뿐이었다. 나는 눈인사를 하며 말을 꺼냈다.

"오랜만에 뵙습니다, 임영대군 마마."

그리고 내 쪽으로는 시선을 두지 않고 있는 셋째 왕자, 안평대군에게도 인사를 건넸다.

"안평대군 마마. 가내 두루 평온하시옵니까? 통 입궐하시지 않아 정말 오랜만에 뵙사옵니다."

"……평온하다."

친하지는 않았으나 세자의 말을 전하기 위해 자주 심부름을 가 낯이 익은 터라, 임영대군은 내 인사에 선선히 고개를 끄덕여 주었다. 하지만 잔뜩 가라앉은 목소리가 여전한 안평대군은 나와의 대화가 불편함을 여지없이 드러내고 있었다. 거리를 두는 것은 아니었으나, 그의 행동이 어떤 생각에서 비롯된 것인지를 알기에 나는 서운한 마음을 거두려 노력했다. 차라리 이런 것이 나을지도 몰랐다. 이루어지지 못할 것이라면 일찍 감치 끊어내는 것이 옳을 테니까.

"저하께서 저녁 즈음에 오라고 하시는군."

전갈의 내용을 다 읽은 진양대군이 짧게 내뱉었다. 분명 종이에 적힌 내용은 그것보다 더 있었을 것이지만 핵심 내용은 그것이었을 테다. 내일이면 종학으로 거처를 옮겨야 해서 궁녀들도 눈코 뜰 새 없이 바쁠 텐데, 왜 부른 걸까? 궁금증이 샘솟았다. 하지만 세자의 전언을 함부로 물을 수는 없었기에 나는 입을 다물고 가볍게 고개만 끄덕였다. 툴툴거리며 돌부리를 발로 차는 임영대군의 소리를 제외하면 어느 누구도 입을 열지 않아 순간 적막이 흘렀다. 나는 진득하게 달라붙어 있는 진양대군의 시선에, 새로이 고개를 내 쪽으로 돌린 안평대군의 시선이 더해지는 것을 느끼면서 이제 그만 돌아가 보아야 한다는 걸 느꼈다. 어색한 이 분위기가 새삼스러운 것도 아니건만, 언제나 마음이 불편하기 그지없었다.

"그러면 소인은 이만 돌아가 보겠사옵니다."

두 왕자는 진양대군의 허락이 떨어지기를 기다리며 말을 않았다. 나도 진양대군의 허락을 기다렸으나, 그는 짐짓 모른 체하며 다른 말을 꺼냈다.

"너희들도 이만 돌아가 보아라. 나는 들를 데가 있으니."

"저하께서는 저녁 즈음에 오라 하시었다면서요?"

졸지에 짐을 떠맡게 된 임영대군이 볼멘소리를 하며 진양대군에게 물었다. 안평대군 역시 의아한 눈초리로 진양대군을 바라봤다. 그러나 진양대군은 천연덕스럽게 대답했다.

"동궁에 가는 것이 아닌데? 다른 곳에 갈 것이다."

"어디요?"

순진한 임영대군이 곧바로 물어왔지만, 그는 의미모를 웃음만 지으며 대답해 주지 않았다. 오히려 빠른 걸음으로 왕자들을 두고 가 버렸다.

"앗, 진양 형님! 이거 가지고 가셔야지요!"

"대군 마마, 소인에게 주시옵소서. 나중에 동궁에 들리실 때 전해 드리지요."

 설핏 웃으며 나는 손을 임영대군 쪽으로 내밀었다. 그는 단번에 화색이 돌며 진양대군의 책을 내게 넘겨주었다. 어린 동생을 실컷 부려먹는 진양대군인지라, 항상 같이 종학에서 수학하는 동생들 중 막내인 임영대군은 온갖 심부름을 도맡아 하고 있었다. 그 모습이 불쌍하면서도 귀여웠다.

 "그럼 그렇게 해 줘. 아, 진양 형님께는 말 잘 해야 해. 아니면 내가 또 억지로 떠넘긴 줄 알 거야."

 "예, 잘 하겠사옵니다."

 당부까지 잊지 않는 임영대군에게 거듭 확신을 주고 나니, 그는 날개를 단 듯 가벼운 걸음으로 안평대군에게 인사를 한 뒤 쌩하고 사라졌다. 건성으로 인사를 받은 안평대군은 내 쪽을 바라보고 있는 시선을 거두지 않고 있었다. 나는 그의 입에서 나올 말이 두려워 걸음을 떼려 했다.

 "안평대군 마마, 살펴 가시옵소서."

 대답이 없는 것이 불편하기는 했지만 불허의 의미는 아닐 것이라 여겼다. 그러나 가라앉은 그의 목소리가 뒤따라 와 내 발목을 붙잡았다.

 "이제는 달라졌구나."

 "······."

 "하긴, 새삼스러운 것도 아닌 것을."

 "······마마."

 왠지 슬픔이 느껴진 것은 기우가 아니었다. 흐려진 그의 얼굴이 그것을 말해 주고 있었다. 나는 이어질 그의 말을 기다려 주기로 했다. 모질게 끊어내 버린 것에 대한 아주 작은 속죄로.

 "네 말은 언제나 기억하고 있다. 너는 궁녀고 나는 대군이라는 것을."

 "예, 마마."

"허니 이제 너에게 대하는 것이 예전과 같을 수는 없겠지. 나도 안다."
"……."
"하지만 가끔씩 그리워지는구나."
"……무엇이 말이옵니까?"

무엇인지 알 것 같았다. 하지만 나는 끝까지 모르는 척 조심스레 대답해 주었다.

오랜 기간 동안 피해만 왔던 그의 눈동자를 똑바로 직시하는 순간, 안평대군도 천천히 입을 열어 말했다.

"너와 친우처럼 지냈던 시간이 말이다. 오늘날 임영을 보니 또다시 느껴져. 나도 그 아이처럼 너에게 허물없이 말을 건네고, 익숙하게 찾아갔던 적이 있었는데 말이다. 어느새 나는 네게 하대를 하고 있고 너는 당연하다는 듯이 내게 존대를 하고 있구나."

이제 안평대군은 옛날 그 소년처럼 눈물짓지는 않았다. 다만 공허함이 깃든 그의 눈동자는 여전했다.

나는 다시금 쓰라림을 느꼈다. 왜 안평대군과 같은 마음이 내게는 없었겠는가. 진작부터 느끼고는 있었다. 임영대군의 모습이 몇 해 전의 안평대군과 똑 닮아 있다는 것을.

그가 임영대군을 이따금씩 부러운 눈길로 바라보는 것도 알고 있었다. 그러나 그 사실을 안다고 해서 달라질 것은 없었다. 그것이 비록 무서우리만치 냉정한 처사라 해도.

"소인은 궁녀일 뿐이니 이렇게 될 수밖에 없는 것이지요."
"그래, 그렇겠지."

짧은 대답은 안평대군의 낙담이 오래된 것임을 보여주고 있었다. 나는 얕은 한숨을 쉬었다.

안평대군은 곧 책을 다른 손으로 옮겨 들더니 말했다.

"가 보겠다. 너도 돌아가거라."

"예, 대군 마마."

돌아서는 그의 발걸음은 예전의 것과 달랐다. 나는 그 모습을 잠깐 바라보다가 등을 돌렸다. 깨끗하지 않은 결말이라 해도 이 정도면 무난한 정도라 스스로를 위안하면서.

그래, 이 정도면 괜찮은 것이다. 진양대군에게서 전해들은 바에 의하면 안평대군이 부인을 내치지도 않고, 종학에서도 뛰어난 실력을 내보이고 있다고 했다.

그에 더하여 최근에는 서예가 늘어 세종이 크게 칭찬하며 수성궁에 정자 하나를 지어 주었다나. 그래서 곧 그 정자에 이름을 붙일 것이라 했다.

그렇게 진양대군의 책을 품에 껴안은 채로 걸음을 떼다가, 나는 앞에서 튀어나온 무언가에 의해 흠칫 놀라 멈춰 섰다.

"무슨 말을 그리 길게 하오?"

"마마!"

모퉁이를 돌았던 것까지는 보았는데, 가지 않은 것이었다. 진양대군은 담 옆에 비스듬히 팔을 올리고 서서 내게 물어왔다.

"갈 곳이 있다 하셔 놓고서, 왜 거기 계시옵니까?"

"저녁에 오라 하셨다니까."

"동궁에 가는 것이 아니라 하셨던 걸로 기억합니다."

"아아, 거짓말이었소."

억지로 귤을 건네며 건넸던 당황스러운 그 말은 귀여운 수준이었다. 해를 거듭할수록 능청스러워지는 저 말투에 어느덧 익숙해질 정도가 되었으니.

그는 몸을 일으켜 내 쪽으로 다가왔다. 나는 품에 안은 것을 그에게로 내밀었다.

"임영대군 마마께 두고 가신 마마의 서책이옵니다. 받으시지요."

"일부러 그러한 것이었는데, 냉큼 받아 오면 어쩌오?"

진양대군은 말은 그렇게 하면서도 책을 받아들었다. 그러면서 내 소맷자락을 살짝 잡으려 했으나, 가로막은 내 손길에 의해 목적을 달성하지 못했다. 나는 단호히 입을 열었다.

"너무 임영대군 마마께 그러지 마시옵소서. 안 그래도 마마께 주눅이 들어 있는 것 같사옵니다."

"아우인데, 그러면 어떤가."

"꼭 그런 것이 아니라도, 오늘 배운 것은 돌아가셔서 복습을 하셔야지요."

더 이을 말이 있었지만, 진양대군이 집요하게 내 팔목을 잡으려 하는 것에 신경이 쓰여 결국 잔소리 같은 말만 내뱉고 말았다.

어느덧 시선이 팔목에만 가 있는 것을 알아챘을 때 진양대군이 입을 열었다.

"어디를 가려 했느냐 물어볼 줄 알았는데. 궁금하지 않소?"

"아니요."

그의 대답이 무엇일지 알기에 나는 살짝 고개를 흔들었다. 그러나 진양대군은 그 새에 내 팔목을 잡아챘다.

"잡았다."

그러고서는 그대로 힘을 주어 자신의 쪽으로 끌어당겼다. 나는 끌려가지 않으려 힘을 주어 보았으나 악력에 이길 수는 없었다. 그는 팔목을 그대로 쥐고서, 자신의 쪽으로 걸음을 돌리게 했다.

아플 정도까지는 아니었으나 단단하게 잡혀 있는 팔목에 자꾸만 신경이 쓰여 그 쪽을 힐끔거리고 있는데 진양대군이 입을 열었다.

"저하의 부름을 빌미삼아 그대와 걷고 싶어서 그리하였소."

뻔뻔스러운 것인지, 아니면 당당한 것인지.

처음에 들었을 때는 벼락이 친 것 같이 놀랍기만 하였으나 계속되는 행동에 이제는 익숙하다 못해 면역이 된 지경에까지 이르렀다. 그리고 그나마 다행인 것은, 진양대군은 내게 이제 마음에 관한 대답을 요구하지는 않는다는 것이었다.

나는 그의 말을 곁에서 듣고만 있어도 되었다.

"내일 옮기는 것이라 하였으니 준비는 거의 다 되었을 것 같은데. 그러면 여기서 조금만 더 머물다 가도 되지 않겠소? 어차피 그대는 명분도 있으니 말이지."

문제는 그 대가로 그의 곁에 더 머물러야 하는 것이지만 말이다. 진양대군은 여전히 내 팔목을 잡은 채로 나른하게 말하며 걸음을 떼었다.

나는 잠자코 그에게 이끌려 가다가는 그가 저녁까지 나를 놓아 주지 않을지도 모른다는 생각이 들어, 살짝 팔목에 힘을 주어 보았으나 단단하게 붙들려 움직일 수가 없었다.

진양대군은 알고 있을 것이 분명한데도 놓아 주지 않았다.

"오늘은 무얼 하였소? 빈궁전 세간 정리? 아니면 생과방에 들렀나?"

진지한 것도 아니고, 장난스럽지도 않은 목소리로 진양대군의 말이 이어졌다. 자주 보는 것은 아니었지만, 이렇게 가끔씩 종학에서 마주칠 때면 그는 이렇게 항상 내가 무엇을 했는지 물어보았다.

여태까지는 그 물음에 고분고분 대답을 해 주었으나, 오늘은 왠지 그 이유를 묻고 싶어졌다. 나는 충동적으로 그에게 대답했다.

"그것이 왜 궁금하시옵니까?"

어쩌면 궁녀치고는 대담한 물음이 아니었을까. 혹은 무엄한 행동일 것이었다. 그러나 걸음을 멈춰 나를 바라보는 진양대군의 모습을 보니, 내 행동을 문초할 것 같지는 않았다.
　그는 너무나도 태연한 얼굴에 그제야 옅은 미소를 띠웠다. 그 엷은 웃음기에 당황할 새도 없이 그는 말했다.
　"이제 물어 주는 것이오?"
　"예?"
　대군의 말에 말대답을 한 것이 오히려 옳지 않은 행동이었지만, 진양대군의 말은 오히려 내 질문을 기다려 왔다는 것으로 들렸다.
　"그대가 그것을 물어 주기를 기다렸소. 표정을 보니 전혀 몰랐던 것 같군."
　"……제가 대군 마마의 속에 들어갔다 나온 것도 아닌데, 알 리가 없지 않사옵니까."
　왠지 민망해져서 볼멘소리를 내뱉었다. 그러자 진양대군이 작게 소리 내어 웃는 것이 들렸다. 그 웃음을 계속 머금은 채로 진양대군은 천천히 말해 주었다.
　"나는 그대가 무엇을 하고 지내는지 묻지 않으면 알 수 없지 않소."
　"……."
　"그대는 빈궁전의 궁녀니까. 내가 들어가 볼 수도 없고, 또 빈궁께서 나를 부르실 일도 없지. 그러니 모르지 않겠소."
　"……그래도, 마마께서 궁에서 사신 것이 오래인데 어찌 모른다 하십니까."
　그가 이렇게 맞부딪혀 올 때면 왠지 모르게 조금은 한 발짝 뒤로 물러나 있고 싶었다. 그 기분에 휩싸여 말하는데, 순간 바람이 불어와 다시 머리칼을 흩날렸다.
　나는 반사적으로 그에게 잡혀 있지 않은 손을 들어 머리를 정돈했다. 그때의 기억이 다시 떠오른 탓이었다.

진양대군은 그런 내 모습을 바라보다가 말했다.
"물론 지밀나인의 일과가 어떤지는 잘 알고 있소. 하지만."
"······."
"서담이란 궁인의 일과가 어떤지 궁금하오. 다른 궁인의 것이 아니라."
 향기마저 품은 바람을 느꼈다. 그의 말에 나는 언제나처럼 아무 대답도 할 수가 없었다. 진양대군은 익숙한 듯 계속 말을 이었다.
"그대와 다른 궁인을 같은 눈으로 바라보고 있지는 않소. 서담이란 이름은 유일한 것이니까."
 그 말을 잇는 진양대군의 까만 눈동자를 하염없이 바라보고 있었다. 끝없이 침잠(沈潛)해 버릴 것 같은 깊은 눈은 여러 해 전과 달라진 것이 없었다. 나는 그 눈동자가 언제나 그대로였으면 하고 생각했다. 진양대군은 말을 끝맺고, 팔목을 잡고 있던 손을 아래로 향했다. 놓인 팔목의 자유를 아주 잠깐 느낀 순간, 이번에는 손이 붙잡혔다. 눈동자처럼, 그리고 그의 마지막 봉호가 떠올리게 하는 기억처럼 차가울 것이라 예상했는데 진양대군의 손에서는 온기가 느껴졌다. 묘한 느낌에 온몸의 신경이 그쪽으로 쏠렸다. 그러다, 시선을 다시 옮겨 그의 얼굴을 바라봤다.
 산들거리는 봄바람 탓에, 어디선가 날아온 아주 작은 나뭇잎 하나가 그의 이마에 붙어 있었다. 나는 책을 들고 있는 진양대군의 나머지 한 손을 기억했다. 그래서 아무 생각 없이 자유로운 왼팔을 들어올렸다. 하지만 닿지 않아, 까치발까지 하고서야 나뭇잎을 떼어 줄 수 있었다. 충동적인 움직임에 나 스스로도 놀라 있는데, 진양대군도 그러한 것 같았다.
 권 승휘처럼 나도 봄을 타는 걸까? 계절에 따라 기분이 바뀐다는 것이 순전히 핑계라고 생각했는데, 지금은 이해할 수 있을 것 같았다.
 그래, 지금 내가 이러는 건 분명 봄 때문이다. 곱게 접힌 눈으로 나를 응시하는 진양대군을 바라보며 생각했다.

유일한 이름. 오직 나를 하나라고 말해 주는 그의 마음이, 그믐날 어둠에 물들어 번져 오는 달빛과도 같다고.

6. 때 이른 절정

"오늘은 빈궁 마마 처소의 소제(掃除)를 도왔다가, 백련각에 들렀사옵니다. 저하께서 떠나시니 권 승휘 마마께서 적적해 하실 듯도 해서요."

따스한 온기가 느껴지는 손을 잡고 걸으며 나는 진양대군에게 내 일과를 말해 주었다. 특별할 것도 없는 일상이라, 짧을 수밖에 없는 말임에도 그는 입가에 잔잔한 미소를 머금고 있었다. 그의 미소를 보고 있자니 평온한 기운이 나를 감싸는 느낌에 왠지 모를 안도감이 느껴졌다. 나는 시선을 돌려 맑게 갠 하늘을 바라보았다. 봄날에 알맞게, 하늘은 구름 한 점 없이 새파랬다. 빛나는 봄볕은 궁궐뿐 아니라 온 세상에 생기를 불어넣어 주는 것 같았다. 오늘 하루도 잔잔하고 평화로운 시간이었다. 이 시간이 영원했으면 좋겠다는 생각만이 머릿속에 가득했다.

"권 승휘께서는 좋은 사람인 듯싶더군."

진양대군도 짧게 한 마디를 덧붙여 그녀와의 교류가 좋은 것임을 맞장구쳐 주었다. 나는 기분이 좋아져서 그가 잡고 있는 손을 잠시 꼼지락거렸다. 작은 움직임을 알아챈 진양대군은 나를 돌아보며 걸음을 멈추었다.
"기분이 좋은 것 같아 보이오."
"좋사옵니다. 날씨가 이리도 맑고 푸르니 자연히 좋을 수밖에요."
"조금 서운한걸. 다른 이유는 없소?"
나는 그가 무슨 대답을 원하는지 알고 있어서 웃음이 나왔다. 억지로 지어 보일 필요가 없는 진짜 웃음이었다. 이것도 봄의 마법인 걸까. 가슴 한 편에서 피어오르는 따뜻한 기운이, 그에게 말해 주어도 된다고 알려 주고 있었다.
"종학에 머무르게 되니, 마마와 조금 더 함께할 수 있는 시간이 있겠지요."
내게서 그런 대답을 들을 수 있으리라고는 기대하지 못했는지, 진양대군은 잠깐 놀란 표정을 지었다. 하지만 곧 부드러운 미소가 입가에 감돌더니 눈에도 깃들었다.
"꼭 물어야 알려 주다니, 놀리는 것 같구려. 하지만 이번에는 솔직하게 바로 답하여 주었으니 기쁘오."
그의 말에 쑥스러워 입술을 살짝 깨물었다 놓았다. 진양대군은 잡은 손에 더욱 힘을 주었다. 그의 손에 꼭 붙들려 걸음을 떼면서, 그 느낌에 나를 기대고 싶은 욕심이 들었다. 그렇게 한참을 봄바람을 느끼며 걸었다. 그러나 곧 나는 빈궁전으로 돌아가 보아야 할 시간이 왔음을 알아차렸다.
"마마, 이제 곧 가 보아야 할 듯합니다."
"그렇게 하시오."
진양대군은 내 말에 고개를 끄덕이며 손을 놓아 주었다. 그 움직임에,

다른 이들의 눈에 띄면 경을 칠 일이니 당연해야 할 일인데도 왠지 아쉬움을 느꼈다. 하지만 그런 마음이 드는 것에 놀라 떨쳐 내려고 애썼다. 무슨 생각을 하는 거야. 왕자와 빈궁전 궁녀가 눈길이라도 마주친다는 것을 알면 어떤 사달이 날지 알면서.

"동궁까지 데려다 주겠소."

온화하기 그지없는 진양대군의 목소리에 나는 떠오른 울적한 생각을 지워 버렸다. 그래, 나는 궁녀고 그 역시 왕자다. 이루어지기는 어렵겠지. 하지만 이렇게 조그맣게 마음이라도 내보일 수 있는 게 어디인가. 스스로 위로하며 끝은 떠올리지 않으려 했다. 지금의 시간이 내가 갖고 싶어 했던 그 시간인 걸. 딱 적당한 만큼의 사랑을 받고, 절대 버려지지 않을 정도의. 이 정도라면, 설령 훗날 헤어진다 해도 그리 아프지 않을 것이다. 그가 나를 외면한다고 해도 나는 버려지지 않는다. 그냥 언제 그랬냐는 듯 동궁의 궁녀로 살면 된다. 이대로 내일부터 서로를 모른 체한다 해도 그것이 당연하고 옳은 일일 테니까. 나는 그의 눈을 바라보며 미소를 짓고 대답했다.

"어찌 데려다 주신다고 하십니까? 아직 저하가 부르신 시각이 되지 않았을 텐데요."

"시간이야 조금 남았지만, 춘방에 들러 오늘 배운 내용을 복습하도록 하겠소. 저하께서 공부를 위해서라면 언제든지 가서 책을 읽어도 좋다고 하셨거든."

그는 손에 든 서책을 팔랑거리며 말했다. 엄지손가락과 집게손가락으로 들어 올린 것을 보니 여간 공부를 꺼려하는 것이 아닌 듯했다. 나는 설핏 웃음 지었다. 저렇게 말해 놓고서, 진양대군의 학문 실력도 출중했다. 그렇지 않다면 성균관에서 수학하거나, 세자가 기꺼이 자신의 전각에 불러 공부시킬 리도 없으니 말이다. 다만 그 관심이 학문보다는 무예에 치우쳐 있어서 그렇지. 진양대군은 다시 서책을 바로 들고 한 마디를 덧붙였다.

"게다가 그대와 더 이야기할 수 있는 기회이지 않소."

우리 두 사람은 그 말을 끝으로 더 이상 대화를 나누지 않았다. 다른 말은 필요하지 않았으니까. 꺼내어 놓고 말하지는 않았으나 알고 있었다. 이미 알고 있는 것을 다시 말해 확인받고자 하는 마음이야말로 확신이 없다는 걸 증명하는 것이 아니겠는가. 나는 그렇게 하기보다는 이 순간을 소중히 여기기로 했다. 그에게 확신을 얻고자 하는 마음은 없었다. 이미 그가 보여 준 많은 언행들이 그 확신이었으니까. 잊으려 하고, 부정해 보았으나 그의 마음은 하나란 것을 알고 있었다. 여태까지는 외면하기만 했다면 지금부터는 바라보고 싶었다. 내게 그만큼의 행복은 주어져도 되는 거라고 생각하고 싶었다.

"다 왔소."

어느덧 발걸음은 야속하게도 동궁 앞에 다다르고 말았다. 나는 고개를 살짝 숙여 보이며 말했다.

"들어가 보시옵소서. 소인도 빈궁전으로 돌아가 보겠나이다."

"그리하시오."

그는 서책을 들고 있지 않은 손을 내게 흔들어 보이고는 걸음을 옮겼다. 나는 그 모습을 잠깐 바라보고 있다가, 한 손을 왼쪽 가슴에 살짝 얹었다. 은은하게 뛰는 심장이 느껴졌다. 그 고동마저도 내 시선처럼 그의 뒷모습을 뒤따르고 있었다. 나는 잠자코 손을 다시 내리고 걸음을 떼었다. 따스하고 간질거리면서도 평화로운 이 봄날이 눈물이 날 만큼 그리웠다. 한 번도 가져 보지 못했던 것을 마침내 갖게 된 것이 너무나 기뻤다. 그것도 조선 세종의 시대에서, 진양대군 이 유에게 받은 사실이라는 것이 더욱 그랬다.

* * *

빈궁전 정리는 다 끝나 있었다. 아침에 간단한 집기들을 모두 분류하여 내 놓았으니, 이제 내관들을 시켜 들고 가기만 하면 되는 것이다. 순빈은 보료에 앉아 쉬며 쌍이가 건네 준 따뜻한 민들레 차를 홀짝이고 있었다.

"깔끔하고 개운한 것이 좋구나."

"갓 따서 우린 것이니 그러할 것입니다."

쌍이가 빈 잔에 다시 차를 따라 주며 말했다. 나는 그것을 받아 다시 순빈에게 건네주었다. 그녀는 민들레 차의 향을 음미하는가 싶더니 단숨에 마셔 버렸다.

"마마! 뜨겁지 않으시옵니까?"

놀란 내가 물었지만, 순빈은 고개를 살짝 저을 뿐이었다. 뜨거운 차에 혀를 델까 걱정이 된 쌍이가 곧 찬물을 내어왔다.

"민들레꽃은 술을 담아도 그 맛이 일품이라지."

"그리하라 할까요?"

쌍이가 물었지만 순빈은 또다시 고개를 내저었다. 풀이 죽은 쌍이가 고개를 떨구는데, 순빈이 입을 열었다.

"술을 담아도 같이 마실 사람이 없는데, 담아 봤자 무얼 하겠느냐. 그보다도, 서담아."

"예, 빈궁 마마."

"권 씨는 어찌 하고 있더냐?"

순빈은 입꼬리를 한껏 비틀어 조소를 보이며 물었다. 그때 그냥 돌려보낼 수밖에 없었던 것은, 아마 자신과 권 승휘가 닮아 보였기 때문이었을 것이다. 그러나 그렇다고 해서 한 남자를 나누어 가져야 하는 억울함과 외면당한 여인의 질투심이 사그라진 것은 아니었다. 그래서 나는 일단 순빈의 성격을 맞춰 주기로 마음먹었다. 어찌되었든 그것이 권 승휘에게도 좋은 일일 테니까.

"빈궁 마마께서 옮기실 세간이 많지는 않은가 걱정하는 말을 하였사옵니다. 다만 얼굴에 수심이 가득해 보이기도 하였사옵니다."

"내 그럴 줄 알았지."

흡족한 표정으로 순빈이 보료에 비스듬하게 기대앉았다. 입가에는 조소가 여전히 머물러 있었다.

"아무리 저하께서 총애하신다고는 하나, 제깟 것이 그래 보았자 후궁일 뿐이지. 정실이 떡하니 들어앉아 있는데 어찌할까? 종학까지 따라오지도 못하고 연백각인지 백련각인지에 틀어박혀 있어야 하니 속이 좀 타겠느냐."

"그렇지요. 이번에는 저하께서도 별 수 없으실 것이옵니다. 양전께서 분부하신 바가 아닙니까?"

쌍이가 냉큼 말을 받아 속살거렸다. 순빈은 기분이 좋아졌는지 조소를 거두고 한껏 웃음 짓고 있었다.

"권 씨뿐만 아니라 다른 계집들도 멀리 있으니 속이 다 후련하구나. 특히 소훈 나부랭이들을 보지 않아도 되니 말이야."

"어느 누구도 빈궁 마마의 심기를 거스를 수 없을 것이옵니다. 이참에 종학에서 세손 아기씨를 낳아 돌아가시면 좋을 텐데요."

"그것이 내 마음대로 되겠느냐? 종학에 그렇게 오래 머무르지도 않을 텐데."

말은 그렇게 하면서, 순빈은 얼굴을 살짝 붉혔다. 아닌 척하면서도 은근히 세자와 가까워질 기대를 하고 있는 모양이었다. 그녀 역시 세종과 소헌왕후가 내밀어 준 마지막 밧줄을 놓치고 싶지 않은 것이었다.

"하여튼, 종학에 가는 것은 절호의 기회입니다. 물론 부덕을 쌓으라며 답답한 자들이 책을 들이밀기는 하겠지만요."

쌍이의 말에 순빈은 미간을 약간 찌푸리기는 하였으나, 곧 아까 전의 표정으로 돌아왔다. 그쯤은 참아 낼 수 있다고 여긴 모양이었다. 그러더니 그녀는 창밖을 바라보며 시간을 가늠하며 말했다.

"미시가 거의 다 된 성싶다. 이제 슬슬 움직여야겠지."

"예, 마마. 집기를 옮겨가라 할까요?"

쌍이가 묻자, 순빈은 고개를 끄덕이곤 자리에서 일어나 옷매무새를 단장했다. 그리고 내게 다가오며 말했다.

"서담아, 너는 동궁전으로 가서 저하께 말씀을 올리고 오너라."

"무슨 말씀을 올릴까요?"

"나는 준비를 끝냈으니 미시에 미리 종학에 옮겨가 있겠다 전하고, 저하께서는 언제쯤 오실 것인지 답을 받아 오너라."

"예."

순빈은 내 대답은 건성으로 들으며 면경을 집어들고, 잠깐 얼굴을 살폈다. 곱게 칠한 붉은 입술이 오늘도 윤이 났다. 그녀는 만족스럽게 웃음 지으며 면경을 내려놓았다.

"주상 전하와 중전 마마께 인사 올리고 오겠다. 서담이 너도 곧 뒤따라야 할 테니 짐을 꾸려 두어라."

"예, 마마."

순빈의 말에 쌍이가 나를 잠깐 힐끗거렸다. 눈길이 느껴져 쌍이를 바라보자, 그녀는 고개를 홱 돌리며 순빈을 따라 나갔다. 의아한 기분이 들었지만, 순빈을 따라 나간 터라 무엇이냐고 물을 수는 없었다. 나는 찜찜한 기분은 떨쳐 버리고 잠깐 내 방에 들러 간단하게 짐을 꾸렸다. 어차피 짐은 많지 않아, 생과방에서 옮겨 올 때 가져왔던 것을 다시 챙기기만 하면 되었다. 마침 진양대군이 주었던 서책도 보통이 안에 집어넣고 묶는데, 박 상궁이 문을 열고 들어왔다.

"아직까지 짐을 다 꾸리지 못하였느냐?"

"아, 마마님. 이제 다 되었사옵니다."

"그럼 나오지 않고 뭘 꾸물거리는 것이냐? 곧 미시가 되었으니 마마께서 거동하실 터인데."

"빈궁 마마께서 저하께 여쭈라 한 말씀이 있어……."

괜히 머쓱한 기분에 변명 같지만 한 마디를 덧붙였다. 내 말에 박 상궁은 조금 고민하는 듯하더니 내게 손을 내밀었다.

"그러면 네 짐은 미리 갖다 놓겠다. 이리 주거라."

"예?"

값나가는 물건은 없었지만, 나름대로 귀한 물건들인 만큼 망설여져 다시 되물었다. 그러자 박 상궁이 야단치듯 말했다.

"오늘따라 왜 이리 늑장을 부리느냐?"

"아닙니다. 여기……."

그의 이름이 박혀 있는 것도 아닌데 왜 이렇게 마음이 내키지 않는 것인지 모르겠다. 나는 애써 그런 기분을 무시하며 보통이를 박 상궁에게 건네주었다. 그녀는 내 짐을 받아들고서 방을 나갔다. 나도 그녀를 따라 나가려 걸음을 떼다가, 휑한 방을 돌아보았다. 궁녀들이 모두 옮겨 가는 것은 아니었기 때문에 집기들을 빼 놓지는 않았다. 그래서 세간들이나 이불 따위는 남아 있었는데도 왠지 마음이 허했다. 벌써 이곳에 정이 들어 버린 걸까.

"……그러면 안 되는데."

언제까지나 빈궁전에 있을 수는 없었다. 그때가 언제 오는 것인지는 알지 못했지만, 분명한 것은 순빈이 쫓겨난다는 것이다. 그래야 권 씨가 세자빈의 자리에 오르고, 세자의 아들을 낳을 테니까. 빈궁전 지밀나인으로 안주해서는 안 됐다. 하지만······.

"조금만 더. 조금만 더 있으면 안 되는 걸까."

동궁전 쪽으로 향하면서 중얼거렸다. 순빈의 죄목이 무엇인지는 알고 있었다. 하지만 그녀는 후궁들을 미워할 뿐이지, 아직 여인에게 관심을 두고 있는 것 같지는 않았다. 세자에게도 아직 미련이 있었고, 후사에 대한 기대 역시 저버리지 않았다. 적어도 종학에서 돌아올 때까지 큰일은 없을 것이다. 나는 그렇게 스스로를 위로하며 발걸음을 옮겼다. 일단 종학에 있을 때만은 그런 생각은 하지 말자. 궁에서 벗어나 갖는 시간마저도 그런 불안함 속에 살고 싶지 않았다.

"웬일이냐?"

세자가 자선당에 있을 것이라 생각해서 그쪽으로 향하고 있는데, 불현듯 비현각 주변을 지나치다 민 상궁이 시립해 있는 것이 눈에 들어왔다. 나는 어안이 벙벙하여 그녀를 바라봤다. 세자가 비현각에 있었나 보다. 나는 재빨리 그녀의 곁으로 다가가 말했다.

"민 상궁 마마님, 빈궁 마마께서 저하께 여쭈라 하신 것이 있사옵니다."

"그래?"

민 상궁은 약간 고민하는 표정이더니, 이윽고 고개를 끄덕였다. 나는 가볍게 인사를 하고 섬돌 근처로 다가갔다가, 신 두 개가 놓여 있는 것을 발견했다. 맞다, 진양대군도 춘방에 들어 있겠다 했지. 아직 돌아가지 않은 것이었나? 나는 그에게 대담하게 던졌던 말이 생각나 귀가 뜨거워지는 걸 느꼈다. 그러다, 다른 궁녀들의 눈에 띌까 싶어 얼른 마루로 올라섰다. 그리고 방으로 다가가 곁에 선 지밀나인에게 말을 전하려는데,

그녀가 내 말을 가로막았다.

"저하께서 네가 오면 들이라고 하셨어."

"저를요?"

당연하다는 듯이 고개를 끄덕이는 지밀나인의 모습에 나는 당황해져서 집게손가락으로 나를 가리키기까지 했다. 지밀상궁은 다시 한 번 고개를 끄덕이더니, 낭랑하게 목소리를 높였다.

"저하, 빈궁전 나인이 당도하였사옵니다."

"들여라."

곧 세자의 목소리가 들려왔다. 지밀나인이 문을 열려 손을 뻗는데, 내가 다급하게 물었다.

"저, 항아님. 안에 저하 말고 다른 분도 계십니까?"

"진양대군 마마께서 들어 계셔."

"……예."

이렇게 빨리 다시 마주칠 줄 알았더라면 아까 그 말은 나중에 할 것을 그랬지! 나는 다시 뜨거워지는 것 같은 귀가 빨개지지는 않았기를 바라며, 직접 문을 열고 들어섰다.

"저하."

"왔느냐?"

세자는 내 쪽을 쳐다보지도 않고 무심하게 손을 놀리며 대답했다. 나 역시도 시선을 바닥에 고정시킨 채 입을 열었다.

"예. 빈궁 마마께서 전하라는 말씀이 있으시어……."

"언제 올 것인지를 묻더냐?"

"예? 예……."

순빈을 꿰뚫어 보는 세자의 날카로움에 나는 어물거리며 말을 끝맺었다. 세자는 고개를 두어 번 끄덕이더니 보던 책을 덮었다. 소리 나게 닫는 서책의 소리에 나는 잠깐 고개를 들었다가, 나를 뚫어지게 바라보는 진양대군의 시선을 알아채고 다시 뺨이 달아오르는 것을 느꼈다.

"밤이 깊어서야 갈 것이니 기다리지 말라 하여라."

"그리 전하겠사옵니다, 저하."

"참, 너도 가느냐?"

"예. 빈궁 마마께서 지밀의 궁녀들은 모두 데리고 가시옵니다."

"그 많은 사람들을 다 데리고 간다 하다니. 너 하나쯤은 남겨두어도 좋을 것을."

세자는 못마땅한 듯 혀를 찼다. 나는 영문을 몰라 어리둥절한 기분에 나도 모르게 진양대군 쪽을 바라봤다. 진양대군은 그런 나를 보고, 입모양으로 백련각이라는 단어를 알려 주었다. 그제야 세자의 생각이 무엇인지 알아챈 나는 속으로 한숨을 내쉬었다. 세자빈과 가까워질 생각은 하지도 않고, 그의 머릿속에는 오로지 주란의 생각만 가득했던 것이었다. 내가 어쩐지 순빈의 신세가 궁에서보다 종학에서 더 처량할 것 같은 생각이 들어, 그녀를 조금이라도 두둔하려 입을 열었을 때였다.

"저하! 세자 저하!"

그 순간 밖에서 다급한 소리가 들려왔다. 세자를 모시는 정 내관의 음성이었다. 이번에는 세자의 눈에도 의아함이 서렸다. 뭐라고 말을 할 새도 없이, 거친 숨을 몰아쉬는 정 내관이 문을 열고 들이닥쳤다.

"이 무슨 경거망동이냐? 저하의 앞에서!"

진양대군이 그의 칠칠치 못함을 꾸짖었지만, 내관은 숨만 헐떡일 뿐 말을 잇지 못했다. 미간을 찌푸리고 있던 세자가 입을 열려 할 때, 정 내관이 입을 열었다.

"저하! 권 승휘 마마께서 회임하셨다 하옵니다!"

"……뭐?"

세자는 그 한 마디만 내뱉고는 벌린 입을 다물지도 못한 채, 굳어 있었다. 나 역시 벼락을 맞은 듯 충격이 온몸을 감싸는 것을 느꼈다. 회임이라고?

"저하, 백련각 마마께서 회임을 하셨사옵니다. 벌써 내의원에서 다녀갔다 하옵니다."

"회, 회임이라니……."

세자는 얼이 빠진 듯 중얼거렸다. 하지만 점점 얼굴에는 화색이 돌고 입가에 웃음이 매달렸다. 이게 대체 어떻게 된 거지? 벌써 권 승휘가 아이를 가지다니.

"승휘 마마께서 요즈음 식사를 잘 하시지 못하시고 몸이 노곤하다 하시어 오늘 의원을 불렀는데, 회임 때문에 그러하였다 합니다."

"그래. 승휘가 그런 말을 하였었지! 단순한 춘곤증인 줄로만 알았는데."

세자는 기뻐서 춤이라도 출 것 같은 얼굴이었지만, 애써 진정하며 말했다. 하지만 금방이라도 그녀에게 달려가고 싶은지 초조한 안색이었다. 나는 얼떨떨하면서도, 분명히 권 승휘는 자식을 낳을 운명이라는 걸 이해하려 애썼다. 순빈에게는 재앙이겠지만, 그래도 조선에는 홍복일 것이다. 진양대군마저도 놀란 표정이었지만 웃고 있었다.

"경하드리옵니다, 세자 저하. 이제 곧 아버지가 되시겠군요."

"하하하. 회임이라니."

세자의 눈앞에는 벌써 옥동자가 아른거리는지, 감격스러운 표정이었다. 정 내관은 그제야 다리에 힘이 풀렸는지 자리에 주저앉았다.

"그 소식을 전하러 부리나케 달려온 모양이로군!"

"저하께 얼른 이 기쁜 소식을 전해 드리고 싶어서…… 송구하옵니다!"

정 내관이 얼른 다시 꿇어앉았지만, 세자는 자리에서 일어나 그를 손수 일으켰다.
"아니네, 아니야! 회임이야말로 온 나라가 기다려 온 바이거늘, 어찌 너를 탓하겠느냐. 너 역시 나처럼 기쁨에 젖어 정신을 차리지 못한 것뿐인데!"
"저하!"
정 내관은 눈물마저 글썽거리며 고개를 조아렸다. 나는 옆으로 비켜서서, 오래도록 세자를 모셔 온 하얀 머리칼의 내관을 바라보았다. 그는 진실로 충복한 신하였다. 어느새 진양대군도 자리에서 내려와, 곁으로 다가서 있었다. 그 역시도 입가에 진실한 웃음을 머금고 있었는데, 나는 그것을 보는 순간 기묘한 기분이 들었다. 세자가 자식을 잉태한 것을 기뻐하는 그라니. 미래를 알고 있는 나로서는 마냥 보아 넘길 수 없는 일이었다. 비록 내가 두려워하는 그 일이 아직 걱정하기에는 때가 이른 사실이라 해도.
"가 보아야겠다. 세상의 어느 아버지가 자식이 생긴 것을 알았는데 정무에만 골몰할 수 있겠느냐!"
"그렇게 하시옵소서, 저하."
진양대군이 고개를 숙이며 그의 선택을 동조해 주었다. 세자는 한껏 웃으며 진양대군의 어깨를 두드려 주고서는, 정 내관을 데리고 재빨리 나갔다. 나는 세자의 뒤꽁무니를 눈으로 쫓았지만, 그는 날개가 돋친 듯 사라졌다. 한숨이 나왔다. 순빈은 이렇게 뒤로 밀려날 수밖에 없는 것이 겠지.
"어찌 그리 걱정스러운 얼굴이오?"
진양대군이 곁으로 다가오며 말했다. 나는 고개를 내저었다. 하지만 진양대군은 팔짱을 끼며 나를 가만히 응시했다. 아무 말 없이 흐르는 적막에 점차 불편함을 느끼고 있는데, 그가 다시 자리로 돌아가 앉으며 입을 열었다.
 "권 승휘의 회임이 빈궁 마마께 좋지 않은 소식이라서요?"
 "마마."
 "내게 숨길 필요는 없소. 어차피 그대의 얼굴에 다 드러나 있는데."
 "……표가 나옵니까?"
 하는 수 없이 나는 한숨을 쉬며 진양대군의 곁으로 다가가 섰다. 진양대군은 말없이 고개를 끄덕여 보았다.
 "권 승휘 마마의 회임과 곧 태어나실 아기씨를 생각하면 마땅히 즐거워야 옳겠지만, 지금 모시는 분이 빈궁 마마시니 공연히 걱정이 됩니다."
 "빈궁 마마께서 권 승휘의 회임을 기뻐하시지는 않겠지."
 내 말에 동의하며 진양대군이 한 마디를 뱉었지만, 나는 오히려 그 소리에 화들짝 놀라 정신을 차리고 다시 입을 열었다.
 "아, 아닙니다! 빈궁 마마께서 어찌 왕손(王孫)을 얻는 일에 기꺼워하지 않으시겠사옵니까. 분명 기뻐하실 것이옵니다. 그냥 소인이 주제넘게 빈궁 마마를 걱정한 것이오니 마마께서는 마음에 담아두지 마시옵소서."
 무심코 대답한 것이 순빈에게 어떤 화가 되어 돌아올지 몰랐다. 나는 내 가벼운 입을 탓하며 진양대군이 내 말을 믿어 주기를 바랐다. 살짝 눈치를 보니 그는 조용히 고개를 끄덕여 주기만 할 뿐이었다. 그리고는 아무 말도 않아, 내가 불안함을 느낄 때쯤 말해 주었다.
 "그대가 그렇다고 하니, 믿겠소."
 "……마마."
 "왕손을 얻는 것은 분명 왕실 식구들에게는 복일 것이오."
 진양대군도 알고 있을 것이다. 순빈이 세자의 총애를 얻지 못한다는 것을. 궁에 드나드는 사람이라면 무수리조차도 알고 있는 사실을 모를 리가 없었다. 하지만 조심스러워 말을 거두는 나를 진양대군은 이해해 주었다. 나는 새삼스레 그에게 고마움을 느꼈다.

"하지만 나 역시 조금 걱정이 되기는 하는구려."

"예? 무엇이……."

설마 권 승휘가 낳을 아이가 아들이라고 생각해서일까. 문종의 아들과 그가 어떤 사이가 될지를 알고 있기 때문에 나는 다음에 이어질 그의 말이 두려웠다. 하지만 진양대군은 짓궂은 미소를 지어 보이며 말했다.

"저하께서 그대를 남겨두고 싶다는 의중을 비치지 않으셨소? 저하께서는 그대가 백련각에 머물렀으면 하시는 것이지."

"제가, 백련각에요?"

권 승휘와 가까이 지낸 것은 사실이지만, 세자까지 그 사실을 알고 있을 줄은 몰랐다. 진짜로 세자의 의중이 그랬던 걸까?

"그래서 빈궁 마마께서 나인들을 모두 데려간다 하시니 언짢으셨던 것이지. 덕분에 저하께서는 기쁘시겠소. 승휘의 회임으로 말미암아 벗을 만들어 주실 수 있게 되었으니."

"그 말은……."

내가 권 승휘의 시중을 들러, 종학이 아닌 백련각에 머물러야 할지도 모른다는 것이었다. 진양대군은 내 예상이 맞았다는 듯 잔뜩 실망한 표정을 지어 보였다.

"그대가 종학에서 나를 볼 수 있게 되어 기분이 좋다고 한 지 반나절도 지나지 않았는데. 괜히 헛물만 켰구려."

"마마!"

나는 붉어진 뺨을 느끼며 조용히 그를 타일렀다. 세자가 내관을 이끌고 뛰어나갔다고는 하나, 밖에 지밀나인들이 서 있을지도 몰랐다. 그들에 귀에 진양대군의 말이 새어 들어갈까 겁이 났다.

"괜찮소, 아마 궁인들도 정신이 없어 이곳에는 신경도 쓰지 않을 테니. 더구나 저하께서 머무르고 계셔서 나인들을 두었던 것뿐이지, 이제는 종학으로 옮기시니 얼마 남아있지 않을 것이오."

나를 안심시키듯 진양대군은 하나하나 일러 주었다. 그 덕분에 나는 안심하기는 했으나, 곧 혼란스러워져 버렸다. 순빈의 심부름을 왔다가 이런 어마어마한 소식을 듣게 될 줄이야. 이제 어떻게 해야 하는 걸까?

"그대는 빈궁전으로 돌아가 마마께 아까 들은 소식을 알려 드려야 할 것 같은데."

진양대군이 턱을 괴며 나른하게 중얼거렸다. 나는 입술을 꼭 깨물며 생각에 잠겼다. 물론 진양대군의 말처럼 당장 빈궁전에 달려가 고하여야 겠지만, 그녀는 지금 세종과 소헌왕후에게 인사를 올리러 갔을 것이다. 그렇다면, 이미 그 소식을 들었겠지. 세손이 태어날지도 모르는 상황에, 아버지인 세자에게 알리는 것보다 왕인 세종에게 미리 소식이 갔을 테니. 아마 곁에서 같이 들었을지도 모르는 일이었다. 순빈이 얼굴을 붉히거나 분을 참지 못하는 실수를 저질렀을까 봐 걱정이 되었다.

"이미 들으셨을 것 같사옵니다. 양전께 인사를 올리러 가신다 하였사오니."

"그것도 그렇구려."

진양대군이 내 말을 듣고 턱을 받치고 있던 손을 내렸다. 그리고 내게 다가오라는 듯 손짓을 했다. 나는 그가 무슨 말을 하는지 몰라서 멍하니 바라보기만 했다. 그는 결국 자리에서 일어나, 내 쪽으로 성큼성큼 걸어 왔다. 그러더니 손을 붙잡아 끌어당겼다.

"마, 마마!"

"잠시 앉으시오."

그는 내 어깨를 눌러 자신의 자리에 나를 앉혔다. 나는 당황스러워 그를 불렀으나, 진양대군은 아랑곳하지 않았다.
"빈궁 마마께서 아직 가지 않으셨을 테니 미리 종학에 가 있을 수도 없고, 그렇다고 빈궁전에 가서 기다릴 수도 없지 않소. 그곳에 가 보았자 눈치만 보고 있을 것이 자명한데."
"……."
"차라리 조금 더 시간이 흐른 후에 돌아가시오. 마마께서 왜 늦었느냐 하문하시면, 동궁전에 여쭈러 갔으나 저하께서 백련각으로 걸음하시는 통에 길이 엇갈렸다 하고."
핑계거리까지 만들어주는 통에 나는 잠자코 자리에 앉아 있을 수밖에 없었다. 아니, 사실은 도망 나와 있을 곳이 생겨서 조금은 마음이 놓였다. 진양대군의 말 그 대로였다. 지금 나는 갈 곳이 없었다.
"이번 빈궁 마마께서도 마음고생을 심하게 하시겠소."
진양대군의 말에 놀라 나는 숙이고 있던 고개를 들고 있었다. 그는 내게 동의를 얻으려 한 말이 아닌지, 허공에 시선을 두고 중얼거리고 있었다.
"정적(正嫡)에서 아들을 두는 것만큼 귀하고 바른 일이 없는데, 어찌 저하께서는 알면서도 그를 행하시지 않는지 모르겠어."
"……."
"나라면 그리 하지 않을 텐데."
마지막에 덧붙인 그의 말에 나는 심장이 칼로 난도질당한 듯 가슴이 아파왔다. 분명히 옳은 말이었다. 정실에게서 먼저 자식을 낳고, 또 그 자식이 아들일 경우에만 잡음이 없고 후계가 바로 설 것이었다. 그래야 앙알거릴 잉첩들의 목소리도 줄어들 것이고, 정실부인이 남편을 도와 한껏 내조할 테니까. 훗날 또 한 명의 제왕이 되는 진양대군은 누가 가르쳐 주지 않아도 그를 잘 알고 있었다. 이미 예상하고 있어서일까. 아니면 마음속에 그 야망을 품고 있어서일까. 잊으려 하면서도, 소용돌이를 곁에서 지켜보고 있자니 잊을 수가 없었다. 나는 벌떡 자리에서 일어났다.

"마마, 소인은 돌아가 보겠사옵니다."

"왜 벌써 일어나는 것이오? 앉았다 가라니까."

"아니옵니다. 미천한 소인이 마마의 자리를 빼앗았습니다. 이만 물러가겠사옵니다."

순간 내가 잘못 생각했다는 걸 깨달았다. 차라리 울부짖고 가슴을 쥐어뜯는 순빈의 곁에 있는 것이 더 나을 것 같았다. 그녀의 곁에서라면, 최소한 꾸미거나 숨기지 않은 순수한 마음을 내보이는 사람을 진심으로 위로하여 줄 수 있을 테니까. 아직은 이런 상상이 때 이른 것이라 할지라도, 나는 그를 보고 있는 것이 괴로웠다. 진양대군의 모습이 진실인지 아닌지 판단할 수가 없었다.

의아한 표정의 진양대군이 눈에 들어왔지만, 애써 시선을 돌렸다. 아직은 아닐 것이다. 권 승휘가 낳을 아이는 딸일 것이고, 진양대군은 아직 수양대군이 되지도 않았으니까. 하지만 나는 그 피로 물든 나날의 낌새라도 알고 싶지 않았다. 그냥 외면하고만 싶었다.

* * *

차라리 패악을 부리고 있으면 나을 것 같았다. 숨 막히는 정적 속에, 순빈은 이글거리는 눈동자를 하고서 가만히 앉아 있었다. 이미 미시는 지난 지 오래였다.

"마마……."

세자의 전갈을 전하고 나서도 순빈은 미동조차도 보이지 않았다. 이미 해는 기울기 시작해서, 방 안에 그림자가 물들고 있었다. 쌍이는 불안한 듯 손을 자꾸만 꼼지락거리고 있었다. 크게 홉뜬 순빈의 눈동자는 흡사 눈물을 참고 있는 것 같기도 했고, 권 승휘를 생각하며 분노를 삭이고 있는 것 같기도 했다. 그렇게 적막이 흐른 후 그녀는 입을 열었다.

"가자, 종학으로."

"마마!"

당장 동궁이든 백련각이든 쳐들어가자 할 것 같았던 기세였지만 그녀의 입에서 나온 말은 다행히 평화로운 것이었다. 쌍이도 안심한 듯 그녀를 불렀다. 순빈은 보료에서 일어나며 다시 말을 이었다.

"쌍아, 세간들은 다 옮겼겠지?"

"예, 그렇고말고요."

"저하께서는 늦게 오신다 하니, 먼저 가서 둘러보기라도 해야겠다. 여기서 기다려 봤자 오히려 꺼리기만 하실 뿐이니."

성큼성큼 걷는 모양새는 다시 여장부의 것이었다. 쌍이와 나는 다행이라는 눈길을 주고받았다. 그리고 얼른 그녀의 뒤를 따르려는데, 순빈이 별안간 뒤를 돌았다.

"너는 따라오지 말거라."

"예?"

순빈의 싸늘한 눈초리에 나는 할 말을 잃었다. 그러나 순빈은 아름다운 미소를 거두지 않은 표정이었다.

"종학에 데려갈 지밀나인은 쌍이와 생각시들이면 족하다."

"마마, 어쩌시려고……."

화려하게 꾸미는 것을 좋아하는 순빈의 성격을 알고 있는 쌍이가 눈치를 살피며 말꼬리를 흐렸다. 순빈은 대수롭지 않다는 듯 다시 말을 이었다.

"어차피 저하께서도 나를 찾지 않으실 것 아니냐. 많은 이들은 짐이 될 뿐이다. 중궁전 나인들과 섞여 궁살이라도 배우라지."

"그러면 서담이도 중전 마마께 보내시는 것입니까?"

"아니다."

순빈은 더욱 진한 미소를 지었다. 나는 아찔할 정도로 아름다우면서도, 위험한 그 미소에 등줄기가 서늘해지는 것을 느꼈다.

"너는 백련각으로 가라."

"백련각으로 가라 하시었사옵니까?"

멍하게 되물었다. 순빈의 작은 고개가 두어 번 끄덕여졌다.

"그 계집이 아이를 가졌다 하니 네가 좀 더 수고를 해야겠다. 일면식도 있으니 내가 성의의 표시로 보냈다 전하고, 최대한 가까이에서 수발을 들어라. 아니꼽지만 저하의 아이를 가졌다는데 뭘 어쩌겠느냐? 가진 것이 없어도 챙기는 척은 해야지."

"그런 계집에게 마마께서 무에 그리 신경을 쓰십니까? 마마께서 그러시지 않아도, 여간 귀애를 많이 받겠사옵니까?"

"그만."

쌍이의 분노에 찬 항변에, 순빈의 얼굴에서는 미소가 거두어졌다. 한 손을 들어 그녀의 입을 막은 순빈은 내게 한 발짝 다가와, 내 두 손을 잡았다.

"권 씨가 아이를 낳을 때까지. 그곳에서 머물러라."

하는 수 없이 고개를 끄덕이다가, 그녀의 눈과 마주쳤다. 순빈은 세자의 의중을 미리 간파했기 때문에 이러는 걸지도 모른다. 그리고 여태껏 그래 왔던 것처럼 권 승휘의 일거수일투족을 보고해야 하겠지. 하지만…… 그녀의 성정으로 보아서는 보고만 원할 것 같지가 않았다. 나는 차마 입 밖에 내기도 무서운 그 말을 감히 물어볼 수가 없었다. 그렇게 입술만 달싹이는 사이, 그녀는 내 손을 내려놓고 방을 나갔다.

* * *

 넉 달이 흘렀다. 권 승휘는 아직 배가 부르지 않았기 때문에 겉으로는 임산부인 것을 알아차리기 어려웠지만, 그녀 곁의 궁녀들이 소주방과 생과방을 문턱이 닳도록 드나들면서 유세 아닌 유세를 부리게 되어 버리고 말았다. 물론 본인은 전과 달리 입맛이 동하는 것을 민망해했지만, 그래도 눈만 뜨면 하루마다 다른 것을 찾곤 했다.

"고맙네."

 권 승휘는 내가 가져다 준 오미자차를 두 잔째 마시면서 곱게 미소 지었다. 초여름이 다가왔기 때문에 시원한 차를 준비할 요량으로 올린 것이었는데, 권 승휘는 시큼한 것을 못내 입에 달고 살게 되었다. 덕분에 나도 덩달아 바빠졌지만 차라리 그것이 더 나았다. 가슴을 졸이며 눈치를 보거나 이것저것을 따져 행동해야 할 필요는 없었으니까. 권 승휘는 우울해하거나 초조해하지 않았다. 얼굴에는 행복이 넘쳐흘렀고 항상 여유로웠다. 세자와 같이 지내지 못해서 만나는 횟수도 거의 없었지만, 그래도 표정은 항상 밝았고 남편을 가끔 만나게 되면 하루 종일 그 기억을 되살리며 기뻐했다.

"많이 드시면 안 됩니다, 백련각 마마. 찬 것을 많이 드시면 배앓이를 하셔요."

"그러면 따뜻한 것으로 올려 주면 될 것이 아닌가."

"오미자차가 물리지도 않으십니까?"

 걱정되는 마음에 핀잔을 주어도, 그녀는 웃기만 하면서 살짝 손을 배 위에 올려놓았다. 자신의 몸이 아닌 것처럼 매우 조심스러운 손길이었다. 나는 그런 권 승휘의 모습을 물끄러미 바라보았다.

"자네의 말이 아니었으면 내의원을 불러 볼 생각조차 못 했을 게야. 춘곤증이 오래 간다고만 여기었겠지."

"곧 알게 되셨겠지요."

"그래도 자네 덕에 아이와 이렇게 조금이나마 더 일찍 만나게 되었으니 기쁘기 그지없네."

나와 같은 나이임에도 권 승휘의 얼굴에는 현숙한 빛이 넘쳐흘렀다. 곧 어머니가 될 것이라서 그런 걸까.

"나는 물리지 않네만, 자네가 하도 걱정을 해 대니 다른 것으로 올려 주게. 신 것은 양껏 먹었으니 달콤한 것도 좋고."

"약과나 다식을 올릴까요, 마마?"

"음, 복숭아화채는 어떤가?"

권 승휘의 말에 나는 순간 내 신분이 궁녀라는 것도 잊어버리고, 얼굴이 굳어버리고 말았다. 하지만 나는 가까스로 웃음을 지으며 대답했다.

"복숭아화채도 좋지요. 꿀에 재워 놓으려면 시간이 조금 걸릴 것이니 기다려 주세요."

하지만 권 승휘는 짧은 시간이었음에도 내 표정을 잡아낸 것 같았다. 그녀의 설레는 웃음은 어쩐지 쓸쓸한 웃음으로 바뀌어 있었다.

"자네도 알아차렸나 보아. 숨길 필요 없네."

"예? 무엇을……."

권 승휘는 배를 쓰다듬던 손을 거두고 서탁 너머로 뻗어, 내 한 손을 살짝 쥐었다. 가녀리기만 한 손에서 은근한 악력이 느껴졌다. 그녀는 강단 있는 목소리로 한 자 한 자를 뱉었다.

"과실이 당기면 딸이라 하지 않는가."

"……마마."

다행히 그녀는 내 생각을 알아차리지는 못했다. 당연한 것일까. 긴장했던 것이 괜한 걱정이었다는 걸 알아차리고 나는 부드럽게 그녀를 불렀다. 무슨 근거로, 어떤 책에 그렇게 나와 있는지는 모르지만 정말 옛 말이 맞기는 한 것인가 보다. 권 승휘는 벌써 자신의 아이가 딸이란 것을 짐작하고 있었다.

"마마를 닮아 아름다운 현주(縣主) 아기씨가 태어나시면 좋은 일이지요."

"저하께서는 군(君)을 바라실 텐데."

"마마께서 낳으신 아기씨라면 저하께서는 모두 사랑하실 것입니다."

"그럴까?"

나는 고개를 가만히 끄덕여 주었다.

"자네라면 그렇게 말해 줄줄 알았네. 그 말이 듣고 싶었어. 그리고......"

권 승휘는 별안간 그녀답지 않게 말꼬리를 흐리더니, 망설이는 빛이 보였다. 나는 그녀가 이을 말을 조용히 기다렸다. 몇 번이고 입을 열까말까 하더니, 권 승휘는 겨우 작은 목소리를 내었다.

"자네가 지켜 주었으면 좋겠어."

손에서 힘이 느껴졌다. 나는 그 손을 잠깐 내려다봤다가, 다시 권 승휘의 눈동자를 쳐다보았다. 부드러운 고동색의 눈동자가 굳센 힘을 품고 있었다. 그녀도 알고 있는 것이었다. 아이를 어떻게, 누구로부터 지켜 달라는지 자세히 말하지 않았지만 나는 짐작할 수 있었다.

"그럼요. 그럴 것입니다, 마마."

"......자네는 빈궁전 나인인데도 그리하겠는가?"

"빈궁전 나인이기 전에 동궁의 궁녀입니다, 마마."

내 말을 듣고 나서야 그녀는 안심한 듯 손을 놓아 주었다. 나는 그것이 당연히 해야 할 말이었다는 걸 알았기 때문에 권 승휘에게 말해 주었지만, 가슴 한쪽에 불편하게 남아 있는 무언가를 잊지는 않았다. 하지만 그것은 내가 거스를 수 없는 사실이었다. 권 승휘의 회임이 그러하였듯이. 짧은 단꿈에 젖어 잊고 있었지만 역사는 내게 찬물을 끼얹듯 사실을 알려 주었다. 바꾸려 하지 말라, 스스로 그 일부분이 되려 하지 말라는 듯이. 그 형체 없는 위압감에 겁이 나서 억지로 나를 억눌렀다. 그리고 백련각에서 권 승휘와 함께 소소한 삶을 살아가길 택했다. 당연한 흐름을 곁에서 관전만 하다 보면 괜찮을 것이었다. 내 존재가 역사의 흐름에 영향을 끼치지 않을 만큼만, 그렇게만 살기 위해 노력하고 있었다.

"그러면 저는 이만 나가보겠습니다. 복숭아화채를 만드는 것은 처음이라 걱정이 되는데…… 그래도 마마께서 들어 주실 것이지요?"

"그럼."

다시 권 승휘는 순후한 미소와 함께 맑게 웃어 주었다. 나는 빈 잔을 챙겨들고 조심스레 걸어 나왔다. 그녀가 내 얼굴에서 어떠한 빛을 찾아내지 못하게 억지로 입 꼬리에 미소를 띠고 있다가, 마루에서 내려와 신을 찾아 신자마자 힘껏게 내던졌다. 나는 한 손으로 파들거리는 입술을 만져보았다.

복숭아화채.

그 한 단어가 가리키는 그 사람을 어떻게 지워버릴 수 있을까. 나는 최 상궁을 찾아 발걸음을 옮기며 중얼거렸다.

진양대군.

작은 관전을 택하며 백련각으로 물러나, 나는 진양대군의 곁에서도 조금씩 멀어지기로 마음먹었다. 그가 했던 말 또한 내가 정신을 차린 이유 중 하나였다. 그는 곧 수양대군이 되고, 세조가 될 것이었다. 그리고 그 사람의 곁에는 후일의 정희왕후가 있었다. 더구나 정희왕후가 가지고 있는 성인 윤 씨는 내게 더 쓸쓸한 미래를 가져다 줄 것을 예고할 뿐이었다. 버렸다지만 한때는 갖고 있었던 그 이름, 윤서담.
 그 이름을 기억하면서, 그를 마음에 담아서 어쩌겠다는 거야.
 세자의 생과방 궁녀들과 순빈에게 용무가 있어 종학에 들러야 할 때가 잦았지만, 나는 그의 눈에 띄지 않게 조심하며 다녔다. 어쩌다 진양대군, 혹은 안평대군이나 임영대군과 마주칠 때가 있으면 최대한 말을 아꼈다. 진양대군은 몇 번이고 그런 내 모습을 보고, 붙잡으려 했지만 나는 권승휘를 핑계 삼아 물러났다. 몇 번 그러고 나자 진양대군은 진평대군일 때의 그 담담한 표정만을 덧씌우고 나를 대했다. 그런 그를 마주칠 때마다 가슴이 저릿했지만 애써 위로했다. 괜찮을 거였다, 우리는 어차피 그렇게 깊은 사이도 아니었으니까.
 널을 뛰듯 방망이질치는 마음을 위로하려 자꾸만 그렇게 되뇌었다. 아니어도 그런 것처럼 외다 보면 정말로 그렇게 될 것이다. 눈을 꼭 감았다 다시 떴다. 어느새 종학의 세자 거처에 도착해 있었다. 나는 최 상궁을 찾아 걸음을 옮겼다.
 "마마님!"
 이 시각 즈음이면 세자의 낮것상을 미리 준비하기 위해 바쁜 생과방이었다. 종학에 임시로 마련한 장소이긴 하지만 구색은 맞춰져 있어, 최 상궁과 나인들이 움직이기 수월한 곳이었다.
 "앗, 서담아!"
 반가운 목소리가 들려 뒤를 돌아보니, 쌍이가 소매를 걷어붙인 채 작은 칼을 들고 있었다. 손에는 까다 만 밤 알맹이들이 잔뜩 들려 있었다. 나는 웃으며 그녀의 곁으로 다가갔다.
 "쌍아! 마마님은?"
 "잠깐 나가셨어. 그런데 웬일이야? 또 백련각 일로 온 거니?"
 "응, 화채를 만들려는데 아직은 어떻게 만드는지 몰라서."

그녀의 손에서 자연스레 밤을 건네받으며 나도 쌍이의 곁에 쭈그려 앉았다. 종학과 백련각을 왔다 갔다 하며 생과방 업무를 돕고 백련각에서 필요한 것을 받아가곤 한 터라, 익숙한 일이었다. 처음 생과방에 왔을 때를 떠올리며 나는 쌍이와 함께 율란을 빚었다. 처음 만들어 봤던 것이라 그런지 역시 제일 손에 익은 과자였다. 나는 타락을 넣은 율란을 떠올렸다가, 다시 고개를 흔들어 그 기억을 지웠다. 그 기억 속에도 여전히 그가 있었다. 다행히 쌍이가 말을 걸어 주었다.

"그런데, 무슨 화채가 필요한데?"

"복숭아화채."

"아……."

내 말을 들은 쌍이가 잠깐 손을 멈칫했다. 대수롭지 않게 대답한 것이었는데, 그녀의 반응이 예사롭지 않아서 나는 의아한 눈으로 그녀를 바라봤다. 약간 경직된 표정이었다.

"왜? 복숭아도 이제 수확할 때가 되었으니 생과방에 올라오지 않았어?"

"응, 그렇기는 한데……."

"그런데?"

"빈궁 마마께서도 찾으셨거든."

떨떠름하게 대답하는 쌍이의 말에 나도 율란을 빚던 손을 멈출 수밖에 없었다. 그제야 난감한 쌍이의 표정이 이해가 갔다.

"그래서 최 상궁 마마님께서 만들어 두시긴 하셨어."

"그랬구나……."

"화채를 만드는 것이 어려운 것은 아니지만, 깊은 단맛을 내려면 잠깐 재워 둬서는 안 되는 거니까."

"응."

나는 잠깐 입술을 깨물었다 놓았다. 그리고 쌍이에게 어차피 백련각의 일은 시각을 다투는 것이 아니니 괜찮다고 말하려는데, 이상스레 그녀의 표정이 싸늘해진 것을 발견했다. 말을 꺼낼 수가 없었다. 갑자기 끼어든 묘한 기류에 당황한 사이에 쌍이가 다시 말을 이었다.

"백련각의 일은 최 상궁 마마님께 다시 말씀드려 보자. 방안을 주실 거야. 저하와 빈궁 마마의 것을 만드느라 복숭아를 다 썼거든."

두어 번 고개를 끄덕여 주자, 쌍이는 자신도 모르게 좁혔을 미간을 다시 폈다. 그리고 다시 그 전의 표정으로 돌아와 나에게 말을 걸며 율란을 만들기 시작했다. 일각(一刻)쯤 흐르자, 최 상궁이 돌아왔다.

"마마님!"

"서담이구나. 백련각의 일로 왔느냐?"

소매를 다시 정돈하며 일어서 최 상궁을 부르자, 그녀는 단번에 그 말을 물었다. 나는 고개를 끄덕였다.

"예, 마마님. 승휘 마마께서 복숭아화채를 드시고 싶다 하시었는데, 저는 아직 만들어 본 적이 없어서요."

"흠…… 어쩐다. 지금 내가 만든 것은 모두 저하와 빈궁 마마께 올릴 것들이라."

"예, 쌍이한테서 들었습니다. 마마께서 당장 가져오라 하신 것은 아니니 괜찮아요. 그저 만드는 법만 일러 주세요."

곁에 있는 쌍이를 의식하며 말했다. 쌍이는 아무런 표정의 변화가 없는 것 같았다. 괜히 신경이 곤두서 그런 것이겠지. 나는 최 상궁의 말을 따라 그녀의 쪽으로 가면서, 쌍이에게 손을 내밀어 흔들어 보였다. 쌍이도 웃으며 내 손을 잠깐 잡았다 놓았다.

최 상궁은 구석에 있는 소반의 덮개를 들춰 보고, 하나 남은 복숭아를 발견했다. 그리고 내게 만드는 법을 일러 주었으나, 이번 한 번은 시범을 보여 주겠다고 약속했다.

"아무래도 네 솜씨가 아주 좋은 것은 아니니 말이다."

"예, 마마님."

나는 웃으며 최 상궁에게 고개를 끄덕여 보았다. 최 상궁은 복숭아를 살짝 손으로 눌러서 단단한 정도를 가늠해 보더니 말했다.

"이틀 뒤 저녁에 다시 오거라. 오늘 꿀에 재워 둘 테니, 그때쯤 가져가면 맛이 좋을 것 같구나."

"감사합니다, 마마님."

"그럼 이제 돌아가 봐야겠구나, 백련각 마마께서도 찾으시는 것이 많을 테니. 요즘은 과실차나 과편(果片)을 많이 드신다지?"

"예."

최 상궁도 묘한 웃음이 잠깐 입가에 머물렀다 사라졌다. 그녀도 과실이 당기면 딸아이를 배태한 것이라는 믿음을 알고 있는 듯했다.

"아, 그런데 오늘이 초하룻날이 아니었느냐?"

최 상궁이 갑자기 떠올랐다는 듯 말했다. 내가 고개를 끄덕이려는데, 뒤에서 쌍이가 말했다.

"예, 맞사옵니다."

뒤를 돌아보자, 쌍이는 작은 쟁반에 덮개를 씌운 것을 들고 있었다. 나는 그녀가 내 곁에 와 서는 것을 보고 다시 최 상궁에게 말했다.

"저도 깜빡 잊었습니다, 마마님. 백련각에는 조금 있다 가야 할 것 같아요."

"그렇게 하거라."

매달 초하루와 보름은 순빈에게 들러 백련각의 일을 일러 주어야 하는 날이었다. 나는 최 상궁이 건네주는 쟁반 하나를 잠자코 받았다.

"가자."

쌍이가 어느새 앞장섰다. 그녀는 갓 담은 복숭아화채를 들고 있었다. 나는 내가 들고 있는 쟁반에 오미자편이 놓여 있는 것을 알아차렸다. 그녀의 곁으로 따라붙으며 나는 조용히 걸음을 옮겼다. 순빈의 처소에 다다르자, 밖에 나와서 초조하게 안절부절못하던 또 다른 쌍이가 보였다.
"너, 왜 이제 와?"
신경질적으로 큰 쌍이가 내뱉었다. 나는 눈썹을 살짝 찌푸리고 대답하려다가, 그녀의 시선이 작은 쌍이를 향해 있는 걸 느끼고 입을 다물었다. 작은 쌍이는 아무렇지 않게 대답했다.
"화채가 얼렁뚱땅 만들어지는 것인 줄 아니? 다 때가 있는 법인데."
"그, 그래도 빈궁 마마께서 얼마나 기다리셨는데! 마마께서 들고 싶으시다 하시면 재깍 가져다 대령해야 할 것 아니야!"
큰 쌍이는 쏘아붙이다가, 작은 쌍이의 곁에 내가 있는 것을 보고는 안색이 변했다. 나는 그녀에게 가볍게 고개를 까딱해 보였다.
"오늘이 초하룻날이더라. 그래서 왔어."
"어, 어? 그래……."
말꼬리를 흐리는 그녀의 모습에 나는 생과방에서부터 이어져 온 기묘한 느낌을 지울 수가 없었다. 보름 만에 온 순빈의 처소와 세자의 생과방에서, 그리고 백련각까지. 내가 알 수 없는 어떤 것으로 모든 것이 이어져 있는 것 같았다. 하지만 나는 전각에 매인 궁녀일 뿐이었다. 곧 순빈이 들어 있는 방의 문이 열리고, 나는 작은 쌍이와 함께 순빈의 보료 앞으로 걸어갔다.
그런데 순빈의 모습은 보이지 않았다. 이제는 난향을 뿌리지 않은, 오로지 정갈한 빛깔의 보료만 있을 뿐이었다. 곁에 선 작은 쌍이는 아무런 표정의 변화가 없었다. 심지어 구석에 치워져 있는 작은 다과상을 끌어내어, 들고 온 쟁반을 올려놓기까지 했다. 익숙한 그 손놀림에 머릿속에 무언가가 떠오르기 시작할 즈음, 뒤에서 인기척이 들렸다. 우리는 동시에 뒤를 돌아봤다.

"왔느냐?"

무슨 일인지, 한껏 기분이 좋아 보이는 순빈은 생글거리는 웃음을 입가에 매달고 있었다. 그 뒤를 큰 쌍이가 초조한 낯빛으로 바라보며 따르고 있었다. 그러나 순빈 역시 보료 곁으로 다가오다 나를 보고 살짝 얼굴이 굳었다. 하지만 수년을 한 전각의 주인으로 살아온 왕실여인의 이름에 익숙해진 그녀는 다시 아무렇지 않은 표정으로 돌아왔다. 나는 천천히 내가 들고 온 쟁반을 다과상 위에 올려놓았다. 작은 쌍이가 그것을 순빈의 쪽으로 가져다 놓았다.

"마마, 화채를 올렸사옵니다."

"오, 그래. 완성이 되었구나."

순빈은, 다과의 종류 중 오미자편은 곁다리로 들인 것임을 여지없이 드러내었다. 좀 더 상 가까이에 바싹 다가앉아 복숭아화채를 들여다보는 얼굴이 그 증거였다. 화채와 같이 복숭앗빛 뺨이 왠지 내가 알고 있는 미래를 그려놓은 것 같았다. 나는 이를 사리물었다.

"적당히 시원하고 달콤한 것이, 딱 좋다. 너도 맛보겠느냐?"

순빈은 화채에 대해 극찬을 하더니 별안간 자신이 들고 있던 숟가락을 내밀었다. 그러나 그것이 향해진 방향은 내 곁에 있는 쌍이였다. 나는 순빈의 왼편에 서서 입술을 깨물고 있는 큰 쌍이의 눈빛이 순간 날카로워지는 것을 발견했다.

"아닙니다, 마마. 소인이 어찌 그런······."

작은 쌍이는 점잖게 거절의 말을 건넸다. 하지만 그 말투는 봄바람에 흔들리는 목련의 꽃잎처럼 나긋나긋했고, 전혀 놀란 기색도 아니었다. 순빈은 손을 거둬들이고, 다시 말없이 화채를 음미했다. 그리고 그릇을 바닥까지 깨끗이 비우고, 수저를 내려놓더니 내게 말을 걸었다.

"백련각은 어떠하냐?"

"무탈하시옵니다."

보일 듯 말 듯 끄덕이는 고개가 이제는 무심해 보였다. 나는 혼란스러운 마음을 다잡으려 심호흡을 했다. 내가 알고 있는 그 사실이 꼭 옳다는 법은 없을 거다. 미리 속단해서는 안 됐다.

"즐겨 먹는 음식은 무엇이더냐?"

"……아무 것이나 잘 드시옵니다. 허나 요즈음 즐겨 찾으시는 것은 오미자차이옵니다."

"흠, 오미자차라."

순빈의 얼굴에도 최 상궁의 것과 같은 웃음이 서렸다. 그녀는 무언가를 골똘히 생각하는 듯싶더니, 곧 고개를 숙여 손의 거스러미를 떼어내기 시작했다.

"그래, 오미자차란 말이지."

"……."

"이제 여섯 달쯤 되었으렷다?"

"예, 마마."

누구를 이르는지 순빈은 말해 주지 않았지만, 그녀의 관심사가 그쪽에 온통 쏠려 있다는 것을 알고 있었기 때문에 대답할 수 있었다. 순빈은 깊게 숨을 들이마시더니 다시 입을 열었다.

"알았다. 이만 가 보거라."

보름 전과 다른 태도였다. 권 승휘가 언제쯤 일어나는지, 세수를 하고 향분은 무엇을 고르는지, 옷은 어떠한 빛깔을 즐겨 입는지, 누워 있을 때 배의 모양은 어떠한지를 꼬치꼬치 캐묻던 모습에 비해 큰 간극이 느껴졌다. 순빈은 여전히 다과상 위의 오미자편에는 손도 대지 않고 있었다.

"예, 마마."

하지만 나는 대답을 하고 물러나야만 했다. 갓 빈궁전의 지밀나인이 되어 마주했던 순빈과 종학의 순빈은 너무나도 달랐다. 시들지 않은 미모와 창백하리만치 하얀 낯빛은 변하지 않았건만, 그녀의 달관한 듯한 태도와 기묘하게 흐르는 여인들의 분위기가 그것을 음산하게까지 만들었다. 나는 뒷걸음질 쳐 물러나면서, 여전히 무릎을 꿇고 앉아 천천히 다과상을 정리하는 작은 쌍이와, 순빈의 곁에 서서 자신의 주인과 생과방 궁녀를 바라보는 큰 쌍이를 눈에 담았다. 닫히는 문틈 사이에서 엿본 모습마저도 그들은 한 발짝도 움직이지 않았다. 나는 시선을 가운데로 돌렸다. 순빈의 눈길은 아래를 바라보고 있었다.

* * *

권 승휘는 한 번도 재촉하지 않고, 기다려 주었다. 그날 백련각으로 돌아가서 이틀 뒤 저녁에 가지고 오겠노라고 말한 뒤부터 은근히 기다리는 기색이 보였음에도, 입 밖으로는 한 마디도 꺼내지 않는 모습이 눈에 밟혔다. 그래서 시간이 되자마자 부리나케 종학으로 발걸음을 옮기고는 있었지만 그것보다 내게는 더 중요한 일이 있었다. 나는 어렴풋이나마 내가 알고 있는 사실을 꺼내어 곱씹었다.

내가 알고 있는 역사 속에서 상처받고 나락에 떨어진 순빈이 선택한 것은, 자신을 바라보지 않는 남자의 발밑에 매달려 애원하는 것이 아니었다. 오히려 그 당당한 품성과, 자신은 누구에게나 사랑받을 수 있다고 믿는 자존감이 상처와 맞물려 다른 사람으로 마음을 돌렸다. 그러나 이미 왕세자빈으로 책봉되었고, 다른 사내를 볼 수 없는 지엄한 궁 안에서 그녀가 눈길을 둘 수 있는 사람은 없었다. 그 가운데서 가장 가까운 이에게 마음이 끌려 버린 것이다. 그러나 그 이끌림은 파멸로 치닫는 지름길이었다.

내가 처음에 순빈의 처소로 가기를 꺼려했던 이유가 그것이었다. 단지 이전에 폐출된 휘빈 김 씨처럼 단순한 것이 아니라, 조선 왕실의 근간을 흔들고, 조선의 이념을 깨부수는 전무후무한 사건이 그녀가 벌이게 되는 일이었다. 하지만 나는 순빈이 세자의 후궁들을 질투하고, 세자를 그리워하는 모습만 보아왔던 터라 어느 순간부터 까맣게 잊어버리고 말았다. 그녀가 보여 주는 모습은 여느 현대의 여성과 다를 바가 없었기에! 어쩌면, 진양대군을 생각하면서 역사는 그대로 흘러가지 않을지도 모른다고 생각했기 때문일지도 모른다. 알고 있는 사실을 억지로 잊어버리려 노력하면서, 외면해 버린 거다. 하지만 그것이 내 바람대로 될 거라는 보장도 없었는데. 왜 그리도 가볍게 생각해 버린 걸까.

나라는 사람이 조선에 흘러든 것만 빼면, 모든 것은 역사대로 흘러가고 있었다. 생각지도 못했던 권 승휘의 회임과, 봉호가 바뀌어 가는 진양대군만 보아도 그 사실을 말해 주고 있었다. 나는 순빈이 결국 파멸에까지 이르리라는 것을 애써 다시 상기했다. 하지만…… 그녀의 몰락이 내 친우와 관련이 있을지는 상상도 해 보지 못했다. 어떻게 그럴 수가 있을까. 쥐어짜서 기억해 낸, 순빈의 연인이 가지고 있는 이름은 소쌍이었다.

그러나 내게 남아있는 한 줄기 희망은, 쌍이가 두 명이란 것이었다. 어쩌면, 어쩌면…… 나는 못된 생각이란 것을 알면서도 그 희망에 나를 지탱했다. 둘 다 나와 상관없는 사이라고 할 수는 없지만, 나는 제발 내 곁에 머물러서 다독여 줬던 친우는 그 길을 피해갔으면 했다. 소쌍은 과연 누구일까? 일전에 생과방 궁녀로 머무를 때, 쌍이는 내게 그녀가 성이 없다고 했다. 중인 출신이니 그러했을 것이다. 순빈의 본방나인인 쌍이 또한 성은 없다. 중인도 없는데, 사가의 노비가 성이 있다면 그야말로 천지개벽과 맞먹는 일일 것이다. 그렇다면 대체 소쌍(召雙)이라는 이름은 누구를 가리키는 걸까. 머리가 아팠다.

어느새 날은 어둑어둑해져 땅거미가 졌다. 낮과 달리 종학은 지나다니는 사람도 없었고, 하나둘씩 불이 꺼져 있어 을씨년스러웠다. 나는 머릿속에 부유하는 상념을 지워내려 애쓰며 세자의 거처 쪽으로 다가갔다. 그러나 생과방 쪽도 이상하게 조용했다. 등잔에 불은 붙여져 있었으나 인기척은 없었다. 나는 최 상궁이 전에 복숭아를 보관해 두었던 곳을 기억해내며 그쪽으로 다가갔다. 소반 위의 덮개를 들춰보니, 꿀에 재워진 복숭아가 담긴 그릇과 '권씨(權氏)'라고 적힌 종이쪽지 하나가 놓여있었다. 쓴웃음이 지어져, 그 종이쪽지는 소맷자락에 집어넣고 얼른 소반을 챙겨 나왔다. 역시 동궁의 사람들이라면 모두 권 씨보다는 순빈에게 마음이 가는 것이겠지, 여태껏 보아 온 것이 있으니까. 뒤섞여 버린 인연의 고리에 나마저도 끌려 들어간 것 같았다. 다른 것이 있다면, 나는 말로를 알고 있음에도 그렇게 돼 버린 것이지만.

그렇게 무거운 발걸음을 옮기는데, 문득 내 앞에 인영(人影)이 드리워졌다. 살짝 고개를 숙이고 있던 나는 무심코 고개를 들었다가 숨을 멈췄다.

"서담."

무심한 듯 나른하게 나를 부르는 목소리가 귓가에 울렸다. 진양대군이 곧게 서서 나를 바라보고 있었다.

"오랜만이오."

"……대군 마마."

"마주칠 일이 없을 줄로만 알았는데."

어두움이 얼굴에 비쳐 그의 미소는 스산함이 느껴졌다. 나는 겨우 숨을 토해내고, 입술을 작게 깨물었다. 그러자 그의 미간이 찡그려지더니,

별안간 손을 들어 내 입술을 매만졌다.
"마마!"
놓쳐버릴 뻔한 소반을 다시 꽉 붙잡고, 한 걸음 뒤로 물러나며 짧게 그를 불렀다. 이런 접촉이 당황스럽기 그지없었다.
"왜 자꾸 입술을 깨무는 것이오? 일전에 보았을 때도 자주 그러더니."
"마마, 종학에서 이리……"
"매번 그러면 상처가 날까 걱정되니 하지 마시오."
부드러우면서 강하게 울리는 경고의 목소리가 눈빛과 함께 스며들었다. 나는 하는 수 없이 입술을 깨물지 않으려 노력했다. 그의 손이 닿았던 입술에 온 신경이 집중되는 것을 막으면서. 찌릿찌릿한 감촉이 아직도 남아 있는 것 같았다. 진양대군은 계속 내 말을 중간에서 가로챈 채, 자신이 하고 싶은 말을 늘어놓았다.
"저녁에 종학엔 웬일이오? 아, 들고 있는 것을 보니 생과방에 들렀나 보군."
"……"
"이제는 백련각의 일이 아니면 종학엔 발걸음도 하지 않겠다는 것이오?"
스스로 묻고 대답하는 것을 끝낸 진양대군이 내게 물어왔다. 나는 고개를 끄덕일 수도, 그 자리에 가만히 서 있을 수도 없었다. 그의 눈동자를 바라보는 것조차 겁이 났다. 수없이 되뇐 그 다짐이 그를 보는 순간 깨어져 버릴까 봐. 궁녀로서 어떤 행동을 해야 하는지 항상 유념하려 했고, 그가 훗날의 누가 되는지조차 잊지 않으려 했다. 그가 눈앞에 없는 순간마저도 내게 다가오는 그를 마음속으로 밀어내면서 그렇게 나는 도망치려 했다. 하지만 차가운 손끝이 내 턱을 잡고 억지로 시선을 맞춰왔다.

"말해 보시오. 왜 나를 피하는 것인지."

진양대군은 더없이 침착한 눈빛이었다. 하지만 나는 그 속에 숨은 불꽃을 찾을 수 있었다. 요동치는 심장의 울림을 막을 수가 없어, 나는 입을 떼었다.

"겁이 나서 그러하였습니다."

궁녀인 내가 왕자인 그에게 다가가는 것이 겁이 났다. 그리고 왕자인 그가 왕이 될 것이라서 두렵고, 어떤 왕이 될 것인지를 알고 있어서 두려웠다. 옥좌를 위해서 어떤 짓을 할 것인지를 잊을 수가 없어서 멀어지고만 싶었다. 하지만 그것들보다도 더 큰 이유는, 이 모든 것을 알면서도 물러나고 싶지 않은 욕망이 남아있다는 걸 알아서 슬펐다. 이런 이야기를 그에게 털어놓을 수도 없겠지만, 만약 말한다면 믿어 줄까. 나는 눈물이 차오를 것 같아서 그의 경고도 잊고 다시 입술을 깨물었다. 진양대군은 그런 나를 물끄러미 쳐다봤다.

"겁이 난다면 그만두시오."

짧게 말하는 그의 말에 가슴이 철렁 내려앉았다. 그의 입에서 나온 말이 내가 이해한 대로인가 싶어서 후회가 밀려왔다. 하지만 그는 작게 미소를 걸고 한 발짝을 내 쪽으로 내딛었다.

"그대가 내게 하는 그 말부터. 내가 왕자라서 그대에게 마음을 주는 것이 겁난다면, 왕족을 대하는 그 말투부터 그만두시오."

하지만 그는 나를 놓아 주지 않았다. 어느새 흘러내린 눈물방울을 그는 손을 뻗어 부드럽게 닦아 주었다. 그의 손가락이 지나간 자리를 따라 화끈거림이 느껴졌다. 그는 어둠 사이에 몸을 숨기고 더 가까이 다가왔다.

"내가 그대를 윤서담이라 부르지 않는 것처럼. 또 그대를 동궁의 궁녀로 보지 않는 것처럼. 나는 그대를 서담이라는 여인 하나로 볼 뿐이오.

겁이 난다면 잊어버리시오."

태어날 때부터 익숙하였을 그 위치를, 진양대군은 내게 잊어도 좋다 말하고 있었다. 그는 말을 마치고, 손을 뻗어 내 손에 들린 소반을 빼앗아 내려놓았다. 엉겁결에 빈손이 된 나는 반사적으로 그를 쳐다봤는데, 진양대군은 싱긋 웃으며 어깨를 으쓱해 보였다. 황당하면서도 그의 말에 가슴이 벅차올랐다. 헛된 희망이었는데도 그는 어느 정도 나를 간파하고 있었다. 그리고 그 희망을 조금이나마 현실로 만들어 주려 하고 있었다. 나는 작은 목소리로 말했다.

"……그렇게 믿어도 되는 것이옵니까?"

"믿으시오."

간단하게 내뱉은 짧은 그 음성에 응어리가 녹아내리는 것 같은 느낌이 들었다. 아무 말도 꺼낼 수가 없었다. 어느 말이라도, 튀어나오는 순간 이 순간의 느낌을 깨어버릴 것이란 생각이 들었다. 그는 다시 손을 뻗어 내 뺨을 어루만졌다.

"그대 역시 나를, 마음에 둔 사람에게 대하듯 해 주시오."

그러더니, 그의 손은 뺨을 스쳐 어깨를 감쌌다. 놀랄 틈도 없이 어느새 그의 팔은 나를 휘감고 자신의 쪽으로 끌어당겼다. 두 손이 어깨에 올라와 나를 가두었다. 차가운 손끝과 달리 온기가 느껴지는 그의 품에 안긴 채, 나는 그의 말을 들었다.

"대군 마마라 부르는 것이 아니라, 내 이름을 부르며 웃는 모습을 볼 수 있었으면 좋겠어."

귓가에 들려오는 그의 목소리가 나를 앗아갔다. 지척에서 나는 그의 심장소리를 들을 수 있었다. 언제나 평온할 것이라 믿었는데, 이 시간만큼은 그의 심장소리는 내 것과 같은 박동을 하고 있었다. 그를 느끼는 순간, 나도 모르게 중얼거렸다. 입을 여는 순간 머릿속에는 경고음이 울리는 것 같았지만 그보다 앞선 마음이 먼저였다.

"……유."

한 단어, 조그만 목소리였음에도 불구하고 그는 분명히 들었던 것이었다. 그는 어깨를 감싼 팔을 천천히 풀고 나를 품에서 떼어냈다. 눈물이 흐른 내 얼굴을 바라보면서, 그는 쓸쓸하게 웃었다.

"이제 웃는 모습만 보면 되겠군."

그리고 그 말이 끝난 순간, 진양대군은 내 손을 끌어당겨 옆에 있는 꽃담에 앉혔다. 꽃담은 꽤나 높았지만, 그는 손쉽게 나를 그 위에 앉혔다. 진양대군의 행동에 놀라서 무슨 말인가를 하려는 순간, 숨결이 다가왔다. 그의 짙고 검은 속눈썹이 뺨에 닿아 간질거렸다. 이윽고 그의 입술이 내게 맞닿았고, 나는 눈을 감았다.

그가 내게 입을 맞추어 오는 순간 내 사고는 정지해 버린 것 같았다. 여러 가지 잡념이 떠다니던 머릿속은 하얗게 비어버렸고, 그가 와 닿은 따뜻한 감촉만이 느껴져 생경했다. 찰나와 같은 그 시간이 지나고, 약간 얼굴을 뒤로 빼서 내 얼굴 표정을 바라본 진양대군은 다시 짧게 입을 맞췄다. 그리고 그의 두 손으로 내 얼굴을 감싸며 말했다.

"그대가 내 휘(諱)를 말해 주는 것을 들으니 기쁘오. 순서가 뒤바뀌기는 하였지만. 자(字)도 허한다면 다시 한 번 말해 주겠소?"

뺨을 쓸고 있던 그의 손이 어느새 입술에 닿았었다. 그의 숨결에 마비되어 버린 것처럼 나는 멍하니 중얼거렸다.

"자(字)는 무엇인데요?"

"수지(粹之)!"

마치 푸르른 하늘에 어린아이들이 날려 보낸, 오색찬란한 비눗방울이 터지는 것처럼 진양대군의 웃음은 호쾌하고도 밝았다. 입술을 훑던 손가락이 어느새 내 오른손을 잡아채, 손바닥에 글자를 써 주었다. 순수할 수

(粹). 일전에 건네어 줬던 자전을 열심히 읽은 덕분에 바로 알아챌 수 있었다. 그의 허락을 받기는 하였으나, 거절하지 않고 냉큼 왕족에 대한 예우를 거두어 버린 것에 어떤 반응을 보일지 내심 걱정했지만 진양대군은 나도 모르게 튀어나온 말투에는 신경을 쓰지 않았다. 두근거리는 심장소리가 그에게까지는 들리지 않았으면 하는 생각이 들었다.

"……수지."

"친우들은 모두 나를 수지라고 부르지. 물론 유라고 부르기도 하지만, 그것은 매우 가까운 사이였을 때만 그러하오."

그의 자를 입 밖으로 읊어 보았다. 들어 본 적이 있는 것 같았다. 역사 속에서 중요한 사람이거나 유명한 사람이면 별명처럼 앞에 따라붙는 그 단어가 있다는 걸. 하지만 왕족의 것이 무엇인지는 관심을 가진 적이 없었다. 내가 좋아했던 세종의 자조차 알 리가 없으니 세조의 것을 모르는 것은 당연했다. 하지만 그의 자를 이제야 알게 된 것이 조금은 아쉬웠다. 진양대군의 이름은 안평대군에게서 전해들은 것이지만 그는 자까지는 알려 주지 않았다. 진양대군은 잡은 손을 다시 끌어당겨 꽃담에서 일으켜 주었다. 그런 손길에서 이제는 익숙해진 것 같은 감촉을 느꼈다. 그는 다시 입을 열었다.

"그대가 원하는 것으로 골라 불러도 좋소."

그리고 그가 말하는 의미를 점차 깨달은 나는 그의 눈동자를 바라보며 대답했었다.

"저를 친우로도 여겨 주시겠다는 건가요?"

진양대군은 잠자코 고개를 끄덕였다. 순수하다는 뜻의 진양대군의 자처럼, 그의 눈빛은 숨긴 것 하나 없이 올곧았다. 나는 기쁨이 샘솟아 넘쳐흐르는 걸 느낄 수 있었다. 입맞춤으로 인한 수줍음이 아예 사라진 것은 아니었지만 그의 말에 위안이 되었다. 궁녀란 신분에서 바라보기에는 너무나 머나먼 왕자인 그가, 휘와 자를 불러도 된다고 말해 주었다. 오직 가족과 친우만 부를 수 있는 그 이름들을. 몰아쳐 왔다가, 또 언제 그랬냐는 듯 몰려가 버릴 파도 같은 감정이 아니라는 것을 증명해 주는 것이어서 기뻤다. 진양대군과 친우가 되고 싶은 것은 아니었지만, 그래도 그에게 있어 소중한 사람들만이 가질 수 있는 권리가 내게도 허락되는 것이 감격스러웠다. 가족으로 태어나야만 부를 수 있고, 또 그의 신분만큼 비슷한 위치에 있어야만 허락되는 왕자의 휘와 자. 굳세고 견고한 경계를 허물어뜨리고 나를 감싸 안아 준 것 같았다.

"그대를 처음 보았을 때가 생각나는군."

진양대군은 호선을 그리는 입매를 하고서 다시 꽃담에서 나를 내려 준 후, 가만히 품에 안았다. 허리를 감싸고 나지막이 중얼거리면서 작은 웃음소리가 들려왔다.

"나를 도둑으로 몰지 않았던가."

"마마!"

"그 호칭은 그만두라 하지 않았소."

아직 익숙해지지 않은 터라 내뱉어버린 호칭을 들은 진양대군이 잠깐 엄한 목소리로 대답했으나, 곧 다시 유쾌한 음성으로 돌아왔다. 나는 어릴 적의 그 기억이 떠올라 얼굴이 빨개지는 걸 느꼈다. 안겨 있어서 내 얼굴이 그에게 보이지 않는 것이 다행일까.

"아니, 아니야. 나중에는 치한이라고까지 하였지. 온 집안에 다 들리도록 소리를 지르지 않았소."

"자꾸 그 이야기를 하시면……!"

"대체 무슨 생각으로 치한이라고 했던 거요?"

그의 품에서 풀려날 요량으로 팔을 들어 진양대군의 어깨를 밀었으나 그는 내 허리를 휘감은 채 꼼짝도 하지 않았다. 버둥거리는 꼴이 더 이상해 보일 것 같아서 결국 포기해 버렸으나 낯이 뜨거워지는 것은 여전했다. 그래도 그때의 기억이 멀게만 느껴지지는 않았다. 그 이후 안평대군에게서 정체를 듣게 되고, 엄청난 충격을 받았던 터라 생생하게 기억났다. 진양대군은 웃음을 참는 목소리로 말했다.

"솔직히 말해서, 그 소리를 듣는 순간 화가 나서 당장 혼쭐을 낼 생각이었소."

"예?"

"고만고만한 계집아이가 당돌한 눈빛을 하고서 엄한 말을 하는데 얼마나 기가 차던지. 말투조차 무엄하여 자꾸 생각이 나지 않겠소. 그런데 알고 보니 그 댁 여식이라지 않소?"

결국 나도 피식 웃어버리고 말았다. 정말 생각해 보니 내가 진양대군이었더라도 잊지 못할 것 같았다. 고귀한 대군 마마께서 언제 그런 소리를 들어 보기나 했겠는가.

"그래도 잠깐 감탄했었소."

"무엇을요?"

"나와 안평을 위해 대감에게 거짓을 고해 주지 않았소. 누명을 뒤집어쓰면서까지. 그때부터 신경이 쓰이기 시작했었지."

허리에서 스르르 풀린 손이 나를 붙들어, 눈을 맞춰왔다. 나는 미소를 짓고 있었으나 죄책감 비슷한 것이 스며드는 걸 느꼈다.

"이제야 말하는 것이지만 그대를 눈여겨보았던 것은 그때부터였소. 그러니 그대가 일전에 말했던 것처럼, 내가 마음을 오해할 일은 애초부터 없었다는 것이지."

"그랬군요."

"당돌한 그 모습이 잊히지 않더군."

당황스럽도록 밀어붙이던 그의 표현이 내 행동으로 인한 오해에서 비롯되지 않았다는 것을 알게 되어 기쁘기는 했다. 그때는 이렇게 될 거라곤 생각도 못 했으니까. 그러나 나는 안평대군과 진양대군이 어떤 이유로 윤 대감 댁의 담을 넘었는지가 기억나서 말을 이을 수가 없었다. 서연과 친자매라는 생각이 뇌리에 깊게 박혀 있는 것이 아니었고, 오히려 그녀를 떠올리면 불쾌한 감정이 떠오를 정도였다. 그녀 역시 나를 혐오의 수준으로까지 생각하고 있을 테고. 하지만 그런 관계를 차치하고서라도, 서연은 대부인의 작호까지 받았고 소헌왕후의 총애까지 차지하고 있었다. 내 얼굴이 점차 어둡게 가라앉자 진양대군이 이상한 듯 물어왔다.

"왜 그러는 거요?"

"……."

"입을 다물고 있으면 왜 그런지 알 수가 없지 않소. 혹 옛 일을 꺼내어 불편한 것이오?"

윤 씨의 성을 가지고 있었을 때를 떠올리기 싫어한다는 걸 상기했는지 진양대군은 사뭇 진지한 표정이었다. 역시 그에게 이해시키는 것은 무리일지도 몰랐다. 이 시대에 여러 여자를 거느리는 것은 이상한 일이 아니었으니까. 오히려 세자의 경우를 보는 것처럼 미덕(美德)이고 당연한 일일 테니까. 여인의 심정이 어떠한지를 헤아려 줄 때는, 왕의 딸일 경우밖에 없었다. 부마는 공주나 옹주 외에 다른 아내를 맞지 못했다. 공주가 되고 싶었던 옛 소망이 이런 미래를 예견했기 때문에 마음속에 생겨났던 게 아니었을까 하는 생각에 빠져있는데, 진양대군이 다시 말했다.

"그대가 기꺼워하지 않을 일이란 것을 깜빡하였소."

진심으로 실수한 것을 뉘우치는 표정에 나는 고개를 흔들어 줄 수밖에 없었다. 그래, 어차피 이 남자의 모든 것을 갖고자 한 것은 아니다. 원래대로라면 어느 것도 가질 수 없는 신분인 내가 마음만이라도 온전히 가질 수 있다면 그것으로 만족해야 되는 거다. 나는 어린아이가 아니었다.

이룰 수 없는 소망은 버리고, 그의 진실된 마음과 따뜻한 눈길, 그걸 가진 것만으로 족하기로 했다. 어쨌든 그것만으로도 나는 충분히 행복했으니까.

"아니에요. 그냥 조금 이상한 기분이 들어서. 단지 그것뿐이에요."

"……그렇다면 다행이지만. 이해하오, 다음부터는 주의하지."

따뜻한 그의 손길이 다시 뺨을 쓰다듬었다. 오래도록 나누지 못한 마음이 쌓여, 이토록 지척에 있는 사람을 느끼며 음성을 듣고 있어도 시간은 너무나 빨리 흘렀다. 결국 궁녀인 내게 허락된 시간은 많지 않았고, 왕자인 그에게도 깊은 밤까지 궁궐은 허락되지 않았다. 진양대군은 아쉬운 눈빛이었지만 어쩔 수 없이 소반을 들어서 나에게 건네주었다.

"언제 또 오십니까?"

항상 긴장하고, 눈치를 보며 왕족에 대한 예우를 차린 말투가 거두어지고 마음을 담아 말하자 그와의 사이가 한결 가까워진 느낌이 들어 말할수록 기분이 미묘했다. 그것은 진양대군조차 그러했는지, 그는 불편함이라곤 조금도 찾아볼 수 없는 얼굴로 만면에 화색을 띠며 말해 주었다.

"돌아오는 그믐날 저녁에. 저하와 독대하기로 하였소."

"그러시군요."

날짜를 헤아려 보니 우연하게도 그때는 순빈의 처소에 들르기로 되어 있는 날이었다. 진양대군이 말했다.

"그쯤에도 종학에 들를 수 있겠소?"

"왜요?"

"그날 이 시각 즈음에 다시 만나자는 말을 하려고."

속을 알 수 없이 얼굴 표정이 없었던 왕자가 맞나 싶을 정도로, 그는 직설적인 말을 잘도 내뱉었다. 나는 웃음을 숨기려 노력하며 담담하게 말했다.

"그럴 수 있을 것 같아요. 빈궁 마마께서 부르시는 날이니."
"잘되었군. 그때 보도록 하지."
그에 대한 내 마음이 어느 정도인지 드러나는 것이 민망해서 나는 짐짓 도도한 표정을 지어 보이며 고개를 끄덕였다. 소반에 시선을 고정시켜 그의 쪽에서는 약간 비껴선 채였다. 나는 고개를 숙여 인사를 해 보이고는, 먼저 걸음을 떼려 했다. 그러나 곁눈질로 바라본 그의 입가에 장난스런 웃음이 매달린 것 같다고 느끼자마자 진양대군은 어느새 지척에 다가와 있었다. 그리고 멀리서 어린 생각시들의 재잘거리는 소리가 들려왔다. 가만히 들어 보니 가희의 목소리 같았다. 당황하여 눈동자만 굴리고 있는데, 진양대군의 미소가 더욱 짙어졌다. 화채가 놓인 소반을 들고 있는 터라 밀쳐내지도 못하고, 생각시들의 발소리가 가까워 오는 것을 느꼈다. 그가 가로막은 길을 살짝 옆으로 벗어나 한 걸음을 떼었는데, 진양대군이 다시 짧게 입을 맞추고 떨어졌다. 그리고 미소를 거두지 않은 채 여유 있는 표정으로 작게 속삭이곤 옷자락에서 바람을 일으키며 멀어져갔다.

"그대가 무엇을 들고 있을 때를 노려야겠어."

귓가에 남은 목소리에 온몸에 뜨거운 열기가 넘실거리는 것 같았다. 눈 깜빡할 새에 저 만치까지 빠른 걸음으로 사라져 버린 진양대군의 자취만을 넋 놓고 좇았다. 입술 위에 머무른 감촉이 나를 붙잡아, 발을 땅에 속박해 버린 것만 같았다. 자꾸만 올라가는 입꼬리를 주체할 수가 없었다. 뒤 쪽에서 나를 알아본 생각시 무리들이 달려와 반갑게 이것저것을 물어댔지만 하나도 귀에 들어오지 않았다. 구름 위에 둥둥 떠다니는 것 같은 기분으로, 그렇게 백련각까지 밟아 오는 걸음이 아쉬움에 자꾸만 느려졌다.

* * *

"후아암."

화채 그릇을 다시 집어 들려다가 하품이 나와서 재빨리 손으로 입을 가렸다. 깜짝 놀라 눈치를 봤지만 눈물마저 찔끔 맺히는 통에, 권 승휘에게 들키고 말았다. 그녀는 자애롭게 웃으며 말을 걸었다.

"어제 잠자리에 늦게 들었는가?"

"아, 어쩌다 보니…… 죄송합니다, 마마."

권 승휘는 아무 생각 없이 건넨 것이었겠지만, 나는 도둑이 제 발 저리듯 혼자 얼굴을 붉히곤 얼른 그릇을 챙겨들었다.

"내게 죄송할 것은 없지. 나 때문에 자네가 여간 신경 쓸 것이 많지 않은가. 피곤할 법도 할 것이네."

"아닙니다. 마마께서 그리 생각하지 않으셔도 됩니다, 단지 잠을 설쳤을 뿐인 걸요."

윗전의 지위를 가진 사람답지 않게, 권 승휘는 내게 항상 고맙다거나 미안하다는 말을 입에 달고 살았다. 언제고 한 번쯤 왜 그런 것인지 물어봤을 때 그녀가 했던 말은 지밀나인의 고된 일상을 자신도 이해하기 때문이라는 것이었다. 그 말에 나는 아무 대답도 하지 않았지만, 오히려 어깨를 토닥여 주며 순빈에게 감사를 전해 달라는 말을 다시 들을 수 있었다. 자신에게 쏟아지는 시기와 질투를 알고 있을 텐데도 의연하게 말하는 모습에 감탄이 나왔다. 뱃속의 아이를 위해서 마음에도 없는 말을 하는 것일지도 모르겠지만, 우선 면전에 보이는 부드러운 미소는 여러 번 다듬지 않았다면 쉬이 내보일 수 없는 것이었다. 권 승휘는 왕가의 여인이 어떤 가면을 적재적소에 써야 하는지 알고 있는 것 같았다.

"복숭아화채의 맛이 달고 시원한 것이 정말 좋네. 날이 더워 잠을 설친 것은 아닌가? 자네만 괜찮다면 저녁에 들일 화채는 같이 맛보았으면 좋겠어. 어차피 남은 것은 넉넉하지 않은가.”

그녀의 말처럼, 복숭아화채를 끼니마다 들고 있는 터라 백련각에는 항상 화채가 구비되어 있었다. 처음에는 만드는 법을 몰라 종학에서 가져왔지만, 이제는 알게 되어 내가 직접 많이 만들어 두었던 것이다. 하지만 그것을 내가 만들었음에도 먹지는 못한다는 걸 권 승휘는 알고 있었다. 그 배려에 살짝 고마운 마음이 들었다.

“아기씨께서 드셔야 하는 것을 제가 빼앗는 게 아닌가요, 마마?”

설핏 웃으며 말하자 권 승휘는 작게 고개를 저으며 웃었다. 새어나오는 웃음이 종달새의 지저귐처럼 발랄했다.

“아기도 자네라면 용서해 줄 걸세. 이토록 어미를 챙겨 주는 궁인에게, 어찌 한낱 화채가 더 중하다 하겠는가?”

결국 권 승휘의 말에 못 이겨 나는 고개를 끄덕여 주고야 말았다. 저녁에 탕제와 함께 화채를 같이 들기로 하고서, 나는 조심스레 문을 닫고 발소리를 줄이며 백련각에서 나와 걸음을 옮겼다. 요즘 따라 권 승휘는 점심을 들고 난 후에 오수(午睡)를 즐기곤 했다. 그리고는 저녁이 다 되면 일어났는데, 조금씩 부풀기 시작한 배 때문에 힘겨운 것이 이유가 아닐까 싶었다. 내의원에서 말하기로는 초산이면 배가 많이 부르지 않을 수도 있다고는 하였으나 이제 거의 일곱 달이 다 되어 가는 시기이니, 권 승휘에게서는 임부의 모습이 조금씩 드러나고 있었다. 가녀린 몸의 권 승휘는 그렇게 하루하루를 아기를 떠올리며 조용히 시간을 보냈고, 또 세자가 종학에서 돌아오기를 기다리고 있었다. 나는 옆에서 그녀를 지켜보며 다과상만을 챙겨 주고, 말벗만 하여 줄 뿐이었다.

그릇을 잘 정리해서 챙겨 넣으며 연신 눈을 비볐다. 통 잠을 자지 못해서 졸음이 몰려왔다. 피곤했지만, 생과방에 있었을 때 느꼈던 것과는 조금 다른 종류의 것임이 느껴졌다.

 나는 꽃담 위에서의 일을 떠올렸다. 오늘이 진양대군과 약속했던 그날이었다. 덕분에 밤이 깊도록 싱숭생숭한 마음에 잠을 설쳐, 권 승휘 앞에서 그런 모습까지 보이고 만 것이었다. 조그만 빛마저 보이지 않는 그믐날 가까운 밤에 숙면을 못 한 적이 한 번도 없었는데. 손꼽아 기다릴 정도까지는 아니었어도 은근히 바라고 있었던 걸까. 나는 흘깃 하늘을 바라보고 시간을 가늠했다. 어둑해져 가는 것이, 지금쯤이면 종학에 가도 될 것 같았다. 나는 얼른 내 방으로 돌아왔다. 전에는 종학에 드나들 때 이렇게까지 신경을 쓰고 간 적이 없었지만, 왠지 지금은 그냥 가고 싶지 않았다. 꾸밀 것은 없어도 단정하게는 보이고 싶어서 옷의 구김이 진 것을 탁탁 쳐서 펴내고, 머리칼을 정리했다. 그리고 진양대군을 마주할 때면 자꾸만 습관처럼 깨물어 댔던 입술에 신경이 쓰여, 무엇이라도 바르려고 평소에는 잘 쓰지 않던 보퉁이를 끌러 뒤적였다.

 "어?"

 찾던 연지를 집어 들었지만, 갑자기 불안한 느낌이 신경을 건드렸다. 뭐라고 딱 집어 말할 수는 없으나 중요한 것 하나를 잊어버린 것 같은 느낌이 들었다.

 "……기분 탓인가? 요즘 정신이 없어서 그렇게 느껴지는 걸지도."

 나는 고민 끝에 그렇게 생각해 버렸다. 개운치 않은 구석은 있었지만, 지금 당장 그것을 찾아 나서기엔 시간이 촉박했다. 순빈에게 권 승휘의 일을 고해 올리고, 진양대군과 만나야 했기 때문이다. 더구나 진양대군은 해가 지기 전에 명례궁으로 돌아가야 했다. 조급해진 마음에 보퉁이를 펼쳐 놓고 연지를 펴 바르려는데, 갑자기 무수리 하나가 불쑥 들어왔다.

 "항아님, 무얼 하십니까?"

"아, 그게."

당황하여 말을 잇지 못했다. 원래 꾸미는 것에 신경을 잘 쓰지 않아 와서 그랬는지 치장하는 모습을 남에게 들킨 것이 민망했다. 하지만 나보다 다섯 살은 많은 나이의 그녀는 다 이해한다는 듯이 미소를 지어보일 뿐이었다.

"항아님 연치의 여인들은 항상 꾸밈붙이에 관심이 많지요. 항상 묵묵히 일만 하시는 것만 보아서 이런 데에는 관심이 없는 줄 알았는데, 역시 항아님도 여인은 여인인가 봅니다."

놀리듯 하는 말에 얼굴을 붉히며 부산한 손놀림으로 연지 뚜껑을 닫아 다시 보퉁이에 집어넣었다. 하지만 당황한 손놀림은 자꾸만 헛나갔고, 그를 보다 못한 무수리가 다가와 말했다.

"항아님, 제가 해 드릴게요."

거절할 틈도 없이 그녀가 손을 뻗었다. 막을 틈도 없이 지척에 다가와 있어, 보퉁이 속의 물건을 숨겨야 한다는 생각이 뇌리를 스쳤다. 나는 소맷자락에 리코더를 재빨리 밀어 넣고 비교적 작은 크기인 신분증은 옷자락 사이에 쑤셔 넣었다. 다행히 무수리는 그것을 발견하지 못했고, 보퉁이를 잘 묶어서 다시 내게 건네주었다.

"자, 여기 있습니다."

"고마워."

별 것 아니라는 듯이 무수리는 웃어 보이고는, 자리끼 그릇을 챙기고 소제를 시작했다. 며칠 전에 방을 옮긴 터라 부산스럽게 남겨져 있는 허섭스레기를 간단히 치워 내고 있어서, 나는 소매 속에 숨긴 리코더를 다시 내려놓을 생각을 하지 못했다. 잠시 고민하다가 조금만 더 지체하면 완전히 늦어 버릴 것이라는 데에 생각이 미쳤다. 설마 진양대군이 오늘도 껴안거나 입을 맞추지는 않겠지. 발칙한 상상에 고개를 흔들며, 얼른 신을 꿰어 신었다. 소맷자락의 품은 리코더 하나쯤을 숨기기엔 넉넉하니 들키지는 않을 수 있었다. 혹 피치 못할 상황이 생기면 가다가 수풀 속에라도 숨겨버리지, 뭐.

설레는 마음에 종학으로 가는 발걸음이 빨라졌다.

그믐날이라서 그런지, 땅거미가 더 짙게 내려앉는 것 같은 느낌이 들었다. 약속한 시간에 맞게 가지 못할까 봐 부지런히 걸음을 떼었다. 다행히도 종학으로 가는 길에 몇몇 나인을 마주치기는 했지만 가까운 사이는 아니었기 때문에 눈인사만 간단히 할 뿐, 와서 말을 걸지는 않았다. 이제 해가 산등성이를 거의 다 넘어가고 있었다. 나는 초조해지는 마음에 달음박질을 쳤다. 그리고 숨이 가빠 올 때쯤 그의 모습을 볼 수 있었다. 꽃담에 걸터앉아 발끝으로 돌부리를 차 대고 있는 진양대군의 옆얼굴을 바라보면서 점점 속도를 줄여 걸어갔다. 뛰어서 그런 것인지, 아니면 그의 얼굴을 바라보고 있어서인지 모르겠지만 아무래도 가쁜 숨이 진정되려면 조금 더 있어야 할 것 같았다. 그 생각을 하며 잠깐 멈추었을 때, 진양대군이 내 쪽을 바라봤다.

"서담!"

그의 목소리가 노래하듯 내 이름을 불렀다. 입가에 감도는 그 미소에 나도 모르게 가슴이 더 세차게 뛰는 것을 느꼈다. 진양대군은 벌떡 일어나서 내가 오는 것을 기다렸다.

"늦지 않았구려. 조금 있으면 해가 다 질 듯해 오지 못할까 봐 걱정하였소."

"종학에 드나든 지 한참 되었는데, 찾아오지 못할 리가 없는걸요. 괜히 걱정하세요."

내 말에 그는 피식 웃더니, 머리를 쓰다듬고는 손을 끌어당겨 자신의 옆에 앉혔다.

"길을 잃을까가 아니라, 진창을 밟아 곤혹스러워질까를 걱정하였어. 아침에 잠깐 비가 내리지 않았소."

다정한 음성에 울컥하는 걸 느꼈다. 사실, 권 승휘가 아무리 잘 대해 준다고 해도 사소한 것까지 신경을 써 주지는 못했다. 누가 한낱 궁녀의 치맛자락이 더러워지는 것을 걱정해 주겠는가. 같은 궁녀들끼리도 바쁜 일에 종종거리며 다니다 보면 치맛자락 따위는 신경을 쓸 수가 없었다. 말을 마치자마자, 진양대군은 손을 뻗어 내 치맛자락에 묻은 흙을 털어 주었다.

"유, 손이 더러워지잖아요!"

기쁘고 고맙기는 하였으나, 대군의 손에 흙이 묻은 것에 놀라 재빨리 그를 말렸지만 진양대군은 웃기만 할 뿐 멈추지 않았다. 그렇게 남색 빛의 치마가 제 빛을 찾고 나서야 진양대군은 다시 말을 꺼냈다.

"진흙은 묻지 않아 다행이오. 그랬다면 손으로 떨어 낼 수가 없었을 테니."

"……고마워요."

덧붙이고 싶은 말을 삼키며 그렇게만 말해 주었다. 진양대군은 아니라는 듯 고개를 저어 보이더니 사모(紗帽)를 벗어 내려놓았다.

"내 여인은 항상 저렇게 빛이 났으면 좋겠소."

그리고는 내 손을 잡아, 검지만 펴게 하더니 하늘을 가리켰다. 엉겁결에 그의 손과 함께 내가 가리키고 있는 쪽으로 시선을 옮겼다. 어스름한 하늘에 반짝이는 별이 두어 개 떠올라 있었다.

"비록 지금은 곁에 두고 보살펴 줄 수 없지만 최소한 내가 해 줄 수 있는 것은 하여 주고 싶어."

"……."

"그리고 그대가 어려워하거나 두려워하지 않았으면 좋겠소."

진양대군은 별을 가리키던 손을 거두어, 살며시 내 무릎 위에 올려놓으며 말했다. 나는 그의 눈을 응시하다, 포개어진 손을 바라보고 힘주어 잡았다. 뛰던 가슴은 아직도 진정되지 않아서 입을 열면 분명 떨려 나올 것이었지만 나는 말하기로 마음먹었다.

"그러지 않을게요."

천천히 다시 시선을 그와 마주쳤다. 따뜻하면서도 부드러운 그 눈길이 온전히 내 얼굴만을 담고 있다는 걸 알아서인지, 그의 말이 진심이라는 것을 다시 한 번 느낄 수 있었다.

"……저를 봐 주어서, 그리고 당신을 믿게 해 주어서 고마워요."

누구에게도 이런 보살핌을 받아 볼 수 있으리라곤 생각하지 못했다. 그리고 내가 누군가를 이토록 가슴 깊이 믿을 수 있을 거라곤 더더욱 생각지 못했다. 한 번도 겪어보지 못한 감정에 대한 두려움과 떨림이 이 순간에서 비로소 사라지는 것 같았다. 눈물이 나올 것 같아서 눈에 힘을 주어 깜빡거리는데, 진양대군이 나를 끌어당겨 품에 안았다.

"고된 일이 많을 것이란 걸 알아. 내게는 털어놓아도 좋소."

길지 않은 말이었지만, 토닥거려 주는 손길이 편안했다. 그의 품에 안겨 있으면 잊을 수 있을 것 같았다. 가끔씩 찾아오는 악몽도, 또 한 달에 두 번씩 순빈을 찾아가 권 승휘의 일을 고하여야 하는 긴장감과 죄책감도. 벗어날 수는 없겠지만 곁에서 나를 믿어 주고 안아 주는 사람이 있다면 한결 편할 것이란 확신이 들었다. 나는 눈을 감고 팔을 들어 그의 허리에 둘렀다. 그렇게 조금의 시간이 흐르고 나는 그의 품에서 빠져나왔다. 하지만 잡은 손은 그가 놓아 주지 않아, 씰룩대는 입꼬리를 숨기느라 애를 먹었다. 나는 그의 손을 잡고서 하늘에 뜬 별을 바라보며 나지막하게 말했다.

"오늘도 빈궁 마마께 가야 해요."

"항상 종학에 오는 이유가 그것 때문이오?"

"……네. 보름 간격으로 마마께 들르기로 되어 있어서요."

진양대군은 이유를 묻고 싶어 하는 얼굴이었지만, 내가 더 이상 말하지 않자 입을 다물었다. 오로지 내 말을 듣고 있다는 것을 상기시켜 주려 고개를 살짝 끄덕여 주기만 했다. 나는 가슴 속에 묻어 둔 죄책감을 그에게 조금 꺼내보였다. 미래를 알고 있으면서 해답을 찾지 못하는 나를 원망하면서.

"그런데, 빈궁 마마께 갈 때마다 자괴감이 들어요. 궁녀로서 이래도 되는 걸까 싶어서."

"자괴감이라니."

"처음엔 저하의 궁녀였다가, 후엔 빈궁 마마의 궁녀로. 또 이번엔 백련각 마마의 궁녀로 살고 있는데, 누구의 명을 우선으로 받들어야 할지 모르겠어요. 이치를 따지자면 저하의 말씀을 우선으로 해야겠지만, 최근에 저하께 받은 명은 백련각으로 가라고 하신 것밖에 없으니까."

"그렇다면 빈궁 마마의 말씀을 따라야지."

"……따르면서도, 걱정이 돼요."

부드럽게 받아 주는 그의 말에 나는 풀이 죽어서 중얼거렸다. 역시 그래야 하는 것이 원칙이라고 진양대군마저도 생각하고 있었다. 하지만…….

"당신도 알고 있잖아요. ……전에 제게 말해 주셨던 것처럼."

더 이상은 말할 수가 없었다. 어떻게 순빈이 세자의 여인을 죽도록 미워하고, 아이를 끔찍해한다는 걸 입 밖에 낼 수가 있겠는가. 진양대군을 믿지 않는 것은 아니었지만 입 밖에 그 사실을 내는 순간 바로 닥쳐올 사실이 될 것 같아서 두려웠다. 그래서 전말을 알고 있는 진양대군에게 답을 듣고 싶었다.

"처음에 입궁할 때, 들었던 것이 있지 않소?"

진양대군의 말에 나는 머릿속을 더듬어 기억해내 보려고 했다. 들었던 것? 무슨 말을 들었더라.

"그대는 생과방 궁녀로 입궁하였을 터이니, 최 상궁에게 들었겠군."

"......아."

그가 말하고자 한 것이 무엇인지 깨달았다. 대충 알고 있는 걸로 대답했던 것이 어느 정도 정답에 근접했던 터라, 너무나도 당연한 것으로 여겨 버리고 말았던 그것.

─네가 모셔야 하는 주인은 딱 한 명일 것이야. 배속된 전(殿)의 주인. 그분을 위해 살신성인하여야 하는 것이 궁인의 의무다.

그렇다면, 권 승휘여야만 할 것이다. 어쩌면 너무나도 당연한 결론일지도 몰랐다. 하지만 나는 마지막 남은 질문이 있었다. 제일 무겁고, 강하게 남아 있는 마지막 질문이.

"그럼…… 그 말씀을 따르면서도 의무는 행할 수 있는 걸까요?"

나는 알고 있었다. 순빈은 곧 몰락할 것이고, 승자는 권 승휘다. 훗날 왕이 될 아들을 낳고, 왕후로까지 추존되는 여인이 그녀다. 하지만 승자가 되는 인물이 그녀라 하더라도, 순빈의 아픔을 외면해 버릴 수만은 없어서 혼란스러웠다. 그래서 옳지 않은 일이라는 걸 알면서도 계속 종학에 드나들어 사실을 고했던 것이다. 나는 진양대군에게 매달리듯 물었다. 순빈의 명령을 따르면서도 권 승휘를 모셔도 되는 것이냐고. 훗날의 안위를 위하고 싶은 이기적인 마음과 함께 나를 아껴 주었던 두 여인 모두를 배신하고 싶지 않아 그렇게 물었다.

"당연히 그렇소."

한 치의 흔들림 없는 그의 대답이 들리는 순간 나는 안도하는 마음에 울컥했다. 선문답 같은 말에도 그는 내 생각을 꿰뚫어 보듯 이해해 주었다. 혹시나 그의 생각이 내 것과 완전히 같지는 않다고 해도 이 정도면 됐다. 이 정도만이라도 나는 혼자서 앓아 오던 고민을 누군가가 깊이 생각해 내게 답을 알려주기만을 바라 왔었다. 억지로 눈물이 솟아오르려는 것을 참아 내고, 미소를 지으며 대답했다.

"감사해요."

"별 것도 아닌 것을."

진양대군은 어깨를 으쓱해 보이더니, 마주 웃어 주었다. 나는 그의 웃음을 바라보면서 나중에 순빈과 만나 어떤 태도를 가져야 할지를 다시금 되새겨 보았다. 그 말을 하고 나서 진양대군은 잡고 있던 손을 놓더니, 일어나서 내려놓았던 사모를 다시 집어서 썼다. 나는 손을 옮겨 다시 무릎 위에 올려놓고, 매무새를 단장하는 그를 물끄러미 쳐다보며 물었다.

"저하께 가 보셔야 하는 거죠?"

"그렇소."

옥대(玉帶)를 추슬러 제자리에 놓고, 진양대군은 대답하면서 다시 꽃담 위에 걸터앉았다. 나도 곧 가 봐야 했다. 해가 완전히 지기 전에는 백련각으로 돌아가 보아야 했으니. 권 승휘가 아무리 눈치를 채고 있고, 눈 감아 주고 있다고는 하나 다른 상궁이나 궁녀들의 눈에는 어찌 보일지 모르는 일이었으니까. 짧은 해후(邂逅)가 아쉽기만 했다. 그런데 진양대군이 갑자기 물어왔다.

"그런데, 그 소매에 든 것은 무엇이오?"

"예?"

호기심 가득한 그 물음에 갑자기 정신이 퍼뜩 들었다. 까맣게 잊고 있었다. 소맷자락 안에 넣어둔 리코더! 솜옷을 입고 있는 것도 아니니, 진양대군을 껴안았을 때 분명 느꼈을 것이다. 뭔가가 소매 안에 들어있다는 걸.

"딱딱한 것이 소맷자락에서 느껴지던데. 그대가 나를 어찌나 힘을 주어 껴안던지, 느끼지 못할 수가 없었소."

"그, 그게……."

어디다 숨겨두고 올 것을 그랬다. 늦을까 봐 애타는 마음에 그냥 와 버린 게 잘못이었다. 차라리 무수리한테 들켜서 변명하는 것이 낫지, 진양대군에게 둘러대면 믿어 줄지 확신이 서지 않았다. 그러나 내 손은 이미 그에게 잡혀 있었고, 빠져나갈 구멍이 보이지 않았다. 당황스러워서 핑계거리도 생각나지 않았다. 어차피 위험한 물건처럼 보이지도 않을 테니…… 차라리 나는 최대한 비슷한 말로 꾸며대기로 했다.

"피, 피리예요."

"피리?"

소맷자락에서 삐져나온 흰색 이음새 부분이 드러나 있는 통에, 꺼내어 보여 줄 수밖에 없었다. 검고 하얀 리코더를 꺼내어 그에게 보여주자, 진양대군은 눈썹 한 쪽을 치켜 올리며 흥미로운 눈길로 바라보았다.

"확실히 피리 같기는 하구려. 구멍도 여덟 개고."

"그렇죠?"

속아 넘길 수 있을 것 같아서, 진땀이 흐르는 게 느껴졌지만 맞장구를 쳤다. 하지만 진양대군은 손을 뻗어 그것을 받아들고 이리저리 살펴보더니 말했다.

"그런데 한 번도 본 적이 없는 종류요. 내 비록 저하와 주상전하께는 미치지 못하는 실력이지만, 그래도 음률에 관해서는 꽤 안다고 자부하고 있거든."

"아……."

"어디서 난 것이오?"

몹시도 신기한 기색이었다. 피리와 비슷한 구석도 있었지만 확연히 다른 생김새에, 플라스틱이었으니 매끄러운 촉감 또한 생경할 터였다. 나는 아무 말이나 주워섬겼다.

"가보(家寶)예요."

"가보? 윤 씨 가문에서 내려오는 가보란 말이오?"

"아, 아니 그게…… 윤 씨 집안 것은 아니고요. 제 어머니께서 주신 거예요."

"아아."

글을 쓸 때나 책을 읽을 때와는 달리 눈이 빛나는 것이, 음률에 관심이 많다는 것은 진짜인 듯싶었다. 그렇다면 혹시나 집으로 돌아가서 서연에게 넌지시 물어볼지도 모른다는 데 생각이 미쳐서 나는 엉겁결에 둘러댔다. 그러자 다행히도 진양대군은 믿는 눈치였다.

"그렇구려. 확실히 가보라 할 만큼 특이한 것처럼 보여."

"백련각이 요즘 소제를 열심히 하는 터라 정신이 없어서…… 두고 온다는 것을 깜빡했어요."

궁색하게 변명을 덧붙이며 돌려받으려고 손을 뻗었지만, 진양대군은 내 손을 피해 리코더를 다른 손으로 옮겨 쥐었다. 황당한 얼굴로 그를 올려다보자, 진양대군은 장난기가 서린 목소리로 말했다.

"이 피리의 소리를 들어 보고 싶소."

"예? 소리를, 지금요?"

지금 여기서 리코더 연주를 하라는 건가? 장난인 줄 알았는데, 손을 뻗을 때마다 내 손이 닿지 않을 정도의 높이까지 치켜드는 것을 보며 그의 말이 진짜라는 걸 알았다. 망설이는 내 얼굴의 표정을 읽었는지, 진양대군이 말했다.

"잘 못하여도 좋소. 단지 듣고 싶을 뿐이니."

"오랫동안 놓고 있었던 것이라, 연주를 할 수 있을지도 모르겠어요. 아주 오래 전에 해 보고 끝이었는걸요."

"그래도 듣고 싶어. 아마 궐에서도 이렇게 생긴 피리를 본 사람은 많지 않을 거요. 만져 보니 결이 매끄럽고 단단한 것이 재질도 아주 좋은 듯한데. 가보라 할 만하오."

플라스틱이니 당연히 나무로 만든 것보다는 촉감이 낫겠지. 하지만 가보라고 거짓말을 한 것은 조금 찔렸다. 동네 문구점에서 별로 비싼 값을 주고 산 것도 아닌 초보자용 소프라노 리코더일 뿐인걸. 그런 내 마음을 알 리 없는 진양대군은 내 두 손에 리코더를 다시 돌려 주었다.

"그리고 그대의 모습을 보아하니 이 피리를 꽁꽁 숨겨 두기만 했을 것이 뻔해. 이때가 아니면 또 언제 들어 보겠소?"

왕자답게 고아한 얼굴이라고 생각하기는 했지만, 저렇게 부탁을 해 오면서 짓고 있는 미소는 거부할 수 없을 정도로 매혹적이었다. 나는 얼떨결에 리코더를 손에 쥐고, 머릿속에 리듬을 떠올렸다. 내가 리코더로 연주했던 노래가 뭐더라.

"유, 그래도 듣고 나서 웃지는 말아요. 최대한 노력해서 연주하는 거니까."

"그러도록 하지."

신신당부까지 하여 놓고서야 나는 리코더를 입에 갖다 댔다. 아득하게 머릿속에 떠오르는 그 노래는 'You Raise Me Up'이었다. 어렴풋하기는 하였으나 그럭저럭 기억을 더듬어 손가락을 짚으면서 연주했다. 그러면서 깨달았다. 당신이 일으켜 주었기 때문에 당신이 내 옆에 와 앉을 때까지 이곳에서 고요히 기다린다는 그 가사가, 지금 진양대군과 나의 모습을 닮았다고.

"……어때요?"

음이 몇 번 틀려서 민망한 마음에 괜히 크게 물었다. 어차피 진양대군은 원곡을 모를 테니까 어디가 틀렸는지도 모를 텐데. 그런데 진양대군은 사뭇 진지한 표정으로 놀랄 만한 대답을 내어놓았다.

"음, 조금 음이 이탈한 부분이 있는 것 같기는 하지만 꽤 잘하였소."
"아, 아셨어요?"

잘난 척을 하는 것만은 아니었나 보다. 음률에 뛰어나다는 소리는 거짓이 아니었다는 듯, 진양대군은 고개를 끄덕이며 말했다.

"허나 무어라 표현해야 될지 모르겠소. 내가 들어 왔던 것과 확연히 다른 것이라. 곧게 가면서도 높낮이가 있고, 구성진 것이 마치 희로애락이 모두 담겨 있는 듯한 소리요. 삼죽(三竹)과는 정말 달라."

"그런가요? 저는 다른 피리의 소리를 들어 보지 못해서 잘 모르겠어요."

"언제고 시간이 허락된다면 꼭 들려주리다."

진양대군은 안심시키듯 내 머리를 쓰다듬어 주고 나서 손을 뻗어 내밀었다. 리코더를 한 손에 쥐고, 그의 손을 잡고 꽃담에서 일어나면서 나는 몰래 안도했다. 들켜서는 안 될 것이라고만 생각했는데, 다행히도 걱정할 만한 일은 일어나지 않았다. 그리고 다시 리코더를 소맷자락에 집어넣는데 진양대군이 말을 꺼냈다.

"그리고, 그대가 들려주었던 연주 역시 다시 듣고 싶소. 마음을 울리는 그 소리가 참으로 인상 깊어, 가능하다면 나도 배우고 싶거든."

"기회가 된다면…… 그렇게 할게요."

진심이었다. 당신이 있어서 위안이 된다는 가사처럼, 진양대군의 곁에 서라면 언제든 편안한 마음으로 있을 수 있으니 그 사실을 증명하는 것처럼 연주하고 싶었다. 입 밖으로 꺼내어 놓으면 스러질 것만 같아서, 음악이 대신 그를 이야기해 주길 바랐다.

"그럼 나는 이만 가 보겠소. 그대도 가 보시오."

"예."

"진흙에 발 디디지 않도록 조심하고."

"……당신도요."

아쉬운 인사를 하고 나서 사라지는 그를 배웅하고, 나는 그가 정돈해 준 치맛자락을 내려다보았다. 구김이 지기는 하였으나 아침부터 종종거리고 다닌 것치고는 깨끗했다. 괜히 그의 손이 닿았던 곳에 손을 대어 먼지를 털어 보고, 나는 소맷자락에서 리코더를 꺼냈다. 그리고 다시 한 번 리코더를 불어 보고서야 겨우 걸음을 옮겼다. 이제는 순빈을 마주쳐야 할 시간이었다.

* * *

진양대군은 누각(樓閣)으로 걸음을 옮겼다. 섬돌에 신을 벗고 올라서자, 여러 왕자들의 눈이 그에게 쏠렸다.

"진양 형님! 오시었군요."

"안 오시는 줄 알았습니다."

광평대군 이여(李璵)와 금성대군 이유(李瑜)가 진양대군에게 달려들며 외쳤다. 여덟아홉의 나이차이가 나는 동생들을 차례로 떼어놓으며 진양대군은 나아가, 세자에게 인사를 올렸다.

"늦었습니다, 저하."

"괜찮다. 앉거라."

자애로운 미소를 지어 보이며 세자는 자리를 권했다. 어린 동생들을 좌우에 끼고, 진양대군은 가운데자리에 앉아 서탁을 사이에 두고 세자를 마주했다. 부왕이 내려준 과제를 논의하러 들른 것이라, 이미 주위는 종이와 서책들로 어질러져 있었다. 붓을 잡고 무언가를 써내려가기에 골몰하고 있는 세자는 그를 치워 보일 생각이 없는 것 같아서, 진양대군은 잠자코 종이들을 주워 정리했다. 형이 하는 것을 바라보고 있던 광평대군과 금성대군도 따라서 정리를 도왔다. 그런데 두 동생의 장난치기를 그만두지 않고 깔깔대는 소리를 들으며 웃음을 짓고 있던 진양대군은 여섯째 왕자의 입에서 튀어나온 소리에 굳을 수밖에 없었다.

"그런데 진양 형님, 형님도 들으셨습니까? 아까 이상한 곡조 소리가 들리던데요."

"······곡조 소리?"

"예! 저희 모두 들었는걸요. 그런데 한 번도 들어 보지 못한 아주 요상한 소리였습니다."

"맞아요. 저도 들었습니다, 형님."

광평대군마저도 손을 멈추고 사뭇 진지한 목소리로 대답했다. 진양대군은 뜨끔한 표정을 들키지 않으려 노력하며 세자를 바라봤다.

"나도 들었다. 대금이나 중금, 소금 소리도 아니고, 설령 그렇다 한들 누가 종학에서 간 크게 피리를 불어 대겠느냐? 대체 무슨 소리였을꼬."

"······."

"형님, 형님도 들으셨습니까?"

옷깃을 잡고 흔드는 금성대군을 내려다보며 진양대군은 식은땀을 흘렸다. 무어라고 대답해야 하나.

"아, 아니. 나는 듣지 못하였다."

"정말이냐?"

그의 말에 세자는 놀란 기색을 숨기지 않으며 되물었다. 언제나 온화하고 흔들림 없이 강건하던 세자였던 터라, 그 모습에 두 동생은 물론 진양대군마저 깜짝 놀랐다. 하지만 세자는 그런 것에 아랑곳하지 않고 몹시 놀란 듯이 말을 이었다.

"그럼 누구란 말이냐? 우리 모두 들었는데, 네가 듣지 못하였다니 ……."

"귀신의 소리일 것입니다."

"헉!"

두 동생의 반응을 기대하면서 진양대군은 아무렇지 않게 말하고, 정리한 종이들을 서탁 위에 올려놨다. 역시 기대에 부응하듯이 광평대군과 금성대군은 놀라서 동그래진 눈으로 서로를 쳐다봤다. 그런데 갑자기 다시 서담이 들려주었던 그 연주소리가 들려왔다. 진양대군은 놀라면서도 기쁜 마음으로 그것을 들었다. 그런데 연주가 끝나고 나자 세자의 표정이 눈에 띄게 굳은 것이 보였다. 심각해 보이는 얼굴이었다. 진양대군은 새어나오려는 웃음을 삼켰다. 금성대군이 진양대군의 옷깃을 놓지 않은 채로 물었다.

"지, 진양 형님. 방금은 들으셨지요?"

"그래, 들었다."

이번에는 세자가 애써 침착한 목소리로 물었다.

"어찌 귀신이란 걸 아느냐?"

"저하께서도 아시다시피 이 아우는 피리 부는 데에 재주가 있는 데도, 저 정도의 연주는 하지 못합니다. 저 소리는 어지럽지 않고 떨리는 것도 더디지 않습니다. 이는 아마 전하의 치세를 보고 탄복하여, 와서 섬기고자 하는 귀신일 것입니다."

진양대군의 말에 광평대군이 사색이 된 얼굴로 조그맣게 중얼거렸다.

"그렇다고 한다면 귀신이 어찌 궁궐처럼 정대(正大)한 데를 범한단 말입니까? 여기는 저하께서 계신 곳인데요."

"요귀가 간혹 사람에게 의지하여 다니기도 한단다. 지난 갑인년 여름에 전하께서 헌릉에 제사하실 때를 기억하지? 귀신불이 밤나무 언덕에 보인 적이 있었다. 헌데 이날 비가 내렸고 영응대군이 출생하지 않았느냐. 그러니 귀신이 나타난다고 해서 꼭 나쁜 일만은 아니라 좋은 징조일 수도 있는 것이다."

그제야 어린 두 왕자는 납득한 듯 고개를 끄덕였지만, 겁먹은 듯한 표정은 지워지지 않았다. 진양대군은 입술을 깨물어 웃음을 참으면서 자신의 형을 바라봤다. 그는 일국의 세자답게 허리를 곧게 펴고 앉아서 수염을 쓰다듬고 있으나 흔들리는 눈빛은 숨길 수가 없었다. 진양대군은 세자의 얼굴을 보면서 허벅지를 꼬집어 겨우 웃음을 참아냈다. 조금만 있으면 광평대군과 금성대군에 의해서 온 궐 안에 귀신의 소문이 퍼지리라.

'이제 서담의 연주는 나 말고 아무도 즐길 수가 없겠지.'

뿌듯한 웃음이 어느새 진양대군의 입가에 서렸다.

* * *

"이것이…… 무엇이옵니까?"

나는 순빈이 내어놓은 흰 꾸러미를 바라보며 물었다. 한껏 공손하게 물었으나, 사실은 속내가 들킬까 두려웠다. 나와 순빈 사이에 앉은 큰 쌍이는, 순빈의 눈치를 힐끗 살피더니 그 꾸러미를 얼른 내 쪽으로 밀어놓으며 말했다.

"마마께서 주신 것인데, 뭘 그리 캐물어?"

"괜찮다."

내게 핀잔을 주려던 찰나, 순빈이 손을 들어 저지했다. 큰 쌍이는 찔끔해서 입을 다물었다. 순빈의 붉은 입술이 부드러운 호선을 그렸으나 그 미소가 주는 느낌은 불안하기 그지없었다.

"백련각을 위해 내리는 것이니라."

 "……."

 "내 특별히 사가에 부탁하여 들여오기까지 하였다. 저하의 아이는 곧 내 아이일 터. 어찌 어미된 자로서 뒷짐만 지고 있겠느냐? 하여 준비하였으니, 가져가거라."

 옥가락지를 낀 희고 가녀린 손이 새끼줄로 엮인 꾸러미를 내 앞으로 밀었다. 그것이 코앞에 다가와서야, 코끝에 풍기는 은은한 향을 맡을 수 있었다. 순빈이 내민 것은 약 꾸러미였다. 하는 수 없이 받아들였으나 챙겨드는 손이 떨렸다.

 "……망극하옵니다, 빈궁 마마."

 수상했다. 분명 후궁이 낳는 아이가 정실인 세자빈의 아이가 되는 것은 맞았지만, 내가 아는 순빈은 절대 그렇게 생각하고 있지 않았다. 눈물짓고 입술을 짓씹으며 형형한 눈길로 분노 섞인 음성을 내뱉는 것이 익숙한 그녀의 모습이었다. 아무리 보름 전의 그녀가 권 승휘에 대한 관심이 줄어든 것처럼 보였다 하더라도 이런 상황이 닥쳐올 것이라곤 생각도 해 본 적이 없었다. 내 말을 들은 순빈은 한껏 끌어올린 입꼬리를 유지한 채, 손을 들어 머리에 매달린 화려한 떨잠을 정돈했다.

 "그래. 허면 이만 가 보거라."

 "……예, 마마."

 하지만 너무나도 당연하고 모범적인 어머니의 상(像)을 보여주고 있는 순빈에게, 무슨 꿍꿍이로 이것을 주느냐 말을 할 수는 없었다. 나는 고개를 조아리고 그 꾸러미를 손에 든 채 물러나왔다. 그런데 큰 쌍이도 나를 뒤따라 나와 문을 닫는 것이었다. 그녀는 나를 돌아보지도 않은 채 지나쳐서 전각을 나갔다. 황급히 신을 꿰어 신고 그녀를 뒤따라가 붙잡았다.

"쌍아!"
"뭐야?"

심드렁하게 묻는 그녀의 옷자락을 잡아챘다. 껑충하게 큰 그녀의 얼굴을 찬찬히 뜯어보았지만 뭔가를 알아내지는 못했다. 무슨 말을 어떻게 물어야 할지도 고민됐지만, 물어본다고 해서 그녀의 속내를 대답해 줄 가능성은 적었다. 큰 쌍이 역시도 그녀의 진실한 충복일 테니까. 그러나 부딪혀 볼 생각조차 않을 순 없었다.

"이거, 마마께서 왜 주시는 거야? 그것도 사가에서 마련해 오시기까지 하셨다니. 내의원에 부탁하여도 될 일이잖아."

"그거야 네가 상관할 일은 아니지."

큰 쌍이는 묘한 비웃음을 입가에 매달았다. 팔짱을 끼며 나를 내려다 보는 눈빛에는 우월감 비슷한 것이 서려있었다.

"아까 마마께서 말씀하셨잖아. 태어날 아기씨는 마마의 아이이니 순산을 위해 기원하시는 것이 아니겠어? 사가에 부탁한 것은 그 성의를 표하고자 한 것이고. 본곁에서 가문 대대로 찾는 의원에게 특별히 부탁하여 제조해 온 거야."

"……그래서, 이 약은 뭔데?"

큰 목소리로 비아냥거리기까지 하는 어조에, 마음 같아서는 독이라도 든 것이 아니냐고 소리쳐 묻고 싶었다. 하지만 주위에서 우리를 힐끗거리는 궁녀들이 대화를 듣고 있었고, 더구나 큰 쌍이는 순빈이 아끼는 본방나인이었다. 아무리 안면이 있다 하나 나에게, 그리고 권 승휘에게는 절대 호의적인 인물이 아니었기 때문에 곧이곧대로 내뱉을 수는 없어 겨우 그것만을 물었다. 큰 쌍이는 끼었던 팔짱을 풀며 시선을 다른 곳으로 돌렸다. 그리고 말했다.

"여인에게 좋은 약이야."

"……."

"의심된다면 어의를 불러 물어 봐. 표정을 보아하니 독이라도 탄 것이 아닐까 생각하고 있는 것 같군. 하지만 빈궁 마마께서 내리신 것을 알면서 다시 확인해 달라고 하면 권 승휘의 평판이 어떻게 될까?"

한낱 궁녀가 품계를 받은 후궁을 대하는 태도라고 보기에는 무엄한 것이었다. 하지만 그녀의 말이 정곡을 찔렀기에 온 신경이 집중되었다. 백련각에 가져가기 전에 어의에게 은밀히 물어보려 했던 것이 여의치 않게 된 것이다. 일리가 있었다. 겉으로는 한없이 자애로운 세자빈으로서의 모습을 꾸미고 있는 순빈이다. 그런 그녀가 내린 약을 따로 검사해 달라고 한다면 내의원에서도 말이 돌 수밖에 없을 것이었다. 하지만 아무리 권 승휘가 아니꼽고 증오스러워도, 훤히 눈에 보이는 수를 쓸 리는 없었다. 무슨 속셈이 숨어 있는 건지 도무지 짐작이 되지 않아서 답답했다.

"빈궁 마마께서는 요즈음 세자 저하와도 사이가 다시 좋아지셨어. 아무래도 눈에서 멀어지니 마음도 멀어지신 모양이지, 저하께서는. 그러니 마마께서도 마음이 편안해지시어 아랫것을 돌볼 마음이 생기신 것이 아니겠어?"

"……무슨 말이야?"

"권 승휘가 아이를 가져서 거동도 불편하고 종학으로 올 지위도 아니니. 저하께서 한 여인만 바라보는 분도 아니시란 건 잘 알잖아? 이제 우리 마마께도 기회가 온 거라고."

확실히 세자의 눈길이 권 승휘에게만 꽂혀있지 않은 것은 사실이었다. 물론 권 승휘를 박대하거나 한 것은 아니었으나, 세자는 바쁘기도 했고 몸이 무거운 그녀를 살뜰히 보살펴 주는 성격도 아니었다. 그는 태어날 아이를 위해 이것저것 챙기라는 지시는 내렸으나, 정무로 인해 지친 마음을 달래어 줄 여인들을 항시 가까이 했다. 다시금 홍 승휘가 총애를 받기 시작했다는 소문이 간간히 들려오기도 했으니, 큰 쌍이의 말이 아예 허무맹랑한 소리는 아닐 터였다. 세종과 소헌왕후가 세자 부부의 일에 큰 관심을 쏟고 있는 것을 알고 있는 상황에서, 효자인 세자로서는 순빈을 아예 밀어내기만 할 수는 없을 터였다.

"어차피 권 승휘는 과실을 즐겨 찾는 모습을 보니, 현주(縣主)를 배태한 것이 분명해. 세손도 아닐 텐데 마마께서 왜 독약 따위를 보내겠어? 마마께서는 이미 지금 그 자체로도 고귀하신 분인데."

권 승휘가 훗날 경혜공주로 불리는 딸을 낳게 된다는 것을 알고 있었기 때문에 큰 쌍이의 말에 반박할 만한 말이 떠오르지 않았다. 물론 호의적이지 않은 태도가 문제기는 하였으나 저렇게까지 말할 정도면 정말 독약을 넣은 것 같지는 않았다. 나는 일단 여기서 물러나기로 했다. 이 대화마저도 그녀가 순빈에게 고해바친다면 권 승휘에게는 좋을 것이 없었다.

"그걸 어디다 내버리거나 할 생각은 하지 않는 게 좋을 거야."

끝까지 쌍이는 적대적인 모습을 지우지 않은 채 경고까지 하고서는 총총히 사라졌다. 나는 약 꾸러미에 매인 새끼줄을 힘주어 잡았다. 아무래도 이걸 섣불리 권 승휘에게 권하는 것은 현명한 처사가 아닐 것 같았다.

* * *

권 승휘는 마지막 한 방울까지도 남김없이 마신 뒤에 그릇을 내려놓았다. 내가 내민 손수건을 받아 입가를 닦고 난 후 되돌려 주면서 그녀는 입을 열었다.

"뭐 하고 싶은 말이 있는가?"

부른 배를 한 손으로 쓰다듬는 모습에서 아이에 대한 애정이 묻어났다. 권 승휘의 유달리 과일을 즐겨 먹는 식성은 더욱 동하여, 복숭아가 더 이상 나지 않는 가을이 온 지금에도 끊임없이 다른 것들을 찾았다. 덕분에 나는 끼니 사이마다 여러 과일들로 만든 음식을 내놓는 중이었다. 가을 과일 중에서 그녀가 제일 좋아하는 배로 만든 음료인 향설고는 자주 먹으면 배탈이 나기 때문에 가끔씩만 올렸는데, 오늘이 그것을 맛보는 날이어서 권 승휘는 매우 기분이 좋은 상태였다. 나는 아무렇지 않게 보이려 애쓰면서 그릇을 쟁반에 챙기고 입을 열었다.

"마마, 괜찮으시다면 혹시 오늘은 조금 일찍 침수에 드실 수 있으신지요?"

"갑자기 그것이 무슨 소리인가?"

영문을 모르겠다는 표정을 한 권 승휘는 기분이 나쁜 것 같지는 않아 보였다. 배가 많이 불러서 이제는 눕는 것도 힘겨웠기에 낮잠을 즐기는 것도 그만둔 터라, 안 그래도 잠드는 시간이 빨라졌기는 했다. 그러나 백련각의 궁녀로서, 오늘은 더욱 그녀가 일찍 잠들 필요가 있었다. 권 승휘가 잠든 후에야 비로소 그녀를 모시는 궁녀들은 자유로이 시간을 쓸 수 있었으니까.

"마마께 부탁드리고픈 것이 있어서 그러하옵니다."

"대체 무엇이기에 이리도 뜸을 들이는 건가."

"사실...... 오늘이 제 어머니의 제삿날인데, 묘에 찾아가보고 싶어 이렇게 여쭈는 것입니다, 마마."

곧 있으면 추석이었다. 한가위에 종묘에 제사지낼 준비를 하는 왕실을 보아왔으니 권 승휘도 공감할 터였다. 한번 입궁하여 다시는 나갈 수 없는 것이 궁궐 여인의 삶이고, 그것은 궁녀든 후궁이든 마찬가지였으니까. 가뜩이나 예민해진 권 승휘가 출궁을 눈감아 줄 만한 핑계가 필요했다.

"세상에......"

예상대로 그녀는 곧 큰 눈망울에 글썽거리는 눈물방울을 매달았다. 권 승휘 역시 곧 어머니가 될 사람이었으니 모친의 제사라는 단어에 더 깊이 공감할 것이 분명할 거라는 추측이 들어맞은 것 같았다.
　"그러면, 자네는 입궁한 뒤로 한 번도 어미의 제사를 못 모셨다는 말인가?"
　"……예, 마마."
　"내 그런 것은 헤아리지도 못하였네."
　"하여, 제사상까지는 거하게 차리지 못하겠지만 가서 뵙기라도 하였으면 합니다. 벌써 다섯 해가 넘어가는지라……."
　"알았네."
　조심스레 눈치를 살피며 말을 꺼내놓았는데, 권 승휘는 단칼에 승낙을 해 주었다. 이윽고 창밖을 바라보고 시간을 가늠하기까지 했다.
　"조금 있으면 해가 지겠구먼. 어차피 내 수발들 것은 모두 끝났으니 자네가 더 수고할 필요도 없어. 얼른 다녀오게."
　"감사합니다, 마마."
　"아닐세. 여태까지 생각해 주지도 못하여 미안할 뿐인 것을. 내 힘이 없어 챙겨줄 것도 없네. 해 줄 수 있는 것이라면 당연히 해 주어야지."
　곱게 웃으며 그녀는 얼른 물러가라 손짓까지 했다. 나는 울컥하는 마음에 얼른 고개를 숙이고 쟁반을 들고 물러나왔다. 이미 편하게 의대마저 침의(寢衣)로 갈아입은 권 승휘는 곧 등잔의 불을 꺼 버렸다. 문 밖에서 그것을 바라보면서 나는 내 행동이 잘못되지만은 않았다는 걸 다시 상기했다.
　순빈이 아무리 세자와 다시 가까워지고, 다른 궁녀들에게 마음을 주게 된다고 하더라도 아직까지 권 승휘에 대한 마음이 호의적이라고 판단할 수는 없었다. 더구나 아직 권 승휘의 아이가 태어나지도 않았고, 딸이란 것도 심증에 불과하니 말이다. 순빈의 사연은 분명 안타깝고 안쓰럽지만 온전히 믿을 수는 없다. 한때 나를 아껴 주었던 사람이라고 해도. 가슴속에 피어올라 있는 죄책감을 덜어낼 수 있는 방법으로 나는 그걸 되새겼다. 그리고 방금 전의 권 승휘의 마음도. 저렇게 남을 생각해 주고 착하기만 한 여인을 당하게만 할 수는 없었다. 더구나 남편인 세자에게마저도 말을 할 수 없는 상황이라면 더더욱.

나는 꼬리를 물고 이어지던 생각을 애써 지워내 버린 후에, 방 안에 숨겨두었던 약 꾸러미를 살며시 챙겨들었다. 그리고 초저녁부터 코를 골고 잠들어 있는 박 상궁을 다시 한 번 확인하고는, 농을 뒤져 그녀의 삿갓과 너울을 꺼낸 후 빠져나왔다. 아직 완전히 해가 떨어지지는 않은 터라 얼른 나갔다 오면 가능할 것 같았다. 순라군(巡邏軍)은 2경이나 되어야 돌아다닐 테니까.

수문장(守門將)들은 빈궁전의 나인이라는 말에 별 의심 없이 문을 열어 주었다. 지밀나인의 복색을 보더니, 세자빈의 사가에 가느냐고 묻기까지 하였다. 오늘도 궁인을 보내다니 대단하다는 말을 저희들끼리 수군거리는 것이 들려왔으나 붙잡지는 않았기 때문에 얼른 걸음을 옮겼다. 내가 둘러댄 것을 들킬까 봐 걱정되기는 했지만 말을 들어 보니 의심될 만한 행동은 아닌 것 같았다. 순빈이 무슨 이유로 계속 궁녀들을 내보냈는지 궁금했지만 우선은 급한 일부터 처리하기로 했다. 나는 소맷자락에서 약 꾸러미를 꺼내 품에 끌어안았다. 그런데…….

"나오기는 했는데, 어디로 가야 하지?"

누구에게 물어보기라도 해야 할까? 얼굴을 가리려고 너울까지 챙겨 온 마당에 아무나 붙잡고 물어본다고 해서 대답을 들을 수 있을 것 같지 않았다. 게다가 빈궁전 나인들이 여러 번 나갔다 하니, 수문장의 시선이 아직 닿는 곳에서 길을 묻는 모습을 보일 순 없었다. 대충 기억을 더듬어 보면, 여기는 경복궁 쪽이니 시전(市廛)이 멀지는 않을 것이다. 어쩌면 종로 쪽으로 가 보면 찾을 수 있을지도 몰라. 저 시간에서는 버스를 타고 다니며 항상 보아왔던 익숙한 길이었지만, 이 시간에서는 건물들이 빼곡히 들어찬 도심 한복판이 아니라서 어색하기만 했다. 그래도 뒤에서 느껴지는 병사들의 시선을 못 이겨, 방향은 맞을 거라는 생각으로 망설여지는 걸음을 떼었다.

그렇게 사람들이 가는 쪽으로 무작정 걸음을 옮겼을 때였다. 어쩐지 점점 사람들은 줄어들고, 날은 어둑해지고 있었다. 품에 안은 약 꾸러미와 삿갓, 너울을 더욱 힘주어 안았다. 아무래도 이대로 가다간 길을 잃을 것 같으니, 이상하게 보이더라도 길을 물어보는 것이 나을 터였다. 마침 이쯤이면 병사들의 눈길에서도 벗어날 정도고 말이다. 그렇게 마음을 먹고, 앞서 가는 어떤 남자를 붙잡으려고 걸음을 빨리했다.

"저기……!"

그런데 갑자기 품에서 삿갓과 너울이 떨어졌다. 급한 마음에 그것을 주워들려는데, 누군가의 손길이 먼저 닿았다. 누구인지 쳐다보려던 찰나, 그 사람이 주워든 너울을 내게 덮어씌웠다.

"뭐, 뭐야?"

희미하게 앞이 비쳐 보이는 너울 때문에 잘 보이지 않아서, 걷어 올려 얼굴을 확인하려는데 그 손이 다시 다가와 삿갓을 깊숙이 눌렀다. 캄캄한 눈앞에 덜컥 겁이 났다.

"누구세요!"

한 손에는 약 꾸러미를 들고, 나머지 한 손으로 황급히 너울을 더듬으면서도 뒤로 물러섰다. 궁궐 안에서만 살던 터라 너무 안일하게 생각했던 걸까? 아니면 조선시대에 불한당이 있을 거라고는 생각지도 못해서 그런 걸지도 모른다. 나는 겁에 질린 티를 내지 않으려고 노력하면서 급하게 너울을 벗어던졌다.

"대, 대체 누구시기에 남의 삿갓을……!"

"치한이나 도둑은 아니니 걱정 마시오."

산적같이 덩치가 큰 괴한이 서 있어도 놀라지 않으리라고 거듭 다짐하면서 내뱉은 말이 쏙 들어갔다. 귓가에 들려오는 목소리처럼 너무도 익숙한 모습의 그가 보였다.

"궁 밖에는 웬일이오? 더구나 해가 거의 져 가는 시간에. 수상한데."

"……유."

진양대군이 빙긋이 웃음을 짓고 내 앞에서 서 있었다.

잔뜩 긴장했던 마음이 놓이며 나도 모르게 다리가 풀려서 주저앉았다. 나동그라진 약 꾸러미와 삿갓 따위는 주울 생각조차 하지 못했다. 진양대군이 내게 달려와 일으켜 주며 황급히 말했다.

"왜, 왜 이러오?"

"놀랐잖아요!"

그의 팔을 잡고 일어나며 톡 내쏘았다. 하지만 말과 달리 속마음은 안도감으로 가득했다. 진양대군이 있다니. 정말 다행이었다.

"어두워져서 안 그래도 긴장하고 있었는데, 불한당인 줄 알았어요."

"그리 놀랄 줄은 몰랐소. 미안하오."

떨어진 물건들을 주워서 건네주며 즉각 사과를 해 오는 그의 표정이 굉장히 미안해 보여서, 나는 더 이상 화난 체를 할 수 없었다.

"……괜찮아요. 그보다, 어떻게 여기 계신 거예요?"

"종학에서 강론을 마치고 중궁전에 들렀다 담소를 나누었는데, 어느새 시간이 이리 되지 않았겠소."

그는 몇 발짝 떨어진 곳에 있는 말 한 필을 가리키며 말했다.

"명례궁으로 가려는데, 어디서 많이 본 여인의 뒤태가 보여 몰래 따라

왔지."

"모…… 몰래?"

나름 조심하여 나왔다고 생각했는데, 언제 뒤를 밟혔지? 당황하여 말을 더듬는데, 진양대군은 빙그레 웃으며 무엇이 잘못되었냐는 듯 고개를 끄덕였다.

"그대를 알아보지 못할 리가 있나."

"그러셨군요."

"차린 모양새를 보니 작정하고 나온 것 같은데. 헌데 그대는 도성 지리도 잘 모르잖소?"

꿰뚫어보는 그의 말에 이번에는 내가 고개를 끄덕였다. 그의 입장에서는 내가 윤 대감댁 여식으로 자라났다는 걸 알고 있으니 당연히 예측할 수 있었던 것이었다.

"그런데 정말 왜 나온 거요? 백련각 마마의 심부름이라면 다른 나인이나 상궁을 시켜도 되었을 텐데."

"저, 그게……."

나는 그에게 무어라 말을 해야 할지 몰라 망설였다. 어디서부터 어디까지, 어느 정도로 알려 주어도 되는 걸까? 새끼줄을 쥔 손에 힘이 들어갔다. 내가 결정할 수 있는 것이 아니었다. 궁중 여인들의 암투라는 것은 차치하고서라도, 그는 역사의 흐름에서 막대한 위치를 차지하고 있는 사람이었다. 내 사소한 행동이 어떤 결과를 가져올지 예상조차 할 수 없었다.

"내게 말하기 꺼려지는 것이오?"

"……."

"말을 잇지 못하는 것은 나를 믿지 못해서요, 아니면 말하면 안 되는 것이라서요?"

진양대군은 내 얼굴을 보더니 찬찬히 물어왔다. 보통 사람이라면 기분 나쁠 법도 했다. 정인으로 대해달라며 자신에게 갖추어야 할 예우마저 거두어 주었는데 나는 조그만 것이라도 알려 주지 않고 있으니까. 하지만 그는 전혀 그런 태도를 보이지 않았다. 웃음을 짓지는 않았지만 사뭇 진지한 저 표정은 정말로 두 가지 이유 중 내 마음이 무엇인지를 묻고 있는 것이었다.
 "말해도 되는지 몰라서예요."
 "그렇다면 됐소. 묻지 않을 테니."
 "유……."
 "내 데려다 주겠소."
 진양대군은 더 캐묻지 않았다. 내 대답을 듣자마자 그는 단호하게 말하더니, 휘파람을 불어 세워 둔 말을 불렀다. 어두웠지만 윤기가 흐르는 털을 지닌 밤색 말은 한눈에 보아도 좋은 품종인 것 같았다. 말이 가까이 다가오자, 그는 내게 말했다.
 "일단 타시오."
 그리고 힘주어 내 손을 붙잡았다. 그 말에 왠지 모를 든든함을 느껴서, 나는 조그맣게 대답하고선 그를 따라갔다. 한 번도 타 본 적 없는 말에 오르기가 무서워서 망설이는데, 진양대군은 내 손에 들린 물건들을 넘겨받아 안장의 주머니에 넣었다.
 "자, 이쪽 등자(鐙子)에 발을 걸치시오."
 "이, 이렇게요?"
 "그래, 그렇게."
 사극 드라마에서 본 장면을 떠올리며 겨우 왼쪽 발을 한 쪽 등자에 걸치고 안장 끄트머리를 부여잡은 순간, 진양대군이 내 허리를 잡아 안장 위에 올려다주었다. 나는 예고 없는 침범에 얼굴을 붉혔다. 어느새 나보다 머리 두어 개 쯤은 키가 커 버린 진양대군은, 나를 올려준 뒤 별 어려움 없이 말 위에 올라타고는 고삐를 당겼다.
"이랴!"
준마(駿馬)이긴 준마인가 보다. 두 사람을 태웠는데도 말은 끄떡 없이 잘 나아갔다. 진양대군은 고삐를 잠시 늦추어 말의 걸음이 느려지게 하더니 말했다.
"어디로 가야 하오?"
"약방이요."
"약방? 어디 있는 곳으로?"
"어디든 상관없어요."
그는 내가 손에 들고 있던 것이 약 꾸러미라는 것을 떠올렸는지 가볍게 고개를 끄덕였다.
"그렇다면 내가 아는 곳으로 가겠소."
그리고는 다시 고삐를 힘주어 잡았다. 주인이 말을 하지 않아도 말은 행로를 알아서 잡아, 조금 속도를 높였다. 나는 처음 타 본 말에 대한 신기함과 동시에, 뒤에서 나를 안다시피 한 진양대군에 신경이 쓰여 긴장되는 걸 느꼈다. 저번에 그에게 안긴 것처럼 숨결과 심장소리가 가까이 와 닿아 있었다.
"그리 멀지는 않은 곳이니 늦기 전에 궁으로 돌아갈 수 있을 거요."
"……네. 고마워요, 유."
"별 말씀을."
유쾌하게 말을 내뱉은 진양대군은 익숙하게 말을 몰았다. 그의 존재가 내 곁에 있다는 것을 새삼스레 느끼며 위안을 얻었다. 상상해 본 적도 없고, 알고 있는 역사가 아닌 어떤 다른 일에 대한 막연한 두려움을 마주한 가운데에서 나를 믿어 주는 사람이 있다는 것은 정말 어느 위로보다도 힘이 나는 것이었다. 그렇게 조그만 용기를 내었다.
 어느새 말은 어느 허름한 초가집 앞에 멈추었다. 진양대군은 재빠른 몸놀림으로 내려가더니, 두 팔을 내 쪽으로 벌렸다.
 "자, 내리시오."
 "뛰어내려야 하나요?"
 "그럼. 받아 주겠소."
 조금은 가볍게 물은 것이었다. 그럼에도 진양대군은 웃음을 지으며 맞받아 주었다. 나도 웃음이 나와서, 마음 놓고 안장에서 뛰어내렸다.
 "어이쿠!"
 그의 품에 뛰어들면서 목을 끌어안았다. 사실은 그리 높은 것도 아니었는데, 왠지 그러고 싶었다. 진양대군도 장난스럽게 외치더니, 내 허리를 감싸 안았다.
 "걱정하지 마시오. 무슨 일인지는 알지 못하지만, 그대가 옳지 않은 일을 할 거라곤 생각지 않소. 혹여나 잘못될 가능성이 있다면 내가 돕겠소."
 "유……."
 "그대가 어떤 사람인 지 아니까. 그대를 믿는 것이오."
 진양대군은 내 귓가에 속삭인 그 말을 끝으로 나를 품에서 떼어냈다. 그리고 주머니에서 약 꾸러미를 꺼내어 들려 주었다.
 "갑시다."
 그가 이끄는 손을 붙잡고 걸음을 떼었다. 진양대군은 덜렁대는 사립문짝을 열고 마당으로 들어갔다.
 "계시오?"
 주위를 둘러보니 약방이라고는 믿기 어려울 정도로 궁색한 살림살이의 모습이 눈에 들어왔다. 사극에서 본 약방을 떠올리면 저잣거리에 있을 줄로만 알았는데, 여기는 왠지 살림집에 가까워 보였다.
"유, 여기가 약방이 맞아요?"
"음, 정확히 말하자면 약방은 아니오. 아는 사람이 이쪽에 조예가 깊어서."
"누구요?"
그의 말이 끝나기가 무섭게 심드렁한 목소리가 방문 너머에서 들려왔다.
"있나 보오."
진양대군은 잠시 내 손을 놓고, 방문 쪽으로 좀 더 가까이 다가가며 말했다.
"나요, 한 서방."
"나라고 하면 알아듣남? 누군지 말을 하라니까!"
"이 생원이오!"
천연덕스러운 그의 말에 나는 눈이 휘둥그레져서 그를 바라보았다.
"이 생원? 들어오시오!"
한 서방이란 사람은 벌컥 문을 열고 말했다. 아는 사이지만, 거짓 신분을 대고서 아는 사람일 줄은 몰랐다.
"거참 오랜만이오! 한동안 안 오기에 이젠 아예 발길을 끊은 것인가 했지."
"하하, 내 그럴 일이야 있겠소."
한 서방은 피식 웃더니 손짓을 하고선 방 안으로 다시 모습을 숨겼다. 진양대군은 다시 내 손을 붙잡더니 말했다.
"저자라면 믿을 수 있소."
"유, 이 생원이라니…… 신분을 숨긴 거예요?"
"그렇소. 뭐, 그래도 딱히 거짓말은 아니오. 성균관에서 수학할 때 연이 닿은 자거든. 내 성은 이(李)씨고 생원이어야만 성균관에서 수학할 수 있는 것이니. 대충 맞지."

"아, 안 들어오고 뭐해?"

"가오!"

성질이 급한 사람인지, 아니면 오랜만에 만나 반가운 것인지는 몰라도 퉁명스런 한 서방의 목소리가 울려왔다. 진양대군은 눈짓을 해 보이며 걸음을 옮겼다. 섬돌에서 신을 벗고 마루에 올라설 때까지 그는 내 손을 꼭 잡고 있다가, 문턱을 넘어가 자리에 앉을 때 놓아 주었다.

"얼레? 이 처자는 누군가?"

의아한 듯한 표정의 한 서방이 나를 살폈다. 그의 눈길이 머리부터 끝까지 나를 훑는 것을 보면서, 나는 그가 궁녀의 복색을 알아챌까 덜컥 겁이 났다. 다른 옷으로 갈아입고 나올까 하는 생각도 했지만 어린 나이에 입궁한 터라 지금 입을 만한 것은 없었다. 죄다 작아지고 낡아서 도저히 입지 못할 정도였으니, 차라리 지밀나인의 옷을 입고 오는 게 훨씬 나았으니까.

"처음 보는 얼굴인데."

그러나 한 서방은 내가 입고 있는 것이 무엇인지 알아차리지 못한 것 같았다. 하긴, 빈한하게 사는 자가 궁궐 여인의 복색이 어떤지 알고 있을 가능성은 별로 높지 않았다. 나는 머리모양이나마 바꾸고 온 걸 다행이라 여겼다. 생머리를 내리고, 댕기를 드리웠으니 여염집 여인처럼 보일 수 있겠지.

"당연하지. 내 여인을 당신이 언제 본 적이 있었겠소?"

진양대군은 능청스럽게 그의 말을 받았다. 화들짝 놀라서 그를 바라보는데, 입가에는 웃음이 떠나지 않고 있었다. 한 서방은 혀를 차더니 말했다.

"어쩐지, 저기서부터 손들을 꼭 붙잡고 오더라니. 참나. 그래, 댁 여인 자랑하러 온 거요?"

"그건 아니고. 한 서방의 머리가 필요해서 왔소."

"내 머리?"

한 서방이 고개를 갸웃거리자, 나는 잠자코 내 손에 든 꾸러미를 그의 앞에 내어놓았다.

"이것 때문에 왔어요."

"아아, 처자 일이었구먼?"

한 서방은 코를 긁더니, 한 손으로 약 꾸러미를 받았다. 포장을 뜯지는 않고 들어서 향을 맡아보던 그는 그것을 다시 내려놓고 물었다.

"무엇이 묻고 싶은 것인데?"

"그 약이 무엇인지 묻고 싶어서요."

내 말에 한 서방은 미간을 찌푸리고 팔짱을 끼더니, 다시 물었다.

"그렇게 말하면 못 알아듣지. 정확하게 말해 봐."

"음."

나는 살짝 진양대군의 눈치를 살폈다. 그라면 내가 이 약을 어디서 받아 온 것인지 예상할 수 있을 터였다. 당연했다. 선택지는 권 승휘와 순빈, 두 가지였으니까. 조금의 시간이 흐른 뒤에, 나는 입을 열었다.

"독이 들었는지 알 수 있을까요?"

"그거야 쉽지."

한 서방은 새끼줄을 끌러서 약포(藥紙)로 싸인 한 뭉치를 풀어헤쳤다. 곧 알싸한 냄새가 풍겼다. 그는 일어나 선반에서 이것저것을 꺼내 오더니 다시 자리에 앉아, 약재를 자세히 살폈다. 약학에는 조예가 없어서 그가 무엇을 하는 것인지는 알아챌 수 없었지만, 표정만은 굉장히 진지해 보였다.

"독은 없어."

그는 마지막으로 은 젓가락을 사용해 확인을 마친 후 갈무리해 넣으며 말했다. 나는 안도의 한숨을 내쉬었다. 그래, 순빈이 아무리 질투에 눈이 멀었다고는 하지만 이리 무모한 짓을 벌일 리는 없다. 더구나 그녀가 이렇게 왕손을 해하려 했다면, 그 큰 사건이 실록에 기록되지 않았을 이유도 없다.

"이걸 물어보려고 온 건가? 보아하니 은으로 뭘 하면 되는지도 알고 있는 듯한데. 예까지 와서 왜 귀찮게 하누."

"아, 아니에요. 더 묻고 싶은 것이 있는데……."

그러나 아직 속단하기는 일렀다. 나는 수염을 쓰다듬으며 몸을 일으키는 한 서방의 소맷자락을 붙잡았다. 그는 엉겁결에 다시 자리에 앉혀졌다.

"뭐야?"

"저, 혹시."

"혹시?"

한 서방뿐 아니라 옆에 앉은 진양대군의 눈길마저도 와서 꽂히는 것을 느끼고는 나는 진땀을 흘렸다. 긴장되었던 탓이다.

"이것을 준 사람이 말하기를, 여인에게 좋은 약이라고 하던데요."

"엥? 뭐라고?"

"여, 여인에게 좋은 약이오!"

나는 눈을 질끈 감고 소리쳤다. 쌍이가 모호한 그 말밖에 하여 주지 않았기 때문에 나로서는 더 정확히 할 말이 없었다. 그래도 그것이 약의 정체를 알아낼 단서였으니까 말할 수밖에 없었다. 왠지 민망함에 입술을 깨무는데, 한 서방이 콧구멍을 벌름거리는 게 눈에 들어왔다. 뭐, 뭐지? 자세히 보니 그는 웃음을 참고 있었다. 슬쩍 진양대군을 보니 그는 또 읽을 수 없는 표정을 하고 있었다.

"그게 제일 묻고 싶었던 게로구만."

"……."

"어디 보자……."

한 서방은 엄지와 검지로 약재를 조금 집어 들어 자세히 살펴보고, 냄새를 맡고, 빻아보기도 하면서 자세히 관찰했다. 나는 붉어진 얼굴로 진양대군의 눈길을 일부러 외면하며 한 서방의 행동에만 집중하는 척했다.

"오호라, 그래서 처자가 그렇게 물은 거였군?"

"그 말이 맞나요, 어르신?"

뭔가를 알아낸 것 같은 한 서방의 말에 나는 그의 쪽으로 바짝 당겨 앉으며 물었다. 순간 진양대군의 손이 뻗어 나와 다시 나를 뒤로 밀어내었다. 순간 그를 돌아보자 그는 눈썹을 꿈틀거리며 고개를 저어 보였다.

"다른 사내 앞에 그렇게 가까이 가지 말라니까."

"거참, 그만하시오, 정말. 누가 자네 여인을 앗아간다던가?"

"한 서방은 설명이나 하시오. 괜한 데 신경 쓰지 말고."

"알았네, 알았어."

진양대군의 말에 한 서방은 손바닥을 털더니 다시 수염을 쓰다듬으며 묘한 미소를 지었다. 진양대군과 나를 번갈아 보며 짓는 그 표정에 나는 이상한 기분을 느꼈다. 대체 저 사람이 왜 저런 눈길로 바라보는 거야?

"여인에게 좋은 약이라는 것이 맞나요?"

"응. 명약(名藥)이라고까지 할 것은 없지만 좋다면 좋은 것이지."

"어떻게 좋은 것이라는 말인지……."

"뭐, 대체로 회향(茴香), 당귀(當歸), 천궁(川芎), 백작약(白芍藥), 구절초(九節草), 쑥이 들었네. 맡아보면 알겠지만 향도 그렇고 상태도 좋은 것이 꽤나 상등품인 것처럼 보이는데. 몸을 따뜻하게 하고 더운 피가 돌게 하니 여인에게 좋은 약초들이야. 아, 또 조금이지만 무엇이 들었냐 하면…….”

"잠깐!"

끝없이 이어지려 하는 그의 말에 나는 손을 들어 말을 끊었다. 살짝 눈을 감고 이름들을 읊던 그는 눈을 게슴츠레 뜨고 말했다.

"또 뭐야? 물어본 것을 답해 주었더니!"

"정말 그것뿐인가요? 단지 좋기만 한 거예요?"

"내 그럴 줄 알았지. 확실하네, 확실해!"

"……네?"

손뼉마저 치며 이제는 거의 노골적으로 나와 진양대군을 번갈아 보며 한 서방이 크게 말했다. 멍청하게 그에게 되물었다. 뭐가 확실하다는 거지?

"처자, 지금 이 약이 회임에 좋은 거냐고 묻고 싶은 거지?"

"네에?"

대체 이게 무슨 소리야? 나는 황당함에 입을 떡 벌렸다. 한 서방은 수염을 더욱 빨리 쓰다듬으며 진양대군에게 눈길을 고정시킨 채 말했다.

"보아하니 여인의 기질과 맥을 보양하는 약재들로만 이루어져 있고, 자세히 뜯어보면 대놓고 회임에 좋은 것들이야. 처자는 누구에게 받았다고 하는데, 혹시 자네가 건네줬나?"

"아, 아니 그게!"

얼굴이 달아올라 터질 것 같았다. 이러려는 게 아니었는데!

"처자는 가만있어 봐. 이 생원 자네, 점잖은 줄로만 알았더니 이건 또 무슨 수작인가? 혼인도 안 해 놓고 처자한테 애부터 만들자고 이야기하는 거야?"

"어르신, 그게 아니라니까요!"

"가만있어 보라니까! 처자, 처자도 속은 게야. 자네는 이 능구렁이 같은 사내를 알 필요가 있어!"

내가 안절부절못하며 한 서방의 입을 틀어막으려 했지만, 진양대군은 어쩐 일인지 팔짱을 낀 채 묘한 얼굴로 아무 말도 하지 않았다. 나는 그것이 더 불안해서 미치고 팔짝 뛸 노릇이었다.

"무슨 말 좀 해 봐요!"

못 이겨서 내가 그에게 말을 걸었을 때, 진양대군이 피식 웃으며 한 서방에게 말했다.

"내가 내 여인에게 무슨 소릴 하든지 한 서방이 상관할 바가 아니지 않소?"

"이것 봐! 이것 보라니까! 이 문란한 사내를 보았나!"

"어허, 문란하다니? 내 말하지 않았소? 이 처자가 내 여인이라고!"

"아니, 그래도 아직 마누라도 아닌데 그런 말을 하는 게 정상이란 말이야?"

"곧 될 터인데 무슨 상관이오?"

펄쩍 뛰는 한 서방의 모습은 아랑곳하지 않고 웃음을 머금은 채 담담하게 내뱉는 진양대군의 목소리가 귓가를 울렸다. 그 말에 나는 찬물을 뒤집어쓴 듯 굳을 수밖에 없었다.

"그, 그래?"

"그렇다니까!"

"뭐, 그렇다면야……."

한 서방은 진양대군의 말에 수그러들더니, 약포를 다시 싸서 주섬주섬 꾸러미를 새끼줄로 묶었다. 그리고 다시 내게 건네줬다.

"자, 처자. 잘 챙기시오."

"……."

"난 또. 이 생원이 귀한 집안 여인 데려다 꾀어내리려는 속셈인 줄 알고 구제해 주려 했는데. 곧 혼인할 것이라 하니 상관없겠어. 잘 달여 드시오. 하루에 한 번! 아니 두 번도 괜찮아!"

힘내라는 듯 응원까지 해 주는 한 서방의 말을 들으면서 그의 집을 나섰다. 다시금 진양대군의 손에 붙들려 말에 올랐고, 어느 순간 정신을 차려 보니 궁 앞에 다다라 있었다. 나올 때와 다른 곳이긴 했지만, 대충 어느 방향인지 알 것 같았다. 다시 그의 품에 안겨 말에서 내려 몽롱한 듯 걸음을 떼려 했다. 그런데 진양대군이 소맷자락을 붙잡았다.

"서담, 왜 그런 거요?"

"아무것도 아니에요."

"아무것도 아니기는. 정신을 아까 거기다 놓아두고 온 것 같잖소."

따뜻한 손길이 내 얼굴을 감싸고, 그의 눈과 마주치도록 했다. 나는 몇 번이고 입술을 깨물며 고민하다가 다시 입을 열었다.

"유."

"응?"

"제가 곧 당신 부인이 될 거라고 한 말…… 무슨 생각에서 그런 거예요?"

장난이었겠지. 그 순간을 넘기려고 얼렁뚱땅 끼워 맞춘 것이겠지. 그렇게 생각하면서도 그에게 물었다. 진양대군의 까만 눈동자는 흔들림이 없었다. 그리고 그는 마침내 입을 열었다.

"기회를 보아 말씀을 올리려고 줄곧 생각해 왔소."

한 서방과 장난스럽게 말을 주고받던 그 표정이 아니었다. 내 어깨를 붙잡고 나지막하면서도 따뜻하게 들려오는 목소리가 확신에 차 있었다.

"승휘께서 왕손을 출산하시고, 저하께서 마음의 여유가 생길 때 허락을 구할 거요. 그대를 내게 내려달라고."

"……그 뜻이었군요."

나는 서글프게 대답했다. 그가 나를 생각하는 마음은 어떤지 알고 있었지만 차가운 현실은 진양대군의 마음을 받아들여 주지 않을 것이었다. 나는 억지로 미소를 지으며 내 어깨에 닿아 있는 그의 손을 어루만졌다. 진양대군은 내 얼굴이 심상치 않은 것을 알아챘는지 조심스럽게 물어왔다.

"왜 그러시오?"

"유."

분명히 하는 것이 좋겠다는 생각이 들었다. 나는 진양대군이 좋았다. 아니, 좋다는 말로는 설명할 수 없을 정도로 설레고 애틋한 마음이 드는 것이 바로 사랑이라면 나는 그를 사랑하고 있었다. 하지만……

"저는 첩이 되고 싶지 않아요."

조금은 커진 것 같은 그의 눈동자를 바라보면서 흐느낌을 참아 내고 겨우 말했다. 부드럽게 그의 손을 어깨에서 떼어 내고, 꼭 잡아 주면서 말했다.

"당신을 사랑해요. 정말로. 하지만 그럴 수는 없어요."

"……어째서."

그가 상처받지 않았으면 좋겠다. 그리고 오해하지도 않았으면 좋겠다. 나는 그저 우리의 이 마음이 영원했으면 하는 바람뿐이었다. 다른 이의 이목과 대군의 아내라는 지위에 신경을 쓰다가 순수한 이 감정이 퇴색되어 버릴까 봐 두려웠고, 안평대군이 그랬던 것처럼 진양대군에게도 마음을 거둬들이는 날이 오게 될까 봐 두려웠다.

"그대는 평생 궁녀로 살고 싶다는 말이오? 이렇게 떳떳하게 만나지도 못하는 처지로?"

"……저는 당신의 그 마음만이면 충분해요. 대군이 동궁의 궁녀를 취하기 위해서 온갖 비난을 듣는 것은 원하지 않아요."

"나는 그대를 얻기 위해서라면 어떠한 고통도 감내할 자신이 있소."

"유."

이런 말까지는 꺼내고 싶지 않았다. 하지만 그의 결심을 꺾기 위해서라면 할 수밖에 없었다. 시야가 흐려지기 전에 얼른 입을 열었다.

"저를 대군부인으로 맞아 주실 수 있으신가요? 윤번 대감의 여식을 내치고, 한낱 중인의 신분을 가진 여인을 그 자리에 앉혀 주실 수 있느냐는 말이에요. 지엄하신 주상 전하와, 당신을 아껴 주시는 중전 마마의 가슴에 못을 박으면서."

"서담, 나는."

눈에 띄게 얼굴이 굳은 그가 무어라 말하려 했지만, 나는 말을 가로챘다.

"대답하지 않으셔도 돼요."

나는 어린아이가 아니었다. 그가 어떤 대답을 할지, 또 어떤 눈빛을 할지 충분히 예상이 갔다. 하지만 그를 이해하지 못할 정도의 그릇은 아니라고 스스로를 위로했다. 역사는 정해진 수순을 밟아 가야 했고, 나는 그 줄기에 끼어든 이방인일 뿐이었다.

"설령 당신이 그럴 마음이 있다고 해도, 절대 안 돼요."

"원래 그 자리는 당신 것이었다는 걸 알고 있지 않소."

싸늘하게 굳은 입매가 한 마디 한 마디를 내뱉을 때마다 가슴이 아팠다. 결국 눈물이 터지고야 말았다. 왜 하필이면 정희왕후의 자매로 이 시간에서 깨어난 걸까. 왜 하필이면 이 남자는 훗날의 세조가 되는 걸까. 그것이 아니라면 설령 첩이라 한들 그와 함께할 수 있다는 사실만으로도 기쁘게 받아들였을 텐데.

윤서담이었던 과거는 언제나 나를 옥죄는 족쇄였다.

"……지금은 제 자리가 아니잖아요."

"서담, 나는 도무지 이해할 수가 없소."

진양대군은 한숨을 내쉬며 나를 품에 끌어당겨 안았다. 그를 껴안으면서 나는 얼굴을 묻고 흐느낌을 숨겼다. 어깨를 토닥여 주면서 그의 목소리는 이어졌다.

"그대가 소실의 자리가 맘에 들지 않아서 내게 오는 것이 싫다는 게 아니라는 것은 알아. 위신을 중요시하는 인사였다면 애초에 생과방으로 입궁하지도 않았을 테니까."

"유…… 저를 이해해 줄 수는 없는 건가요?"

훌쩍거림을 숨기지 못한 채로 나는 그의 품에 더 파고들면서 작게 물었다. 진양대군은 잠시간 말을 않더니 내 머리를 쓰다듬으면서 말했다.

"나는 그대를 놓아 줄 수 없다고 말한 적이 있었지."

"……."

"그것은 지금도 마찬가지요. 이렇게 품에 안아도 아직 그대는 온전히 내 것이 아닌 느낌이 든단 말이오. 나는 그 사실만 생각하면 참을 수가 없소. 마음 같아서는 가두어 두고 혼자만 보고 싶을 정도인 걸."

어느새 나를 품에서 떼어내어 뺨에 흐른 눈물을 닦아 주며 그는 부드럽게 말을 이었다. 진양대군은 소맷자락으로 눈물을 다 닦아준 뒤, 약 꾸러미와 삿갓까지 다 챙겨서 돌려주었다.

"대군의 소실이라 하여 혹시 홀대받을까 하는 걱정은 하지 않아도 돼. 내가 지켜줄 것이니. 정실에 못지않은 지위를 누리도록 해 주겠소."

"유, 하지만 나는……."

"내게는 그대가 언제까지나 정실부인이오."

윤 씨 가문의 적녀에 비해 내가 어떻게 그런 지위가 될 수 있느냐 물으려던 것을 알아챘는지 진양대군은 딱 잘라 말했다. 나는 더 이상 말을 이을 수가 없었다. 진양대군은 지금 내게서 허락을 받아내는 것은 무리라고 생각했는지, 싱긋 웃으며 말고삐를 쥐었다.
 "너무 갑작스레 말한 것이라 놀랐다고 생각하겠소. 찬찬히 생각해 볼 시간이 필요하겠지. 승휘께서 아이를 낳으시면 다시 논의해 봅시다."
 "……네."
 결국 끝까지 그를 밀어내지는 못했다. 나는 이기적인 사람이었으니까. 대단히 착하거나 너그러운 사람이 될 생각도, 능력도 되지 못했다. 그래서 피하는 것밖에는 할 수가 없었다. 지금은 물러나 있는 것이 좋을 것 같았다. 어차피 진양대군의 바람은 이루어지기 어려울 것이다. 그냥 이대로, 하늘이 허락한 만큼의 시간만 충분히 누릴 수 있다면 나는 거기에 만족할 마음이었다.
 "저하께서 동궁으로 돌아가시고 왕손이 태어나면 언젠가 궁 밖에 나들이할 기회가 생길 테니 꼭 그대를 데려가도록 힘쓸 것이오. 그때 넌지시 말을 꺼내면 좋겠지."
 말 위에 올라타서 내 쪽으로 다가오며 진양대군이 말했다. 가슴에 물건들을 껴안고 그를 올려다보며 고개를 끄덕이는데, 진양대군이 너울을 손에서 앗아가 직접 씌워 주었다. 그리고 혼잣말처럼 중얼거렸다.
 "안평이 아바마마께 하사받은 정자의 풍경이 그리도 좋다고 하오. 이름을 담담정이라 붙였다 하는데, 가히 좋을 만하오."
 그의 입에서 들려온 한 단어에 나는 묘하게도 신경이 거슬렸다. 아닐 것이라 되뇌면서도 진양대군의 앞에서는 아무렇지도 않은 척 고개만 끄덕여 주었다. 다행히도 그는 별 신경을 쓰지 않는 듯 미소를 지어 보였다. 그리고 손짓을 해서 가까이 다가오라는 시늉을 했다. 내가 다가가자, 그는 몸을 굽혀 입을 맞추어 주었다. 감정이 북받쳐 눈물을 흘리고 난 뒤여서인지 입술이 닿은 자리가 더 홧홧하게 느껴졌다. 뜨거운 그의 숨결이 멀어지고, 진양대군이 인사를 말했다.

"곧 봅시다."

"잘 가요, 유."

그의 뒷모습이 점점 멀어질 때까지 하염없이 바라만 보았다. 그리고 그가 알려 준 길을 따라 다시 백련각으로 돌아갔다. 이미 하늘에는 달이 떠올라 있었다.

* * *

"잘 갔다 왔는가?"

권 승휘가 연두색 천에 수를 놓다 말고 내가 들어오는 것을 보며 곱게 웃으며 말을 걸었다.

"예, 마마. 베풀어 주신 은혜에 감사드립니다."

"다행이구먼."

그리고 그녀는 곧 내 손에 들린 흰 사기그릇에 시선을 돌렸다. 무엇이냐 묻지 않아도 의아한 빛이 서린 눈동자였으니 궁금한 것이 무엇인지 알 수 있었다.

"새로 들인 약재입니다."

"어째서? 어의에게서 딱히 보충할 것이 있다는 말은 듣지 못하였는데."

"그것이……."

말꼬리를 흐리며 나는 일단 그릇을 서탁에 올려놓았다. 적당히 따뜻하게 데워진 온기가 손바닥을 타고 전해졌다.

"빈궁 마마께서…… 보내신 것입니다."

"빈궁 마마께서?"

예상처럼 권 승휘의 낯빛이 흐려졌다. 망설이고 있는 것이 분명했다. 불안한 기색이 서리기 전에 나는 얼른 입을 뗐다.

"여인에게 좋은 약이라, 사가에서 특별히 들여오셨다고 합니다. 조인을 구해 보니 특별히 이상할 것은 없다 하는데 아무래도 내의원에 기별하여……."

"승휘 마마, 빈궁전에서 나인이 당도하였사옵니다."

내 말이 끝나기 전에 갑자기 밖에서 낭랑하게 가희의 목소리가 들려왔다. 종학에 있어야 할 가희의 목소리가 왜 여기서 들리는 거지? 놀라서 눈이 휘둥그레진 채 권 승휘와 눈빛이 마주치자마자, 허락을 내리지 않았음에도 불구하고 문이 열렸다.

"오랜만에 뵈옵니다, 승휘 마마."

보통 여인보다 키가 머리 하나쯤 큰, 쌍이가 허리도 굽혀 보이지 않고 권 승휘를 내려다보며 당당하게 말했다. 한낱 궁녀라는 지위임에도 세자의 후궁에게 그녀가 내뿜는 적대감은 상당했다. 그것을 알아챈 굳은 표정의 권 승휘가 아주 약간 고개를 끄덕여 보이자, 그녀는 입꼬리를 슬쩍 말아 올리고는 손에 든 것을 내밀었다. 갑작스런 등장에 얼이 빠져 있던 나는 그녀가 들고 있던 것을 알아차리지도 못해서, 쌍이의 얼굴이 찌푸려지는 것을 보고서야 그것을 받아들었다.

"아, 마침 지금 드시고 계셨군요."

쌍이는 거칠게 약 꾸러미를 내게 던지고서, 꾸민 것이 분명한 목소리로 약 그릇을 바라보며 말했다. 권 승휘의 미간이 약간 찌푸려졌다.

"그건 뭔가?"

"빈궁 마마께서 추가로 보내시는 것입니다. 특별히 신경을 써서 제조한 것이니 승휘 마마께 가져다 드리라 하셨지요."

권 승휘는 나를 힐끗 바라보더니, 쌍이에게 딱딱한 목소리로 말했다.

"빈궁 마마께 감사드린다고 전하게."

"그럽지요."

쌍이는 짧게 대답하고 나서, 붙박인 듯 그 자리에 서 있었다. 당황한 나는 그녀에게 살짝 말을 건넸다.

"이만 물러가. 승휘 마마께 탕약은 조금 후에 올릴 것이니."

"아니."

내 말에는 귀찮은 듯 대꾸를 하고 나서, 쌍이는 한 발짝 앞으로 나아가서 권 승휘에게 말했다.

"빈궁 마마께서 직접 드시는 것을 확인하고 오라 하셨습니다."

"……뭐?"

"솔직히 말해서, 우리 마마께서 승휘 마마가 약을 드시지 않을지 어찌 아시겠습니까? 오래간만에 신경을 쓴 것인데 혹여나 실수인 척, 땅에 흘려버릴지도 모르지요."

무슨 말인가를 더 하려는 쌍이의 말을 끊고 말했다. 권 승휘의 유약한 성정을 알고 있는 쌍이가 몰아붙이는 모습이 기가 막혀서 끼어든 것이었다.

"승휘 마마께 너무 무례한 것 아닌가?"

아무리 순빈의 본방나인이라 해도, 나인일 뿐인데 승휘를 무시하는 말투에 화가 날 지경이었다. 두 사람의 눈길이 내게 와서 꽂혔다.

"아무리 빈궁전의 지밀나인이라 해도 품계를 지닌 저하의 후궁 마마께 그런 언사는 올바르지 못하다는 걸 알 텐데."

"아주 백련각 궁녀가 다 되셨군그래."

코웃음을 치며 쌍이가 날카롭게 말했다.

"빈궁 마마께서 아껴 주신 것이 너에게는 어차피 과분한 일이었어. 이리 주인의 등 뒤에 칼을 꽂는 것을 보니."

"네가 이렇게 행동하는 것이 빈궁 마마께 누가 될 거라는 건 생각도 안 해 봤나 보지? 누가 누구에게 칼을 꽂았다는 건지 모르겠네."

분한 표정으로 입술을 깨무는 것을 보니, 순빈이 이런 태도를 지시한 것은 아닌 것 같았다. 나와 쌍이가 서로 노려보며 대치하고 서 있자, 가만히 듣고 있던 권 승휘가 별안간 그릇을 들어 약을 마셨다.

"마, 마마!"

당황해서 그녀를 불렀지만, 권 승휘는 이미 한 번에 그릇을 깨끗하게 비운 뒤였다. 입씻이를 할 것도 가져오지 않아서 입 안이 쓸 것이 분명한데도 그녀는 살풋 웃어 보였다. 그리고 쌍이를 향해서 말했다.

"이제 되었는가?"

"……."

"빈궁 마마께 내 감사드린다고 전하게. 한 방울도 남김없이 비웠다고도 하고. 알겠는가?"

"……예."

"그리고 똑똑히 알게. 그대의 주인이 빈궁 마마라 하여도 자네의 품계는 그대로 궁관(宮官)일 뿐이란 것을. 감히 세자 저하의 후궁에게 건방진 태도를 견지하는 것은 필시 믿는 데가 있어서겠지."

"……."

"내가 그것이 누구일지를 예측하는 것은 뻔하지 않은가. 주인을 욕보이고 싶지 않다면 그 입, 조심하는 것이 좋을 것이야. 다음부터는 아무리 자네가 본방나인이라 해도 용서치 않을 것이니."

"스, 승휘 마마!"

"이만 물러가게."

평소와 달리 강인한 그녀의 모습에 대꾸하지 못하던 쌍이가 당황하여 불렀으나 권 승휘는 차갑게 잘라 말했다. 어찌되었든 품계가 높은 권 승휘에게 예를 갖추지 않은 것은 잘못이었기 때문에, 쌍이는 분한 표정으로 고개를 숙여 예를 표하고 물러났다. 숙인 고개를 들면서 나를 쏘아보는 눈빛이 잠깐 날카로운 듯도 했지만 곧 사라졌다. 그녀가 전각에서 떠난 것까지 확인하고 나서, 나는 다급히 권 승휘의 쪽으로 다가앉았다.

"마마, 어찌 그 약을 바로 드셨습니까? 어의에게 보이고 나서 드시는 것이 아무래도……."

"빈궁 마마께서 내려 주신 것인데 내가 어찌 그럴 수 있겠는가. 그보다."

권 승휘는 쓸쓸하게 웃으며 손수건을 꺼내어 입가를 훔치며 말했다. 그러더니 내게 물어왔다.

"빈궁 마마께서는 자네를 아직 자신의 것으로 여기고 계시는 것이로군."

"……승휘 마마."

"자네도 그리 생각하는가? 그래서, 이 약을 받자마자 내게 알리지 않은 것인가?"

숨이 막혀 왔다. 가만히 물어 오는 그녀의 눈빛은 상처받은 고양이 같았다. 부푼 배에 손을 올리고 가만히 쓰다듬는 그 모습은 아이를 지키고자 하는 어머니의 것이었지만, 눈빛은 여전히 소녀의 것이었다. 나는 어찌 말하면 좋을지 몰라서 손끝만 만지작거렸다. 그리고 겨우 대답했다.

"아닙니다, 마마. 저는 빈궁전과 백련각 마마가 모르시게 확인하고 싶었을 뿐입니다. 두 분께서 아시면 좋을 것이 없다 생각되어…… 소인이 먼저 확인한 후 알려 드리려 하였는데, 그래도 석연치 않아 어의 영감께 여쭤 보는 것이 좋겠다는 생각이 들었습니다. 그런데 이렇게 빈궁전 나인이 들이닥칠 줄은……."

더듬더듬 내뱉으면서 억울한 감정과 부끄러운 생각이 뒤섞여 말을 끝까지 맺지 못했다. 권 승휘는 그것을 가만 듣고 있다가 말했다.

"어떻게 자네가 먼저 확인하였다는 것인가?"

"그게……."

"말해 보게. 어차피 마셔 버린 것을, 설명이라도 듣고 싶으니."

"어젯밤…… 저잣거리에 나가서 약재를 확인하고 왔습니다."

권 승휘가 거짓을 고한 것에 대한 잘못을 물을지도 모른다는 생각은 이미 하고 있었다. 그래도 복용한 사람은 그녀였으니 사실을 알려 주어야 했다. 하지만 진양대군의 도움을 받았다는 말은 할 수 없어, 적당히 둘러대었다. 권 승휘는 내 말을 듣더니 어두웠던 낯빛을 조금 거두는 듯했다.

"뭐라 하던가?"

"독은 검출되지 않았고, 빈궁 마마께서 하신 말씀 그대로였습니다."

"……그나마 다행이긴 하군."

"마마……."

"나는 자네가 내 아이를 지켜 줄 거라고 믿네."

권 승휘가 내 손을 가만히 잡으며 낮게 말했다. 나는 울컥하는 것을 느끼면서 그녀의 말을 들었다.

"나를 위한 행동이었다는 것은 알겠어. 그러나 거짓을 고하지는 말아 주게. 내가 그대 말고 믿을 수 있는 궁인이 없다는 걸 자네도 알고 있지 않나. 빈궁 마마께서 자네를 주시하고 계시기는 하나 그대마저 내게 등을 돌린다면 나와 내 아이는 어찌되겠는가."

"……"

"자네를 믿고 약을 마셨네."

마지막 말에 나는 느리게 고개를 끄덕였다. 말이 이어지지는 않았지만 그득하게 쌓인 약 꾸러미에 우리의 눈길이 꽂혔다. 권 승휘의 말대로 내

의원에 의뢰하는 것은 무리였다. 더구나 약의 성분이 회임에 좋은 것이라 했으니, 내의원에서 처방하지도 않은 것을 가져다 궁녀가 묻는다면 필시 의아하게 생각할 것이었다. 어느 전(殿)에서 왔는지를 묻겠지. 권 승휘의 사가는 한미하니 순빈처럼 친정에 기댈 수도 없었다. 순빈의 눈초리가 닿지 않는 틈을 타야 했다.

* * *

한 달 치는 될 듯한 양의 약 꾸러미는 빨리 줄어들었다. 물론 권 승휘가 그것을 다 복용해서는 아니었다. 회임을 한 지 여덟 달이 된 만큼 먹는 것에 더 신경을 써야 하는 것은 자명했으니까. 하루도 빠짐없이 그 약을 달이기는 하였으나, 나는 다른 궁녀들의 눈을 피해 그 약을 권 승휘의 방 안에 있는 난초에 부어버리곤 했다. 권 승휘는 그것을 잠자코 바라보면서 아무 말도 하지 않았다. 하지만, 그렇게 약 복용을 아예 하지 않을 수는 없었다.

"마마, 빈궁 마마께서 약을 더 보내셨습니다."

쌍이는 약이 다 떨어질 만한 날짜를 계산이라도 했는지 찾아오곤 했다. 순빈의 눈과 귀가 나 말고도 백련각에 더 심어져 있는 것이 분명했다. 약 복용 시간이 항상 일치하는 것도 아니었는데 귀신같이 그녀는 약이 다 달여지자마자 들이닥쳤다. 예전과 달리 깍듯한 자세를 취했으나, 은근하게 밀어 놓는 약 꾸러미 때문에 그런 태도가 곱게 보이지는 않았다.

"……고맙네."

권 승휘도 그런 심정이었을 거다. 하지만 그녀는 겉으로 내색하지 않은 채 약 꾸러미를 받아 내게 주었다. 나는 하는 수 없이 그것을 받으면서, 달여 낸 약 그릇을 건네주었다. 권 승휘는 미간이 약간 찌푸려졌으나 단번에 그릇을 비웠다. 석연치 않은 기분 때문에 입이 더 쓸 것이었다. 나는 얼른 약과 몇 개를 그녀에게 건넸다. 그렇게 약 마시는 것을 기어코 지켜보던 쌍이는 입가에 묘한 미소를 지은 채로, 그제야 물러나겠다는 인사를 고하려 했다.

"그럼 이만 소인은 물러가겠사옵니다. 약재가 떨어질 때쯤 다시……."
"마마!"

그런데 밖에서 몹시 소란스러운 소리가 났다. 권 승휘의 성정처럼 항상 조용하던 백련각이었는데, 왠지 모르게 나인들이 수군거리는 소리가 들려왔다. 그러더니 박 상궁이 황급히 들어와 무언가 말을 하려다가, 큰쌍이가 들어 있는 것을 보고 입을 다물었다. 쌍이가 인상을 찌푸리고 그녀들을 살피는데, 같이 백련각으로 온 가희가 달려 들어와 쌍이에게 귓속말을 했다. 쌍이는 그 말을 듣더니 눈이 휘둥그레져서 휘청거리며 뛰어나갔다.

"왜 저러는 건가?"

권 승휘도 의아해서 혼잣말을 내뱉는데, 박 상궁이 울먹거리며 머리를 조아렸다.

"흑…… 승휘 마마……."
"자네는 왜 또 그러는가? 울지 말고 찬찬히 말해 보게."
"이를 어쩌면 좋겠사옵니까. 빈궁 마마께서……."
"빈궁 마마께서?"

웃으면서 권 승휘는 박 상궁의 어깨를 다독여 주려 손을 뻗었다. 하지만 청천벽력같이 들려온 그 말에 손을 공중에 멈춰버릴 수밖에 없었다.

"빈궁 마마께서 회임하셨다 하옵니다."

가짜다.

박 상궁의 흐느낌을 듣는 순간 번개처럼 머릿속에 떠오른 생각이 바로 그 한 단어였다. 나는 순간적으로 권 승휘 쪽을 돌아다봤다.

"아……."

권 승휘의 얼굴은 천천히 일그러지고 있었다. 신음처럼 흘린 목소리조차, 그녀의 심경을 완전히 설명할 수 없을 정도의 깊은 감정을 드러내고 있었다. 충격이었을까. 궁녀에서 승휘로 뛰어오르면서, 그의 마음을 온전히 가졌으리라 생각했을 권 승휘였으니. 만약 정실인 세자빈에게서 아이가 태어난다면 그녀는 이제 아무 것도 되지 못할 터였다. 또 그것이 후궁 신세의 여인들이 가장 두려워하는 것이기도 했다.

"마마, 어찌 이럴 수 있단 말입니까. 빈궁 마마께서 회임을 하실 줄은……."

"……."

"벌써 빈궁 마마께서는 거처를 종학에서 중궁전으로 옮기셨다 하옵니다."

"……저하께서는?"

"지금 빈궁 마마와 함께 중전 마마를 뵙고 계신 것 같사옵니다. 경사라며 온 궁궐이 떠들썩하니……."

"이만 물러가게."

권 승휘는 쥐어짜듯 말을 뱉었다. 박 상궁은 옷고름으로 눈가를 찍어내다가, 한 번도 들어 본 적 없는 그녀의 날카로운 음성에 흠칫했다. 그러나 그녀의 심경이 어떠할지를 예상하지 못할 박 상궁이 아니었다. 조용히 고개를 숙이고 박 상궁은 문 밖으로 사라졌다. 권 승휘는 그녀가 닫고 나간 방문을 힘주어 노려보았다. 치맛자락을 쥔 그녀의 손에 핏줄이 도드라져 보였다. 어찌 말을 해 주어야 좋을까.

"승휘 마마……."

"괜한 위로 따위는 하지 말게. 빈궁께서 회임하신 것이야말로 왕실의 홍복이니, 내 어찌…… 아!"

"마마!"

권 승휘는 겨우겨우 말을 이어가다가, 비명을 지르며 고개를 수그렸다. 파들거리는 손이 부른 배를 감싸고 있었다.

"마마, 어찌 그러십니까?"

가까이 다가가 황급히 그녀의 어깨를 붙들며 묻다가, 이마에 식은땀이 흥건하게 맺혀 있는 것을 발견했다. 게다가 내 손을 덥석 잡아오는 권 승휘의 손은 너무나도 싸늘했다.

"배…… 배가 아파."

"예?"

심장이 떨어지는 기분이었다. 권 승휘가 숨을 헐떡이며 보료 위로 쓰러졌다. 그런 중에도 그녀는 내 손을 꼭 붙들고 있었다. 나는 멍한 눈으로 그녀가 내려앉는 것을 바라봤다.

"마마!"

내 목소리인 것이 분명한데도 귓가에 들려오는 목소리는 무척이나 낯설었다. 닫혔던 문이 다시 열리고, 박 상궁이 뛰어들어 왔다.

"이게 무슨 일이야! 승휘 마마, 정신을 차려 보옵소서……."

눈물 섞인 목소리로 박 상궁이 권 승휘를 소리쳐 불렀다. 하지만 닫힌 눈꺼풀은 열리지 않았고, 박 상궁은 그녀가 잡고 있는 내 손에 시선을 옮겼다.

"너는 손을 놓고 당장 중궁전으로 가거라!"

"중궁전이라니요? 내의원으로 가야 하지 않습니까!"

황망한 가운데 박 상궁의 지시가 이해가 되지 않았다. 중궁전으로 가라니. 세자 부부가 있는 곳에 가서 이 사실을 고하기라도 하라는 말이야?

"내의원에는 아마 어의 영감이 없으실 것이다."

"……예?"

"기껏해야 의녀 따위야 있겠지! 빈궁 마마의 회임 사실 때문에 모두 중궁전으로 불려갔다."

출산이 임박한 산부가 있는데. 이런 일이 일어날지 예상하지 못했다 하더라도 어떻게 그럴 수 있는 거지.

"버, 벌써 이러면 안 될 터인데!"

박 상궁이 치맛자락을 들춰 보더니 놀라서 소리쳤다. 나도 따라서 그녀의 손이 닿은 쪽으로 눈을 돌렸는데, 보료가 축축하게 젖어 있었다. 연노란 색의 비단에는 붉은 핏자국마저 밴 것이 보였다. 박 상궁이 권 승휘를 품에 안고 부축하는 사이 나는 정신없이 신을 꿰어 신고 달려 나가 전각을 벗어났다. 알음알음으로 배웠던 궁궐 지리는 머릿속에 떠오르지도 않아서, 어렴풋하게 떠오르는 기억만을 더듬어 달렸다. 지나치는 상궁과 궁녀들, 관리들의 눈길이 따라붙는 것이 느껴졌지만 오로지 중궁전에 도착해야 한다는 생각만 머리에 가득했다. 권 승휘와 아이를 살려야 했다.

"마마님!"

심장이 찢어져 버리는 것이 아닐까 싶을 정도로 숨이 차올랐다. 폐부를 찌르는 서늘한 공기가 마른 목구멍 사이로 비집고 들어와 목소리가 쇳소리처럼 갈라졌다. 내 목소리에, 세자의 지밀상궁인 민 상궁이 나를 돌아봤다.

"아니, 너는 서담이 아니냐? 어찌 여기에……."

"……마마님, 속히 어의 영감을 불러 주십시오! 승휘 마마께서 지금."

"권 승휘가?"

내가 말을 끝맺기도 전에 나긋나긋한 목소리가 끼어들었다. 돌아보니, 화려한 빛깔의 당의를 차려입은 순빈이 묘한 웃음을 머금은 채 서 있었다.

"빈궁 마마."

"권 승휘가 어쨌기에 감히 중궁전에 들어 있는 어의를 불러가려 하는 것이냐?"

"마마, 아무래도 권 승휘께서 산통(産痛)을……."

"산통이라니, 당치 않다. 이제 겨우 여덟 달인데 산통은 무슨 산통이야!"

순빈은 내 말을 끊고서 당당하게 소리쳤다. 그러나 그녀의 눈이 웃고 있었다. 나는 순빈의 암갈색 눈동자에 서린 쾌감을 읽어낼 수 있었다.

"빈궁 마마, 사태가 심각한 것 같사온데, 백련각으로 보내시는 것이 어떠하올런지요."

민 상궁이 걱정스럽게 끼어들었지만, 순빈은 고집스럽게 고개를 외로 꼬았다.

"그럴 것 없다. 내 중전 마마께 회임을 고하고 나서 보내라 할 것이니."

그녀는 모질게 돌아서서 섬돌을 밟았다. 당의자락 속에 소중하게 숨긴 손이 배를 감싸고 있었고, 곁의 궁녀들이 혹여나 흔들릴까 순빈을 떠받쳐 주었다. 나는 이를 악물었다.

"세자 저하! 지금 백련각 마마께서 산통이 오신 듯하옵니다!"

전각 전체에 울려 퍼질 정도로 크게 소리 질렀다. 흙바닥에 무릎을 꿇고 앉아, 순빈의 커진 눈동자가 다시 불길에 휩싸이는 것을 똑바로 바라봤다. 그녀의 붉은 입술이 뒤틀리는 것을 직시하면서, 다시 한 번 외쳤다.

"중전 마마, 속히 백련각으로 어의를 보내 주시옵소서!"

웅성거리는 상궁들과 궁녀의 소리가 들려왔다. 하지만 나는 누군가가 뛰어 나올 때까지 읍소(泣訴)를 멈추지 않았다. 순빈은 다시 신을 신지도 않고, 섬돌에서 뛰어내려 성큼성큼 다가왔다. 큰 키의 순빈이 앞에 와 서자, 빛에 얼굴이 가려져 그녀의 표정은 잘 보이지 않았지만, 그녀가 내게도 증오심을 품게 될 거라는 것은 예측할 수 있었다. 순빈의 손이 내 뺨으로 날아들었다.

"감히 누구를 업신여기는 게야? 그깟 년의 위세를 믿고 네가 이리 배반을 하느냐!"

그리고 그녀의 말이 다시 이어지려 할 때, 문이 열리고 어의 서너 명이 뛰어내려왔다. 곧 얼굴이 하얗게 질린 어의들은 혼비백산하여 백련각 쪽으로 달려갔고, 의녀 몇몇도 황급히 뒤따랐다. 순빈은 그들이 사라지는 것을 입술을 깨문 채 바라보다가 뒤에서 들려오는 목소리에 급히 비켜섰다.

"빈궁."

"……저하."

표독스런 표정이 갑작스럽게 걱정스러운 낯빛으로 변했다. 세자가 내 쪽으로 다가오고 있었다.

"저하, 이 아이가 기다려 보라 하여도 목소리를 높이는 통에……."

순빈이 말을 덧붙였지만 세자는 아무 반응도 하지 않았다. 그는 내 코 앞까지 걸어와 무릎을 꿇고 앉은 내게 눈을 맞췄다.

"네가 왔느냐."

"……"

"승휘가 어떠하다고?"

"……고통을 호소하시더니, 곧 정신을 잃고 쓰러지셨사옵니다. 피가 보이고, 양수가 터진 것 같았사옵니다."

 순빈에게 맞은 뺨이 얼얼할 정도로 아팠고 입 안에서는 비릿한 것이 느껴졌지만, 나는 급하게 세자에게 권 승휘의 상태를 고했다. 세자는 알아야 했다. 진짜 자식이 누구의 태(胎)에서 태어나는지. 세자의 얼굴이 일그러졌다.

 "저하, 속히 가 보셔야……."

 내가 말을 잇는데, 순빈이 세자의 옷깃을 붙잡았다.

 "어의 영감들이 여럿 달려갔사온데, 조금 후에 소식이 들려오면 가시지요."

 "……."

 "정말로 산통이라면 어차피 기다리셔야 하옵니다."

 순빈의 말에 세자는 갈등하는 빛이 보였다. 그러더니, 곧 몸을 일으키고 뒷짐을 졌다. 순빈은 승리의 미소를 짓고 세자의 손을 이끌었다.

 "소식이 오면 내게 알려라."

 "……저하!"

 애타게 불러 봤지만 세자는 순빈과 함께 다시 전각으로 사라졌다. 바닥을 짚은 손에 돌부리가 박혀 아픔이 느껴졌지만, 나는 꼼짝할 수가 없었다.

 순빈이 질투심에 불타올라 있는 것은 알고 있었다. 하지만 같은 여인으로서 최소한의 양심마저 저버릴 줄은 몰랐다. 산달이 아닌데도 이런 사태가 벌어졌다는 것은 목숨이 위험할 수도 있다는 걸 익히 알 텐데도…… 권 승휘에게 다시 관심이 가게 되는 것이 싫어서 있지도 않은 아이를 가졌다고 거짓말을 하면서까지 세자를 데려가다니.

 "서담아, 돌아가 있거라. 저하께서는 일단 중전 마마께 빈궁 마마의 회임 소식을 알리셔야 하니, 소식이 오면 곧 가실 것이야."

"……."
"얼른."

민 상궁의 엄한 목소리가 나를 일으켰다. 세자도, 중전도. 아니, 이 궁 안의 모든 사람이 똑같았다. 한낱 후궁의 회임 따위보다는, 적장자가 태어날 세자빈의 회임이 당연히 더 중요했던 것이다. 돌부리에 긁혀 손바닥에서는 생채기가 났다. 나는 주먹을 말아 쥐고서 민 상궁에게 고개를 숙여 보이고는 다시 백련각으로 걸음을 떼었다. 휘청이는 다리를 억지로 끌어 앞으로 나아가는 것이 진창에 빠진 발을 떼어내는 것처럼 힘들었다.

쓰라린 손바닥보다 머리가 더 아팠다. 무엇이 어떻게 되어 가는 걸까. 내가 알고 있는 바에 따르면 순빈의 회임은 분명 거짓이다. 그러나 멍청한 것이 아니고서야 회임을 속일 수는 없는데. 어쩌려고 저러는 것인지 도무지 이해가 안 됐다. 어쩌면 권 승휘에게 일부러 충격을 주어서 저렇게 만들려는 속셈으로…….

"……아."

그랬다. 그런 걸지도 모른다. 분명 순빈은 권 승휘와 아이를 죽도록 미워하고 있는 것이다. 그런데도 일부러 약을 가져다 준 이유는 아이를 조산(助産)시키려는 목적에서였다. 주저앉아서 급히 기억을 더듬었다. 이미 권 승휘의 소식이 궁 안에 다 퍼졌는지, 급하게 움직이는 궁녀들과 의녀들이 나를 스치고 달려가는 중이었다.

"……나 때문이구나."

흘러내린 눈물 때문에 시야가 가려졌다. 그것을 거칠게 닦아 내느라 눈가가 쓰라린데도, 자꾸만 눈물이 흘렀다. 권 승휘가 저렇게 된 건 나 때문이었다.

"서담!"

어찌된 일인지 익숙한 목소리가 또 들려왔다. 나는 미치도록 보고 싶었던 그가 내게 달려오는 것을 흐려진 시야 가운데서도 발견했다. 그는 재빨리 다가와 나를 품에 안았다. 서느런 단령 자락에 나는 미친 듯이 매달렸다.

"어떻게 해요, 유!"

"말하지 않아도 괜찮아, 이미 듣고 왔으니. 별 일 없을 것이오."

"그런, 그런 게 아니에요. 다 나 때문이에요······."

다독거려 주는 진양대군의 손길에도 불구하고 집채 같은 후회의 파도가 나를 집어삼켰다. 진양대군은 나를 일으켜 주려고 했지만, 나는 도무지 일어날 수가 없었다. 조금 더 확실히 물어봤어야 하는데. 여인에게 좋다고, 회임에 좋다고 해서 임부(姙夫)에게도 좋은 것인지는 장담할 수 없는 것이었는데!

"제가 그 약을 승휘 마마께 드렸어요. 승휘 마마는 저를 믿고 약을 드셨는데······ 제게 아이를 맡기겠다 하셨는데······."

"······약?"

"공주가 잘못되면, 저는 어떻게 하죠? 정말······ 정말······."

내 입에서 무슨 말이 튀어나오는지도 모르게 미친 것처럼 소리쳤다. 나는 두려웠다. 내가 내 손으로 잘못 없는 사람들을 아프게 한 것일까 봐. 괜히 짧은 역사지식 따위로 엄연한 사람들을 다치게 했을까 봐. 후회되고 후회됐다. 세조의 품에 안겨서 문종의 딸을 걱정하는 것이 무슨 의미인지 알면서도 자꾸만 그에게 물었다. 그는 아직 수양대군이 아니었다. 그는······.

"그럴 일은 없을 거요. 그대가 이리 걱정을 해 주고 있고, 다른 사람들도 모두 아이가 잘 태어나리라 믿고 있으니."

"유."

아직은 '유'였다. 귓가에 들려온 그의 말에 다시 왈칵 눈물을 터뜨리며 그를 껴안았다. 너무도 나는 어리석었다. 행복한 나날이 내게 다가올 것이라고 굳게 믿어서는 안 되는 것이었는데. 절정(絶頂)이든, 절정(切情)이든. 너무 때 이른 일이었음을 알아차려야 했다.

7. 출궁

얼마나 그렇게 시간이 흘렀을까. 그의 품에 안긴 채 정신을 차리지 못할 정도로 울기만 했다. 여태껏 잘 감내해 왔다고 생각했는데, 그 생각이 틀린 것이었음을 알아챈 순간 나는 형언할 수 없는 공포와 죄책감에 휩싸였다. 언젠가부터 그렇게 생각했던 것 같다. 나는 분명 조선 세종의 시간으로 흘러와 살고 있는 궁녀 서담이었다. 더 이상 관조자가 아니었던 것이다. 조선에서의 시간은 곧 나의 것이었고 내가 속한 세계였다. 더구나 역사에 기록된 자들의 곁에 있으면서도 나는 미래에 벌어질 일을 알고 있다는 것에 안심하기만 했지, 내가 그 인과관계를 만들거나 영향을 끼칠 것이라는 데까지는 생각하지 못했다.

내가 대체 무엇이나 된다고 그렇게 생각했던 것일까. 나는 그저 역사를 좋아하기만 했지, 제대로 알지는 못하는 한낱 재수생이었을 뿐인데.

왜 자만했던 걸까.

그러나 입 밖에 내어놓을 수 있는 것은 아무 것도 없었다. 나는 궁녀였고 현대의 시간에서와 같이 내 곁에는 아무도 없었다. 가족은 고사하고 그나마 가까이 여겼던 친구는 끔찍한 종말을 예고하는 역사의 한 부분이 될지도 몰랐다. 그녀를 안쓰럽게 여기면서도 가까이 해도 되는 것인지 몰라서 두렵기만 한 내가 무척이나 이기적인 인간처럼 느껴졌다. 그러나 내게 와 닿는 부드러운 손길은 그 슬픔을 마음 놓고 꺼내놓을 수 있게 해 주는 유일한 위로였다.

"괜찮을 것이니."

나지막하게 들려오는 그 목소리는 모든 것이 괜찮을 것이라고 계속해서 속삭여 주고 있었다. 그것이 허상이 아니라는 듯 따뜻한 온기는 온몸으로 나를 감싸고 있었다. 나는 오로지 나를 위해 주는 그에게 매달릴 수밖에 없었다. 이 시간에서 내가 의지할 수 있는 것이라고는 그밖에 없었다. 이 남자가 아니라면 나는 무너져 버릴 것 같았다.

"눈물을 그치시오."

흐느낌이 잦아들기를 기다려 진양대군은 내 눈가를 닦아 주었다. 열이 올라 사고가 희미해지는 것을 느꼈다. 간신히 그의 손에 이끌려 후들거리는 다리를 일으켰다. 굳센 손은 어깨를 붙잡고 나를 바로 서게 도와주었다.

"승휘께서 이제 해산을 하셨을지도 모르겠소."

부드럽게 속삭이는 그의 입매는 매혹적인 웃음을 머금고 있었다. 돌아가 보아야 한다는 그의 말은 거부할 수 없는 사실이었다. 나는 자초한 그 거대한 사실을 맞부딪혀야 했다.

"늘 강인한 줄로만 알았는데. 이리도 마음이 여린 여인일 줄은 몰랐어."

"······일이 이렇게 될 줄은 몰랐어요."

겨우 어물거리며 말을 끝맺었다. 크게 심호흡을 하고 숨을 골랐다. 붉어졌을 것이 뻔한 눈가지만 그대로 최대한 담담하게 보이려 마음먹었기 때문이었다. 진양대군은 고개를 끄덕이더니 손을 잡아주었다. 나는 백련각으로 향하는 그의 걸음을 따라 걸었다. 조금 침묵이 흐르고, 백련각이 발치에 보일 때쯤 그는 입을 열었다.

"그대 말대로 현주(縣主)가 무사히 태어났나 보오."

부산스러운 궁녀들의 움직임 사이를 헤치고 울려오는 희미한 아기 울음소리가 들렸다. 다행히 아이는 태어난 것 같다는 생각을 하고 있었는데, 그의 말에 나는 소스라치게 놀랐다. 현주······ 맞다. 애초에 문종은 아직 왕이 아니었다. 공주라는 이름은 오직 왕의 딸에게만 붙여지는 것이었다. 세자의 적녀(嫡女)에게조차 공주라는 명칭은 허락되지 않았다. 군주(君主)도 아니라, 감히 후궁의 소생에게 공주라는 이름을 붙이다니. 나는 진양대군의 앞에서 분명 공주가 잘못되면 어찌하느냔 말을 입에 담았던 것이었다. 조심스럽게 그의 눈치를 살폈다.

"들어가 보시오. 승휘께서 그대를 찾으실지도 모르잖소."

그러나 그의 얼굴은 평소와 다를 것이 없었다. 아무렇지 않은 여유로운 빛의 미소와, 조카를 가진 숙부의 기쁨이 겹쳐져 자애로워 보이기까지 했다. 나는 조금은 불편하게 진양대군의 시선을 피했다. 그는 내 말을 어떻게 받아들였을까? 괜히 치맛자락에 묻은 흙을 털어내며 말을 아꼈다. 진양대군은 놓아버린 나의 손에 잠깐 눈길을 주더니, 별안간 팔을 끌어당겨 가볍게 포옹했다. 그리고 이마에 입을 맞춰 주었다.

"지나치게 심약한 모습을 보이는 것 같아 걱정이 돼. 떼어놓고 싶지 않은 마음이 굴뚝같소. 하지만 그대를 이리 잡아둘 수가 없으니 아쉽기만 해."

"이제는, 괜찮아요."

"그렇다면 다행이지만."

조그맣게 속삭인 것에 진양대군은 따뜻한 미소로 답해 주었다. 그리고 언제나처럼 내게 먼저 다가와 주었다. 나는 머릿속에 새겨진 그의 또 다른 이름을 느끼면서도 입을 열어 말했다.

"유."

"응?"

"당신은…… 언제까지나 제 곁에 있어 줄 건가요?"

곱게 휘어지는 눈매를 바라보면서 나는 내게 남은 한 가닥 희망의 끈을 이어가고 싶어서 대답을 기다렸다. 쿵쿵대는 심장이 그의 존재에 반응해서 그런 것인지, 아니면 그의 이름과 미래에 대한 두려움인지는 진양대군의 대답을 듣는다면 알 수 있을 것 같았다. 나는 알고 싶었고 놓치고 싶지 않았다. 현대에서든 조선에서든, 가족이라는 최소한의 사랑조차도 받을 수 없는 못난 나는 그의 외면을 감당할 수 있을 자신이 없었다. 떨리는 내 심정을 알아챘는지, 진양대군은 단번에 곁으로 다가와 말했다.

"그래."

"……제가 어떤 사람이든지 간에?"

"당연히."

"변하지 않겠다고 약조해 줄 수 있나요?"

"내가 그대를 사랑하는 한. 언제나 그럴 것이라 약조하겠소."

그는 숨결이 맞닿을 만큼 가까운 거리에서 속삭이면서도 분명하게 대답해 주었다. 와 닿는 뜨거운 입술에 모든 것을 맡기며 눈을 감았다. 심장이 뛰는 이유를 믿기로 했다. 나는 훗날 세조가 되는 이 남자를 사랑하기 때문이라고. 세조라는 그 이름을 더 이상 가슴 속에 묻어둔 채로 두려워하지 않고 싶었다.

* * *

"현주 아기씨다."

박 상궁이 한결 시름을 덜은 얼굴로 말해 주었다. 진양대군과 있었던 시간이 내가 생각했던 것처럼 그리 길지 않았음에도 불구하고 권 승휘는 빨리 아이를 낳았다. 역시 조산했기 때문일까.

"두 달이나 빨리 해산하셨는데…… 마마와 아기씨께서는 괜찮으신 것입니까?"

박 상궁은 잠시 말이 없었다. 덜컥 가슴이 내려앉으려던 찰나에야 대답을 들을 수 있었다.

"지금까지는 괜찮다. 앞으로의 일이 중요하겠지."

"……."

"아기씨께서 몸이 많이 약하시니, 신경을 많이 써야 할 것이다. 물론 유모를 들이겠지만 승휘 마마의 심신을 돌보는 것도 우리가 해야 할 일이지 않느냐."

"……예."

"그리고…… 승휘 마마께서 너를 찾으셨다."

"승휘 마마께서……."

그녀는 아이를 낳으면서 무슨 생각을 했을까. 때 이른 출산이 비단 자연스럽지만은 않다는 걸 알았을 것이다. 특히 꺼려하던 약을 복용하던 것은 분명 그녀에게 심적으로 부담이 되는 일이었을 테니까. 그 약에 제일 먼저 의심의 눈초리를 돌리는 것이 당연했다.

"들어가 보아라."

"예, 마마님."

나를 어떻게 생각하고 있을까.

그 생각만이 떠올랐다. 나를 찾는 이유는 무엇 때문일까. 가늠할 수 없었다. 나는 조용히 문을 열었다. 아직 해가 지지 않았음에도 방 안은 창을 가려 놓아 어둑하기만 했다. 어슴푸레하게 보이는 두 인영이 자리한 곳으로 걸음을 떼었다. 고요한 침묵 속에 색색거리는 아기의 숨소리가 들렸다. 끊어질 듯 미약하게 들렸으나 분명 살아 있었다. 나는 새삼스레 감격을 느꼈다. 이윽고 권 승휘가 누워 있는 것이 눈에 들어왔다.

"……승휘 마마."

조그맣게 불러 보았으나 그녀의 눈꺼풀은 무겁게 내려앉아 있기만 했다. 이마에 맺힌 땀방울이 아직까지도 있는 것으로 보아서 고된 출산을 온 정신으로 감당하기는 힘들었을 것이었다. 권 승휘를 나는 애써 깨우지는 않기로 했다. 나를 찾았다는 것으로 보아 자신도 모르게 잠에 빠져들어 버렸을 것이라는 사실은 쉽게 짐작할 수 있었다. 대신 나는 그녀의 곁에 강보로 싸여 있는 아기에게 눈길을 돌렸다.

그녀가 있었다. 문종의 딸.

지금의 나는 손끝 하나 댈 수 없는 귀한 신분의 아기가 보였다. 나는 아기의 오물거리는 입을 바라본 순간 숨을 멈추었다. 경이롭기 그지없는 감정이 나를 감쌌다. 비단 그녀가 귀한 신분이 될 사람이어서 뿐만 아니라, 갓 태어난 어린아이가 움직이는 것을 바라보는 것은 신비한 경험이었다. 생명의 움직임이 저 작은 행동을 통해 드러난다는 게 설명할 수 없는 감정을 불러일으켰다. 울컥한 것이 올라오려는 걸 억지로 참았다. 이 아이는 태어나기 위해서 얼마나 힘들었을까. 그녀의 곁에 쭈그리고 앉아서, 찬찬히 아기를 뜯어봤다.

두 달이나 빨리 세상에 태어나서인지 몸집은 생각했던 것보다 매우 작왔다. 아직은 쭈글쭈글하고 살갗의 색 또한 낯선 것이었으나 짙고 긴 속눈썹은 부모를 꼭 닮은 것처럼 보였다. 웃음이 살며시 새어 나왔다.

"안녕."

조그맣게 아기에게 말을 건넸다. 태어난 지 몇 시진밖에 되지 않았으니 눈을 뜨고 옹알이라도 하려면 시일이 한참 지나야 할 것이었다. 아이가 사람의 목소리를 인지하는 것도 무리일 것이었다. 더구나 나는 아이의 부모도 아니었으니까. 하지만 그래도 말해 주고 싶었다.

"태어난 것 축하해."

나는 들어보지 못했을 말. 그것을 해 주고 싶었다. 세자의 딸이니 많은 사람에게 앞으로 들을 말이지만. 훗날 어떤 수모를 겪게 되는지 알기 때문에, 감히 지금은 한낱 궁녀일 뿐이지만 말해 주고 싶었다. 태어난 것을 축하한다고. 그리고 이는 동시에 내 자신에 대한 위로이기도 했다. 태어난 순간부터 모든 사람들은 축복받아야 하는 존재라는 당연한 사실을 내 앞에 있는 아기에 투영해서라도 위로받고 싶었다. 무의식적으로 발목에 아버지가 남긴 상처를 떠올리며, 살며시 손을 뻗어 아이의 강보 끝자락을 만져 봤다. 매끄러운 비단의 감촉을 느끼면서 억지로 그 상흔의 감촉을 지워냈다. 그리고 다시 손을 거두면서 아주 작게 중얼거렸다.

"진심으로."

그리고 권 승휘에게 시선을 돌렸다. 아기와 닮은 속눈썹이 움직임마저 닮아 있었다. 평온하게 감겨 있는 눈꺼풀은 움직임이 없었으나 속눈썹은 파르르 떨린 것도 같았다. 그러나 그것을 다시 보려고 할 때 즈음 문 너머에서 박 상궁이 찾는 소리가 들려왔다. 나는 몸을 일으키면서 평화로운 아기의 숨소리에 다시 한 번 나를 위로하고 다짐했다.

* * *

길었던 하루가 지나고 동이 터오자 나는 반사적으로 눈을 뜨고 일어났다. 대충 단장을 마친 후, 박 상궁의 이부자리마저 개어 놓고서 처소에서 나와 신을 꿰어 신었다. 이제 가을은 깊은 지 오래였고, 쌀쌀한 바람이 익숙했다.

"아."

칼바람을 몸으로 느끼는데, 무언가 차가운 것이 이마에 내려앉았다. 비인가 해서 하늘을 바라보았다가, 감탄이 새어나왔다. 차가운 것의 정체는 빗방울이 아니라 눈송이였다.

"너무 이른 것 아닌가?"

한겨울이 아닌데 내리는 눈은 희한하기는 했어도, 곧 녹아 사라진 눈송이의 흔적을 손가락으로 지워내면서 설레었다. 어찌되었든 첫눈을 보는 건 즐거운 일이었으니까. 하얗게 뿜어져 나오는 입김마저도 겨울이 가까웠음을 증명해 주는 듯했다. 미소를 머금은 채 섬돌에서 한 발짝 내려와, 치맛자락을 정리할 때였다.

"최 가(家) 서담이 누구냐?"

벼락같은 호통이 날아들었다. 더 이상 생소하지만은 않은 성씨이지만 이렇게 날카로운 목소리로 듣는 것은 낯설기 그지없었다. 영문을 모른 채 고개를 들어 바라보자 위풍당당하게 서 있는 상궁 두 명과 여러 나인들이 보였다.

"소인입니다."

무슨 일인가 하여 고개를 내민 여러 나인들과 아기나인들이 몰려드는 것을 의식하면서 대답했다. 사람이 많지 않은 백련각이라, 소속 궁녀들의 얼굴은 죄다 외고 있었는데도 저들은 처음 보는 얼굴들이었다. 더구나 상궁들의 얼굴은 특히 모를 리가 없는데도 그랬다. 동궁의 상궁들도 아니었다.
"무슨 일로 저를 찾으시는지……."
"당장 저년을 잡아라!"
칼바람과 같은 목소리로 상궁은 손을 뻗어 당연하게 나를 가리켰다. 무슨 일인지 알아챌 새도 없이 나는 궁녀들에 의해 손이 묶이고 꿇어앉혀졌다. 상궁들은 곧 앞으로 다가와 나를 내려다보았다. 쌀쌀맞은 눈빛과 굳게 다물린 입매에 나는 당황하면서도 가슴 속 깊은 곳에서 피어오르는 불안감을 느꼈다.
"마, 마마님…… 어찌 이러십니까?"
"네 정녕 몰라서 묻느냐!"
-짝!
왼편에 선 상궁이 일갈하며 뺨을 내리쳤다. 나는 순식간에 따귀를 맞은 충격으로 바닥에 나동그라졌다. 딱딱하고 차가운 땅의 감촉이 얼얼한 뺨의 감각을 마비시키는 것 같았다.
"당장 이 계집을 끌고 가거라!"
대답해 주는 사람은 아무도 없었다. 단지 거친 손길로 우악스럽게 이끌 뿐이었다. 나는 얼떨떨한 기분으로 그녀들의 손에 이끌려 걸음을 옮겼다. 도통 이해를 할 수가 없었다. 그러던 중 정신을 차려 보니, 나는 빈궁전으로 가고 있었다.
"……빈궁 마마께서 저를 부르시는 것입니까?"
"옳거니! 이제야 토설할 마음이 생겼느냐?"
"마마님, 대체……."
곁에 선 상궁 중 한 명이 빈정거렸다. 그 말에 순간 화가 나서 쏘아붙이려는데, 어깨를 잡고 있던 궁녀들이 힘을 주어 꿇어앉혔다. 그리고 상궁들은 분노를 참는 목소리로 나에게 경고했다.

"입 다물고 얌전히 기다리기나 하거라. 네년의 죄목은 곧 밝혀질 것이니!"

나는 자선당의 섬돌을 정면으로 바라보는 자리에 꿇어앉혀졌다. 어지러운 머릿속을 하나하나 정리하려 애쓰며, 나는 전각의 문이 열리고 화려하게 차려입은 미인이 나오는 것을 바라봤다. 순빈이었다.

"수고들 했네."

"아닙니다, 마마."

한없이 자애롭고, 부드러운 목소리였다. 상궁과 궁녀들은 짧게 수고를 사양하더니 거리를 두고 물러났다. 순빈의 미모는 더욱 빛이 나고 있었다. 그녀의 손은 소중하게 아랫배 위를 감싸고 있었고, 당당하게 펴진 어깨는 이제야 근심과 걱정을 덜어낸 듯 거리낌이 없어 보였다.

"기분이 어떠하냐?"

그리고 입에서 나오는 말조차 달콤하고 우아하기 그지없었다. 나는 이를 악물었다.

"곧 시궁창에 처박힐 것인데 아무 생각이 없는가 보구나."

속삭이듯 작게 순빈은 웃음 지었다. 그녀의 웃음에서 속셈을 읽을 수 있었다. 그녀의 시선은 나를 동정하고 있지 않았다. 그저 묘한 쾌감만 깃들어 있을 뿐이었다.

"저를…… 어찌 하실 심산이시옵니까."

순빈은 내게 덮어씌울 심산이었던 것이다. 그 무섭도록 당연한 사실에 나는 오한을 느꼈다.

"죽여야지 별 수 있느냐."

"……."

"감히 사주를 받고 왕손을 죽이려 한 발칙한 종년일 따름인데."

"참으로 대단하십니다."

나는 참지 못하고 쏘아붙였다. 참아 주고 싶어도, 악독하기 그지없는 그녀의 속셈을 가만 보아 주고 있을 수가 없었다.

"천인공노할 짓을 하셨다는 것을 스스로 깨닫지도 못하고 계시는 것이옵니까? 마마께서는 세자빈이 아니시옵니까!"

"상관없다. 그 누가 나를 의심하겠느냐? 멍청하게 덫에 걸려든 네 신세만 가련할 뿐이지. 약은 네가 전달한 것이 명백하니 빠져나올 수도 없을 것이다."

"승휘 마마께서 아실 것입니다!"

"과연 그러할까?"

순빈의 말에 사고가 정지하는 것을 느꼈다. 찬물을 뒤집어쓴 듯 선명하게 현실이 떠올랐다. 그런 내 생각이 얼굴에 드러났는지 순빈은 즐겁게 웃으며 한 발짝 더 가까이 다가와 나를 내려다보았다.

"그렇게 의지했던 궁인이 자신을 배신하고 아이를 해하려 했는데도 너를 믿어 줄까?"

권 승휘에게 약을 따로 확인해 보았다고 말했었다. 나를 믿고 약을 마신다고 하였으나…… 그 결과는 결국 독을 불렀다. 나는 권 승휘에게 빈궁과 그녀 몰래 약을 확인하고 싶었을 뿐이라고 했다. 그때부터 권 승휘에게는 조그만 불안감이나 의심 같은 것이 심어졌을지도 몰랐다.

"자신이 없는 모양이로구나. 그러기에 그깟 천한 계집의 수족이 되지 말았어야지. 나처럼 공고한 자리를 차지한 주인을 섬기는 것이 좋았을 것을. 쯧쯧."

"약은 빈궁 마마께서 보내셨다는 것을 백련각 나인들이 모두 압니다. 쌍이 또한 왕래하였다는 것을 많은 이들이 보았는데 어찌 발뺌하려 하시옵니까?"

"나는 백련각에 나인을 보낸 적 없다."

순빈이 딱 잘라 말했다. 순식간에 미소는 거두어지고 얼음같이 차가운 질시만이 가득했다. 나는 그녀의 말에 잔인한 그 무언가를 느꼈다. 저 말은 결국.

"쌍이의 독단으로 한 일이니 아무리 주인이라 해도 몰랐던 것이지. 더구나 회임 탓에 정신이 없어 알아채지 못하였는데, 누가 탓하겠느냐?"

큰 쌍이마저 나와 얽어매서 자신은 빠져나가겠다는 것이었다. 본방나인마저도 내버리면서 순빈이 얻고 싶은 것은 정녕 무엇이기에. 나는 피가 식는 것이 무엇인지 느끼면서 천천히 입을 열었다.

"그 죄, 마마께서도 받게 되실 것이옵니다."

"……뭐라?"

"하지도 않은 회임을 사특한 목적으로 이용하는 천인공노할 죄를 언젠가는 갚게 될 것이라는 말입니다!"

분명하게 내뱉은 내 말에 순빈은 안색이 파리해졌다. 설마 그 비밀을 내가 알고 있으리라고는 짐작도 못 한 탓이겠지. 아마 큰 쌍이도 모를지도 모른다. 나는 꿰어 맞춰지는 역사의 조각들을 하나씩 헤아려 봤다.

"마마께서 꾸미신 거짓 회임은 결코 해결책이 되지 못할 것입니다. 권승휘 마마를 해하고자 둘러대었을 뿐이니까요. 모든 것이 밝혀졌을 때는 이미 늦었을 것이니 지금의 권귀(權貴)를 부디 행복하게 누리시옵소서."

눈물을 억지로 참으면서 말했다. 나는 이 올가미에서 빠져나올 수 없었다. 큰 쌍이는 순빈의 회임이 진짜라고 믿고 있을 터였다. 그 때문에 순빈의 계략에 동참할 것이 뻔했다. 소쌍은 두 명이었다. 비록 기록된 것은 한 명이라 해도, 그런 마음을 가진 것은 분명 두 명의 쌍이 모두였던 것이다. 금지되고 숨겨야만 하는 큰 쌍이의 마음은 이런 방법으로라도 그녀에게 도움이 되고 싶은 욕망으로 변질되었을 것이고, 순빈은 권 승휘를 해하고 싶다는 삿된 욕망에 휩쓸려 자신을 사랑하는 한 어인의 순정을 이용한 것이다. 순빈을 바라보는 공고한 그 마음은 나를 붙잡고 늘어져 임무를 완수하려 할 테고, 지켜야 하는 아이가 일 순위가 된 권 승휘마저도 내 편이 되어 주지는 않을 것이었다. 어쩌면…… 순빈의 말을 믿을지도 몰랐다.

"가소롭구나. 네가 어찌 알았는지는 모르나 어차피 내의원 또한 내 손아귀에 있으니 문제없다. 거짓 회임이 진짜 회임이 되지 않으리란 법 있느냐? 네가 그깟 정에 이끌리듯, 재물에 이끌리는 자 또한 있는 법이다. 허니 너는 사주 받은 적이 없다고 평생 외쳐보아라. 믿어 줄 이는 없겠지만."

순빈은 싸늘해진 안색으로, 큰 쌍이가 끌려오는 것을 바라보더니 빠르게 속삭였다. 나는 내 짐작이 틀리지 않았음을 확인하면서 절망에 빠졌다. 그녀의 말이 맞았다. 권 승휘의 조산 이유에 관해서 어떤 조사가 이루어지는 것은 당연할 것이고, 빈궁전에서 그 이야기가 먼저 흘러나오도록 손을 썼을 것이다. 다른 손길이 뻗치지 않게 그 약은 오로지 내 손에서만 달여졌고, 그것을 전해 주는 자는 큰 쌍이가 유일했다. 모든 알리바이는 완벽했고, 감히 회임을 한 세자빈을 걸고 늘어질 간 큰 사람이 있을 것인지는 장담할 수 없었다.

관조자가 되고 싶지 않았는데. 그렇다고 해서 앞에 나서서 누군가를 지키거나 해하려는 마음을 가진 것은 아니었다. 그것부터가 잘못이었을까. 정확한 입장을 견지하지 않고 휩쓸리기만 했던 것이. 나는 큰 쌍이가 내 곁에 꿇어앉혀지고, 멍석으로 둘러싸이는 가운데 그녀의 표정이 한결같은 것을 보았다. 쌍(雙)이라 불리운(召) 여인. 순빈은 뒤로 물러나고, 덩치 큰 궁녀 서넛이 몽둥이를 든 채 다가왔다. 곧 육체를 강타하는 아픔이 느껴졌고, 그 와중에도 내게는 그 단어만이 내 머릿속에 떠돌았다.

내가 아니라 해서 피해갈 수 있는 것이 아니었다. 순빈을 만나는 순간 알아챘어야 하는 것일까. 큰 쌍이의 입에서 새어나오는 신음은 같이 바닥에서 뒹굴고 있는 나를 제외하면 들을 수 있는 사람이 없을 정도로 미약하기 그지없었다. 사랑하는 사람의 눈길을 받고 싶었던 그 의지가 그녀의 입을 틀어막고 있는 것인지도 몰랐다.

그렇게 나는, 귓가에 들려오는 몇 마디 대화를 마지막으로 정신을 잃었다.

* * *

―피하려 하지 말고 똑바로 봐.

앞에 보이는 것은 컴컴한 어둠이었다. 스며 들어오는 빛 한 줄기조차 없는, 완전한 암흑. 그 가운데서 들려오는 목소리가 있었다.

―선택해.

덜컥 겁이 났다. 나지막하면서도 위엄 있는 그 목소리는 시야가 보이지 않는 가운데서도 나를 옭아매고 있었다. 나는 온몸에 힘이 들어가지 않아 늘어진 채로 굳어서 싸늘한 그 목소리를 듣고 있어야만 했다.

―네가 할 수 있는 일은 그것뿐이다.

들어본 적이 있었다. 세 번째로 들은 순간 알아차렸다. 궁에서의 첫날에 들었던 그 정체불명의 목소리. 분명 땅에 등을 대고 누워 있는 것이 느껴졌지만, 희끄무레하고 스멀거리는 기운이 나를 똑바로 마주하고 있다는 걸 알 수 있어서 눈을 결단코 뜨고 싶지 않았던 그 기억. 눈을 뜨면 어떤 무서운 존재가 있을지 몰라서 두려웠다. 그러나 지금과 그때가 다른 점이 있다면, 지금은 손가락 하나 까딱하지 못할 만큼 이상하게도 몸에 힘이 없었다.

―믿어라. 그를 믿어.

갑자기 귓가에 폭풍처럼 굉음과 같이 목소리가 울렸다. 그러더니 불쑥 한 얼굴이 떠올라 나와 눈을 마주했다. 그 사람이었다.

―그리고 말해 주어라.

이 교수. 세종. 그의 얼굴이 나타났다. 어느 것이 진짜인지, 아니면 모두 가짜인지. 나로서는 결정내릴 수 없는 그 사실이 외면하지 말라 소리치는 것 같았다. 눈을 깜빡할 때마다 그의 차림새는 곤룡포(袞龍袍)에서 정장으로, 또 익선관(翼善冠)에서 페도라(Fedora)로 쉴 새 없이 바뀌었다. 흥건하게 배어든 땀이 느껴질 때쯤 그는 다물고 있던 입을 열었다.

―마지막에야 뼈에 사무치게 깨달을 것이다.

"안 돼!"

그 말을 마지막으로, 연기가 사라지듯 남자의 형상이 암흑 속으로 빨려 들어갔다. 나는 내 몸까지 그를 따라 암흑으로 스며들까봐 겁이 나서 나도 모르게 비명을 지르며 있는 힘껏 몸을 일으키려 했다.

"하아, 하아……."

다행히도 이번에는 눈이 뜨여졌다. 나는 목이 메마를 정도로 급하게 숨을 들이켰다. 정신을 차림과 동시에 온 몸에서 욱신거리는 통증과 은은한 두통마저 느껴졌다. 대체 뭐야. 그 사람은 내게 무얼 말하고 싶기에 꿈에서 그런 모습으로…….

"……어?"

미칠 것 같은 괴이함과 불안함에 두려움이 밀려드는데, 그 생각을 단번에 치워내 주는 존재가 있는 것이 눈에 들어왔다. 쓸리고 벗겨진 생채기가 가득한 내 손을 잡고 있는 사람이 있었다.

"……유."

그가 어떻게 여기 있는지 나로서는 알 턱이 없었다. 하지만…… 이유를 묻기보다 더 중요한 것은 그가 내 곁에 있다는 것이었다. 그는 졸고 있었다. 고개는 땅을 향해 숙여져 있었고 굳게 내 손을 잡은 채로 좌정해서, 거의 사모(紗帽)가 흘러내릴 지경이었다. 나는 살며시 진양대군의 손을 내게서 빼낸 후 주위를 둘러보았다.

진양대군의 차림은 대군의 것이었다. 그러나 그가 사모에 단령을 차려 입었다 하더라도, 내가 들어 있는 이 방은 궁궐이 아니란 것은 알 수 있었다. 결코 조촐하지만은 않은 방이었지만 궁궐의 법도에 따른 집기들의 배치가 이루어져 있지 않았고, 살짝 열린 문을 통해 보이는 마루의 모습 또한 그랬다. 당연한 걸까? 불충한 죄목을 입은 궁녀가 다시 처소로 돌아갈 수는 없는 것이니. 혹시나 권 승휘가 알고 나를 도운 것은 아닌가 하는 생각이 들었으나, 그랬다면 진양대군이 와 있을 수는 없을 것이라는 데 생각이 미쳤다. 씁쓸한 웃음이 지어졌다.

"아. 깼소?"

내가 누워 있던 이부자리가 비단 금침이라는 것을 막 깨달았을 때쯤 진양대군이 깨어나 말했다. 내가 정신을 차린 것을 알고 다급하게 물어오는 얼굴에서 걱정이 가득했다.

"네."

"언제 정신을 차린 것이오? 바로 나를 깨우지 않고서."

"곤해 보이셔서 깨우지 않았어요. 그보다……."

또다시 울려오는 미약한 두통에 나는 약간 인상을 찌푸리며 이마를 짚느라 말을 끝맺지 못했다. 그러나 진양대군의 수심이 더 깊어지는 것은 표정을 보고 얼른 다시 입을 열었다.

"여긴 어디예요? 제가 왜 여기에 있는 건가요?"

"어디가 아픈 것이오?"

하지만 진양대군은 바로 말을 해 주지 않았다. 오히려 바싹 다가앉으며 이마에 손을 짚는 것이었다.

"신열이 있구려."

"괜찮아요. 유, 말해 주세요."

"……."

"어떻게 된 거죠?"

억지로 그의 손을 이마에서 끌어내리며 눈을 마주치곤 물었다. 진양대군은 곤란한 것인지, 아니면 대답하기 싫은 것인지 미간에 주름이 생겼다. 나는 잠자코 그가 입을 열기를 기다렸다. 그러자 어쩔 수 없다는 듯 그가 말해 주었다.

"그대는 이제 더 이상 궁인이 아니게 되었소."

"……제가, 쫓겨났다는 건가요?"

"그래."

"어떻게…… 그럴 수 있는 거예요?"

혼란스러웠다. 분명 순빈은 나를 죽일 것이라고 말했다. 그리고 죄목 또한 정확히 정해진 것은 아니었지만 그녀가 원한 대로 정해졌을 터였다. 그런데 어떻게 내가 살아서 궁궐 밖으로 나올 수 있었던 거지? 진양대군은 안타까운 눈빛으로 나를 바라보다가 손을 꼭 잡아 주었다.

"그리 슬퍼하지 마시오."

아마 그는 내가 궁에서 내어쫓겼다는 사실 때문에 충격을 받았다고 생각한 것 같았다. 솔직히 슬프다기보다 나는 혼란스러울 뿐이었지만 그 사실까지 진양대군에게 이해시키기는 어려울 것이었다.

"……그대는 여드레나 정신을 잃고 누워 있었어."

"그렇게나 오래요?"

멍하니 그의 말을 되받아 곱씹었다. 진양대군은 고개를 끄덕이고 천천히 말을 이어나갔다.

"내가 그대의 소식을 들었던 것도 여드레 전이었지. 여느 날처럼 아침에 입궁하여 현주의 탄생을 축하하려 저하를 뵈었는데, 전갈을 받았소."

"……제가 왕손을 시해하려 했다는 이야기였겠군요."

"비슷하오."

놀랍지도 않았다. 순빈이 미리 사람을 보내 손을 써 두려 한 것이었겠지. 세자는 내가 누구인지 알고 있었으니까, 이해시켜 두어야 할 필요가 있었을 것이다.

"저하께서는 백련각의 궁인이 그런 일을 꾸몄다는 전갈을 들으시자마자 그 궁인의 이름을 물으셨소. 그리고 그대의 이름을 들으셨지."

"……."

"서담이란 이름을 듣자마자 표가 나게 얼굴이 어두워지셨소. 그리고 곧장 자선당으로 향하신 것으로 아오."

"……그랬군요."

요컨대, 내가 순빈에 의해 멍석말이를 당하고 있을 때쯤 세자가 행차했다는 거다. 덕분에 내가 죽지 않을 만큼만 맞을 수 있었다는 거구나.

"하지만 어떻게…… 저하께서 제 편을 들어 주셨나요?"

어쩌면 왕자인 그에게는 황당하게 들릴 법한 말이란 것을 알면서도 물었다. 그런 것이 아니라면 도저히 이해되지 않을 상황이었으니까. 회임한 세자빈의 말을 무시하고 한낱 궁녀를 살려 줄 정당한 이유가 무엇이었는지 궁금했다.

"저하의 심중까지는 파악하지 못했어."

진양대군은 담담하게 대답했다. 그러더니 손에 힘을 주었다. 나는 그가 어딘가 석연치 않은 점을 마음에 품고 있다는 걸 알아챘다.

"내가 할 수 있는 일은 오직 기다리는 것뿐이었소."

"……."

"말을 전하러 온 그 궁인을 다그쳐서, 그대가 어떻게 될 것인지를 들었어. 빈궁께서는 그대를 흠씬 두들겨 패서 내쫓거나, 아니면 그대로 죽일 심산이라 하였지. 나는 폐출당한 궁인이 내쫓기는 곳에서 하염없이 기다렸지."

침통하게 말을 잇는 진양대군의 눈동자에는 형언할 수 없는 감정이 소용돌이치고 있었다. 나는 목이 메어서 아무 말도 할 수가 없었다. 그는 내가 죽어서 나올지, 살아서 나올지조차 알 수도 없는 상황에서 그렇게 나를 기다렸다고 말하고 있었다.

"그러나 저하께서 다행히 그대를 죽이지는 말라 명하셨던 모양이오. 숨은 붙은 채로 그대를 데려올 수 있었으니."

나는 조용히 고개를 끄덕였다. 머릿속에 어렴풋이 떠오르는 것이 있었다. 예전에, 빈궁전으로 가라던 세자의 말에 반항했던 것이 기억났다.

―그렇다면 저는 계속 빈궁전 지밀에 있게 되는 것이옵니까?
―나중에라도 동궁전 생과방으로는 돌아오지 못하는 것인지 여쭈옵니다, 저하.

순빈의 일 때문에 스스로를 보호하고자 마지막 동아줄을 던져 둔 것이었는데, 예상치 못한 상황에서 구원의 밧줄이 될 줄은 몰랐다. 그리고 그것을 용케 기억해 내 짜 맞추고 아량을 베풀어 준 세자 역시 고마웠다. 그가 진실로 내 말을 기억했기 때문에 나를 살려 준 것인지, 아니면 다른 생각에서였는지는 모르겠지만, 일단 내가 짐작할 수 있는 건 그 이유뿐이었기 때문에 좋을 대로 생각하기로 했다.

"그리고 여기는, 연창위(延昌尉)의 도움을 받았소."
"……연창위요?"
"누님의 부군이오."

생소한 이름에 되묻자 진양대군은 짧게 대답했다. 진양대군의 누나라면 정의공주일 터였다. 부마의 도움을 받았다는 것이구나.

"부마께서 내어 주신 곳이로군요."

"그랬소. 양효는 내 벗이기도 하니."

"궁녀를 사사로이 취하는 것은 국법에 어긋나는 일일 텐데, 괜찮을까요?"

걱정이 되어 물었다. 아무리 그가 대군이라고는 하나, 높은 신분인 만큼 조심해야 하는 것은 분명했다. 그러나 진양대군은 살짝 고개를 젓더니 나를 끌어당겨 품에 안고 말했다.

"출궁한 이상 그대는 더 이상 궁녀가 아니야."

"……."

"양효는 누님을 끔찍하게 아끼는 사람이니 아마 거짓을 말하지는 않을 것이오. 허나 누님 역시 나를 아끼시니 크게 탓하지는 않으실 거야. 걱정하지 마시오. 나를 혼낼 것이라면 이미 들이닥치고도 남았겠지."

가만가만 속삭여 주는 그 따스함에 스르르 눈꺼풀이 감겼다. 조바심이 나고 두려웠던, 응어리진 가슴이 조금씩 풀렸기 때문이었다. 의지할 수 있는 곳, 돌아갈 수 있는 곳이 하나는 있다는 게 눈물이 날 정도로 행복해서 그의 허리를 안은 채로 품에 꼭 안겨 있었다.

"……고마워요. 저를 위해 이렇게까지 해 주셔서……."

"그대를 위해 한 것이 아니오. 나를 위해 한 것이기도 해."

"그래도……."

"그대가 고초를 겪었는데 어찌 내가 관망만 하고 있겠소. 내 말하지 않았던가? 시일도 얼마 지나지 않았으니 기억하지 않소."

"네. 기억해요."

언제까지나 내 곁에 있어 주겠다던 그 약조. 내가 누구이든지간에 믿어 주고 변하지 않겠다던 약조를 진양대군은 정말로 지켜 주었다. 의심을 해도 이상하지 않을 상황에. 자신의 위치가 흔들릴 수도 있는데도. 다시 울어버릴 것 같아서 일부러 눈을 크게 뜨고 참아냈다.
"자, 그럼 이제 목이라도 좀 축여야지."
 진양대군은 나를 품에서 떼어내고, 부드럽게 머리를 쓰다듬어 주고서는 곁에 놓인 그릇을 건네주었다. 언제 깨어날 것인지조차 불분명한 상황임에도 항상 준비해 두었는지 담긴 물은 시원했다. 그것을 건네받으면서 나는 바닥에 떨어져 있는 수건에도 눈길을 주었다. 대야에는 여러 개의 수건이 담겨 있었다. 잔잔하게 일렁거리는 가슴의 물결을 느끼면서 단숨에 그릇을 비워냈다. 진양대군은 흐뭇하게 웃음을 짓더니 그릇을 다시 받아갔다.
"나는 잠시 밖에 나갔다 올 테니 좀 쉬고 있으시오."
"어디 가시게요?"
"만날 사람이 있어서."
 굳이 캐어묻고 싶지는 않아서, 고개를 끄덕였다. 생각을 정리할 시간도 필요할 겸, 다시 하나하나 헤집어 볼 참이었다. 다녀오라는 인사를 하려는데, 진양대군은 일어난 후 농을 열고 보따리 하나를 꺼내 왔다.
"뭐예요?"
"풀어보시오."
 그가 건넨 보따리를 꺼내 보니, 예상치 못한 것이 들어 있었다. 고운 빛깔의 옷이었다. 한 눈에 보아도 신경을 써서 마련한 것이라는 게 느껴지는, 송화색 저고리에 다홍빛 치마였다. 나는 물끄러미 그것을 바라보다가, 다시 진양대군에게 시선을 옮겼다.
"궁 밖에서도 나인 복장을 하고 나오지 않았소. 다른 의복을 입었으면 좋겠다는 생각을 했었어. 궁녀가 아닌 다른 신분의 여인이었으면 좋겠다고."

"유."

"이제 그렇게 되었으니, 부디 입어 주시오."

"……."

"그대가 정신을 잃은 동안 갈아입힐까도 생각해 보았으나 여의치 않아서 그렇게 하지는 못하였소."

그토록 진지한 표정으로 능글맞은 대사를 내뱉은 것에 기가 막혀서 그 얼굴을 바라보면서도 얼굴이 달아올랐다.

"원한다면 손수 하여 줄 수도……."

"아니에요!"

나는 단칼에 말을 자르며 벌떡 일어나 그의 등을 떠밀었다.

"제, 제가 입을게요. 얼른 가 보셔야 한다고 하지 않으셨어요?"

"그럼 다녀오리다."

진심으로 그러려던 것은 아니었다는 걸 알지만 왜 이렇게 그의 말에 반응하게 되는 건지 모르겠다. 나는 얼굴이 빨개진 채로 문에 기대서서 그가 신을 꿰어 신고, 마당으로 나가는 것까지 바라봤다. 하지만 길을 가로질러 가다가 웃음을 머금고 손을 흔드는 그의 모습에 웃음을 숨길 수가 없어서 마주보며 나도 인사를 해 주었다. 방으로 돌아와서, 그 옷을 펼쳐보며 생각했다. 나는 다시 서담이 되었다.

윤서담도 아니고, 궁녀가 되기 위해서 받았던 최 씨의 성도 이제는 필요 없게 되었다. 오로지 서담이 된 것이다. 아직은 이게 무슨 일을 의미하는지 잘 모르겠지만 한 가지는 알 것 같았다.

왕자 이 유의 곁에 조금은 더 가까이 있을 수 있다는 것.

아무런 명분도 없고, 신분도 없게 되니 그에게는 더 가까이 갈 수 있을 것이었다. 그가 선물해 준 옷은 그 사실을 말해 주고 있었다. 나는 저고리 매듭을 지은 후에 손을 뻗어 머리의 생을 풀어냈다. 바닥에 떨어지는 댕기를 다시 주워, 길게 땋은 머리에 묶었다. 기분이 이상했다. 나는 분명 변한 것이 없는데, 궁 안과 궁 밖에서의 나는 달라야 했다. 궁녀는 입궁하는 순간부터 왕을 남편으로 모시게 되어 있었으니까. 비록 실제로 승은을 입지 않은 여인이라 하더라도.

"……이제는 아니니까. 그래도 되는 거겠지?"

아무도 대답해 주지 않는 것이었지만 나 혼자서 되묻고, 고개를 끄덕였다. 벗어 내린 지밀나인의 옷을 천천히 개어 놓았다. 그렇게 멍하니 앉아서 이런저런 생각들을 하고 있는데, 밖에서 기척이 들려왔다.

"뭐지?"

진양대군이 돌아온 걸까? 나는 얼른 일어나서 문고리를 잡았다. 그리고 잡아당기려는 찰나, 문이 밖에서 열렸다.

"들어가도 되겠지요?"

그리고 내 앞에 서 있는 사람은 그가 아니었다. 아니, 그의 눈을 꼭 닮은 여인 하나가 당당하게 서 있었다. 누구인지 알 것 같았지만 입이 떨어지지 않아서 물을 수가 없었다.

"그러면 들어가겠습니다. 어차피 이 집의 주인은 나이기도 하니까."

분홍 빛깔의 비단 치마를 입은 공주는, 우아하게 나를 지나쳐 방 안으로 들어갔다. 몸종인 것 같은 계집아이가 내 눈치를 살피다가 다시 공주에게 시선을 던졌다. 나는 천천히 몸을 돌아 방 안에 자리 잡은 여인과 눈을 마주쳤다.

"이리 와 앉으세요. 긴 말이 될 것 같으니."

혼낼 것이라면, 이미 들이닥치고도 남았을 거라고 했었나?

나는 진양대군이 했던 말을 되새기며, 마른침을 삼켰다. 그리고 하는 수 없이 그녀의 눈빛을 온몸에 받아내면서 걸어가, 곁에 앉았다.

"진양의 부탁에 집 한 채를 내어 주었더랬지요."

"……."

"서방님께서."

정의공주는 간단히 말을 끝맺더니, 묘한 웃음을 입꼬리에 매달았다. 나는 그 웃음이 무슨 의미를 담고 있는 것인지 불안하기 짝이 없었다.

"하여 나는 이상하다 생각했어요. 진양 그 아이가 머물 거처가 없는 것도 아닐 텐데, 어찌하여 부마를 찾아와 그런 부탁을 할까."

"……."

"그런데 이제 보니, 그런 이유가 있었군요."

아래위로 훑는 시선에 움찔하면서, 나는 정의공주의 혼잣말을 가만히 듣고만 있었다. 진양대군이 어디까지 연창위에게 말한 걸까?

"물론 서방님께선 곤란하다 하시며 자세히는 말해 주지 않으셨지요. 그런 적이 한 번도 없었는데. 그래서 내가 이리 직접 찾아왔습니다."

"……예."

"내가 누구인지 압니까?"

흥미로운 빛을 가득 담은 까만 눈동자였다. 나는 그 눈빛이 정말 진양대군과 쏙 빼닮았다는 것을 느끼면서, 천천히 대답했다.

"……정의공주 자가 아니십니까?"

"알고 있군요."

원하던 반응이었는지, 정의공주는 간단하게 고개를 끄덕였다. 그리고 열린 문틈 사이로 우리를 곁눈질해 보고 있던 몸종 아이를 손짓해 불러, 보퉁이 하나를 건네받았다. 그러고서는 다시 내게 말했다.

"받으세요."

"무엇인지……."

"그대에게 필요할 것이라 생각해서 가져왔어요."

보퉁이 안에는, 소복(素服)을 비롯해서 여러 옷들이 들어 있었다. 또 남바위나 쓰개치마, 토시 같은 것들도 정갈하게 챙겨져 있어서 나는 그것들을 조심스럽게 다시 바닥에 내려놓고 우리 두 사람의 가운데쯤으로 밀어 놓았다. 공주가 말을 이었다.

"서방님께서 말씀하시기를, 진양이 보살펴야 할 여인이 있다고 하더군요. 그리고 그 여인의 신세가 몹시도 딱해 보였다고. 그 여인이 당신이 맞는 것이지요?"

"……네."

진양대군은 건춘문(建春門) 밖에서 나를 기다리면서도 연창위에게 연락을 해 방도를 취해 놓았던 것이었다. 그리고 그는 내가 지밀나인의 신분이란 것도 알고 있는 게 확실했다. 다행인 것은 그가 진양대군과 가까운 사이였고, 부인인 공주에게조차 사실을 숨겨 주었다는 사실이었다.

"공주 자가와 부마께 감사드립니다."

"그리 말할 것 없습니다. 어차피 나는 서방님이 결정내린 일에 대해서 왈가왈부할 수 없어 따랐을 뿐이니. 그래서 그것도 준비해 왔을 뿐이에요."

"……"

"그래서, 그대는 누구입니까?"

결코 부드럽거나 나를 안심시키려 하는 말은 아니었다. 하지만 공주로서는 그것이 당연한 태도겠지. 나는 순간적으로 내 뒤에 있는 지밀나인의 옷을 등 뒤로 감추어, 그녀의 눈에서 비켜나게 했다. 내가 궁녀 출신이란 것을 안다면, 출궁당한 어린 궁녀가 흔한 것도 아니니 공주가 마음만 먹는 순간 어렵지 않게 누구인지를 찾아낼 수 있을 것이다.

"그저, 왕자 나리의 은혜를 입은 백성일 따름입니다."

"진양이 그저 왕자가 아니라는 것은 알겠지요."

"……."

"적통 대군이자, 윤번 대감의 사위입니다."

정의공주는 대수롭지 않게 옷 보따리를 다시 내 쪽으로 밀어 놓았다. 그러나 나는 귀에 들려온 그 말에 신경이 쓰여 시선을 아래로 할 수 없었다.

"그런 왕자가 다른 여인을 품었다, 소문이라도 나 보세요. 항간이 발칵 뒤집힐 일이지요."

팔짱을 끼고 앉아서 정의공주는 가만히 말했다. 나를 질책하거나, 꾸짖은 어투는 아니었다. 그것은 너무나도 명백한 사실이었으니까. 나는 입술을 깨물었다.

"보아하니 다행히 천한 신분은 아닌 것 같아 한시름 놓았습니다. 다만 양인이어도 문제가 되지 않는 것은 아니지요. 소저의 양친께서는 어디 계십니까?"

"……저를 데리고 가실 생각이신지요?"

"그래야지요."

"자가."

나는 목이 메는 것을 참으면서 정의공주를 불렀다.

"예."

"저는 갈 곳이 없습니다. 진양대군 나리의 곁이 아니라면."

"……."

"자가께서 걱정하시는 것처럼 나리께 폐를 끼치지 않을 것입니다. 제가 나리께 은혜를 입었다 하여 떠벌리고 다니지도 않을 것이고, 언감생심 어떠한 자리를 꿈꾸지도 않을 것입니다."

진심이었다. 정의공주가 걱정하지 않아도, 나는 그의 위신(威信)에 해가 갈 만한 일을 할 생각은 추호도 없었다.

"하여 부끄러움을 무릅쓰고 간청 드립니다. 죽은 듯 숨죽이고 있을 터이니, 자가께서 너그러이 보아 주시면 아니 되겠습니까?"

떨리는 손을 모아 잡고, 간절하게 말했다. 정의공주는 내가 대갓집 규수일 것이라고까지는 생각하지 않을 것이다. 기껏해야 서리(書吏) 가문의 여식이라고 생각하겠지. 왕자가 거느리기에 한참 떨어지는 격의 여인이라는 것과, 겉으로 드러나 보이는 상처 또한 내가 정상적인 상황에 있는 여인이 아니란 것은 눈치 챘을 것이다. 동생을 걱정하는 누나의 마음까지 원망하고 싶지는 않았으나 나는 낭떠러지에 내몰린 느낌이었다.

"자가……."

정의공주는 한동안 말이 없었다. 미소가 거두어진 입가에는 고집스럽게 고민이 묻어 있었다. 한참 동안이나 그렇게 무엇인가를 생각하던 그녀가 입을 열었다.

"나는 그렇게 착한 사람이 못 됩니다."

"……."

"공주로 태어나서 얻은 가장 큰 이점이 있다면, 지아비의 사랑을 독차지할 수 있다는 것이에요. 부마는 죽을 때까지 나 외에 다른 여인은 보지 못하지요. 그래서 나는 내 동생들의 부인들을 볼 때면 안쓰럽습니다."

싸늘하게 내려앉는 사실에 가슴이 아팠다. 그래. 나는 진양대군의 정실부인이 되지 못하였으니까.

"동궁의 여인들을 볼 때도 그래요. 양원(良媛)께서 다행히 현주를 출산하셨으나, 또 빈궁께서 회임을 하셨지요. 양원의 마음이 어떠하겠습니까? 또 다른 승휘들이나 소훈들의 마음은요? 물론 사내가 여러 여인을 거느리는 것은 지극히 당연하고 또 손(孫)을 번창하는 일은 중한 것이지요. 허나 나는 내 사내만은 그리 하게 하지 않습니다."

정의공주는 그 말을 내뱉더니, 갑자기 자리에서 일어났다. 놀라서 그녀를 따라 몸을 일으키는데, 거침없이 발을 뗀 그녀는 문을 벌컥 열고 소리쳤다.
"순아! 가자."
"자가!"
뒤에서 부르자, 정의공주는 나를 돌아보았다. 그리고 한숨을 쉬며 말했다.
"내 잘못 생각했습니다. 알아서 하세요."
"어찌 그리 말씀하십니까."
"아니에요. 내가 우월한 위치에 있다 하여 섣불리 손을 대는 것이 정당할 수는 없지요. 마음 같아서는 그대를 국대부인에게 데려다 놓고 싶으나, 이 사실을 아는 순간 부인은 뇌옥(牢獄)과 같은 절망에 빠지게 되겠지요. 마음을 바꾸었습니다. 그냥 모르고 사는 것이 편할 거예요."
"……."
"그리고 진양의 태도를 보아하니, 이 집에서 그대를 끌어내었다가는 내가 그 아이의 원망을 다 살 것 같아요."
그녀는 씁쓸한 웃음을 짓고 내가 입고 있는 옷을 가리켰다.
"그 송화색 저고리와 다홍치마. 내가 진양에게 준 것입니다."
"예? 그, 그런데 어찌."
"내가 입으려던 것이었는데, 부마가 결정된 후 진양에게 주었습니다. 훗날 네가 은애하는 여인에게 입혀 주라고. 꽤나 돈독한 남매지간이었거든요. 서방님과 내가 애틋해 마지않는 사이이듯, 그 아이 역시 행복하길 바라며 주었지요. 여인이란 눈에 드러나는 물건을 좋아하는 법이니까, 좋은 선물이 될 것이라 덧붙이며."
나는 멍하게 공주의 말을 곱씹어 보았다. 이 옷에 담긴 의미가, 궁녀에서 양인으로 거듭나는 것 외에 하나가 더 있었다는 사실이 묘하게 다가왔다.

"안평과는 다르게 첩을 들이거나 기방에 출입하지는 않기에, 의아했었어요. 국대부인과 금슬이 좋은 것이라면 혼인한 지 오래 되었음에도 아이가 없는 것이 이해가 안 되고. 그렇다고 공부를 좋아하는 아이도 아닌데 자꾸만 명례궁을 비우기만 하니."

안평대군이 첩을 들였다고? 나는 황당하고 놀라운 소식에 나도 모르게 그게 사실이냐고 되물을 뻔했다. 그러나 정의공주의 말이 계속 이어져서, 물을 기회 따위는 얻을 수가 없었다.

"국대부인이 그 옷을 받지 못하였다고 하기에 아예 진양이 잊어버린 줄로만 알았더니. 그대에게 줄 심산이었던 모양이에요."

"……."

"사실 그대를 처음 보았을 때부터 그 옷이 눈에 들어와서 알아챘습니다. 그런데도 혹시나 해서 말해 본 것이에요. 국대부인이 눈에 밟혀서. 나는 다행히도 서방님과 만난 것이 서로에게 좋은 일이었지만, 대개는 그렇지 않다는 걸 알고는 있습니다."

"진양대군 나리께서는……."

정의공주에게 이 말을 해도 되는 것인지 몰라서 망설였다. 진양대군은 나를 첩으로 들이지 않을 거라고. 나 역시도 그럴 생각은 없다고. 하지만 정의공주는 대답을 기대하지 않는 듯, 섬돌에 놓인 신을 꿰어 신었다.

"나는 모르는 것으로 하지요. 이 집에 신세지는 것도 서방님과 진양이 알아서 할 테니. 이만 가 보겠습니다."

말을 끝마치자마자, 부리나케 가마꾼들이 다가와 그녀를 모셔 갔다. 순이라 불린 몸종 아이는 나를 힐끗 돌아보고는 급하게 그 곁을 따라 사라졌다. 나는 사라지는 사람들을 바라보고 서 있었다. 그녀가 한 말 중 어느 것 하나 틀린 것이 없어서 혼란스러웠다.

조선시대에, 특히 왕족이 여러 여인을 거느리는 것이 잘못된 것은 아니다. 하지만 정의공주의 말처럼 어찌 여인이 그를 감내하기가 쉽다 하겠는가. 현대의 시간에서 온 나 역시 그 가치관에서 자유롭지는 못했다. 서연은 내가 진양대군을 사랑한다는 걸 알면 어떤 생각을 할까. 또 자신의 자리를 위협한다 여겨서 죽이려 할지도 모르겠다.

이럴 줄 알았으면, 이 시간에서 눈을 뜬 순간 욕심을 낼 것을 그랬다. 본래 내 자리였던 것을 너희들이 앗아갔으니 도로 내놓으라고 떼라도 써 볼 것을. 얼굴 모르는 왕자와 혼인할 기회는 나보다 대갓집 규수였던 서연이 가지는 것이 어울릴 거라고 생각해서, 입궁시켜 주는 것으로 눈 감겠다 했던 내 행동이 너무나도 후회가 됐다.

"어린 생각인 걸까? 이제는 너무 늦어 버렸는데. 다시 달라고 해 보았자 가질 수 없는 건데."

마루에 쭈그려 앉아서 무릎에 얼굴을 묻었다. 해가 져서, 살을 에는 것처럼 으스스한 바람이 몰아쳐 왔다. 그 기운을 느끼면서도 나는 눈을 감고 그 자리에서 꼼짝하지 않고 있었다. 죄책감과 억울함, 슬픔과 분노가 한데 뒤섞여서 나를 괴롭혔다. 따뜻한 이부자리에 누워 있을 생각조차 나지 않았다. 그냥 여기서, 조용히 생각하고만 싶었다. 그렇게 자꾸만 시간이 흘렀다.

"왜 여기 나와 있소?"

몽롱한 기분에 또 정신이 흐려져 갈 때쯤이었다. 너무나도 듣고 싶었던 그 목소리가 들려왔다. 나는 얼른 고개를 들고 교교히 흐르는 달빛 아래 서 있는 남자를 바라보았다.

"왔네요."

그리고 조용히 중얼거렸다. 그래, 진양대군이 내게로 오고 있었다.

"물론."

"……기다렸어요."

진양대군은 살짝 미소 짓더니 마루에 다가와 걸터앉았다.

"내가 보고 싶어서 여기서 기다렸던 거요? 바람도 차가운데."

새삼스레 그의 생김새를 하나하나 뜯어봤다. 짙은 검은색 눈동자에, 그처럼 같은 색깔의 눈썹. 홀릴까 걱정이 될 정도로 붉고 아름다운 입술. 달빛에 참으로 잘 어울리는 얼굴이었다. 나는 손을 들어 그의 뺨을 쓰다듬었다. 곧 그의 따뜻한 손이 내 손을 덮었다.

"네. 보고 싶었어요."

그리고 나는 그 한 마디를 속삭였다.

"오래 있다 온 것 같지도 않은데."

진양대군은 장난스럽게 웃으며 내 손을 잡고 떼어냈다. 그러더니 곧 눈썹을 살짝 찌푸렸다.

"이런, 벌써 차가워졌잖소. 들어갑시다."

바람을 맞고 있어서 찬 기운이 어느덧 스며들었나 보다. 그의 말에 나는 내가 떨고 있다는 것을 알아챘다. 하지만 그 떨림이 단지 바람 때문이었는지, 아니면 정의공주의 말 때문이었는지 모르겠어서 그의 말을 따라 몸을 일으킬 수가 없었다. 나는 손을 잡아끄는 진양대군에게 고개를 저어 보이고, 다시 힘을 주어 진양대군의 손을 끌어당겼다.

"왜……?"

"유, 공주 자가께서 다녀가셨어요."

담담하게 내뱉은 내 말에 진양대군은 인상을 쓰더니 다시 자리에 앉았다.

"누님께서?"

"……네."

"뭐라 하셨소? 혹여 그대를 다그치기라도……."

"아니에요. 별 말씀을 하지는 않으셨어요."

나는 조금은 풀 죽은 목소리를 느끼면서 말했다. 이렇게 기운 없는 모습으로 물으려던 것이 아니었는데. 아무리 애를 써 보아도 밝게 물어볼 수가 없었다.

"옷가지까지 챙겨다 주셨는걸요."

"……그랬군."

"그리고 이 옷에 대해서도 말씀해 주셨어요."

이 말을 하면서야 겨우 미소를 지어보일 수 있었다. 그가 은애하는 여인이 나라는 걸 다시 스스로에게 인식시키면서, 겨우.

"행복했어요. 그 이야기를 들으면서."

"누님이 먼저 선수를 치셨군."

진양대군은 나를 끌어당겨 품에 안으면서 그 한 마디를 중얼거렸다. 훈훈한 온기에 몸이 따뜻해지는 것을 느꼈다.

"돌아와서 말해 주려고 했는데."

"그럼, 다시 한 번 말해 주세요."

"……뭐?"

"당신에게 직접 듣고 싶어요."

눈을 감고 어깨에 얼굴을 묻었다. 그리고 팔을 둘러 그의 허리를 껴안았다. 진양대군의 마음을 가지면 무슨 일이 일어날지 모른다고, 자꾸만 누군가가 일깨워 주는 것이 겁이 났다. 내가 가진 유일한 것을 빼앗겨 버리는 데서 오는 허탈함과 공허함, 그리고 슬픔으로 내 심장을 채우고 싶지 않았다. 눈물이 흘렀다.

"사랑해."

분명하고 똑똑하게 귓가에 그의 음성이 들려왔다. 나는 그 목소리를 끝까지 기억하고 싶어서 더욱 그의 품에 파고들었다. 한 음절씩 내뱉을 때의 그 숨소리마저 하나하나 기억하고 싶었다. 진양대군이 나를 품에서 떼어내고, 다시 말했다.

"은애하오."

그는 눈물이 흘러내린 내 뺨을 부드럽게 닦아 주었다. 하지만 나는 솟구치는 눈물을 막을 수가 없었다. 나를 사랑한다고 말해 주는 이 사람을 놓고 싶지가 않아서 스스로에게 화가 났다. 누구는 옳은 것이라 말하고, 또 다른 누구는 잔인한 것이 아니냐고 말하고 있어서 갈피를 잡기가 어려웠다. 내가 물러날 수 있을까? 정말 그럴 수 있을까?

"내가 바라보는 여인은 언제나 그랬듯 당신이오. 우리가 만나는 길에 시행착오가 많았던 것뿐이야. 단지 그런 것뿐이니, 그리 마음 졸여하고 슬퍼하지 마."

"유, 저는 겁이 나요."

당신에게 다가가도 되는 것인지 모르겠어서. 내가 곁에 있음으로 인해 피해만 끼치는 것이 아닐까 싶어서. 그러면서도 포기할 자신은 없는 내 마음이, 당신에게 들킬까 봐 겁이 나요. 나는 꺼내지 못한 말을 삼키면서 울음을 참았다.

"내가 지켜 주겠소. 내가 더 열심히 해서 인정받으면 될 일이오. 왕자로서 떳떳하고 당당하게 그대의 이름을 내 옆에 세울 것이고, 그 누구도 음해하지 못하게 할 거요. 또……."

진양대군은 손을 뻗어 내 뺨에 난 생채기를 아주 조심스럽게 쓰다듬어 주었다. 예리하게 파고든 통증이 살갗에서 느껴져 움찔하는데, 그는 아랑곳하지 않고 내 얼굴과 손을 하나하나 살폈다. 그리고 말했다.

"내 선택을 나는 후회해 본 적이 없어. 그리고 국대부인에게도 분명히 말한 바 있소."

그의 입에서 나온 한 단어에 나는 얼어붙었다. 그가 간파한 사실이 미치도록 두려우면서도, 알고 있었다는 것이 고마웠다. 나 혼자 앓고 있지 않아도 되어서. 어쩌면 그가 답을 내어 줄 수 있을지도 몰라서.

"……서연에게, 뭐라고 했나요?"

진양대군은 나를 일으켜 세우고는 가볍게 내 몸을 끌어안았다. 오른손은 뒷머리에 힘을 주어 자신의 쪽으로 기대게 하고, 왼손은 허리에 감았다. 그가 입을 열어 말했다.

"내 마음을 갖겠다는 욕심을 버리라고 하였소. 결코 주지 않겠노라고."

"……."

"허나 국대부인의 자리만은 가질 수 있을 것이니 만족하라 했소."

"……."

"……미안하오."

가만가만 머리를 쓰다듬는 손길이 너무나도 조심스럽고 따뜻해서, 나는 하마터면 다리에 힘을 잃고 쓰러져 버릴 뻔했다. 다행히도 강하게 붙잡아 주는 손길이 있어서 그대로 서 있을 수 있었지만.

"미안하다니요. 저는…… 그걸로 충분히 족해요."

마음을 숨기지 않아 주어서. 삼킨 그 말을 진양대군은 알고 있었다. 진양대군이 무엇에 미안한지, 나도 알고 있었다. 그러나 내게 필요한 것은 대군부인의 자리가 아니었다. 그렇게 말을 하지 않아도 알 수 있는 사실이 있다는 건, 마음이 이어져 있기 때문이라는 걸 알아서 나는 한동안 벅찬 가슴에 말을 잇지 못했다. 진양대군은 나를 안은 팔을 풀더니, 허리를 굽혔다.

"이걸 가져오느라 늦었소."

"아."

그가 건네준 것은 내 보통이였다. 입궁할 때 챙겨 가져갔던 것.

"어떻게 가져온 거예요?"

끌러서 보지 않아도 알 수 있었다. 놀라서 묻는데도 그는, 답을 해 주지 않고 손을 잡아끌었다.

"추우니 들어가서 이야기합시다."

자선당 마당으로 끌려가기 전에 보았던 눈송이가 정말이었나 싶게, 날씨는 아직 한겨울은 아니었다. 하지만 이미 해가 졌고, 언뜻 산기슭인줄 알 정도로 인적이 드문 곳이라 바람이 매서웠다. 그의 손을 잡고 나는 잠자코 방으로 들어섰다. 정의공주가 앉았다 간 자리에 진양대군이 다시 자리했다.

"저하를 뵙고 오는 길이오."

사뭇 진지한 표정으로 진양대군은 털어놓았다. 나는 어느 정도 짐작했기 때문에, 놀란 표정은 짓지 않을 수 있었다.

"……그랬군요."

그런데, 세자에게 나를 데려갔다는 것까지 이야기한 걸까? 그 말을 하려는 찰나였는데 진양대군이 계속 말을 이었다.

"저하께 그대와 나의 일을 말씀드리지는 못하였소. 저하께서 상심이 크신지라."

"상심이라니요?"

"권 승휘, 아, 이제는 아니지. 권 양원께서 도통 자리에서 일어나지 못하시오."

"네?"

현주를 생산했기 때문에 품계가 올라간 걸까. 그보다, 당황스러운 소식에 되물었다. 분명 권 승휘의 상태는 괜찮은 것 같았는데.

"설마…… 출산 후에 여태껏 그러셨던 건가요?"

"그래. 잠깐씩 정신을 찾기도 하고, 아예 상태가 위독하신 것도 아니야. 그러나 조산을 하시면서 진기(津氣)가 회복되지 못하여 자리보전만 하고 계시는 실정이오. 어린 현주만 불쌍할 따름이지."

"……역시 조산이 문제였던 거로군요."

"그때 그 약이 조산을 일으킨 것이오?"

진양대군은 신중하게 묻고 있었다. 나는 작게 고개를 끄덕였다.

"네. 아마…… 그랬던 것 같아요. 여인에게 좋은 약…… 그것이 임부에게는 독이 되었던가 봐요."

"이제는 말해 줄 수 있겠소? 그걸 누가 주었는지."

나는 천천히 고개를 끄덕였다. 이제 숨겨야 할 필요는 전혀 없었다. 무고할 거라고 생각했던 순빈의 계략이 명백했고, 이제는 권 양원이 된 주란 역시 고통을 겪고 있었으니까.

"빈궁 마마께서 주신 것이에요. 하지만…… 제게는 단지 여인에게 좋은 약이라고만 했었어요."

"그래서 내의원이 아니라 밖으로 나왔던 것이군."

"네. 하마터면 파란을 불러일으킬까 겁이 나서……."

말꼬리를 흐렸다. 어찌되었든 간에 내 잘못도 아예 없다고는 할 수 없는 것이었으니까. 나는 살짝 눈을 감았다가 다시 떴다.

"빈궁께서는 참 대단하신 분이오. 그런 일을 눈 깜짝하지 않고 처리하시니."

"……."

"더구나 본인의 본방나인까지 이용해서. 저하께서는 전혀 짐작도 못하고 계시오."

세자는 순빈의 계략이란 것까지는 알아내지 못했다는 거였다. 그렇다면, 정말 나를 왜 살려둔 걸까? 짧은 시간 얼굴을 마주했던 것으로 나를 믿었다는 가설은 빈약하기 짝이 없었다. 그러다가, 나는 퍼뜩 생각이 나서 진양대군에게 물었다.

"유, 그러면 그 본방나인은 어떻게 됐어요? 저와 같이 멍석말이를 당했던."

"아……."

진양대군은 그제야 생각이 났다는 듯 짧은 신음을 뱉었다. 왠지 모를 불길한 기분이 들었다.

"그 나인은 건춘문 밖으로 나오지 못했나요? 아니면 빈궁 마마께서 다시 데려가셨거나……."

"……죽었소. 그대보다 그 나인이 먼저 건춘문 밖으로 나와서 살펴보았으나 이미 숨이 끊어진 뒤였소. 어쩔 수 없었어. 빈궁께서 작정하셨다면 말릴 수 없는 것이었으니."

진양대군이 안타깝다는 듯이 말했지만 나는 말을 이을 수가 없었다. 그녀 역시 편히 있지는 못할 거라고 생각하기는 했지만…… 죽여도 나를 죽이는 것이 더 안전했을 텐데. 쌍이는 아마 목에 칼이 들어온다고 해도 순빈의 모략을 실토하지 않을 것이었다. 그런데 어째서 그 아이가 죽어야만 했던 걸까. 나는 이를 악물고 고통을 참아내려 했던 그녀의 모습이 눈에 선했다. ……어쩌면. 이루어질 수 없는, 다가갈 수 없는 사이라는 걸 알았기 때문에 차라리 죽고 싶었던 것일까.

"사람을 시켜 양지바른 곳에 묻어주라 하였소. 이미 떠난 사람, 마음에 깊게 담아 두지 마시오. 가슴만 아플 뿐이오."

진양대군이 가만히 손을 잡고 한참을 쓰다듬어 주었다. 일각쯤 가만히 생각하다 나는 고개를 끄덕였다. 그리고 다시 세차게 저었다. 아니다. 어차피 큰 쌍이는 순빈의 말로를 보지 않아도 되었으니. 잔인할지라도 제일 나쁜 결말은 아닐지도 모른다. 나는 이미 벌어진 일은 감당하려 애썼다. 큰 쌍이가 결코 내게 우호적인 적은 한 번도 없었고, 작은 쌍이와 같이 나를 기껍게 여겨 준 적도 없었다. 나 역시도 그녀와 친밀한 사이는 아니었으나, 면식이 있는 사람이 그리 되었다는데 마음이 편하지는 않았다. 하지만…… 큰 쌍이는 본인이 행복해지기 위해서 최선의 선택을 한 것일 것이다. 내가 그 선택을 동정해 준다면 그녀에게 실례가 되는 것이 아닐까. 억지로 생각을 떨쳐 낸 나는 괜히 그가 가져다 준 보퉁이를 앞으로 끌어다 놓았다. 진양대군이 그 모습을 보더니 나지막이 말했다.

"사실은 내가 그걸 챙기려한 것은 아니었소. 오히려 생각지도 못했던 것이었는데, 동궁의 나인 중 하나가 가져다주었소."

"……동궁전, 나인이요?"

"그래. 저하를 뵙고 나오는 길에. 어디선가 본 얼굴 같았는데 정확히 누구인지는 기억이 안 나."

나는 그녀가 작은 쌍이일 거라는 걸 직감적으로 느꼈다. 나를 기억해 줄 나인이 그녀 외에는 더 없을 것이기 때문에.

"뭐라고…… 하던가요? 제게 말을 전해 달라고는 하지 않았나요?"

"아무 말도 없었어. 단지, 내게 주어야 될 것 같다고 하더군."

작은 쌍이가 어떻게 알았을까. 진양대군과 나를. 눈치 챘던 걸까? 아니면 단지 세자와 진양대군의 대화를 듣고 끼워 맞춘 것일까? 그러다가, 작은 쌍이가 동궁전 생과방에서 나와 진양대군의 첫 만남을 기억할 것이라는 게 생각이 났다.

"생과방에 있었을 때 사귀었던 친우예요. 고맙게도…… 기억해 주었나 봐요."

작은 쌍이가 소쌍이란 것을 알게 된 이상, 그녀와 순빈의 미래가 그려졌다. 하지만 그 사실은 차치하고서라도…… 작은 쌍이가 나를 아직은 친우로 여겨 주고 있는 것이라는 걸 알게 되어서 슬펐다. 그녀도 내가 순빈에 의해 거의 죽게까지 되었다는 걸 알았겠지. 미리 알고 모르는 척했던 걸까. 아니면, 사랑하는 사람의 손에 의해 죽게 될 어린 시절의 친우를 위해 애원이라도 해 주었을까. 아무리 물어 봐도 답을 낼 수 없는 물음이었다. 나는 손을 뻗어 보퉁이를 풀어 보았다.

"가보(家寶)라 하지 않았소."

곧 천에 싸여 있던 물건들이 드러났다. 그 중에서도 가장 부피가 큰 리코더가 보이자 진양대군이 낮게 속삭였다. 비록 거짓말이기는 했지만, 나는 리코더를 기억해 준 진양대군에게 고마움을 느꼈다. 친 어머니가 주신 가보라고 했었지. 사실 가보라는 것은 어폐가 있지만, 어머니가 주신 것이라고 해도 틀린 말은 아니었다. 이 초보자용 리코더는, 엄마가 아껴 모은 돈으로 사 준 준비물이었으니까. 나는 목이 메어서 그것을 집어 들곤 품에 안았다.

"네. 고마워요, 잊지 않아 주어서……."

"이것도 잘 싸 놓고 보관하고 있었구려."

진양대군은 장난스럽게 웃더니, 자전을 꺼내 종잇장을 넘겨보았다. 그가 준 것이었다. 나는 그때의 기억이 떠올라 미소 지었다.

"새 것이 아닐까 걱정하였는데. 생각보다 열심히 공부했던 모양이군?"

"당신이 준 것이잖아요. 짬이 날 때마다 조금씩 들여다보았어요. 물론 다 익히지는 못하였지만."

"자전만 보아서 그럴 것이오. 경서(經書)를 보며 공부하면 더 쉽게 배울 수 있을 테니, 내 가르쳐 주리다."

"네. 그렇게 해요."

선선히 대답하자 진양대군은, 자전을 덮고 나를 빤히 바라봤다. 나는 갑자기 뚫어져라 바라보는 시선에 당황해서 리코더를 내려놓았다.

"왜, 왜요?"

"이상해."

"……뭐가요?"

"왜 그렇게 말하는 것이오?"

"그렇게 말하다니요?"

대체 그가 무슨 말을 하는 것인지 몰라서 되묻자, 진양대군은 짧게 신음을 내뱉었다. 미묘하게 꿈틀거리는 짙은 눈썹이 그의 표정을 숨기고 있었다. 다시 한 번 입을 열어 무언가를 물으려는데, 진양대군이 가까이 다가왔다.

"……오늘따라, 그대가 그대 같지 않은 것 같아."

"제가 저답지 않다니, 그게 무슨!"

말을 끝맺기도 전에, 내가 얼굴을 피하지 못하게 두 손으로 얼굴을 잡고 진양대군이 입을 맞췄다. 미처 감지 못한 눈이 크게 뜨여졌다. 하지만 곧 나풀거리듯 눈꺼풀이 스르륵 내려앉았다. 조금 숨이 찰 정도까지 뜨겁게 숨결을 나누던 진양대군이 그제야 조그맣게 속삭였다.

"내가 보고 싶다고 말하고. 내게 사랑한다는 말을 해 달라 하고."

"……"

"오늘처럼 적극적인 적이 없었던 것 같은데. 내 말이 틀렸나?"

달콤한 여운에 빠져 있다가, 그의 마지막 말에 얼굴에 달아올랐다. 얼굴에 퍼지는 뜨거운 열기가 머리 꼭대기까지 차오르는 것 같았다. 나는 더듬거리며 말을 이었다.

"그, 그랬나요?"

"그래."

흑요석(黑曜石) 같은 까만 눈동자를 바라봤다. 그러다가, 그의 눈동자에 비친 내 모습을 보았다. 오롯이 그의 두 눈 속에 담겨 있는 여인이 나라는 것을 자각하는 순간, 나는 충동적으로 입을 열었다.

"유, 당신을…… 놓고 싶지 않아요."

"……"

"잃고 싶지도 않고, 포기하고 싶지도 않아요. 여기까지 오는 데 시행착오가 많았듯이 앞으로도 그럴 거고…… 끝이 어떨지도 저는 잘 모르겠어요. 그런데도…… 당신을 지워내고 싶지 않아요. 당신의 곁에 있는 게 나였으면 좋겠어요."

손을 들어 그의 머리칼을 넘겨주었다. 사모를 벗다가 흘러나온 한 가닥의 머리칼을 그렇게 넘겨주면서, 나는 그때의 봄날을 떠올렸다. 진양대군이 그런 내 손을 한 손으로 겹쳐 잡았다.

"……그래도 돼요? 한순간만 머물다 사라지는 것이 아니라, 언제까지나 함께 하고 싶다고 말해도 되는 건가요?"

신중하게 한 마디씩 내뱉었다. 그의 대답을 기다리면서, 그의 흔들리는 눈빛을 하나도 놓치지 않으면서. 이윽고 말을 끝맺고, 나는 가만히 기다렸다. 진양대군은 천천히 팔을 내려, 내 손등에 입을 맞추었다.

"물론."

그리고 팔을 당겨 품에 안았다. 처음 안겨 본 것도 아닌데, 새삼스레 가슴이 뛰었다. 등잔 불빛이 벽에 그리는 그림자가 눈에 들어왔다. 두 인영이 서로에게 안겨 있었다.

"놓지 마."

"……."

"언제까지나 그대에게만 내 곁을 주겠소. 얼마나 아프든 간에 상관 말고 견뎌내. 견디고 견디는 그 곁에 내가 함께 머무를 테니."

목이 메어서 숨도 쉴 수가 없었다. 하지만 눈물이 나오지는 않았다. 설레어서 가슴이 뛰고, 기뻐서 숨결이 거세어졌다. 그래. 나는 이 남자와 함께라면 소용돌이치는 세상 속에서도 살아 낼 수 있을 것 같았다.

"영원토록 변하지 않을 맹세를 그대에게 해 주겠소. 약조보다 더 굳세고 깨어지지 않는 것으로. 설령 서담 당신을 내 곁에서 앗아가는 존재가 하늘이라 해도 맞서서 찾아올 것이오."

"고마워요."

그 말이 듣고 싶었다. 진양대군의 말을 오롯이 마음에 담은 순간, 놀랍게도 가슴에 멍울진 덩어리들이 사라져 갔다. 내가 조그맣게 속삭이자 진양대군이 장난스럽게 웃음 짓는 소리가 들려왔다.

"내 마음을 오로지 그대에게만 주었음을 언제나 기억해 주시오."

"……네, 그럴게요."

그는 곧 손을 들어서, 길게 땋아 내린 내 머리칼을 쓰다듬어 주었다.

"그대가 불안해 할 것이라는 걸 알면서도, 더 빨리 말해 주지 못해서 안타까웠소. 궁녀란 신분의 굴레를 벗을 기회를 얻고자 한다면, 병에 걸리거나 죽음으로서만 이룰 수밖에 없으니까. ……아니면 왕의 여자가 되거나."

마지막 말을 할 때 진양대군의 목소리가 조금은 떨린 것 같았다. 나는 그의 목소리에서 망설임과 함께 죄책감을 읽어 낼 수 있었다. 그것은 진양대군 이 유가 왕의 아들이기 때문일 것이었다. 그와 조금만 더 일찍 인연이 닿았더라면, 생과방으로 입궁하는 것 외에 다른 방도를 생각해 낼 수 있었을까?

"그래서 당신이 더 이상 생머리를 하지 않은 이 모습이 너무도 감격스러워."

속삭인 목소리가 귓가에 미끄러지듯 스며듦과 동시에, 그의 손길은 내 머리꼬리에 매달린 붉은색 댕기를 풀어 내렸다. 진양대군의 손끝은 그 댕기자락을 지나쳐 어깨에 닿았다.

"……밤이 깊었소."

어깨의 유려한 곡선을 타고내리는 진양대군의 손길에 나는 감전된 듯 찌릿함을 느꼈다. 더구나 감상에 젖은 나지막한 그 목소리에 나는 터져 버릴 것 같은 심장을 숨기려, 얼른 그의 품에서 떨어졌다.

"그, 그렇네요. 어느새······."

"달빛이 참으로 아름답더군."

나는 내 심장 소리를 숨기려 안절부절못하고 있는데, 진양대군의 표정은 오히려 아무렇지도 않아 보였다. 나는 당황한 기색을 숨기려 노력하면서 벌떡 일어났다.

"이제 돌아가 보셔야죠. 더 늦으면······!"

방문을 벌컥 열어젖히며 말을 이으려다가, 밖의 광경을 보고서는 조용히 입을 다물었다. 문 밖의 세계는 이미 어둠이 완전히 깔린 상태였다. 빛이라고는 머리 위에 뜬 둥그런 쟁반 같은 달만 있었고, 그 빛에만 의존해서 먼 거리를 가기에는 무리였다. 우겨 볼 수 없을 정도로 당연한 사실이 눈앞에 펼쳐져 있어서 더 말을 꺼낼 수도 없었다. 나는 내가 정신을 차린 것이 이른 아침이 아니었다는 것을 상기했다. 더구나 진양대군의 얼굴에 비쳐 흐르던 달빛 또한 그 사실을 뒷받침해 주었다. ······그때도 이미 명례궁으로 돌아가기에는 늦었던 거야.

"무얼 생각하오?"

어느새 뒤에 다가온 진양대군이, 내 허리에 팔을 감았다. 그를 등지고 있어서 내 얼굴이 보이지 않는 것이 정말 다행이었다. 얼굴이 달아올라 터질 것만 같았다. 요동치는 심장의 박동이 제발 그에게는 들리지 않으면! 미친 듯이 마음속으로 되뇌는데, 진양대군이 내 어깨에 고개를 묻고 조용히 말했다.

"월하(月下)의 인연이라. 그 생각을 하고 있었나?"

"······."

"들어갑시다."

어떻게 발을 떼었는지도 모르겠다. 너무도 당연한 손길로 그가 문을 닫고, 나를 이끌었다.

"설마 이 밤에 날 쫓아내려고 하지는 않겠지?"

"아…… 그…… 쫓아내려는 게 아니라."

"바람도 찬데 마루에서 해 뜰 때까지 기다리라는 것도 아니겠지?"

정말 어떻게 한담. 확실히, 한밤중에 밖에 있는 것은 무리인 날씨였다. 심장이 저 아래까지 곤두박질쳤다가 다시 솟구쳐 올라오는 것 같았다. 진양대군은 능청스러운 표정으로 농에 있는 이불과 베개를 꺼내 왔다.

"자. 펴는 것 좀 도와주시오."

어떻게 침구(寢具)가 딱 두 개가 준비되어 있는 거지? 내 의심스러운 눈빛이 그에게 전해졌는지, 진양대군은 등잔을 한 쪽으로 치우며 말했다.

"양효의 집이라 하지 않았소. 누님의 집이기도 하고. 여름에 그 부부가 가끔 들러 휴양을 하고 가려는 목적으로 지은 집이오. 뭐, 지금은 겨울이 다 되어 가니 드나드는 사람도 거의 없소. 시종들은 가끔 들르는 모양이지만."

하는 수 없이 진양대군이 꺼낸 이부자리를 같이 정리해 주고는 있었지만, 나는 내가 사용했던 것과 같은 무늬로 짝을 이루고 있는 원앙금침(鴛鴦衾寢)을 확인하고 움찔했다. 그래서 대충 아무 말이나 주워섬겼다.

"공주 자가께서도 음풍농월(吟風弄月)을 즐기시는군요."

"본디 성정이 호걸(豪傑)을 닮아, 늘 호연지기를 이야기하시지. 오죽하면 중전 마마께서 누님이 아들로 태어났으면 풍류와 유람을 즐기는 선비가 되었을 거라 하시겠소."

대수롭지 않게 대답하여 주던 진양대군은, 말을 마치고는 나를 빤히 바라보더니 다시 입을 열었다.

"이리 오시오."

내 이부자리 옆에 나란히 펴 놓은 이불 위에서, 진양대군은 손짓하고 있었다. 나는 손을 뻗어 이불 끝을 잡아서 끌어당겼다. 그의 미간이 살짝 찌푸려지는 것을 곁눈질로 보았지만, 짐짓 모르는 척을 하고는 두 이불 사이에 간격을 만들었다. 그리고 그 틈 사이에 가서 앉았다.

"네?"

"······뭐하는 거요?"

"오라 해서, 온 것뿐인데요."

진양대군은 아무 말도 안 하고 나를 옆으로 비켜나게 하더니 다시 손을 뻗어 내 이불을 끌어당겼다. 나는 잽싸게 그것을 잡고 다시 밀어냈다. 그리고 구석에 치워져 있던 등잔을 들어다 사이에 놓았다.

"대체 뭐하는 거냐니까?"

"······유, 나는."

아, 모르겠다. 나는 눈을 질끈 감고 소리쳤다.

"나는 아직 준비가 안 됐어요!"

떨려서 죽을 것 같은 것도 한 몫 했고, 안기거나 손을 잡고 입을 맞추는 것까지 스스럼없이 했었지만. 그래도 이렇게 가까운 거리에서 눈을 붙이고 있을 것 같지 않았다. 도저히 감은 눈을 뜰 수가 없어서 두 손으로 얼굴을 감쌌다.

"제, 제가 문가에서 잘게요."

"하하하!"

여태까지 들어 본 것 중에 제일 큰 웃음소리였다. 나는 민망해 죽을 것 같아 얼굴에서 손을 떼지 못하고 그의 웃음소리를 듣기만 했다. 할 수만 있다면 땅으로 꺼져 버리고 싶었다. 아니면 당장 문을 열고 뛰쳐나가거나! 그러다, 내 손목을 붙잡는 뜨거운 손길에 화들짝 놀라서 눈을 떴다.

"그래, 그대가 무얼 생각했는지 알겠어."

낮게 속삭인 그 목소리가 무엇을 뜻하는지 알아채기도 전에, 그는 나를 밀어 원앙금침 위로 넘어뜨렸다. 휘청하고 시야가 흔들려 천장이 눈에 들어왔고, 다홍빛 치맛자락이 붉은 원앙의 자수를 가리며 흩어졌을 거란 사실이 머릿속에 떠올랐다. 얼음처럼 굳어 버린 채 뜨겁게 뛰는 심장 고동만 내가 이 시간에 존재한다는 것을 느끼게 해 주었다.

"크게 다르지 않아. 내가 생각했던 것과."

천장을 바라본 시야에 진양대군의 수려한 얼굴이 가득 찼다. 달콤한 말을 속삭이는 붉은 입술이 점점 다가왔다. 그 따스한 숨결을 나누어 받는 순간마저도 그는 내 손을 놓지 않고 있었다. 이윽고 다시 진양대군의 시선이 나와 마주쳤다. 그는 내 뺨에 다시 입을 맞추어 주었다.

"아쉽지만, 그대가 꺼려하는 듯하니 참아야지."

장난기 섞인 웃음이 고운 눈매에 담겼다. 진양대군은 그제야 내 손목을 놓아주었다.

"오늘만 날은 아닐 터이니."

그리고서는 의미심장하게 한 마디를 내뱉었다. 뜨겁고 차가우면서도 간질거리는 묘한 기분에 내가 꼼짝 못하고 있는 사이 그는 몸을 일으켜 그의 자리로 돌아갔다. 그가 등잔을 다시 구석으로 치워버리는 사이에 겨우 일어난 나는 뺨에 손을 대어 보았다. 불에 덴 듯 뜨거운 감촉이 전해져 왔다.

"등잔은 쓰러질 수도 있으니 구석에 치워 놓읍시다. 어차피 끌 것이긴 하지만, 자다가 고운 그대 얼굴에 떨어지는 봉변이라도 당하면 어쩔까 걱정이 돼."

"고, 곱다니……."

"그리 얼굴을 붉히고 있는데 아름답지 않을 리가."

그런 말을 하면서도 진양대군은 얼굴도 한 번 붉어지지 않았다. 그리고 내가 올라앉은 이불을 다시 그의 곁으로 끌어당겼다. 곧 한 치의 틈도 없이 이부자리는 나란히 맞붙었다. 그때가 되어서야 진양대군은 흡족한 웃음을 지으며 등잔의 불을 껐다. 암흑이 방 안을 가득 채웠다. 문틈 사이로 새어 들어온 달빛으로 서로의 얼굴 윤곽만 겨우 확인할 수 있을 정도였다. 사부작거리며 그가 이불을 덮고 눕는 소리가 들려왔다. 나도 그를 따라서 자리에 누웠다. 아까의 그 기억이 자꾸만 떠올랐다. 마음 같아서는 이불을 뒤집어쓰고 베개에 얼굴을 묻고 소리라도 지르고 싶은데, 곁에 누워 있는 사람 때문에 그럴 수도 없었다.

"손."

그러다 갑자기 들려온 진양대군의 목소리에 꽉 쥐고 있던 이불자락을 놓았다. 설마, 손을 달라는 건가?

"……손을 달라는 거예요?"

"응."

"잡고 있게요?"

"손이라도 잡고 있어야, 그대가 내 곁에 있다는 사실을 느끼며 잠을 청할 수 있을 것 같아. 왜, 싫소?"

"아니요."

나는 그의 말에 조그맣게 답하여 주었다. 그리고 살며시 오른손을 들어, 그의 곁으로 내밀었다. 조금의 머뭇거림도 없이 내 손을 꼭 잡아 쥐는 움직임에, 나는 거세게 뛰던 심장이 안정을 되찾는 걸 느꼈다.

"자, 이제 잡시다. 이미 그대는 많이 쉬었겠지만, 누님을 뵐 때 또 혼자 힘들어 했을 것이지 않소. 피곤할 테니 얼른 눈을 감아."

"……잘 자요."

마치 옆에서 지켜본 것처럼 그는 나를 꿰뚫고 있었다. 한 마디 말도 하지 않았음에도. 그 사실에 나는 진양대군에게 설렘 그 이상의 감정을 가지고 있다는 걸 다시금 깨달았다. 떨림과 동시에 나를 믿고 알아주는 데서 오는 고마움이 공존하는 것이었다. 그렇게, 마음 한구석이 따뜻해지는 것을 느끼면서 내려앉는 눈꺼풀을 오랜만에 편하게 느꼈다.

* * *

 눈을 감은 순간, 단단히 잡혀 있는 손의 감촉에 신경이 쓰이면서도, 마음이 놓여서 그런지 잠에 빠져들었던 것 같다. 나는 새어 들어오는 햇빛과 바람, 그리고 지저귀는 새 소리에 눈을 떴다. 부스스 몸을 일으켜서 반사적으로 곁을 돌아봤는데, 빈 이부자리가 눈에 들어왔다. 놀라서 농위를 바라보니 그대로 놓여있는 사모가 보였다. 아직, 명례궁으로 돌아가지는 않은 거구나.
 자리에서 일어나, 살짝 열린 문에 다가서 고리를 잡고 활짝 열었다. 눈부신 빛이 나를 덮쳤고, 나는 그 가운데 서 있는 남자를 보았다.
 "일어났소?"
 마당 한가운데 서서 해바라기를 하고 있던 그가 환히 웃음 지으며 팔을 벌렸다. 나도 진양대군의 얼굴에 서린 것과 꼭 닮았을 것 같은 미소를 지었다. 가만히 고개를 끄덕여 주고서, 곧장 그에게 달려갔다. 부딪히듯 그의 품에 안겨들었다.
 "네. 좋은 아침이에요, 유."
 "여덟 날이나 푹 잤으니 일찍 일어날 줄 알았는데."
 달콤한 목소리가 귓가를 파고듦과 동시에, 간질거리듯 부드러운 바람이 나부꼈다. 겨울바람처럼 차가운 것은 아니어서 아늑함이 느껴졌다. 진양대군은 내 머리칼을 쓰다듬으며 내 허리에 감은 손길에 더욱 힘을 주었다.

"아니면, 나 때문에 긴장하여 잠을 이루지 못하였거나. 그런데 정작 그대는 아무렇지도 않았던 모양이로군?"

"저는……."

심술궂게 물든 눈동자를 바라보며 나는 입을 떼며 뒷걸음질 치려다, 강하게 잡아 붙드는 그의 손길에 꼼짝달싹 못하고 다시 서 있게 되었다.

"오래간만에 편하게 잠을 청했어요. 당신이 곁에 있어서 그랬나 봐요."

그래서 결국 그의 얼굴이 코앞에 다가온 순간 겨우 말을 끝마쳤다. 그러자, 순식간에 진양대군의 얼굴은 화사한 웃음으로 가득 찼다. 그는 내 볼에 가볍게 입을 맞추더니 말했다.

"다행이군."

"뭐가요?"

"밀폐된 공간에, 곁에 사내를 두고서도 태평하게 잠든 여인의 머릿속이 궁금했었지. 나만 인내하며 참았던 것일까? 내가 그리도 매력 없는 사내일까? 이런저런 생각을 하며 밤을 꼴딱 새울 지경이었지."

설마 그런 생각을 했을 줄이야. 하긴, 나도 불이 꺼지기 전까지는 몹시 긴장했었다. 그런데 베개에 머리를 대고 어느 정도 지나니 잠이 쏟아져서, 나도 모르게 잠들어 버린 것이었다. 그 전까지의 기억을 더듬어 보아도, 떠오르는 건 전혀 미동이 없던 그의 손과 평온한 숨소리밖에 없었다. 그, 그런데 잠을 이루지 못했다고?

"그러다 새벽녘에야 겨우 잠들었어. 그런데, 그대의 말을 들으니 안심이 되오."

아닌 게 아니라, 그의 입꼬리는 한껏 웃음을 매달고 있었다. 나는 그 웃음에 가슴이 따뜻해지는 것을 느꼈다. 이렇게 천진난만하고 밝은 웃음을 짓고 있는 그를 볼 때면 나까지 아무런 이유 없이도 행복해 지는 것 같았기 때문이다. 그런데, 갑자기 그가 내 허리를 감았던 손을 풀고, 나를 꼭 껴안더니 땅에서 들어 올리곤 주위를 빙빙 돌았다.
"헉! 유, 뭐하는 거예요?"
"그대가 나를 설레어하는 것도 좋지만."
내가 햇빛을 등지고 있는 통에, 말간 아침햇살은 나를 지나쳐 그의 얼굴에서 빛나고 있었다. 어지러운 시야 속에서도 웃고 있는 그의 얼굴이 들어왔고, 나는 그것이 미치도록 좋았다. 두근대는 심장이 그 사실을 뒷받침해 주는 듯했다.
"나를 마음 깊이 믿고 있다는 것은 더 기쁘오."
무겁지도 않은지, 그는 크게 외치고서 몇 바퀴를 더 돌더니 나를 내려 주었다. 나는 어지러운 탓에 잠시 숨을 골랐다가, 그의 손을 잡아서 내 쪽으로 끌어당긴 후에 뺨에 입을 맞추어 주었다.
"당신을 마음 깊이 믿어요. 그리고 설레기도 해요."
"언젠가는 약속해 주겠소? 나 때문에 밤을 지새울 거라고."
"네. 하지만 약속할 것까진 없을 것 같아요. 이미 그런 적이 있으니."
종학에서의 만남을 기약하고, 밤이 깊어서까지 잠을 자지 못했던 것이 떠올라 웃음이 나왔다. 하지만 그는 자못 심각한 표정으로 고개를 저어 보였다.
"그런 의미 말고. 뭐, 그래도 일단 대답은 하였으니 그런 줄로 알겠소. 나중에 가서 잡아떼지는 않을 테지?"
"잡아떼지는…… 않을 거예요."
그런 의미가 아니면 무슨 의미로 물었다는 거야? 하지만 나는 일단 긍정의 대답을 해 주었다. 진양대군은 묘한 미소를 짓더니, 그것이면 되었다는 듯 고개를 끄덕이고는 말했다.
"배는 안 고프오?"

"음, 조금요. 그런데, 여기 부엌이 있나요? 아니면 음식 만들 재료나."

사람이 늘 사는 집은 아니라고 했으니, 준비가 되어 있을지 몰라서 빨리 아침을 만들어야겠다는 생각을 하고 있는데 진양대군이 내 손을 잡은 채 걸음을 떼며 말했다.

"부엌이야 있지. 허나 재료는 없소."

"네? 재료가 없으면 어쩌죠?"

"그대는 이제 곧 병석에서 일어난 사람이오. 내가 아무리 왕자라 해도 아픈 사람까지 부려먹을 인사는 아니야. 더구나 다른 사람도 아니고 그대인데. 방금 전에 양효가 사람을 보내 주었소."

"아……."

정의공주는 모르는 것으로 하겠다고 했으니, 연창위가 신경 써 주는 것인가 보다. 그는 부엌 한구석에 놓인 소반을 들고 왔다.

"자."

손수 그가 수저까지 꺼내어 건네준 것을 받고, 나는 새삼 울컥하는 것을 느끼며 감동에 젖었다. 이런 평화로운 나날의 아침을 맞아 본 것이 너무나도 행복했기 때문이다.

"누님 댁 찬모의 솜씨가 좋아, 끼니를 대접받을 때마다 감탄하곤 한다오."

궁중에서 차린 것과 같이 화려하거나 가짓수가 많은 것은 아니었지만, 소박하고 정갈하게 차린 찬이 보였다. 정말 왔다 간 지 얼마 되지 않은 것인지 밥에서는 따뜻한 훈김이 피어올랐고, 알맞게 노릇노릇 구운 생선은 윤기가 흘렀다. 생기 있는 푸른빛을 띤 녹색 나물 여럿도 눈에 띄었다. 진양대군과 나는 이런저런 정담을 나누면서 그렇게 아침을 먹었다.

"어허, 앉아 있으라니까."

그렇게 그릇을 다 비우고, 내가 상을 치우려 하자 진양대군은 어깨를 잡아 누르며 눈을 부릅떠 보였다. 아이를 어르는 것 같은 그의 모습에, 웃음이 나왔다. 진양대군도 마주 웃어 주며, 일어나 상을 들고 나갔다. 나는 그를 따라 나가지 못하고, 이불을 개어 농 안에 집어넣었다. 그러자 곧 진양대군이 방으로 들어왔다. 나는 농 위에 놓인 그의 사모를 집고 그에게로 다가갔다.

"……가 보셔야 하죠?"

여덟 날이나 명례궁으로 돌아가지 않고 이곳에서 나와 함께 밤을 보낸 것은 그렇다 치더라도, 왕자로서의 신분을 가지고 있는 그에게 책무가 있는 것까지 내팽개치라 말할 수는 없었다. 나는 조용히 고개를 끄덕이는 그에게, 까치발을 해서 사모를 씌워 주었다.

"가 보세요. 저는 괜찮아요."

"낯선 곳에 혼자 남겨두고 있으려니 마음이 놓이지 않소."

"여드레나 여기에 계셨잖아요. 너무 오래 자리를 비우시면 안 돼요."

"걱정되지 않소? 내가 돌아오지 않을까 봐."

"걱정되다니요."

손을 뻗어 그의 뺨을 가볍게 어루만져 주면서 부드럽게 말했다.

"안 돌아오실 거예요?"

"그럴 리가."

즉각적으로 들려오는 대답에 나는 웃음 지었다. 그를 온전히 믿었기에. 진양대군은 아쉬운 빛이 만면에 가득했지만, 어쩔 수 없이 걸음을 떼어 마루로 나갔다. 나도 그를 배웅하려 뒤를 따랐다.

"해질녘 즈음에 다시 오겠소."

"네. 기다리고 있을게요."

"푹 쉬고, 또 집 주변도 둘러보시오. 휴양을 위한 곳이니만큼 경치가 절색이니. 아, 그렇다고 해서 너무 멀리까진 나가지 말아. 인적이 드문 곳이라 길을 잃으면 안 되니까."

"네, 그럴게요."

"그럼 다녀오리다."

진양대군은 내 손등에 입을 맞춰 주고서, 떠나갔다. 그가 조그만 점으로 바뀌어 시야에서 사라질 때까지 나는 그 자리에 서서 손을 흔들어 주었다. 그리고 그 여운에 젖어 마루에서 한참 동안이나 앉아 있었다.

"음, 집 주변을 돌아나 볼까?"

속세에서 떨어진 이상향이라도 꿈꾸는 듯, 공주와 부마의 집은 고래등과 같은 기와집이라기보다 조촐한 초당(草堂)이었다. 그렇지만 허술하거나 세간이 빈약한 것은 아니어서 쉬어가기에는 알맞았으나 무언가를 하며 시간을 보낼 만한 곳은 아니었다. 가져온 것이라고는 리코더와 자전밖에 없어서 무료했다. 곁에 진양대군이 없으니 시간도 더디 흐르는 것 같았다. 나는 가볍게 주변을 돌아다니기로 마음을 먹고 몸을 일으켰다.

"언제까지나 연창위가 보내 주는 음식만을 기다리고 있을 수는 없으니까, 무언가라도 찾아봐야지."

초겨울이 다가온 터라 산나물 같은 것이 많지는 않겠지만. 나는 벽에 걸려 있는 소쿠리를 챙겨 놓고, 편한 옷으로 갈아입으려 다시 방으로 들어갔다. 그리고 정의공주가 가져다 준 옷 보통이를 뒤져 보다가, 하나같이 귀하고 좋은 옷감으로 만든 것들이라는 것을 알아챘다. 산을 헤매다가 다 찢겨질 것 같았다. 그러기에는 왠지 미안한 마음이 들어서, 나는 숨겨 놓았던 내 보통이 쪽으로 다시 눈을 돌렸다. 어쩌면 옷가지가 들어 있을지도 몰랐다.

다시 끌러 본 보통이에서, 가장 위에 놓여 있는 리코더와 자전을 집어 꺼냈다. 연지나 댕기 같은 자질구레한 물건들을 하나하나 헤아려 보며 제쳐 놓는데, 문득 이상한 생각이 들었다. 여기에는 순빈을 따라 종학으로 옮겨 갈 줄로만 알고 챙겼을 때의 순서대로 물건이 정리돼 있는 것이었다. 쌍이가 다시 챙겨 준 것이 아니었다.

"어, 그러면……."

급하게 기억을 더듬었다. 내가 이 보통이를 언제 챙겨 뒀더라? 빈궁전에서 종학으로, 그리고 백련각으로 옮겨 갈 때의 기억을 차례로 떠올려 보자 기억났다. 그래, 그때 대수롭지 않게 여기고 까맣게 잊어버렸다. 연지를 찾다가 느꼈던 그 불안함이 다시금 생각난 나는 급하게 보통이를 내 쪽으로 다시 끌어당겨 헤집었다.

"이건 아냐. 이것도 아니고…… 이것도 아닌데."

없었다. 중요한 것들만 챙겨 둔 거라고 생각해서 자주 끌러 보지도 않았던 것인데. 물건을 제대로 들여다보지 않은 것이 잘못이었다.

"……없어."

나는 허탈하게 중얼거렸다. 어지럽게 널려 있는 보자기 속의 물건들을 혹시나 하는 마음으로 다시 훑어보았지만, 없었다. 그 종이쪽지가.

"잃어버렸나?"

안평대군을 처음 만나, 왕실 사람들의 이야기를 듣고서 잊지 않으려 적어 둔 그 종이쪽지가 없어졌다. 입궁할 때, 버릴 것은 버리고 왔지만 그 종이쪽지만은 내버릴 수가 없어서 가지고 왔었다. 이미 왕실 사람들의 신상명세야 꿰고 있었지만, 그래도 마음에 걸리는 것이 있어서였다. 나는 그 종이쪽지를 그나마 최근에 만져 본 것이 언제인지 다시 생각해 봤다. 일단 처소를 백련각으로 옮기고 나서는 짐을 풀 일이 없었다. 평상시에 자주 쓰는 것은 다른 보통이에 챙겨 두었으니까. 그렇다면 빈궁전에서 백련각으로 옮겨 올 때는?

"그래. 그때는 있었어."

혼잣말이 벽에 울리는 것을 들으면서 기억을 떠올렸다. 박 상궁. 그녀가 종학으로 옮겨갈 때 내 짐을 미리 가져다 놓겠다고 했었다. 다른 사람을 의심하는 것은 섣부른 행동이겠지만…… 동궁전에서 보내져 순빈을 모신 박 상궁이 백련각의 박 상궁과 자매지간이라는 것이 떠올랐다. 설마. 그 종이쪽지를 빼돌린 것일까.

작게 접어 챙겨놓았던 것이라 눈에 더 띄지 않았을지도 모른다. 안평대군이 알려 준 사실은 이제 죄다 꿰고 있어서 다시 들여다 볼 일이 없었고, 그와의 기억조차 다시 곱씹을 생각조차 해 본 적이 없어서 알아챌 수가 없었던 것이다. 왜 내 보퉁이를 뒤졌던 거지? 그것을 가져다 어떻게 하려고?

종이쪽지에 적은 내용이 특별할 것은 없었다. 단지, 왕실의 공주, 왕자들의 이름과 나이 따위, 그리고 그들의 간단한 기호만 적혀 있을 뿐이었다. 나는 그것이 세자에게 보고가 들어가도 딱히 트집 잡힐 만한 것은 없다고 생각하다가 퍼뜩 떠올랐다. 그 당시에 나는 한자를 잘 알지 못했다. 그래서……

"한글로 써 두었는데."

멍하니 중얼거렸다. 지금이 몇 년이지? 세종이 재위한 지 몇 년쯤이나 되는지 헤아려보려다가 포기했다. 한글 창제와 반포 년도를 외우고 있으면 무엇 하나. 지금이 몇 년인지 모르는데. 나는 덜컥 겁이 났다. 그 종이쪽지가 세자의 손에 들어갔으면 어쩌지? 기억하기로, 한글 창제에는 세종과 집현전 학사들뿐 아니라 세종 소생의 자녀들도 참여했다고 했다. 다섯째 왕자인 광평대군은 유명한 드라마에 자주 등장하기도 했고, 세자였던 문종과, 다른 왕자들도 마찬가지였다. 어느 정도까지 연구가 진척되었는지는 모르겠지만 한글 창제가 몇 년 만에 뚝딱 이루어진 것이 아니라는 것은 명백한 만큼, 세자가 내 쪽지를 본다면 무엇인지 몰라 볼

리가 없었다.

처음 창제된 한글과 21세기에서 내가 쓰던 한글이 다르다는 것쯤은 알고 있었다. 하지만 기본적인 틀은 같을 것이고, 내가 써 둔 것은 자모음의 모든 자(字)는 아니다. 하지만…… 그것이 더 문제였다. 이 시대에서 탄생할 것이 아닌, 현대의 것을 미리 보고 무언가를 생각한다면 어쩌지? 그것이 득이 될지, 아니면 실이 될지 가늠할 수가 없었다. 나는 국어학자도 아니었고, 단순히 대한민국의 국민이었기 때문에 자연스럽게 체득한 글자를 배웠을 뿐이다. 머리가 아파왔다.

"아…… 모르겠어."

결국, 나는 어쩔 수 없이 바닥에 드러눕고 눈을 감았다. 혼란스러운 여러 사실들이 나를 괴롭게 했다. 그래, 그 종이쪽지가 꼭 세자에게 가지 않았을 수도 있잖아. 지레짐작해서 마음 졸일 필요는 없어.

다행인 것은 한자와 한글을 병서(竝書)한 것은 왕실 사람들의 이름일 뿐이고, 안평대군이 은밀히 알려 준 이야기들은 오로지 한글로만 써 놨다는 것이다. 구한말까지 글자를 적는 방식은 중국과 같았으니, 본다고 해도 어떻게 읽는지 파악하지 못할 수도 있었다. 제발 그러기를. 한참 동안이나 힘없이 누워 있다가, 나는 몸을 일으켰다. 걱정이 되기는 했지만, 그래도 지루한 건 지루한 거였다. 어찌 될지 모르는 일은 일단 제쳐두고, 할 일은 하고 있어야 한다는 데 생각이 미쳤다. 나는 보퉁이를 다시 잘 싸서 치워 놓고, 정의공주가 건네주고 간 옷가지들을 들춰 보았다. 개중에서 제일 덜 비싸 보이는 남색 치마에, 흰 저고리와 자주색 고름이 달린 것을 찾아내 입었다. 그리고 소쿠리와 호미를 챙겨 나섰다.

* * *

초당은 산기슭에 있어서 그런지, 확실히 더 춥고 오가는 사람도 없었다. 하지만 양지바른 곳이 여럿 있어서, 나는 얼마 없는 지식을 떠올려가며 느타리버섯 조금을 찾아냈다. 많지는 않았으나 한두 끼니쯤은 먹을 수 있을 것 같아서 걸음을 돌리다가 야생배추도 발견했다. 오랜만에 흙냄새를 맡고, 몸을 움직이니 더운 기운이 올라와서 생기가 도는 것 같았다. 나는 기쁜 마음으로 채소들을 가득 담은 소쿠리를 옆구리에 끼고서 돌아왔다.

초당 곁에는 조그만 개울도 있어서 식수 걱정은 하지 않아도 될 것 같았다. 야채를 깨끗이 씻어 담고, 나는 부엌으로 돌아왔다. 찬장을 이리저리 뒤져 보니 잡곡과 기름, 깨, 간장 따위도 있었다.

"뭐야, 재료는 없다면서."

부엌에 못 들어가게 하려고 그런 건가? 나는 진양대군을 떠올리며 설핏 웃었다. 밖을 바라보니 이제 늦은 오후가 다 된 성싶었다. 해질녘쯤 온다고 했으니, 밤이 되기 전까지는 올 터였다. 나는 가슴 속에 피어오른 불안감을 애써 억누르며, 저녁을 차리기 시작했다.

불씨가 살아 있는 것만으로도 감격할 만한 일이어서, 진수성찬은 차리지 못했지만 나름대로 솜씨를 부려 보았다. 배추를 데쳐서 볶고, 느타리버섯은 간을 맞춰 무쳤다. 그러다, 구석에 놓인 조그만 독에 채워진 쌀을 발견하고 꺼내어 잡곡과 함께 안치고 밥을 지었다.

"공주에게 허락을 받았어야 했나?"

밥이 뜸이 들기를 기다리면서, 귀한 백미를 마음대로 꺼내어 먹었다는 게 잘못이 될 수도 있을 것 같아서 갑자기 고민됐다. 생각해 보니, 기름이나 간장도 꽤나 값나가는 것일 텐데.

"……그래도 자기 동생 먹는 건데. 뭐라고 하지는 않겠지."

그리고 어차피 지금은 이 집에 머무르는 시기도 아니라고 하였으니까.

좋을 대로 생각한 나는, 적당히 시간이 지났을 거라 여기고 밥을 푸려고 가마솥 뚜껑 손잡이를 잡았다.

"앗, 뜨거!"

손잡이가 달아올라 있을 것이란 걸 잊어버렸다. 나는 급하게 찬물이 담겨 있는 바가지에 손을 담갔다. 그리고 잠시 시간이 지난 후 살펴보니 화끈거리고 조금 부어올라 있기는 해도 화상을 입은 것까지는 아닌 것 같았다. 멍석말이를 당할 때 생겼던 생채기도 아직 다 낫지 않아서 내 손은 살결이 곱다고는 전혀 볼 수 없을 정도였지만, 왠지 모르게 뿌듯해서 미소가 지어졌다. 곧 하얀 사기그릇 두 개에 밥을 담아, 대반(大盤)에 반찬과 함께 차려냈다. 그리고 서늘한 바람이 부는 탓에 작은 보자기를 덮어 방 안으로 들여놓았다. 어느덧 해는 저물고 있었다.

"언제 오지?"

해질녘이라고 했으니, 올 때가 되었는데. 나는 마루에 앉아 산등성이에 걸린 해를 바라보며 중얼거렸다. 붉은 노을이 지고 있었다. 겨울이라 일찍 해가 지는 것일 테니, 진양대군이 오려면 조금 더 기다려야 할 것이었다. 그러나 해가 완전히 사라지고, 어스름이 깔릴 때까지 인기척은 들리지 않았다. 별이 하나둘씩 나타나자 밤바람은 더욱 차가워졌다. 나는 방으로 들어가서 그를 기다렸다. 살짝 열린 문틈 사이로 그가 오는 소리를 놓치지 않으려 애쓰며. 그렇게 앉아 있다가, 깜빡 잠이 들었던 것 같다.

"......으음."

어딘가 불편함이 느껴져서 나는 무의식적으로 신음을 내뱉었다. 역시 정의공주가 준 옷은 사대부가 여인의 옷이라, 껴입은 게 많은 탓이다. 송화색 저고리와 다홍색 치마를 입고 잤을 때도 불편함을 참았던 것이 생각났다. 나는 눈도 제대로 뜨지 않은 채 손을 뻗어 저고리 고름을 풀어

내어서, 누워있는 상태에서 벗어던졌다. 치맛자락도 허리께에 작은 매듭 하나만 묶어두었던 터라 손쉽게 풀어냈다. 어차피 안에는 얇은 소복(素服)도 함께 입었던 터라 춥지는 않았다. 한결 편해진 느낌에, 나는 포근함을 느끼며 배까지 덮여 있는 이불을 좀 더 위로 끌어올려 덮었다.

잠깐. 이불? 무슨 이불?

분명 이불은 아침에 다 개어 놓았는데! 무겁게 내려앉아 있던 눈꺼풀이 별안간 번쩍 뜨였다. 그리고······.

"펴, 편하게 자라고."

내가 벗어던진 저고리와 치마를 들고 머쓱하게 멈춰 있는 진양대군이 눈에 들어왔다.

"꺄아악! 어, 어, 언제 왔어요?"

급하게 손을 짚어 몸을 일으키면서 나도 모르게 소리를 질러 버리곤 물었다. 진양대군은 손에서 옷을 떨어뜨렸고 나는 이불을 급하게 가슴께까지 끌어올려 가렸다. 겨울용이라 비칠 염려까지는 없지만, 그래도 잠옷 차림을 보인 것이 아무렇지 않은 건 아니었다. 특히나 내가 내 손으로 직접 겉옷을 벗어던져 버린 다음이었으니까.

"조금 되었소."

진양대군은 머쓱하게 웃더니, 떨어뜨린 옷을 다시 주워 나에게 건넸다. 나는 한 손은 이불 귀퉁이를 잡고, 한 손으로 그것을 받았다. 그러나 당황해서 손이 떨리는 통에, 다시 껴입기는 쉽지 않았다. 그러다, 화상을 입었던 손가락에서 다시 화끈거림이 느껴졌다.

"아!"

"왜 그러오?"

내가 순간적으로 인상을 쓰는 것을 본 진양대군이 다가와 손목을 잡아챘다. 나는 아무 것도 아니라고 말하려고 입을 열었으나, 험상궂게 변하는 진양대군의 표정을 보고 다시 입을 다물었다. 그가 천천히 말했다.
"다친 것이오?"
"아, 네. 조금……."
"어쩌다?"
"저녁을 차리다가요."
그제야 그가 고개를 돌려, 방 한구석에 놓여 있는 것을 바라봤다. 보자기가 아직도 덮여 있는 것으로 봐서 들춰 보기 전이었던 것이었나 보다. 나는 그가 잡고 있는 내 손을 놓으려 애쓰며 말했다.
"소박하지만 그래도 차려 봤어요. 별로 크게 다친 것도 아니에요."
진양대군이 천천히 몸을 일으킴에 따라 자연히 손목이 잡혀 있는 나도 일어날 수밖에 없었다. 나는 내 손을 하나하나 훑고 있는 그의 시선에 어쩐지 부끄러워져서 말을 돌렸다.
"저녁 먹고 왔던 거예요? 늦은 걸 보니."
"미안하오."
그러자 내 손에서 시선을 떼고, 눈을 맞춰 오는 그의 얼굴은 사뭇 진지했다. 하긴, 늦은 시간이니까. 그럴 법도 하지. 하지만 아쉬워서 괜히 볼멘소리를 해 보았다.
"기다렸는데."
"빨리 올 수 있을 줄 알았는데, 내 마음대로 나올 수가 없더군. 그대가 기다리고 있을 것이란 걸 알면서도……."
조용히 나를 끌어당겨 품에 안으면서 말하는 그의 목소리를 들으니 더 투정을 부릴 수가 없었다. 그래도 와 주었으니까. 나는 입을 열어 설레었던 그 기분을 말해 주었다.
"당신을 위해 저녁을 차리면서 조금은 기뻤어요. 이런 거 해 보고 싶었거든요."

"무엇을?"

"사랑하는 사람을 위해 정성껏 상을 차려 놓고, 기다리는 거요. 아니면 사랑하는 사람이 좋아하는 음식을 만들어 주고, 그걸 먹는 모습을 바라보거나."

그의 뺨을 쓰다듬으면서 미소를 짓고 말했다. 진양대군의 입꼬리도 완연한 호선을 그리고 있었다.

"변변치 못한 차림이라 당신이 좋아하는 음식은 아니겠지만요. 그래도 나름대로 차려 본 것이었어요."

"그대가 만든 것이라면 어찌 좋아하지 않을 수 있겠소."

진양대군이 부드럽게 말했다. 그와 동시에 허리를 감싸 오는 손길에 다시 품으로 안겨들다가, 살갗에 와 닿는 감촉에 퍼뜩 다시 깨달았다. 옷을 제대로 차려 입지 않고 있다는 걸.

"헉! 유, 잠시만요."

"왜?"

"노, 놓아 주세요."

그러나 붉어진 내 얼굴에는 아랑곳하지 않고 진양대군은 더욱 강하게 껴안으려 했다. 나는 내 딴에는 최대한 노력하면서 그를 밀쳐냈다.

"……옷 좀 차려입게요!"

한 손가락으로 바닥에 내팽개쳐진 옷을 가리키며 필사적으로 외쳤다. 두꺼운 옷을 껴입었을 때 와 닿는 것과, 얇은 소복을 통해 느껴지는 감촉은 확연히 달랐던 탓에 더 뺨을 붉히지 않을 수 없었다. 진양대군은 작게 소리 내 웃더니 말했다.

"방금 전에 그대가 스스로 벗어던지지 않았던가? 자신이 원한 것인데 왜 이리 부끄러워하오?"

"저, 저는 그저 불편해서 그랬던 것뿐이었어요!"

"불편한 차림으로 잘 생각이었던 거요? 불편한 몸으로 자면 꿈자리도 사납거늘."

꿈자리가 사납다는 말에 순간 나는 움찔하면서 고민에 빠져야 했다. 또 그 이상한 얼굴을 꿈에서 마주하게 되면 어쩌지? 세종인지, 이 교수인지 가늠할 수 없는 그 인물. 그러다가 진양대군이 고개를 숙임과 동시에 속삭이는 말에 굳어버렸다.

"더구나, 저 옷의 의미를 알고 입었던 것이오?"

"옷의 의미요? 저 옷에 또 무슨 사연이 있나요?"

"아니. 그저 노숙해 보인다 하여 누님께서 잘 입지 않으시던 것일 뿐이오."

"⋯⋯그럼요?"

"자주색 고름의 의미를 알고 있소?"

그러고 보니 저고리에 달린 고름의 색은 고고히 빛나는 자주색이었다. 그저 귀한 신분을 나타내는 줄로만 알았는데, 다른 의미가 있었나? 나는 한 뼘의 거리도 되지 않을 만큼 지척에 와 있는 그의 눈을 바라보았다. 이윽고 그가 입을 열어 대답해 주었다.

"자주색 고름이 달린 옷은 오직 남편이 있는 여인만 입을 수 있는 거요."

그때야 그의 미소가 유난히도 반짝거려 보이는 이유를 알 것 같았다. 진양대군은 허리를 굽혀 저고리를 주워들더니, 자줏빛 고름의 끝을 내게 쥐어주었다. 나는 홀린 듯 손에 감겨오는 비단 자락의 감촉을 느꼈다.

"동심결까지는 아니어도, 고고한 마음 한 자락을 표현하는 것이라 여기지. 그런데 그대는 표정을 보아하니 몰랐던 것 같군."

말은 그렇게 하였지만, 결코 실망한 표정은 아니었다. 그의 눈길 끝이 이르는 곳에는 차려진 저녁상이 자리해 있었다. 나는 잠자코 고개를 끄덕여 주고, 입을 열었다.

"저는…… 원래 이런 걸 제가 해 볼 수 있으리라고 생각해 본 적이 없었어요."

"……."

"입궁하여서는 여러 마마들을 섬기느라 찻상을 차렸지만. 한 사람을 위해서 끼니를 준비해 본 것은 처음이었어요. 섬기기 위한 것이 아니라, 오로지 한 사람만을 생각하면서."

비단 자락은 손을 스쳐 떨어졌고, 살짝 미소를 머금은 그의 입술을 따라 손가락을 움직였다. 진양대군의 눈동자에 내가 비쳐 보이는 것을 다시 확인할 수 있었다.

"몰랐다 해도 그 마음은 다르지 않아요."

"고맙소."

짧은 말이었지만 그 말에 담긴 의미를 이해할 수 있었다. 서로 미래를 약속하는 말을 직접 드러내 보일 수는 없었으나 그보다 더 굳건한 맹세가 있었기에.

"그런데, 저녁을 먹지는 못하겠는걸."

"……왜요? 드시고 오셨어요?"

"아니, 그게 아니라."

실망한 목소리가 드러났던 탓인지, 진양대군은 부드럽게 손을 잡고는 나를 문가로 데려갔다. 곧 다다라서, 살짝 열린 틈 사이를 가리켰다. 그 틈 사이에서는 말간 햇빛이 새어 나오고 있었다.

"이미 해가 떴거든."

"아……."

그 햇빛 한 조각이 너무도 따스해서, 나는 잠시간 그것을 바라보고 서 있었다. 그러다, 퍼뜩 정신을 차리고는 돌아서서 그에게 물었다.

"그럼, 해질녘에 오겠다고 한 약속은 지키지 못한 거네요."
"약속하겠소. 다시는 늦지 않겠다고."
"그걸로 끝이에요?"
나는 구석에 놓여 있는 밥상을 가리키며 말했다.
"차려 놓은 것은 이미 다 식었는데. 손이 데이기까지 했다고요."
"아침으로 먹도록 하지."
"그건 당연하고요."
"……그럼?"
영문을 모르겠다는 그의 얼굴을 뜯어보며, 나는 의미심장하게 말했다.
"또 나가 보셔야 해요?"
"아니. 급한 일은 다 처리하고 왔소. 며칠간은 부재(不在)여도 될 것이오."
"좋아요."
"뭐가?"
"약속을 어기셨으니, 여기 머무르는 동안은 제가 원하는 대로 해 주세요. 무엇이든."
어리광을 부려 보고픈 마음에서 뱉은 말이었다. 조금은 도발적일 수도, 아니면 발칙해 보일 수도 있는 말투였음에도 불구하고 진양대군은 묘하게 입꼬리가 움직이더니, 선선히 대답을 해 주었다.
"좋소."
"정말이죠?"
"그래. 다만 그대도 내게 한 가지 약속해 줘야겠소."
손을 그대로 잡은 채로 상 가까이에 다가가면서 말한 진양대군은 내가 수저를 챙겨서 건네주자, 그것을 받아 내려놓으면서 그가 담담한 어투로 말했다.

"그대가 생각한 것이 그런 쪽이라 다행이지만, 앞으로는 내 끼니를 차리느라 고생하지 않았으면 좋겠소. 수 해 동안이나 생과방에서 상을 차리느라 고되게 일하였을 것이고, 지밀나인의 일을 하느라 또 쉬지도 못하였을 텐데. 나를 위해 하는 것이라면 하지 않아도 좋아. 그대가 만들어 주는 정갈한 음식을 먹는 것이야 기쁘지만 그대 손에 생채기를 내면서까지 밥상을 받고 싶지는 않소."

안쓰럽게 내 손등을 쓰다듬는 그의 손길에서 감동을 느꼈다. 울컥하는 것을 꾹 참아 누르면서, 나는 고개를 끄덕여 주었다. 언제든 당연히 내가 담당하도록 되었던 것이라서, 나는 익숙하게 받아들였던 것이었는데. 진양대군은 왕자임에도 불구하고 나를 알아 주었다. 귀한 반찬 없이 차린 상이었으나, 그 역시도 진양대군은 기쁘게 들어 주었다.

"그런데, 제가 끼니를 차리지 않으면 여기서 어떻게 살죠? 배를 곯을 수는 없잖아요."

왠지 이 대화가 궁벽한 산골에서 자연을 즐기며 사는 부부의 것만 같아서 새삼 즐거우면서도 나는 장난스럽게 물었다. 오로지 쉬는 것 밖에는 할 수 없는 이런 곳에서 심심하기도 했고, 일단 몸을 의탁하고 있기는 했으나 언제까지 있어도 되는 것인지 걱정이 되었다. 정의공주가 당장 들이닥쳐 내쫓지는 않겠지만 그래도 속세와 연을 끊고 진양대군이 머무르는 날만 기다리는 일과를 보내고 싶지는 않았다. 진양대군은 자리에서 일어나며 말했다.

"찬찬히 생각해 봅시다. 우선 볕이 좋으니 산책이라도 나가 보는 것이 어떠하오?"

"네, 그래요."

나물을 뜯느라 돌아보기는 하였으나, 그와 함께 하는 구경은 남다를 터였다. 나는 설레는 마음에 얼른 일어나 나가려다가, 아직 소복 차림임을 깨닫고 멈춰 섰다. 진양대군이 뒤를 돌아보았고, 나는 얼른 손을 내저었다.

"머, 먼저 나가 계세요! 저는 옷을 좀 챙겨 입고 갈게요."

"그렇게 하시오."

다행히도 진양대군은 이번에는 순순히 나가 주었다. 나는 잽싸게 바닥에 떨어져 있는 옷을 주워들었다. 자줏빛 고름을 단정히 꼭 묶어 매고서 정돈을 마친 후, 밖으로 나갔다. 사립문 바깥에서 그가 기다리고 있었다. 햇볕이 내리쬐고 있어서 공기가 차갑기는 해도 아직 털옷을 갖춰 입을 정도는 아니었다. 우리는 그렇게 말없이 닿는 대로 걸음을 옮겼다. 붙잡은 손으로 서로의 체온을 느끼며 치워지지 않은 낙엽을 밟는 소리 가운데로 나아가며. 그러다, 냇가가 흐르는 곳인지 물소리가 들려왔다. 진양대군은 커다란 바위가 있는 곳을 찾아, 적당한 자리에 나를 앉히고 자신도 곁에 자리하고 앉았다. 흙내음과 낙엽 소리, 새의 지저귐이 어우러져 마치 도원(桃源)에 견줄 정도였다. 나는 바람을 몸으로 느끼고 싶어서 살짝 눈을 감았다.

그러다 입술에 와 닿는 그의 흔적을 느꼈다. 소리 없이 다가온 강렬한 존재감에 물들어 있는 사이, 그는 내 눈을 바라보고서 말했다.

"여기서 머무르는 동안 하고 싶은 게 있소? 내가 할 수 있는 것이라면 그렇게 해 주리다."

"……음."

나는 짐짓 고민하는 척하다가, 작지만 간절한 소원 하나를 꺼내 보이기로 했다.

"당신과 함께 다른 세상을 보고 싶어요."

현대에서도 마찬가지였지만, 이 시간에서는 더욱 그랬다. 눈을 떠서는 사대부가의 규수로, 그리고 입궁해서는 궁녀로. 여인이라 감당해야 되었던 것이었는지도 모르겠지만 이제 갇힌 하늘 아래 다람쥐 쳇바퀴 돌듯 이어지는 삶이 아닌, 다른 곳에서 살고 싶었다.

"어디든 데려가 주실래요?"

이 초당이 어디에 있는 것인지조차 자세히 모르지만, 가능하다면 한양을 벗어나고 싶었다. 나를 한순간에 옭아매 올 것 같은 사실들은 모두 잊어버린 채 내 눈 앞에 있는 사람과만 속삭였으면. 다른 세상에서는 가능할 것 같았다. 진양대군은 고개를 끄덕이더니, 곧 하늘을 보았다. 그리고 한 마디를 중얼거렸다.

"담담정."

"……네?"

심장이 내려앉는 것 같았다. 그 한 단어가 어째서 지금 그의 입에서 나온 걸까. 나는 두려운 마음에 되물었다.

"그, 그곳은……."

"왜, 일전에 말하지 않았소. 아바마마께서 안평에게 하사하신 곳에 세워진 정자요. 버드나무가 무성하고……."

진양대군은 아름다운 미소를 내게 지어 보인 채, 나를 끌어당겨 살짝 품에 안고는 말을 이었다.

"……물이 맑은 곳이지. 그리하여 담담정(澹澹亭)이라 하였소."

"아……."

내 자(字)와는 다른, 맑을 담 자를 쓴다는 말에 조금은 놀란 가슴을 진정시켰다. 괜히 지레 겁먹은 것이었을까. 그래도 안평대군의 소유라는 말에 석연치 않은 감정이 없지 않을 수는 없었다.

"안평대군 나리의 소유인데 제가 가 보아도 되나요?"

"수성궁과 가까운 것도 아니고, 안평이 내게 언제든 가 보아도 된다고 허락하였으니 상관없소. 게다가 그곳은 경치뿐 아니라 다른 의미로도 유명하지."

"어떤 의미로요?"

"안평 그 아이가 수집욕이 대단해서. 읍청루(挹淸樓)에 가면, 많은 화첩(畵帖)들과 서책들이 있소. 대략 오천 권쯤 모았다지."

"오천 권이나…… 그랬군요."

다시금 안평대군이 어떤 사람인지를 상기했다. 아직 십대 소년이겠지만, 그는 풍류객(風流客)으로 몹시도 유명하게 이름을 알린 왕자였다. 안평대군의 집과 가깝지는 않다는 말에 나는 작게 고개를 끄덕였다.

"고마워요."

"그럼, 말 나온 김에 바로 출발합시다."

"네? 바로요?"

"그래. 시간이란 것은 언제 생길지 모르는 거니까. 더구나 요즘같이 해가 짧은 날에는 빨리 움직이는 것이 좋지 않겠소?"

왠지 신이 난 것 같은 진평대군의 모습에, 나도 덩달아 걸음을 빨리했다. 다시 초당으로 돌아가서 옷을 갈아입고 나오려는데 진양대군의 등쌀에 못 이겨 리코더를 챙겨야만 했다. 전에 들었던 그 곡조를 연주해 달라는 거였다.

"그때 그 연주가 정말 좋았나요? 아무래도 그런 경치에서 제가 연주하는 게 어울릴지 모르겠어요."

"그럼. 절색인 경치에 절색인 곡조, 그리고 절색인 미녀가 어우러지는 것을 꼭 보고 싶소."

낯이 간지럽지도 않은지, 그는 말을 타고 가는 중에도 시원스런 대답을 즉각 내어놓았다. 나는 내가 물어 놓고서도 민망해서, 잠깐 말문이 막혔다. 그래도 기쁨이 차오르는 것을 막을 수는 없었다.

"제 미색에 빗대면, 담담정 경치가 퇴색될 것만 같아요."

"직접 가서 확인해 보면 알 수 있을 거요. 내 장담하지."

"유, 담담정에 가 본 적이 있으세요?"

"두어 번? 안평이 초대하여 가 보았기는 했으나, 경치를 마음껏 감상하지는 못하였어. 꽤나 바빴거든."

"그랬군요."

준마였는지, 두 사람을 태우고 가는데도 일정한 속도를 유지하며 달리는 말의 고삐를 더욱 세게 잡으며 진양대군이 답했다. 나는 뒤에서 나를 안전히 지탱해 주는 그의 존재를 믿음직스럽게 느끼면서 문득 의아해 물었다.

"요즘 뭐 하는 일이라도 있으세요? 학업에 정진하는 것이라기엔 굉장히 신경을 많이 쓰고 계신 것 같아요. 과거라도 보시는 것 같이."

"아아."

픽 웃는 것이 귓가에 들려왔다. 나는 조심스레 고개를 돌려 그의 얼굴을 올려다보았다. 진양대군이 장난스럽게 한숨을 쉬었다.

"몹시도 귀찮은 일이 있지. 마음 같아서는 당장 내팽개쳐버리고 싶으나, 전하께서 맡기신 일이라 그럴 수도 없소. 저하와 다른 형제들도 골몰하고 있기도 하고."

"힘든 일이에요? 명(明)의 사신단이라도 오기로 되어 있나요?"

"음, 아니. 외교 문제는 아니오. 그거야 철저히 조정의 문제이니까, 한낱 왕자가 감히 끼어들 일은 아니지. 그래도 힘든 일은 맞아. 오죽하면 하가(下嫁)한 공주에게도 전하께서 부탁하시겠소."

설마. 대수롭지 않게 물어본 것이었는데, '귀찮은 일'이라는 것이 무엇인지 짐작이 갈 것 같아서 소름이 돋았다. 하지만 진양대군이 더 자세히 말해 주지는 않아서, 나는 잠깐 고민했다. 생각보다 연구가 많이 진척된 시기인가 보다. 어느 정도까지 된 거지? 내가 살던 시대에서 훈민정음

해례본(解例本)과 관련한 일이 크게 이슈가 되었다는 것도 떠올랐다. 가격을 책정할 수는 없으나, 굳이 따져본다면 그 가치가 1조 정도 될 거라고 했었는데. 아직 연구가 다 되지 않았다면 해례본을 만들지는 않았겠지만, 그래도 훈민정음이 탄생할 날짜가 얼마 안 남았을 거라는 생각을 하니 몹시도 설레었다.

"워워."

이런저런 생각을 하다 보니 어느새 도착한 성싶었다. 진양대군은 고삐를 잡아당겨 말을 어르고, 먼저 내렸다. 그리고 손을 뻗어 나까지 내려주었다. 우리는 어느 강가에 서 있었다.

"담담정도 강가에 있었군요."

"그래. 물이 맑은지 직접 확인해 보겠소?"

말이 투레질을 하며 근처의 풀을 뜯어먹는 사이, 진양대군은 물가로 다가가 내게 손짓을 했다. 나는 다홍빛 치마가 바닥에 끌려 젖지 않도록 살짝 들어올리고, 조심스럽게 다가갔다. 햇빛에 반짝여 반사되는 물결은 보석같이 빛났고 투명한 물길 덕에 밑에 깔린 자갈과, 흘러가는 물고기, 수초들도 환히 보였다.

"아직 얼지는 않았구려."

"네, 그러네요."

"예부터 선인의 좋은 친구는 산과 물이라 하였는데, 그러한 친구를 얻게 된 안평이 부러울 따름이오."

말은 그렇게 하고 있었지만, 진양대군은 어쩐지 씁쓸한 표정이었다. 그것이 단순한 질투 같지는 않아 보여서 안쓰러운 마음이 들었다. 하지만 곧 그런 표정은 얼굴에서 지워지고, 진양대군은 내 손을 잡고 곁에 있는 누각으로 이끌었다.

"여기가 읍청루요."

"헉, 계단이 엄청 많아요."
"조심하시오. 넘어질 수도 있어."
어림잡아 수백 개는 될 듯했다. 발을 헛디뎠다간 목숨을 부지하기 어려울 것 같아, 심호흡을 하고선 천천히 걸어 올라갔다. 그러나 꽤나 시간을 들여 올라간 곳은 그만한 가치가 있었다. 넓게 펼쳐진 강가와, 절경인 산의 모습, 그리고 그 강을 넘어 펼쳐진 민가(民家)의 모습이 지금이 태평성대라는 것을 확실히 알려 주는 것 같았다. 새삼스레 벅차오르는 마음에 손을 모아 쥐었다. 몸을 휘감아 오는 바람마저도 평화로운 시간을 축복하는 듯했다.
"어릴 적에, 어떤 산에 올라가 본 적이 있었어요."
초등학생 때였다. 비록 점심 도시락도 챙겨 가지 못한 현장학습이었고, 학교 뒤에 자리한 작은 산이었지만 기뻤었다. 숨이 막혀오는 집에 틀어박혀 있는 것이 아니라 탁 트인 곳에 올라서서 세상을 내려다보는 그 기분은 정말로 내 눈 앞에 새로운 기회가 펼쳐져 있는 것 같은 기분을 선사했다.
"같이 간 사람들은 다들 힘들고 지겹다며 싫어했지만…… 저는 그래도 좋았어요. 다른 세상에 온 것 같았거든요."
"다른 세상이라."
나른하게 내 말을 되읊던 그가 뒤에서 다가와 품에 안았다. 나는 그에게 안긴 채로 절경을 바라봤다.
"그대는 언제나 다른 세상을 꿈꾸는군."
"……지금은 제겐 너무나 고달픈 시간이었거든요. 언제나 벗어나기만을 바랐어요."
엄마의 가출을 내 탓으로 삼고 삶을 증오하는 부친의 아래서 기쁠 일이란 거의 없었다. 하지만 나는 그의 손에서 벗어날 용기가 없어 항상 숨죽이고 살았고, 마지막에야 용기를 짜내 탈출한 것이었다.
"지금도 그러한가?"
"……."
"내가 그대 곁에 있는 지금도, 다른 세상을 꿈꾸는 거요?"
나는 조용히 고개를 젓고, 내 허리를 감은 그의 손을 따뜻하게 잡아 주었다.
"이미 저는 다른 세상에 와 있는 걸요."
시간을 거슬러 세종의 시대에 온 것을 말하는 것이 아니었다. 그 사실도 변하지 않는 진실이겠지만, 나는 그보다 내 곁에 평생 있어 줄 사람이 생겼다는 것이 더 감격스러웠고 행복했다. 아마 이 남자가 그 시간에도 내 곁에 있었더라면. 나를 바라봐 주고 언제나 믿어 주는 사람으로 내 곁에 있었더라면 나는 암담한 현실 속에서도 견뎌낼 수 있었을 거였다. 그러나 어찌되었건 이 사람을 만나게 되었으니, 아무래도 좋았다.
"당신과 함께하는 순간 그렇게 되었어요. 더 이상 많은 것은 바라지 않아요."
코끝을 간질이는 겨울의 냄새를 만끽하면서 밝은 목소리로 말했다. 진양대군 역시 내 손을 힘주어 잡아 주었다.
"저 쪽으로 가면 수장고(收藏庫)가 있소. 구경하러 가 봅시다."
"네."
높은 곳에 올라와 있으면, 그 떨림으로 인해서 곁의 사람에게 설레 하는 것으로 믿게 된다고 하던가. 이미 나는 그에게 설레는 마음을 갖고 있었지만, 읍청루에서 느끼는 떨림도 기분 좋은 것으로 다가왔다. 몹시도 경쾌한 발걸음으로 나는 진양대군을 따랐다.
"안평의 성정으로 보아 역시 다른 건 없을 것이 분명하지만."
"역시, 엄청나네요."

수장고 안으로 들어선 순간 혀를 내두를 수밖에 없었다. 빽빽하게 늘어선 서가에, 빈 틈 없이 꽂혀진 서책들이 줄을 이루고 있었다. 그러나 관리를 철저히 하는 편인지 케케묵은 냄새는 나지 않았고 오히려 깔끔한 종이와 먹의 냄새가 났다. 그것을 지나치자, 길게 놓인 탁자가 드러났다. 탁자 위에는 어지러이 널린 종이와 붓, 서책이 가득했다. 진양대군은 대충 그것을 옆으로 밀쳐놓고, 공간을 만들었다. 나는 곁으로 다가가 앉으면서 슬쩍 곁눈질을 했다. 그러나 위에 덮여져 있는 잡동사니들 때문에 정작 종이에 적힌 것은 잘 보이지 않았다. 내가 거기서 시선을 거두자마자 진양대군의 말이 이어졌다.

"음, 안평이 떠들기로는 조선에서 가장 귀한 서책과 그림들은 죄다 모아 놓았다고 하던데. 정작 나는 무엇이 귀한지는 잘 모르겠소."

"구경시켜 주신다면서요?"

웃음이 나왔다. 안평대군의 말을 믿고서 귀한 것을 보여 주겠다며 데려 온 것이기는 하겠지만, 문(文)보다 무(武)에 관심이 많은 왕자란 것이 여실히 드러나는 말이었다. 내 말에 진양대군은 겸연쩍은 표정을 지었다.

"그랬지. 뭐, 보고 싶은 서책이라도 있소? 말만 하면 찾아다 주겠소."

진양대군은 그 사실은 까맣게 잊어버린 것 같았다. 내가 글을 배운 지 얼마 안 되었다는 것. 간단한 일상어야 당연히 읽고 쓸 줄 알았지만 경서까지 내가 줄줄 욀 정도는 못 되었다. 그랬다면 당장 과거에 응시했겠지. 그러나 무엇이든 꺼내다 주고 싶어 하는 저 표정을 보아하니 도저히 거절할 수가 없었다. 나는 잠시 고심하다가, 내가 유일하게 아는 고서(古書)의 이름을 댔다.

"음, 삼국사기(三國史記)? 그런 것도 여기 있나요?"

"어디 보자."

대충 아무 것이나 던져 봤는데, 진양대군은 벌떡 자리에서 일어나 서가를 거닐더니 책 한 권을 뽑아 왔다. 그가 가져온 책에 놀라서 겉표지를 읽어보니 정말 떡 하니 그 이름이 새겨져 있는 것이었다. 나는 신기해서 얼른 책을 펼쳐들고 넘겨보았다. 내가 들고 있는 것은 삼국사기 중에서도 48권이었고, 열전 편이었다. 다 읽어낼 수는 없었으나 유독 눈길을 잡아끄는 이름이 있어 바라보고 있는데, 진양대군이 일어나서 의자 뒤로 다가오고는, 내가 들고 있는 책으로 불쑥 고개를 들이밀더니 물었다.

"도미(都彌) 편이라. 무슨 내용인지 아는 거요?"

"그럼요."

어렴풋이 어렸을 때 책에서 읽었던 기억이 났다. 왕의 꾀임과 협박에도 남편에 대한 절개를 지켰던 백제 여인의 이야기.

"개루왕의 탐욕에도 불구하고 남편에 대한 사랑을 지켜낸 여인의 이야기죠."

내 어깨를 감싸는 그의 손길을 느끼면서 나는 담담하게 이야기하려 했다. 그러나 곧 뛰는 가슴을 억지로 진정시켜야만 했다. 진양대군은 손을 들어 한 글자를 가리켰다. 궁인(宮人).

"내일 너를 들여 궁인으로 삼을 것이니."

"……."

"이 다음부터 네 몸은 내 것이다."

그가 경전의 구절을 읽은 것이라는 걸 아는데도 귀로 뜨거운 기운이 몰렸다. 진양대군은 나른하게 다시 말했다.

"개루왕이 이렇게 말했었지."

"……도미가 말하길, 자신의 부인과 같은 사람은 비록 죽더라도 배반하지 않을 사람이라고 했었죠."

"그래. 그리고 도미는……."

그가 내 책을 빼앗아 덮어 버리고는, 내가 앉아 있는 의자를 자신의 쪽으로 돌려서 바라보게 했다. 두근거리는 소리가 귓가에서 들려오는 것 같았다. 묘하게 흐르는 공기가 갑자기 어색하게 느껴졌다.

"사람의 정은, 헤아릴 수가 없다고 하였소."

"……네."

"도미도, 그 부인도 모두 참으로 절조 있는 사람들이 아니오. 만일 개루왕의 청을 받아들였다면 호화로운 영예를 누릴 수 있었을 텐데."

"왕을 거부하였는데도, 괘씸한 마음이 들지는 않으세요? ……당신은 왕자잖아요."

순수하게 감탄한 목소리라서, 나는 조그맣게 마지막 말을 덧붙였다. 왕자임에도, 왕의 명령을 거부한 사람들에 대해서 그는 일말의 거리낌조차 느끼고 있는 것 같지 않았다. 어쩐지 걱정이 되었다. 수십 년 후의 미래가 떠올랐다면 과한 걱정일까.

"일전에는 못마땅했던 적이 있었지. 그대를 만나기 전에는."

"……저요?"

"그래."

부드럽게 내 뺨을 쓰다듬는 그의 손길에도 불구하고, 의아해서 되물었다. 진양대군은 고개를 끄덕이며 말을 이었다.

"그대를 만나기 전에는 도미 부부의 마음을 이해하지 못했어. 아무리 미색이 뛰어난 여인이라 한들, 왕의 명이 더 중하지 않은가 하고 여겼단 말이야."

"……그런데요?"

"도미부인에 그대를 대입해 보니 이해하지 못할 수가 없더군."

가볍게 와 닿은 그의 입술이 평소와 달리 초조한 것처럼 느껴졌다. 잠시 그가 얼굴을 떼고 다시 말했다.

"그대가 궁인이 되고 보니 불안하지 않을 수가 없었소. 그대의 주인은 내가 아니라 다른 사람이고, 그를 취한다 해서 나무랄 사람이 없으니. 오히려 나는 멀리서 바라만 봐야 하는 사람이 아니오."

"걱정……하셨나요?"

"빼앗길까 걱정하고, 다칠까 걱정하였소."

다시 다가온 그를 느끼며 나는 눈을 살짝 감았다. 뜨거운 기운이 휘몰아쳐 깊은 곳까지 닿고, 숨이 찰 정도로 끊어지지 않는 호흡이 이어졌다. 나는 팔을 들어 올려 그의 목을 감고 그를 더 끌어당겼다. 격정적인 입맞춤이 끝나고, 몽롱한 눈빛의 그를 보았다. 나는 달래듯 그에게 말했다.

"그러지 않으셔도 돼요."

"……."

"설령 그렇게 된다고 해도, 저 역시 도미부인과 다르지 않을 테니. 사람의 정은 헤아릴 수 없을 정도로 깊고 끊어내기 어려우니…… 당신이 도미와 같이 저를 생각해 준다면. 아무 일도 없을 거예요."

속삭이듯, 하지만 분명하게 말해 주었다. 진양대군은 형언할 수 없는 감정을 눈빛에 담고 있었다. 나는 살짝 웃고, 그의 목을 감은 손에 힘을 주어 다시 내 쪽으로 다가오게 했다. 뺨에 입을 맞추자, 그의 얼굴에 비로소 다시 전과 같은 미소가 걸렸다. 진양대군이 내 허리에 팔을 둘렀다.

"그리 말을 하여 주니……."

-덜컹.

그가 말을 채 끝내기도 전에, 밝은 빛이 쏟아져 들어왔다. 우리는 동시에 소리가 들린 쪽으로 눈길을 던졌다. 뭐라고 말할 새도 없이, 몹시 놀란 표정의 한 남자가 그곳에 서 있었다.

"……진양 형님?"

안평대군이었다.

안평대군의 입에서 그 한 마디가 튀어나온 순간 나는 진양대군의 목에 감았던 팔을 황급히 풀었다. 그러나 진양대군은 내 허리에 두른 팔을 놓지 않았고, 오히려 힘을 주었다. 나는 거의 품에 안긴 정도가 되었지만, 안평대군의 눈빛이 충격으로 물들어 있는 것을 눈치 채지 못할 수는 없었다. 그는 분명 내 얼굴을 알아본 것이었다.

"형님, 바삐 돌아가셔야 한다는 곳이 명례궁이 아니라 읍청루였습니까?"

허탈함이 담긴 목소리였다. 안평대군은 우리를 바라보면서 잡고 있던 문고리에서 힘없이 손을 떨어뜨렸다. 힘을 잃은 문이 삐걱거리는 소리를 내며 뒤로 젖혀졌다. 밝은 햇살이 이제는 구석구석까지 밝힐 정도였다. 곧 안평대군의 원망스런 눈초리가 내게 와 닿았다. 진양대군이 입을 열었다.

"……아니. 아니다."

"그렇다면 어찌 이곳에 계십니까? 게다가……!"

안평대군은 나를 언급하려다가 그만두었다. 기가 막힌 표정이었다. 안평대군은 한 발짝 앞으로 걸음을 떼었고, 그와 동시에 나는 진양대군의 어깨를 살짝 떠밀었다. 내 의사를 알아챈 진양대군이 나를 바라보았고, 나는 완강히 고개를 저었다. 그러자 비로소 진양대군은 팔을 풀어 주었고, 나는 황급히 자리에서 일어났다.

"……게다가, 출궁 당한 궁인을 사사로이 데리고 계시는 겁니까?"

"출궁 당하였기에 그리하였다!"

낮지만 강한 어조로 진양대군이 말했다. 뒤에 선 내 손목을 꼭 붙들고서. 형언할 수 없는 감정이 담긴 큰 눈동자로 안평대군은 나와 진양대군을 번갈아 바라보았다.

"이제 더 이상 궁인이 아니니 문제 될 일은 없지. 게다가 저하께서 직접 쫓아내신 것이 아니냐?"

"……."

"더 이상 묻지 말거라. 너야말로 읍청루엔 웬일이냐? 비현각에 좀 더 있지 않고서."

나를 위해서인지 더 이상 말하지 않고, 방향을 돌리며 대수롭지 않게 말을 건네는 진양대군에게, 안평대군은 잠시간 침묵을 지켰다. 내 손을 잡는 진양대군을 물끄러미 바라보고는 시선을 아래로 떨어뜨렸다. 그리고는 조용히 말을 이었다.

"……읍청루에 두고 간 문서가 있어서 들렀습니다. 저하께 보여드려야겠기에."

"흠."

그의 말에 진양대군은 잠시간 고민하는 듯한 표정이었다.

"어제까지 풀지 못한 그 문제에 대한 것이냐?"

"그렇습니다."

"방도는 있고?"

"아닙니다. 저 역시 알지 못해서…… 자료라도 모아 두면 좋을 것 같아서요."

"두고 오지 않을 것을 그랬구나."

"……바쁘신 줄로만 알았지요. 날이 밝자마자 돌아가신다기에."

안평대군이 덧붙인 마지막 말로, 나는 진양대군이 명례궁에서 초당으로 돌아온 것이 아니라는 것을 확신했다. 그런 기색을 보이지 않아서 몰랐는데, 그는 밤새 업무를 처리하고 온 듯했다. 그것도 안평대군, 세자와 함께. 그 업무가 무슨 일인지 알 것 같아서 조금은 뿌듯하게 그를 올려다보았다. 진양대군이 천천히 고개를 돌려 나를 바라보았다.

"바빴지."

"……"

"해질녘에 돌아가리라, 약조를 했었거든."

꼭 잡았던 손을 놓고 그는 내 뺨을 가볍게 쓸어 주었다. 그러고서, 안평대군을 쳐다보고 말했다.

"그 문제가 그리도 골치 아픈 것이라 하니, 저하께서도 상심이 크시겠군."

"……그렇습니다. 다른 문제도 아니라 거기에서 발목이 잡힐 줄은 몰랐지 않습니까."

"네 모습을 보아하니 또 밤을 샌 모양이군. 기왕 담담정에 온 김에 쉬고 가거라. 자."

진양대군이 재빨리 걸어가 탁자에서 종이 몇 장을 찾아 건네주었다. 안평대군은 순순히 그것을 받아들었으나, 가라앉은 눈빛이 많은 말을 억누르고 있는 것 같았다. 그러나 진양대군은 방해받은 것이 거슬렸는지 손짓까지 하며 그를 돌려보내려 했다. 안평대군은 조용히 고개를 끄덕였다.

"그렇게 하겠습니다. 비현각에는 오늘 또 오실 것입니까?"

"아니. 저하께서 맡기신 일을 다 끝냈으니 사나흘쯤은 내가 없어도 될 것이 아니냐?"

"그건 그렇지만, 아무래도 형님께서 계신다면 연구에 더 진척이……."

"영민한 네가 있는데 무엇이 문제겠느냐? 저하께 네가 큰 도움이 되도록 하여라."

"……알겠습니다."

무언가 하고 싶은 말이 더 있는 듯했지만, 안평대군은 포기하고 읍청루를 나갔다. 그러나 문을 여는 그 손길이 파들거리고 있는 것을 눈치

챘다. 진양대군은 그의 동생을 온전히 믿고 있는 듯했지만, 안평대군이 나에 대해서 어떤 마음을 품고 있었는지 아는 입장에서는 그리 태평할 수만은 없었다. 그러나 진양대군에게 그 사실을 털어놓을 수는 없어서 초조함을 숨긴 채 그가 손짓하는 곳으로 따라가 앉았다. 진양대군은 약간 미간을 찌푸린 채로 서책들을 헤집고 있었다.

"유, 당신도 밤을 새고 온 거예요?"

"아예 샌 것은 아니오. 오는 길에 눈을 좀 붙였으니."

"그게 그거죠."

안쓰럽게 그를 쳐다봤다. 진양대군은 부정하지는 않았고, 화답하듯 웃어 주었으나 손만은 바삐 무언가를 확인하고 있었다. 안평대군에게는 자신은 더 이상 관여하지 않겠다고 말해 놓고, 다시금 집중하고 있는 거였다. 자신에게 맡겨진 것을 모르는 척 팽개쳐 버릴 수 없는, 왕자로서의 숙명 때문일까. 그의 눈빛이 나에게 향하고 있지 않음에도 나는 잔잔한 감동을 느꼈다. 그의 노력이 부디 인정받았으면. 여러 왕자들 중에서 가장 뛰어나지는 않다 해도, 최선을 다하는 그의 모습이 아름다웠다. 그리고 그 노력으로 인해서 탄생할 보물 같은 존재도 몹시 기대되었다.

훈민정음(訓民正音).

조용히 그의 손끝을 따라가며 지켜봤지만, 온통 어려운 글자들로 쓰여 있는 통에 이해할 수는 없었다. 그렇게 조금 시간이 지나고 나자 종잇장을 넘기던 손길이 느려졌다. 힐끗 그의 얼굴을 바라보니, 긴 속눈썹이 드리워져 있었다. 역시 제대로 자지 못하고 온 탓이겠지.

나는 살며시 자리에서 일어나, 졸고 있는 그의 고개에서 사모를 벗겨 내 주었다. 그리고 옆의 의자에서 폭신한 방석 몇 개를 가져다 책상 위에 올려놓아서 진양대군이 잠시나마 눈을 붙이게 했다. 혹시 누일 곳이 있을까 하고 둘러보았으나 수장고였던 탓에 침구는 준비되어 있지 않았다. 고른 숨소리를 내며 잠든 진양대군을 확인하면서 입가에 미소가 피어올랐다. 하지만 동시에 불안한 마음도 고개를 치켜들었다. 그렇게 잠시 진양대군을 바라보고 있다가, 나는 걸음을 옮겨 문을 열었다.

ㅡ끼이익.

문 여는 소리에 그가 깰까 걱정이 되어 얼른 돌아봤지만, 그의 눈꺼풀은 들어 올려질 줄을 몰랐다. 조심스럽게 다시 문을 닫고 나와, 나는 주위를 둘러보았다. 안평대군은 돌아갔을까?

"……아."

사방을 둘러보다가 한 쌍의 눈동자와 눈길이 마주쳤다. 그는…… 아직 돌아가지 않았다.

"안평대군."

거리가 꽤 떨어져 있어서 내 목소리는 들리지 않을 것이었다. 산등성이를 넘어, 가파른 절벽 끝에 자리한 담담정에 그는 올라가 있었다. 나는 물끄러미 그를 바라보았다. 안평대군의 입술이 달싹이며 무슨 말을 하려는 듯 보였다. 그의 손이 천천히 어딘가를 가리켰다. 손끝이 가리키는 쪽으로 고개를 돌려 보니, 낭떠러지에 걸쳐진 흔들다리가 보였다.

여길 건너오라는 건가?

겨우 표정만 알아챌 수 있는 거리에서 바라본 안평대군의 얼굴은 평온함과는 거리가 멀었다. 내게 듣고 싶은 말이 있는 거겠지. 과거 어느 날의 모습이 머릿속에 스쳐갔다. 내가 궁녀가 된 이유를 궁금해 하던 어린 소년의 모습. 그때는 나를 이해해 주었던 그가 이 상황에서도 나를 이해해 줄까. 장담할 수가 없었다. 나는 조심스레 흔들다리 쪽으로 걸음을 옮겼다. 내가 움직이는 것을 본 안평대군도 흔들다리 쪽으로 건너왔다. 내가 한 발짝을 딛는 것을, 그는 반대편 끝자락에서 묵묵히 지켜보고 있었다. 아래에 펼쳐진 절경(絶景)은 지독히도 깊었고, 또 아름다웠다. 동시에 어지러울 정도로 높아서 나는 이를 악물고 걸음을 떼었다. 마치 걸음을 떼는 이 순간이, 앞으로 해명해야 할 많은 사람들에게 가는 다리 같았다.

다행히 고소공포증 같은 것은 없었던 터라 생각보다 길지 않은 시간 안에 반대편까지 도착할 수 있었다. 하지만 부담이 되지 않았던 것은 아니라서, 후들거리는 다리에 억지로 힘을 주고 있었다. 안평대군이 아무 말 없이 손을 내밀었다. 그 손을 잡아도 되는 것인지 고민하고 있는데, 덥석 와 닿는 손길에 의해 땅으로 끌려갔다.

"앗!"

항상 부드럽거나, 아니면 아이같이 순수한 모습으로만 그를 기억해 왔던 터라 거칠기까지 한 그를 상상해 보지 못했었다. 그래서 흔들다리에서 다리를 헛디뎌 땅으로 내려오면서 안평대군의 품에 안긴 꼴이 되어버렸다. 찰나의 시간이었지만 몹시 당황스러워서 나는 얼른 그를 밀쳐내고, 매무새를 정리했다. 그런 나를 물끄러미 바라보고 있는 안평대군에게 나는 아무렇지 않은 듯 말을 건넸다.

"오랜만에 뵙습니다, 나리."

"……."

"아직, 돌아가지 않으셨군요."

"그래! 너를 보고서, 내가 어찌 돌아가겠느냐?"

이글거리는 눈빛처럼 강렬한 어조로 그가 말했다. 나는 잠시 당황했다가, 침착하게 말을 이었다.

"제가 다 설명 드리겠습니다."

"설명을 듣고자 하는 것이 아니다."

그러나 단칼에 잘라 버리는 그의 말투는 낯설었다. 차갑기까지 한 그의 목소리에 말문이 막혀 있는데, 그는 휘적휘적 걸음을 옮겼다. 담담정으로 향하는 발길에, 나도 그를 따랐다. 이윽고 의자가 두 개 놓인 탁자에 그가 자리했고, 맞은편 의자에 조용히 앉았다. 말이 없는 사이에 절벽의 폭포만 그 침묵의 공간을 채웠다. 안평대군이 입을 열었다.

"아까 본 그 광경과 진양 형님의 말로 예상해보건대, 형님께서 너를 취하셨다는 것은 알겠다."

"……."

"언제부터냐?"

상처받은 눈빛과는 다르게 날이 서 있는 목소리가 튀어나왔다. 어떤 것이 그를 더 지배하고 있는 감정일까. 망설여졌다.

"출궁당하기 전으로 보인다. 맞느냐?"

"……예."

"……어째서?"

입술을 짓씹으며 안평대군이 외쳤다.

"동궁전 소속의 궁인이라 대군의 첩이 될 수 없다 한 것은 네 입으로 한 말이 아니었느냐?"

씨근덕거리는 거친 숨결은 배신과 충격으로 얼룩져 있었다. 부르쥔 주먹이 탁자 위에서 그의 심경을 대변해 주고 있었다. 나는 조용히 입을 열었다.

"저는 첩이 되기로 한 것이 아니에요."

"첩이 아니면?"

"그저 진양대군 나리와 마음을 함께하였을 뿐입니다."

"당치 않는 소리!"

거칠게 쏘아붙이는 안평대군이 낯설었다. 그러나 안평대군은 어릴 적의 모습과 많이 달라져 있었다. 나는 그가 첩을 들였다고 했던 정의공주의 말을 다시 떠올렸다.

"내 소실이 되어달라는 청에, 너는 분명하게 말했었지. 나를 친우로 생각하니 그럴 수 없다고."

"……."

"그렇다면 형님에게는 다른 마음을 품었기에 그런 것이냐? 두 번째 대군과 세 번째 대군의 차이가 무엇이라고 형님을 선택하였느냐. 조금이라도 위세 있는 왕자의 첩이 되려는 마음이 아니고서야 어찌."

"진양대군께서 보여 주신 마음을 받아들였을 뿐입니다."

마구 내뱉는 그의 말을 자르고 나는 분명하게 말했다. 두 사람은 같은 대군이면서 다른 왕자였다. 상처 입은 그의 눈동자는 진양대군과 다른 색이었다. 짙은 고동색의 눈동자가 나를 똑바로 바라보았다.

"나리의 마음을 받아들였다고 해서 그것이 첩이 되기를 원한 것과 같지는 않아요. 하지만 나리께서는 두 가지를 떼어내 생각하실 수 없으신 것 같군요."

"……."

"일전에 나리께 말했듯이 제 생각은 언제나 같아요. 대군의 첩이 될 생각이 없다고, 진양대군 나리께도 말씀드렸습니다. 그렇지만 나리께서는 그를 받아들여 주셨어요. 더 이상 소실의 이야기를 꺼내지는 않으셨죠. 그럼에도 저를 포기하지 않으셨고 저도 더 이상 거부할 수가 없었어요."

아벨라르와 엘로이즈의 이야기가 생각났다. 유럽에서는 로미오와 줄리엣보다 유명한, 중세의 유명한 실화라고 했던가. 언젠가 읽었던 그 이야기가 머릿속에 떠올랐다. 그때는 이해하지 못했는데 내가 그 상황에 닥치니 이해하지 않을 수가 없었다. 결혼과 지위라는 것에 얽매여 진실한 마음이 가려지는 것을 원하지 않았던 엘로이즈의 심경이. 두 사람의 결합이 결코 쉽게 받아들여지지 않을 거라는 현실조차도 닮아 있었다.

"안평대군 나리께 품었던 마음과는 달라요. 어찌 그리 되었는지까지 나리께 설명 드릴 수가 없습니다."

 "……물러나지 않을 것이라는 말이구나."

 "예. 그렇습니다."

 "국대부인이 누구인지 알면서도?"

 윤서연. 그녀가 다시 거론되었다. 부딪혀야 할 벽은 사라지지 않았다. 이제 와서 그녀와의 연을 되돌릴 수는 없었다. 안평대군은 그녀와 나, 또 진양대군의 사이를 전부 알지 못할 것이었다. 간택과 관련된 이야기는 떠벌릴 것이 못 되었으니까.

 "혼인한 지 몇 해가 지났음에도 아이를 낳지 못한 국대부인의 앞에 네가 나타난다면, 그녀의 위치는 바람 앞의 등불과도 같을 터. 더구나 네가 누구인지 너무나도 잘 아는 사람이 아니냐."

 비아냥거리거나 몰아붙이는 어조는 아니었다. 하지만 내 마음을 붙잡고자 하는 실낱같은 의지가 엿보이는 안평대군의 눈빛을 읽었다.

 "국대부인의 자리를 빼앗을 마음 따윈 없습니다. 저는 이것으로 족해요."

 "이해할 수가 없어."

 한숨을 내쉬며 안평대군이 말했다.

 "너 혼자 별천지에 온 것처럼 구는구나. 정말 마음으로만 살아갈 수 있는 것이라고 믿느냐?"

 "……진양대군께서 변하지 않을 분이란 것을 압니다."

 "그렇겠지."

 자리에서 일어나며 안평대군이 낮게 쏘아붙였다. 나는 그가 나와 진양대군을 용서하지 않을 것이라는 걸 알아챘다.

 "아무리 출궁당한 궁인이라 해도, 그를 취하는 것은 대역죄일 터. 알려

진다면 형님께서는 대군이라 해도 대가를 혹독하게 치르셔야 할 것이다."
 "……진양대군께서 그 대가를 치르시길 바라시나요?"
 "죄를 지었다면 마땅히."
 "……."
 "하지만 이 길로 저하께 달려가 고하지는 않을 것이다."
 어느새 내 곁으로 다가온 안평대군이 차갑게 말했다. 손끝으로 내 턱을 잡아 자신과 눈을 마주하게 하면서, 그는 말을 이었다.
 "네 선택이 얼마나 어리석었는지를 처절히 깨달을 날이 올 터이니. 스스로 깨닫기를 바라겠다."
 고개를 돌려 그의 손아귀에서 벗어났다. 순수한 어린 시절의 그가 맞나 싶게, 그는 완전히 다른 사람처럼 굴고 있었다. 나는 그의 눈빛에서 질투를 읽어낼 수 있었다.
 "그때쯤이면 내가 아니라 형님을 택한 것을 후회하겠지."
 "그럴 일은 없을 것입니다."
 "장담할 것 없다. 여인에 대한 사내의 마음이란 쉽게 변하는 것이야."
 "그래서 첩을 여럿 들이신 것입니까?"
 참지 못하고 그에게 쏘아붙였다. 자신도 그 마음을 지키지 못하고 방황하였으면서, 어째서 나한테만 예견된 미래를 말하는 건지 화가 났다. 안평대군은 내 말에 멈칫하더니, 눈에 띄게 얼굴을 굳혔다.
 "그래!"
 그가 도포자락을 휘날리면서 거칠게 몸을 돌리는 가운데 작지만 똑똑하게 들리는 목소리가 날카로운 비수가 되어 날아왔다.
 "네가 아닌 다른 여인에게 줄 마음이 없었다. 설마 모른다 하지는 않을 테지!"

사라져 가는 그의 뒷모습에서 남겨져 있는 목소리가 귓가에 울렸다. 나는 이를 악물었다.

* * *

그때처럼 나는 안평대군을 붙잡을 수 없었다. 다만 다른 것이 있다면, 어렸을 때는 그가 내 말을 받아들여 혼인을 하였지만 지금은 내 선택을 존중해 줄는지 모르겠다는 거다. 흔들다리를 건너 읍청루로 향하는 동안 나는 방금 있었던 일을 머릿속에서 지워버리려 애썼다. 진양대군에게 이 사실이 들통 나서는 안 됐다.

첩을 들였다는 이야기를 들었어도, 그 역시 보통의 남자와 다르지 않다고 생각했을 뿐이지 나를 아직 마음에 두고 있었을 줄은 몰랐다. 대체 어떻게 해야 하는지 몰라서 가슴이 답답했다. 다행히 나와 진양대군의 사이를 세자에게 고하지는 않겠다 하기는 했지만, 충격을 받은 것 같은 그의 얼굴과 마지막 말이 자꾸 맴돌았다. 안평대군이 눈감아 줄 가능성은 희박해 보였다. 상상하기 싫은, 그러나 분명하게 남아 있는 역사 한 자락이 떠올랐다.

안평대군을 죽이는 것은 세조다.

읍청루 수장고 안으로 들어가는 문고리에 손을 대었으나 잡지 못하고 힘없이 놓아버릴 수밖에 없었다. 정말, 정말 그렇게 되는 걸까? 이 안에 잠들어 있는 남자가, 자신의 친형제를 죽이라 명하는 걸까? 비록 예전과 같은 사이는 되지 못한다 해도 안평대군을 싫어하지는 않았다. 어린 시절 나를 위해 울어 준 첫 번째 사람으로 기억되어 있는 그가, 내가 사랑하는 사람에 의해 죽게 된다는 사실이 도저히 받아들여지지 않았다. 덜덜 떨리는 입술을 깨물고, 나는 억지로 힘을 주어 문고리를 잡았다. 그런데 그 순간, 문이 안쪽에서 열렸다.
"어디 갔던 거요?"
진양대군이 약간 인상을 찌푸린 채로 걸어 나왔다. 내가 벗겨 주었던 사모를 단정하게 고쳐 쓰고서. 나는 주먹을 말아 쥐며 억지로 안색을 폈다.
"잠깐 나갔다 왔어요. 곤해 보이시기에 더 주무실 줄 알고."
"혼자?"
"……그럼요."
진양대군은 안평대군이 먼저 간 것으로 알았으니, 그와 나의 재회가 있었던 것은 알아챌 수 없을 거였다. 나는 내가 진실을 말하고 있는 것처럼 보이려 안간힘을 썼다.
"저기 있는 정자가 담담정이죠? 올라가 봤어요. 흔들다리를 건너면서 보니 절경이 장관이던데요. 정말 전하께서 상으로 내려주실 만한……!"
무슨 말을 하는지도 모르게 아무 말이나 내뱉는데, 진양대군이 나를 품에 끌어당겨 안았다. 겨우내 참고 있던 감정이 터져 버릴 것만 같아서, 눈가가 시큰거렸다. 그 속내를 억지로 참아내고 있는데 진양대군이 입을 열었다.
"걱정하고 있다는 것 알고 있소. 그대 얼굴에 다 쓰여 있으니."
"……."
"허나 안평 역시 생각이 없지는 않을 거요. 어릴 적부터 보아 왔던 사람을 그리 매정하게 고해바치지는 않을 테고, 또 친형제인 나까지 옭아맬 수는 더더욱 없겠지. 강직한 그 성품 때문에 괴로워할 것은 뻔하지만 내가 잘 말해 볼 것이오."
그보다 더 깊은 사정이 있다는 걸, 진양대군은 절대로 알 리가 없었다. 알아서는 안 되지만, 알지 못한다면 해결할 수 없는 문제였다. 하지만 그럼에도 불구하고, 나를 위해 무엇이든 감수하겠다고 말하는 것 같은 그의 목소리가 너무나도 따뜻해서 믿을 수밖에 없었다. 그를 온전히 믿고, 따르는 그 순간만큼은 모든 것을 잊을 수 있었으니까. 세상에 그와 나 둘만 있게 해 주는 그 순간을 나는 놓아버리고 싶지 않았다. 수년 후에 피로 물든 나날이 계속될 거라는 사실을 알고 있었음에도 진양대군을 향한 마음을 거두고 싶지 않았다. 나는 양립할 수 없는 여러 사실들을 차례로 떠올려 봤다.

"······당신을 믿을게요."

"고맙소."

진양대군의 품에 더 파고들면서, 오래도록 생각해 온 물음에 결론을 내렸다. 나는 그를 으스러지도록 껴안았다.

절대 그렇게 되게 두고 보지는 않을 거다. 자의는 아니었지만 내가 이 시간으로 흘러들어 왔고, 그로 인해 윤 씨 가문의 여섯째 여식이란 신분을 얻게 되었다면 분명 바꿀 수 있는 일도 있지 않을까? 큰 줄기를 뒤흔드는 것은 최대한 피하면서, 내게 소중한 사람이 다치지 않도록 한다면. 최소한 안평대군만은 그렇게 되었으면 좋겠다고 생각하며 나는 굳게 다짐했다.

* * *

그렇게 담담정에서 정의공주의 초당으로 돌아온 지 며칠이 지났다. 진양대군은 부엌에 들어가지 말라는 말을 한 것을 책임지려는 듯 나와 함께 하루에 한 번씩 장시(場市) 나들이를 갔다. 박지원의 양반전을 보면 자질구레한 생계를 책임지는 일이나 돈을 만지는 일은 양반들이 꺼려하기 마련이었는데, 보통 양반도 아니고 왕족임에도 진양대군은 거리낌이 없었다. 오히려 자주 드나들어 본 듯 온갖 시전(市廛)이나, 포목점, 심지어는 푸줏간까지 걸음했다. 끼니는 마치 외식이라도 하는 것처럼, 저녁을 제외하고 여러 주막을 돌면서 해결했는데, 처음에는 어이가 없어서 웃음이 나면서도 그와 함께 하는 나들이가 싫지만은 않았다. 단령이 아닌 보통 선비의 복색을 차려입은 그의 모습은 초연(超然)한 선인(仙人)처럼 보였기 때문인지도 몰랐다.

"무얼 그리 보는 것이오?"

"그냥요."

나는 빙그레 웃으며 진양대군에게 말했다. 오늘 저녁으로 산 국밥 그릇을 사이좋게 나눠 들고서, 인적 없는 오솔길을 걷고 있는 이 순간이 너무도 행복했다. 포목점 주인은 머리에 댕기를 드리운 나를 보고서 진양대군과 나를 오누이 사이로 안 것 같았지만, 그가 왕자가 아닌 일반 백성처럼 보인다는 사실이 나를 더 설레게 했다. 정말, 평화롭고 안온한 이 시간이 오래되었으면 좋겠다. 왕자가 아닌 보통 사람이면 좋겠다. 이처럼 끊임없이 피어오른 소망이 초당에서는 이루어질 것만 같아서 기뻤다.

"얼른 가요. 곧 해가 완전히 질 거예요."

"오늘 국밥을 산 주막은 옳은 선택이었으면 좋겠어. 어제 것은 너무 짜서 말이지."

"거기가 명성이 자자한 곳이라고 하셨잖아요?"

"친우가 그렇게 일러 주었기에 가 본 것인데, 아무래도 그 사람에게 따져야겠소."

"친우가 누군데요? 괜히 다른 사람 핑계를 대는 것 아니에요?"

괜히 다른 사람 핑계를 둘러대는 진양대군이 재미있어서 따져 묻자, 그는 잠시 멈칫했다가 억울한 표정을 지으며 입을 열었다.

"자준(子濬). 그 사람이 분명 내게 거짓을 고할 이가 아닌데."

"나리! 진양대군 나리!"

그의 변명이 더 이어지려는데, 길 끝에서 몹시도 급박한 목소리가 들려왔다. 그와 나는 서로를 번갈아보았다.

"유, 당신을 부르는 것 같아요."

"……그래. 헌데 누구지?"

땅거미가 내려앉은 가운데서 애타게 진양대군을 부르던 목소리의 주인이 곧 실체를 드러냈다. 나보다 한두 살쯤 어린 것 같아 보이는 여자아이였다.

"누구냐?"

경계심을 품은 채로 진양대군이 말했다. 나를 자신의 등 뒤로 물러나게 하며, 날카롭게 내뱉은 그 말에 여자아이는 어깨를 조금 움츠렸다. 그러나 물러나는 도중에 그녀를 보고 나는 퍼뜩 떠오르는 것이 있어 진양대군의 등 뒤에서 말했다.

"어, 너는……."

"아는 사람이오?"

"네. 일전에 공주 자가께서 오셨을 때 데려오셨던 아이예요."

내 말에 진양대군은 의심의 눈초리를 거두었다. 순이는 몇 번이고 말을 꺼내려 했지만 달려온 것인지 숨이 차서 얼른 말을 하지는 못하였다. 진양대군은 그녀를 참을성 있게 기다려 주었다.

"숨이나 좀 돌리고 말하거라. 왜 온 것이냐? 누님께서 이리 늦은 시간에 전하라 하신 말씀이라도 있느냐?"

"예, 나리. 아주 급한 일입니다. 자가께서 내일은 입궐하지 말라고 하십니다."

"입궐을 말라니?"

순이는 나를 흘낏 쳐다보았다. 내 앞에서 말해도 되는 것인지 고민하고 있는 것 같았다. 그러나 정의공주가 나에 대해서는 딱히 언급을 하지 않은 것인지, 곧 입을 열었다.
"방금 동궁에서 기별이 왔는데, 현주 아기씨께서 위독하시답니다."
"뭐?"
"곧…… 명을 달리하실 것 같답니다."
내일이 약속한 기한이라, 꼭 입궐해야 한다고 아쉬운 소리를 하던 진양대군을 떠올리고 왕자의 입궐조차 막을 만한 일이 무엇인가 궁금해 하다가, 나는 현주라는 말에 숨을 멈추었다. 손에 쥔 끈이 손에서 빠져나가, 그릇이 깨지는 날카로운 파공음이 들렸다. 그러나 누구도 그 소리에 집중하지 못했다. 순이의 거칠게 몰아쉬던 숨결이 곧 울음 섞인 것으로 변했다.
"현주가 왜……."
"그것이……."
"……라고……."
"아……."
나도 모르게 힘이 빠져 자리에 주저앉으며 신음소리를 흘렸다. 웅얼거리는 대화소리가 들려왔지만 겨우 태어난 아기가 죽을지도 모른다는 끔찍한 사실이 사고를 잠식한 탓에 머릿속이 울려서 잘 들리지 않았다.
세조의 조카. 그리고 문종과 현덕왕후의 딸이 죽는다.
내가 두려워했던 역사 중에 어린 왕녀의 몫은 없었다. 그 생각이 자꾸만 떠오르며, 무엇이 어디서부터 잘못되었느냐를 찾아내어라 울부짖었다. 진양대군의 손에 이끌려 돌아오면서도 그 물음이 머릿속에 가득 찼다.
"서담!"

그가 내 어깨를 강하게 붙잡고 흔들었다. 흐려진 시야에, 굳은 얼굴로 진양대군이 나를 똑바로 바라보고 있었다.

 "아직 위독하다고 하기는 하나 죽은 것은 아니오. 그대가 죄책감을 갖고 있다는 것은 알지만 이 일과 그대는 상관없는 거요."

 "……왜 그렇게 되었다 하던가요?"

 순이가 진양대군과 몇 마디를 나누던 것을 기억해내고 물었다. 권 양원이 약을 먹었기 때문에 조산했다는 사실은, 내게 지울 수 없는 부채의식으로 남아 있기는 했으나 지금 내게는 더 중요한 의문이 있었다. 순빈에 의해 그렇게 된 아이가 정말…… 경혜공주일까? 내가 관여하게 되어 그녀가 죽게 되는 걸까?

 "젖을 잘 먹지 못했다고 하더군, 꽤 오래 전부터. 조산한 아이라 그랬던 모양이야."

 "……"

 "너무 어려서 젖이 아니라 다른 것도 잘 넘기지 못하고 속을 끓였다고 하오. 달리 방도가 없었던 거야."

 "내의원에서는 뭘 했대요? 아이가 젖을 먹지 못한다고 가만히 두었나요?"

 그의 소맷자락을 부여잡고 외쳤다. 그의 잘못도, 어의의 잘못도 아니란 것을 알았지만 멈출 수가 없었다. 숟가락으로 떠먹이기라도 했으면. 젖병 대신 무엇이라도 써 봤으면. 나름대로 최선을 다했을 거라는 것도 알지만 애가 탔다. 그러다 갑자기 떠오른 것이 있었다. 가물가물했지만 떠오를 것도 같았다. 저 시간에서 밤늦게까지 틀어 놓았던 텔레비전에서 몇 차례는 나왔던 것 같은 뉴스. 의학계에서 대단한 발견이지만 의외로 간단한 방법이라 알려진 그 이야기.

 그래, 집에서 탈출하기 바로 직전에 들었던 그것이 도움이 될지도 모른다.

"어의도 나름대로 노력하고 있을 것이니……."

"유! 방법이 있을지도 몰라요."

"방법?"

"현주를…… 살릴 방법이요."

간절하게 그의 눈을 바라보며 말했다. 겨우 기억의 끄트머리에서 잡아낸 한 줄의 뉴스 헤드라인을, 나는 다시 한 번 떠올려 보며 진양대군에게 말해 주었다.

"유, 당신이 궁으로 가 주세요."

"뜬금없이 그게 무슨 소리요?"

"어디선가 들어 본 적이 있어요. 너무 일찍 태어난 아이가 젖을 먹지는 못했지만, 의원이 아이의 잇몸에 젖을 발라 주었더니 잘 자랐다고요."

800그램의 초미숙아도 살려냈다고 했다. 물론 현대의학이 힘이 뒷받침되었을 것이고 현주는 다른 증상도 있을지 모르겠지만, 지푸라기라도 잡아야 했다.

"잇몸에 젖을 바르라고?"

"네. 그리고 꼭 모유여야 해요."

엄마의 초유에는 면역 성분이 있어서 신생아의 패혈증을 막을 수 있다고 했다. 그 방법이 만병통치약도 아니고 불로장생의 방법도 아니었지만 효과라도 있었으면. 자세한 것은 설명할 수 없어서 애가 탔지만 그래도 시도는 해 봤으면 했다. 진양대군은 잘 이해되지 않는 듯했지만 고개를 끄덕여 주었다.

"지금 가겠소."

"꼭, 꼭 어의에게 전해 주세요. 저하께, 아니! 양원께 알려 주세요."

아이의 어머니라면. 그녀라면, 황당무계한 방법이라도 시도해 볼 것이었다. 진양대군은 다시 한 번 고개를 끄덕여 주고 자리에서 일어났다.
"유, 그리고……."
마지막 말을 덧붙일까 말까 고민하다가, 나는 입을 떼었다.
"양원 마마께서 하지 않으시려 하면, 그 방법을 제가 일러 주었다고…… 말씀드려 주세요."
"……알았소."
그는 더 이상 아무 것도 묻지 않았다. 떨고 있는 두 손을 꼭 잡아 주는 그의 손길에서 따뜻함이 전해져 왔다. 차갑게 식은 손에 온기가 전해지자, 나는 조금이나마 용기를 얻었다. 그래, 아직은 늦지 않았을지 모른다.
동시에 조카를 살려 주겠다 말하는 것 같아서, 급하게 말에 오르는 진양대군의 모습을 하염없이 바라보았다. 그는…… 숙부였다. 그 단어가 내포하고 있는 미래가 두려웠지만, 바꿀 수 있을지도 모른다. 내가 알고 있는 역사가 지켜지길 바라는 마음과, 동시에 바꾸고 싶은 마음이 뒤섞였다. 하지만 아직 그는 '그' 숙부가 아니었다. 훗날에는 어떻게 될지 모른다고 해도, 지금은 조카를 죽이는 것이 아닌, 살리는 숙부가 되었으면! 위독한 아이가 왕녀였음에도 불구하고 나는 그렇게 자꾸만 생각했다. 그리고 불을 때지 않은 차가운 바닥에 쪼그리고 앉아서 간절히 되뇌었다.
"아직, 아직은 아니야."
왕녀는 아직 죽어서는 안 된다.
"제발, 살려 주세요……."
나는 누군가에게 하는 말인지도 모르게 되까렸다. 나를 조선으로 보낸 어떤 그 존재가 지켜보고 있다면, 제발 들어주었으면 하는 실낱같은 희망을 품고서.
시간이 얼마나 흘렀을까. 메아리치는 잡념들이 시야마저 흐릿하게 만들었을 즈음, 멀리서 닭 우는 소리가 들렸다. 고개를 들어 보니 동이 터 오고 있었다. 동시에 말이 투레질하는 소리가 조그맣게 들리는 것도 같았다. 나는 황급히 일어나 문을 열어젖혔다. 그러자 사립문 바깥에 말에서 내리는 진양대군이 눈에 들어왔다.

"유!"

신을 챙겨 신을 정신도 없이 그에게 달려갔다. 방망이질치는 가슴이 그에게 물어보라고 말하고 있었지만, 나는 가까이 다가온 그의 얼굴을 보자 숨이 막혔다.

"다녀왔소."

"유…… 현주는 어떻게 되었나요?"

가까스로 심호흡을 하고 물었다. 하지만 야속하게도 진양대군은 잠깐, 눈을 한 번 감았다 떴다. 그리고 내 손을 겹쳐 잡고 입을 뗐다.

"서담, 현주는…… 어젯밤 명을 달리했소."

[2권에서 계속됩니다.]